परती : परिकथा

परती : परिकथा

फणीश्वरनाथ रेणु

राजकमल प्रकाशन

ISBN : 978-81-267-1324-0

मूल्य : ₹995

पहला संस्करण : 1957
सोलहवाँ संस्करण : 2025

प्रकाशक : राजकमल प्रकाशन प्रा. लि.
1-बी, नेताजी सुभाष मार्ग, दरियागंज
नई दिल्ली-110 002

शाखाएँ : अशोक राजपथ, साइंस कॉलेज के सामने, पटना-800 006
पहली मंजिल, दरबारी बिल्डिंग, महात्मा गांधी मार्ग, प्रयागराज-211 001
1, अनमोल सोराबजी संतुक लेन, धोबी तलाव, मरीन लाइंस, मुम्बई-400 002
वेबसाइट : www.rajkamalprakashan.com
ई-मेल : info@rajkamalprakashan.com

मुद्रक : बी.के. ऑफसेट
नवीन शाहदरा, दिल्ली-110 032

PARTI : PARIKATHA
Novel by Fanishwar Nath Renu

भैया महेन्दर,
तुम नहीं रहे, तुम्हारी कल्पना साकार हुई है!
सिमराहा की सपाट धरती पर
हज़ारों पेड़ लग गए हैं।

—भैया

परती : परिकथा

प्रथम परिवर्त

धूसर, वीरान, अन्तहीन प्रान्तर।

पतिता भूमि, परती जमीन, वन्ध्या धरती...।

धरती नहीं, धरती की लाश, जिस पर कफन की तरह फैली हुई हैं बालूचरों की पंक्तियाँ। उत्तर नेपाल से शुरू होकर, दक्षिण गंगातट तक, पूर्णिया जिले के नक्शे को दो असम भागों में विभक्त करता हुआ–फैला-फैला यह विशाल भू-भाग। लाखों एकड़ भूमि, जिस पर सिर्फ बरसात में क्षणिक आशा की तरह दूब हरी हो जाती है।

सम्भवतः तीन-चार सौ वर्ष पहले इस अंचल में कोसी मैया की यह महाविनाश-लीला हुई होगी। लाखों एकड़ जमीन को अचानक लकवा मार गया होगा। एक विशाल भू-भाग, हठात् कुछ-से-कुछ हो गया होगा। सफेद बालू से कूप, तालाब, नदी-नाले पट गए। मिटती हुई हरियाली पर हल्का बादामी रंग धीरे-धीरे छा गया।

कच्छपपृष्ठसदृश भूमि! कछुआ-पीठा जमीन? तन्त्रसाधकों से पूछिए, ऐसी धरती के बारे में वे कहेंगे–असल स्थान वही है जहाँ बैठकर सबकुछ साधा जा सकता है। कथा है...।

कथा होगी अवश्य इस परती की भी। व्यथा-भरी कथा वन्ध्या धरती की! इस पाँतर की छोटी-मोटी, दुबली-पतली नदियाँ आज भी चार महीने तक भरे गले से, कलकल सुर में गाकर सुना जाती हैं, जिसे हम नहीं समझ पाते।

कथा की एक कड़ी, कार्तिक से माघ तक प्रति रात्रि के पिछले प्रहर में, सुनाई पड़ती है–आज भी! सफेद बालूचरों में चरनेवाली हंसा-चकेवा की जोड़ी रात्रि की निस्तब्धता को भंग कर किलक उठती है कभी-कभी। हिमालय से उतरी परी बोलती है–कें‌क्-कें‌क्-कें-एँ-एँ-गाँ-आँ-कें‌क्!

एक बालूचर से दूसरे बालूचर, दूसरे से तीसरे में–हज़ारों जोड़े पखेरू अपनी-अपनी भाषा में इस कड़ी को दुहराते हैं। दूर तक फैली हुई धरती पर सरगम के सुर में प्रतिध्वनि की लहरें बढ़ती जाती हैं–एक स्वरतरंग!

हिमालय के परदेशी पंछियों की टोलियाँ, नाना जाति-वर्ण-रंग की जोड़ियाँ प्रतिवर्ष हज़ारों की संख्या में पहाड़ से उतरती हैं–हहास मारती हुई। फिर फागुन-चैत के पहले ही लौट जाती हैं। भूली-भटकी एकाध रह जाती हैं जो कभी-कभी उदास

होकर पुकारती और अपनी ही आवाज में प्रतिध्वनि सुनकर, विकल होकर पाँखें पसारकर उड़ती-पुकारती जाती हैं–केंक्-केंक्-कें-एँ-एँ!

परदेशी चिरैया की करुण पुकार से वन्ध्या धरती की व्यथा बढ़ती है। कौन समझाए भूली पहाड़ी चकई को? तुत्तु–चुप-चुप!

वन्ध्या धरती की व्यथा को पंडुकी ही समझती है, जो बारहों मास अपना दुख-दर्द सुनाकर मिट्टी के मन की पीड़ा हरने की चेष्टा करती है। वैशाख-जेठ की भरी दोपहरी में सारी परती काँपती रहती है, सफेद बालूचरों की पंक्तियाँ मानो आकाश में उड़ने को पाँखें तौलती रहती हैं। रह-रहकर धूलों का गुब्बारा–घूर्णिचक्र-सा–ऊपर उठता है! इस घूर्णिचक्र में देव रहते हैं।

परती पर बहुत से देव-दानव रहते हैं। किन्तु, वन्ध्या धरती की पीड़ा हरने की क्षमता किसी में नहीं। पंडुकी व्यथा समझती है, क्योंकि वह एक वन्ध्या रानी की परिचारिका रह चुकी है। वैशाख की उदास दोपहरी में वह करुण सुर में पुकारती है–तुर तुत्तु-उ-उ, तू-उ, तु-उ, तूः। अर्थात्, उठ जित्तू–चाउर पूरे, पूरे-पूरे!

वैशाख की दोपहरी और भी मनहूस हो जाती है। किन्तु, निराश नहीं होती पंडुकी। अपने मृत पुत्र जित्तू को भूलने का बहाना करती है। आँसू पोंछ, उठ खड़ी होती है, फिर नाच-नाचकर शुरू करती है। सुर बदल जाता है और छोटे घुँघरू की तरह शब्द झनक उठते हैं :

तु त्तु तुर, तुरा तुत्त।
बेटा भेल–लोकी लेल।
बेटी भेल–फेंकी देल।

क्या करोगी बेटा-बेटी लेकर, ओ रानी माँ, क्या होगा बेटा लेकर? मुझे देखो, बेटा हुआ। कलेजे से सटा लिया। खुशी से नाचने लगी। इस खुशी में बेटी को फेंक दिया।...बेटा को काल ले गया। अब? सब बिध-बिधाता का खेल है रानी माँ! दुख मत करो। मुझे देखो, दुख से कलेजा फटता है, फिर भी कूटती हूँ, पीसती हूँ, कमाती हूँ, खाती हूँ, गाती हूँ, नाचती हूँ : तु त्तु-तुर, तुरा-तुत्त!

किन्तु, वन्ध्या धरती माता की पीड़ा और भी बढ़ जाती है–ओ पंडुकी सखी! कोखजली की ग्लानि तुम क्या समझो!

तब, पंडुकी पुनः अपने प्यारे जित्तू को आतुर होकर पुकारने लगती है–उठ जित्तू-ऊ, चाउर पूरे, पूरे-पूरे!

...वन्ध्या रानी माँ का धान कूटती थी पंडुकी। जित्तू जब गोदी में ही था, डगमगाकर चलता था, थोड़ा-थोड़ा। उसी उम्र में जित्तू को कहानी सुनने का कितना शौक था! आँचल पकड़कर रोता-फिरता। काम के बीच में कभी-कभी पंडुकी उसे गोद में लेकर दूध पिलाती और एक कथा सुनाकर सुला देती। रोज-रोज नई कथा कहाँ से आए! रानी माँ के मुँह से सुनी रानी माँ की दुख-दर्द-भरी कहानी के एकाध टुकड़े

चुपचाप सुना देती।...रानी माँ पंडुकी से सत्त कराकर अपनी कहानी सुनाती। पंडुकी सत्त करती—एक सत्त दो सत्त...किसी और से नहीं कहूँगी रानी माँ!...जित्तू तो कोई और नहीं। उसे सुनाने में क्या दोष!

एक दिन ऐसा हुआ कि भरी दोपहरी में, काम के बेर जित्तू आकर रोने लगा—बिजूबन-बिजूखंड का पता पूछने लगा।...वह देवी मन्दिर का खाँड़ा लेगा, पंखराज घोड़े पर सवार होकर बिजूबन-बिजूखंड जाएगा। राक्षस के घर में वन्ध्या रानी की सुख-समृद्धि एक कलस में बन्द है। वह लड़ाई करेगा...। भोला जित्तू!

जित्तू वन्ध्या रानी माँ की उमड़ती हुई आँखों को पोंछना चाहता है। अपनी माँ के आँसुओं को भी वही पोंछा करता था। पंडुकी बोली—देख बेटा! रोज-रोज चावल घट जाता है। समय पर तैयार नहीं होता। चावल पुर जाए तो तुझे सब कथा सुना दूँगी। तब तक उस पाखर पेड़ के नीचे जाकर सो रहो। जित्तू चला गया, चुपचाप। सो रहा पेड़ की छाया में—माँ के मुँह से सब कथा सुनने की आशा में। पंडुकी धान कूटने में मगन हो गई। उधर काल ने आकर जित्तू की कहानी समाप्त कर दी।

चावल पूरा हो गया। धान कूटते समय ही पंडुकी कथा की कड़ी जोड़ चुकी थी। जित्तू को पुकारा—उठ बेटा जित्तू, चावल पूरा हो गया—तुर-तुत्तु-उ-उ...।

एक बार जित्तू उठ जाए, एक ही क्षण के लिए। पंडुकी ऐसी कहानी सुनाएगी, ऐसी कहानी कि फिर...। बेचारा जित्तू अधूरी कहानी के सपने देखता सोया हुआ है।

आँखें खोलो, पाँखें तोलो...बोलो! ओ जित्तू, ओ जित्तू! उठ जित्तू...!

चिरई-चुरमुन भी कहानी पर परतीत न हो, सम्भव है।

परती की अन्तहीन कहानी की एक परिकथा वह बूढ़ा भैंसवार भी कहता है। गँजेड़ी है तो क्या!

गुनी आदमी ज़रा अमल पाँत लेता ही है। एक चिलम गाँजा कबूलकर कितने पीर-फकीर और साईं-गोसाईं से यन्त्र-मन्त्र और वाक् लेते हैं लोग!

कथा का एक खंड—परिकथा!

—कोसी मैया की कथा? जै कोसका महारानी की जै!

परिव्याप्त परती की ओर सजल दृष्टि से देखकर वह मन-ही-मन अपने गुरु को सुमरेगा, फिर कान पर हाथ रखकर शुरू करेगा मंगलाचरण जिसे वह बन्दौनी कहता है : हे-ए-ए-ए, पूरुबे बन्दौनी बन्दौ उगन्त सिरुजे ए-ए...

बीच-बीच में टीका करके समझा देगा—कोसका मैया का नैहर! पच्छिम-तिरहौत राज। ससुराल—पूरुब।

कोसका मैया की सास बड़ी झगड़ाही। जिला-जवार, टोला-परोपट्टा में मशहूर।

और दोनों ननदों की क्या पूछिए! गुणमन्ती और जोगमन्ती। तीनों मिलकर जब गालियाँ देने लगतीं तो लगता कि भाड़ में मकई के दाने भूने जा रहे हैं : फड़र्र-र्र-र्र। कोखजली, पुतखौकी, भतारखौकी, बाँझ! कोसी मैया के कान के पास झाँझ झनक उठते!

एक बार बड़ी ननद ने बाप लगाकर गाली दी। छोटी ने भाई से अनुचित सम्बन्ध जोड़कर कुछ कहा और सास ने टीप का बन्द लगाया—और माँ ही कौन सतवन्ती थी तेरी।...कि समझिए बारूद की ढेरी में आग की लुत्ती पड़ गई। कोसका महारानी क्रोध से पागल हो गई : आँ-आँ-रे...ए...ए...

रेशमी पटोर मैया फाड़ि फेंकाउली-ई-ई,
सोना के गहनवाँ मैया गाँव में बँटाउली-ई-ई,
आँ-आँ-रे-ए-ए, रु-उ-पा के जे सोरह मन के चू-उ-उर,
रगड़ि कैलक धू-उ-र जी-ई-ई!

दम मारते हुए, मद्धिम आवाज में जोड़ता है गीतकथाकार—रूपा के सोलह मन के चूर? बालूचर के बालू पर जाकर देखिए—उस चूर का धूर आज भी बिखरा चिकमिक करता है!

सास-ननद से आखिरी लड़ाई लड़कर, झगड़कर, छिनमताही कोसी भागी। रोती-पीटती, चीखती-चिल्लाती, हहाती-फुफनाती भागी पच्छिम की ओर—तिरहौत राज, नैहर। सास-ननदों को पँचपहरिया मूर्च्छाबान मारकर सुला दिया था कोसी मैया ने!...रास्ते में मैया को अचानक याद आई—जाः, गौर में तो माँ के नाम दीप जला ही न पाई!

गीता-कथा-गायक अपनी लाठी उठाकर एक ओर दिखाएगा—ठीक इसी सीध में है गौर, मालदह जिला में। हर साल, अपनी माँ के नाम दीया-बाती जलाने के लिए औरतों का बड़ा भारी मेला लगता है।...महीना और तिथि उसे याद नहीं। किन्तु, किसी अमावस्या की रात में ही यह मेला लगता है, ऐसा अनुमान है।

—अब, यहाँ का किस्सा यहीं, आगे का सुनहु हवाल। देखिए कि क्या रंग-ताल लगा है! कोसी मैया लौटी। गौर पहुँचकर दीप जलाई। दीप जलते ही, उधर सास की मूर्च्छा गई टूट, क्योंकि गौर में दीप जलाने से बाप-कुल, स्वामी-कुल दोनों कुल में इँजोत होता है। उसी इँजोत से सास की मूर्च्छा टूटी। अपनी दोनों बेटियों को गुन मारकर जगाया—अरी, उठ गुनमन्ती, जोगमन्ती, दुनू बहिनियाँ!

छोटी ने करवट लेकर कहा—माँ! चुपचाप सो रहो। बीस कोस भी तो नहीं गई होगी। पचास कोस पर तो मैं उसका झोंटा धरकर घसीटती ला सकती हूँ।

बड़ी बोली—सौ कोस तक मेरा बेड़ी-बान, कड़ी-छान गुन चलता है। भागने दो, कहाँ जाएगी भागकर?

माँ बोली—अरी आज ही तो सब गुन-मन्तर देखूँगी तुम दोनों का। तुम्हें पता है,

कोसी-पुतोहिया ने गौर में दीप जला दिया? तुम्हारे जादू का असर उस पर अब नहीं होगा।

—एँय? क्या-आ-आ? दोनों बहनें, गुनमन्ती-जोगमन्ती हड़बड़ाकर उठीं। अब सुनिए कि कैसा भौचाल हुआ है। तीनों—माँ-बेटियाँ—अपनी-अपनी गुन की डिबिया लेकर निकलीं।

छोटी ने अपनी डिबिया का ढक्कन खोला—भरी दोपहरी में आठ-आठ अमावस्या की रातों का अन्धकार छा गया।

बड़ी ने अपनी अँगूठी के नगीने में बन्द आँधी-पानी को छोड़ा।

—उधर कोसी मैया बेतहाशा भागी जा रही है, भागी जा रही है। रास्ते की नदियों को, धाराओं को, छोटे-बड़े नालों को, बालू से भरकर पार होती, फिर उलटकर बबूल, झरबेर, खैर, साँहुड़, पनियाला, तिनकटिया आदि कँटीले कुकाठों से घाट-बाट बन्द करती छिनमताही भागी जा रही है। आँ-आँ-रे-ए...

थर-थर काँपे धरती मैया, रोए जी आकासः
घड़ी-घड़ी पर मूर्च्छा लागे, बेर-बेर पियासः
घाट न सूझे, बाट न सूझे, सूझे न अप्पन हाथः...

मूर्च्छा खाकर गिरती, फिर उठती और भागती। अपनी दोनों बेटियों पर माँ हँसी—इसी के बले तुम लोग इतना गुमान करती थीं रे! देख, सात पुश्त के दुश्मनों पर जो गुन छोड़ना मना है, उसे-ए-ए छोड़ती हूँ—कुल्हड़िया आँधी, पहड़िया पानी!

कुल्हड़िया आँधी के साथ एक सहस्र कुल्हाड़ेवाले दानव रहते हैं, पहड़िया पानी तो पहाड़ को भी डुबा दे।

अब देखिए कि कुल्हड़िया आँधी और पहड़िया पानी ने मिलकर कैसा परलय मचाया है : ह-ह-ह-र-र-र-र...! गुड़गुडुम्-आँ-आँ-सि-ई-ई-ई-आँ-गर-गर-गुडुम!

गाँव-घर, गाछ-बिरिच्छ, घर-दरवाज़ा कतरती कुल्हड़िया आँधी जब गर्जना करने लगी तो पातालपुरी में बराह भगवान भी घबरा गए। पहड़िया पानी सात समुन्दर का पानी लेकर एकदम जलामय करता दौड़ा।...तब कोसी मैया हाँफने लगी, हाथ-भर जीभ बाहर निकालकर। अन्दाज लगाकर देखा, नैहर के करीब पहुँच गई है। और पचास कोस! भरोसा हुआ। सौ कोसों तक फैले हुए हैं मैया के सगे-सम्बन्धी, भाई-बन्धु। मैया ने पुकारा, अपने बाबा का नाम लेकर, वंश का नाम लेकर, ममेरे-फुफेरे, मौसेरे भाइयों को—भइया रे-ए-ए, बहिनी की इजतिया तोहरे हाथ!

फिर एक-एक भौजाई का नाम लेकर, अनुनय करके रोई—"भउजी, हे भउजी, लड़िका तोहर खेलायब हे भउजी, ओढ़नी तोहर पखारब हे भउजी-ई-ई, भइया के भेजि तनि दे-ए!"

कुल्हड़िया आँधी, पहड़िया पानी अब करीब है! एकदम करीब! अब? अब क्या

हो?...कोसी की पुकार पर एक मुनियाँ भी न बोली, एक सीकी भी न डोली। कहीं से कोई-ई जवाब नहीं। तब कोसी मैया गला फाड़कर चिल्लाने लगी–अरे! कोई है तो आओ रे! कोई एक दीप जला दो कहीं!

कोई एक दीप जला दे, एक क्षण के लिए भी, तो फिर कोसी मैया से कौन जीत सकता है? कुल्हड़िया आँधी कोसी का आँचल पकड़ने ही वाली थी...कि उधर एक दीप टिमटिमा उठा! कोसी मैया की सबसे छोटी सौतेली बहन दुलारीदाय, बरदियाघाट पर, आँचल में एक दीप लेकर आ खड़ी हुई। बस, मैया को सहारा मिला और तब उसने उलटकर अपना आखिरी गुन मारा।

पातालपुरी में बराह भगवान डोले और धरती ऊँची हो गई।

गुनमन्ती और जोगमन्ती दोनों बहिनियाँ अपने ही गुन की आग में जल मरीं।... सास महारानी झमाकर काली हो गई!

उजाला हुआ। कोसी मैया दौड़कर दुलारीदाय से जा लिपटी। फिर तो... आँ-आँ-रे-ए...

दूनू रे बहिनियाँ रामा गला जोड़ी बिलखय,
नयना से ढरे झर-झर लोर!

गला भर आया है बूढ़े कथागायक का।

दोनों बहन गला जोड़कर घंटों रोती-बिलखती रहीं।

हिचकियाँ लेती हुई बोली दुलारीदाय–"दीदी, ज़रा उलट के देख। धरती की कैसी दुर्दशा कर दी है तुम लोगों ने मिलकर। गाँव-के-गाँव उजड़ गए, हज़ारों-हज़ार लोग मर गए। अर्ध-मृतकों की आह-कराह से आसमान काँप रहा है।"

"मरें, मरें! सब मरें! मेरे पिता के टुकड़े पर पलनेवाले ऐसे आत्मीय सम्बन्धियों का न जीना ही अच्छा। जो अपने वंश की एक अभागिन कन्या की पुकार पर अपने घर की खिड़की भी न खोल सके। धरती का भार हल्का हुआ–वे मरें!"

"धरती कहाँ है दीदी! अब तो धरती की लाश है। सफेद बालूचरों में कफन से ढकी धरती की लाश!...इस इलाके में सबसे छोटी बहन को बड़े प्यार से दाय कहकर सम्बोधित करते हैं। दुलारीदाय बहनों में सबसे छोटी–सो भी सौतेली। बड़ी प्यारी बहन! शील-सुभाव इतना अच्छा कि...।

"दीदी, अब भी समय है। उलटकर देखो। क्रोध त्यागो। दुनिया क्या कहेगी?"

कोसी मैया ने उलटकर देखा–सिकियो न डोले! कहीं हरियाली की एक रेखा भी न बची थी। सिहर पड़ी मैया भी! बोली–"नहीं, धरती मरेगी नहीं। जहाँ-जहाँ बैठकर मैं रोयी हूँ, आँसू की उन धाराओं के आसपास धरती का प्राण सिमटा रहेगा।...हर वर्ष पौष पूर्णिमा के दिन उन धाराओं में स्नान से पाप धुलेगा। युग-युग के बाद, एक-एक प्राणी पाप से मुक्त होगा। तब, फिर सारी धरती पर हरियाली छा जाएगी।...धाराओं के आसपास सिमटे हुए प्राण नए-नए रंगों में उभरेंगे।"

दुलारीदाय ने चरण-धूलि ली और मुस्कराकर खड़ी हो गई। कोसी मैया खिलखिलाकर हँस पड़ी–"पगली! दुलारी!...हँसती क्यों है?" मैया हँसी–दुलारी के आँचल में नौ मन हीरे झरे। हाँ, कोसी मैया हँसे तो नौ मन हीरा झरे और रोए तो दस मन मोती! दुलारीदाय को वरदान मिला–"युग-युग तक तुम्हारा नाम रहे। तुम्हारे इलाके का एक प्राणी न भूख से मरेगा, न दुख से रोएगा। न खेती जरेगी और न असमय में अन्न झरेंगे। गुनी-मानी लोग तुम्हारे आँगन में जनमेंगे।...कछुआ-पीठा जमीन पर तन्त्र-साधना करके तुम्हारा मान बढ़ाएगी तुम्हारी सन्तान।"

आज भी देखिए–दुलारीदाय के आँचल-तले पलते जनपद को, गाँवों को, गाँव के लोगों को। उनकी एक परम्परा है।...परानपुर की बात अभी छोड़िए–यह तो इस अंचल का प्राण ही है। हाँसा, बिसुनपुर, पानपत्ती, गीतबास कोठी, महेन्द्रपुर, मधुचन्दा, मधुलता, कँचनार टोली, पलासबनी,...रानीडूबी।

सिर्फ रानीडूबी गाँव पुराकाल से अपनी बदनामी ढो रहा है। बाकी सभी गाँव किसी-न-किसी अंश में अपने नाम की लाज बजा रहे हैं।

दुलारीदाय के दोनों बाजुओं में पलते इन सुखी-समृद्ध गाँवों का प्राण है परानपुर! दुलारीदाय के पूरबी महार पर बसा हुआ है यह गाँव। गाँव के पश्चिम-उत्तर कोण में है बरदियाघाट जहाँ दुलारीदाय आँचल में दीप लेकर प्रकट हुई थी।...

"अब तो बैमान जमाना आ गया है बाबू साहब! किसी चीज का न धरम है और न है तेज। न रहे कोई देवता, नहीं रहे देव। जब से रेलगाड़ी आई, सभी देव-देवी भागे पहाड़। एकाध पीर, फकीर, साईं-गोसाईं रह गए तो वे भी अब रेलगाड़ी में चढ़कर दूर-दराज हज, तीरथ करने चले जाते हैं। नहीं तो, दुलारीदाय के इलाके में लगातार चार साल सूखा पड़े भला? अन्धेर है! पहले तो हर साल बरदियाघाट पर मानिक दियरा जलता था, किसी-न-किसी रात में। पिछले दस-बारह साल से वह भी जलना बन्द है। कलियुग जो समाप्ति पर है!"...बूढ़े गीत-कथाकार की वाणी पर विशेष ध्यान उचित नहीं। कोसी मैया की बातों पर भी हँसने की आवश्यकता नहीं।... मैया के माँ-बाप का नाम? जिसका कोई बाप नहीं, बाबा भोला उसका बाप; जिसकी कोई माँ नहीं, माता उसकी गौरा पारवती।

किन्तु, पंडुकी का जित्तू आज भी सोया अधूरी कहानी का सपना देख रहा है। वन्ध्या रानी माँ का सारा सुख-ऐश्वर्य छिपा हुआ है सोने के एक कलम में, बिजूबन-बिजूखंड के राक्षस के पास। देवी का खाँड़ा कौन उठाए? पंखराज घोड़े पर सवार होकर कौन जाएगा कलस लाने?

कथा-गायक बूढ़ा भैंसवार सारे युग को बेईमान कह रहा है।...एक-एक आदमी पाप-मुक्त जिस दिन हो जाएगा, सारी परती हरी-भरी हो जाएगी।...प्राणों के नए-नए रंग उभरेंगे!

परानपुर गाँव के पूरब-उत्तर—कछुआ-पीठा भूमि पर खड़ा होकर एक नौजवान देख रहा है—अपने कैमरे की कीमती आँख से—धूसर, वीरान, अन्तहीन प्रान्तर। पतिता भूमि, बालूचरों की शृंखला। हिमालय की चोटी पर डूबते हुए सूरज की रोशनी चमकती है।

अर्धवृत्ताकार होकर चली गई है ईस्टर्न रेलवे की एक ब्रांच लाइन। लाइन के किनारे के खम्भों की पंक्तियों के तारों पर बैठी हुई पंक्तिबद्ध किस्म-किस्म की चिड़ियों के मुँह लाइन की ओर!...ठीक गाड़ी आने के समय, सिगनल के गिरते ही, परती पर चरती हुई चिड़ियों में एक हल्की चुनमुनाहट होती है और वे टेलीग्राफ के तारों पर जा बैठती हैं; चुपचाप बैठी नहीं रहतीं, अपनी बोली में कचर-पचर बोलती ही रहती हैं। युवक कैमरामैन श्री भवेशनाथ एम.ए. की परीक्षा देकर आया है—परती के विभिन्न रूपों का अध्ययन करने। कैमरे का व्यू-फाइंडर उसकी अपनी आँख है, असली आँख है। वह मन-ही-मन सोचता है...तीस साल! बस, तीस साल और! इसके बाद तो सारी धरती इन्द्रधनुषी हो जाएगी। तब तक रंगीन फोटोग्राफी का विकास भी हो जाएगा।...झक-झका-झक-झका...! मालगाड़ी जा रही है। रोज तीन मालगाड़ियाँ!

गाड़ी परानपुर स्टेशन पर कुछ देर रुककर खुल जाती है।...आश्चर्य! गाड़ी जाते ही चिड़ियों की टोलियाँ फुर्र हो गईं। मानो किसी की प्रतीक्षा में वे सामूहिक रूप से पंक्तिबद्ध होकर रोज बैठती हैं...निराश भी नहीं होतीं कभी।

भवेशनाथ को वराहक्षेत्र की याद आती है। पिछले आठ-नौ साल से वह वराहक्षेत्र जाता है। पुरातन तीर्थ तो है ही—भवेश का वह नया तीर्थ है। वहाँ आदमी लड़ रहा है!...बड़े-बड़े टनल के अन्दर काम होते उसने देखा है; पहाड़ काटनेवाले कितने पहाड़ी जवानों के क्लोज़-अप उसके पास हैं। अरुण, तिमुर तथा सुणकोशी के संगम पर बैठकर पानी मापनेवाले, सिल्ट की परीक्षा करनेवाले विशेषज्ञों को वह भूल नहीं पाता है। पहाड़ों की कन्दराओं में तपस्या में लीन देवगण!...प्राणों में घुले हुए रंग धरती पर फैलते क्यों नहीं? वह रंगीन फोटोग्राफी में दक्ष है।

भवेश ने देखा है, धरती पर रंग फैलते हैं।...दस साल पहले, एक शुभचिन्तक व्यक्ति की कृपा से, रोटरी क्लब में, उसने एक छायाचित्र देखा था—टैनिसी वैली स्कीम

का आयोजन! बीसवीं सदी के अर्थनैतिक जगत् के महान् महाजन मुल्क के अन्तर्गत टैनिसी अंचल के किसानों की अवस्था देखकर वह अवाक् हो गया था। हिन्दुस्तान के अभागे किसानों से किसी भी माने में कम नहीं। इसी तरह पुराने हल से खेती करते थे, टूटे-फूटे झोंपड़ों में रहते थे। राह-घाट-बाट की असुविधा, ठीक इसी तरह।...इसके बाद दिखलाया गया टैनिसी योजना का सूत्रपात; इस सम्बन्ध में जनमत-ग्रहण!...योजना के पक्ष में राय लेने, इसकी उपयोगिता के सम्बन्ध में स्पष्ट धारणा पैदा करने का आयोजन!...और छायाचित्र के अन्त में स्कीम के कामयाब होने के बाद, उस उजाड़, बंजर और बेकार अंचल में युगान्तरकारी परिवर्तन। दिन फिरे हैं किसानों के, खेतों में ट्रेक्टर चल रहे हैं, नई-नई मशीनों के द्वारा फसल काटी जा रही है। हाइड्रो-इलेक्ट्रिसिटी की सहायता से बड़े-बड़े कल-कारखाने खुल गए। सब मिलाकर एक स्वप्नलोक की सृष्टि साकार...।

आसमान में पंचमी का चाँद हँसता है—और परती पर भवेश की हल्की छाया डोलती है!

बैलगाड़ी पर जा रहे हैं सुरपतिराय। दरभंगा जिले से आए हैं। डॉक्टरेट की तैयारी कर रहे हैं। नदियों के घाटों के नाम, नाम के साथ जुड़ी हुई कहानी नोट करते हैं, गीत सुनते हैं और थीसिस लिखते हैं।

रानीडूबी घाट, नदी दुलारीदाय, परगना हवेली, थाना...।

रहिकपुर राज की रानी ने अपने वृद्ध राजा को पान में विष मिलाकर खिला दिया और डोली में बैठाकर नवाबी दरबार में भेज दिया। रास्ते में कहारों ने देखा, राजा साहब निष्प्राण पड़े हैं। जवान कोतवाल साहब ने धोखेबाज़ी की। बोले, "रानी, राजपाट आधा दे दो, नहीं तो दरबार में भेद खोल दूँगा।" रानी के कोमल हृदय को इससे बड़ी चोट लगी, क्योंकि उसने जवान कोतवाल के प्रेम में पड़कर राजा को विष दिया था।...रात में रानी उठी और गले में घड़ा बाँधकर दुलारीदाय के एक कुंड में डूब मरी!...रानीडूबी?

सुरपति अभी तक तीन ही घाटों की कहानियाँ बटोर सका है। सो भी भूली-बिसरी, आधी-पूरी कहानी के टुकड़े। आश्चर्य! सभी कहानियों के सूत्र परानपुर की ओर ही!...परानपुर के पंडित, परानपुर के ओझागुणी, परानपुर की डायन, परानपुर का ब्रह्मपिशाच...आदि-आदि! सात घाट का पानी पी चुकने पर सुरपति को भी विश्वास हो जाएगा—चिरई-चुरमुन और भैंसवार ही असल कथाकार हो सकते हैं।... सैकड़ों वर्षों की कहानियाँ, सोने की पुरातन मुद्राओं की तरह।

परानपुर बहुत पुराना गाँव है।...1880 साल में मि. बुकानन ने अपनी पूर्णिया रिपोर्ट में इस गाँव के बारे में लिखा है—पुरातन ग्राम परानपुर। इस इलाके के लोग परानपुर को सारे अंचल का प्राण कहते हैं। अक्षरशः सत्य है यह कथन। गाँव से पश्चिम बहती हुई दुलारीदाय की धारा। तीन ओर विशाल प्रान्तर, तृण-तरुशून्य लाखों एकड़ बादामी रंग की धरती! दुलारीदाय इसकी पश्चिमी रेखा है—जहाँ से हरियाली शुरू होकर पच्छिम की ओर गहरी होती गई है। अपने दोनों हाथों से दोनों कछार की धरती पर सुख-समृद्धि बाँटती हुई दुलारीदाय, वन्ध्या धरती की संवेदना में बहती अश्रुधारा-जैसी!...गाँव के दक्खिन हज़ारों सेमल के पेड़ों का बाग है, सेमलबनी। फूलों के मौसम में लाल आसमान को मैंने देखा है—अपलक नेत्रों से, अचरज-भरी निगाहों से। लाल आसमान!

सेमल का बाग आज भी है। हर पाँच-सात साल के बाद नई पौध। सात साल पहले एक दियासलाई कम्पनी का ठेकेदार आया और सेमल—जिसके फल को गिलहरी भी न खाए, जिसकी लकड़ी से कोई मुर्दा भी न जलाए—शीशम के दर बिकने लगा। लेकिन, इसी को कहते हैं तकदीर का खेल। सेमलबनी के जमींदार के अधपगले पुत्र जित्तन बाबू ने साफ जवाब दे दिया—एक भी पेड़ नहीं बेचूँगा। साठ हजार रुपए की आखिरी डाक देकर कम्पनी का ठेकेदार चला गया।...अब हाय-हाय करने से क्या होता है? जमींदारी खत्म हो गई। सेमलबनी पर सरकार का कब्जा हो गया है। सरकार जो चाहे करे। सुना है, जित्तन बाबू ने हाईकोर्ट में अरजी दी है—सेमल के बाग का सर्वनाश न किया जाए!

पागल आदमी को कौन समझाए! किन्तु जित्तन बाबू का परिवार पुराना है। परानपुर गाँव के एक उजड़े खंडहर-जैसे मकान की एक कोठरी में बैठकर जित्तन बाबू यानी श्री जितेन्द्रनाथ मिश्रजी एकटक खिड़की से देख रहे हैं—पोखरे में सुपारी, नारियल, साबूदाना तथा यूक्लिप्टस के वृक्षों की परछाइयों को। हल्की चाँदनी की चदरी धीरे-धीरे बिला रही है...। कमरे में हरिकेन का प्रकाश है। दीवार पर देगाँ की एक तस्वीर की कॉपी फ्रेम में लटकी है—आधा दर्जन अर्धनग्न नर्तकियों की टोली—नृत्यरता नायिकाएँ! स्वस्थ फ्रेंच युवतियों की इन रंगीन तस्वीरों की कृपा से जित्तन बाबू इधर काफी कुख्यात हो गए हैं, गाँव में।...धौली की माँ ने गाँव-भर में प्रचार किया है, "हवेली में झाड़ू देने कौन जाए? नहीं करती ऐसी नौकरी! सारी कोठरी में मार नंगी मेम की छापी टाँगे हुए है। आँख मूँदकर कोई कैसे झाड़ू दे, कहो?"

गाँव के प्रसिद्ध और पुराने लाल बुझक्कड़ भिम्मल मामा ने ग्राम पुस्तकालय के पठनागार में घोषणा की—"बुद्धि भ्रष्ट होने से आदमी सबकुछ कर सकता है।—जित्तन

इज़ सफरिंग फ्रॉम सेक्सोलॉजिया। मैलेरिया, फैलेरिया, डायरिया, पायरिया आदि रोगों से भी मारात्मक रोग है यह सेक्सोलॉजिया।''

भिम्मल मामा जित्तन बाबू की ड्योढ़ी में रोज जाते हैं, किन्तु उनके कमरे में कभी पाँव नहीं देते। कहते हैं–''बूचड़खाने में लटकते हुए खस्सी बकरों की कटी-छिली हुई देह देखकर माथा चक्कर खाने लगता है। आइ कांट स्टैंड फ्लेश विद ब्लड...बरदाश्त नहीं कर सकता मांस के लोथड़ों के बीच...''

गाँव की सबसे फैशनेबल युवती जयवन्ती का कहना है–''उस दिन फिलिमकट ब्लाउज पहनकर हवेली के पिछवाड़े से जा रही थी। छिः-छिः, कितना असभ्य हो जाता है आदमी शहर में रहते-रहते! एकटक देखता ही रहा, देखता ही रहा। मैं डर गई–आँखें हैं उसकी या...?''

जितेन्द्रनाथ रोज इन तस्वीरों की ओर देखकर मन-ही-मन बुदबुदाते हैं–'पिजारो, वैन गॉग, रेनोऑ, देगाँ! तुम्हारी प्रेमिकाओं को प्रणाम! मानुमेंट को एक क्षण भी प्यार करनेवाली भद्र महिलाओं को श्रद्धापूर्ण नमस्कार!'

गाँव के लड़कों ने जित्तन बाबू के पागल होने का बहुत-सा प्रमाण एकत्रित किया है; सिलसिलेवार सुनने को मिलता है पठनागार में।

किन्तु इस पागल अथवा सनकी को छोड़ने से काम नहीं चलेगा। इस गाँव के सामने फैली विशाल परती की डेढ़ हजार बीघे जमीन का मालिक अकेला वही है। दुलारीदाय के बीच प्रसिद्ध कुंडों का स्वामी, बरदियाघाट से लेकर मीरघाट तक की धरती का जमींदार!

दस-पन्द्रह वर्षों के बाद गाँव लौटे हैं जित्तन बाबू।...परानपुर के पानी में अब फिर मिठास लौट आई है शायद। छह महीने हो रहे हैं, गाँव में जमकर बैठे हैं। टूटते हुए गाँव में यह साबुत किन्तु सनकी आदमी...।

परानपुर ही नहीं, सभी गाँव टूट रहे हैं। गाँव के परिवार टूट रहे हैं, व्यक्ति टूट रहा है–रोज-रोज, काँच के बर्तनों की तरह।...नहीं!...निर्माण भी हो रहा है।...नया गाँव, नए परिवार और नए लोग!

गाँवों का नवनिर्माण हो रहा है। टूटे हुए खंडहरों को साफ करके नींवें डाली जा रही हैं। शिलान्यास हो रहा है। खूब धूमधाम से नई इमारतों की बँधाई-गँथाई चल रही है।...नई ईंट के साथ पुरानी किन्तु काम के योग्य ईंटों को मिलाकर दीवार बना रहा है राजमिस्त्री। अपनी बसूली से वह पुरानी ईंटों को बजा-बजाकर कहता है–''इसी ईंट को असली सूरजमुखी ईंट कहते हैं।...यह हमारे ठेकेदार साहब की ईंट नहीं कि मुट्ठी में मसलकर, आँख में झोंक दिया...।''

गाँव के बड़े-बूढ़ों का कहना है, कूप खोदते समय, नींव लेते समय मिस्त्री और मजदूरों की पीठ पर सवार रहना चाहिए। माटी के नीचे से न जाने कब क्या चीज निकल आए!

सतर्क दृष्टि से देखना होता है; चमकदार चीज को पैर के नीचे दबा रखते हैं ये। समय-समय पर इन गड्ढों में खुद उतरकर देखना बुद्धिमानी है। नई इमारत की बुलन्द होनेवाली दीवारों की गँथाई देखिए—कच्ची ईंटों पर नजर रखिए!

जित्तू अधूरी कहानी के सपने देखता सोया पड़ा है। वह कैसे जगेगा? वह नहीं जगेगा तो देवी मन्दिर का खाँड़ा कौन उठाएगा...? एक-एक आदमी पापमुक्त कब तक होगा? उठ जित्तू! तुर-तुत्तु-उ-तू-ऊ-तू-ऊ!

ग्राम परानपुर, थाना रानीगंज, परगना हवेली...।

जिले के अन्य परगनावाले हवेली परगनावालों पर व्यंग्य करते हैं। चुटकी लेते हुए कहते हैं—कहाँ घर है? हवेली परगना?...हवेली परगना में लड़का भी पैदा होता है?

परानपुर के नौजवानों ने हमेशा मुँहतोड़ उत्तर दिया है—"परगना हवेली में होने से क्या हुआ? हम लोग परानपुर के प्रतिष्ठित समाज के वंशधर हैं।" नौजवानों की बात में सच्चाई है। परानपुर की प्रतिष्ठा सारे जिले में है। सबसे उन्नत गाँव समझा जाता है। इस इलाके में सबसे उन्नत गाँव है परानपुर। किन्तु, जिस तरह बाँस बढ़ते-बढ़ते अन्त में झुक जाता है, उसी तरह यह गाँव भी झुका है।...अब इस सब-डिवीज़न-भर के लोग यहाँ के दस वर्ष के लड़के से भी बात करते समय अपना पॉकेट एक बार टटोलकर देख लेते हैं। फारबिसगंज बाजार की किसी दुकान में चले जाइए, ज्यों ही मालूम हुआ कि परानपुर का ग्राहक आया है, दुकानदार अपनी बिखरी हुई चीजों को समेटना शुरू कर देता है।...हाकिम-हुक्काम भी यहाँ के लोगों से बातें करते समय इस बात का खयाल रखते हैं कि सिर्फ एक गाँव में, एक ही वर्ष के अन्दर सरकार के तीन-तीन विभागों के अधिकारियों की आँखों में धूल झोंकी गई।...ट्रेन के चेकर जानते हैं, परानपुर के लोग टिकट लेकर गाड़ी में नहीं चलते। चार्ज करनेवाले चेकर को रोड़े और पत्थरों से भाड़ा चुकाते हैं ये।

गाँव की आबादी है करीब सात-आठ हजार। विभिन्न जातियों के तेरह टोले हैं। मुसलमानटोली छोटी है, पचास घर रह गए हैं अब। परानपुर की पुरानी प्रतिष्ठा की

रक्षा आज भी ये सामूहिक रूप से करने की बात सोच सकते हैं। पहले पढ़े-लिखे लोगों की ही बात लीजिए! आठ ग्रेजुएट, दो एम.ए., एक शास्त्री (काशी विद्यापीठ), पचास मैट्रिक्युलेट, एक सौ मिडिल पास। डेढ़ दर्जन कवि, दो साहित्यालंकार और एक नाटककार। लड़कियाँ भी पढ़ी-लिखी हैं। जिले की एकमात्र साहित्यिक साप्ताहिक पत्रिका में एक कुमारी कवयित्री की रचनाएँ हमेशा सचित्र छपती हैं।...और रग्घू रामायनी को क्या कहिएगा? एक अक्षर का भी बोध जिसे नहीं, किन्तु बालकांड तक क्षेपक सहित जिसके कंठ में है! गोस्वामी तुलसीदास जिसे स्वप्न में दर्शन देते हैं...जो तुलसीकृत रामायण को गाँव की बोली में जोड़कर गाता है–सारंगी का गीत!

उस पुराने पोखरे के पास जो झंडे का बाँस दिखलाई पड़ता है, वही है स्कूल–उच्चांगल विद्यालय। सन् 1929 में ही मिडिल वर्नाकुलर स्कूल की स्थापना हुई थी। उच्चांगल तो दस साल से हुआ है। हाईस्कूल के लिए पैसे जिस वृद्ध दाता ने दिए थे, उसके लड़कों ने अपने पिता के नाम पर स्कूल के नामकरण का विरोध किया था! 'चमरू चौधरी हाईस्कूल' नहीं, 'दि ब्राह्मण एच.ई. स्कूल'! 'दि' जोड़ा है भिम्मल मामा ने। गत पाँच वर्षों से इस स्कूल में कोई हेडमास्टर नहीं टिक पाते। जाति और पंचायत के झगड़े! गाँव की दलबन्दी के ऊपर चढ़े करेले की भुजिया कमिटी की कड़ाही में भूँजी जाती है न! पिछले साल हेडमास्टर ने कई मास्टरों को अपनी पार्टी में कर लिया और दूसरे ही दिन असिस्टेंट हेडमास्टर साहब की मरम्मत कर दी। असिस्टेंट हेडमास्टर साहब को विरोधी दल के लोगों के अलावा स्वजाति के लोगों की मदद मिली। गाँव में 'मेजरौटी' शब्द का अर्थ सभी समझते हैं। जब मेजरौटी है तो क्या बात है! सारे स्कूल को घेरकर लाठी, ईंटों और पत्थरों से सभी को अच्छी शिक्षा दी थी।...भिम्मल मामा ने इसलिए इस स्कूल के आगे 'दि' जोड़ दिया। एक कन्या विद्यालय है। उस केले के बड़े-बड़े पत्तों के बीच से जो नए मकान का हिस्सा दिखाई दे रहा है, वही है गर्ल स्कूल। गाँव की ही अध्यापिकाएँ हैं। विद्यालय की लड़कियाँ कोरस में जन-गण-मन बहुत सुन्दर गाती हैं।

डिस्ट्रिक्ट बोर्ड ने प्रस्ताव पास कर परानपुर अस्पताल को बन्द कर दिया है।... भूमिहार डॉक्टर को राजपूतों ने मिलकर धमकी दी। कायस्थ डॉक्टर के खिलाफ दरखास्त दी गई थी–पैसा लेकर भी दूसरी जातिवालों को बढ़िया दवा नहीं देता, और कायस्थों को मुफ्त में दवा और सूई देकर इलाज करता है।...डिस्ट्रिक्ट बोर्ड ने अस्पताल को बन्द कर दिया, पाँच साल पहले।

पुस्तकालय भी है। 1930 में ही स्थापना हुई है। 1944 से सरकारी सहायता मिलती है। पाँच साल पहले रेडियो भी दिया गया, राज्य सरकार की ओर से। आजकल बन्द है।...पुस्तकालय के कुछ सदस्यों का कथन है–छित्तनबाबू के बड़े भाई साहब ने ही पुस्तकालय के लिए अपने बँगले की एक कोठरी दी थी। चार महीना पहले की बात है, छित्तनबाबू ने स्पष्ट शब्दों में कह दिया–''यहाँ लायब्रेरी कहाँ है?

खबरदार, यदि बँगले की सीढ़ी पर किसी ने पैर भी रखा तो फौजदारी हो जाएगी। ट्रेसपासिंग का मुकद्दमा कैसा होता है, किसी वकील से जाकर पूछो।''...छित्तनबाबू अन्यायी हैं, सार्वजनिक पुस्तकालय को इस तरह हथिया लेना छोटी बात नहीं! निन्दा का प्रस्ताव पास...।

छित्तनबाबू सुनाते हैं—''पिछले दस वर्षों से पुस्तकालयवाले सरकार से घर-भाड़ा के नाम पर चालीस रुपए माहवार वसूलते हैं। पूछिए, कभी एक पैसा भी दिया है मुझे? चार-पाँच हजार रुपए की बात है, खेल नहीं।...कहाँ गए रुपए, कुछ हिसाब तो होना चाहिए? सरकारी रेडियो बिकूबाबू की सुहागरात में बजने के लिए गया, उसी रात से उनके यहाँ खराब होकर पड़ा है। लेकिन, बैटरी का पैसा सरकार से बराबर वसूला गया है।''

बिकूबाबू और छित्तनबाबू के झगड़े में जातिवाद के पैंतरे। फिर से सेक्रेटरी-प्रेसीडेंट कलह-कांड।...इसलिए, छित्तनबाबू का पंचवर्षीय पुत्र 'दीपशिखा' के पृष्ठों को काट-काटकर दीवार पर चिपकाता है, उसे कौन मना कर सकता है?

पिछले साल 'नवीन परानपुर ग्राम पुस्तकालय' खुला है। नाट्यशाला का पक्का स्टेज आज भी है। टीन की ऊँची छत आँधी में उड़ गई है। स्थापना—1920 में। 1921 में राजबनैली चम्पानगर के दरबार में कलकत्ता की लड्डन कम्पनी को पानी-पानी कर दिया था परानपुर-नाटक-मंडली ने। चार-पाँच साल पहले तक नाटक खेले गए हैं। अब तो...।

बहुत उन्नत गाँव है परानपुर। सात-आठ हजार की आबादी है। प्रत्येक राजनीतिक पार्टी की शाखा है यहाँ। धार्मिक संस्थाओं के कई धुरन्धर धर्मध्वजी इस गाँव में विराजते हैं।...पंडित नेहरू तीन बार पदार्पण कर चुके हैं इस गाँव में। लाहौर कांग्रेस के बाद पहली बार, दूसरी बार 1936 में चुनाव के दौरे पर और पिछले साल कोसी प्रोजेक्ट देखने आए थे जब।...

पिछले आठ चुनावों में सॉलिड वोट कांग्रेस को नहीं मिला, इसलिए इस बार सॉलिड वोट प्राप्त करने के लिए हर पार्टी को शाखा प्रत्येक मास अपनी बैठक में महत्त्वपूर्ण प्रस्ताव पास करती है।

पिछले आठ-दस वर्षों से जातिवाद ने काफी जोर पकड़ा है। राजनीतिक पार्टियाँ भी जातिवाद की सहायता से संगठन करना जायज समझती हैं। राजनीति के दंगल में सबकुछ माफ है।

गाँव में अंग्रेजी शब्दों के शुद्ध और अपभ्रंश रूप का धड़ल्ले से व्यवहार होता है—नामनेशन, मेजरौटी, पौलटीस, पौलीसी।

और सारे गाँव के मामा—भिम्मल मामा—पढ़े-लिखे पागल समझे जाते हैं। उनके गढ़े हुए शब्दों का प्रचलन हो रहा है धीरे-धीरे—दिमाकृषि, प्रद्युस, ट्रा—अर्थात् डेमॉक्रेसी, प्रोड्यूस, टेलीग्राम!

परानपुर गाँव के पच्छिमी छोर पर परानपुर इस्टेट की हवेली है।

पोखरे के दक्खिनवाले महार पर नारियल, सुपारी, साबूदाना तथा यूक्लिप्टस के पेड़ों में बया के सैकड़ों घोंसले लटक रहे हैं। महार से दस रस्सी दूर हैं कलमी आमों के बाग। पोखरे के पच्छिमी महार पर कचहरी-घर है; पच्छिम-दक्षिण कोण पर इस्टेट की हवेली की पुरानी इमारत का एक अंश आज भी टिका हुआ है। ढहती हुई हवेली की एक-एक ईंट पर नागरी अक्षर प. पुं. ह. का मार्का है। प. पु. ह. अर्थात् परानपुर हवेली। परानपुर इस्टेट के मालिक की ड्योढ़ी–परानपुर हवेली। परानपुर इस्टेट।

करीब सत्तर-अस्सी साल पहले हवेली की नींव डालने के दिन इस्टेट के मालिक स्वर्गीय श्री शिवेन्द्रनाथ मिश्रजी ने काली-बाड़ी में प्रार्थना की थी–"पतनीदार से जमींदार, जमींदार से राज़ा, राजा से महाराजा का खिताब हासिल करा दो...माँ तारा!"

पतनीदार शिवेन्द्र मिश्र ने मरने के दिन भी मान-भरे स्वर में कहा था–"माँ! मेरी मनोकामना तुमने पूरी नहीं की। पतनीदार का पतनीदार ही रह गया सारा जीवन!"

शिवेन्द्र मिश्र की एकान्त मनोकामना भले ही पूरी न हुई हो, किन्तु परानपुर इस्टेट का नाम जिले के कोने-कोने में फैला हुआ है–आज भी। इलाके के मुकदमेबाज़ आज भी दीवानी तथा फौजदारी मुकदमों की राय सुनने के दिन शिवेन्द्र मिश्र के नाम का जाप करते हैं–पचास बार। अपनी मनोकामना पूरी करने के लिए शिवेन्द्र मिश्र ने जो-जो करतब किए, वे कथा-उपकथा, प्ररिकथा तथा किंवदन्तियों के रूप में आज भी सुने जाते हैं–घाट बरदिया का व्यवहार, करो बेगारी उतरो पार!

गाँव के उत्तर-पच्छिम कोण में, पाव कोस दूर जो अकेला ताड़ का पेड़ खड़ा है, वही है बरदियाघाट। वहीं, दुलारीदाय आँचल में दीप लेकर प्रकट हुई थी। इस घाट को पार करनेवालों को घटवारी नहीं लगती। लेकिन बेगारी? पन्द्रह साल पहले तक चाहे लाट साहब की गाड़ी हो या राजा साहब की सवारी, घाट के दोनों ओर बरसात के पहले सड़क पर एक कुदाली मिट्टी जरूर डालनी पड़ती थी। आजकल, दोनों ओर की सड़कों में कमर-भर गढ़े हो गए हैं।

बेगारी बन्द हो गई है, किन्तु घाट पार करते समय अब भी दूर के गाड़ीवान–हिन्दू हों या मुसलमान–हवेली की ओर माथा झुकाकर नमस्कार करते हैं।

हवेली के पिछवाड़े में पाँच रस्सी दूर मिट्टी का ऊँचा बुर्ज है, चालीस फीट ऊँचा।...मिसर बुरुज!

बुर्ज पर मन्दिरनुमा एक छोटा-सा घर है—जो सदा से राही-बटोहियों को रहस्य-रोमांचपूर्ण परिकथाओं का सदावर्त बाँटता आया है।

और इस अकेले ताड़वृक्ष पर ब्रह्मपिशाच रहता है। विशाल परती पर डेढ़-डेढ़ सौ एकड़ की पाँच परिधियों पर इस ब्रह्मपिशाच का राज्य था। प्रत्येक वर्ष शरद की चाँदनी में वह इन पाँचों चक्रों में अपना रुपया पसारकर सूखने देता था। असली चाँदी के रुपए, सोने की मुहरें!...मानो, आषाढ़ की पहली वर्षा में दुलारीदाय की सारी पोठी मछलियाँ परती के बलुवाही पानी के लोभ में धरती पर छटपटा रही हों! चाँदनी में चमकते हुए चाँदी के रुपए।...छटपटाती हुई पोठी मछलियाँ! चितपट-चितपट-छटपट!...

...ब्रह्मपिशाच तथा उसके रुपयों को बहुतों ने अपनी आँख से देखा, पर किसी की हिम्मत नहीं हुई कि कभी उसे टोके भी। किसकी माँ ने ऐसा अगिया बैताल पैदा किया है जो ब्रह्मपिशाच को देखकर भी होश दुरुस्त रख सके?

किन्तु, होश दुरुस्त रखा था शिवेन्द्र मिश्र ने। एक चाँदनी रात के दूसरे पहर में एक बार ब्रह्मपिशाच से उनकी मुठभेड़ हो गई। एक ओर ब्रह्मपिशाच तो दूसरी ओर देवी के दो-दो पीठ का सिद्ध तान्त्रिक और उसका नीलबरन घोड़ा! शालिहोत्र में कहा है—नीलबरन घोड़ा...। खड़क-खड़क-खड़-ड़-ड़!

ताड़ के सूखे पत्ते हवा से खड़खड़ा उठते हैं!

...ब्रह्मपिशाच को अन्त में परास्त कर कैद किया मिश्र ने। सारे रुपए और सारी जमीन। डेढ़-डेढ़ सौ एकड़ के पाँच चक्र। आसामी बामाल! लेकिन पिशाच का धन जाता भी है पैशाचिक ढंग से ही। बाढ़ के पानी की तरह न आते देर और न जाते देर!

इस चाँदनी रात में भी मिसर-बुर्ज पर पेट्रोमेक्स जल रहा है।...बुर्ज की सीढ़ियों की मरम्मत हुई है। मन्दिरनुमा घर को तोड़कर नए तर्ज की एक मीनार बनाई गई है। जितेन्द्र बाबू जब से गाँव आए हैं, तीनों दिन उस पर पेट्रोमेक्स जलता है।...कुलदीपक प्रमाणित करने के लिए ही, शायद!

कुलदीपक जितेन्द्रनाथ मिश्रजी दस-पन्द्रह वर्षों के बाद गाँव लौटे हैं।

मुंशी जलधारीलाल दास तहसीलदार और रामपखारनसिंह सिपाही। परानपुर इस्टेट के इन दो कर्मचारियों ने मिलकर, कलम की नोक और लाठी के जोर से, जमींदारी की रक्षा की। जमींदारी-उन्मूलन की चपेट से इस्टेट को बचाने का सारा श्रेय मुंशी जलधारीलाल दास को है। साबित कर दिया—परानपुर पट्टी पतनी है, जमीन खुदकाश्त है, बकाश्त है, रैयती हक है—आदि-आदि!

इस लैंड सर्वे सेटलमेंट की आँधी में गाँव आए हैं जित्तन बाबू। मुंशी जलधारी के चक्षुकर्ण से देखते-सुनते हैं, और रामपखारन की विद्याबुद्धि से समझते-बूझते हैं। किसी की कोई बात नहीं सुनते। किसी से मुँह खोलकर बात नहीं करते।

नया ट्रेक्टर खरीद हुआ है। बँटाई करनेवाले किसानों को जमीन से बेदखल किए बिना फार्म बनाना असम्भव है।

दुलारीदाय-जमा की जमीनों में पाट और भदई धान की खेती करने के लिए रोज निकलते हैं जित्तन बाबू। ट्रेक्टर पर सवार, आँखों पर धूपछाँही चश्मा तथा सिर पर ताड़ की पत्तियों का बड़ा कनटोप!

बेदखल किए गए किसान दल बाँधकर रोज नारा लगाते हैं, गलियाते हैं—जालिम, मक्कार, गिरगिट, शराबी, जुआरी इत्यादि!

लैंड सर्वे सेटलमेंट!

जमीन की फिर से पैमाइश हो रही है, साठ-सत्तर साल बाद। भूमि पर अधिकार! बँटैयादारों, आधीदारों का जमीन पर सर्वाधिकार हो सकता है, यदि वह साबित कर दे कि जमीन उसी ने जोती-बोई है।

चार आदमी—खेत के चारों ओर के गवाह, जिसे अरिया गवाह कहते हैं—गवाही दे दें, बस हो गया। कागजी सबूत ही असल सबूत नहीं!

बिहार टेनेंसी एक्ट की दफा 40 के मुताबिक लगातार तीन साल तक जमीन आबाद करनेवालों को मौरूसी हक हासिल हो जाता था, किन्तु कचहरी की करामात और कानूनी दाँव-पेंच से अनभिज्ञ किसानों की इसमें कोई भलाई नहीं हुई। जमींदारी प्रथा खत्म करने के बाद राज्य सरकार ने अनुभव किया—पूर्णिया जिले में एक क्रान्तिकारी कदम उठाने की आवश्यकता है।...हिन्दुस्तान में, सम्भवतः सबसे पहले पूर्णिया जिले पर ही लैंड सर्वे ऑपरेशन का प्रयोग किया गया। जिले के जमींदारों और राजाओं की जमींदारियों का विनाश अवश्य हुआ। किन्तु, हिन्दुस्तान के सबसे बड़े किसान यहीं निवास करते हैं।...गुरुबंशी बाबू जमींदार नहीं, किसान हैं। दस हजार बीघे जमीन है, दो-दो हवाई जहाज रखते हैं। दूसरे हैं भोला बाबू। पन्द्रह हजार बीघे जमीन है, डेढ़ दर्जन ट्रेक्टर रखते हैं। पर यह बात भी सच्ची है कि वे जमींदार नहीं। किसान-सभा की सदस्यता से किस आधार पर वंचित करेंगे उन्हें? यहाँ पाँच सौ बीघेवाले किसान तृतीय श्रेणी के किसान समझे जाते हैं और हर गाँव पर इन्हीं किसानों का राज है। भूमिहीनों की विशाल जमात! जगती हुई चेतना!...जमींदारी उन्मूलन के बाद भी हर साल फसल कटने के समय एक-डेढ़ सौ लड़ाई-दंगे और चालीस-पचास कत्ल होते रहे तो फिर से जमीन की बन्दोबस्ती की व्यवस्था की गई।...सारे जिले में गत तीन वर्षों से विशाल आँधी चल रही है।

बौंडोरी! बौंडोरी!...

सर्वे का काम शुरू हो गया है। अमीनों की फौज उतरी है!... बौंडोरी, बौंडोरी!

बौंडोरी अर्थात् बाउंड्री। सर्वे की पहली मंजिल। अमीनों के साथ ही गाँव में नए शब्द आए हैं–सर्वे से सम्बन्धित! बच्चा-बच्चा बोलता है, मतलब समझता है।

सर्वे की पहली मंजिल–बाउंड्री। फिर, मुरब्बा, किश्तवार, तब खानापूरी, तनाजा, तसदीक और दफा तीन, छह, नौ!

जरीब की कड़ी, तख्ती, राइटेंगल, गुनियाँ, कम्पास आदि लेकर अमीन लोग अपने टंडैलों के साथ धरती के चप्पे-चप्पे पर घूम रहे हैं। जरीब की कड़ी खनखनाती हुई सरक रही है–खन, खन, खन! सर्वे के अमीन साहब का कहना है–"यदि किसी प्लॉट पर कौआ भी आकर कह दे कि जमीन मैंने जोती-बोई है, तो उसका नाम लिखने को हम मजबूर हैं।...यही कानून है। यह मत समझो कि बौंडोरी बाँध रहा हूँ।"

जिले-भर के किसानों और भूमिहीनों में महाभारत मचा हुआ है। सिर्फ भूमिहीन नहीं, डेढ़ सौ बीघे के मालिकों ने भी दूसरे बड़े किसानों की जमीन पर दावे किए हैं!...हजार बीघेवाला भी एक इंच जमीन छोड़ने को राजी नहीं।

दुखरन साह के कुल में कोई रोनेवाला नहीं। अस्सी वर्ष की उम्र है। छोटी दुकान है और पचास बीघे जमीन। उसने सोचा–भूदान में दो बीघे जमीन दान देने से अड़तालीस बीघे तो बच जाएँगे। जब हर चप्पे पर तनाजा पड़ने लगा तो पागल हो गया, दुखरन साह बेचारा बूढ़ा, सीधे विनोबाजी के पास रवाना हुआ–क्या बाबा! तुरत दान देकर तो मेरा महाकल्यान हो गया! लौटा दीजिए मेरी जमीन–मेरा दान-पत्तर!... ले लो अपनी कंठी-माला!

छै महीने में ही गाँव का बच्चा-बच्चा पक्की गवाही देना सीख गया!

छै महीने में ही गाँव एकदम बदल गया है। बाप-बेटे में, भाई-भाई में अपने हक को लेकर ऐसी लड़ाई कभी नहीं हुई। अजीब-अजीब घटनाएँ घटने लगीं।

सरबन बाबू की ही बात लीजिए...। सरबन बाबू इलाके के नामी-गरामी आदमी हैं। गाँव में अब भी काफी प्रतिष्ठा है। जवार-भर की पंचायतों में जाते हैं। हाल ही में काशीजी से शिवलिंग मँगवाकर स्थापना करवाई है। उनके छोटे भाई लालचन बाबू को किसी ने बताया कि सभी पर्चों पर सरबन बाबू अपने लड़कों के नाम या स्त्री का नाम चढ़वा रहे हैं। लालचन बाबू का नाम कहीं भी नहीं–एक प्लॉट पर भी नहीं। जिन पर्चों पर सरबन बाबू का नाम चढ़ा है, लालचन बाबू का नामोनिशान नहीं।

सरबन बाबू के नाम के साथ वगैरा भी नहीं है, जो लालचन बाबू कभी दावा भी कर सकें।

लालचन बाबू पढ़े-लिखे नहीं हैं तो क्या हुआ? इतनी-सी बात उनको समझ में नहीं आएगी? उनके वकील साहब ने फीस लेकर सलाह दी है, मुफ्त में नहीं। आपको आगे बढ़ने–यानी कानून-कचहरी करने–की कोई जरूरत नहीं; बड़े भाई को ही पहले आगे बढ़ाइए!

लालचन बाबू ने दूसरे ही दिन मार लाठी से सिर फोड़कर, सरबन बाबू को यानी अपने बड़े भाई साहब को आगे बढ़ा दिया है।

धन्य हैं सरबन बाबू! भरी कचहरी में हल्फ लेकर कह दिया–"लालचन मेरा कोई नहीं।...इसके बाप का ठिकाना नहीं। मेरे बाबूजी के मरने के तीन बरस बाद...।"

टेर्रिबल!–हाकिम ने अचरज से मुँह फाड़ते हुए कहा था–टेर्रिबल! बड़े-बड़े इज्जतदारों की हवेली में बन्द, घूँघटों में छिपी बेवा औरतें पर्दे को चीरकर आगे बढ़ आई हैं; अपने नाबालिग वंशधरों की उँगलियाँ पकड़े खड़ी हैं–"हुजूर! देखा जाए!... ज़रा इंसाफ किया जाए हुजूर! इसका बाप कमाते-कमाते मर गया। कोल्हू के बैल की तरह सारी जिन्दगी खटते-खटते बीती। और खाते में कहीं भी उसके लड़के का नाम नहीं? नाम दरज कर लिया जाए हुजूर!"

कॉलेजों में पढ़नेवाले विद्यार्थी परीक्षा की तैयारी छोड़कर दौड़े आए हैं।...छोटे को प्राणों से भी बढ़कर प्यार करते हैं बाबूजी। छोटे के नाम से सारी उपजाऊ जमीनें लिखवा दे सकते हैं!...कोई भरोसा नहीं किसी का। खटा-खट, खटा-खट-खट-खट!–गाँव की अली-गली, अगवार-पिछवाड़ की ओर निकलनेवाली पगडंडियाँ बन्द की जा रही हैं। डर है नक्शा बन जाने का। खेत के बीचोबीच पगडंडी यदि दर्ज हो गई नक्शे में, तो हो चुकी खेती!

तीन साल से चल रही है आँधी।

उधर, दीवानी कचहरियों में–बेदखली, फसल-जब्ती, टाइटल-सूट का बाजार गर्म है। ठलुवे वकीलों को भी दस रुपए रोज की आमदनी होने लगी है।

अमीन साहब कहते हैं–"असल चीज है बाउंड्री। अभी जिसका नाम दर्ज हो गया, समझो, पत्थर पर रेखा पड़ गई।" इसीलिए जमीन के मालिक, बँटैयादार, सभी उन्हें हमेशा घेरे रहते हैं। न जाने कब कोई आए और तनाजा दे दे जमीन पर। तनाजा सर्वे का सबसे ज्यादा धारवाला शब्द है। तनाजे का फैसला कानूनगो साहब करते हैं। इनको अमीन से ज्यादा पावर है। सभी अमीन और सुपरवाइजर इनके अंडर में रहते हैं।...दिन-रात कचहरी लगी रहती है कानूनगो साहब की। कानूनगो के चपरासीजी को इलाके के बड़े-बड़े जमीनवाले हाथ उठाकर जयहिन्द करते हैं–"जयहिन्द चपरासीजी!...कहिए, कानूनगो साहब को चावल पसन्द आया? असली बासमती चावल है, अपने खर्च के चावल से निकालकर भेजा था।...जी, जी, जी हाँ!...घी आज

आ जाएगा।"

कचहरी लगी रहती है देश-सेवकों की, समाज-सेवकों की। कांग्रेसी, समाजवादी, कम्युनिस्ट, सभी पार्टीवालों ने अपने बाहरी वर्कर मँगाए हैं। गाँव के वर्करों की बात उनके अपने ही परिवार के अन्य सदस्य नहीं मानते। बहुत से वर्करों का ट्रायल हुआ है, होनेवाला है। सेवकों की सेवाओं की परख हो रही है। सभी पार्टी के कार्यकर्ता सतर्क हैं, सचेष्ट हैं, बँटाईदारी करनेवालों के नाम पर्चा दिलवाने का व्यापार बड़ा टेढ़ा है।

किन्तु लुत्तो की बात निराली है! शासक-पार्टी का कार्यकर्ता है—थाना कमिटी के सभापति के प्रियजनों में से एक।...थाना कमिटी के सभापतिजी जाहिल हैं। उनका विश्वास है कि पढ़े-लिखे लोग काम कम, बात ज्यादा करते हैं। इसलिए थाने-भर की ग्राम कमिटियाँ एक-से-एक जाहिलों के जिम्मे लगाई गई हैं। फिर, लुत्तो ने अपने एक-एक लीडर को खुश किया। वर्कर के ही बल पर लीडर, लीडर के बल पर मिनिस्टर!...बड़े लोगों की सेवा कभी निष्फल नहीं जाती।...सर्वे के समय लुत्तो की कीमत और बढ़ गई है। सभी धीरे-धीरे जान गए हैं, सोशलिस्ट और कम्युनिस्ट पार्टीवाले जिनकी मदद करेंगे, उन्हें जमीन हरगिज नहीं मिल सकती, ब्रह्मा-विष्णु-महेश उठकर आएँ, तब भी नहीं।...इसमें बहुत बड़ा रहस्य है, जिसे सिर्फ लुत्तो ही जानता है।

ब्राह्मण-छतरी उसकी चरण-पूजा कर जाते हैं। बी.ए., एम.ए. को तो लुत्तो बाबू गाय-बैल समझता है—गोशाला का।

...खेत-खलिहान, घाट-बाट, बाग-बगीचे, पोखर-महार पर खनखनाती हुई जरीब की कड़ी घसीटी जा रही है—खन-खन-खन!

नया नक्शा बन रहा है।

नया खाता, नया पर्चा और जमीन के नए मालिक।

तनाजा के बाद तसदीक। तसदीक करने के लिए कानूनगो से ज्यादा पावरवाले नए हाकिम साहब आए हैं। ए.एस.ओ. साहब—असिस्टेंट सर्वे ऑफिसर। हर नया हाकिम नया एलान करता है—बाउंड्री-तनाजा हम कुछ नहीं जानते। हम फिर शुरू से जाँच करेंगे।...यही सरकुलर आया है।

आठ वर्षों से जातिवाद के दीमकों का मुख्य आहार रहा है मनुष्य का हृदय। सर्वे की आँधी में छलनी-जैसा आदमी का दिल—पीपल के सूखे पत्ते की तरह उड़ रहा है।

पिछले डेढ़ साल से गाँव में न कोई पर्व ही धूमधाम से मनाया गया है और न किसी त्योहार में बाजे ही बजे हैं। इस दरम्यान, संसार में आनेवाले नए मेहमानों के स्वागत में—सोहर का गीत, सो भी कहीं नहीं गाया गया। लड़के-लड़कियों के ब्याह रुके हुए हैं।...गीत के नाम पर किसी के पास एक शब्द भी नहीं रह गया है मानो। मधुमक्खी के सूखे मधुचक्र-सी बन गई है यह दुनिया!

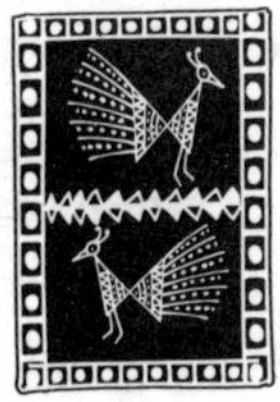

सर्वे सेटलमेंट के हाकिम साहब परेशान हैं। परानपुर इस्टेट की कोई भी जमा ऐसी नहीं जो बेदाग़ हो। सभी जमा को लेकर एकाधिक खूनी मुकदमे हुए हैं; आदमी मरे हैं, मारे गए हैं।...ऐसे मामलों में बगैर जिला सर्वे ऑफिसर से सलाह लिये वे अपनी कोई राय नहीं दे सकते।

सर्वे की कचहरी छित्तनबाबू के गुहाल में लगी है। हाकिम इजलास पर बैठ गए।...परानपुर इस्टेट के कारपरदाज मुंशी जलधारीलाल दास की सूरत से ही नफरत है ए.एस.ओ. साहब को।

"कहाँ-आँ-आँ जितेन्द्रनाथ मिसरा आ-आ-आ! जितेन्द्रनाथ मिसरा हा-आ-आ-जिर हो! कहाँ मीर समसुद्दीन..." सेटलमेंट ऑफिसर के चपरासी ने हाँक लगाई। दो हाँक लगाने के बाद, विरक्त होकर बड़बड़ाने लगा—"इस्टेट के कारकुन के कान के पास लौडस्पीकर कौन लगाने जाए!"

मुंशी जलधारीलाल दास कान से कम सुनते हैं। कितना कम सुनते हैं, यह कहना कठिन है। अपने काम की बात सुनते हैं जल्दी, बेकाम की बातों के समय निपट बधिर बने मुस्कराते रहते हैं।

हाकिम को मुंशी जलधारी की यह मुस्कराहट ज़रा भी नहीं सुहाती। आज दुलारीदाय-जमा की नत्थी खुलेगी। दासजी कागजात की झोली लेकर कचहरी-घर में दाखिल हुए।

हाकिम ने देखते ही चिढ़कर कहा—"जितेन्द्रनाथ आज भी कचहरी नहीं आए? मालूम है सब मिलाकर डेढ़ सौ रुपए जुर्माना हो चुका है।...पहले जुर्माना दाखिल कीजिए।"

मुंशी जलधारीलाल दास झोली से डेढ़ सौ रुपए निकालकर पेशकार साहब के सामने गिनते हैं। तीस नत्थी का, पाँच रुपए के दर से—डेढ़ सौ रुपए!

हाकिम को भी जिद सवार है, देखें कितना जुर्माना भरते हैं जितेन्द्रनाथ बहादुर!

मुंशी जलधारीलाल को भरी कचहरी में मदारी के बन्दर-जैसा नचाने में आनन्द आता है हाकिम को, कभी-कभी। मुंशी की चमड़ी निश्चय ही गैंड़े की चमड़ी-जैसी है। उनकी खिचड़ी मूँछों के अन्दर की मुस्कराहट को कभी मन्द नहीं कर सके हाकिम साहब!

"इस लकड़ी के डिब्बे में क्या ले आए हैं दासजी? बुलबुलतरंग है क्या?" हाकिम ने हँसते हुए पूछा।

"हा-हा-हा-हा-हा"–कचहरी के लोग ठठाकर हँस पड़े–"बुलबुलतरंग!"

"दस्तावेज है हुजूर। दुलारीदाय-जमा का सेलडीड–दानपत्तर।"

"दानपत्र? डिब्बे में?" हाकिम साहब पुनः मुस्कराकर कोई बात ढूँढ़ रहे हैं। डिब्बे को हाथ में लेते ही बोले–"यह तो पूरा अलादीन का चिराग मालूम होता है।"

"हा-हा-हा-हा-हा–अलादीन का चिराग–अलबत्त दिलदार यार हैं हाकिम साहेब...!"

"चिराग गोल होता है, इसकी लम्बाई बारह इंच है हुजूर!" दासजी की दबी हुई बोली भूँछों की झुरमुट से निकली।

हाकिम ज़रा अप्रतिभ हो गए।...चन्दनकाष्ठ का कास्केट। हाकिम ने कास्केट को नाक से सूँघते हुए पूछा–"दानपत्तर में इत्र लगाकर रखा गया है क्या?"

"दानपत्तर–इत्तर–हा-हा-हा-हा!"

"नहीं हुजूर! असली मलयागिरि चन्दनकाठ है।" दासजी अपनी मुस्कराहट को धीरे-धीरे खोलना जानते हैं।

कास्केट की कारीगरी पर हाकिम की आँखें हठात् स्थिर हो जाती हैं।...पेड़, पहाड़, झरना और काठ का मन्दिर। चित्रकला से थोड़ी-सी दिलचस्पी रखनेवाला पहचान सकता है, यह नेपाली कारीगरी है।

"पशुपतिनाथ मेला, नेपाल में खरीद हुआ था हुजूर!"

"अच्छा?" हाकिम साहब कास्केट के कील-कब्जे को ध्यान से देखते हैं।

"असली सोना है।" कास्केट के अन्दर से गोल लपेटा हुआ दानपत्र निकालकर, जरीदार रेशमी डोरी और डोरी के झब्बों को कुछ देर तक देखते हैं। दानपत्र के प्रारम्भिक अंश में जापानी पद्धति से–कदलीवृक्ष, मंगलघट, जौ की बालियाँ अंकित हैं। सधे हुए हाथ के मोती-जैसे अंग्रेजी अक्षर!

हाकिम साहब ने पिछले साल आई.ए.एस. परीक्षा की तैयारी के समय ही नन्दलाल बसु का नाम सुना था–पहली बार। आजकल प्रश्नों में, साधारण ज्ञान की बातों में यह सब भी पूछा जाता है–चित्रकार, गवैया, बजवैया, नचवैया! आदमी कितने नाम याद रखे!

''क्या लिखा है? लाइखाट...?''

''लिखितम् है हुजूर। रोमन में लिखा हुआ है–लिखितम्।''

हाकिम ने मुंशी जलधारीलाल की ओर गौर से देखा–कौन कहता है यह आदमी बहरा है?

''यह मिसेज़ रोज़उड कौन थी?''

कौन थी वह मेम, हाकिम साहब के सिर के छोटे-छोटे बाल अचरज से खड़े हो गए, मानो! सुपुष्ट अंग्रेजी लिपि में संस्कृत वाक्य–देवपुत्रतुल्य मम प्राणाधिक चिरंजीवी जितेन्द्रनाथ–लिखनेवाली अंग्रेज महिला कौन थी?

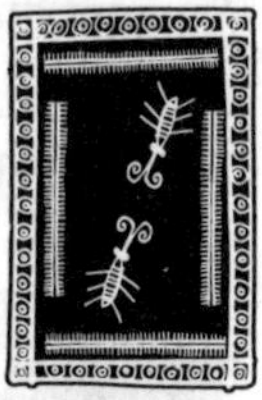

दुलारीदायवाली जमा में मुसलमानटोली के मीर समसुद्दीन ने तनाजा दिया है। ढाई सौ एकड़ प्रसिद्ध उपजाऊ जमीन एक चकबन्दी और पाँच कुंडों में तीन पर पन्द्रह साल से आधीदारी करने का दावा किया है उसने।

समसुद्दीन मीर मुसलमानटोली का मुखिया है। स्वराज होने से पाँच दिन पहले तक अपने चेले-चाँटियों के साथ ढोलक पर कव्वाली गाता था–'कांगरेसी मुस्लमाँ मक्कार हैं, गद्दार हैं, काफिरों के चन्द टुकड़ों पर पले...।' लेकिन, स्वराज्य होते ही–रातोरात सिर्फ परानपुर गाँव की मुसलमानटोली में ही नहीं, आसपास के गाँवों के मुसलमानों में भी एक ऐसी कानाफूसी का प्रचार उसने किया कि एक तिहाई मुसलमानों ने पाकिस्तान भाग जाने में ही अपना कल्याण समझा। समसुद्दीन कहता है–''जो रह गए हैं, सब मीर समसुद्दीन के साथ नमाज पढ़ते हैं। जो मीर समसुद्दीन कहेगा, वही बाकी मुसलमान भी दुहराएँगे।''

समसुद्दीन कुछ दिनों तक स्थानीय राजनीतिक दलों के बाजार का बिना बिका हुआ कीमती सौदा बनकर दल के नेताओं को सुनाता रहा–जिस तरह हिन्दुओं में ब्राह्मण, उसी तरह मुसलमानों में मीर-पीर-फकीर! मैं तीन हजार साढ़े आठ सौ मुसलमानों का मीर हूँ। जो कहूँगा, तीन हजार साढ़े आठ सौ मुँह से। जो करूँगा–तीन-दूना...।

थाना कांग्रेस के सभापतिजी यों ही लुत्तो को इतना नहीं मानते!...लुत्तो में एक बड़ा गुण है, उसको बात बहुत जल्दी सूझती है। किसी भी समस्या की सदरी चाबी नहीं मिल रही हो तो लुत्तो से कहिए, तुरत एक चोरचाबी तैयार कर देगा। जब समसुद्दीन मीर ने अपनी कीमत एम.एल.ए., एम.पी. के रूप में बताई तो सभी पार्टीवालों ने आपस में सोच-विचार करने के लिए बैठक बुलाई।...सभी पार्टीवाले तैयार हुए। लेकिन थाना कांग्रेस के सभापति साहब के जिला सभापति साहब तैयार

नहीं हो रहे थे।...डिस्ट्रिक्ट बोर्ड-बोर्ड की मेम्बरी समसुद्दीन क्यों लेगा, जब दूसरी पार्टीवाले उसे तकदीर लड़ जाने पर मिनिस्टर तक बनाने को तैयार हैं। लुत्तो ने कहा—"सभापतिजी! आप लोग तो बेकार परेशान हो रहे हैं। खुशामद करने की क्या ज़रूरत? मैं जानता हूँ साफ बात! वह पाकिस्तानी एजेंट है। कितना सबूत लीजिएगा आप? हम देंगे, चलिए...। अभी भी उसके घर में रजाकार-मार्का टोपी है।"

दोनों सभापति एक ही साथ मुस्करा उठे—"जाहिल ही है लुत्तो, लेकिन है असल राजनीतिक लंगीबाज!"

राजनीतिक लंगी लग गई मीर समसुद्दीन को और तीसरे ही दिन मीर समसुद्दीन कांग्रेसी हो गया। थाना कमिटी का मेम्बर है वह। एम.एल.ए. या एम.एल.सी. नहीं बनाएँ कोई बात नहीं, सर्वे में पैरवी करके जमीन दिलवा देना कांग्रेस का कर्तव्य है। इसलिए, समसुद्दीन की ओर से पैरवी कर रहा है खुद लुत्तो!

दस्तावेज से प्रभावित होकर हाकिम टिफिन के लिए उठ गए हैं। इतनी देर में लुत्तो ने अपनी बुद्धि लड़ाकर बहुत-सी कटहा बातें तैयार कर ली हैं। हाकिम के आते ही लुत्तो ने कहा—"हुजूर! भारी जालिया खानदान है मिसर खानदान! कौन नहीं जानता, एक जमाने में ऐसे-ऐसे दस्तावेज मिसर के घर में रोज बनते थे। हुजूर, इस खानदान का तो गाना भी छापी होकर बिक चुका है, एक जमाने में!"

हाकिम मुस्कराने लगे। तब लुत्तो का कलेजा डेढ़ हाथ का हो गया। कचहरी-घर में जमी भीड़ की ओर देखकर कहा लुत्तो ने—"भाई, कोई बूढ़ा-पुराना नहीं है? याद है किसी को वह गीत?"

भीड़ में एक हल्की मुस्कराहट फैली—"बालिस्टर का भी कान काट लीहिस लुत्तो! क्यों?" एक बूढ़ा गाने को तैयार है, बशर्ते कि...।

हाकिम ने कहा—"गीत-भजन छोड़िए। कागजी सबूत दिखलाइए।"

इस बात पर लुत्तो अड़ गया...। हाकिम को मालूम होना चाहिए कि लुत्तो भी कोई पोजीशन रखता है कांग्रेस में...जितेन्द्र बाबू के एक कागज के बक्से को एक घंटे तक निहारा है हाकिम ने! लुत्तो जनता का लीडर है। लुत्तो की ओर से पेश होनेवाले गीत की एक कड़ी सुननी ही होगी हाकिम को। क्योंकि इसी गीत से साबित होगा कि मिसर खानदान कितना भारी जालिया खानदान है। जब जालिया खानदान एक बार साबित हो चुका है तो फिर सब कागज जाली!...शुरू करो जी

भूलोटन मड़र!

"अरे, लोटवा जे जाल करि मोहर भँजउलऽ हो सिवेन्दर मिसिर... ।"

हाकिम ने अपनी मुस्कराहट को समेटने की चेष्टा की। क्या किया जाए? जिला-सर्वे-ऑफिसर ने चेतावनी दी है, वे चुपचाप गीत सुन रहे हैं।

लोटवा जे जाल करि मोहर भँजउलऽ हो सिवेन्दर मिसिर।
पड़लऽ मेमनियाँ के फेर हो सिवेन्दर मिसिर।
गोरकी मेमनियाँ जे बड़ी रे जोगनियाँ हो सिवेन्दर मिसिर।
हँसी-हँसी लेलक सब टेर हो सिवेन्दर मिसर!

वाह! लुत्तो ने तो हसन इमाम बालिस्टर को भी मात कर दिया। हसन इमाम ने कचहरी में गीत पेश करवाया था कभी? नहीं, तब? लुत्तो ने गीत पेश किया है, साक्षी-पक्ष की ओर से!

"वाह! वाह! खवास के खानदान में अलबत्त निकला लुत्तो बालिस्टर!" रामपखारन सिंघ के गले की आवाज खनखनाई–"वाह! वाह!" लोगों ने उलटकर रामपखारन सिंघ की ओर इस तरह देखना शुरू किया मानो गंगा-स्नान करके पवित्र हुए पुण्यार्थियों के बीच कोई कसाई घुस आया हो।

"देख रहे हैं न हुजूर, किस तरह हुजूर के सामने भी आँख लाल करके कूट बोली बोलता है?"

हाकिम ने कहा–"वह तो आपकी तारीफ कर रहा है।"

"खवास का बेटा जो कहा!"

"लेकिन आपके बाप के नाम के साथ खवास सिरनामा लिखा हुआ है, लरेना खवास।"

"ऐं! खवास लिखा हुआ है?" सब बालिस्टरी सटक गई लुत्तो की! आज तक उसने इस ओर ध्यान नहीं दिया था।

"हुजूर! सब कारसाजी पहले के जमींदारी अमला लोगों की है। जो मन में आया लिख दिया। मेरे बाप का नाम नारायणराय है।"

"आखिर खवास से आप चिढ़ते क्यों हैं?"

"हुजूर, खवास का माने हुआ जो जूठा बर्तन माँजता हो, उगलदान उठाता हो, चिलम सुलगाता हो"–मुंशी जलधारी ने दाद खुजलाते हुए कहा–"तेल-मालिश से लेकर कपड़ा-धुलाई और भंग-पिसाई... ।"

लुत्तो इससे आगे नहीं सुन सकता। बोला–"हुजूर, जाति की बात लेकर बात बढ़ी तो बात बिगड़ जाएगी। समझा दीजिए मुंशी जलधारीलाल को।...कायस्थों के बारे में मैं भी बहुत कटहा बात कह सकता हूँ।"

खवास टोली के एक अधेड़ आदमी ने तैश में आकर कहा–"हुजू-उ-उ-र! मुंसीजी को समझाय दीजिए। जात लेकर बात करेंगे मुंसीजी तो... ।"

हाकिम ने इस झंझटवाली नत्थी में फिर दूसरी तारीख देते हुए कहा–"अगली तारीख को कागजी सबूत लेकर आइए समसुद्दीन मियाँ। मुंशीजी, सुन लीजिए। जितेन्द्रनाथ से कहिए, तारीख के दिन हाजिर होकर जो कुछ कहना हो कहें।... चपरासी, पुकारो–अनूपलाल दावेदार, रंगलाल जमींदार।"

"कहाँ अनुपलाल...!"

लुत्तो को मरमचोट लगी है। मर्मस्थल में चोट लगती है उसके, जब कोई उसे खवास कह बैठता है। अपने पुरखे-पीढ़ी के पुराने लोगों पर गुस्सा होता है। दुनिया में इतने नाम रहते जाति का नाम खवास रखने की क्या जरूरत थी? और, लगता है खवास के सिवा और कोई काम ही नहीं था पुराने जमाने में! आज किसके मुँह में ताला लगावे लुत्तो!

शाम को भिम्मल मामा बात का बतंगड़ बनाकर सुननेवालों को सुना रहे थे। लुत्तो खून का घूँट पीकर रह गया। क्यों? सिर्फ इसलिए कि वह खवास का बेटा है और भिम्मल मामा कोई गैरवाजिब तो नहीं कह रहे थे। बात भी तो सही ही है। लेकिन, उसको अपने ढंग से सुनाते हैं भिम्मल मामा!

खवास का अर्थ? खा-वास! पुराकाल के पुष्ट किसानों ने खैन नामक प्रथा प्रचलित की थी। कमार, कुम्हार, चमार आदि को खैन देते थे और बदले में साल-भर काम लेते थे। हल के हिसाब से ही सभी किस्म के खैन की दर नियत होती थी। एक हलवाले को अगहनी धान एक मन, भदई एक मन। लेकिन, खवास तो दिन-रात आँगन से लेकर दरवाजे तक का काम करते थे, इसलिए उन्हें ऐसी जमीन दी जाती थी, जिस पर खेती-बारी मालिक के ही हल-बैल से होती। उपज काटकर खवास ले जाते। खा-वास का अर्थ हुआ–खाओ और वास करो।

खवासी जमीन? नहीं चाहिए लुत्तो को ऐसी जमीन!

भिम्मल मामा से खवास का अर्थ सुनने के बाद लुत्तो की लंगीबाज बुद्धि में एक बात आई थी।...जब खवास के माने खाओ और वास करो है तो क्यों न वह फिर से एक दावा करे, अलग से? पच्चीस एकड़ पर उसने तनाजा दिया है, आधीदार हैसियत से। पच्चीस एकड़ पर और दावा कर दिया जाए, कि खवासी में मिली थी जमीन। जगजाहिर बात है कि शिवेन्दर बाबू का खवास था लरे...नारायणराय! बगैर किसी कागजी सबूत और बिना किसी पैरवी के ही जमीन खट से मिल जाएगी। खवासी जमीन!...

नहीं चाहिए लुत्तो को ऐसी जमीन, जिससे जाति की इज्जत माटी में मिल जाए!

और छोटी जाति के लोग तो अपनी जगह पर ठीक हैं। आजकल हरिजन भी कहलाने लगे हैं। लेकिन, खवास?—न जलो, न थलो। बामनों की चालाकी खूब समझता है लुत्तो। समझकर मन-ही-मन कुढ़ता है। सियार पंडित! डोम, चमार, काछी-हाड़ी को तो गाँव से बाहर बसाया। शूद्रों में कुछ साफ-सुथरे घराने का पानी चला दिया, नहीं तो पानी खुद भरकर पीना होगा। दही-चूड़ा का भार कौन ले जाता ढोकर—बीस कोस, पच्चीस कोस बहँगी में टाँगकर, दुलकी लगाते? खवास! भिम्मल मामा की आखिरी बात लुत्तो की समझ में नहीं आई। अन्दाज से ही वह समझ गया कि कोई कटहा बात होगी।

—खवास सुरूप होते हैं। सवर्णों के सत्संग, संस्कार तथा आन्तर्मिलन के फलस्वरूप...। जरूर कोई कटहा बात होगी। तो लुत्तो क्या करे अकेले? जाति के लोगों की हालत तो है कुत्ते की दुम की तरह। सीधी हो, तब तो! जूठन खाई हुई जीभ बूढ़ों की पनिया जाती है। इतना बन्दिश किया, फिर भी भगेलू की बहू, लँगड़ा बूढ़ा, मौलीदास वगैरह हैं जो चुराकर जूठन माँग लाते हैं, बबुआन टोली से। छिः-छिः! माना कि किसी-किसी मालिक के दरबार में खवासों की खूब चलती थी। मालिकों की हवेली में, उनकी बहुएँ आधी मालकिन समझी जाती थीं। किसी खानदान में आँगन की मलिकाइन अपने स्वामी के खवास पर जितना विश्वास करती उतना...! छट्टू-खवास का किस्सा कौन नहीं जानता है! दही के ऊपरवाली मलाई छट्टू खाए, पाँति लेके पिठौरा जाए! ऊपरली छाली छट्टू खाए! छाली-मलाई के लोभ से ही पुरखों ने इस मलाईदार पेशे को अपनाया था। लुत्तो को गरमचोट लगती है।

धरकट्ट कहीं के! और कोई पेशा ही नहीं मिला!

"बासी बिछावन से किसको गाली दे रहे हो लुत्तो?"

लुत्तो आँख मलता हुआ उठा, "जै हिन्द, जै हिन्द! आइए। बैठिए।"

बीरभद्दर बाबू इतना भोर में आए हैं तो जरूर कोई खास बात होगी। बीरभद्दर बाबू ने इधर-उधर देखकर कहा, "चाह पिलाओ तो बैठूँ। इतना सबेरे भैंस तो नहीं दुहवाया होगा?"

लुत्तो ने अपने भानजे को पुकारकर कहा, "रे बँगटा! भैंस दुह। और डेरा में जाकर कहो, चाह का पानी चढ़ाए।"

"बात यह है कि कुबेर बाबू की चिट्ठी आई है पटने से।" बीरभद्दर बाबू ने जेब से एक लिफाफा निकालकर कहा, "कुबेर बाबू को मैं भैया कहकर चिट्ठी लिखता हूँ न!"

लुत्तो की औंघाई आँखें अचानक चमक उठीं। बोला, "चिट्ठी बन्द कीजिए। गरुड़धुज झा आ रहा है। नम्बरी फोकट दलाल है।"

गरुड़धुज झा अपनी लम्बाई का फायदा सोलकन्ह टोली में खूब उठाता है। दहलीज की टट्टी से एक बालिश्त ऊपर ही उसकी गर्दन रहती है। उसने देखा, लुत्तो

के आँगन में बटलोही चढ़ी हुई है, चाह का पानी गरम हो रहा है।

"क्यों बीरो बाबू, कांग्रेसी चाहपाटी चुपेचाप होता है!" गरुड़धुज झा ने दूर से बात फेंकी, राह चलते। बीरभद्दर बाबू गरुड़धुज को खुश रखना चाहते हैं, बीच-बीच में चाह-च्रू पिलाकर। बोले–"आइए, आइए!"

गरुड़धुज झा हवा का रुख देखकर बात करना जानता है। उसने बैठते ही कहा, "लुत्तो! तुमने तो एलान किया था कि जित्तन को एक महीना के अन्दर ही गाँव छोड़कर भागना होगा। सो, पाँच महीने हो रहे हैं, जित्तन तो डटा हुआ है!"

"देख लीजिएगा। जल्दी काम शैतान का! जित्तन को भागना ही होगा। शहर से आधा पागल होकर आया है, गाँव से पूरा पागल होकर जाएगा। देखिएगा तमाशा!"

"तुम चाहो तो वह कल ही सिर पर पैर लेकर भाग जाए। तुमने ढील दे दी है। ऐसे-ऐसे हाफ-मैड आदमी गाँव में तीन-चार हो जाएँ तो सारा गाँव ही चौपट समझो।"–गरुड़धुज झा अंग्रेजी नहीं जानता। लेकिन उसका लड़का अंग्रेजी पढ़ता है। आजकल गरुड़धुज झा भी एकाध अंग्रेजी शब्द मिलाकर बात बोलता है। सभी बोलते हैं, फिर गरुड़धुज ही क्यों न बोले?

लुत्तो भी आजकल फर्स्टबुक पढ़ता है, अर्जुनलाल के यहाँ जाकर–ए फैट कैट सैट ऑन दैट मैट। एक मोटी बिल्ली बैठी है उस चटाई पर।...लुत्तो को थाना और जिला कमेटी के सभापति ने मिलकर परानपुर गाँव का लीडर बनाया है। सभापतिजी ने कहा था, "ज़रा-सा अंग्रेजी कटर-मटर जानता लुत्तो तो थाना का सैक्रेटरी हो जाता।" लुत्तो ने गरुड़धुज झा को जवाब देने के लिए एक शब्द ढूँढ़कर निकाला, बहुत देर के बाद। याद ही नहीं आए। आगे-आगे भागता हुआ शब्द–"झाजी! इस 'डंजरस' आदमी को मैं पानी पिला-पिलाकर जिलाऊँगा और नाच नचाकर मारूँगा। आप लोग यदि सहायता...।" बीरभद्दर बाबू ने आँख मारकर मना किया।...इससे आगे नहीं।

गरुड़धुज झा ने कहा, "मेरे गिलास में आधा पाव दूध डलवाकर चाह मँगाओ लुत्तो बाबू! एक तो चाह मैं पीता नहीं। बीरभद्दर बाबू जानते हैं, जब पीता हूँ तो आध पाव से एक बूँद भी कम हुआ दूध कि तुरत मैंड चकराने लगता है।"

लुत्तो मन-ही-मन कहता है–'इतने ऊँचे आदमी का माथा नहीं चकराएगा, भला?'

किसी का माथा थिर नहीं। गाँव के एक-एक आदमी का माथा चकरा रहा है।

सर्वे का चक्कर पिछले डेढ़ साल से लट्टू की तरह हरेक आदमी को नचा रहा है।...बीच में जो लड़खड़ाकर गिरते हैं, फिर डोरी में लपेटकर उन्हें फेंका जाता है। नाचते लट्टू-जैसे गाँव के लोग! माथा थिर कैसे रहे!

रोशन बिस्वाँ गाँव का सबसे बड़ा महाजन है आजकल। जमीन कम थी। लेकिन इस सर्वे में वह भी पूरी हो गई। बँधकी, सूद-रेहन जमीन के अलावा कवाला बनवाकर बहुत-सी जमीन खरीदी है। सारे गाँव में बस रोशन बिस्वाँ ही एक है जिसकी जमीन पर एक भी तनाजा नहीं पड़ा। असल में, उसके पास जितनी जमीन थी, सब रेहन और बँधकी। उस पर तनाजा देने से क्या फायदा?...सर्वे के समय हजार-बारह सौ रुपैया हमेशा घर में मौजूद रखने के लिए जमीनवालों ने रोशन बिस्वाँ से रुपया माँगा। बिस्वाँ ने सबको एक ही जवाब दिया—"जमीन बँधकी कौन लेता है आजकल? जेवर लाइए। नहीं तो जमीन फरोखतनामा लिख दीजिए।"...तीन सौ बीघे जमीन खरीदी है उसने। रोज कर्ज लेनेवालों की भीड़ लगी रहती है।

रोशन बिस्वाँ का सिर भी चकराया हुआ है।

नट्टिनटोली की गेंदाबाई के घर बारह बजे रात तक वह गुलरोगन मालिश करवाता है। फिर भी...। क्या करे बेचारा रोशन बिस्वाँ! घरवाली दगा देकर दस साल पहले ही चली गई। गेंदाबाई के घर न जाए तो क्या करे माथा चकराने पर?...जवान बेटा-पुतोहु घर में हैं तो इससे क्या? बेटा को नालायक कहता है, हमेशा। जब बात करेगा अपने बेटे से तो, साले से शुरू कर हरामजादा पर शेष करेगा।...आज लड़के ने मुँह पर जवाब दे दिया है, उल्टाकर—"मैं आपका साला हूँ, मैं हरामजादा हूँ! आप क्या हुए तब? विचारकर देखिए!" रोशन बिस्वाँ, जूता उठाकर मारने दौड़ा तो भाग गया। आधी रात बीत रही है, लौटकर नहीं आया है। बिस्वाँ ने अपने नौकर को पुकारकर कहा, "रे सगमाँ! डेरा में पूछ के आ, लेल्हू बाबू लौटे हैं कि नहीं।"

रोशन बिस्वाँ को अब अपने इकलौते लड़के के लिए ज़रा भी दिल में मोह नहीं। उसने अपने लड़के को, अच्छे नाम से, पोसन बिस्वाँ कहकर कभी नहीं बुलाया। गुस्साने पर केल्हुआ या लेल-बकलेल, खुश रहने पर लेल्हू बाबू।..अब तो एक माशा-भर भी स्नेह नहीं रह गया है बेटे के लिए। लेकिन, बेचारी पुतोहु का क्या दोष! माथा चकरा रहा है रोशन बिस्वाँ का।...बेटा घर में नहीं है। घर छोड़कर वह गेंदाबाई के यहाँ कैसे जाए आज रात?

बीरभद्दर बाबू और लुत्तो! आसपास नाचते हुए, एक ही गति से घूमते हुए दो लट्टू!

परानपुर इस्टेट के भैंगनमान हैं—बीरभद्दर बाबू।

सबसे बड़े बलभद्दर। तब बीरभद्दर। सबसे छोटा—शिवभद्दर।

शिवेन्द्र मिश्र के मरने के बाद जमींदारी का काम-काज सँभालने के लिए बहुत लोग आए। शिवेन्द्र मिश्र की विधवा ने धीरे-धीरे सबको विदा किया। रह गए एक आदमी, दूर के रिश्ते के ननदोई-पंडित सुखन चौधरी! पंडित सुखन चौधरी ने दस साल मैनेजरी की, किन्तु मुसम्मात ने कभी उन पर विश्वास नहीं किया। सुखन चौधरी से ज्यादा भरोसा करती मुंशी जलधारीलाल दास पर।...एक बार इलाके में खजाना-वसूली के समय गए। तीस हजार रुपए वसूल हुए। मुंशी जलधारीलाल दास दूसरे इलाके में गया था। सुखन चौधरी ने हिसाब दिया, दस हजार का। दूसरे दिन मुंशी जब इलाके से लौटा तो उसने कहा, "तीस हजार रुपए से एक पाई कम नहीं, बल्कि तीन सौ पच्चीस रुपए तीन आने ज्यादा। तीस हजार तीन सौ पच्चीस रुपए तीन आने!" और, तब एक भी सफाई नहीं सुनी मुसम्मात ने।...बोली, "ठीक है। रुपया लौटाने की जरूरत नहीं। जो पेट में गया उसे वमन नहीं कराऊँगी, लेकिन भले आदमी की तरह, कल सूरज उगने से पहले, हवेली से बच्चा-कच्चा झोली-डंडा के साथ निकल जाइए!"

"पखारनसिंघ! कोई है नहीं? कहाँ गए सब?"

बीरभद्दर बाबू कभी भूल नहीं सकते।...गुस्साई बाघिन की तरह, भोर होने के पहले कचहरी-घर की सीढ़ी पर खड़ी होकर गरजती हुई—मलिकाइन मामी...मामी!... धेत्! कैसी मामी?...पिशाचिनी की तरह चिल्लाती हुई जित्तन की माँ—"कोई भी नहीं। एक बच्चा भी नहीं रहे मेरी हवेली के अन्दर। मेरी चौहद्दी के अन्दर से निकाल दे। कोई नहीं मेरे अपने।...अरे कैसा ननदोई? मेरे स्वसुर इतने मूर्ख नहीं थे। उन्होंने बेटी पैदा ही नहीं की।...राकस सबकुछ भकोस जाएगा।...मेरे जित्तन को कल मार डालता कनेर फूल का बीज खिलाकर वह बलभदरा! फुसलाकर कहा, बादाम है काबुली बादाम।...साँप के बच्चों को पोसकर यही होता है।...मेरा बेटा बादाम नहीं पहचानेगा, काबुली बादाम?...निकालो सबको। अभी-ई-ई-ई। बेइमानों को-ओ-ओ-ओ!..."

बीरभद्दर बाबू गर्दन हिलाकर भूलने की चेष्टा करते हैं। बलभद्दर बाबू को लगता है, अभी-अभी तुरत गाल पर तमाचे पड़े हैं..."दुश्मन रे दुश्मन! मेरे लाल को जहर खिला रहा था!"...तड़ाक्! तड़ाक्! बलभद्दर बाबू ने जिस बिरवे को बचपन में ही काटकर साफ कर देना चाहा था, वह आज तक उनकी छाती को जला रहा है।...ठीक सर्वे के समय आकर हाजिर हो गया जित्तन। वर्षों के बाद गाँव आया है, आखिर किसलिए? जमीन बचाने के लिए ही न!...उसकी जमीन एक धूर भी नहीं बचने पाए। एक धूर भी नहीं—बीरभद्दर! बीरभद्दर बाबू!

"क्या हुआ भाई साहब!" बीरभद्दर बाबू आकर अपने बड़े भाई को सँभालते हैं—"इतनी रात में क्या हुआ...?"

"एक धूर नहीं।...समझे, बीरो! यदि तुम अपने को अपने बाप का बेटा समझते हो तो सुन लो। जैसे भी हो, कंगरेस के जरिए नहीं हो तो किसी भी पाटी की मदद से, जित्तन की धूर-धूर जमीन तितर-बटेर करवा दो। तब समझूँगा बाप का बेटा! मरते समय बाप क्या कहकर गया है?"

"हाँ, हाँ, याद है।" बीरभद्दर भूल जानेवाला बेटा नहीं...बाप ने जो कहा था, अक्षर-अक्षर पालन कर रहा है उसका बेटा। देख लीजिएगा!

लुत्तो का बाप कुछ कहकर नहीं मरा है।

शिवेन्द्र मिश्र का दुलरुवा खवास था, उसका बाप लरेना खवास...नारायण राय! दुलारा खवास!

विश्वासपात्र इतना कि सपने में भी उस पर सन्देह नहीं करते थे शिवेन्द्र मिश्र।... किन्तु, कोठीवाल प्लांटर्स ने उसे खरीद लिया, आखिर! विश्वासघाती को अपने मरने से पहले सजा देकर मरे शिवेन्द्र मिश्र!...लोहे की दगनी आग में तपाकर लाल हुई, और लरेना खवास को रामपखारनसिंघ ने उठाकर पटक दिया। मुंशी जलधारी तपी हुई लाल दगनी से उसकी पीठ पर लिखने लगा–द...! आह रे बप्पा–आ-आ-आ!

गा...! चीं ही-ई-ई-रे-ए-ए! बा...! रे-ए-बा-आ-आ! ज...!

दगाबाज़!...कैथी अक्षर में जलधारीलाल ने लिख दिया था, दगाबाज़! इसीलिए, आज भी मुंशी जलधारीलाल दास मौका पड़ने पर, दाद खुजलाकर व्यंग्य-भरी बोली बोलता है–"सिर्फ कागज-कलम से लिखनेवाला नहीं, दगनी से देह की चमड़ी पर भी लिखनेवाला मुंशी मैं हूँ।" तब लुत्तो चुपचाप अपने मन की जलन सहने के लिए दाँत-पर-दाँत बैठा लेता है। कभी-कभी जवाब भी देता है–"अच्छी बात, जमाना लौटकर आया है। तुम्हारी पीठ पर भी दगनी से लिखा जाएगा–नरक का कीड़ा!" किन्तु, जलधारीलाल वधिर हो जाता है।

आह रे-ए-ए-बप्पा-अ-आ-रे-ए-ए! चीं-ई-हीं!

बैल या भैंस पर नम्बर चढ़ाने के लिए जिस तरह पटककर दागा जाता है। ठीक बैल की तरह गों-गों कर उठा था लुत्तो का बाप! पोखरे के महार पर, दूर खड़ी माँ छाती पीटने लगी थी–"हाय दैबा रे-ए!" लुत्तो माँ का आँचल पकड़कर खड़ा था। डर से वह भी चीख उठा था। माँ उसे गोद में लेकर कलेजे से सटाकर चीखने लगी।... माँ की छाती में कान सटाकर लुत्तो ने रोते-रोते ही सुना था–'धमाधम, धमाधम!' लगता था, माँ की छाती के नीचे सैकड़ों ओखल धान कूटे जा रहे हैं। लुत्तो कभी भूल सकता है? 'धमाधम, धमाधम!'...दूसरे दिन सुबह को छटपटाकर उसका बाप मर गया, शिवेन्द्र मिश्र से पहले। मरने के समय शिवेन्द्र मिश्र ठठाकर हँसे थे–

"हा-हा! जा साले, जगह ठीक कर रखना...मैं आ रहा हूँ, वहाँ भी तुमको दगवा दूँगा यदि...!" लुत्तो भी दागेगा। शिवेन्द्र मिश्र की सन्तान को दागेगा–पटककर!

बीरभद्दर बाबू ने पुकारा, "लुत्तो! लुत्तो हो घर में!"

"आइए, आइए। डेरा में ही आइए।"

"मार दिया छक्का हाथ!" बीरभद्दर बाबू ने हँसते हुए लुत्तो के आँगन में प्रवेश किया। लुत्तो की स्त्री ने घूँघट के अन्दर से मुस्कराकर बीरभद्दर बाबू को देखा और लुत्तो से कुछ पूछे बिना ही बटलोई उठाकर चाय बनाने चली। लुत्तो ने हँसते हुए कहा, "आज एक सेर दूध में दो गिलास चाय बनाओ बिठैलीवाली!"

"सुनो, रोशनबिस्वाँ और गरुड़धुज झा ने भी कहा है, शालिग्राम और हरिवंश छूकर, तन-मन-धन से मदद देंगे। बिस्वाँ ने कहा, कहिए तो राह चलते पिटवा दें। मैंने कहा–अभी रहिए। देखा जाएगा!"

लुत्तो ने चुटकी बजाकर कहा–"छक्का हाथ!"

सुरपति राय सात घाटों का पानी पी चुका है।

कर्बला, रानीडूबी, संझा तथा गीतवास घाट के आसपास के गाँवों में पिछले छै महीने से घूम रहा है वह। बदरियाघाट का फाइल अभी अछूता है, किन्तु अधिकांश लोककथाओं में बदरियाघाट की चर्चा है। इसलिए, उन सारी कहानियों को छाँटकर अलग रखना आवश्यक है।...'वेरिफाई' करना होगा!

गीतवास कोठी के पास, रज़ौड़ गाँव के ताँती परिवार में उसे कागजात का एक गट्ठर मिला है। परिवार की कोई स्त्री गीतवास कोठी की, 'मेड सर्वेंट' थी, चालीस-पचास साल पहले। आश्चर्य, भगवान् शकरखोरे को शक्कर ही देते हैं!...फटे-चिटे, दीमकभुक्त कागजों में लोकगीत तथा लोककथा संकलित हैं। कागज के बंडल को खोलते समय सुरपति की देह रोमांचित हो उठती है। कागज के छोटे-छोटे पुर्जे को भी वह बड़ी सावधानी से स्पर्श करता है–डियर...!

फटी हुई चिट्ठी का एक अंश : सिर्फ तीन पंक्तियाँ पढ़ी जा सकती हैं–"डियर ली, तुम्हारे अनुरोध पर इस अंचल के कुछ लोकगीत और परियों की कहानियाँ भेज रही हूँ। पता नहीं तुम्हारे किसी काम..."

पत्रलेखिका का हस्ताक्षर अस्पष्ट है। किन्तु, सुरपति ने ठीक ही पढ़ा–रोज़उड। मिसेस...रोज़उड!

1910! पैंतालीस साल पहले–इसी अंचल में, दुलारीदाय की धारा के कछार पर बसे गाँवों में ग्रामगीत तथा कथा के लिए उसी के जैसा कोई अन्य प्राणी भी भटका

है! यह सोचकर सुरपति के मन में लहरें आती हैं।...एक विदेशी महिला की मूर्ति! लहरों से खेलती महिला! मैथिली लोकगीत की एक करुण रागिणी सुरपति के कानों के पास मँडराने लगती है–''सखि हे-ए-ए-ए-ए! हमर दुखक नहिं ओर...।''

''मिस्टर राय!''

सुरपति ने देखा, स्वयं जित्तन बाबू हाथ में चाय की प्याली लेकर उपस्थित हैं। पलँग पर से उठते हुए सुरपति इतना ही बोल सका–''आप क्यों तकलीफ...।''

''बैठिए। आपने रात में मेरी चाय की तारीफ की है, सुना। इसलिए, अभी आपको एक स्पेशल टी देने आ गया।'' जित्तन बाबू ने बड़ी सतर्कता से चाय की प्याली तिपाई पर रखकर अपनी मुस्कराहट खोली। पास की कुरसी पर बैठते हुए बोले–''रात में आपकी छींक सुन रहा था। गलती हुई, रात में ही आपको गार्गल के लिए गर्म पानी भेज देना उचित होता। खैर, यह स्पेशल टी है। रॉ टी में लेमन है, पाल्युड्रिन है और एक चम्मच रम है। जून की सरदी मैलेरिया की आगमनी समझी जाती है।...वर्षा में कहीं भीगना पड़ा है। है न?...आइ नो!''

सुरपति ने चाय में पहली चुस्की लेकर देखा–एक अनास्वादित पेय!

''बाइ द वे–आप वैष्णव तो नहीं?''

सुरपति को न जाने क्यों बंगाल के वैष्णव सम्प्रदाय की याद आ गई। उसने तुरन्त कहा–''जी नहीं, मैं मैथिल ब्राह्मण...।''

''हम लोग शाक्त हैं मिस्टर राय। शाक्त अतिथियों को कभी निरामिष भोजन हम नहीं देते।''

सुरपति ने लज्जित होते हुए कहा–''वैष्णव-शाक्त की बात मैं नहीं जानता। मांस-मछली अच्छी नहीं लगती। अंडा खाता हूँ, क्योंकि...।''

''अच्छा लगता है। गू-उ-उ-ड!'' जित्तन बाबू ने सिगरेटकेस बढ़ाते हुए कहा।

सुरपति ने दोनों हाथ जोड़कर माफी माँगी। जित्तन बाबू ज़रा अप्रस्तुत हुए। फिर अपने लिए सिगरेट निकालकर बोले–''गू-उ-उ-ड!''

खिड़की से बाहर तालाब का अंश दिखलाई पड़ता है–कमल के पत्तों से आच्छादित। उत्तर आकाश में उमड़ते हुए काले बादलों ने पूरब की ओर आकर सूरज को ढक लिया है। हवा के हल्के झोंके के पीछे इठलाते हुए बादल! परती प्रान्तर के प्राणियों के परमप्रिय बादलों पर जित्तन बाबू की आँखें गड़ गईं।

दिलबहादुर जलपान का ट्रे ले आया। पर्वतिया भाषा में ही जित्तन बाबू ने कहा, ''दिलबहादुर! चिया दियेर अलि रामपखारन सिंघलाय बुलाउ त ऽ ऽ। च्याँड़े।[1]

''होस! होस!'' दिलबहादुर ने दो बार धीमी आवाज में जवाब दिया और ट्रे रखकर भागा। जित्तन बाबू ने घी में भूना हुआ चूड़ा अपनी प्लेट में लेते हुए कहा,

1. चाय देकर ज़रा रामपखारनसिंह को बुलाओ तो। जल्दी!

"शुरू कीजिए रायजी! अंडा तो आपको अच्छा लगता है।" सुरपति चुपचाप मुस्कराकर जलपान करने लगा। जित्तन बाबू की बातचीत, भोजन, टी-सेट, ड्रेसिंग गाउन आदि को गौर से देखने-सुनने के बाद सुरपति को बस एक ही शब्द सूझा–रिफाइंड आदमी!

रामपखारनसिंघ और दिलबहादुर के साथ एक कम उम्र का दुबला-पतला गोरा लड़का हाथ में एक कटोरदान लेकर प्रकट हुआ।

रामपखारनसिंघ ने अपनी लम्बी मूँछों में बात लटकाकर आँख की कनखी से कुछ कहा। लड़के ने एक बार सुरपति की ओर देखा, फिर कुरते के पॉकेट से एक पुर्जा निकालकर जित्तन बाबू के हाथ में दे दिया।

कटोरदान चाँदी का है शायद। उस पर खुदे हुए अक्षर घिस गए हैं। सुरपति ने अपनी प्लेट में निगाह झुका ली...जित्तन बाबू पुर्जा पढ़ रहे हैं।

पुर्जा पढ़कर जित्तन बाबू ने अपनी लम्बी साँस को धीरे-धीरे छोड़ा और दिलबहादुर से कटोरदान खोलने को कहा।...केसरिया दूध! दूध में आम का रस डालकर सेवईं बनाई गई हैं। प्रत्येक कटोरे में आम के कतरे हुए चार टुकड़े रखे हुए हैं।

सुरपति से बगैर कुछ पूछे जित्तन बाबू ने एक छोटी कटोरी से सेवईं डाल दी–"चखकर देखिए। याद रखने की चीज है। आम-पायस!"

एक चम्मच सेवईं मुँह में डालकर, कुछ क्षण तक अन्यमनस्क रहे जित्तन बाबू। फिर उस लड़के से पूछा, "ताजू अब कैसी है?...दवा खाती है न!...ताजमनी कौन होती है तुम्हारी?"

लड़के ने कोई जवाब नहीं दिया। उसका ध्यान जित्तन बाबू के कॉकर स्पेनियल 'मीत' पर था, जो कटोरदान को सूँघता पीछे-पीछे आ गया था।...

"मी-ई-त!" जित्तन बाबू ने हल्की झिड़की दी। मीत ने अब जित्तन बाबू की ओर देखना शुरू किया।

लड़के की जान साँसत में थी। वह कटोरदान बन्द करता हुआ भागा।

सुरपति आँख मूँदकर सेवईं में मिश्रित पदार्थों को पहचानने की चेष्टा कर रहा था। बाहर जोरों की झड़ी शुरू हुई। अब, आगे-आगे वेगवती हवा और पीछे-पीछे जल से लदे बादलों के दल!

"पखारन सिंघ, अब तो, आज चन्नीपाट की बोआई नहीं हो सकेगी।...मिस्टर राय, माफ कीजिएगा, मैं ज़रा खेती-बारी की बात कर लूँ।..क्यों? अब तो सोनाबंग, लालमेघ और जापानी पाट के पौधे रोज एक इंच बढ़ेंगे।...हाँ, पानी रुकते ही जाकर केयटटोलीवालों से कह दो कलमबाग होकर मवेशी न हाँकें। कलमबाग होकर डगर नहीं।"

"अभी तुरतै, एक मिलिट में तमासा देखाते हैं हम। एही हुकुम तो हम आज

पन्द्रह दिन से माँगता रहा, सरकार!"

"और...।" जित्तन बाबू ने रामपखारनसिंघ को चुप कर दिया—"ड्राइवर से कहो, ट्रेक्टर में मोबिल डाल देगा। आज परती की जोताई होगी।"

"परती की जोताई?" रामपखारनसिंघ ने मुँह बनाकर आश्चर्य प्रकट किया—"परती में का होगा बौवाजी?"

"परती में?...परती पर गुलाब की खेती होगी!" जित्तन बाबू मुस्कराकर बोले।

"ओ!" रामपखारनसिंघ ने गम्भीरता से गर्दन हिलाकर कहा, "एहि बात तो हमहुँ...।"

टीकोजी के नीचे से टीपॉट निकालकर, प्यालियों में चाय डालते हुए बोले जित्तन बाबू—"क्यों मिस्टर राय! गुलाब की खेती का आइडिया कैसा है?...चीनी आप खुद डाल लें।"

सुरपति ने मुस्कराने के सिवा कोई जवाब नहीं दिया। रामपखारनसिंघ चला गया।

जित्तन बाबू ने इतनी देर के बाद पलँग पर तितर-बितर कागजों को देखा।

"अच्छा, घाट हाकिम...व्हाट्स दिस घाट हाकिम?"

"घाट हाकिम?"

"हाँ, पखारन सिंघ ने रात में कहा, घाट हाकिम साहब आए हैं। आपको इस इलाके के लोग घाट हाकिम ही कहते हैं। आप इस गाँव में एक बार पहले भी आ चुके हैं?"

"जी हाँ, मैं नदियों के घाटों के नाम, घाटों के आसपास के अंचल में प्रचलित लोकगीत, कथा, कहावत...।"

"ओ-हो-हो-हो-हो!" जित्तन बाबू कलेजा खोलकर ठहाका लगाते हैं—"डॉक्टरेट की तैयारी हो रही है। यों कहिए।...हाँ तो रोज नए डिपार्टमेंट खुलते हैं, नए हाकिम बहाल होते हैं। मैंने समझा घाटों की बन्दोबस्ती के लिए कोई हाकिम आए हैं। हो-हो-हो-हो! मछली हाकिम, मुर्गा हाकिम, शीशम हाकिम! कितने किस्म के हाकिम आते ही रहते हैं।...ओ-हो-हो-हो...प्रोफेसर शशांक के शिष्य हैं आप?"

"जी हाँ।"

"प्रोफेसर शशांक मेरे अतिप्रिय मित्र हैं।—तब तो सिर्फ एक रात की मेहमानी से काम नहीं चलेगा। महीनों रहना होगा आपको। आपके सब्जेक्ट से मुझे भी दिलचस्पी है। अच्छी बात। गू-उ-उ-ड!"

सुरपति की आँखें अचरज से चमकने लगीं।

"अच्छी बात। आप निश्चिन्त होकर अपना काम कीजिए।...दिलबहादुर! साहब के लिए बरामदे पर कुरसी डाल दो और इधर कोई हल्ला-गुल्ला न हो।"

"होस! होस!"

...सनकी? सुरपति ने जित्तन बाबू के बारे में सैकड़ों बातें सुन रखी थीं! सिनिक या सनकी समझकर अब तक उसने जित्तन बाबू से भेंट नहीं की थी।...इतना जल्दी कुछ समझ सकना भी सम्भव नहीं। तब एक बात है, आँखों की पुतलियाँ अस्वाभाविक ढंग से थरथरा उठती हैं। कुछ क्षण के लिए कहीं खो जाते हैं शायद। बातों का सूत्र ढूँढ़ते हैं...मैं क्या कह रहा था? उम्र अपनी बतलाते हैं, पैंतालीस साल। स्वास्थ्य की सुन्दरता मुखमंडल पर निखरी हुई है।...बातें भी कोई ऐसी नहीं करते। तब फिर, क्यों पागल कहते हैं लोग?

भट-भट-भट-भट-भट-ट्-ट! ड्राइवर ट्रेक्टर ले आया।

जित्तन बाबू ने बाहर निकलकर आसमान की ओर देखा।...बादलों का अन्तिम दल अभी तुरत बरस गया है। दूर, उत्तर आकाश में काले-काले बादलों के दल, जो अभी बहुत दूर हैं। जित्तन बाबू ट्रेक्टर पर सवार हुए। लाल गमबूट, वाटरप्रूफ कोट की जगह घासी रंग का एक वाटरप्रूफ-शॉल, जिस पर रासायनिक रंग से आँके सुनहले बेलबूटे चमकते हैं।...क्या कहा जाए इस वाटरप्रूफ को?...वाटरप्रूफ कैप, स्कार्फ या दुशाला?

सुनहले घुँघराले बालों से लदा मीत कूदकर ट्रेक्टर पर जा बैठा, अपनी जगह पर। हाँ, ट्रेक्टर कम्पनी के इंजीनियर से मीत के लिए जगह बनवाई है जित्तन बाबू ने।

मीत हवा में अपनी थूथनी ऊँची कर इधर-उधर कुछ सूँघता है।

दिलबहादुर अपनी सुनहली दन्तपंक्तियों की आभा बिखराकर हँसा...परवतिया बोली में बोला—"पानी मा भ्यागुते हेरेर काँऊ-काँऊ कराउँ छ मीत! मातऽ छक्क पर्नें!"...अचरज से घुड़कती हुई आँखें दिलबहादुर की...। पानी में मेढकों को देखकर, मीत उत्तेजित होकर चेन खुलवाने के लिए काँऊँ-काँऊँ चिल्लाता है। दिलबहादुर अचरज में है। बेचारा मीत पहली बार गाँव की वर्षा देख रहा है।...पोखरे में नहाते समय जब तैरता है, मीत, ठीक सुनहले बत्तख-जैसा!

बॉख-बॉख! दिलबहादुर की हँसी से चिढ़ गया, मीत शायद—छक्क पर्नें!

"दिलबहादुर। मेरो हैट?"

दिलबहादुर दौड़कर ले आया।...तालपत्र तथा बाँस की खपच्चियों का बना हलवाही हैट। मालदह की ओर से आए हुए मलदहिया और पाकिस्तान से भागकर आए हुए पूर्वी बंगाली किसानों ने इसका प्रचार किया है। पहिराव-पोशाक देखकर ही गाँववालों ने पागल कहना शुरू किया है शायद!

–भट-भट-भट-ट-ट्-ट! भट-भट, भट-भट! चले जित्तन बाबू, परती की जोताई करने।

...आज शुक्रवार ता. 8 जुलाई '55 को, न जाने कितने सौ वर्षों की पड़ी हुई वीरान धरती पर, पुरानी परती पर, ट्रेक्टर चलाने जा रहे हैं, जित्तन बाबू। ऐसी जमीन, जिस पर सिर्फ बरसात में क्षणिक आशा की तरह हरियाली छा जाती है।...

सुरपति अपनी डायरी में लिखता है लाल रोशनाई से!

सैकड़ों वर्षों से पड़ी हुई धरती!

ट्रेक्टर का फाल धरती उधेड़ रहा है–भट-भट-भट-भट!

दूब की जड़ों के झब्बे, बनलहसुन के उजले-उजले बल्ब–लहसुन की तरह।... बनलहसुन, लिली जाति का एक जंगली पौधा, जिसके फूलने का मौसम है अभी।

फैली हुई हरियाली पर तितलियों-जैसे सफेद फूल–यहाँ, वहाँ...।

झर-झर-झहर-झहर-झर-र-र! गड़-गड़-गुडुम!

बादल दूर थे किन्तु हवा तेज थी। मूसलाधार वृष्टि शुरू हुई।

अब, दूर तक दृष्टि नहीं जाती है परती पर। धीरे-धीरे, चतुर्दिक् एक सफेद पर्दा छा जाता है।...गाँव-घर की वर्षा और परती की वर्षा में अन्तर है। धरती और आकाश का सीधा सम्बन्ध!

भट-ट-ट-ट-भड़भड़-भड़भड़ भर्र-र र!

ट्रेक्टर रोककर उतर पड़े जित्तन बाबू। उनसे पहले, कूदकर उतरा मीत। झर-झर झहर-झहर झर-झर!

झूमकर बरस रहे हैं बादल। हिमालय से उतरे हुए बादलों को पहली विशाल परती मिली है। जित्तन बाबू देखते हैं–असंख्य नर्तकियाँ, झीनी-झीनी जलछाँही चुनरियों में मोती बाँधकर नाच रही हैं। मोती झर रहे हैं–झर-झर, झहर-झहर।

मीत आनन्द से कुलाचें मारकर दौड़ रहा है, पैंतरे दिखला रहा है। जित्तन बाबू के पास आकर भूँकता है–चलो, तुम भी दौड़ो! बॉख!

"मीत!" जित्तन बाबू पुकारते हैं। किन्तु, मीत आज मगन है।

भीगने के बाद भी मीत सुन्दर दीखता है। सुनहले घुँघराले बाल सीधे हो गए हैं। कान के बाल और लम्बे मालूम होते हैं। दौड़ते समय मुँह से जीभ निकालकर एक ओर कर लेता है।

कड़-कड़-कर्र-र-र-घड़-घड़-कर्राक्! बिजली कड़की।

मीत का नाचना-कूदना अचानक बन्द हो गया। उसने अचरज से आसमान की ओर देखा। फिर, चुपचाप मुँह लटकाकर जित्तन बाबू के पास भाग आया–बॉख, बॉख!

जलते हुए पावरिन की गन्ध ने मिट्टी की सोंधी सुगन्ध को आत्मसात् कर लिया है। इस मौसम में दुलारीदाय की जोती हुई जमीन से खसखस की टटकी खुशबू आती है, गहरी सुगन्ध! जित्तन बाबू एक मुट्ठी गीली बलुआही मिट्टी लेकर सूँघते हैं–"उँहु, कोई गन्ध नहीं। गन्धहीन माटी!"

विशाल परती पर डेढ़-डेढ़ सौ एकड़ की पाँच परिधियाँ! परानपुर गाँव के नक्शे में, परती पर पाँच वृत्त बने हुए हैं। लोग कहते हैं, किसी जमाने में पंचचक्र सिद्धि के लिए इन वृत्तों की रचना की थी, किसी तान्त्रिक ने।...गाँव के लोग कहते हैं, चक्कर-परती!

जित्तन बाबू को बचपन के एक खेल की याद आती है।

चक्कर-परती चक्कर-परती
नाचे रे चिरैया,
हाथी चढ़ी राजा जाए
दौड़े रे सिपैहिया!

सभी लड़के-लड़कियाँ एक-दूसरे का हाथ पकड़कर घेरा बनाते। बीच में एक लड़की आँखें मूँदकर नाचती। नाचते-नाचते किसी को छू देती।...ताजमनी बार-बार अपने जिद्दा को छू देती–"आँख मूँदकर सिपाही की तरह मेरे पीछे-पीछे दौड़िए जित्तन बाबू!"

मुंशी दरबारीलाल ने अमीन की सहायता से बाँस की छोटी-छोटी खुट्टियाँ गढ़वाई हैं। बाँस की खुट्टियों को लाल रंग से रँग दिया गया है।

वृत्त के घेरे की लाल-लाल बिन्दियाँ...।

जित्तन बाबू वाटरप्रूफ चादर को झाड़कर फीता बाँधते हुए एकटक परती का ओर देख रहे हैं। बरसा रुक गई है।

दूर सन् '32-33 में हिमालयन एक्सपिडीशन के समय निर्मित-हवाई अड्डे पर पानी चमक रहा है। पास, लाल-लाल बिन्दियों के वृत्त!...ताजमनी भूली नहीं है, 'बम्बई' आम पकते ही उसने आम-पायस बनाकर भेज दिया। जित्तन बाबू की माँ चिट्ठियों में लिखती थी–"बम्बई आम का पेड़ लग गया है। तीन दिन से गछपके आम खा रहे हैं। तुम आ जाओ, आम-पायस करके खिला दूँगी। तब तो कोई मुँह में आम देगा! तेरा बाप जो कह गया है मरते-मरते...।"

जित्तन बाबू चक्करपरती पर हुई जुताई को देख रहे हैं। मीत अपनी जगह पर जा बैठा है और ठिठुरता हुआ कातर दृष्टि से देख रहा है जित्तन बाबू की ओर!

एक एकड़ धरती की जुताई हो चुकी है। आज मुहूरत के दिन पाँच एकड़ जरूर जोतना चाहिए...। भट-भट-भट-भट! जित्तन बाबू ने ट्रेक्टर स्टार्ट किया।

सारे परानपुर गाँव में ट्रेक्टर की भटभटाहट की तरह बात फैल रही है, भटभटाती हुई। अली-गली में। घर में, चुल्हसार से घैलसार तक, बाहर सरकारी कुएँ के पास और रूदल साह बनिया की दुकान पर...बबुआन-टोली के बैठकखाने में और सोलकन्हटोली के मचान पर—बस, एक ही चर्चा :

"पगलवो को यह क्या सनक सवार हुआ है?"

"राम जाने!...गुदड़ी उधेड़कर सी रहा है।"

"बड़े-बड़े गए तो बड़गज्जू आए वाली बात! क्या कहते हैं, लाट साहब खुद आकर मिट्टी ले गए। बड़े-बड़े आलिम-फाजिल जिनियर से लेकर सैनियर खोपड़ीवाला जरमनियाँ जिनियर तक ने, अमरीका, चीन, जापान भेजकर मिट्टी इसपारमिन किया! सभी देश का बड़ा-बड़ा माथावाला, माटी परेखनेवाला माथा लड़ाकर हार गया। मतरकि, सभी देश का आदमी एक ही बात बोला—'इसमें कुछ भी नहीं हो सकता।'...और, अब यह पगलैट साहब इसमें बासमती धान उपजाएगा! इह्! बड़ा आया है...!"

"बासमती धान नहीं, रामपखारन सिंघ अभी कह रहा था, बौवाजी कहते हैं गुलाब की खेती करेंगे!"

"हो-हो-हो-हो! हा-हा-हा-हा!"

"अब पैंट खोलकर चलना शुरू करेगा, देखना!"

"अरे, मुबलग जमा एक पगलैट भिम्मल मामा से ही तो सारा गाँव परेशान था। अब इस नए पागल के नए-नए उत्पातों से भगवान बचाएँ! पाँच भाषा में बकेगा। ओ बाबा!!"

"जो कुछ भी कहिए, आदमी है काबिल।" पोस्टमास्टर कह रहा था, "इंग्लैंड, अमरीका, रूस, चीन, दुनिया-जहान से चिट्ठी आती है।"

"अरे चलो, चलो! दो रुपया खर्चा करो, तुमको भी देश-विदेश से पँतिया पर पँतिया लिख-लिख..."

"हो-हो-हो-हो!"

"बुर्ज पर चाँदनी रात में पेट्रोमेक्स जलाने का तो एक मतलब भी हो सकता है। ठीक है, सिवेन्दर मिसर का बेटा जितेन्दर मिसर आसमान में बत्ती जलाता है तो अपना जलाता है, गाँव में भी थोड़ी रोशनी हो जाती है। मगर, इस ऊसर जमीन को तोड़कर किसलिए बरबाद कर रहा है, समझ में बात नहीं आती।...कुछ आमदनी क्यों नहीं होती है? हर साल, कोसी की बाढ़ से मारे हुए इलाके के लोग, सहरसा जिला के मवेशीवाले किसान अपनी गाय-भैंस लेकर आते हैं। दो रुपया फी गाय और तीन रुपए हर भैंस का तो बँधा हुआ है। दस हजार की आमदनी हर साल होती थी, जित्तन को!"

"सुना नहीं आपने? उसका सिपाही-कम-ए-डी-कौं रामपखारन सिंघ कह रहा था—गुलाब की खेती में खूब फायदा है। बौवाजी गुलाब की खेती करेंगे।"

"हा-हा-हा-हा-हा!"

—घर्र-घर्र-घर्र-घर्र-र-र! ड-बॉ-क्! सरकारी कुएँ की ज़ंजीर घरघराती हुई कूप के अन्दर चली गई।

"मार परती तोड़के छोड़ दिया मिसर के बेटे ने!" पनघट पर आकर किसी ने सनसनाती हुई खबर दी।

'हैं-हैं, क्या कहा? परती तोड़ दिया? हाय रे दैया! अब तो निपट्ट पगला हो गया दीदी ई तो। ठीक पगला गया अब कि! ठीक, ऐसे ही कीहिन थे,...आकि देखो, टीकापट्टी के सूरतदास। गाँव का लँगटा-लुच्चा से लेकर भला-पुराना लोग मना करते थक गए। कुछ नहीं बूझे। बोले कि हम मंडिल-उंडिल कुछ नहीं मानता है, मंडिल अपने जगह पर है, इतना जमीन काहे फाजिल रहेगा? हम उसमें हँसपताल खोलेगा।...खोलेगा तो खोलेगा! खोलने से ही तो नहीं होता है। हँसपताल खोल दीहिन, डाँगडर बैठा दीहिन, मारे कंटर-के-कंटर दवा लाके ढेर कर दीहिन। आकि देखो, ऐसा हुआ दी-दी-ई-ई, कि एक्को रोगी नहीं बचा हँसपताल के डाँगडर के हाथ से! अरे आराम नहीं हो, नहीं होवे। सब-के-सब रोगी मर कैसे जाएगा?... आकि देखो, इसी को कहते हैं नीयत। दस आदमी के मन के खिलाफ देवता भी नहीं चलता है।...आकि देखो, देख लेना इसका भी वही हवाल होगा...हाँ-आँ-आँ!" गंगोलाटोली की फेकनी की माय की आवाज परानपुर के लोग दो कोस दूर से ही

सुनकर 'सुवाद' लेते हैं। यदुवंशीटोली के भिखारी सिंध की बेटी सेमियाँ इस बार मिडिल में गई है। स्कूल में खेल-कूद में बराबर फर्स्ट होती है। लेकिन, इस टोली के लोग जानते हैं कि वह नामी बतकट्टी है। बतकट्टी?...जो बात को घास की तरह काटकर अपनी गाय को खिला दे। बात काटने का ऐसा मौका कैसे छोड़ दे! झनकती हुई बोली—"जंजीर छोड़ के गला भाँजा करो फेकनी की माय! एक तुम्हीं पानी भरनेवाली तो नहीं? तुमको घर में कोई काम न हो, मुझे तो अभी जाकर तीन पेज हेंडरैटिंग लिखना है। पत्तर-चन्निरका रटना है!...परती तोड़ते हैं जितेन्दर बाबू अपने बाप की। उनका भैंसा है, वह कुल्हाड़ी से ही नाथेंगे। दूसरों की छाती क्यों फटती है—मेरी समझ में नहीं आती बात!"

"घर्र-घर्र-घर-घर-ड-बॉ-क्!"

"अरी पलटा की माँ, सुनती है? तू उस समय पूछ रही थी न, कि गुलाब की खेती करके क्या करेंगे जित्तन बाबू? देखती नहीं कि गुलाबबाग लगाने के पहले ही 'चल-चल चमेली बाग में फुलगेन्दा चढ़ाऊँगी' जैसी उँचकी एड़ियावाली छौड़ियाँ सब तैयार हो रही हैं।" भूमिहारटोले की विधवा फुहा दी ने मीठी चुटकी ली।

और, बात लग गई जाकर ब्राह्मणटोली की बिमला की मौसी को। उसकी बेटी भी जूता पहनती है, स्कूल जाती है। सेमियाँ से बहिनापा है उसकी बेटी का। गन्दे कपड़े में साबुन लगाती बोली—"तुम्हारी ससुराल तो गुलाबबाग मेले के पास ही थी। तकदीर में गुलाबबाग का शौक लूटना लिखा रहे तब तो?"

उधर फेकनी की माँ नागिन की तरह फुफकार उठी—"आब ऊ जमाना नहीं कि बाभन-छतरी मनमानी करे और सोलकन्ह लोग—आकि देखो, छोड़ के बात कहे! इनकिलाफ तो इनकिलाफ।" कमर से घड़ा उतारकर, अपने बँधे हुए बालों को खोल लेती है। फिर कमर पर दोनों हाथ रखकर नाचने का अभिनय करती हुई कहती है—"आकि देखो, सलीमा-ठेठर का डानस ऐसा डँसेगा बाभन-छतरी की बेटी-पुतोहु को-ओ-ओ-ओ, कि एक तो ऐसे ही—एके बहुरिया पाँच तोहर बर, कोई पूते दुआरदालान कोई-कोहवर...।"

अन्तिम चरण कहते समय फेकनी की माँ ने ठीक ताल पर ही धरती पर पैर पटका—एके बहुरिया के बाद—धम्म, पाँच तोहर बर के बाद—धम्म!

"खबरदार, बाभन-छतरी की बेटी-पुतोहु का नाम मत लो!"

फत्तू खलीफा की दूसरी घरवाली नवविवाहिता, फारबिसगंज के बाजार के पास की लड़की है। ओढ़नी में बधना छिपाकर बहुत देर से खड़ी थी। आजिज आकर बोली, ओढ़नी के अन्दर से ही—"आ अल्ला! बाहर आओ तो बाहर भी कच-कच कजिया और भीतर मियाँ की बोली और कैंची का कच-कच। इस कच-कच से अल्ला कसम...।"

भट-भट-भट-भट-भट...!

उत्तर में नए बादलों के दल तैयार हो रहे हैं। जित्तन बाबू ने पाइप सुलगाई, घड़ी देखी और ट्रेक्टर की चाल तेज की—और एक घंटा!...इस मूसलाधार वृष्टि में लोग अपने मन के हुलास को किस तरह दबाकर चुप हैं? कहीं कोई गीत की एकाध कड़ी भी सुनाई पड़ती है? जेठ के बादलों को देखते ही जहाँ के लोग सुख-दुख को भूलकर अलाप उठते थे, वहाँ रिमझिम का सुर सूना पड़ा हुआ है।...भट-भट भट-भट!

जित्तन बाबू ट्रेक्टर के ताल पर गुनगुनाने लगे, गाँव का बरसाती गीत। अभी भी याद हैं कुछ पंक्तियाँ, एक करुण, मायामय गीत की—

मचिया बैसली-ई-ई...मालिन बेटी रे मोहनियाँ-याँ-याँ!
राम रे-ए-ए-ए, ओरमल लामी-लामी केशिया-रे-काहे तो रे-ए...!
भट-भट-भट-भट-भट-भट, भट-भट-भट-भट-भट-भट...
डाली भरी फूलबा-बा-बा-रे मौलिये गेल अँखिया-या-याँ
राम रे-ए, हेरि-हेरि केकर पन्थ रोवई रे मोहनि-याँ-याँ!
भट-भट...!

"हु-जू-उ-उ-र! बौवाजी!"

मीत ने उलटकर देखा। जित्तन बाबू की भी आँखें मुड़ीं—रामपखारनसिंघ बेतहासा दौड़ा आ रहा है। जित्तन बाबू ने इंजन को बन्द कर दिया। भट-भट-भर्र-र्-र!

"क्या है?"

"केयटटोली के लठैतों को लुत्तो ने कलमबाग के पास जमा किया है। कहता है, लाश गिरे तो गिरे, लेकिन मवेशी कलमबाग होकर ही हाँकेंगे!" रामपखारनसिंघ हाँफने लगा।

"तो मेरे पास क्यों दौड़ आए?" जित्तन बाबू ने विरक्त होकर कहा।

"हुकुम...।"

"हुकुम-उकुम कुछ नहीं। तुम लोग सिर्फ बात बनाना जानते हो।" जित्तन बाबू ने ट्रेक्टर स्टार्ट किया—भड़र्र-र्-भट-भट..।

ट्रेक्टर गाँव की ओर चला।

कुँजड़ाटोली के पास एकत्रित लड़कों ने नारा लगाया :

"जमींदार का बिख का दाँत,
—तोड़ेंगे—तोड़ेंगे!
—जमींदार का माथ-हाथ,

—तोड़ेंगे—फोड़ेंगे!

जित्तन बाबू का ट्रेक्टर जब करीब आया तो लड़कों ने और जोर-जोर से नारे लगाए। सिर्फ अन्तिम लाइन कहने की हिम्मत नहीं हुई—'जमींदार का माथ-हाथ, तोड़ेंगे-फोड़ेंगे!' ट्रेक्टर आगे बढ़ जाने के बाद सबसे बड़े लड़के ने टीन के भोंपू में मुँह लगाकर एलान करना शुरू किया—"जा रहा है, जा रहा है। केयटटोली पर जुलुम करने जा रहा है। इसी तरह यह हर टोले पर जुलुम करेगा। आज केयटटोली पर हमला किया है, आज ही मुकाबला करके दाँत खट्टा कर दो। चलो!" हवेली के दक्खिनवाले कमलबाग में काफी लोग जुटे हैं। हर आदमी के हाथ में लाठी, भाला, गँड़ासा अथवा झंडा है। कागज का ही सही, मगर झंडा है। ट्रेक्टर पहुँचते ही सबके चेहरे एक साथ तमतमा उठे। जित्तन बाबू ने ट्रेक्टर में बैठे-बैठे सामने के आदमी से पूछा—"क्या बात है? क्यों भीड़ लगा रखी है तुम लोगों ने?"

लुत्तो आगे बढ़ आया। उत्तेजित होकर बोला—"आपने क्या समझ लिया है, गरीबों का कोई माय-बाप नहीं है?"

"तुम कौन हो?" जित्तन बाबू ने पाइप से धुआँ निकालते हुए कहा, "मैं तुमसे बात नहीं कर रहा।"

"मैं...मैं...कौन हूँ? वाह रे! आप इतना भी नहीं जानते। मैं जनता का लीडर हूँ।"

"जनता के लीडर को मालूम होना चाहिए कि किसी के कलमबाग में दल बाँधकर लाठी-भाला लेकर घुस आना गैरकानूनी है।"

"कानूनी-गैरकानूनी हम लोग कुछ नहीं जानते। कलमबाग होकर मवेशी हम हाँकेंगे, हाँकेंगे।" भीड़ से एक आवाज आई।

"इसके चलते एकाध लहास गिरे तो गिरे।" दूसरी आवाज!

"कलमबाग भी हमारा है।" तीसरी आवाज!

"हमारा है, हमारा है!" सम्मिलित आवाजें।...कुछ नौजवानों ने कूद-फाँद करना शुरू किया। एक बूढ़ा ताल ठोककर नाचने लगा।

लुत्तो के ओठों पर कुटिल मुस्कराहट खेलने लगी। उसने हँसते हुए हाथ उठाकर कहा—"अभी हल्ला नहीं।...ए! औडर, औडर!"

लुत्तो की 'जनता' शान्त हो गई। जित्तन बाबू ने बाग के माली को पुकारा, "शिवसरन! शिवसरन!"

"हम यहाँ हैं।" भीड़ के बीच से शिवसरन ने जवाब दिया।

"अरे?" जित्तन बाबू ने जरा हँसकर कहा—"जनता में तुम भी हो!"

"अचरज काहे लगता है आपको? हाँ, हाँ है 'जनता' में, सभी गरीब 'जनता' के साथ हैं।" लुत्तो ने कहा।

"और 'जनता' तुम्हारे साथ है?"

''जरूड़।''

''इसलिए 'जनता' को लेकर दिनदहाड़े डकैती करने आए हो?''

''गरीबों के लीडर को तुमताम मत कहो।''

''हम भी आपको 'जितना' कहेंगे।''

''तुम-तुम, जितना मिसर, तुम-तुम!''

''दुम-दुम, घोड़े का दुम-दुम।''

''एक बार बोलो, कलेजा खोलकर–गरीबों के नेता लुत्तो बाबू की-ई-ई...''

''जै, जै, जै!''

गाँव के नाका पर हवलदार साहब रहते हैं। साथ में एक कॉन्स्टेबल को लेकर हड़बड़ाए हुए आए–''का जी, का बात है? ई भीड़ काहे खातिर लगाया है?''

''हवलदार साहब, इस हिटलरसाही का कोई जवाब है?'' लुत्तो से हवलदार की पुरानी साँठ-गाँठ है–''दादा आदम के जमाने से इस बगीचे के बीच रास्ता है। आज बन्द कर रहे हैं। चारों ओर के खेत में फसल लगी है, लोग मवेशी किस रास्ते से हाँकेंगे?''

जित्तन बाबू ट्रेक्टर पर चुपचाप बैठकर पाइप खींच रहे हैं। हवलदार ने ट्रेक्टर के पास आकर ज़रा मद्धिम आवाज में कहा–''बाबू साहेब! बेकार का बखेड़ा काहे करते हैं! जमाना नाजुक है। जब जैसी हवा चले....।''

''क्या मतलब? आप देख रहे हैं न! इतने लोग लाठी-भाला लेकर मेरे कलमबाग में जुटे हुए हैं। मैं अकेला हूँ, निहत्था हूँ, अपनी जमीन पर खड़ा हूँ।...बखेड़ा मैं कर रहा हूँ?''

''रास्ता बन्द करना मुनासिब नहीं है।'' हवलदार को जित्तन बाबू की बोली से ही पता चल गया कि इस आदमी को एक 'पुलीसी घुड़की' में ही किनारे किया जा सकता है।

जित्तन बाबू हँसे–''गैरमुनासिब, नाजायज या गैरकानूनी काम करनेवालों के लिए हमारी सरकार के पास बहुत से यन्त्र-तन्त्र हैं।''

हवलदार साहब पगड़ी की जुल्फी को ठीक करते हुए यन्त्र-तन्त्र का मतलब ढूँढ़ने लगे। जित्तन बाबू के बारे में इतना ही मालूम था कि गाँव के जमींदार का आवारा बेटा है, जो शहर में रहकर खूब रुपैया उड़ाता है।...इस हाथी को फँसाने के लिए पिछले डेढ़ महीने से थाना कांग्रेस के प्रेसीडेंट साहब, बड़े थानेदार साहब से सलाह-मशविरा कर रहे हैं।...उधर, अब तक चुपचाप भीड़ में एक हल्की हँसी लहराई–''वाह रे हमारी सरकारवाला!...इसी का सरकार है, बपौती! हा-हा-हा-हा! पंडित प्रेममिलिस्टर का मुँह देखो ज़रा! ही-ही-ही-ही!...हवलदार साहब, बेकार क्यों देरी कर रहे हैं!''

''तऽ आप कनूनियें करवाय चाहते हैं?'' हवलदार साहब ने मानो बहुत गम्भीरता

से सोचकर चुनौती-भरा सवाल किया—"कर द कानूनी कर्रवाय?...हमको का है? अभी दन्न दने टीशन में जाकर टेलीफोंक कर देते हैं। बड़ा दारोगा साहब आकर दफा एक सौ चौआलिस लागू कर देंगे। ठीक है...!"

जमाना वास्तव में नाजुक है दस मिनट में ही लुत्तो ने एक 'पैंड'[1] तैयार कर लिया। बोला—"हवलदार साहेब, बगीचा शिवसरन को अधिया है। हाँ, हाँ—बटैयादारी है!"

"तनाजा दिया है शिवसरन ने?" हवलदार साहब ने पूछा।

"नहीं दिया है तो क्या? तनाजा देने में क्या लगता है? अभी तुरत पड़ जाएगा। मेरे लिए सर्वे कम्फ का दरवाजा कभी बन्द नहीं हो सकता। हाकिम ने खुद कहा है—रात में बारह बजे भी यदि कोई तनाजा देना चाहेगा, हम लेंगे।"

"अब का कहते हैं आप, मिसरजी?" हवलदार ने आँख चमकाई।

"मैं आपसे पूछता हूँ, आप क्या कर रहे हैं?" जित्तन बाबू की आवाज तेज़ हुई।

"आँख लाल मत करिए बाबू साहेब!...आपको पुलिस से मोलाकात नहीं हुआ है।"

"ठीक है, आप आज भेंट-मुलाकात करा दीजिए। बड़ी मेहरबानी...।"

जित्तन बाबू उछलकर ट्रेक्टर से उतरे। मीत अब तक सिर्फ जित्तन बाबू की जबर्दस्ती से चुप था। कान पकड़े रहने का अर्थ ही है, एक शब्द नहीं, चूँ नहीं!... जित्तन बाबू से पहले ही वह धरती पर कूद चुका था—बॉख-बॉख-बॉख!

हवलदार साहब पीछे की ओर हटे और उनकी साइकिल झड़झड़ाकर गिर पड़ी। साथ ही, दिलबहादुर की किकियाहट शुरू हुई—"छिँ-उँ-उँ-उँ छिँ-उँ-उँ-उँ!"

दिलबहादुर, न जाने कब, ट्रेक्टर के पीछे आकर खड़ा हो गया था। जित्तन बाबू के उछलते ही वह खुकरी निकालकर नचाने लगा—"काट-छूँ?...काटी दिन्छूँ। जय पशुपतिनाथ, जय दन्तऽकाली मऽतऽकाटि दिन्छूँ-उँ...छिँ-उ-उ-छिँ-उ!"

हवलदार साहब की साइकिल गिरी, दिलबहादुर विकट आवाज में कचकचाकर काट देने को टूटा। मीत तब तक दो-तीन से भिड़ चुका था। छत्रभंग...! लोग एक-दो कर भागने लगे और लुत्तो को भागते देखकर उसकी 'जनता' उससे पहले भागकर पाट के खेत में जा छिपी।

हवलदार साहब के साथ जो कॉन्स्टेबल आया था और अब तक चुपचाप खड़ा था, जित्तन बाबू के पास दौड़ गया—"जित्तन बाबू! कुत्ते को क्यों बुलाते हैं? दाजू को सँभालिए पहले! वह मुफ्त में दो-तीन को काट देगा, एकदम साफ खतम कर देगा खुखड़ी से...।"

"छिँ-ऊँ-ऊँ-ऊँ!" दिलबहादुर पागलों की तरह चिल्ला रहा था, हाथ की नंगी

---

1. प्वायंट।

भुजाली चमचमाती थी, उसके सुनहले दाँत की पंक्तियों से मानो आग की चिनगारी छिटककर निकल रही थी–"म-त-काटछूँ-ऊँ-ऊँ! त्यो लुते लाय काटछूँ-ऊँ-ऊँ-ऊँ!"

"हँम जानता है। अकेला मान्छे को घेरकर मारने को वास्ते आया! जै दन्तकाली! रगत पीएँगा। काटछूँ-ऊँ-ऊँ-ऊँ!"

हवलदार साहब साइकिल के पैडल पर पाँव रखते हुए चिल्लाए–"अभी-अभी, तुरत हम टेलीफोंक करते हैं। एसपी, डीएसपी सबको फौरन फोर्स लेकर...।"

मीत मान गया, लेकिन दिलबहादुर पर जित्तन बाबू की पुकार की कोई भी प्रतिक्रिया नहीं हुई।

नारे गूँज रहे हैं–खवासटोली में, कुर्माटोली में, केयटटोली में! हो-हल्ला हर टोले में बढ़ने लगा, बढ़ता ही गया। जित्तन बाबू ने दिलबहादुर को पुचकारकर कहा–"दाज्यु। अस्तो न गर न मेरो दाज्यु।...भने को कुरा सुनऽ-ऽ!...ऐसा मत करो। बात सुनो, दाज्यु। भाई!"

प्यारी-भरी बोली सुनते ही दाज्यु सहज हो गया। गम्भीर होकर बोला–"अगाड़ी आप हवेली तिर फर्केगा।...पहले आप हवेली की ओर जाइए।"

सुरपति ने देखा, जित्तन बाबू का चेहरा सिन्दुरिया आम की तरह लाल हो गया है। आरक्त मुखमंडल! ललाट पर कई नई रेखाएँ खिंच आई हैं। वक्र ओठों से घृणा मानो टप-टप चू रही है।...सुरपति को घटना की पूरी खबर लग चुकी है। उसकी इच्छा हुई कि दौड़कर जाए और कुशल पूछे। किन्तु, कुछ सोचकर वह गेस्ट-हाउस की खिड़की से चुपचाप देखता रहा।...अभी जाना अच्छा नहीं!

जित्तन बाबू अपने बँगले के बरामदे में पड़ी कुर्सी पर बैठकर मडबूट उतार रहे हैं। गोबिन्दो ने आकर कुछ पूछा और कोई संक्षिप्त उत्तर पाकर अन्दर भागा।...खाना कितना अच्छा बनाता है गोबिन्दो! सुरपति अपनी तलहथी सूँघता है–शुद्ध घी में फ्राय किया हुआ बासमती चावल का भात, मूँग की दाल, डिमझोल! कागजी नींबू-पुदीना के हरे कतरे पत्ते। दही, मिठाई और आम! गोबिन्दो ने आज तक ऐसा आदमी नहीं देखा, जो मुर्गी का अंडा खाता है, लेकिन मांस-मछली नहीं।

"रात में पानी पोड़ गया कि नेहीं। इसी वास्ते पुकुर का माछ नेहीं पकड़ने सका! फिन रात में माछ।...आप माछ नेहीं खाता? मांस भी नहीं? आर डीम खाता है?"...गोबिन्दो के ओठ बाहर की ओर निकले हुए हैं, चोंच की तरह! आश्चर्यित होने पर और भी नुकीला हो जाता है, उसका चेहरा।

जित्तन बाबू गेस्ट-हाउस की ओर आ रहे हैं।...रेशमी बर्मी लुंगी, कपड़े के फीते

से बगल बँध हुआ कुर्त्ता और पाँव में खड़ाऊँ!

"भोजन हो चुका, मिस्टर राय?" जित्तन बाबू ने बाहर से ही पुकारकर पूछा।

"जी हाँ। अब आप भोजन करें।..."

"गोबिन्दो से बातचीत...यानी जान-पहचान हो चुकी है आपकी? तब ठीक है।" जित्तन बाबू हँसकर बोले।

सुरपति अवाक् होकर देखता रहा...जित्तन बाबू हमेशा इसी तरह मुस्कराते रहते हैं क्या?

जित्तन बाबू बोले—"गोबिन्दो की सूरत देखकर आपको कुछ पता चला? बासठ साल उम्र बतलाता है अपनी। बचपन से ही चूल्हा फूँकने और रसोई करने के सिवा उसने और कोई काम नहीं किया। दस वर्ष की उम्र से ही हमारे यहाँ है। हा-हा-हा! उसकी पैनी नुकीली नाक और चोंच, मैं समझता हूँ पाक होते हुए पदार्थों को सूँघते-सूँघते ही शायद...।"

सुरपति अपनी हँसी को जब्त करने में व्यस्त था। अचानक ठठाकर हँस पड़ा—"हा-हा-हा-हा!" ठठाकर हँसता है सुरपति। तब जित्तन बाबू से दोस्ती होने में देर नहीं, अब।

"जित्तन बाबू का पहड़िया नौकर नंगी भुजाली भाँज रहा है! अभी भी?"

"सुनते हैं, उसके हाथ से भुजाली छूटती ही नहीं!"

दिलबहादुर की नाचती हुई तस्वीर! हाथ में नंगी भुजाली! सुनहले दाँत से आग की चिनगारी छिटकती...मऽतऽकाटछूँ। काटी दिन्छूँ! सभी टोली की आँखों के आगे नाच-नाच जाती है वह तस्वीर! हर जगह इसी बात की चर्चा है।

"क्या कहा रूदल साह ने? पगला गया परबतिया?"

"हाँ, हाँ। उसको हवेलीघर में बन्द करके रखा गया है, ताला-चाबी में!"

"कहाँ ताला-चाबी? हम अभी अपने चसम से देख आए हैं। नंगी भुजाली हाथ में लेकर, कलमबाग में उत्तर से दक्खिन, फिर दक्खिन से उत्तर, पलटनियाँ-परेड कर रहा है।"

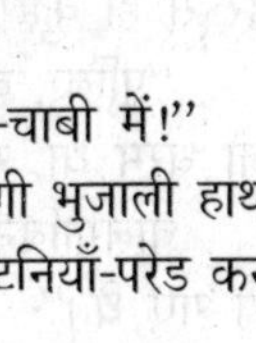

यों, गाँव में ऐसी-ऐसी घटनाएँ हमेशा होती रहती हैं। किसी की जमीन की मेंड़ एक इंच इधर-से-उधर हो जाए, सिर पर खून सवार

हो जाता है, तुरत। बात पीछे, पहले काम।...खेत की सीमा या मेंड़ तोड़नेवाले किसान को लोग सींगवाला आदमी कहते हैं। सींगवाला आदमी हमेशा लड़ने की चुनौती देता है : 'जिसकी मेंड़ टूटी है, वह अमीन बुलावे और खर्चा देकर खेत की पैमाइश करवाए!'...और अमीन लाकर खेत की मेंड़ का फैसला करवानेवाले को सभी मन-ही-मन, बिना मूँछ का आदमी समझते हैं। 'सीधा रास्ता है, उसने एक बालिश्त मेंड़ तोड़ी है तो तुम मेंड़ को ही उड़ा दो।...घर आकर लाठी में तेल लगाओ!'

सर्वे के समय मेंड़, आल, पगडंडी, डगर तथा निकास के झगड़े बेतरह बढ़े हैं। हर सप्ताह दो-तीन फौजदारियाँ होती हैं। किन्तु, कलमबाग की घटना ने सारे गाँव को हिला दिया है। 1934 वाले भूकम्प के दिन भी गाँव में ऐसा कुहराम नहीं मचा था।

"लुत्तो ने तार दिया है पटना?"

"जरूर दिया होगा। वह भी छोड़नेवाला बेटा नहीं है।"

"हवलदार साहब को भुजाली से काटने दौड़ा! खेल है?"

"दाजू को...साले परबतिया को कालापानी होगा।"

"परती को जोतने का फल हाथोहाथ मिलेगा मिसिर के बेटे को।"

लुत्तो शहर फारबिरागंज से लौटा है, साइकिल पर। हवलदार साहब भी चार बजेवाली गाड़ी से थाना में खबर देकर लौटे हैं।

लुत्तो के सभापतिजी ने कहा—"असल में काम का सिड्डूल ही खराब कर दिया तुम लोगों ने। आखिर सिड्डूल का क्या माने हुआ? पहले से ही जिस काम के सभी रास्ते साफ कर लिये जाते हैं, उसी को सिड्डूल किया हुआ काम कहते हैं। सिड्डूल कर दिया था कि लुत्तो कुर्माटोली और खवासटोली के लोगों को लेकर कलमबाग में जाएगा और हल्ला मचाएगा, नारा लगाएगा।"

"सो तो किया!" लुत्तो ने कहा।

"अच्छा, तब सिड्डूल था कि बालगोबिन हरिजन अपने टोले के हरिजनों को लेकर दूर से ही कुहराम मचाता हुआ आवेगा।" सभापतिजी ने कहा।

"पूछिए, बालगोबिन से। इसलिए, उसको भी ले आए हैं। हमारा जो फरज था, जो धरम था, सो हम किया।"

बालगोबिन मोची ने थूक निगलते हुए कहा—"मैं जब-जब आऊँ, लुत्तो बाबू हवा हो गए थे।"

"हट्ट!" लुत्तो कड़ककर कहता है—"झूठा आदमी कहीं का! हमको खूब पता है सभापतिजी! यह अपने घर में घुसा हुआ था। गाँव के लोगों से कह दिया, यह हरिजनों का मामला नहीं। इसमें बेकार जान देने कोई क्यों जाएगा? झूठा कहीं का! आखिर जात का असर...। हमको कहता है कि हवा हो गए!"

"देखिए, सभापतिजी! यह इसी तरह हमेशा हट्ट-हट्ट कर धोपता है, हमको।

जात का नाम लेकर मसखरी करता है। समझा दीजिए!" बालगोबिन मोची ने हाथ जोड़कर विनती करते हुए कहा–"हमेशा चमार-चमार कहता है। कहता है, यह राजनीयत की बात है, ढोल-पोंपी बजानेवाले क्या समझें...।"

सभापतिजी बोले–"तब सिडूल था, बीरभद्‌दर बाबू अपने दल के साथ कलमबाग पर हमला बोल देंगे। इसके बाद नाका के हवलदार साहब जाकर दफा 144 लगा देंगे। इस सिडूल की सफलता से तत्काल फायदा तो यह होता कि जनाब जित्तन साहब क्या, हवेली का एक कौआ भी मुँह में आम नहीं लगा सकता। एक फसल की बरबादी होती। असफलता का कारण...।"

थोड़ा-थोड़ा दोष तीनों के मत्थे थोपकर सभापतिजी ने समझाया–"आप तीनों की गलती है, थोड़ी-थोड़ी। भविष्य में ऐसा नहीं हो। कोई परवाह नहीं, बहुत मौका है सामने। घबराने की बात नहीं। तीनों जने मिलकर काम कीजिए, कन्धा-से-कन्धा लगाकर!"

"सो, लुत्तो बाबू कन्धा में कन्धा भिड़ाने दें, तब तो? केंहुनाठ कर रखते हैं हमेशा हमको!" बालगोविन मोची ने फिर अरजी की।

सभापतिजी ने आँख की कनखी मारकर लुत्तो को संकेत दिया...फुसला-चुमिया कर रखो इसको! लुत्तो ने कहा–"तुम कायरता की बोली बोलना छोड़ो तब तो!...जो बात बोलने कहेंगे सो तो बोलोगे नहीं। राजनीतिक बात को ढोल बजा-बजाकर सारे गाँव में पहले से ही परुपगंडा करने से काम बिगड़ेगा नहीं?"

लुत्तो ने बालगोविन मोची से रास्ते में कहा–"यह मत बोलना कि सभापतिजी ने कहा है कलमबाग के मामले में जान नहीं है, आगे बढ़ने का!...कहना होगा, खबर दिल्ली तक चली गई है–नेहरूजी के पास! तब, वहाँ से खबर अखबार में छप जाएगी। इतना-सा झूठ बोलने में क्या लगता है! नहीं तो, टोले के लोगों को तो जानते ही हो। तुरत, धोती ढीली हो जाएगी!"

धोती ढीली हुई उस दिन बहुत लोगों की।...भरी बैठक में!

सोशलिस्ट पार्टी के जयदेवसिंह और रामनिहोरादास का आपसी मतभेद इतना बढ़ गया कि भरी बैठक में ही दोनों के दलवाले लड़ पड़े।...जयदेवसिंह परानपुर पार्टी का इनचार्ज है और रामनिहोरादास ऑफिस सेक्रेटरी। जयदेवसिंह से उसकी हमेशा लड़ाई हुई है–बचपन से ही। स्कूल के मास्टर साहब ने नाम रखा था–सुन्द-उपसुन्द!...सो जयदेवसिंह को विश्वासी साथियों से पता चला कि रामनिहोरादास के पास पार्टी की पुरानी रसीदबही है जिस पर वह चुपचाप चन्दा वसूलता है, खाता

है। बात खुली, जब सिरचन बढ़ई ने आकर जयदेवसिंह के पास फरियाद की–"बावन रुपए का है पलँग, बाबू साहेब! पलँग बनवाकर ले गए रामनिहोरा बाबू। एक महीना दौड़ने के बाद, दाम के नाम पर एक डिबलूकट रसीद काटकर दीहिन हैं। रसीद लेकर हम क्या करें?"

बैठक के दिन जयदेवसिंह को खबर मिली–रामनिहोरादास ने अपने शिष्य-साथियों में भी जिल्द वितरण की है। वे लोग, हाट-बाजार में रुपया-अठन्नी का सामान खरीदकर हाथ में रसीद थमा देते हैं। जयदेवसिंह ने इतना सुन लेने के बाद भी रामनिहोरादास पर कोई सीधा चार्ज नहीं लगाया। जयदेवसिंह रोनी सूरत बनाकर प्रार्थना-भाषण की भाषा में पार्टी मोरेल पर प्रवचन की तैयारी करने लगे कि रामनिहोरादास मुट्ठी बाँधकर खड़ा हो गया–"कमानेवाला खाएगा!"

उसके शिष्य-साथियों ने दुहराया–"इसके चलते जो कुछ हो!" रामनिहोरा दास को भी मालूम है, सबकुछ। वह बोला–"पार्टी किसी की बपौती जमींदारी नहीं। इनचार्ज बेईमानी करे, रुपया हड़प जाए। चाहे पार्टी को जहन्नुम में भेज दे, कर्ज चढ़ाकर। कोई बात नहीं! अपने पॉकेट-कॉमरेडों की बीबी-दीदी-फुफुओं के लिए चुनाव-फंड से पैसे निकालकर दिए जाते हैं। साड़ी-सेमिज-ब्लाउज के लिए...हाँ, हाँ! रामनिहोरादास प्रूफ देगा।...चौबीसों घंटे काम करनेवाला साथी यदि चार-आठ आने पैसे बतौर मदद के ले लेता है तो बात हाय कमांड तक पहुँच जाती है–पटना!"

इसके बाद छड़ी, छाता, झोली, टॉर्च, थप्पड़, खड़ाऊँ आदि से सबकुछ फैसला हो गया और बैठक की कार्यवाही समाप्त हो गई!...गाँव के लड़के आपस में बात करते समय कहते हैं–उस दिन से दोनों दल के बाबुओं की धोती ढीली ही है। पार्टी में फूट होने से यही होता है। सूद के साथ मूल भी पार!

लुत्तो अपनी पार्टी को मजबूत करने के लिए बालगोविन मोची की बात सह लेता है। बालगोविन मोची कहता है–"राजनीयत...!"

लुत्तो समझाकर कहता है–"राजनीयत नहीं, राजनेति कहो।"

"दाजू," ताजमनी दिलबहादुर को बैठाकर समझा रही है–"जित्तन बाबू पर हमेशा नजर रखना। गाँव के लोगों के सिर पर शैतान सवार है। क्या जाने, कब क्या कर गुजरें!"

दिलबहादुर ने अपनी सुनहली मुस्कराहट को समेटते हुए कहा–"हुन्छ! त्यो मूजी लुते...। उस मूजी लुत्तो को मैं खूब पहचानता हूँ।"

दिलबहादुर ने अच्छी तरह समझ लिया है, ताजमनी के सिवा इस गाँव में जित्तन

बाबू को प्यार करनेवाला कोई नहीं।...माया को कुरा! प्रेम की बात भला छिपी रहे? किन्तु, दिलबहादुर की समझ में यह बात नहीं आ रही कि ताजमनी हवेली के अहाते में पैर क्यों नहीं देती!

कटोरदान में चन्द्रपुड़ी बन्द कर ताजमनी बोली–"ठहरो दाजू, पकवान जरा चख लो, तब जाना।"

दिलबहादुर चुपचाप बैठा ताजमनी की ओर देखता रहा...कस्तो राम्री! कितनी प्यारी है यह ताजमनी! उँहूँ, वह ताजमनी नहीं कहेगा, ताज्दी कहेगा–"ताज्दी, मेरो भाग भी इसी में डाल दीजिए। जितूदाजु कभी अकेले कोई चीज नहीं खाते। थोड़ा भी हो, लेकिन बाँटकर खाते हैं।"

जितूदाजु! दिलबहादुर नौकर नहीं। जित्तनबाबू ने बहुत समझा-बुझाकर दिलबहादुर से भाईचारे का रिश्ता कायम किया है।

बारह-तेरह साल से जित्तन बाबू के साथ है वह। आज भी दिलबहादुर कभी-कभी उस दिन को याद करता है।...अपने देश की सीमा पार कर जोगबनी स्टेशन के प्लेटफार्म पर बैठा, अचरज से भौचक्का होकर, सबकुछ देख रहा था। चारों ओर अचरज-ही-अचरज! मालगाड़ी के इंजन ने सीटी दी और दिलबहादुर की आँखें आश्चर्य से चित्ती कौड़ी-जैसी हो गईं। और, थोड़ी देर के बाद उसे हँसी आई, इतना बड़ा जानवर और बोली इसकी–कू-कू! दिलबहादुर ने इंजन की ओर देखकर नकल करते हुए कहा–'कू-कू!'...प्लेटफार्म पर टहलते हुए एक बाबू साहब उसकी चेष्टाओं को बहुत देर से ध्यानपूर्वक देख रहे थे। पास आकर बोले–"बहादुर कता हिंड़े को?... कहाँ जा रहे हो बहादुर?"

"तलऽतिर!" दिलबहादुर ने अपनी भाषा में ही संक्षिप्त उत्तर दिया। नीचे की ओर! पहाड़ पर रहनेवाले, समतल भूमि को तलऽ कहते हैं। दिलबहादुर तीन नम्बर पहाड़ पर रहता है। नेपाल की तराइयों के उत्तर, तीन पहाड़ियों के बाद! तीन नम्बर पहाड़। नीचे उतरने में चार दिन लग जाते हैं...।

एक छोटा-सा झरना। किनारे पर बसा पाँच घरों का गाँव, दिलबहादुर का गाँव। गाँव में सिर्फ बूढ़े, औरतें और बच्चे ही रहते हैं। लड़के जवान होते ही, तलऽतिर मधेश की ओर चले जाते हैं। हर साल लफटनबाजे दिलबहादुर के गाँव में जाते। हाल ही में जवान हुए पहाड़ी लड़के उन्हें हमेशा घेरे रहते। अचरज-भरी कहानियाँ सुनते-सुनते उनके दिल तड़प उठते, तलऽतिर उतरने के लिए। जहाँ नमक की कोई कमी नहीं! बिना तेल की रोशनी जहाँ जलती है!

टरेनगाड़ी, पानीजहाज हवाजहाज। लफटनबाजे का सिखाया हुआ गीत मिल-जुलकर गाने में कितना आनन्द आता था! दिलबहादुर की देह के भी रोयें खड़े होते हैं!

धन-धन अँगरेजऽ स-र-कार
पानी मा जहाज चलाए को
धन-धन देवता सरकार...
आकाश मा जहाज उड़ाए को!

—लड़ाई मा मर्नाले सोझै स्वर्ग पुगिंच्छ! लफटनबाजे कहते, लड़ाई में मरने से सीधे स्वर्ग पहुँच जाता है आदमी। यदि कोई पलटन में नहीं भर्ती होना चाहे, कोई बात नहीं। लफटनबाजे दूसरे किस्म के भी काम दिलवा सकते हैं।

किन्तु, उस बार लफटनबाजे ने कहा, "सिर्फ पलटन में भर्ती होनेवाले नौजवानों को ही ले जाऊँगा।" यों किसी ने पलटन में भर्ती होने की अनिच्छा नहीं प्रकट की थी, आज तक। दिलबहादुर पलटन में भर्ती होने से क्यों घबराए! घबराई थी उसे प्यार करनेवाली लड़की कांछीमाया—"दिले! पलटन मा किन भर्ना हुने?... पलटन में क्यों भर्ती होने जाओगे? मुगलान में बहुत तरह के काम हैं। धनमानबहादुर, जापला, मांगला, पिछले साल जो गए हैं—कोई भी पलटन में नहीं गए।...पलटन में मत जाओ, दिले!" इसीलिए, दिलबहादुर ने लफटनबाजे से कहा—"पलटन में नहीं भर्ती होऊँगा!"

लफटनबाजे ने साफ जवाब दे दिया—"तब तुम हम लोगों के साथ नहीं जा सकते। क्योंकि, इस बार मैं उन्हीं लोगों को साथ ले जाने के लिए आया हूँ, जो पलटन में भर्ती होंगे।...जिसका नमक खाओ, उसका बदला तो देना होगा? रास्ते में रक्सी[1], ऊख की शराब, रम, अंग्रेजी दारू में नहाते हुए जाएँगे मेरे नौजवान। भेड़-बकरी का ताजा गोश्त, मन लाग्ने कुरा, छोरी-केटी राम्री राम्री! जिसके पैसे से स्वर्ग का सुख धरती पर भोगते जाओगे, उसका बदला तो देना ही होगा।"

कांछीमाया को सुन्तुला[2] के पेड़ तले, अँधेरी रात में समझाते-समझाते थक गया, दिलबहादुर। किन्तु, कांछीमाया उसको कलेजे से सटाकर बोली—"मेरो रगत खाने...मेरा खून पीयो यदि पलटन में जाओ!"...दूसरा नौजवान होता तो कांछीमाया की चिपटी नाक पर एक घुस्सा मारकर बेहोश कर देता और पलटन में चला जाता। किन्तु, दिलबहादुर ऐसा नहीं कर सका। कांछीमाया का खून वह नहीं पी सकता।

गाँव के नौजवानों ने दिलबहादुर को चिढ़ाया, "नाक में बुलाक पहन लो, दिले!" लड़कियों ने हँसी उड़ाई—"दिले! तुम हम लोगों के साथ सुन्तुला चुनने को चलो। और क्या कर सकते हो तुम?"...गाँव के नौजवानों ने अपनी माताओं, बहनों, स्त्रियों और

---

1. **रक्सी**—नेपाली देसी शराब।
2. **सुन्तुला**—सन्तरा।

प्रेमिकाओं से विदाई ली। गाँव के बाहर झरना के किनारे तक पहुँचाने गए सभी। दूर से उनके गीत की कड़ी स्वर-तरंगों पर लहराती हुई आई :

खुकरी भिरें-र जान्छौं,
हामी हरू जर्मन को धावै माँ-आँ-आँ!

—खुकरी से लैस हम जर्मन की लड़ाई में जा रहे हैं...पलटनियाँ नौजवानों के जाने के बाद, दिलबहादुर भी एक दिन तलऽतिर हिन्दुस्तान की ओर चल पड़ा!...सुन्तुला की डाली पकड़कर खड़ी कांछीमाया की धुँधली तस्वीर, घने कुहरे में खो गई! वह ढलान की पगडंडी से नीचे उतरता गया—अकेला! राह में साथी मिले, बिछुड़े। पहाड़ी के घने जंगलों में, लकड़ी काटती हुई पहाड़िनों के झाउरे[1] का जवाब खूब रसा-रसाकर दिलबहादुर ने दिया। चीसा-पानी झोरा के पास सुनी झाउरे की एक कड़ी :

मधेश तिरऽ हिंड़े को मांछे
शहर लख्नो कैले जाने-ऐं-ऐं-ऐं
गारद मा बस्ने मेरो लोग्निलाई...!

—ओ, मधेश की ओर जानेवाले! यदि तुम कभी लखनऊ शहर जाओ, तो वहाँ के गारद में रहता है जो भला आदमी, उससे कहना—तुम्हारा बेटा दौड़ना सीख गया है और काली बाछी को तीसरा बाछा हुआ है।...जंगल में लकड़ी काटते समय मेरे हाथों में सोने के चूर झनकेंगे—झनक-झनक! सुनकर तुम निश्चय ही मुझे पहचान लोगे। कोई ऐसा काम न करना, लाज ले मरन गराई—लाज से मैं इसी जंगल में मर जाऊँगी!...

जंगल, जंगल! ढलान, उतार! उतरती राह, उलटकर कोई पन्थी नहीं देखता। दिलबहादुर उतरता गया। समतल में बसे नेपाली कस्बों के कुछ देशवासियों ने उसे अटकाने की कोशिश की; फुसलाया, डराया, मोगलान में लड़ाई हो रही है। बन्दूक की लड़ाई नहीं, ऊपर से बम गिरता है हवाईजहाज से।...दिलबहादुर बम से क्यों डरे! वह लड़ाई में भर्ती होने नहीं जा रहा। उस पर कोई क्यों बम गिराएगा? उसकी प्रेमिका, कांछीमाया ने सौगन्ध देकर कहा है, 'मेरो रगत खाने। चाँदी-सोने का पहाड़ भी मिले, पलटन में मत जाना...ओ मेरो दिले! कल से मैं तुम्हारी बाँसुरी नहीं सुन सकूँगी। मैं बैठी रहूँगी। तीन बार सुन्तुला की डाली में फूल लगेंगे। तीन बार सुन्तुला की डाली झुक-झुक जाएगी फलों से। सुन्तुला तोड़ते समय तुम्हारे गालों की याद आएगी मुझे। तुम नहीं लौटोगे तो मेरी माँ मुझे उस नमक के बूढ़े व्यापारी के हवाले कर देगी। सुंगठी[2] की गन्ध उस बूढ़े की साँसों में बसी है।'

---

1. **झाउरे**—एक पहाड़ी लोकगीत, जिसमें राही से प्रश्न पूछे जाते हैं। राही भी गा-गाकर जवाब देता है।
2. **सुगंठी**—सूखी मछली।

तीन साल!...तीन साल तक प्रतीक्षा में खड़ी रही होगी कांछीमाया। इसके बाद? दिलबहादुर मन-ही-मन कहता है, इसके बाद क्या? एत्रो!...चार साल तो जेल में ही कट गए। कांछीमाया उसके लिए क्यों बैठी रहेगी? उसका बच्चा दौड़ता होगा। उसका बूढ़ा बाप उसको परेड करना सिखाता होगा, लेफ्टऽ...। दिलबहादुर क्या करे, पहाड़ से उतरकर उसने मधेश में पैर रखा ही था कि...!

हाँ, दिलबहादुर पोलिटिकल सफरर है। और, पीड़ित-राजनीतिक-सहायता-कोषवाले उसकी क्षतिपूर्ति नहीं कर सकते। जित्तन बाबू अपने दिलबहादुर के बारे में सुना रहे हैं—"उसे मेरा नौकर मत समझिए! वह मेरा बन्धु...।"

सन् बयालीस के फरार जित्तन बाबू से दिलबहादुर की भेंट जोगबनी स्टेशन पर हुई।...शंटिंग करते हुए इंजन की सीटी की नकल करते समय। जित्तन बाबू ने पूछा—"क्यों बहादुर, नौकरी करेगा?"

"पलटन को काम छाड़ेर...सब काम कर सकता है।"

जित्तन बाबू को अपनी साहबी पोशाक के उपयुक्त एक अंगरक्षक मिला। किन्तु कटिहार पहुँचकर जब दिलबहादुर को विदा करने लगे, वह तन गया—"किन?...क्यों, काम में क्या गलती हुई?" जित्तन बाबू ने समझाकर कहा—"मुझसे अच्छे साहब मिलेंगे तुमको।" किन्तु, दिलबहादुर तो उनके ही साथ रहेगा..."दया करके दो-तीन दिन अपने साथ में और रखिए, फिर आपकी जैसी मर्जी।" और उसी रात को कटिहार धर्मशाला पर पुलिसवालों ने छापा मारा। सुबह को, गिरफ्तार आसामियों के बीच दिलबहादुर की उपस्थिति...जाल में फँसी मछलियों के बीच एक फौकचा मछली-जैसा!

दारोगा ने पूछा—"क्यों बहादुर! तुम कैसे? तुम भी आजाद दस्ता में है?"

"होस! होस!" दिलबहादुर ने कहा—"पलटन छाड़ेर—सब दस्ता में है।"

"पलटन में नहीं जाएगा?" दारोगा ने पूछा—"जाओ तो छोड़ दूँ!"

दिलबहादुर ने दृढ़तापूर्वक कहा—"नहीं, हम पलटन में नहीं जाएगा। हम अपने साहब के साथ रहेगा।"...दिलबहादुर के साहब को सुबह की रोशनी में गौर से देखकर दारोगा साहब खुशी से चीख पड़े—"हैलो! तो आप नेपाल से आ रहे हैं? कहिए, हनुमाननगर रेड के बाद चले हैं आप?"

पुराने परिचित पुलिस इंस्पेक्टर ने सफल शिकारी के उत्साह में कहा था—"लेते जाइए बहादुर को भी। वह आपको छोड़ना ही नहीं चाहता।"...राजनीतिक

बन्दियों के वार्ड में पहुँचकर जित्तन बाबू ने नया रिश्ता जोड़ा दिलबहादुर से–दाजुभाई!

जित्तन बाबू का तबादला हुआ। जाते समय कह गए–"दाजुभाई! फिर भेंट होगी। तुम्हारी भी बदली होगी। सम्भव है, मैं आ ही जाऊँ। किसी मुकदमे की पेशी में मुझे जरूर लाएँगे यहाँ।"...रिहा होकर जेल के बाहर हलवाई के यहाँ साल-भर नौकरी करता रहा दिलबहादुर–जीतभाई की बदली कभी-न-कभी इस जेल में होगी।

जेल से लौटकर सीधे गांगुली मोशाय के घर जाने की नीयत से जित्तन बाबू पूर्णिया स्टेशन पर ही उतर गए। उनका रिक्शा जेल के सामने से गुजरा और इसके बाद दोनों भाई फिर मिले।

"जितूदाज्यु, जिद्‌दायो। होय-होय। पर्ख, पर्ख। ऐय रिसकावाला, रिसका रोको!"..."दिलबहादुर? दाजुभाई?"...जित्तन बाबू ने दिलबहादुर को गले से लगाया! भरत-मिलाप हो गया मानो!

और, तब से दिलबहादुर अपने भाई जिद्‌दाजु के साथ छाया की तरह है। उसको कोई जित्तन बाबू का नौकर नहीं समझे!–कड़ी हिदायत है जित्तन बाबू की।

रामपखारनसिंघ दो-तीन बार दिलबहादुर के क्रोध का शिकार हो चुका है। आज भी, चारों ओर एक बार देखकर तब कुछ बोलता है, रामपखारनसिंघ–"अरे ई परबतिया का कुछ मत पूछो! बिलाड़ के लेखा, अचानक खखुआकर टूटता है। उससे होशियार रहना गोबिन्दो!"

"गोबिन्दो को आर समझाने नेंहि होगा। वो हमारा बोंधू दाजू हो गिया है। मतरिक, तुम्हारा ऊपर भारी खफ्फा है, बहादुर! तुम हुशियारी से रहना सिंघजी!" गोबिन्दो हँसता है।

खपसूरती में तजमिनियाँ की जोड़ी नहीं, गाँव में!

थोड़ा-थोड़ा मलारी में उसके चेहरे का काट आया है। है कि नहीं? सारे परानपुर गाँव के लोग मानते हैं, ताजमनी अद्वितीय सुन्दरी है। सुडौल शरीर और सुघड़ बनावट। चम्पई रंग और बालिका-सुलभ चेहरा। मेघवर्ण कुंचित केशपाश! आँखों में परिपूर्ण प्राण की गम्भीर छाया...अजान-सुजान उसे षोडशी समझते हैं। किन्तु, गाँव की सोलह वर्षीया कन्याओं से वह बीस साल बड़ी है। गाँव के कई नए नौजवान, कभी गलती से उसको कमसिन समझकर ठिठोली कर बैठे। ताजमनी ने मुस्कराकर जवाब दिया–"भैयाजी, तुम्हारी सबसे बड़ी बहन और तुम्हारे साथी की

माँ मुझसे दो साल छोटी हैं उम्र में। और, आजकल स्कूल-कॉलेज में सिनेमा के गीत ही पढ़ाए जाते हैं क्या?"

"रूप के घमंड में हमेशा चूर रहती है वह। किसी को कुछ समझती ही नहीं।"

"रूप ही नहीं। धनवाली की चहेती ठहरी। किसी को एक तिनका क्यों लगाएगी?"

"किसी से भर-मुँह बोलती नहीं।"

"बोली का मोल है, बाबू! उसकी बोली की कीमत दे सकोगे?"...

"किसकी चर्चा कर रहे हो? लेकिन, याद रहे! ऑल राइट्स रिजर्व्ड...सर्वाधिकार श्री जितेन्द्रनाथ मिश्र के अधीन है।"

"अहा-हा! इसी बात पर मुझे दुज्जी की वह पंक्ति याद आ गई–बिका हुआ धन हूँ सौदागर, मोल-तोल करते क्या हो, पा न सकोगे जिसे व्यर्थ उसके खातिर मरते क्या हो?"

"वाह! वाह! पूरनियाँ कॉलेज में पैर रखते ही लड़के को काव्य की सपनौती होने लगती है।...मलारी पर कुछ शेर-ओ-शायरी हो अब! क्यों?"

कॉलेज पहुँचे हुए नौजवानों और हाई-इंगलिश-स्कूल के कुछ जुवाए हुए विद्यार्थियों में खूब पटती है। वे आपस में दिलखोल व्यवहार रखते हैं। स्कूल के एक रसिक किन्तु भुसकोल विद्यार्थी ने कहा–"हर दूसरे दिन एक छोटा-सा लड़का हाथ में टिफन-केरियर भरकर माल ले जाता है, नट्टिनटोले से हवेली की ओर। सेवा में, श्री जित्तन बाबू...तर माल! हमारे हेड पंडितजी रोज उसके बारे में पूछते हैं, राह में देखकर। कल तो क्लास में ही दोहा-कवित्त जोड़ने लगे– 'प्रेम-कटोरी रसभरी, लखि रसना सरसाय...।' "

"कौन? तुम्हारे मुच्छन पंडितजी? अच्छा? हा-हा-हा!"

"किन्तु, सच कहूँ। ताजमनी सचमुच ब्रजभाषा...का...कालीन नायिका-जैसी लगती है, कम-से-कम मुझे तो!"

"और भलारी? दि हरिजन ग्लोरी।"

ताजमनी नट्टिन की बेटी है। और मलारी मोची-कन्या! हरिजन।

परानपुर के बबुआनटोले की औरतें सुनकर मुँह बिदकाएँगी, नाराज होंगी। किन्तु यह बात सच है कि ताजमनी और मलारी-जैसी सुन्दरी कन्याएँ उनके घर नहीं पैदा हुईं, आज तक। दो दीपों की तरह जगमगा रही हैं, दोनों। एक नट्टिनटोली में, दूसरी मोचीटोले के बीच।...मलारी ने गाँव के स्कूल से मिडिल पास किया है। हाई-इंगलिश-

स्कूल में नाम लिखाकर तीन महीना क्लास में भी गई। इसके बाद, कुछ शिक्षकों और सहपाठियों की कृपा से उसकी पढ़ाई रुक गई।...महीचन रैदास की बेटी को कौन नहीं जानता?

"डिस्टिकबोट के चेयरमैन से मुँहामुँही बतियाती है। कन्या पाठशाला की मिसट्रेसी धरी हुई है मलारी की।"

"उसका बाप बड़ा कटहा किस्म का आदमी है और उसका कुत्ता भी बड़ा बदमाश है। उसके दरवाजे पर कभी गए हो? सबसे पहले तो उसका बाप तुमको इस तरह देखेगा मानो तुम कुछ छीनकर भागने आए हो। इसके बाद उसका कुत्ता! दोनों तुमको सूँघने लगेंगे। और फिर दोनों...।"

"तो, आप भी अछूतकन्या में पार्ट कर रहे हैं? मलारी की गली में भटक चुके हैं? लेकिन, मलारी किसी के नाम पर जवानी निछावर करके बैठेगी नहीं। वह ताजमनी नहीं, सो जान लो प्यारे भाइयो!"

"ताजमनी यों ही नहीं बैठी हुई है। जित्तन बाबू ने नथिया उतारा था, सुनते हैं।"

"सदरी नहीं, चुराकर उतारा था जित्तन बाबू ने। ढोल-ढाल बजाकर नहीं।... इसलिए सच्ची बात क्या है, कोई नहीं जानता।"

"ताजमनी हवेली में नहीं जाती है, लेकिन...।"

"कौन कहता है, नहीं जाती है? कोई पहरा करता है किसी का? वह नहीं जाती होगी तो जित्तन बाबू जाते होंगे नट्टिनटोली।"

नट्टिन की बेटी है, ताजमनी।

किन्तु, पली है परानपुर इस्टेट की हवेली में। स्वर्गीय शिवेन्द्रनाथ मिश्र के गुरुभाई की रक्षिता थी ताजमनी की माँ।...परानपुर में हिन्दू नट्टिनें तीन पुश्त से बसी हुई हैं। जितेन्द्रनाथ मिश्र की विधवा माता ने ताजमनी को नट्टिनटोली से बुलवाकर पालना शुरू किया था। ताजमनी की माँ राजमनी को भागलपुर में गंगा-लाभ हुआ। कहाँ जाती बेचारी ताजू? हवेली की बेटी की तरह पली है, ताजमनी।...ताजमनी अन्तिम समय तक बूढ़ी के मुँह के सामने रही। काशी में मरते समय ताजमनी के हाथ की गंगोत्तरी प्राप्त हुई। हँसकर बोली थी जित्तन की बूढ़ी माँ—"तेरे दिल में बैठा है जित्तन! वही मुझे पानी पिला रहा है। मैं अपने बेटे के हाथ का पानी पी रही हूँ।"

ताजमनी बैठकर याद कर रही है, अपनी मालकिन-माँ को!...काशी की गलियाँ, घाट और सीढ़ियाँ! दशाश्वमेध पर श्यामकल्याण छेड़ती शहनाई! रामनगर किले की रोशनी उस पार झिलमिलाती। राजघाट पुल से गुजरती हुई गाड़ी...रामपखारिनसिंघ और मुंशी जलधारीलाल दास लौटे हैं, खाली हाथ! पेरोल मंजूर हुआ जित्‌दा का। लेकिन नाम जिद्‌दा नहीं रहे तब तो? पत्थर! नहीं आए अपनी माँ का मुँह देखने। जिद से जले हुए बेटे ने भागलपुर जेल से फुफकारकर जवाब भेजा—"शर्त लिखकर

माँ का मुँह देखने जाऊँ, मुझे मंजूर नहीं!"

"ताजू बेटी! नहीं आया न? मैं जानती थी। अब क्या देखती है। चन्द्रायनव्रत का ओरियावन करो मेरे लिए।"...शरीर रखने को आतुर हंसा को जिसने नहीं देखा, वह कैसे समझेगा? ताजमनी ने देखा है, रोज-रोज, तिल-तिलकर स्थिर होती हुई काया को। मृत्यु के कुछ पूर्व मालकिन-माँ के मुखमंडल पर एक अपूर्व रोशनी छा गई थी। डेढ़ घंटे तक बोलती रही थीं ताजमनी की मालकिन माँ! बातें याद करके ताजू रो लेती है, घड़ी-दो-घड़ी!...

राजघाट पुल पर गाड़ी की गड़गड़ाहट...ताजमनी काशीविश्वनाथ को लौटती बेर प्रणाम करते समय रो पड़ी। मणिकर्णिका पर जलती हुई चिता की लपलपाती रोशनी!—मालकिन-माँ...तेरे लड़के को कौन समझाए? वह तो खुद पढ़ा पंडित है। तुमने काशी में बैठके इष्टनाम जाप किया है माँ, तेरे बेटे का अमंगल नहीं होगा। अक्षर-अक्षर पालूँगी तुम्हारी बात। माँ अन्नपूर्णा...! तारा-तारा!

सुधना जब लौटकर आया तो ताजमनी के कलेजे की धड़कन धीरे-धीरे सहज हुई।

"झूठ तो नहीं बोलते, सुधो! मिट्टी तुमने किधर फेंकी?"

"नहीं दिदिया, झूठ नहीं कहता। असल में, मुझे कुत्ते का बड़ा डर है, इसलिए पहले राजी नहीं होता था।" सुधना ने हँसते हुए पॉकेट से यूक्लिप्टिस के सूखे पत्ते निकालकर कहा—"तुझे सर्दी लगी है, चाह बनाकर पी ले, गुड़ डालकर।"

सुधना यूक्लिप्टिस के पत्ते चाय के लिए नहीं लाया है। इसको कहते हैं, चिह्नवानी! सुधना हवेली तक पहुँचकर वापस आया है, इसका प्रमाण है—पत्ता।

"सुधो भैया, आज तुमको चीनीवाली चाय पिलाऊँगी। पैर में काँटा-वाँटा तो नहीं गड़ा है?" ताजमनी ने सुधना के सिर के बालों पर हाथ फेर दिया। फिर सकुचाती हुई बोली—"तुमको किसी ने देखा तो नहीं? टोका तो नहीं"

"एक पंछी ने भी नहीं। मैं सीधे पोखरवाले बाग के पास गया, फिर दक्खिनवाली राह पकड़कर हवेली के पिछवाड़े।"

"चः चः! बेचारा!...अँधेरे में डर तो जरूर लगा होगा?"

"तुमने बताया था न 'सिव सिवेन्दर भाग कलन्दर' मन्तर पढ़ना, डर लगे तो?" सुधना ने बात का प्रसंग बदलते हुए कहा—"कल फिर सेवई बनाकर नहीं भेजेगी जिद्दा को?"

"क्यों?" ताजमनी मुस्कराई। सुधना ने उसके मन की बात कैसे जान ली?

अभी-अभी वह सोच रही थी, कल कमलगट्टे का हलवा बनाकर भेजेगी। "सेवईं, खीर और हलवा बनाकर भेजने के सिवा और कोई काम नहीं मुझे। क्यों?"

सुधना अप्रस्तुत हुआ। बोला—"मैं मीत से दोस्ती करना चाहता हूँ। देखने में भोला-भाला झबरा, कितना प्यारा कुत्ता है! उसका केश कितना चमकता है दिदिया!"

सुधना अपनी किताब ले आया और लालटेन के पास पढ़ने बैठा। ताजमनी उठी और घर के अन्दर जाकर माँ काली की तस्वीर के सामने हाथ जोड़कर खड़ी हो गई—"श्यामा! माँ!...उसका एक रोम भी न कलपे। जिद्दा का अमंगल न हो। मुझे जितना भी दुख देना है दे, उसके बदले।" सुधना, फुफेरा भाई है ताजमनी का। अनाथ भाई को ले आई है लहेरियासराय से। सुधना को स्वर्ग मिला है। जन्म लेने के बाद इतना प्यार उसे कभी न मिला। अपने प्यार के भागीदार जित्तन बाबू के प्रति अपने असली मनोभाव को कभी प्रकट नहीं होने देता। इतना चालाक लड़का!...किन्तु, मीत से मिताई करने के लोभ में पड़कर उसने समझौता कर लिया है, मन-ही-मन। नहीं तो, माँ तारा और जित्तन बाबू, उसकी दिदिया के प्यार के भागीदार!...कोई बात हो, दिदिया अपने जिद्दा का उदाहरण दे बैठती है—"जिद्दा जब तुम्हारी उम्र के थे तो रामायण का सुन्दरकांड से लेकर किष्किंधाकांड तक...।" जिद्दा-जिद्दा-जिद्दा! माँ तारा, तारा माँ, श्यामा-श्यामा! काली!

अब सुधना भी हमेशा मीत की बात करेगा—'दिदिया, दिदिया। मीत, मीत, मीत। जीत...!'

सुधना जैसा ही भोला-भाला लड़का—जीत!...

रेशमी कुरता और लाल धोती पहने, सम्पनी-गाड़ी पर बैठकर ताजमनी की ओर देख रहा है, मेले में। ताजमनी भी उस समय बच्ची थी। उसकी माँ ने पहली बार रंगीन घाघरीवाला कुरता खरीद दिया था। ताजमनी अपनी सम्पनी-गाड़ी पर गई थी।...

बैलगाड़ियों की दौड़! ताजमनी की बैलगाड़ी हर साल मेले में जीतती। उस बार भी उसके बैल घुँघरू झनकारते, पूँछ ऊपर उठाए सबसे आगे निकल आए! बेचारा भोला-भाला लड़का जीत रोने लगा—उसकी बैलगाड़ी क्यों हार गई?...

बच्ची थी ताजमनी भी। किन्तु जीत को रोते देखकर वह हँस पड़ी थी—"वाह रे लड़का! इतना बड़ा हो गया है, बैल हार गया है तो रोता है! बैलों को कभी अपने हाथ से गरम रोटी गुड़ के साथ खिलाते हो? फिर बैल हारेंगे नहीं?"

ताजमनीं अपनी सम्पनी-गाड़ी में बैठकर जरमनियाँ बाजा मुँह से बजाने लगी थी।

एक साथ सात सुर बोलते—हँ-सँ-रँ-अँ-गँ...!

रोता हुआ जीत चुप होकर ताजमनी की ओर देखने लगा था। जीत की भीगी पलकें...! लम्बी मूँछ और बड़ी लाठीवाले एक आदमी...रामपखारनसिंघ ने पत्ते में मिठाई लाकर दी। जीत ने पत्ते के दोनों को बैलों के आगे फेंक दिया था, गुस्से में! ताजमनी बाजा बजाना बन्द कर मन-ही-मन बोली—'वाह रे दुलरुआ! इतना गुस्सा!'

घर लौटते समय, ताजमनी अपने गाड़ीवान कारू मियाँ से बोली थी—"उस सम्पनी-गाड़ी को आगे-आगे रहने दो...बेचारे की गाड़ी दौड़ में हार गई है।"

गाड़ीवान कारू मियाँ ने हँसकर कहा था—"हाँ-आँ-आँ!...दुलहा पसन्द है?"

—"धेत्त?"

कारू मियाँ के विरुद्ध उसने माँ के पास नालिश की थी—"मेले में रोनेवाले लड़के को मेरा दुलहा कहता है कारू मियाँ!"

"कारू-उ-उ! ऐसी ठिठोली ठीक नहीं।"

आज ताजमनी ने सपने में अपनी मालकिन-माँ की नौंड़ी, जिवछी फुआ को देखा है...! "ओ मालकिन-माँ! तुम्हारे गुरुदेव की समाधि की माटी से मैंने हवेली की चौहद्दी बाँध दी है। तुम्हारे पुत्र का अकल्याण नहीं होगा!"

होल्डिंग डाँग-ओ-सॉवजेवाह्ः!

भिम्मल मामा की इस पेटेंट पंक्ति का अर्थ आज तक कोई नहीं बता सका। जो बताएगा, उसको एक अँगरेजी डिक्शनरी से पुरस्कृत करेंगे, मामा। भिम्मलीय पुरस्कार!

भिम्मल मामा, सारे परानपुर के मामा!...परिवार के हर व्यक्ति के मामा! मामा ग्रामवासी योगी हैं। तीन साल पहले नारी मुई उनकी, मुकदमेबाजी में घर की सम्पत्ति नाशी। दोनों बड़े भाई तो हिम्मत बाँधकर गृहस्थी में लगे रहे। किन्तु, भिम्मल मामा तीस साल की उम्र में ही बिना मूड़ मुड़ाए संन्यासी हो गए।

लगातार, आठ वर्षों तक उन्होंने अपनी मैट्रिक फेल विद्याबुद्धि से बहुत किस्म के उद्योग किए, धन्धे फैलाए; मगर हाथ कुछ न आया। पिछले बीस वर्षों से उनके आचरण और दिमाग के बारे में तरह-तरह की फुलझड़ी कहानियाँ सुनी-सुनाई जाती हैं। गाँव के हर टोले के लोग कुछ-न-कुछ जानते हैं, मामा के बारे में।

"इन्दरजाल पढ़ते-पढ़ते पगला गए मामा!"

"नः नः, वह सब लग्गो बात है। असल बात है कि मैटरीक में तीन बार लगातार फेल करने के बाद भिम्मल मामा की स्त्री ने...।"

''दुत्त। क्या बेबात की बात बोलते हो! आदमी बड़े काबिल हैं भिम्मल मामा। ज़रा सनकाहा हैं। ज्यादा काबिल होने से ऐसा ही होता है। सच्ची बात मुँह पर कहते हैं, इसीलिए किसी से पटरी नहीं खाती।''

''अजी, किस महामूर्ख कुकाठ की बात कर रहे हो? सुसरा पागल है। सीधी बात! परानपुर की मिट्टी में यही एक ऐब बड़ा भारी है।''

साठा हैं भिम्मल मामा, किन्तु पाठा नहीं। इसलिए नई पीढ़ी से नहीं पटती है। हिसाब लगाकर देखा गया है, पिछले बीस साल में गाँव से पढ़ुआ लोगों के सात-आठ दल निकले। जित्तन बाबू, मनमोहन बाबू, जयदेव, रामनिहोरा, मकबूल परमा, प्रयागचन्द आदि के दल। हर दल में एक-दो काबिल लड़के निकले। किन्तु किसी काबिल को भिम्मल मामा ने कबूल नहीं किया—''कोच्छ नहीं, कोच्छ नहीं, ऑल अडल्ट्रेशन विदाउट लिमिटेशन...! बनस्पतिया नौजवान हैं, सब!''

''रामायण की सिर्फ तीन चौपाइयों की शंका का समाधान कहाँ कर सका कोई? एक चौपाई के एक पैर का भी नहीं। 'होल्डिंग डाँग-ओ-सॉवजेवाह्लः' का अर्थ नहीं बता सका कोई। तो, क्या किया? तो क्या पढ़ा-लिखा? कोच्छ नहीं, कोच्छ नहीं...!''

नवीन परानपुर पुस्तकालय में पठनागार है, जिसे कभी-कभी गप्प-घर बना दिया जाता है।...छुट्टियों में स्कूल-कॉलेज के विद्यार्थी गाँव आते हैं। पठनागार में बैठकर नाटक-ड्रामा का रिहर्सल करते हैं। अथवा सभी बारी-बारी से अपने कॉलेजों की उन शहरू लड़कियों की कहानी कहते-सुनते हैं, जो हिम्मत बाँधकर, कमर कसकर उनके साथ, एक साथ बैठकर पढ़ने के लिए कॉलेज में उतर पड़ी हैं...।

''गजब की इंटेलिजेंट है मिस चटर्जी। एक-से-एक प्रोफेसर के दुलरुवा मेल स्टूडेंट की नाक काट ली उसने! फर्स्ट क्लास फर्स्ट?''

''देखने में कैसी है? यह तो बताओ। उसमें कौन क्लास?''

भिम्मल मामा पठनागार के एक कोने में बैठकर किसी बासी मासिक पत्रिका में डूबे रहते हैं। श्रवण-शक्ति को क्षीण करने के लिए बटुए से देव-कपास निकालकर कानों में डाल लेते हैं। क्योंकि, ऐसी बातों में पड़ने का अर्थ है, बनस्पतिया नौजवानों से खटपट खड़मंगल!

''कैन यू से व्हाट पाकिस्तान वांट्स? कह सकते हो तुम, क्या चाहता है पाकिस्तान?...नो, नो। नहीं-नहीं—कह नहीं सकते तुम, कह नहीं सकता वह। जाने और कहे तो भिम्मल!'' अनवरत बुदुर-बुदुर बोलते रहते हैं। राह चलते लोगों से प्रश्न

करते हैं, परिभाषा माँगते हैं और विभिन्न भाषाओं में अभिवादन करते हैं। गाली, सिर्फ मैथिली भाषा में ही देते हैं।

मामा दैनिक अथवा साप्ताहिक पत्रिका नहीं पढ़ते। बासी मासिक पत्रिका ही पढ़ते हैं। उपन्यास नहीं पढ़ते, क्योंकि उपन्यास की सही परिभाषा आज तक किसी ने नहीं सुझाई है। और किसी बात को बगैर परिभाषा के गाँव में चलाना चाहे कोई, चला ले। लेकिन, भिम्मल मामा अपने सामने उसको नहीं चलने देंगे–"धूल किसी अन्य के अक्षिगोलकों में झोंकना! प्रताप से सैनिक और मतवाला से हिन्दूपंच कंठगत है अभी भी। हिन्दूपंच का बलिदान-अंक और चाँद का फाँसी-अंक जब जप्त हुआ तो मैंने ललकारकर कहा था–कर लो जप्त! परवाह नहीं। दोनों अंक हैं मेरे कंठ में!"

तीन साल पहले जिला हिन्दी-साहित्य-सम्मेलन के मंत्री को तीन लेख सुनाए थे भिम्मल मामा ने। बीच-बीच में कुछ टूट पड़ गए थे–शेषांश अमुक पृष्ठ पर पढ़िए, तथा कई विज्ञापनों के साथ रट गए थे विशेषांकों को।...उसी दिन से गाँव में यह बात फैली थी कि भिम्मल मामा शुद्ध पगलेटी नहीं करते, कुछ रखते भी हैं। किन्तु इधर जब से दिमाग गड़बड़ाया है, ज्यादा पगलेटी ही करते हैं। उपन्यास की परिभाषा?

"अजी, उपन्यास की परिभाषा किसी और के सामने पसारना।...चन्द्रकान्ता के बाद हिन्दी में कोई उपन्यास निकला ही नहीं। ऑल...बनस्पतिया। उपन्यास की गलत परिभाषा क्यों मान लूँ तुम्हारी? जबरदस्ती है कोई?"

सब कोई माने, माने–माने सुरज चानवाँ,
तबहूँ ना माने रामाँ–हमर भिम्मल मामवाँ-आँ!

गाँव के लड़के आज भी उपर्युक्त गीत की कड़ियों को दुहराते हैं।

भिम्मल मामा राजनीति में भी रह चुके हैं, कुछ दिन।

बहुत दिनों तक कांग्रेस के सदस्य रहे। मतान्तर हुआ, खटपट खड़मंगल के बाद कांग्रेस से खड़ाऊँ खटखटाते हुए निकल आए। मुस्लिम लीग की मेम्बरी के लिए दरखास्त की। जिला के रजाकार से लेकर सदर तक का पसीना छूटने लगा था।...भिम्मल मामा अपने अकाट्य तर्कों से भरा तरकस लेकर बोले–"क्यों? मैं बगैर अपनी जाति को बदले लीग का सदस्य होना चाहता हूँ। देश में कोई ऑपोजीशन पार्टी ऐसी नहीं, जिसके सिद्धान्तों से मेरा मत मिलता हो। मुस्लिम लीग में अपने राजनीतिक स्वार्थ के लिए आना चाहता हूँ।"

पता नहीं, बात कहाँ तक सच है। लेकिन, भिम्मल मामा का कथन है कि मरहूम

कायदे-आजम ने विशेष नियम बनाकर सूबाई मुस्लिम लीग के सदर को लिखा था–"मिस्टर भिम्मल को लीग का मिम्बर बना लिया जाए!"

गाँववालों को याद है...सिर पर नीली टोपी, हाथ में चाँद-सितारा मार्का झंडी एक लाठी में फहराते हुए जब भिम्मल मामा ने पहली बार गाँव में प्रवेश किया था, गाँव के अधिकांश लोग उनके इस पागलपन से दुखी हुए। किन्तु आर.एस.एस. के कुछ लड़कों के खून में बहुत गर्मी आ गई। गाँव की सीमा पर जाकर रोका। समरेन्दर के भाई अमरेन्दर ने चेतावनी दी–"खबरदार! एक कदम भी आगे बढ़ने की कोशिश मत कीजिए।"

भिम्मल मामा ने बड़ी लापरवाही से हाथ की झंडी हिलाकर कहा–"तो तुम लोगों ने मुसोलिनिज़्म का प्रयोग शुरू कर दिया? गाँव के आदमी को गाँव में लौटने नहीं दोगे?"

"मुसलो...मुसोलिनिज़्म क्या बकते हैं?"

"मुसोलिनी की पार्टी भी स्याहपोश और तुम्हारे दल में काले...!"

"स्याहपोश का क्या अर्थ?"

"तुमको अब किस भाषा में समझाऊँ? जरमनिया भाषा में? क्योंकि वाइड मैन कैम्फ आर्यभाषा तो जरमनियाँ भाषा ही हो सकती है।"

भीड़ बढ़ गई थी। गाँव के कई बड़े-बूढ़े आ गए। कुछ शान्त प्रकृति के शीतल शब्द कहे–"परमा! ज़रा उम्र का खयाल करो। जाने दो मामा को।"

किन्तु भिम्मल मामा ने इस तरह जाने में अपना अपमान समझा–"नो, नो! होल्डिंग डाँग-ओ-सावजेवाह्लः! अपनी काष्ठपादुका को एक तिल भी आगे नहीं जाने दूँगा। लेट कायदे-आजम डिसाइड...। हाँ-हाँ! आइ वांट पाकिस्तान। मैं चाहता हूँ पाकिस्तान, विदाउट एनी अडल्ट्रेशन एंड विद सम लिमिटेशन।"

"आप हिन्दू होकर भी पाकिस्तान क्यों चाहते हैं?"

"हाँ, मैं चाहता ही नहीं, आई ट्राई, मैं चेष्टा करता हूँ। आइ क्राई, मैं रोता हूँ या चिल्लाता हूँ। क्योंकि, पाकिस्तान बनने के बाद जो बचा रहेगा–वह स्वयं मुसल्लम हिन्दुस्तान बन जाएगा। इसलिए, जितना जल्दी पाकिस्तान बने, आइ ट्राई, आइ क्राई!"

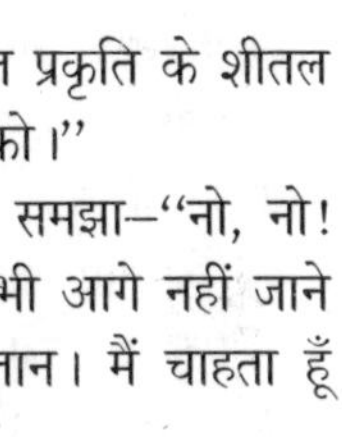

एक-एक शब्द के लिए लड़नेवाले भिम्मल मामा ने बहुत से शब्दों की रचना की है। उनके साथ उन्हीं के शब्दों में बातें करने से बहुत प्रसन्न होते हैं।

दुखान्त नहीं दुखदाएंड। सुखान्त नहीं, सुखदायक। टेलीग्राम शब्द से बहुत चिढ़ते

हैं–"नो-नो, इतना बड़ा नाम नहीं चलेगा। इसके लिए उपयुक्त है–ट्रा। टक्वा ट्रा, ट्रा-ट्रा!...प्रोड्यूस और प्रस्तुत को मिलाकर प्रद्युस्य क्यों नहीं?"

भिम्मल मामा की 'साइकिल्स' में सैकड़ों कहानियाँ हैं। उनके नाम की भी कहानी है। सही नाम–विजयमल्लसिंह। सिंह को मामा ने सन् उन्नीस सौ बीस में कतरकर फेंक दिया। तब लिखने लगे–व्ही. मल्ल., म.म.। चूँकि भिम्मलकृत भानुमती पेटिका के एक भी प्रश्न का उत्तर नहीं दे सका कोई, एक साल तक प्रतीक्षा करने के बाद भिम्मल मामा ने अपने नाम के साथ महामहोपाध्याय जोड़ना शुरू कर दिया। संक्षेप में–म.म.! व्ही. मल्ल., म.म.। कालान्तर में भिम्मल मामा। वे किसी के मामा नहीं, कोई उनका भानजा नहीं।

खटम-खड़म, खटम-खड़म!

भिम्मल मामा सार्वजनिक सर्वदलीय सभा में जा रहे हैं–"चलो, चलो! परानपुर के पीड़ितो, पतितो, दलितो, गलितो...।"

"अच्छा? तो भिम्मल मामा ने भी अब जित्तन बाबू का साथ छोड़ दिया?"

"आज की सभा जित्तन बाबू के खिलाफ हो रही है, उसमें इस तरह उत्साहित होकर लोगों को गुहारते जा रहे हैं। इससे तो यही अर्थ निकलता है।"

"हाँ भाई, दो पागलों में और कितने दिनों तक दोस्ती रह सकती है?"

"चलो, चलो। परानपुर के पीड़ितो, पतितो, दलितो! अश्वत्थामा हतो नरो वा कुंजरो–अर्थात् जो अश्वत्थामा को मारे वह आदमी, नहीं तो हाथी–हा-हा-हा। चलो, चलो!"

लुत्तो सभामंच पर खड़ा होकर देख रहा है, एकत्रित भीड़ में खोज रहा है–उँहु। एक भी सोसलिस्ट नहीं, कोमलिस्ट का एक बच्चा तक नहीं आया है सभा में! ठीक है, इसी बार रंग डिकलियर हो जाएगा।

"ए मिस्तरीजी, सिनेमा का गानेवाला रिकाट मत चढ़ाइए। हाँ, हाँ, सभापतिजी का ही हुक्म है, सिनेमा का एक भी गाना नहीं।"

लाउडस्पीकर का ऑपरेटर कहता है–"लेकिन, रास्त्री गीत तो एक्के गो है। वही 'माता के सिर पर ताज' वाला। सो भी थोड़ा कटा हुआ है।"

"जो भी है, जैसा भी है, उसी रिकाट को बजाइए। जानते हैं नहीं, उस बार क्या हुआ था? गाँव कौन है, सो याद है? परानपुर है। हाँ!"

उस बार क्या हुआ था?...चार महीना पहले की बात, जिला सभापतिजी का प्रोग्राम था, परानपुर में। लुत्तो ने बहुत मेहनत की थी। खूब बड़ी सभा हुई थी। इस मैदान में तिल धरने की जगह नहीं रह गई थी। दो घंटे तक बोलते रहे थे सभापतिजी! मुँह से झाग उड़ने लगी थी। उसी सभा के बाद से लुत्तो को कांग्रेसी लोगों ने लुत्तो बाबू कहना शुरू किया। क्योंकि, खुद जिला सभापति ने कहा था–"वाह! लुत्तो बाबू! आपने तो इस गाँव को पूरी तरह कैपचर कर लिया है!"

सोशलिस्ट लोग चिढ़कर बैंगन का भर्ता हो गए, उस सभा के बाद! गाँव में इतनी बड़ी सभा कभी नहीं हुई,...पंडित जवाहरलालजी वाली सभाओं को छोड़कर। सो, कम्युनिस्ट पार्टीवालों को और कुछ नुक्स नहीं मिला तो हारे हुए बच्चे की तरह मुँह चिढ़ाकर सन्तोष किया। जिले की एक कांग्रेस-विरोधी पत्रिका में उस सभा की एक व्यंग्यपूर्ण रिपोर्ट प्रकाशित करवाई–जिला सभापति ने इस सभा की कार्यवाही, 'आ जा मोरे बालमा तेरा इन्तजार है' गीत से शुरू की। और सभा समाप्त हुई–'हल्ला-गुल्ला ला-लाए' भजन से!

ताज-ताज-ताज-ताज...!

'मेरी माता के सर पर ताज' वाला कटा हुआ रेकर्ड ताज पर आकर 'ताज-ताज-ताज-ताज' कर रहा है।

"ए मिस्तरीजी! रिकाट ठीक कीजिए!"

'ए मिस्तरीजी! अब गाना रहने दीजिए अभी। ज़रा-सा इनका भासन होगा। लौडपीस्कर का कलकाँटा ठीक कीजिए।"

"ऐं? जयमंगल ताँती भी लेक्चर देगा? क्यों नहीं देगा? कॉलेज में पढ़ता है। तिस पर सरकार के पैसे से पढ़ता है। कहाँ लिखा हुआ है, किस कानून की किताब में लिखा हुआ है कि भासन-लेक्चर सिर्फ ऊँची जातिवाला ही देगा? ताँतीटोलीवालों को कम सताया है इसटेटवालों ने?...वाह, जयमंगल ताँती लौडस्पीकर के सामने कितना शोभता है, देखो-देखो!"

"इस सभा में समवेत समादरड़ीय सन्तप्त साथियो! तथा, मैंयों...माँम्-भाइयों-बहिनों!"

"सुधार लीहिस! हमको तो डर हुआ कि शुरू में ही मेंमियाने लगा। खूब लम्बा घेर बाँधा है जयमंगल ताँती ने!"

केयटटोली की बहरी बूढ़ी को उसकी जवान पोती ने समझाया–"जयमंगल

कहता है कि इस सभा में जो आए हैं, सबको एक साथ रहना होगा। माँ-बहन की सौगन्ध देकर जयमंगल...।"

लाउडस्पीकर के भोंपे से निकली अपनी आवाज को सुनकर जयमंगल की देह रोमांचित हो उठी। उसके खून में एक लहर आई–"भाइयो! आप लोगों ने ब्रमपिशाच या ब्रह्मपिशाच का नाम जरूर सुना होगा! और, यह भी सुना होगा आपने कि बरदिया घाट के ताड़ पर एक पुराना ब्रमपिचाश रहता है। आप लोगों ने सिर्फ सुना है। किसी ने आँख से देखा नहीं।...आपने, एक-एक आदमी ने उस ब्रमपिशाच को देखा है! आपने कभी पहचानने की कोशिश ही नहीं की!"

"देखा है? किसने देखा है? सबने देखा है, कहता है!" सभा में एकत्रित अधिकांश लोगों के मुँह अचरज से खुल गए!...भिम्मल मामा अपनी बही पर पेंसिल रोककर, रुके हुए भाषणकर्ता की अगली बात की प्रतीक्षा कर रहे हैं। गत बीस वर्षों में गाँव में जितनी सभाएँ हुईं, किसी भी दल या पार्टी की ओर से भाषण हुआ, भिम्मल मामा ने इसी मोटी बही में नोट किया है। तीन-तीन बार थानेदार साहब ने उनकी इस बही को जप्त किया है। अभी भी मोहर मारा हुआ है।

जयमंगल ने श्रोताओं में ब्रह्मपिशाच का भय दो मिनट तक फैलने दिया। इस अवधि में उसने अपनी बात माँज ली। फिर, उसने नाटकीय ढंग से अपना दाहिना हाथ उठाया–"जिन्हें देखना हो, अभी भी जाकर देख सकते हैं। बरदियाघाट पर जाकर देख सकते हैं। लम्बे-लम्बे बाल! आँख पर कोल्हू के बैलोंवाला काला चश्मा! साथ में कुत्ता, हाथ में छड़ी और मुँह में...पैप-चुरुट!"

भिम्मल मामा मंच के पास ही बैठे हैं। धीरे से कहते हैं–"पैप-चुरुट क्या? सीधे नलचिलम कहो।...वाह! जयमंगल ने खूब रसीला लेक्चर देना सीखा है, कॉलेज में!... बात कहाँ से शुरू कीहिस और कहाँ-से-कहाँ फेंक दीहिस! समझे? ब्रह्मपिचाश!"

"लेकिन!" जयमंगल ताँती ने अपनी बड़ी उँगली उठाकर कहा–"याद रखिए, साधारण ओझा-गुनी इस ब्रमपिचाश को काबू में नहीं ला सकते। यह उसी ब्रमपिचाश का बच्चा है, जिसके जुल्मी बाप ने गाँव को ही नहीं, सारे सब-डिवीजन को तबाह किया था...!"

"फुलस्टाप प्लीज!" भिम्मल मामा अपनी बही बन्द कर खड़े हुए–"कृपया पूर्णबिराम! सभा के प्रधान महोदय, क्या मैं इस गाली-गलौज-सभा का विधि-विधान जान सकता हूँ?"

"बैठ जाइए, बैठ जाइए।...पागल आदमी है। अजी, उसको बैठाओ! ऐ स्वयंसेवक!"

"अरे भाई, बोलने दो न! क्या कहता है, ज़रा सुनो भी तो!"

"दिमाकृषि! दिमाकृषि के दामन में दाग मत लगाइए प्रधान महोदय! व्यक्तिगत विद्वेषपूर्ण...," भिम्मल मामा की आवाज क्रमशः तेज होती गई–"देन, आइ से...।

इसका कोई विधि-विधान नहीं तो, मैं कहता हूँ, दिस मोबो-कृषि बिल स्वीप यू आउट। लीप-पोतकर बराबर कर देगा यह भेंड़-भिड़ौबल गुंडावाद दैट इज मोबोकृषि...!"

"परानपुर गाँव के बँटैयादार! जिन्दाबाद!"

लुत्तो ने जयमंगल को एक ओर हटाकर, माइक पर नारा लगाना शुरू किया। वह जानता है, सभा में किसी किस्म की गड़बड़ी फैलने लगे तो तुरत जोर-जोर से नारा लगाना चाहिए।

"लगाइए, आप लोग जोर से नारा—इतने जोर से कि सुनकर दुश्मन का कलेजा काँप उठे और हाट फेल हो जाए!"

भिम्मल मामा खड़ाऊँ खटखटाते हुए चले—"गॉड सेव पंडित नेहरू, भगवान् बचाएँ। कांग्रेस की बढ़ी हुई प्रतिष्ठा को ये मूड़ने पर तुले हुए हैं...दे'ल शेव दि लाँग एंड ग्रोन प्रेस्टिज ऑफ दि रूलिंग पार्टी, क्लीनली। सील-पट चौपट सफाचट्ट!"... खड़म-खटक! खड़म-खटक!

लुत्तो ने जयमंगल ताँती को बैठने का इशारा किया और माइक में फूँक मारी—'फूँ-ऊँ-ऊँ-ऊँ!'

'फुस-टक-टक-टक!'

लाउडस्पीकर के भोंपे में लुत्तो की फूँक और उँगली की खटखटाहट की आवाज को सुनकर सभा में बैठी एक औरत ने कहा—"देखो, गुनमन्तर फूँककर, चुटकी बजाकर भिम्मल पगलवा को किस तरह भगा दिया लुत्ता ने! खवास होने से क्या हुआ, बाभनों का सभी गुन सीख लिया है उसने।"

लुत्तो ने दो-तीन गर्म नारे लगाने के बाद कहा—"जमींदारों के एजेंट को देख लिया न आप लोगों ने? इसी को कहते हैं—दलाल। गाँव में ऐसे-ऐसे बहुत दलाल हैं। होशियार! आज की सभा में जो लोग नहीं आए हैं, वे लोग भी दलाल हैं। आँखों के सामने, दिन-दहाड़े जुल्म होता है और हमारे सोसलिस्ट और कौमलिस्ट भाई कमलिया तानकर सोए रहते हैं।...अभी भी, जिन्हें देखना हो, जाकर देख सकते हैं—परानपुर स्टेशन पर। आमों के पचास टोकरे पारसल से पटना, भागलपुर और हजारीबाग भेजे जा रहे हैं। ज़रा विचारकर देखिए, परानपुर के बाग का आम परानपुर के एक बच्चे को भी नसीब में नहीं और कानपुर की कोकलाबाई और हजारीबाग की...क्या नाम है, बेगम हजारा, तो पटने की मेमिन के नाम पारसल-पर-पारसल भेजे जा रहे हैं, सो भी ट्रेन से नहीं, पूर्णिया से हवाईजहाज में उड़ेंगे, आम के टोकरे। ज़रा गौर से सोचिए, परानपुर के आदमी ने कभी टमटम तक नहीं देखा और साला आम—क्या नाम है, एलोप्रेम से उड़ता है। देखिए भला...। जुल्म की एक हद होती है!"...

"हः हः, आम के टोकरे हवैया जहाज में उड़े! अन्याय की बात है। आदमी से बढ़कर साला आम का टोकरा हो गया? अन्धेर कर रहे हैं। जित्तन बाबू!"

लुत्तो ने चुनौती के शब्द निकालने से पहले अपनी मुट्ठी बाँध ली। फिर, मुँह में ऐंठती हुई बोली निकाली—"याद रखिए, शिवचरन के दादा परदादा ने आम के बगीचों की मालीगीरी की है।...की है या नहीं? कानूनन, शिवचरन आधीदार ही नहीं, बगीचे का असल मालिक है।"

"ठीक है। माली नहीं, मालिक है।"

चेतावनी दी लुत्तो ने आम जनता को, हाथ की उँगली दिखाकर—"इस बदचलन आदमी से होशियार! गाँव के सीधे-सादे भाइयो, सावधान! आपकी बहू-बेटियों की इज्जत खतरे में है। क्या आप चाहते हैं कि शहर से हरकाया हुआ एक कुत्ता...?"

"लुत्तो बाबू, ज़रा गुस्सा पर कंट्रोल!" प्रेसीडेंट साहब ने दबी हुई आवाज में कहा। लेकिन, लुत्तो आज किसी की बात नहीं सुनेगा। उसके जी में जो कुछ है, कह डालेगा।...बीरभद्दर बाबू ने भी आँख की कनखी दी, चलाए चलो! गरुड़धुज झा पत्थर का दाँत चमकाकर हँसा और रोशनबिस्वाँ ने जीभ से ओठ चाटकर देखा लुत्तो की ओर। उस दिन से, बागवाली घटना के बाद से, जनता में लुत्तो की इज्जत कम घटी है? फिर मिसिर के बेटे को दागने के लिए ही तो वह कांग्रेस में आया है। बोली से हो, चाहे गोली से, वह भी दागेगा, इस आदमी के बाप के बारे में दुनिया-जहान को मालूम है कि कितना बड़ा...बदमाश आदमी था! बदमाश का बेटा बदमाश ही नहीं, नम्बरी बदमाश होकर शहर से आया है। रंडियों में जमीन बाँटी जाती है और किसान-मजदूरों पर गोरखा सिपाही की भुजाली चलती है!

"लुत्तो बाबू भी अब बड़ा सैनियल लेक्चर देते हैं। देखते नहीं, खोज-खोजकर पाताल से एक-एक बात निकाल रहे हैं?...बाप का बदला लेगा। जरूर लेगा।"

लुत्तो ने आखिरी नारा दिया—"होशियार! तैयार!"

थाना कांग्रेस के सभापतिजी ने इस सर्वे ऑपरेशन को गंगा और पूर्णिया जिला कांग्रेस के सभापति को भगीरथ प्रमाणित किया। जिले-भर के कांग्रेसी—सगरपुत्र। अब, जनता खुद फैसला करे कि किसान और मजदूरों का असल साथी कौन है? कांग्रेस के लोग या वे लोग जो सुबह उठकर मक्खन और अंडा चाभते हैं, दिन में चार बार दाढ़ी बनाते हैं और सिगरेट का धुआँ उड़ाते हुए किसान-मजदूर-राज की दुहाई देते हैं? वे अपने को बामपन्थी कहते हैं। बामपन्थी नहीं समझा? सभापतिजी ने बामपन्थी का अर्थ समझाया—"आपका सही रास्ता दाहिनी ओर है तो ये लोग आपको बाएँ रास्ते से ले जाएँगे। बाममार्गी के बारे में किसी पढ़े-लिखे लोग से पूछ लीजिएगा।" सभापतिजी के पास समय नहीं है, दूसरी पार्टी की निन्दा करने को। वे इस सर्वे में जमीन हासिल करने का एक मूल-मन्त्र बताने आए हैं, "लोग सुन लें कान खोलकर—कांग्रेस के झंडे के नीचे एकत्र होकर कसम खाइए। एक भी गरीब अपने गरीब भाई के खिलाफ गवाही नहीं देगा। पक्ष में एक बच्चा भी गवाही नहीं दे, तो क्या मजाल है कि जित्तन बाबू एक धूर जमीन भी रख लें!"

"जै हो! जै हो!...'चढ़ो बहादुरगढ़ महुए पर चाहे जान रहे या जाए', साले को अल्हा-उदल मचा दो!"

धोबी, चमार, नाई, बढ़ई और खवासों को विशेष रूप से संगठित होने को कहा है, सभापतिजी ने।...विशेष रूप का अर्थ समझाता है लुत्तो, "माने, अपनी-अपनी जात की बैठक करो और परसताब पास करो कि हम लोग, बाल-बच्चा समेत काँगरेस की कुमेटी में हैं, समझे? धोबी, चमार, नाई, बढ़ई और खवासों ने काम बन्द किया... कि देखना, अजगर साँप खुद-ब-खुद छटपटाकर खत्म हो जाएगा।"

"परसताब पासे-पास समझिए। अजगर! जित्तन बाबू शाम को जो लम्बा कुरता पहनकर निकलते हैं, अजगर साँप के खाल का तो नहीं? चित्ता-चित्ता छापवाला कुरता?"

सभा के दूसरे दिन, सूरज उगने से पहले ही जित्तन बाबू के गुहाल-घर के पास भीड़ लग गई।...गुहाल नहीं, सर्वे-कचहरी है। कचहरी की मिट्टी से कपाल पर टीका लगाकर, देवी-देवता को सुमरकर तनाजा फेंक रहे हैं लोग। दिन-भर तनाजे पड़ते रहे। डेढ़ सौ तनाजे।

–चप्पे-चप्पे पर, धूर-धूर पर!

बाग़, पोखरा, कलमबाग और पिछवाड़े की फुलवारी पर भी दावे किए गए हैं।

"दावे किए हैं तो क्या होगा? जमीन ही लेंगे। जान तो नहीं लेंगे लोग?" ताजमनी कहती है, गंगा काकी से, "और नाई-धोबी बन्द कर जित्तन बाबू का क्या बिगाड़ेंगे? जिसके बाप को सारे तिरहुत के ब्राह्मणों ने मिलकर अजात कर दिया, अभी तक जाति में लिया नहीं है।...तो क्या हुआ?"

गंगा काकी समझाने आई थी ताजमनी को। गंगा काकी जानती है, ताजमनी मीठी बोली से ही बस मानती है। काकी की आँखें छलछला आईं–"बेटी ताजू, सिर्फ जमीन की बात रहती तो क्या बात थी, कहते हुए कलेजा सहस्सर टुकड़ा हो रहा है!"

"क्या-या-या-या?" ताजमनी के मुखमंडल पर भय की हल्की छाया दिखाई पड़ी।

"हाँ बेटी!...लुत्तो नहीं छोड़ेगा। जब वह भी बहुत पावरवाला आदमी हो गया

है। वह अपने बाप का बदला लेगा, छोड़ेगा नहीं। देख लेना।'' गंगा काकी ने आँखों को आँचल में पोंछ लिया–''देने को तो तनाजा मैंने भी दिया है। जमीन लेकर भाग तो नहीं जाऊँगी? लेकिन जित्तन बाबू के चेहरे को देखकर तो कलेजा फट जाता है।''

''काकी, रोती क्यों है?'' ताजमनी के चेहरे पर अब ज़रा भी कोई काली छाया नहीं, ''लुत्तो यदि दुलारीदायवाली जमीन लेकर बाप का बदला लेना चाहता है, तो ले बदला। जमीन...।''

''जमीन भी लेगा और जान भी।'' गंगा ने खखारकर गला साफ किया। ताजमनी के ओठों पर मानो उसकी मालकिन-माँ आकर बैठ गई! जित्तन बाबू की माँ ऐसी बातों से डरानेवाली औरतों की फजीहत करती थी।

''क्या सुना रही है गंगा काकी! जान लेने और देने की बात लुत्तो के हाथ नहीं। जिसने उसको बित्ते-भर कपाल देकर भेजा है, वही सबकुछ कर सकता है।'' गंगा काकी ने अपनी आँखों की सौगन्ध देकर कहा–''इस बात में मेरा नाम मत लेना। सारा गाँव एक तरफ है। मेरा नाम मत कहना कि गंगा काकी बोल रही थी। खवासटोली के खच्चरों को जानती नहीं तू।...बिना लैसन का बन्नूक-पेस्तौल रखता है...।''

सौझ देने की बेला हो गई है। ताजमनी ऐसी-ऐसी बातें सुनने के लिए बैठी नहीं रह सकती। चिराग जलाने को अन्दर चली गई।

गंगा काकी ने नाक-भौं सिकोड़कर एक भद्दी मुद्रा बनाई और अपने आँगन की ओर चली...''देखबो कोयली तोहर अंडा। खूब सेवो अंडा!''

ताजमनी तीन पहर रात तक काली की मूर्ति के सामने बैठकर रोती रही थी :

पद तले-ए-ए चिरकाल
लोटय जेकर महाकाल-अ-अ-आ,
की-ई-ई-ई करे तुच्छ काल,
कालाँ-आँ-आँ-त का-आ-आ-ली माय के-ए-ए-ए-
शरणे।
तोहर चरने जऽबा-रंग प्रान
तोहर रँगल जऽबा चरने-एँ-एँ...।

भोर को उसने सपना देखा, मालकिन-माँ आकर उसे उठा रही हैं–''उठ बेटी,

फूल लोढ़ने नहीं जाएगी? आज जित्तन का जन्म-दिन है।''

''सुधो! भैया सुधो!'' ताजमनी जगकर बोली—''आज फूल लाने नहीं जाओगे?''

मुंशी जलधारीलाल दास अठारह वर्ष की उम्र से ही जमींदारों के दरबार में काम कर रहा है। राज पारवंगा, गुनवन्ती ड्योढ़ी, सुलतानपुर स्टेट तथा राज नैनगंज की कचहरियों में कलम के हजार करतब सीखकर दिखा चुका है।

—रेड स्लेव!...अंग्रेजी जाननेवाले लड़के भिम्मल मामा का दिया हुआ नाम ही व्यवहार करते हैं—रेड स्लेव। यानी, लालदास। बिना पढ़े-लिखे लोग कहते हैं—सरबसोधनलाल दास। जिस कचहरी में रहा, उसका सबकुछ सोध लिया।...इसका भी सोधेगा। सिर्फ पाँच रुपए माहवार पानेवाले इस कलमजीवी ने जिस वफादारी से अपने मालिकों का काम किया है, वह इस युग में दुर्लभ है।

साठ साल से ज्यादा उम्र। लहीम-सहीम देह, साँवला रंग, नाटा कद और खिचड़ी दाढ़ी-मूँछवाली सूरत पर भेद-भरी मुस्कराहट हमेशा खेलती रहती है। दोनों कानों पर सफेद बालों के घुँघराले गुच्छ, गरदन पर दाद के बड़े-बड़े चकत्ते और ताम्बूल-रंजित काले दाँत।

...कागज लिखते समय जलधारीलाल दास कान के बालों को बार-बार चुटकी से पकड़े तो समझो किसी रैयत का हक हड़पा जा रहा है। दाद के चकत्तों को आँखें बन्द कर कलम के पिछले हिस्से से खुजलाते समय कानूनी दाँव-पेंच सुलझाता है। और हठात् मुस्कराए तो समझो, मन-ही-मन कह रहा है—हा-हा-हा-हा! वः मारा!

परानपुर स्टेट के संस्थापक शिवेन्द्र मिश्र एक दुख को कफन में लपेटकर गए—पतनीदार का पतनीदार ही रह गया। माँ तारा!...पतनी, खुदकाश्त करनेवाला छोटा जमींदार, पतनीदार। छिः! मरते समय उन्हें अपनी छोटी-सी हैसियत पर लाज हो आई थी। मुंशी जलधारीलाल ने इसी पतनी शब्द के बल पर प्रान्तीय सरकार के रेवेन्यू डिपार्टमेंट की आँखों में धूल झोंकी। सन् 1937 की कांग्रेसी मिनिस्टरी के समय ही उसने सारे स्टेट को तेरह टुकड़ों में बाँटकर छोड़ दिया था। इस बार जमींदारी-उन्मूलन के समय बड़े-बड़े हाकिम सिर पटककर रह गए। लेकिन, मुंशी जलधारीलाल की कलम की मार और मार की बारीकी को वे नहीं पकड़ सके। परानपुर स्टेट बेदाग बच गया। इससे छोटी हैसियत के जमींदारों की जमींदारी चली गई।...सर्वे की आँधी में इसे बचाना असम्भव है। फिर भी, मुंशी जलधारीलाल दास अपनी जान रहते अपनी कलम की लाज तो नहीं जाने देगा।

पिछले दस-ग्यारह वर्षों से उसने, एकमात्र मालिक होकर स्टेट को चलाया है। कागज-कलम के अलावा खेती-गृहस्ती में भी निपुण है मुंशी। उसकी कीमत सिर्फ जित्तन बाबू ही जानते हैं। और जित्तन बाबू के सिवा यह बात कोई नहीं जानता कि मुंशी जलधारीलाल दास छद्मवधिर हैं, रामपखारनसिंघ भी नहीं।

"दासजी, सुना है आपने! एक-एक चप्पे जमीन पर तनाजा दिया गया है।"

"देने दीजिए सरकार! आप सिर्फ बैठे रहिए, सब ठीक हो जाएगा।" जलधारीलाल दास धीमी आवाज में पूछता है—"सरकार का जी कैसा है?"

"ठीक है।...क्या काम है?" जित्तन बाबू ने पूछा—"आप कुछ पूछना चाहते हैं?" मुंशी जलधारीलाल ने अपनी मिर्जई के पॉकेट से एक मुड़ा हुआ अखबार निकालकर जित्तन बाबू के सामने रख दिया, 'हुआ सवेरा।'

—मेमने की खाल के अन्दर खूँखार भेड़िया!...हिटलर मर गया लेकिन उसकी औलाद जिन्दा है! परानपुर गाँव के हजारों किसानों के गले पर छुरी...।

'हुआ सवेरा' प्रान्त का प्रमुख गालीबाज साप्ताहिक पत्र। साल में जिसके दो या तीन अंक ही निकलते हैं। प्रान्तीय चीफ मिनिस्टर से लेकर अदना बस कंडक्टर के घर की भद्दी कहानियाँ छापकर उसके सम्पादक ने नाम कमाया है। लोग उसके नाम से आतंकित रहते हैं। दर्जनों मुकदमे, दीवानी और फौजदारी कचहरियों में चल रहे हैं, किन्तु इन मुकदमों से भी सम्पादक 'हुआ सवेरा' को लाभ ही होता है।...पिछले साल उसके सम्पादक ने टेलीफोन विभाग के सुपरिंटेंडेंट मि. नारायनम से कहा—"कृपया टेलीफोन का दो सौ रुपया आप चुका दें।" मि. नारायनम की समझ में कोई बात नहीं आई, वे न तो 'हुआ सवेरा' पत्र को जानते थे और न उसके एडिटर-इन-चीफ श्री निडर पटनियाँ से उनकी जान-पहचान थी। निडरजी ने अकड़कर कहा—"वन-टू-थ्री। मैं कहता हूँ, पीछे दोष मत दीजिएगा मिस्टर नारायनम!"

मि. नारायनम ने झल्लाकर रिसीवर रख दिया और डाइरेक्टरी खोलकर देखा—'हुआ सवेरा', सम्पादक श्री निडर पटनियाँ।...उन्हें आश्चर्य हुआ, एक पत्र का सम्पादक ऐसी गैर-जिम्मेदारी की बातें कैसे कर सकता है। उन्होंने अपने असिस्टेंट को बुलाकर पूछा—"मामला क्या है?" पूछताछ के बाद मालूम हुआ—ट्रंक कॉल के पूरे साढ़े पाँच सौ रुपए का बिल उनके नाम बकाया है। नोटिस दिया गया है।...दूसरे ही दिन 'हुआ सवेरा' का हॉकर चिल्लाता हुआ निकला—"पढ़िए, पढ़िए। शराब के नशे में धुत्त कुमारी नारायनम...मेजरबाग में पड़ी पाई गई। पढ़िए, पढ़िए!" मिस नारायनम ने महिला कॉलेज के उत्सवों में 'भरतनाट्यम्' प्रस्तुत कर जो प्रसिद्धि प्राप्त की थी, उसे 'हुआ सवेरा' के एक ही अंक ने मिट्टी में मिला दिया। समाचार में कहा गया था—'मिस साहिबा के कपड़े फटे थे, बाल अस्त-व्यस्त थे। लगता है, उसके किसी प्रेमी ने रात्रि-विहार...।' मिस्टर नारायनम ने नौकरी छोड़ दी। उन्होंने देखा, 'हुआ सवेरा' के सम्पादक से सभी भय खाते हैं और फैलाई गई खबर पर लोग अविश्वास

नहीं करना चाहते।...श्री निडर पटनियाँ अपनी जुबान के पक्के हैं। डेढ़ हजार रुपया लेकर उसने दूसरे अंक के एक कोने में प्रकाशित कर दिया :

'पिछले सप्ताह मेजरबाग में बेहोश पड़ी लड़की का नाम मिस नारायनम नहीं, मिस राय है। पाठक सुधार कर पढ़ें।'

जित्तन बाबू अच्छी तरह जानते हैं 'हुआ सवेरा' वालों को। उन्होंने पढ़ना शुरू किया–'यह आदमी पटना में, बिहार की राजधानी में भी रह चुका है। पटना के सम्भ्रान्त परिवार की लड़कियाँ आज भी अपनी बर्बाद जिन्दगी ढो रही हैं।...राजनीति, साहित्य तथा पत्रकारिता को बारी-बारी से कलंकित करने के बाद यह आदमी गाँव के पवित्र दामन को कलंकित करने पहुँचा हुआ है।...वेश्याओं और बदमाशों के जरिए भले घर की भोली-भाली लड़कियों को अपने बँगले पर लाना और गुलछर्रे उड़ाना, यही एकमात्र पेशा है इसका। गाँव की जनता त्राहि-त्राहि कर रही है...।' जित्तन बाबू का चेहरा लाल हो गया। उन्होंने मुंशी जलधारीलाल की ओर देखा। मुंशी ने मुस्कराकर कहा–"अभी छपा नहीं है, अखबार का आदमी आया हुआ है। कहता है, जित्तन बाबू यदि चाहें तो खबर नहीं छपेगी।"

"कहाँ है वह आदमी?"

"वह तो फारबिसगंज डाक-बँगले में है। स्टेशन के बाजार में मुझसे मिला...।"

"क्या कहता था?...कितना रुपया माँगता था?" जित्तन बाबू ने अधीर होकर पूछा।

"उसने कुछ बताया तो नहीं; लेकिन मेरा जहाँ तक अन्दाज है, हजार-बारह सौ...।"

"एक कौड़ी भी नहीं। कानी कौड़ी भी नहीं," जित्तन बाबू उत्तेजित होकर बोले– "मैं चाहता हूँ यह समाचार प्रकाशित हो।"

मुंशी जलधारीलाल मुँह देखने लगा। जित्तन बाबू ने कहा–"ब्लैकमेल का मतलब समझते हैं आप?"

"जी नहीं। पंजाब मेल, बम्बई मेल का नाम तो सुना है, लेकिन...।"

जित्तन बाबू हँस पड़े। बोले–"भिम्मल मामा से पूछ लीजिएगा। और, याद रहे! एक कौड़ी भी नहीं...। वह यहाँ आएगा?"

"जी नहीं। मैंने बहुत कहा कि सरकार से मिलकर सब तय कर लीजिए। मगर उसने लापरवाही से जवाब दिया–जिसको मिलना हो फारबिसगंज डाकबँगले में आकर मिले।" मुंशी जलधारी ने गर्दन की दाद खुजलाते हुए कहा–"हुजूर, ये लोग तो बस टुकड़े चाहते हैं। मेरी राय है कि कुछ ले-देकर इनका मुँह बन्द कर देना..."

"मुंशीजी, कल के मुकदमों की नत्थी दे जाइए।"

"अभी दे जाता हूँ।"

जलधारीलाल ने मुस्कराकर कहा।

प्रसन्नवदन जलधारीलाल ने देखा—बमभोलेनाथ को बात लगी है। पहले तो रोज कहते थे, 'दासजी मुझे माफ कीजिए। मैं भीख माँगकर खाऊँगा, पेड़ के तले सोऊँगा। मुझे नहीं चाहिए जमीन।...मैं इस गाँव में एक दिन भी नहीं रहना चाहता।'

"होय, होय दास्बाबू! साब आपको फिन बुलाता है।" दिलबहादुर ने पीछे से आवाज दी।

"दासजी। छबीला की बेवा आकर रो रही थी। कितनी जमीन है उसके पास?"

"हुजूर, छबीला की बेवा को कम मत समझिए। हजार बार कहा कि तनाजा मत दे जमीन में। तुमको रसीद काट दूँगा।...अब तिरिया-चलित्तर पसारे फिरती है।"

"उसको कबूल कर लीजिए। छबीला जिन्दगी-भर इस्टेट की नौकरी करते-करते मरा। क्या हर्ज है?"

"हर्ज तो कुछ नहीं है सरकार! तब बात यह है कि छबीला की जमीन उसकी बेवा नहीं, लुत्तो का चाचा लेना चाहता है। छबीला की बहू को तो बेकार खड़ा किया गया है। फर्जी...।"

"जो भी हो, मैं चाहता हूँ...।"

"ठीक है, कबूल कर लिया जाएगा।"

मुंशी जलधारीलाल दाद खुजलाने लगा। जित्तन बाबू ने कहा—"अब आप जा सकते हैं।"

जित्तन बाबू कुछ देर तक 'हुआ सवेरा' के पृष्ठों को उलटते रहे।...सिर्फ दो समाचारों से ही उन्होंने पता लगा लिया कि श्री कुबेरसिंह 'हुआ सवेरा' के सम्पादक की पीठ ठोक रहे हैं। कुबेरसिंह...! जित्तन बाबू के सामने एक भोंडी सूरत आकर नाचने लगती है—कुबेरसिंह! पन्द्रह साल पहले की बात। काशी विद्यापीठ में पढ़ते थे जित्तन। परीक्षा देकर आए तो अपने फूफाजी के यहाँ कुबेरसिंह से पहली मुलाकात हुई थी। फूफाजी हाथी का कारबार करते थे। आसाम से हाथी खरीदकर लाते, खगड़ा तथा सोनपुर के मेले में बेचते...कुबेरसिंह से उनकी दोस्ती सोनपुर मेले में हुई थी। कुबेरसिंह हाथी के अच्छे दलाल थे।

...हाथी के उस दलाल ने जित्तन बाबू को बड़ी चालाकी से फाँस लिया। कुबेरसिंह हाथी की दलाली के साथ राजनीतिक कारबार भी करते थे। खद्दर पहनते थे, गर्म-गर्म बातें करते थे; बिहार के कुछ गर्मपन्थियों और कई आतंकवादियों के नाम इस तरह लेते थे मानो वे सब-के-सब कुबेरसिंह के शिष्य हों—"समझे जित्तन, मुजफ्फरपुर बम-केस में तो लोटनराय ने ऐसी गलती की थी कि क्या बताऊँ। दल के सभी लोग एक साथ गिरफ्तार हो जाते। लेकिन, किस्मत की बात, मैं हाजीपुर से वापस आ गया था।"...कुबेरसिंह अपने बैग में 'जाग्रत-किसान' का एक अंक हमेशा रखते थे। खजूरी किसान-सम्मेलन का विशेषांक! कुबेरसिंह उस सम्मेलन के

स्वागताध्यक्ष थे। उनकी तस्वीर छपी थी, उनके भाषण के ठीक बीच में।–"समझे जित्तन। मैं इस बार किसान सभा के काम से ही इस जिले में आया हूँ।...अब पढ़ाई-लिखाई छोड़ो। तुम्हारे-जैसा नौजवान, शास्त्री-फास्त्री के चक्कर में पड़ रहे, यह मैं बरदाश्त नहीं कर सकता।...मारो गोली। कूद पड़ो। बिहार प्रान्तीय किसान सभा ही एक ऐसी संस्था है जिसमें तुम्हारी सही कीमत आँकी जाएगी!"

...लगातार एक पखवारे तक बातें करके कुबेरसिंह ने जित्तन को किसान सभा का सदस्य बना लिया। शास्त्री की परीक्षा दे आए थे। माँ ने बहुत समझाया। किन्तु उन्होंने फैसला कर लिया था–"माँ, इस बार मत रोको। सन् तीस में मैंने तुम्हारी बात रख ली। इस बार यदि तुमने रोका तो समझ लो... ।"

माँ ने आँसू पोंछते हुए कहा था–"अपनी माँ तेरे लिए कुछ नहीं? दुनिया की माताओं के दुख-दर्द से तू छटपटा रहा है और मैं तीन दिन से रो रही हूँ, सो कुछ नहीं!...कहाँ का लुच्चा-लफंगा आया और तू इसकी बात में भूल गया!...तुम अपने फूफा को नहीं जानते? वे तो चाहते हैं कि किसी तरह तुम घर से निकल जाओ, बेटा!"

...माँ के साथ खड़ी थी चुपचाप, ताजमनी। छाया की तरह माँ के साथ रहती थी ताजू। माँ जब रोने लगी तो ताजमनी के होंठ भी फड़कने लगे थे। उसने एक बार आँखें उठाकर जित्तन बाबू की ओर देखा था...और जित्तन की जिद्द में एक गिरह और लग गई थी–बचपन से ही माँ ने उसकी इच्छाओं को अपनी जिद्द से कुचला था।...आखिर क्या चाहती है माँ? वह इस बार कुछ भी नहीं सुनेगा।

उस रात को किसी ने पत्तल भी नहीं जूठा किया। जित्तन कमरा बन्द कर लेटे थे। माँ अपनी पूजा की कोठरी में जाकर रोती रही थी।...

...दरवाजे पर किसी ने हल्का धक्का दिया था। पैर की आहट से जित्तन ने पहचान लिया था, ताजमनी! अँधेरी रात का तीसरा पहर। ताजमनी उससे मिलने आई थी। माँ की सौगन्ध को काटकर जित्तन से एकान्त में बात करने आई थी–"जिद्दा! तुम्हें ज़रा भी दया नहीं आती?"

ताजमनी कुछ देर तक चुप खड़ी रही। कमरे के अन्धकार में भी वह जित्तन से आँखें नहीं मिला सकती थी। माँ की सौगन्ध को काटकर वह बात करने आई थी।...उसने अपनी मालकिन-माँ के पैर छूकर सत्त किया था। तीन सत्त।...एक सत्त, दो सत्त, ब्रह्मा-बिसुन सत्त, जो सत्त से बेसत्त जाय, रौरव नरक सिधाय।...जिद्दा से कभी एकान्त में नहीं मिलेगी, जिद्दा से कभी आँखें चार नहीं करेगी। नजर उठाकर उसको देखेगी भी नहीं। वह एक सत्त से बेसत्त हुई थी, लेकिन दूसरे सत्त को भगन नहीं करेगी। कुछ देर चुप रहने के बाद वह बोली थी–"आपको देश का काम करने से रोकती नहीं हैं। मालकिन-मैया। घर में रहकर, गाँव में रहकर क्या देश का काम नहीं हो सकता है? दरभंगा, मुजफ्फरपुर या पटना में ही देश का काम...?"

जल उठे थे जित्तन! माँ ने इस लड़की की बुद्धि हर ली है। इसे क्या समझाया जाए–"देखो ताजू! माँ को समझाओ। मैं कल ही जाऊँगा। हर बात में इस तरह जिद्द करती हैं माँ, यह अच्छा बात नहीं। मैंने उनकी हर बात मानी है।...अब नहीं। और, घर में रहने की बात? माँ और तू जिस घर में एक साथ रहेंगी उसमें जित्तन का वास नहीं हो सकता, साफ-साफ सुन लो।"

ताजमनी के कुछ कहने के पहले ही कमरे के बाहर से माँ ने पुकारकर कहा था–"चली आ ताजू! पत्थर का माथा पटकने से कोई फायदा नहीं। तू किससे बात करने गई है?...कसाई के आगे रोने गई है? चली आ!" ताजमनी हड़बड़ाकर कमरे से बाहर भागी थी। माँ की आवाज और तेज हो गई थी–"जिसे जाना है, अभी चला जाए घर छोड़कर।...मैं देश का काम करने से नहीं रोकती। लेकिन, उस बिलारमुँहा बदमाश कुबेर के साथ अपने लड़के को जाने का हुक्म नहीं दे सकती। कोई बढ़कर ताड़ का पेड़ भले ही हो जाए, पढ़कर विद्यासागर हो जाए, लेकिन आदमी को पहचानना और बात है!...उस मुँहझौंसे का गुलाम मेरा बेटा हो, यह मैं बरदाश्त नहीं कर सकती।...ताजमनी और माँ को क्यों रहने देगा घर में? वाह रे साहस!...जिसे जाना हो चला जाए, अभी!"...सारी हवेली काँप उठी थी। हवेली के सभी कमरे थरथरा उठे थे–चला जाए। चला जा!

दालान के आँगन में कोई अजनबी पंछी अचानक केंक-केंक कर उठा। केंक! केंक!...कर्कश आवाज नवेली को कँपा गई। मीत ने अचानक भूँकना शुरू किया। जित्तन बाबू को लगा, दरवाजे के पास से कोई हौले-हौले पाँव भागा जा रहा है कौन?...कौन? जित्तन बाबू ने पुकारा–"कौन है?"

बाहर, दिलबहादुर ने मीत को विश्वास दिलाया–'चुप गर-ऽ-ऽ! मीत।' कचहरीघर की दीवार-घड़ी में दो का घंटा बजा। पोखर में एक बड़ी-सी मछली कूदी। जित्तन बाबू ने 'हुआ सवेरा' पर निगाह डाली, लालटेन की मद्धिम रोशनी में एक समाचार की हेड लाइन स्पष्ट पढ़ी जा सकती है–'प्रान्तीय कांग्रेस के उपमन्त्री श्री कुबेरसिंह को मिनिस्टर बनाओ।'

जित्तन बाबू ने लालटेन की रोशनी को और तेज कर दिया...'प्रान्तीय शासन में उलटफेर होना आवश्यक है। वर्तमान मन्त्रिमंडल में हेर-फेर किए बिना बिहार की जनता का दिल जीतना असम्भव है। यह हर्ष की बात है कि कांग्रेस में अभी भी ऐसे-ऐसे त्यागी, तपस्वी तथा कर्मठ लोग हैं जिनकी ईमानदारी पर बिहार की जनता को भरोसा है। ऐसे लोगों में श्री कुबेरसिंहजी का नाम सबसे पहले आता है। किसान-मजदूरों के प्रिय नेता के रूप में...।'

जित्तन बाबू के मुखमंडल पर एक अपूर्व आभा चमकने लगती है।...ठीक है। मैदान में कुबेरसिंहजी हैं। तब ठीक है। ताल ठोककर मैदान में उतरेगा वह। लड़ना चाहता है वह, कुबेरसिंह को दिखलाना चाहता है...।

पोखरे के पास, मन्दिरवाले बाग में कोहबर राँड़ी किलकिलाकर कूक पड़ी... घेर-घेर-घेर...घेर...पकड़ ले-ले-आ तो! पकड़-ले-ले-आ तो!

पीले रंग के पाँखोंवाली एक चिड़िया, कोहबर राँड़ी! बरसात में, इसी तरह वह रह-रहकर रात में किलकिला उठती है अचानक! तुर-तुर-तुर-तुर-तुरा-तू-तू-तू! घेर-घेर-घेर-पकड़-ले-आ तो!

बचपन में माँ ने इस कोहबर राँड़ी की कहानी सुनाई थी। जित्तन और ताजमनी ने एक साथ सुनी थी यह कहानी—कोहबर राँड़ी सत्त से बेसत्त हो गई थी, इसलिए वह कोहबर में यानी वासर-घर में ही राँड़ हो गई। बाहर सुहागरात की शहनाई बजती ही रही। इधर वर ने ज्योंही दुलहन के घूँघट को उठाया, देवी का शराप लग गया।...कोहबर राँड़ी ने जिस लड़के के हाथ अपने सत्त को लुटाया था, वह पहले से ही पलँग के नीचे छिपकर बैठा था। खाँड़ा निकालकर टूट पड़ा और कोहबर राँड़ी के दुलहे का गला काटकर भागा। कोहबर राँड़ी चिल्ला उठी—घेर-घेर-घेर-पकड़-ले-आ तो!

जित्तन और ताजमनी ने कहानी को सुनकर एक-दूसरे को देखा था—दोनों की आँखें छलछलाई हुईं!

कोहबर राँड़ी किलकती हुई दूसरे बाग की ओर उड़ी। नट्टिनटोली की एक झोंपड़ी में करवटें लेती हुई ताजमनी सुधना को डाँट रही है—"हाँ-हाँ! कोहबर राँड़ी यही है। तू चुपचाप सो जा। इतनी रात तेरी नींद कैसे खुली?"

"कोहबर राँड़ी की बोली सुनकर जग गया।"

इस्स! रत्ती-भर के लड़के को कहानी चुभी है?...जीत भी तो रोज़ पूछता था मालकिन मैया से—तब क्या हुआ माँ? कोहबर राँड़ी ने क्या किया तब?

जब-जब बरसात की रातों में कोहबर राँड़ी बोलती, ताजमनी को जित्तन की आँखों की याद हो आती है। भोला-भाला मुँह, आँखों में उमड़ते आँसू!

ताजमनी की आँखों में आँसू ढुलक पड़ते हैं।

"धेत्त! तू तो रोती है दिदिया।...रोती है दिदिया फिर?"

"नहीं रे, रोती नहीं।"

"फिर रोती है? अच्छी बात। मैं कल अपने काका को चिट्ठी लिख देता हूँ। वह आकर मुझे ले जाएगा। तू रोएगी, तो तेरे पास कौन रहेगा?"

आँचल से आँख पोंछती ताजमनी कहती है—"ऐं-हे! बड़ा चिट्ठी लिखनेवाला

बना है! सभी को चिट्ठी लिखकर बुलाता है। चुपचाप सो रहो।"

"और तुम रात-भर मा-त-रे-मा-त-रे करती रहो!" सुधना ने मुँह बिदकाकर कहा—"कौन है यह मा-त...।"

"देख सुधना, हर बात में टाँग नहीं अड़ाते। गाँव के पके हुए अरियासमाजी लड़कों की बोली सीखी है तूने। कुछ समझता भी है? खबरदार, जो कभी माँ तारा के नाम ठिठोली की!" ताजमनी ने आँखें मूँदकर मन-ही-मन काली की मूर्ति को स्मरण करके कहा—'माफ करना माँ! बच्चे की बुद्धि ही कितनी!'

सुधना ने भी मन-ही-मन फ्रेम में मढ़ी, रक्त-चन्दन के छींटों से धुँधली काली माँ की तस्वीर को याद किया—'जीभ निकालकर खड़ी है, तो खा लो न मुझे!... दिदिया इतने दिनों से रो-रोकर पूजा करती है, मान-मनौती करती है। लेकिन, माँ तारा तो और रुलाती ही है।...रोज पंडितजी के बाग से अड़हुल फूल लाकर देता हूँ...और क्या चाहिए? मुझे ही खा लो न...!' सुधना लाल-लाल अड़हल फूलों का सपना देखने लगा।

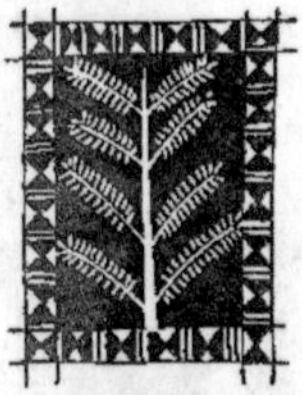

ई-ई-ई...ल-ल-ल-ल-ल-रा-रा! हो-ओ-ओ-ला-रा-रा-आ-आ...!

गहलौटा के निरसू पर परती का परमदेव सवार हुआ है। हाथ-भर जीभ बाहर निकालकर निरसू हाँफता है, दौड़ता है और किलकिलाता है—ई-ई-ई...ल-ल-ल!

पाँच-पाँच तगड़े जवानों को झाड़कर गिरा देता है और परती की ओर भागता है—"ई-ई-ल-ल...बलदान लेगा, बलदान लेगा, लहू पिएगा, बलदान लेगा।"

गहलौटा, केयट, खवास और गंगोलाटोली के लोग परती के परमदेव को पूजते हैं। साल में एक बार पूजा दी जाती है। घर-घर से लोग पान-सुपारी, कबूतर और बत्तक लेकर पहुँचते हैं।...सवर्णटोले के लोग इस देव को नहीं मानते। वे कहते हैं—"परमा तो छोटी जातिवालों का देवता है!"

लेकिन, ठाकुरबाड़ी के पंडित सरबजीत चौबेजी कहते हैं—"देव तो आखिर देव ही है। चाहे वह बड़ी जाति का हो या छोटी जाति का। परमादेव हमारे पुरखों के देव हैं। परती के जाग्रत देवता हैं; आपद-विपद के सारे गाँव की रक्षा करते हैं।...उनके गहवर को ट्रेक्टर से जोत रहा है जित्तन! परमादेव को माननेवाले यदि चुपचाप परती उधेड़ना देखते रहेंगे तो सारे गाँव पर गुस्सा उतारेंगे परमादेव। सब मिलकर सोचो, विचारो और इसके लिए उपाय करो।"

लुत्तो ने भी कहा, "आज तीन दिन हो गए। लोगों को समझा रहा हूँ। हर

टोलेवालों से कहता हूँ–सभी मिलकर ट्रेक्टर की भटभटी बन्द करो। लेकिन, हर टोले में मालूम होता है जमींदार का दलाल अपनी दलाली कर रहा है। कोई कहता है, परती जोतते हैं जित्तन बाबू अपनी, इसमें हम लोग क्यों पड़ने जाएँ! किसी ने जवाब दिया–परती में झगड़ा-फसाद खड़ा करने से असल जमीन का मुकदमा खराब हो जाएगा। अपने देवता-पित्तर को हम लोग भूल गए हैं। कहावत है न, पहले भीतर, तब देवता-पित्तर... ।

गहलौटा, केयट, खवास और गंगोलाटोली के लोगों के दिल में परमादेव की भक्ति उमड़ आई। तय किया, निरसू भगता को फूल उठाने के लिए न्योता दिया जाए।–हर टोले के लोग पूजा-परसाद के लिए आना-दो आना हर घर से चन्ना वसूलें। फिर, परमादेव से पूछें कि क्या किया जाए। परमादेव जो फरमाएँगे, सभी मिलकर वही करेंगे।

पन्द्रह-बीस वर्षों से भगता की असवारी नहीं हुई है।...याद है आखिरी असवारी हुई थी। बहलियापीर की। गंगोलाटोली के फटकन भगता ने फूल उठाया था। उस पर बहलियापीर की असवारी हुई थी। बहलियापीर! वह भी बड़ा भारी अगियाबैताल देव था भाई! सो, बाबूटोले के अरियासमाजी लड़कों ने उस बार ऐसी ठिठोली की, ऐसा बखेड़ा उठाया कि बहलियापीर नाराज होकर चले गए।...उसके बाद से फिर कभी भगता की असवारी नहीं हुई।...हँसी-ठिठोली भला देवी-देवता बरदाश्त करें? आखिर, जो शराप देकर बहलियापीर गए वह अच्छर-अच्छर फला। देख लो, सभी अरियासमाजी को। सभी बेजात हो गए। कोई टीकजनेऊ कटाकर सोसलिस में जात दे दिया, तो कोई मुर्गा-मुर्गी खाकर कौमनीस में अपना धरम दे दिया।...लेकिन, याद रखो! इस बार यदि बाबूटोला का कोई हँसी-ठिठोली करे या बेबात करे तो सभी मिलकर पीटो...इसके चलते जो कुछ हो। देव है, हँसी-खेल नहीं!

चौबेजी ने भी कहा–"ठीक बात। किसी के देव-पित्तर को कोई अपमानित नहीं कर सकता।...मुसलमानों के मसजिद के पास ज़रा ढोल बजाकर या शंख फूँककर देखो कि क्या होता है। तुरत, दंगा-फसाद शुरू हो जाएगा।...और, सरकार भी इसका कानून मानती है। किसी को हक नहीं है कि किसी देव-देवी की पूजा में बिघिन डाले।

निरसू भगता ने फूल उठाने का न्योता कबूल लिया। गाँव के भगतिया लोगों ने गोचर परमादेव को गुहारा। आध पहर रात से गुहराते रहे, लेकिन एक बार का भड़का हुआ देव बहुत मुश्किल से असवारी पर आता है। एक ही घंटे में तीन जोड़ी कबूतर की बलि दी गई और भगतिया लोगों ने गोचर छोड़कर ओरहना गाना शुरू किया। जब गोचर से देव नहीं सुनते, तब ओरहना गाते हैं भगतिया लोग :

कोई नाँहि पूजतउ रे परमादेव तोहरा चरनवाँ है-ऐ-आ-आ-आ!
कोई नाँहि पूछतउ रे परमादेव तोहरो [illegible]पवाँ है-ऐ-आ-आ-आ!

कोई तुम्हारी पूजा नहीं करेंगे! कोई तुम्हारा नाम भी नहीं लेंगे। यदि तुमने कृपा करके भगत पर असवारी नहीं की, तो फिर कभी कोई तुम्हारे गहवर पर न एक फूल देगा और न एक अक्षत चढ़ाएगा। निरसू भगता के हाथ का फूल ज़रा-सा काँपकर रह गया। भगतिया लोगों का हौसला बढ़ा। मिट्टी की धूपदानी में लोहबान जलाकर मूलगैन भगतिया गोबर पासवान उठ खड़ा हुआ...।

परानपुर के मशहूर मिरदंगिया जनकदास ने मृदंग पर चलती बजाकर नाचना शुरू किया–धिरिंग-धिरिंगा-तावत-बरतन, तावत बरतन!

–ई-ई-ई-लॅ-लॅ-लॅ-रा-रा! दधि नेनु ला रे-ए-ए-ए-ए!

निरसू भगता अचानक किलकिलाकर घर से बाहर भागा—ई-ई-ई-लँ-लँ! गहलौटा, केयट, खवास और गंगोलाटोली के सभी–औरत-मर्द-बूढ़े-बच्चे जगकर दौड़े–आ गए! आ गए बाबा! जै हो परम बाबा! चल-रे-ए-ए!

–बलदान लेगा। बलदान लेगा। खून पिएगा, लहू पियेगा-आ-आ-हा-हा-हा-रे-ए! करमू गहलौटा की भौजाई, धरमू गहलौटा की बेवा ने गले में आँचल डालकर परमादेव के गहवर में पाँवलागी की और धरती पर लोट गई–"दुहाय परमा बाबा! दूध से तुम्हारा गहवर लिपवा दूँगी बाबा! करोध को सान्ती करिए। भूल-चूक माफ करिए!"

दूध के लोटे को परमा बाबा ने ठोकर मारकर उलटा दिया। दूध धरती पर बहने लगा।

–ई-ई-ल-ल। भूल-चूक? हँसी-मसखरी? छाती पर हल चला दिया रे-ए-ए-! लकड़ी का हल नहीं, लोहे का! बलदान लेगा...।

औरतों की टोली एक ही साथ रो पड़ी–"दुहाई परमा बाबा! ऐसा तो कभी नहीं गुसाए थे बाबा!

–दधि नेनु ला रे-ए-ए!

"दही की मटकी ले आ छोटकी बहू। नई मटकी का दही। देखना, किसी खरछुताही की देह से न छू जाए!"

एक बूढ़ी औरत ने धरमू की बहू के कान में कहा–"गर्भवालियों को हटा दो धरमू की बहू! बड़ा रिसियाए हैं बाबा। हाँ! मैंने अपनी जवानी में देखी है इनकी रीस।"

"जिसने छाती पर हल चलाया है, उसका कलेजा चबाकर खाइए बाबा! हम लोगों का कोई दोख नहीं। इस्स, हाय रे दैब! बाबा की छाती से लहू निकल रहा है! दही की मटकी लेकर निरसू भगता ने मुँह में दही कोंचना शुरू किया...।

"खबरदार! निरसू भगता दही खा रहा है, कुछ मत कहो। बोलने का ढंग नहीं? कहो, परम बाबा खा रहे हैं।" निरसू भगता के मुँह के मारफत परमा बाबा भोग लगा रहे हैं। गीत गानेवाली औरतों ने भगतिया लोगों को दम लेने की छुट्टी दी। गोसाईं का गीत गाने लगीं औरतें :

बन्दिबऽ बन्दिबऽ हो बाबा चरना तोहार!
पहिले पहर बाबा-राकस के रूपे
आगाँ-आगाँ डाकिन चले पाछाँ-पाछाँ भूते!

बबुआनटोली में भी पुकार पहुँचती है।

सूरज की किरणों के साथ घर-घर में परमादेव के आगमन की कहानी फैलने लगी। घर की बड़ी-बूढ़ी पूजा-प्रसाद की सामग्री जुटाने लगी।–देव आखिर देव ही हैं। पूजा देने में जाति नहीं जाती।

भूमिहारटोली के मनमोहन बाबू की चाची गला फाड़कर चिल्ला रही है, मनमोहन बाबू से झगड़ रही है–"तुम देवी-देवता नहीं मानते, मत मानो। भोर-भोर मुँह से अंग्रेजी गाली क्यों निकालते हो? जानती कि इस घर के पान-फूल पर भी मेरा कोई हक नहीं तो मैं क्यों मरने जाती? आग लगे मेरे हाथ में, मैं क्यों फूल तोड़ने गई! दो साल से मेरा बेटा बिछावन पर पड़ा है। दवा-दारू की बात को कोई पूछता नहीं। परमादेव से बाक लेने जा रही थी...।"

मनमोहन बाबू क्रोध से थर-थर काँप रहे हैं। कितने जतन से आस्ट्रेलियन जिनिया के कुछ पौधों को लगाया था! कल ही तीन फूल खिले थे। सुबह को चाची ने सभी पौधों के फूल और कलियों को नोचकर ठूँठ कर दिया।

कामरेड मकबूल अपनी भाभी को समझा रहा है–"परमा बाबा के बाप भी उठकर आए, बिना ऑपरेशन के बच्चा होना असम्भव है। बिना डी एंड सी कराए...

मकबूल के बड़े भाई नीलाम्बर झा को बुरी लगती है बात–"अरे, कितना भिटामिन खाएगी और? डाक्डरों के पास जितने किस्म के भिटामिन हैं, ए-बी-सी-डी, सब खा चुकी है।...तुम्हारे कहने से बेचारी ने मुर्गी का अंडा खाकर धर्म भी भ्रष्ट किया, लेकिन कहाँ हुआ कुछ?"

मकबूल अपने बड़े भाई को समझाने की चेष्टा करता है–"भैया! मैं विटामिन की बात नहीं कहता। डी एंड सी माने डाइलुटेशन एंड क्युरिटेशन–।"

मकबूल की भाभी अपनी मौसी के साथ पूजा-प्रसाद की डाली लेकर गहलौटाटोली की ओर निकल पड़ती है, सन्तान माँगने!

–दुहाय परमा बाबा!

सभी काम-काज छोड़कर लोग गहलौटाटोली की ओर दौड़ रहे हैं।

"सुनते हैं, शुद्ध संस्कृत में बोल रहा है निरसू!"

"सच?"

"सच नहीं तो क्या! जाकर देखिए, बाभनटोली के पंडितों से, ठाकुरबाड़ी के चौबेजी से बेदपुरान बतिया रहा है।"

"आश्चर्य की बात है!"

स्कूल-कॉलेज में पढ़नेवाले लड़के भी दौड़ रहे हैं। सन्तूसिंह का बेटा गुरबचनसिंह जिले की साप्ताहिक पत्रिका का निजी संवाददाता है...ऐसा न्यूज हमेशा हाथ नहीं लगता! गुरबचन इस संवाद को भारत-भर के पत्रों में भेजेगा। कहीं, उसके पहुँचने से पहले ही न उतर जाए परमादेव! जित्तन बाबू कहते हैं—"मिस्टर राय। डोंट मिस इट। जरूर जाइए।...आग पर चलेगा। खौलते हुए दूध की हाँडी में हाथ डालेगा। घी और सिन्दूर पुते हुए बाँस पर चढ़ेगा!"

भवेश को सलाह देते हैं, जित्तन बाबू—"तुम्हारी मूवी किस दिन के लिए है? ले जाओ...घबराते क्यों हो?"

सुरपति और भवेश भागे गहलौटाटोली की ओर।

"सभी मनोकामना पूरी कर सकते हैं परमादेव? तब तो जमीन की कामना भी पूरी करेंगे?...ठीक बात! चलो। मन की बात मन में ही रखो!"

घी और सिन्दूर पुते हुए बाँस पर चढ़कर परमादेव एक पाँव के सहारे खड़ा है।—"ठट्ठा समझते हो? चढ़े तो कोई ऐसे चिकने बाँस पर!...बँसचढ़ी नाचवालों को छोड़कर और कोई चढ़ ही नहीं सकता।"

"मनोकामना अपने मन में रखकर पूजा-प्रसाद की डाली चढ़ा दो। फिर आँचल फैलाकर ऊपर की ओर देखो। परमादेव पूजा की डाली अपने माथे पर रखकर माथा हिलाएँगे। आँचल में सिर्फ अच्छत गिरे तो समझो कपाल खराब है। यदि फूल या फल गिरे तो मनोकामना पूरी समझो।...बारह-बारह साल की कागबाँझों को बच्चा दिया है परमादेव ने! अब तो लोगों को किसी बात पर परतीत नहीं। बैजू की बहू को याद है, आँचल में केला और अमरूद गिरा। दूसरे दिन सुबह से ही उसको मिचली आने लगी, उलटी होने लगी। गले हुए कोढ़ी करिया सामू को परमादेव के बाक ने आराम किया।"

आतंक और कौतूहल-भरी खबरें गाँव में तेजी से फैलती हैं। एक मुँह से दूसरे कान में, दूसरे से तीसरे तक पहुँचते-पहुँचते बात में एक हाथ की बढ़ोतरी हो जाती है।

भगता के गहवर में जब किसी बड़े देवता की असवारी होती है, तो उस गहवर में दूसरे देव-देवी की आगमन की सम्भावना सदा रहती है।

महीचन रैदास की बेटी मलारी की देह रह-रहकर सिहर उठती है।...सुवंशलाल एकटक उसको देख रहा है।

मलारी की माँ ने पूछा–"ऐसा कछमछ क्यों कर रही है रे?"

"कुछ नहीं, मेरा माथा चर्खी की तरह चक्कर दे रहा है भैया!"

"ऐंय?"

मलारी बाल खोलकर सिर हिलाने लगी हठात्!

"ऐ, ऐ! देखो, क्या हुआ उसको? क्या उस पर भी सवारी हुई? कौन देव?...देव नहीं, देवी। देवी परमेसरी।"–"लेकिन देवी परमेसरी रैदास की बेटी पर कैसे सवार हुई?"–"रैदास है तो क्या हुआ? आजकल आदमी तो छुआछूत मानता नहीं, देव-देवी क्यों मानेंगे? कोई सँभालो उसको? पूछो, कौन देवी है?"

"आ-गे मइयाँ-आँ-आँ!"

"रो रही है? तब देवी परमेसरी नहीं, दुलारीदाय है, जरूर। दुलारीदाय को छोड़कर और कोई देवी रोती हुई नहीं आती गहवर में। सुनो-सुनो रोदन का पद सुनो। क्या कहती है?"

आगे-माइयो-ओ-ओ!
कोई नाहिं बरजे, कोई नाहिं दूसय
कोई नाहिं डाँटय कोई नाहिं रोकय
कोई नाहिं जाई के समुझावय गे-मा-इ-ओ!

"हाय, हाय! रो रही है! दुलारीदाय। मिसर खानदान की कुल-लक्ष्मी है। इसी देवी के प्रताप से हर साल मानिक दियरा बलते हुए देखता था। मिसर के मरने के बाद से ही रो रही है दुलारीदाय! लेकिन ऐसा रोदन तो कभी नहीं पसारती थी?"

आगे-माइयो-ओ-ओ!
केकरा लाए राखब सोना के कलसवा
केकरा लाए जोगब रूपा के मंडिलवा
केकर पुन्न से मानिकदियरा-आ-आ
लेसब गे माइयो-ओ-ओ!

एक-एक कर सभी औरतें रोने लगीं।...परमादेव को भगतिया लोग दिशा-मैदान कराने के लिए ले गए हैं। औरतें रो रही हैं। बड़ी करुणा-भरी रोदना कर रही है दुलारीदाय!..."मिसर खानदान में जब से यह पगलवा हुआ है, तभी से सब धरम-करम चला गया हवेली का। रोएगी नहीं? हाय-हाय! कुकर्म से कुकर्म करने पर

तुल गए हैं जित्तन बाबू। परमादेव का गहवर जोत रहे हैं। चक्कर परती ही तो परमादेव की आसनी है। उसी को टकटर लेकर...।''

मलारी की माँ ने अपनी बेटी को सँभालने की चेष्टा की। देह झाड़कर दुलारीदाय ने उसको दो रस्सी दूर फेंक दिया। तब, सेमियाँ कमर कसकर आगे बढ़ आई। दुलारीदाय को अँकवार में समेटकर, काबू में लाती है सेमियाँ। मलारी के घुँघराले लटों को चेहरे पर से हटा दिया उसने। झुकी हुई गर्दन को ऊपर कर दिया–दुलारीदाय, मलारी!...गौर मुखमंडल, आरक्त कपोल, झुकी पलकें, लाल-पतले ओंठ। आँखों की बारीक बंकिम...।

–क्रि-रि-रि-रि-रि-रि-रि-रि...कचक्!

''फोटू हो रहा है, फोटू! ऐ, सब कोई मुँह बन्द करो। नहीं तो, सब दिन दाँत निकला रहेगा फोटू में। परमादेव का फोटू नहीं होगा? क्या कहता है, होगा? आग में चलने के समय? ठीक है, ठीक है!''

दूर के गाँवों से लोग बैलगाड़ियों पर लदकर आए हैं। गाड़ी रखने की जगह नहीं है, करमू गहलौटा के दरवाजे पर।

''ऐ सुनो। अब जल्दी से अगिनसागर खोदो। परमा बाबा के पीछे-पीछे आग पर कौन-कौन चलेगा? नहा-धोकर तैयार हो जाओ। फोटू होगा।''

अगिनसागर! साढ़े पाँच हाथ लम्बा, डेढ़ हाथ चौड़ा और सवा हाथ गहरा अगिनसागर। काठ की चैलियों को एक बूढ़ा अगिनसागर में सजा रहा है।...परमा बाबा आते ही इसमें अपने हाथ से आग लगाएँगे। जब आग-धू-धूकर लहकने लगेगी, वे इस अगिनसार में खाली पाँव प्रवेश करेंगे...। फिर उसके बाद मान-मनौती!

सभी लोग मान-मनौती करने आए हैं। एक हजार डालियाँ–पूजा की सामग्री से भरी डालियाँ–जमा हुई हैं। गहवर में अब जगह नहीं। अच्छत-चन्दन, फूलपान, केला-अमरूद, दही-दूध, सिंघाड़े, मखाने! जिसने डाली नहीं दी है, वह डाली की कीमत, आठ आना, चार आना, हाथ में लेकर मनौती कर सकता है।–''दुहाय परमादेव! दस बीघे जमीन का पर्चा यदि मिल जाए तो अगले साल दस सेर अच्छत से भरी डाली गहवर में लेकर हाजिर...।''

''पाँ-आँ-बिड़ेसिक-रे-ए-ए-ट! बीड़ी पाँ-आँ!''

गाँव के पनवाड़ियों को खूब फायदा है।...फोकट में एक मेला जैसा मजमा हाथ लग गया है। प'सा खिल्ली पान पर लोग टूट रहे हैं।

–अरे बाप! अब तो बिजली छटकाकर फोटू ले रहा है। छटक्! छटक्!

''बीरभद्दर बाबू, बस समझ लीजिए इस काम में भी छक्का हाथ मार दिया।''

''अलबत्त दिमाग है, तुम्हारा। मैं मान गया लुत्तो! अब लुत्तो नहीं, आज से मैं भी तुमको लुत्तो बाबू कहूँगा। इसी को कहते हैं कूटनीति! वाह, लो पान खाओ!''

''आज मैं खाली पान नहीं खाऊँगा, भाभी के हाथ की मिठाई...ही-ही-ही!''

''अच्छा, अच्छा। आगे सुनाओ, और क्या-क्या हुआ?''

–होगा क्या? जो 'सिडूल' था, उसी के मुताबिक काम हुआ।...जो-जो सिखा दिया था निरसू को, वही-वही भखा।...कमेसरा को क्या कहा, जानते हैं? कहा, तुम दुतियाकार हो। सोलकन्ह होकर तुम बाबू-बबुआन के पच्छ में हो। तुम्हारा नाश होगा!...गहवर से जाने के पहले परमादेव ने साफ-साफ कहा–परती तोड़कर मेरी आसनी को जिसने बरबाद किया, मेरी छाती पर जिसने हल चलाया है, उससे बदला लो। ठाकुरबाड़ी में रामलला हैं। रामलला की पूजा करनेवाले पुजारी की बात सुनो, कल्याण होगा।''

''लुत्तो बाबू, बहुत अफसोस की बात! मैं ऐसा जानता तो आज फारबिसगंज नहीं जाता। यह तो देखने-सुनने जोग तमाशा था...लेकिन, ठाकुरबाड़ी के पुजारी पंडित सरबजीत चौबे को 'टैट' कर दिया है या नहीं?''

''इसके लिए आपको कहना नहीं होगा। उस पर पक्का पालिस चढ़ गया है!''

थप-थप! दूसरे कमरे से ताली बजाकर अन्दर बुलाया बीरभद्दर बाबू की स्त्री ने–''हलवा तो खिलाएगा, उसकी जूठी कटोरी कौन धोएगा?''

''चुप, चुप! धीरे-धीरे, लुत्तो बा...वह सुन लेगा।''

''सुन लेगा तो क्या होगा?''

''आजादी देवी, देखो। समझो ज़रा। बहुत इम्पोटें...।''

''मुझे आजादी देवी मत कहिए। मुझे उलटी होने लगती है, इस नाम से।''

''छिः!''

''तो धोइएगा आप जूठी कटोरी?''

''आजादी...।''

ताजमनी!

सुरपति राय कल ही किसी बहाने नट्टिनटोली की ओर

जाएगा। ताजमनी के बारे में उसने अजीब-अजीब बातें सुनी हैं। सुरपति उसको देखना चाहता है। एक झलक! भवेश कह रहा था उस दिन, पवित्र सुन्दरता की साकार प्रतिमा है...। इसके बाद भवेश बुरी तरह तुतलाकर चुप हो गया।

पवित्र सुन्दरता?

—उँ-याँ-याँ! हुँआँ-हुँआँ-आँ-हुँआँ!

सियार बोलते हैं। दो पहर रात बीत गई?...दूर-दूर तक प्रतिध्वनित होती हुई बोली, सियार की।

तारा मन्दिर की घन-अन्धकार अँगनाई में खड़ी है, ताजमनी। चार घंटों से खड़ी है। और एक पहर रात कटे, तब वह यहाँ से टलेगी। पिछली तीन-चार रातों से बुरे सपने देखती है। जै माँ तारा! मन्दिर में चिराग की मद्धिम रोशनी में माँ तारा की मूर्ति—काली-काली-काली!

काले रंग का सागर! घनघोर अन्धकार! लाल जीभ माँ तारा की! अड़हुल फूल की लाली!...माँ हँसती है?—जै माँ तारा।...

"माँ! तुम्हारी उल्लासिनी मूर्ति? यह मैं क्या देख रही हूँ? इतने दिनों का सपना पूरा हुआ! माँ हँसती है?" किन्तु, ताजमनी कैसे हँसे? हँसते-हँसते रोना पड़ा है, बार-बार।...

"ओ माँ! माँ गो-ओ-ओ! मालकिन-माँ ने अपना पहला बच्चा तुझे चढ़ाया था, क्या इसी दिन के लिए? तुम्हारा दिया हुआ बेटा, मालकिन-माँ का। उसका अमंगल कैसे देख सकेगी तू? और, तुम तो सबकुछ जानती हो, जगत्-जननी! मेरे जिद्दा को धन-दौलत, जमीन-जमींदारी का एक राई लोभ नहीं!...बारह साल से इस पिटारी को कलेजे से सटाकर मैं अपने जिद्दा की मंगल कामना कर रही हूँ। मेरे माथे पर भेज दो सब दुख...! साक्षी हो तुम। मालकिन-माँ के आगे सत्त करने के बाद, जिद्दा के चरन भी नहीं छू सकी हूँ, आज तक। मैं आज जिद्दा की चरनधूलि लेने जा रही हूँ। बारह साल के बाद सत्त को बज्र सत्त हो जाता है। मालकिन-माँ की पिटारी आज उसके बेटे को सौंपने जा रही हूँ।...तू भी अपना आशीष भर दे इस पिटारी में!"

मौलश्री का एक पीला पत्ता टूटकर गिरा। ताजमनी अँधेरे में उस पत्ते को ढूँढ़ने लगी—"हाँ, यही पत्ता है! पत्ता नहीं, तुम्हारा आशीष है! बल दो, जिद्दा के सामने मैं पत्थर की मूरत बन जाऊँ!" सींक की बनी हुई एक छोटी-सी पिटारी, जिसके अन्दर भोजपत्र पर एक यन्त्र लिखा हुआ है। दूसरे पत्र पर पाँच चक्र अंकित हैं—

श्रीचक्र 1, श्रीचक्र...2! एक गोमुखी रुद्राक्ष का दाना, सिन्दूर की डिबिया में। और, चाँदी का एक सिक्का, जिस पर टेढ़ी-मेढ़ी अरबी लिपि में लिखा है—अलिफ़, लाम, मीम!

टप्पा-टप्पा-टः टः टः टः टप्पा-टा-ट्रिं!...क्रेंक!

जितेन्द्रनाथ अपने कमरे में बैठकर टाइप कर रहा है। खिड़की के फ्रेम में एक टुकड़ा नीले आकाश का, दो तारे जड़े!...ट्रेक्टर चलाने से उँगलियों की बनावट ज़रा बदल गई है। इसलिए टाइपराइटर की चाबियाँ उसके गलत चाप की छाप ज्यादा आँक रही हैं, आज। पिछले पाँच महीने से उसने एक पंक्ति भी नहीं लिखी है। कुछ-एक पत्र भी नहीं। फिर उसके श्रद्धेय बन्धु प्रोफेसर मिश्रा द्वारा प्रस्तुत की बोर्डवाला हिन्दी टाइपराइटर आया है। जितेन्द्रनाथ आज प्रसन्न है...उसके अन्य मित्रों की बात गलत निकली। प्रोफेसर मिश्रा का सपना पूरा हुआ। जितेन्द्रनाथ को बल मिला है। प्रोफेसर मिश्रा के नाम एक संक्षिप्त और सन्तुलित बधाई-पत्र टाइप किया है उसने—पहले-पहल! मात्र तीन गलतियाँ। पुनश्च में लिख दिया—मात्र तीन गलतियाँ हुई हैं, जिनको रबर से इरेज किया जा सकता था। मैंने रहने दिया है।... टप्पा-टप्पा-टः-टः-ट्रिं!

—सेवा में, सम्पादक पाटलीपुत्र टाइम्स! गत पाँच महीने की लम्बी चुप्पी के बाद अवसरवादी को पत्राचार का अवसर प्राप्त हुआ है। क्या कहिए, अवसर की बात!... आप अवसरवादी द्वारा परिचालित स्तम्भ की घोषणा कर सकते हैं। मैं फिर से अवसर की बातोक चालू करना चाहता हूँ। टः-टः-टः!

टप्पा-टपा-टः-टः!

—सेवा में, सम्पादक राजकाज...इत्यादि! तटस्थ राजनीति-वार्ता के लाउडस्पीकर साहब फिर हाजर हैं, हुजूर के आगे! टः टः!

...ट्रिं!

—सम्पादिका, सचित्र सुन्दरी नारी! आपका पत्र, भटकने के बाद ही सही, मिल गया है। मैं गाँव आ गई हूँ। अपने नैहर में हूँ। पत्रोत्तर में बिलम्ब के लिए क्षमा...। प्रसन्न हूँ। आप 'सोलह सिंगार-विशेषांक' निकाल रही हैं। सचित्र (अपनी तस्वीर नहीं!) रचना शीघ्र भेज रही हूँ विशेषांक के लिए। मेरे छोटे भाई भवेश को फोटोग्राफी से दिलचस्पी है। उसके कुछ छायाचित्र हैं। नवनीता आपकी। टप्पा-टप्पा-ट्रिं! क्रेंक!

सेवा में...!

बॉख, बॉख, बॉख!

मीत अपने मोढ़े से उछलकर अपने कमरे से बाहर, हवेली की ओर भागा। हवेली के पिछवाड़े में जाकर भूँकने लगा—बॉख, बॉख!

"अहा, चः चः! मीत! मुझे तुम नहीं पहचानोगे बाबू?...काटोगे? काट लो भैया। लेकिन मुझे एक बार हवेली के अन्दर जाने दो। सूँघता क्या है? चः चः! सुनती हूँ, तू बहुत समझदार है। सुधना कहता था, तुम अंग्रेजी बोली समझते हो।"...मीत पाँव चाटने लगा ताजमनी का। ताजमनी की देह बार-बार रोमांचित हुई।

घुप्प अँधेरा!...वह तुलसी चौरा! तुलसी चौरा के पास माथा टेकती है। उसकी आँखें बरस पड़ीं। झड़ी शुरू हुई, सावन-भादों की!...तुलसी चौरा पर एक बिरवा भी नहीं? कल ही एक लगवाना होगा। यह क्या? कोई दीया-बाती भी नहीं देता होगा। ताजू ने आँखों को पोंछकर बाईं ओर की कोठरी की ओर देखा, मालकिन-माँ जहाँ बैठकर रोज रामायन-महाभारत पढ़ती थीं, रेहल पर रखकर। मालकिन-माँ! खटक्! कौन? तू आई है ताजू! दे आ पिटारी पहले जित्तन को। फिर आकर मेरे पास बैठना। तेरा मुँह सूखा क्यों है बेटी? रोती है? छिः छिः, तू रोती है ताजू...?

—कूँई! ईं बॉख, बॉख, बॉख! मीत भूँकता है, खड़ी क्यों है चुपचाप? चलो, बॉख! ताजू ने मालकिन-माँ के बैठने की जगह की मिट्टी ली, सिर से छुलाकर आँचल में बाँधने लगी।...और अब वह बेसुध हो गई। तन्मय! भंडार-घर!...यहाँ बैठकर ताजू नौकर-नौकरानियों को सीधा बाँटती थी—रामपखारन काका आज रोटी नहीं खाएँगे, भात खाएँगे। चावल कितना दूँ माँ?...देगी कितना, जानती नहीं? डेढ़ सेर तो सिर्फ कलेवा...।

यह ड्योढ़ी! यहाँ बैठकर मालकिन-माँ चिक की आड़ से अपने अमला कारिन्दों से बातें करतीं...! टप्पा-टप्पा-टा-टा-ट्रिं! क्रेंक!

मीत कमरे के अन्दर हाँफता आया—बॉख...कमरे से बाहर देखो, कौन आई है!

"मी-ई-त!" जितेन्द्रनाथ ने झिड़की दी।

—बॉख!

"आज क्या हो गया है तुझे? बाँध दूँगा!"

मीत कमरे से बाहर भागा, दरवाजे के पास खड़ी कटी हुई दुम हिलाने लगा। चाकलेट कलर के पर्दे की ओट से ताजू प्रकट हुई।

"ता-जू?"

परिचित आँखों के बीच एक जोड़ी आँख, मीत की! दो कदम आगे बढ़कर ताजू झुकी। घुटने के बल बैठकर पाँवलागी की उसने। उसके गले में लटकती तावीज फर्श

पर बज उठी—खट्!

मीत प्रसन्न मुद्रा में बैठा देख रहा है—कभी जित्तन बाबू की ओर, फिर ताजू को। उसकी निगाह हाथ की पिटारी पर है। क्या है उसमें? मिठाई की गन्ध तो नहीं आ रही! माँ की पिटारी? जितेन्द्र को याद आती है...पिताजी कहीं जा रहे हैं। माँ हाथ में पिटारी लेकर खड़ी है। सिर से छुलाकर चले गए बाहर!

ताजू के हाथ से पिटारी लेकर जितेन्द्रनाथ ने अपने सिर से छुलाया! माँ का विश्वास, निर्मल गंगाजल!

हरिकेन लालटेन की रोशनी ज़रा-सी तेज हो गई।...सामने की दीवार पर युगों बाद एक जोड़ी मूक छाया प्रतिबिम्बित हुई है, फिर! मंगलकामना में तन्मय नारी की प्रतिमूर्ति और श्रद्धा से अवनत पुरुष का प्रतिबिम्ब!

ताजू?...निस्तब्ध वातावरण में परती पर चरते हुए पंछी की बोली झंकृत होती है—कैं-ऐं! सामने खड़ी ताम्रमूर्ति-जैसी ताजमनी। चेहरे पर रोशनी चमकती है। अपलक नेत्र के कोरों पर दो मोती जगमगाए!

सामने की दीवार पर प्रतिबिम्बित छाया! मिकी-माउस की आकृतियाँ!...लालटेन की जगह बदल दी गई। आँख के मोती झर चुके थे। ताजू का विश्वास, अन्धविश्वास बढ़ा है। वह जानती थी, जितेन्द्रनाथ श्रद्धापूर्वक स्वीकार करेंगे इस पिटारी को।... मालकिन-माँ कहती, नहीं-नहीं।...ताजमनी माँ के कहे हुए शब्दों को, माँ की बातों को दुहराने की शक्ति बटोर रही है—दुर्गे-दुर्गे!

—कहना, इसे जादू-टोना नहीं समझें। हँसी-खेल में न उड़ावें। बड़ा पढ़-लिखकर विद्यासागर हो गए हैं आप? भोजपत्र पर लिखे पंचचक्र, श्री चक्रों के पास लिखे मन्त्रों का अर्थ निकालिए। यही कुलगुरु ने कहा है। देख ताजू, दिल को बाँधकर, मेरी तरह कहना। समझी?...बाप ने उसका मतलब नहीं समझा। बड़े-बड़े जतन किए। मुझे भरोसा है, मेरा बेटा इसका कोई सही अर्थ निकाल लेगा, ढूँढ़कर। और, उसी दिन मिश्रवंश की पाँच पीढ़ियों के प्यासे पितरों को पहली बार पानी मिलेगा, मेरे बेटे के हाथ से। उसी दिन मुझे भी नसीब होगा!

ताजू के ओंठ फड़के।

"इसे खोलूँ?"

ताम्रमूर्ति के ओठों पर एक वक्र मुस्कराहट अंकित हो गई, ताजू की मुस्कराहट!... वही वक्रता!

—पंचचक्र? श्री पंचचक्र! भोजपत्र पर अंकित पंचचक्रों को देखकर प्रफुल्लवदन हुआ जितेन्द्रनाथ! ताजमनी की आँखें अब उसके चेहरे पर टँग गईं। मुस्कराहट की वक्रता बिला गई।...ताजमनी के दाँत झलकते हैं—"जानते हैं इसका अर्थ?"

"क्या?...अर्थ? नहीं। क्या अर्थ है?"

ताजमनी के चेहरे पर फिर आकर लटक गई, वक्र मुस्कराहट...लगाम से कसी

हुई मुस्कराहट।

"पाँच पीढ़ी के प्यासे पितरों को पानी कब मिलेगा?" ताजमनी की आँखें नहीं झुकीं।

जितेन्द्रनाथ के कानों के पास माँ की बातें स्वयं ही मँडरा गईं...मेरे जित्तन ने अपने पिता को मरते समय गंगाजल पिलाया है, तीन घंटे तक! मेरे स्वामी को छोड़कर, आज तक इस मिश्रवंश में किसी को मरते समय अपने पुत्र के हाथ का पानी नहीं मिला। मरकर आग नहीं मिली, पुत्र के हाथ से! जित्तन ने तो...।

जितेन्द्रनाथ को अचरज हुआ, ताजमनी के कंठ में बैठकर माँ बोल रही है? ताजू के चेहरे पर स्पष्ट छाप, माँ की एक परिचित मुद्रा की! ताजू की ठुड्डी में भी गड्ढा पड़ जाता है बोलते समय? आश्चर्य!

"दुलारीदाय में पाँच कुंड हैं। और, परती के पाँचों चक्कर...!"

जितेन्द्रनाथ की आँखों के आगे पहिये-ही-पहिये, चक्र नाच रहे हैं। कुल-व्यवहार में पंचचक्र पूजन की विशेष विधि मिश्रवंश में...तारा मन्दिर के बगल में पंचकन्यायों की पत्थर की मूर्तियाँ आज भी गड़ी हैं...मिश्रवंश की पाँच कुमारी कन्याएँ दुलारीदाय के कुंडों में डूब मरी हैं! चक्र...ताजमनी के कानों में हाथी-दाँत के चक्र, जिस पर सोने के बुन्दे!

"किन्तु आपको सुनना मना है, क्यों डूबी थीं कुमारी बेटियाँ!"

"जितेन्द्रनाथ के ललाट पर तुरत तीन रेखाएँ त्रिशूल की तरह उभरीं—सुनना मना है! ऐसी सड़ी-गली मनगढ़न्त कहानियाँ हजारों सुन चुका हूँ। कोई गले में घड़ा बाँधकर डूबी होगी। कोई फूल के लोभ में पड़कर कुंड में गई होगी, पुरइन के फूल में सोए हुए किसी देवपुत्र ने उसका सत्त-भंग कर दिया होगा। फिर...मैं जानता हूँ ऐसी-ऐसी कहानियाँ...!"

मुस्कराहट को समेटकर मुँह देखने लगी ताजमनी...जिद्‌दा! यही है उसके जिद्‌दा का सही सरूप! ऐसे में, छोटी-सी बात भी चिढ़ा देगी।...ताजमनी चिढ़ाने में चूकती नहीं है—"सुन्नरि नैका की गीत-कथा जानते हैं? सुन्नरि नैका के डीह पर तो बचपन से खेल चुके हैं।"

"सुन्नरि नैका की गीत-कथा है?"

"यह भी नहीं मालूम आपको?"

फिर भड़केंगे जिद्‌दा!...नहीं। त्रिशूल कपाल पर नहीं, बेचारा सुरपति!

"वह एक हाकिम आया है न, उसको ऐसी कथाओं की जरूरत है!"

"मैं जानती हूँ, कथा-हाकिम साहेब को। लेकिन, आपकी एक हजार कहानियाँ लिखते-लिखते ही पाँच साल बीत जाएँगे, उनके!"

मात खाए जितेन्द्रनाथ की सूरत नहीं देख सकती ताजू। तुरत कहती है—"सुरपति बाबू से कहिए रघ्घू रामायनी को बुलाकर सुन्नरि नैका की गीत-कथा सुनें।

पाँच रात में समाप्त होगी कहानी।"

"रघ्घू रामायनी जिन्दा है?"

अब ताजू हँस पड़ी...जिद्दा को क्या मालूम कौन मरा, कौन जिया!

—बॉख-बॉख-बॉख! मीत इस तरह खड़ा होकर बातें करने में कोई तुक नहीं देखता। बाहर से आए हुए आदमी के सामने, घर का आदमी इस तरह आमने-सामने खड़ा होकर बातें करे, ऐसा उसने कम ही देखा है, नहीं देखा है! दो में से एक भी बैठे तो मीत उसकी गोदी में अपना मुँह रखकर...। कानों के पास कोई सहला क्यों नहीं देता—बॉख-बॉख!

"ताजू, बैठो!"

...ता-आ-जू-उ-उ-उ! ता-आ-जू-उ-उ-उ।

मालकिन-माँ की आवाज गूँज रही हवेली में? ताजू सिहर पड़ी।

सचित्र साप्ताहिक में तस्वीरें छपी हैं—परमा बाबा की, भगतिया लोगों की—झाल-मृदंग के साथ! आग पर चलते हुए लोगों की कतार! दुलारीदाय...मलारी। बड़ी-बड़ी, काजलवाली आँखें, नशे में माती। दोनों गोलों पर रोशनी पड़ी है। घुँघराले काले केश बिखरे, लरजते बादलों की तरह!

पुस्तकालय के वाचनालय में, फोटो देखने के लिए भीड़ लग गई। अपढ़ लोग भी आए, दर्जनों!...देखें ज़रा परमादेव की मूरत! श्रद्धा से झुककर पाँवलागी की—जै हो बाबा परमादेव! हमारी मनोकामना पूरी हो गई, किसी की हो या न हो। दर्द उभरा सुवंशलाल का। भिम्मल मामा ने ठीक ही कहा, इस फोटोमाला का सिरोनामा यदि 'आग से खेलनेवाले और आग' दिया गया होता!...आग ही है मलारी रूप, सुवंश के लिए। छह महीने से सुलगती हुई आग भड़क उठी है दिल की। सुवंशलाल छटपटा रहा है आज। पुस्तकालय के वाचनालय का कार्यालय-मन्त्री है वह। वाचनालय में मलारी की तस्वीर, वह देखकर भी नहीं देख सका। घर ले आया है, सचित्र पत्रिका। दो प्रतियाँ आती हैं, एक स्त्री सदस्याओं के लिए। कन्या पाठशाला में सचित्र साप्ताहिक पत्रिका वह स्वयं देने गया था। हेडमिस्ट्रेस उसकी अपनी, फुफेरी बहन है। मलारी अपनी तस्वीर देखकर मुस्कराई थी; लजाती हुई मुस्कराहट!...

लेकिन, मलारी के मन में भी ऐसी ही छटपटाहट लगे तब तो?...कैसे लगेगी? मर्द के मन की बात तो आँखों में उतर आती है। मलारी पढ़ी-लिखी लड़की है। नहीं पढ़ सकती आँख की भाषा? सुवंशलाल अब तक कहने का साहस बटोर नहीं सका था।...

अभी, रात में कोई रैदासटोली जाना चाहे तो उसके लिए कौन-सा बहाना ठीक होगा?...कमेसरा ने केयटटोली और रैदासटोली के बीच एक दूकान खोली थी, बीड़ी-सिगरेट, तेल-नून की। दूकान बन्द हो गई। नहीं तो सिगरेट लेने के बहाने अभी वह जा सकता था रैदासटोली की ओर। एक बहाना है—हरिजन-सन्देश की पुरानी प्रतियाँ तीन महीने से पड़ी हैं। सुवंशलाल की बड़ी भाभी कह रही है अपनी सास से—"मइयाँ, सुनती हैं?" सुवंश की बूढ़ी माँ हाथ में माला लेकर बैठी जाप कर रही है। बड़ी पतोहू की बात सुनकर ध्यान भंग करना पड़ता है। माला सिर से छुलाकर कहती है—"हाँ, अभी बहरी नहीं हुई हूँ।"

"दिन-दिन सुबो बाबू का खोराक कमते जाता है। एक मुट्ठी भात भी तो नहीं खा सकते हैं। मैं कहती हूँ मइयाँ, कि एक बार पूछकर देखिए न...कोई बेमारी-सेमारी तो नहीं...।"

"रात-बेरात, बेर-कुबेर का कुछ ख्याल तो करो। बेमारी-सेमारी हो उसके दुश्मनों को! पूछूँगी क्या? बेचारा रोज बोलता है—मैया! अपने जिला में कॉलिज खुल गया लेकिन बी.ए. पास करना मेरी तकदीर में नहीं लिखा।"

मँझली पतोहू रसोईघर में दाल छोंकती बीच में ही बोल पड़ी—"रोज बस एक ही बात! कौन मना करता है किसी को पढ़ने से? भैंसुर उस दिन कह रहे थे, जाकर नाम लिखा ले। सान्ती के बाबू भी कहते हैं, घर में बैठकर क्या करता है? जाए पढ़ने...।"

"पढ़ने जाओ कह देने से ही तो नहीं होता है? पढ़ने का मसाला कहाँ से आएगा?" सुवंश की माँ धीरे-धीरे बड़बड़ाकर उठती है।

मँझली बहू चुप नहीं रहती—"मसाला? भागलपुर कॉलिज में सिर्फ दो साल में जितना रुपया खर्च किया है सुवंश बाबू-उ-उ ने कि, सान्ती के बाबू कहते थे, उतने खर्चे में एफे-एमे-एले सब पास कर जाता।"

बड़ी बोली—"सुराज के बाद से तो स्कूल-कॉलिज में पढ़ने की फीस नहीं लगती है, सुनती हूँ। ताँतीटोली का जयमंगल! उसके घर पर तो फूस भी नहीं है। कैसे पढ़ रहा है? राधेसाम को, सुनती हूँ, सरकार से पनपियाई के पैसे भी मिलते हैं, पचास रुपैया या कितना...! सुबो बाबू तो अब बच्चा नहीं है। कोशिश करने से क्या नहीं होता है?"

मँझली बहू तरकारी के लिए तेल लेने आई तो बड़ी बहू को टीपकर बोली—"सान्ती के बाबू तो कहते हैं, काझा-गनेसपुरवाला कालिज से लेकर नन्दन तक पढ़ने का खर्च दे रहे हैं। घर की हालत छिपी-छिपाई नहीं, फिर भी इतना देते हैं। सुबो बाबू मंजूर कर लें। वह तो खुद जानते हैं, अस्सी रुपैया माहवारी खर्च करने का औकाद अब इस गृहस्थी से उम्मीद नहीं।"

"सुबो! रे सुबो! सो गए क्या?" सुवंश के कमरे के चौखट के पास बैठकर माँ

ने पुकारा–"जगे हो?"

"क्या है मैयाँ!" सुवंश जगा हुआ है।

"जी खराब है तेरा? खाना-पीना, भौजी कहती है...।"

"बड़ी भौजी अपने खुराक से ही सबका पेट नापती है। पेट-भरे तो खाता हूँ।"

"भौजी कह रही है, सरकार ने पनपियाई और भत्ता की कोशिश नहीं करते?"

सुवंश बात नहीं काटता माँ की। बोला–"कहाँ किसको पनपियाई और भत्ता मिलता है! बड़ी भौजी को एसपेसल रेडियो से खबर मिलती है।...ब्राह्मण-क्षत्रिय के लड़कों को कुछ नहीं मिलता-उलता है। कहार, धोबी, चमार, हरिजनों को पढ़ाने के लिए पैसा देती है सरकार।"

दोनों भाभियाँ ओसारे में आकर बैठ गई थीं।...मँझली बहू आधा घंटे के लिए निश्चिन्त होकर आई है, तरकारी में एक लोटा पानी डालकर। बड़ी भाभी बोली–"और भूमिहार बाभन को?"

"तुम्हारे मौसेरे भाई श्यामसुन्दर चौधरी ने अपने को भूइयाँ लिखाकर सौ रुपए महीना ठग लिया था...सरकार मुकदमा चला रही है। अब मालूम होगा तुम्हारे सेमसुन्नर भैया को।"

मँझली हँसती है–"हाय रे दैव! तब तो सेमसुन्नर भैया की सब फुटफुटी निकल जाएगी?"

बड़ी भाभी पान की पीक फेंककर बोली–"क्या किया-आ-आ? जात के नाम पर लिख दिया भूइयाँ-आँ?...इसी से कोठ-पतलुम मार टोपा-अचकन-फौण्टन जाने क्या-क्या खरीदकर ढेर लगा दिया था सेमसुन्नर ने?" ऐं...कोठ-पतलुम, टोप-अचकन-फौंटन सुनकर सुवंश हँसा। ऐसी बहुत बातें बड़ी भाभी की अपनी जोड़ी हुई हैं। नेपाल की सीमा के पास नैहर है, इसलिए हाकिमों को करनल-जनरल सुब्बा-पलटन कहती है।

बड़ी भाभी को भवेश की याद आई है–"और एक ऊ आया हुआ है। पीठ पर झोला-झप्पा, आला-फुदना बगल में लटकाकर फोटू छापी उतारता फिरता है। उसको भी सरकार से पैसा मिलता है क्या?"

मँझली को याद आई, दिन में सुनी हुई बात–"हाँ, सुबो बाबू, एक बात तो पूछते-पूछते भूल गई थी साँझ से। सुनती हूँ, भवेश ने मलारी का फोटू लेकर अकबार में छापी कर दिया है? बात ठीक है क्या? अबेर में जयवन्ती आई थी। लेकिन, उसकी बात का क्या परतीत!"

सुवंशलाल का कलेजा धड़क उठा–"ऐं? हाँ, हाँ। परमादेव के गहवर फोटो ली थी उसने। पत्रिका में छपी है। देखोगी?"

"कहाँ है? तुम्हारे पास है क्या?"

दोनों भाभियाँ उठकर सुवंश के कमरे में आईं। माँ भी माला-जाप बन्द कर आई।

लालटेन की मद्धिम रोशनी को तेज करते हुए सुवंशलाल ने सचित्र साप्ताहिक के पृष्ठ उलटे।

"पहचानो तो?"

सुवंश की माँ लालटेन की तेज रोशनी में भी तस्वीरें स्पष्ट नहीं देख सकती। मँझली बहू चहक उठती है—"यही तो मलारी है न!"

"अरे! यह तो सिलेमा की लड़की-जैसी लगती है!"

सुवंश ने मन-ही-मन अपनी बड़ी भाभी की नजर की प्रशंसा की। उसे डर था, भाभी कुछ ऊटपटाँग न बोल बैठे।

मँझली बहू की अष्टवर्षीया बेटी शान्ति भी उठकर आई और हँसकर बोली—"हाँ, हाँ। इसी में चमाइन मास्टरनीजी का फोटो है। स्कूल में...!"

सुवंश ने अप्रसन्न होकर कहा—"बेटी, चमाइन मास्टरनीजी मत कहो।"

"तो क्या कहेगी?" मँझली बहू मुँह बनाकर बोली—"अकबार में फोटू छापी हो गया तो वह जात में भी बड़ी हो जाएगी क्या? इस चमारिन ने चार अच्छर पढ़ क्या लिया है, आकाश में छेद...।"

बड़ी भाभी बोली—"पढ़ने का सुफल तो हाथोहाथ मिल रहा है। जवान होकर पड़ी हुई है, कोई बर मिलता ही नहीं है। और, फैशन कितना करती है!"

सुवंशलाल ने सचित्र साप्ताहिक समेटते हुए कहा—"हाँ भाभी! पढ़कर आकाश में छेद किया है उसने। उसके लिए आकाश से ही बर टपकेगा। देखना!"

"अच्छा, अच्छा! देखूँगी।"

मँझली ने कहा—"खाना-पीना भी होगा या फोटू निहारकर ही पेट भरेगा? हँ-हँ-हँ-हँ-हँ!"

"बेसी हँसो मत।"

"छापीवाली रे छापीवाली!" मलारी का छोटा भाई रमदेवा उँगली नचा-नचाकर कहता है—"छापीवाली रे छापीवाली!"

"देखती है मैया! रमदेवा बदमाशी कर रहा है। बात नहीं सुनता।"

मलारी अपनी झोंपड़ी के अन्दर से बोली।

मलारी की माँ चुन्नी मछली में झोल दे रही थी—"क्या बदमाशी

करता है? ज़रा फुसलाकर पढ़ाओगी सो तो नहीं। हमेशा दुरदुराती रहती है।"

"देख मैया! मलारी मुझे अपने बिछावन पर बैठने नहीं देती। कहती है, देह महकती है तुम्हारी, भाग! मुझे छापी नहीं देखने देती।"

माँ-बाप के अतिरिक्त दुलार से रमदेवा उद्दंड हो गया है। मलारी को भद्दी गालियाँ देता है। चूल्हे में जलावन झोंकती बोली, उसकी माँ–"बड़ा बाभिन बनी है हरजाई तू! छोटे भाई की देह की महक लगती है तुझे?"

'हरजाई, हरजाई! छापीवाली हरजाई!"

मलारी का बाप महीचन खखारकर गला साफ करते हुए बाहर से आया–"कहाँ है छापी? सारे गाँव में हल्ला हो रहा है। मुँह दिखलाना मुश्किल हो गया है। कहाँ है छापी?"

रमदेवा ने झपटकर सचित्र साप्ताहिक ले लिया और बाप के पास दौड़ा–"यही देखो!" ढिबरी की रोशनी में मलारी की तस्वीर देखकर दाँत पीसने लगा महीचन। सचित्र साप्ताहिक को एक ओर फेंकते हुए, वह चिल्लाया–"रमदेवा की मैया-या-या! देख! आके देख ज़रा। उस दिन मैं मार रहा था तो कहती थी...देख, आके खुद देख!"

मलारी की माँ चूल्हे के पास से ही बोली–"क्या हुआ? क्या देखूँ?"

मलारी के बाप ने पास में पड़ी हुई लाठी उठाकर मारते हुए कहा–"तुम दोनों, माँ-बेटी दोनों हरजाई हो। जैसी माँ, वैसी बेटी!"...सटाक, सटाक!

"अरे बप्पा रे-ए-ए! जान गई रे-ए-ए-ए! मर गई!"

झोंपड़ी के अन्धकार में बैठी मलारी सबकुछ सुन रही थी। माँ की रुलाई सुनकर दौड़ आई–"क्या है? क्या हुआ बप्पा?"

"पूछने आई है कि हुआ क्या बप्पा-आ-आ! मारते-मारते...।" लाठी फेंककर मारते हुए बोला मलारी का बाप–"तुम दोनों के कारन मैं जहर-बिख खाकर मर जाऊँगा।"

लाठी, मलारी की गोरी बाँह पर लगी। बाँह सहलाती वह बोली–"फोटो छाप दिया है तो क्या हुआ?"

"और पूछती है कि क्या हुआ?" मलारी का बाप अब खाँसने लगा–खाँय-खाँय-अक्खाई-हिं।

मलारी की माँ पद जोड़-जोड़कर रो रही है–"अगे मइयाँ-याँ-याँ-गे! नहीं हम चोरनी, नहीं रे छिपारनी-अँ-अँ-अँ, नहीं हम केकरो, कुछ-ओ बिगाड़ली-ई-ई! अरे, बिना जे करनवाँ हमरा मारल रे-मुँह-झौं-नैं-नैं-सा-आ! अरे बाप...!"

"चुप्प। चुप रहती है कि लगाऊँ लात?"

"बप्पा, गाँजा-दारू पीकर रोज मार-पीट करते हो...।"

"तू चुप रह! बड़ी मास्टरनी बनी है!"

"अरे, क्या हुआ?...मलारी? रमदेवा?"

"अरी मलारी की माँ, चुप रह!"

रैदासटोली की औरतें आकर जमा हो गईं–"क्या है? काहे मारा? क्या हुआ?"

मर्द पुरुख भी एक-एक कर आ जुटे–"क्या है काका! आज ज्यादे ढल गई है क्या?"

"होगा क्या? कहावत है न...!" मलारी के बाप ने एक भद्दी गँवई कहावत दुहराई–"रोज सुनते-सुनते मन घिना गया है मेरा। कोई कहेगा, अपनी बेटी पर नजर रखो, तो कोई कहेगा–तुम्हारी बेटी बड़ी चंचल है, तो यह तो वह। मैं कितना समझाऊँ? कहाँ तक बात से...। अब देखो कि फोटू छापकर अकबार में बाँट दिया है, बबुआनटोली के लड़कों ने।"

बालगोबिन को ऐसी-ऐसी बातें सुनकर बड़ा गुस्सा आता है, अपनी जाति पर। अपने पर भी। वह क्यों चमार होकर जन्मा इस मिरतूभूबन में? इसीलिए, लुत्तो उसको रोज ठोकर देता है, कूट बोली बोलकर चिढ़ाता है। इन्हीं लोगों के चलते बालगोबिन का माथा हमेशा झुका रहता है। वह झुँझलाकर बोला–"फोटो छापकर अकबार-पत्र में दिया तो क्या हुआ? इसमें क्या खराबी हुई?...बड़े-बड़े लीडरों का फोटो अकबार-पत्र में छपता है...।"

"आखिर, लाज-शरम नाम की भी कोई चीज होती है या नहीं?" एक बूढ़े चमार ने कहा। अब बालगोबिन बुरी तरह बिगड़ा–"बात तो बूझते नहीं और टाँग अड़ा देते हो हर बात में!...क्या जानते हो तुम राजनीय...राजनेती की बात? बड़े-बड़े नेताओं में भी सबका फोटो नहीं छपता अकबार-पत्र में। मुँह ज़रा खराब हुआ कि काली रोशनाई पोत देता है।"

एक नौजवान चमार बहुत देर से कुछ कहना चाहता था। बालगोबिन की झिड़की सुनकर संकोच में पड़ गया। पूछा–"कहाँ है फोटो?"

रमदेवा ने सचित्र साप्ताहिक उठाकर दिया–"ढिबरी के पास जाकर देखो न!"

एक-एक कर उपस्थित नर-नारियों ने सचित्र साप्ताहिक की तस्वीर देखी। तस्वीर देखने के बाद सबने मलारी को एक नजर देखा। उस नौजवान चमार की आँखें गड़ी रहीं कुछ देर तक मलारी पर। वह बुदबुदाया–"ठीक दुलारीदाय!"

बालगोबिन ने फिर समझाया–"महीचन, अब तुम्हारी बेटी गाँव के गरल स्कूल की मास्टरनी हो गई है। जवान है। अब तो मुँह सँभालकर बोलो।...अभी तो एकटंग नौकरी है, सालटन होते ही सरकारी पिनसल मिलने लगेगा। लेकिन, लोकलबोट के चेयरमैनजी यदि सुनेंगे कि इस तरह निन्दा की बात करते हैं लोग...।"

मलारी की माँ अब चुप होकर नाक-आँख पोंछ रही थी। मलारी बाँह सहलाती बोली–"और, उस बार तो चेयरमैन साहेब के नाम झूठमूठ...।" बालगोबिन को भी याद आई–"हाँ, उस बार चेयरमैनजी के नाम शिकायत तुमने खुद फैलाई। निन्दा की बात!"

"झूठ बात थी वह?" महीचन दाँत कटकटाकर पूछता है मलारी से–"मुझे झूठा कहती है?"

"झूठ नहीं तो और क्या?"

"तुमने नहीं कहा था कि...।"

मलारी समझाकर कहती है–"सबसे अच्छा, तुम्हीं लोग विचार करो। चेयरमैन साहब ने परीच्छा लेने के लिए बुलाया था। परीच्छा में मौखिक कोसचेन किया। मैंने कोसचेन का एनसर दिया। चेयरमैन साहेब के कमरे से बाहर आई तो बप्पा ने पूछा–क्या हुआ? मैं बोली, मौखिक कोसचेन किया और...।"

"तुझे लाज-धरम कुछ भी नहीं मलारी?" इस बार मलारी की माँ नाक झाड़कर बोली–"बोलते शरम भी नहीं आती?"

महीचन तुतलाया–"देखो, अभी भी बोलती है कि मुख के...!"

"क्या किया? मुख में क्या किया?"

"मुँह में क्या करेगा, मौखिक कोसचेन, क्या समझा?" बालगोबिन ने दाँत पीसते हुए कहा।

"अब, उसी दिन बप्पा सारे गाँव में ढोल पीट आए, मलारी को चेयरमैन बाबू ने मुख में कलम खोंच दिया और मलारी ने सर्र-से थप्पड़ मार दिया।"

बालगोबिन थर-थर काँपता है, गुस्सा से–"लोग ठीक कहते हैं, जैसी जात वैसी बात!"

जाति की बात! जातिवाद! जाति का सवाल–जात-पाँत!

है हिम्मत? सुवंशलाल अपने मन को तौलता है, तीसरी पहर रात में। नींद आ रही है। प्रेमी की जाति...?

सामबत्ती पीसी आई है।

"हे-य! मनका की माय!"

वही! लौडपीसकर का भोंपा बोला। जरूर सामबत्ती पीसी लौट आई है। सामबत्ती पीसी!

गाँव में, एक किस्म की औरत होती है जिसे गाँव की बोली में घरघुमनी

कहते हैं। सामबत्ती पीसी भी घरघुमनी है। सामने में कोई नहीं कहता। पीठ पीछे, अब बहू-बेटियों को घर की बड़ी-बूढ़ी डाँटती हैं–"सामबत्ती की तरह घरघुमनी बनी है!"

सामबत्ती पीसी इसी गाँव की बेटी है। घर-घर घूमने की आदत बचपन से ही लगी है। इसी आदत के मारे ससुराल में नहीं बस सकी। गौना में गई, तीन महीने में ही घुटने में गठिया-वात हो गया। वैद्यजी ने कहा–"बैठने से रोग बढ़ेगा।"... ससुराल में घर-धर कैसे घूमती? सामबत्ती पीसी के घरवाले ने बहुत सोच-विचारकर देखा। आखिर, सामबत्ती पीसी के बदले उसका घरवाला ही ससुराल में आकर बस गया। सुननेवाले परतीत नहीं करेंगे, लेकिन, यह बात सवा सोलह आना सच है कि नैहर आने के तीसरे ही दिन बाद सामबत्ती पीसी भली-चंगी हो गई। फिर घर-घर घूमने लगी। घर-घर घूमना खेल नहीं। हर घर की सास-पतोहू से मन मिलाकर रखना, माँ-बेटी के मन की बात बोलना, इस घर की बात को चतुराई से उस घर में शपथ खिलाकर खोल आना और आग लगने पर दूर खड़ी होकर तमाशा देखना सबके बूते की बात नहीं।...इस सर्वे के घनघोर दिन-काल में भी सामबत्ती पीसी का एक घर न छूटा है और न किसी से दिल टूटा है। उस दिन, कन्याविद्यालय की मास्टरनीजी को मुरारी बाबू की लड़की ने एक सवाल पूछकर चुप कर दिया– "दीदीजी! आपने अभी बताया कि टहलने से देह में चरबी नहीं चढ़ती, मोटाई घटती है। तो सामबत्ती पीसी तो घर-घर घूमती है?"...क्लास की सभी लड़कियाँ खिलखिलाकर हँस पड़ी थीं, एक साथ। और मास्टरनीजी दाँतों से ओठों की हँसी दबाकर गुमसुम खड़ी रहीं।

दस बजे दिन में ही रसोई-पानी के झमेले से छुट्टी पाकर, घर से निकल पड़ती है सामबत्ती पीसी। घरवाला, सरफलाल बड़े शरीफ मिजाज का आदमी है। दोपहर को काम करके वापस आता है। घर की छिटकनी खोलने का भेद पीसी ने बता दिया है, सीके पर टँगी हुई हँड़ियों को उतारकर, जो बना मिला, खा-पी लेता है। शाम को जब जोगबनीवाली गाड़ी लौटकर कटिहार की ओर चली जाती है, उसके एक घंटा बाद सरफलाल की झनकवाली आवाज गाँव में गूँज उठती है–"हे-य! मनका की माय! गाड़ी गेल-ऽ-ऽ–आ-व-ऽ-ऽ, आ-व-ऽ-ऽ!

झनकवाली बोली! सरफलाल के गले में, एक अनार के बराबर घेघ एक ओर निकला हुआ है। गले की गुठली!...मनका बेटा है। और वह बेटा सामबत्ती पीसी के गले की गुठली है। पीसी ने अपने बेटा को अपनी बहन के घर भेज दिया है। बाँझ-मौसी ने मनका को स्कूल में भरती करवा दिया है–खरैहिया बोर्डिंग में रहता है! बेटे के जन्म से पहले सरफलाल पुकारता–"हे-य! परानपुरवाली-ई-ई! गाड़ी गेल-ऽ-ऽ, आवऽ!" और, उसकी इस पुकार को सुनकर सारे परानपुर गाँव की बेटियाँ अपने-अपने घर में सरफलाल के खाते एक गाली जमा कर देतीं–"ऊँ! मुँहझौंसा!

गाँव-भर की औरतों को पुकार रहा है। परानपुरवाली...!''

रिश्ते में साली लगनेवाली, जाति-परजाति की लड़कियों ने मिलकर, पहले उसका नाम दिया था–सरीफा जमाई! जब से गाँव की सभा में पहली बार लाउडस्पीकर का भोंपा बज गया, नाम बदलकर पड़ा–लौडपीसकर।...

–जो भी कहो, आदमी बड़ा अच्छा मिला सामबत्ती पीसी को! घर-घर घूमकर आती है और रोज सरफलाल से किसी-न-किसी सवाल का जवाबतलब करती है– ''मैं पूछती हूँ, ज़रा-सी देरी होने पर तो 'मनका की माय' की गुहार पड़ती है। आज पाँच दिन हुए कहते-कहते मैं थक गई। अपनी मलकियाइन के सामने मुँह में बकौर लग जाता है क्या?''

सरफलाल ताजमनी की खेती-बारी देखता है। हल जोतता है।...टोले के लोगों ने इस नौकरी पर ज़रा नाक-भौं सिकोड़ने की चेष्टा की। लेकिन, सामबत्ती पीसी की बातों का जवाब देनेवाले गाँव में कितने लोग हैं–''क्यों? तजमनियाँ की नौकरी में क्या हुआ? गाँव के एक भी गृहस्थ किसान ने जिसको नहीं पूछा कभी, उस आदमी को तजमनियाँ ने पैंतीस रुपैया महीना पर बहाल किया है। देता है कोई गृहस्थ-किसान इतना अपने हलवाहे को? दस रुपैया महीना देते हैं। सो भी समय पर कभी नहीं। पन्द्रह दिन दौड़ाने के बाद, एक रुपैया! तजमनियाँ तो...।''

''सामबत्ती पीसी आई है।''

''आओ, आओ! हम लोगों ने तो सोचा कि तू जाकर इस बार ससुराल में बस गई। तीन-चार महीने से तो ज्यादा रही?''

''हाँ चाची, क्या बताऊँ! औरत आखिर औरत ही है!...कर-कचहरी तो मर्दों का काम है चाची। एक तो मैं औरत की जात और उधर देखो कि ससुरालवाली बात! तिस पर गाँव के जमींदार से मुकाबला। मुँहामुँही बहस करना ठट्ठा है?'' पीढ़ी पर बैठती हुई बोली–''बोलो ठट्ठा है?''

''अरे बप्पा!...हाँ, हाँ! बताओ, क्या हुआ आखिर?''

''होगा क्या? मनका के बाप को तो जानती ही हो। कोई छिपाने की बात नहीं। कलेजा तो पुदीना के पत्ता बराबर है। पहले ही दिन सर्वे-कचहरी से थरथरिया बुखार बोझकर वापस आया मरद मेरा। अब मैं मिला-जुलाकर देखने लगी मन में, हे भगवत्ती! जमीन-जगह, कर-कचहरीवाली बात, घरवाला मेरा ऐसा! कैसे क्या होगा? आखिर, भगवत्ती मेरी बात मान गई। जै भगवत्ती! दूसरे ही दिन क्या मति-गति हो गई मेरी-ई-ई कि अब क्या बताऊँ! छापी साड़ी पहिर के, रेशमी चादर ओढ़कर पहुँच गई सर्वे-कचहरी।...हाँ, हाँ! सामबत्ती इतनी बेहया नहीं! नाक तक

घूँघट लटका रखी थी मैंने!"

सामबत्ती पीसी ने बात में गिरह लगा दी–"जिसे जल्दी सुनना हो, पान-पत्ता नहीं तो कटिहारी-बीड़ी निकाले। बिना कोयला-पानी के दिन-भर...।"

"अच्छा, सामबत्ती पीसी, घूँघट तो लेती थी, समझी। कचहरी में बीड़ी पीती थी या नहीं?" एक कमअक्किल लड़की पूछ बैठती है।

सामबत्ती पीसी हँसकर बोली–"सुना है, तेरा घरवाला दूकान करता है। गौना के पहले ही चिट्ठी लिखकर पूछ, अक्किल भी बेचता है या नहीं! चार आने का अक्किल मँगा लो पारसैल करके! बीड़ी नहीं, सिगरेट पीती थी मैं!...घूँघट में माचिस की एक भी काठी बरबाद नहीं होती। मनका का बाप सीधा-सूधा जरूर है, लेकिन चीज खरीदेगा सबसे फैशनी!"

"फैसनी नहीं पीसी, फैंसी।"

"चल, चल। बड़ी आई है सामबत्ती को अरथ बुझाने! फैशन की चीज को क्या कहेंगे?"

"फैशनेबुल।"

"यह बुलबुल तुम्हीं पढ़ी-लिखी लड़कियाँ आपस में बोलो-बतिआओ। सामबत्ती फैशनी ही कहेगी। हमको भी कोई इम्तिहान देकर पास होना है? पान-पत्ता यदि हो घर में तो निकालो। सामबत्ती पीसी नखलौआ पत्ती जर्दा लेती आई है, खास पुरनियाँ सीटी के दाढ़ीवाले दुकानदार से! दुकानदार ने कहा है, नकली नखलौआ पत्ती साबित होने से नौ-सौ टका इलाम!"

पान खाकर, जर्दा घुलाकर पहली कुल्ली फेंकने के बाद सामबत्ती पीसी ने अपनी अधूरी कहानी शुरू की–"सो, जब मैं बहस करने लगी तो जमींदार तो जमींदार, सर्वे के हाकिम से पेशकार मय कानूनगो से अमीन टण्डैल तक का कान कनकन ठंढा!... आखिर में लोगों ने कहा, परानपुर गाँव की लड़की है, ठट्ठा नहीं।"

"कितनी जमीन लिखा आई, पहले यह बता।"

"सो, चाची बहस किया तो हासिल भी किया। तीन एकड़ तेरह डिसमिल तो पट्टीदार लोग ही दबा रहे थे। उसको ऊपर किया। तब, देखो जो-ओ-ओ गाँव के जमींदारों का एक एकड़ तीन डिसमिल...।"

आज सामबत्ती पीसी ज्यादे देर तक नहीं बैठेगी, किसी आँगन में। बहिनपा के यहाँ जाकर उसकी बहन का संवाद देना है सामबत्ती पीसी को।...चार महीने से गाँव से बाहर गई हुई थी। इस बीच गाँव में क्या हुआ, नहीं हुआ, सो वह कुछ नहीं जानती। किन्तु, गाँव से बाहर ही उसे नई बात की गन्ध मिल गई, ट्रेन पर ही।... तजमनियाँ की बात नहीं, नहीं। तजमनियाँ की बात कोई नई बात हुई?" शपथ खिलाकर अँगनाई के चौकठ के पास खड़ी होकर कहने लगी सामबत्ती पीसी, गला दाबकर–"सुवंशलाल को क्या समझती हो! मुँह में न बोल, न आँख में लोर? सभी

यही समझते हैं? मैंने अपनी आँखों से देखा है!"

इसके बाद सामबत्ती पीसी ने अचानक गले की आवाज़ को इतना मद्धिम किया कि बात की फुसफुसाहट और ओठों की पटपटाहट को परेखनेवाला ही समझे! मात्र एक पंक्ति के बाद उसकी आवाज साबिक सम पर आ गई।

"गाड़ी अररिया कोठ टीशन आई। दोनों आकर उसी कोठली में चढ़े, जिसमें मैं पुरनियाँ टीशन से ही बैठी आ रही थी। मुझे तो पहले परतीत नहीं हुआ। वैसे, मनका के बाप को जो कुछ समझो, टैन की भुकभुक रोशनी में भी उसने ठीक ही पहचाना। मैं धीरे-से उठकर, घूँघट खींचकर, चदरा ओढ़कर बगलवाली सीट पर सरक गई और दोनों का चलित्तर देखने लगी।

"अच्छा आ-आ! इसीलिए मलरिया छौंड़ी कह रही थी कि रैदास है तो क्या बाभन-छतरी से पानी भरवाकर पीऊँगी। ओ-ओ-ओ!"

"अरी, चाची! क्या बताऊँ। सुनो भी तो, पहले। गिदरिया टीशन पर हिन्दू चा-गरमागरमवाले से दो कुल्फी चाह लिया छौंड़वा ने। दोनों कुल्फी छौंड़िया के हाथ में देकर, जेब से पैसा निकालने लगा।...फिर छौंड़िया के हाथ से कुल्फी लेकर इस तरह पीने लगा जैसे अमरित हो अमरित?"

"इसका माने हुआ कि खिचड़ी बहुत दिनों से पक रही है?"

"सो, तुम लोग जानो। मैं तो गाँव में थी नहीं।"

चलते-चलते समय की गप को चलन्ती गप कहते हैं। चलन्ती गप में सामबत्ती पीसी बोली—"एक, जित्तन बाबू और तजमनियाँ की बात से ही गाँव में छुट्टी नहीं अब तक। यह नया खेला क्या-क्या दिखाए-सुनाए...।"

औरतों में तेतरटोली की सामबत्ती पीसी और मर्दों में ब्राह्मणटोले का गरुड़धुज झा?

गौना के पहले ही एक बार सामबत्ती पीसी की बदनामी गरुड़धुज झा के साथ उड़ी गाँव में—जहाँ-जहाँ सामबत्ती, वहाँ-वहाँ गरुड़धुज झा। दोनों ने सारे गाँव में घूम-घूमकर लोगों का मुँह बन्द किया। दोनों मुँहजोर? लेकिन आजकल सामबत्ती पीसी ने गरुड़धुज झा के नाम पर कुत्ता पाल रखा है। उसके कुत्ते का नाम है गरुड़! टोले-मुहल्ले में गरुड़धुज की बोली सुनते ही सामबत्ती पीसी अपने कुत्ते को नाम लेकर पुकारने लगती है—"आ रे! गरुड़ा-आ-आ! तू-तू!"

लाख गाली दे सामबत्ती पीसी गरुड़धुज को, एक भी नहीं लगेगी गरुड़धुज की देह में। वह ब्राह्मण है। बबुआनटोले का बाबू है। उसके सात खून माफ हैं...आजकल

जमाना उलट गया है, तो क्या? एक जमाने की बात नहीं, हाल-साल की बात है...परानपुर की बबुआनटोली के बाबू लोग सलाम करने पर आँख की पलकों को ज़रा-सा झुकाते भी नहीं थे; बात करना तो दूर की बात! अब तो सोलकन्ह लोग भी बाबू की दावी करने लगे हैं। धन की ऊँचाई जाति के बुर्ज से भी ऊँची होती है। पैसा होते ही लोग बाबू कहलाने लगते हैं। बुनियादी बबुआनटोले को अब कौन पूछता है।

न रहे बाबू, न रही बुनियादी पुरानी बबुआनी!

भिम्मल मामा की बात ठीक है—यह गिरगिटिया जमाना है! रंग बदलने में देर नहीं लगती। बीस साल पहले, गाँव-समाज की सभी सोलकन्ह जाति को रजपुताई-बीमारी लग गई थी। सब अपने को राजपूत प्रमाणित करने के लिए राजपूताना से नेपाल तक की पोथियों का हवाला देते। दो साल बीतते-बीतते जनेऊधारी नए क्षत्रिय, घाट-बाट, अली-गली में कुरुक्षेत्र मचाने को तैयार! मैथिल ब्राह्मण, भूमिहार ब्राह्मण, राजपूत और कायस्थ आदि बुनियादी बाबुओं ने देखा—लाठीवाले भैंस हाँककर ले जा रहे हैं। वे चुप रहे—ले जाने दो!

आजकल दूसरा ही रंग है।

तीन साले पहले तक जो क्षत्रिय अपने को खास मानसिंह के वंशज बतलाते थे अथवा आल्हा-ऊदल की सन्तान बताकर दंगा-फसाद करते थे—देख लीजिए उन्हें! उनके लड़के शिड्यूल्ड कास्ट और एबॉरिजिनल कम्युनिटी की फहरिस्त में अपना नाम लिखाने के लिए धक्कम-धुक्की कर रहे हैं। सोलकन्ह ही नहीं, कुछ बुनियादी बाबुओं ने भी तिकड़म-जोगाड़ करके परिगणित जाति में अपनी जाति का नाम दर्ज करवा लिया है—नहीं, नहीं! कौन कहता है कि हम लोग राजपूत हैं। देख लीजिए गाँव में जाकर, हमारी जाति के लोग भेड़ चराते हैं। औरतें साल में तीन ही बार नहाती हैं, आज भी!

गरुड़धुज झा महापात्र है—महाब्राह्मण। ब्राह्मण लोग भी उसके हाथ का छुआ हुआ नहीं खाते। गरुड़धुज झा ने दो-तीन महीने तक कचहरी की दौड़धूप की—किसी तरह 'हरिजन ब्राह्मण' की लिस्ट में नाम लिखा लिया जाए—हाँ हुजूर, डोम से भी गया-गुजरा समझते हैं लोग हमारी जाति को। कंटाहा ब्राह्मण...।

बबुआनटोली का भिमलीय नाम है—बाबलोनियन! गॉन दि डेज ऑफ बाबलोनियन, लद गए वे दिन जबकि बीबं बाबू तेतं राय राज करते थे, भंग घोटते थे, शतरंज खेलते थे और मोरे पियरवा गीत के बोल पर चुटकियाँ बजा-बजाकर रातें

काटते थे। अब तो क्या हाकिम-हुक्माम, क्या लीडर-लीडरान, जो भी इस गाँव में आते हैं, सीधे सोलकन्ह लोगों के टोले में जाकर खड़ा होते हैं।...लघुजातन्त्र का अर्थ? जनतन्त्र कहो, प्रजातन्त्र कहो, लेकिन असल में है यह लघुजातन्त्र! गरुड़धुज कहो या गगनचुम्बी झा, दोनों का एक ही अर्थ है।

"सारे परानपुर गाँव में ही नहीं, सब-डिवीजन-भर में गरुड़धुज झा की लम्बाई का एक भी आदमी नहीं।"—खरैहिया के एस.डी.ओ. साहब की कही हुई बात है।

गरुड़धुज झा आजकल बहुत व्यस्त है। सर्वे के समय उसको रात-भर छुट्टी नहीं मिलती। दिन-भर सोता है, अबेर में उठकर भाँग पीता है, और अँधेरा होते ही 'जै गड़ेस' कहकर निकल पड़ता है।...काम ही ऐसा है कि दिन में नहीं किया जा सकता।

सर्वे-कचहरी में एक ही हाकिम नहीं, चपरासियों को जोड़ा जाए तो तेतीस हाकिम हैं। तेतीसों हाकिमों से खूब पटती है गरुड़धुज झा की! कानूनगो साहब के कान में गरुड़धुज ने ही मन्त्र फूँककर बतलाया—"वाइफ को मँगा लीजिए कानूनगो साहेब! हर तरह की सुविधा तो होगी ही। फिर, इतना रुपैया घर कैसे भेजिएगा? वाइफ आएगी तो...।" सभी हाकिम हँसकर बतियाते हैं उससे। आँख की कनखी मारकर अपने सोने के कमरे में ले जाते हैं। कानूनगो साहेब की स्त्री तो बिना खिलाए छोड़ती ही नहीं कभी। बिना वकालत पास किए ही गरुड़धुज झा को सैकड़ों मुवक्किल घेरे रहते हैं। तब, एक बात है! गरुड़धुज झा अपने मुवक्किल से काम बनाने के पहले ही फीस ले लेता है। हाकिमों की पूजा में जो हिस्सा मिलता है, उसका हिसाब अलग है।...गरुड़धुज झा बिगड़ा काम बनानेवाला आदमी है। दूसरी बात, गरुड़धुज झा के मार्फत कोई काम बनवाना हो तो उससे सीधे बात मत कीजिए। काम खराब हो जाएगा। केयटटोली का रोशनबिस्वाँ है न, उससे कहिए।...पैसावाला आदमी है। देह का रंग पक्का है तो क्या हुआ? काला-गोरा तो भगवान् ही बनाकर भेजते हैं। रोशनबिस्वाँ को बाबू कहना ही होगा। वह ऐसा आदमी नहीं कि बाहर में कुछ और है, भीतर में कुछ और। बाहर-भीतर एक-रंग! गरुड़धुज झा से काम बनवाना है तो रोशनबिस्वाँ को सलाम करना होगा पहले!

"गगनचुम्बी झा, कलंकप्रूफ बिस्वाँ दोनों मेरीगोल्ड कप होल्डर हैं!"

"मेरीगोल्ड कप?"...भिम्मल मामा समयाभाव में हैं। शब्दाभाव बाद में बताएँगे!

बाँ-आँ-आँ-आँ!

ठाकुरबाड़ी के सामनेवाले मैदान में खड़ी जनता ने, पंडित सरबजीत चौबे के आदेशानुसार मिलकर गो-ध्वनि की–बाँ-आँ-आँ-आँ!...बीस बार। ठाकुरबाड़ी के पुजारीजी भी अब लीडर हो गए। आज, चार हजार सोलकन्ह के नेता हैं। लुत्तो और बीरभद्दर बाबू उनकी पीठ पर हैं। लुत्तो ने राजनीतिक लंगी लगाई है। जित्तन बाबू को गाँव से भगाने के लिए सबकुछ कर सकता है वह। पंडित सरबजीत चौबे को उसने फुसलाकर ठीक कर लिया है–ग्राम पंचायत का चुनाव होनेवाला है। आपको सरपंच बना देंगे, थाना सभापतिजी से कहकर।

ब्राह्मण देवता से पहले, परमादेव के भगता निरसू को भी लुत्तो ने सरपंची का लोभ देकर ठीक किया था। गहवर से जाने के पहले परमादेव ने साफ-साफ शब्दों में कहा–"इस जमाने में किसी का परतीत मत करो। ठाकुरबाड़ी में रामलला की मूरत है। उसकी पूजा करनेवाले पुजारीजी को रामलला सपना देंगे। पुजारीजी जो कहें, सब लोग उसी के मुताबिक काम करना। सबका भला होगा!"...आग पर चलते हुए कहा था परमादेव ने!

पंडित सरबजीत चौबे को रामलला ने सपने में कहा है–मिसर खानदान अब जै-पन्थी के रास्ते पर है। यानी चींटी को अब पंख लगा है। इसीलिए पुरानी चक्कर परती को तोड़ने पर तुला हुआ है।...मंगल के दिन सुबह नहा-धोकर ठाकुरबाड़ी में बाल-बच्चा सहित जमा हो जाओ। परती तोड़कर गौमाता के पेट पर छुरी चला रहा है जित्तन!

पंडित सरबजीत चौबे ने कहा–"बाँ-आँ-आँ! हँसने की बात नहीं। यह हमारी भूखी गौमाता की आवाज है। दुख से छटपटाती हुई गैया विलाप कर रही है–बाँ-आँ-आँ! यही हमारा नारा है! जितनी बार हम लोग मिलकर यह नारा लगाएँगे, उतनी बार जित्तन के सिर पर गौहत्या का पाप सवार होगा। एक बार बाँ-आँ करने पर चार हजार गौओं की हत्या का पाप! अस्सी हजार गौहत्या का पाप चढ़ते ही वह खुद-ब-खुद पागल हो जाएगा। लगाइए नारा–बाँ-आँ-आँ-आँ!"

"बाँ-आँ-आँ-आँ!"

"और जोर से!...बीस बार लगाना है–बाँ!"

लुत्तो, बीरभद्दर बाबू, रोशनबिस्वाँ और गरुड़धुज झा ठाकुरबाड़ी के चबूतरे पर खड़े होकर नारा लगा रहे हैं।..."बस, बीस बार हो गया? अब, एक बार परबतिया दाजू के नाम पर, एक बार मुंशी जलधारीलाल और एक बार रामपखारनसिंघ के नाम पर आवाज दीजिए–बाँ-आँ-आँ!"

गरुड़धुज झा ने अपनी लम्बाई का फायदा उठाते हुए कहा–"ठाकुरटोले का बौबजन मुँह नहीं खोलता है। क्यों, क्या बात है?"

"ढोल बोल रहा है, बबुआनटोली की ओर। कान लगाकर सुनिए न!" बौबजन ठाकुर ने कहा।

...डिग-डिग-डिडिग!

"हाँ, ढोल ही है।...किस बात की ढोलाही है?"

"सिरकारी डोंडी?"

...डिडिग-डिडिग-डिग!

–हर आम-ओ-खास को बजरिए ढोलाही के आगाह किया जाता है : तारीख तेईस अगस्त को जिला मैजिस्ट्रेट साहब परती जमीन दखल करने आ रहे हैं। परती जमीनवाले, अपना कागज-पत्तर, दलील-दस्तावेज लेकर सर्किल कर्मचारी की कचहरी में उस दिन हाजिर रहें। डिडिग!

"ऐं? परती जमीन सरकार दखल करेगी? यह कानून कब बना?"

"आ गया। नया कानून बनकर आ गया। अब बाँ-आँ करने से क्या होगा?"

"देखा? इसीलिए एक महीना पहले से ही, मार ट्रेक्टर से परती उधेड़कर रख दिया जित्तन बाबू ने। कितना चालाक है?"

"परती उधेड़ देने से क्या हुआ? कानून तो सबके लिए बराबर है।"

"टीसन पर जाकर देखो। पाँच हजार गाछ पारसल से आए हैं! सचमुच में गुलाबबाग लगाएँगे क्या?"

...डिग-डिग-डिडिग!

लुत्तो कहता है–"सारी बदमाशी जित्तन की है। मुझे अच्छी तरह मालूम है कि कलक्टर साहब को गुमनामी चिट्ठी लिखकर यह सब कार्रवाई करवा रहा है वह।"

"परती जमीन छिनवाकर क्या फायदा हुआ?"

"मन की खुजली, और क्या?"

"यह जित्तन बाबू का विजय-डंका बोल रहा है?"

"दो चक्कर परती बचा लिया पगलू ने! अहा-हा, बेचारे जित्तन बाबू को जाकर देखो। माथे पर हाथ धरकर बैठे हैं। बारह सौ बीघे परती पार हो गई।

"मारो गोली! परती जमीन जाती है तो जाने दो! देखना, सरकार को घाटा लगेगा। उसमें क्या उपजेगा भला?"

"असल में इस सरकार को अकिल-बुद्धि कुछ भी नहीं है। एक पागल आदमी के कहने पर मुफ्त में परती छीन रही है।"

"अब करो खूब बाँ-आँ-आँ!"

...डिडिग!

ढोल की बोली लुत्तो को ज़रा भी नहीं सुहा रही है। लगता है ढोल बजानेवाला उसकी पीठ पर लकड़ी मारकर बजा रहा है–डिडिग! थोड़ा कसूर इसमें थाना सभापतिजी का भी है। यदि पहले ही लुत्तो को मालूम होता तो बेकार...। परती क्या, सरकार धनहर जमीन भी ले ले लोगों की, इससे लुत्तो का कुछ आता-जाता है। लेकिन, गाँव में यह बात घर-घर फैल रही है कि जित्तन के कहने पर ही सरकार ने यह कानून बनाया है। लोग जो कहते हैं, ठीक है शायद!...कानून-कचहरी में कोई जीत नहीं सकता मिसर खानदान से, फिर वह क्रैसे दाग सकेगा मिसर के बेटे को? कल एक बार थाना सभापति से जाकर पूछना होगा। यदि थोड़ी भी गुंजाइश हो तो इसमें अड़ंगा लगा दें सभापतिजी। लुत्तो जिन्दगी-भर बिना पैसा की गुलामी करेगा। सब किए-कराए पर पानी फिर रहा है। आखिर लुत्तो का भैलू...।

जित्तन बाबू के तीनों फुफेरे भाई मुँह लटकाकर बैठे हैं। सबसे बड़े भाई बलभद्दर चौधरी खेती-बारी देखते हैं। मोटी बुद्धि के आदमी हैं। मँझला बीरभद्दर मैट्रिक पास करने के बाद तम्बाकू का कारबार करता है और आजकल कांग्रेसी भी हो गया है, लुत्तो की पैरवी से सभापतिजी ने क्रियाशील सदस्य चुन लिया है; सबसे छोटा, शिवभद्दर निरक्षर भट्टाचार्य है, भैंस चराता है। जित्तन बाबू के पीछे तीनों भाई हाथ धोकर पड़े हैं।...लेकिन, जाल में फँसता ही नहीं!

बलभद्दर चौधरी बोले–"तुम लोग कुछ नहीं कर सकते। देख रहे हो न, जित्तन

ने दो चक्कर परती बचा ली।''

''भाई साहब, इस लुतवा साले का कोई भैलू नहीं।...मैं सामने इसलिए नहीं होता हूँ कि मामी ने बाबूजी पर तीन-तीन मुकदमे किए थे। कोई बात होते ही जित्तन तुरत मुकदमे का कागज दिखाकर कहेगा कि पुरानी दुश्मनी साध रहा है।''

''तुम्हारी भी बात पर मुझे भरोसा नहीं। गाँठ से पूरे सात सौ रुपए भी खर्च हुए। न तो आम के बागवाले मामले में कुछ हुआ और न परती...और उसने घर बैठकर ही ऐसी चरखी चलाई कि आज गाँव में ढोल डिगडिगा रहा है।''

शिवभद्दर बहुत देर से कुछ कहना चाहता था। अचानक उत्तेजित होकर बोला–''मेरी बात तो आप लोग मानते नहीं। मुझे हुकुम दीजिए, एक रात में... ।''

''तू चुप रह शिवा!'' बलभद्दर चौधरी ने डाँट बताई।

''भाई साहब, मेरे दिमाग में एक बात आई है। लेकिन, इसमें भी थोड़ा खर्च-वर्च करना पड़ेगा।'' बीरभद्दर अपने बड़े भाई के पास खिसक जाता है–''तजमनियाँ को किसी तरह काबू में ले आए तो सब झंझट साफ हो जाए।''

''अजी, कोशिश करने से क्या नहीं होता है?'' बलभद्दर चौधरी ने मुँह विकृत करते हुए कहा–''उधर मुंशी जलधारी रोज सर्वे-कचहरी में मुझसे कूट करता है–कहिए चौधरीजी, हम लोगों को इस गाँव में बसने दीजिएगा या नहीं? सुनकर देह लहरने लगती है!''

बीरभद्दर प्रतिज्ञा करने के अन्दाज में कहता है–''अच्छी बात है।...गाँव में बसना चाहता है। मिट्टी के नीचे बसा देंगे। 'हुआ सवेरा' में खबर छपने तो दो, जरा। आज मैं कुबेर भैया को फिर चिट्ठी लिखता हूँ, पटना।''

...डिग-डिग-डिडिग!

''अरी, काह का ढोल बजता है?''

''शादी का।''

''किसकी शादी?...बात पूछती हूँ तो दिल्लगी क्यों करती है?''

''कौन करती है दिल्लगी! तजमनियाँ की सींथ में सिन्दूर देकर शादी करेंगे, जित्तन बाबू!''

''ऐं? गंगा सपथ?''

''सुनो दीदी, मैं अभी देखकर आ रही हूँ। जित्तन बाबू का झबरा कुत्ता है न, उसको गोदी में लेकर, कंघी से केश सँवार रही थी। मेरे साथ में जयवन्ती भी थी। जयवन्ती ने क्या कहा, जानती है?...तुम्हीं कहो जयवन्ती, ऐसी बेशर्मी बोली मुझसे

नहीं बोली जाती।''

''मैंने कहा कि लैला-मजलुम ठेठर में तो लैला के कुत्ते को मजलुम प्यार करता था। तुम तो उलटी रीत कर रही हो ताजमनी! इस पर वह बोली, ठेठर में जो बात होती है सो गाँव-घर में नहीं होती।''

''खूब खुश है तजमनियाँ आजकल, क्यों?...मैंने बहुत दिनों से देखा नहीं है। मेरी ही उम्र की है।''

''तुम्हारी उम्र की है? लेकिन देखने में लगती है जैसे हम लोगों के बैस की है।''

''रंडी-पतुरिया के बैस का पता थोड़ा लगता है, ऊपर से!''

''दवा खाती होगी!''

''जरूर खाती होगी।''

''लगता है, मलारी छौंड़ी भी कोई दवा खाती है।''

''खाती होगी।''

''जो भी कहो, जित्तन बाबू मुझे बड़े अच्छे लगते हैं।''

''हाँ दीदी, हम लोगों का कुछ नहीं बिगाड़ा है। बेकार क्यों दोख दूँगी। क्यों री जयवन्ती?''

''मुझे भी अच्छे लगते हैं।''

''तब, उस दिन क्यों कह रही थी बड़े खराब आदमी हैं। अलान हैं, फलान हैं?''

''तू भी तो कहती थी!''

''देख, मैं तुम दोनों से उम्र में बड़ी हूँ। समझा देती हूँ। हवेली के पिछवाड़े होकर आती-जाती है। याद रखना! जित्तन बाबू की फुलवारी का अड़हुल फूल कभी मत तोड़ना। हाँ!''

''क्या होगा? बोलो न, फूल तोड़ने से क्या होगा?''

''होगा क्या! न मरेगी, न जाएगी, दिन-रात हाय-हाय करेगी।''

''तुमने कभी तोड़ा था क्या?''

''चल भाग...!''

...डिडिग!

गाँव में ढोल, हन-हन बोल!
लाख टका खोल, लाल कन्ना मोल!
लाल कन्ना डोरी में, मुँदरी राखल खोली में!

मुँदरी जे हेराय गेल, कन्ना गे झमाय गेल!
काँद रे कहरिया, दौड़े रे पहरुआ...!

—बॉख, बॉख!

मीत आजकल मौज में है। रोज सुबह को दिलबहादुर ताजमनी के पास पहुँच जाता है—"कराउँ छह तपाई लाई,...आपके पास आने के लिए सुबह से ही चिल्लाना शुरू कर देता है। जिद्‌दाज्यु ने कहा, दे आओ!"

सुधना अब माँ तारा की ठिठोली नहीं करता। उसने मन-ही-मन मनौती की थी, यदि मीत उससे दोस्ती कर ले तो माँ तारा को वह सचमुच माँ समझेगा; दिदिया के साथ वह भी कीर्तन गाएगा!...मीत ने उससे दोस्ती कर ली है। दौड़-दौड़कर गेंद खेलता है उसके साथ। ताजमनी ने मीत के गले में रेशमी फीता बाँध दिया है।

"ओ माँ! मैं कहाँ जाऊँ? यह तो सचमुच बोली बूझता है? रे सुधना! देख, कैसा चिढ़ गया है। अच्छी बात, नाराज मत होओ मीत बाबू! तुम्हारी दुलहिन मुँदरी नहीं खोएगी! अब तो हुआ न! लाख रुपैया की दुलहिन...।

—बॉख! बॉख!

"वह तुमको भी दौड़ने कहता है अपने साथ! सुधना मुग्ध है मीत पर।"

"मैं नहीं दौड़ती!"

गंगा काकी केयटटोली से लौट रही थी। ताजमनी के दरवाजे के पास ठिठककर खड़ी हो गई...वाह रे सुहाग! कुत्ते से खेलती है! खखासकर बोली—"तजमनियाँ!"

"आओ काकी! गाँव में किस बात की ढोलाही दी जा रही है?"

"जान-बूझकर अनजान बनती है तू? मैं भी तो वही बात पूछने आई हूँ कि लोगों की परती जमीन छिनवाकर जित्तन बाबू को क्या मिला?"

"किसने परती जमीन छिनवाई किसकी?"

"देख तजमनियाँ, डगड़िन से पेट छिपाती है?...जिसका कुत्ता तेरी गोदी में खेलता है, उसके दिल की बात भला नहीं जानेगी तू! मुझसे पूछती है!" ताजमनी चुप हो गई। गंगा काकी आजकल हमेशा झगड़ने का बहाना ढूँढ़ती रहती है।...गूँगे का दुश्मन नहीं। लेकिन, गंगा काकी क्यों चुप रहे? बीरभद्‌दर बाबू और लुत्तो ने मिलकर कहा है—'तजमनियाँ को इतना तंग करो कि उसकी ऐंठन दूर हो। जित्तन कुछ नहीं बोल सकता। उसकी हिम्मत नहीं...।'

"तू मेले में तम्बू लेकर नहीं जाएगी तजमनियाँ? दशहरा का मेला तो अब करीब है। इस बार तो सभी जाएँगी।"

ताजमनी के ओठ थरथराए। वह कुछ जवाब नहीं दे सकी।

"कोंहड़े को घोड़े का अंडा समझकर से रही है तू! किस गुमान में है तू? जित्तन तुमको हवेली में बहूरानी बनाकर रखेगा? गंगाजल से मुँह धोकर रखो। मैं धरती पर तीन रेख खींचकर कहती हूँ—कभी नहीं, कभी नहीं..."

—बॉख, बॉख, बॉख।

"मीत!"

गंगा काकी आँगन के बाहर जाकर बोली—"जैसा मालिक वैसा कुत्ता!"

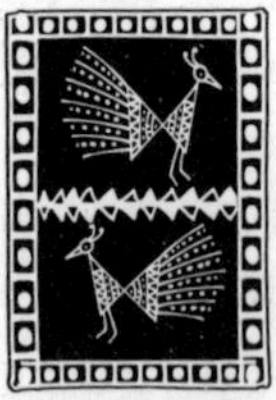

ढोल की डिगडिगी पर सारा गाँव रह-रहकर डगमगा उठता है, मानो! पुरानी परती पर जिसकी एक इंच भी जमीन नहीं, वह भी सरकार के इस कानून से क्षुब्ध है।

"जित्तन बाबू की तरह, पहले से ही लोग अपनी परती को तोड़ देते तो आज यह बात नहीं होती।"

"परती तोड़ने से क्या हुआ! है तो आखिर परती जमीन! जित्तन की जमीन कैसे बच सकती है?"

"कर्मचारी अभी कह रहा था, जिस पर हल की रेफ भी पड़ गई है उसको हम नहीं ले सकते। वह परती तो नहीं रही!"

भिम्मल मामा कहते हैं—"कौमार्य भंग! जिस परती का कौमार्य भंग हो चुका हो, उसको नहीं लेगी सरकार!...बस, अब तो तीन ही दिन बाकी हैं। तीन दिन भी काफी हैं।"

"क्या बोले भिम्मल मामा? कुमारी सधवा को भी...?"

"भैया, पागलों की बात पर क्या बहस करना? एक-से-एक पगलैंट जमा हुए हैं गाँव में। भिम्मल मामा, मनमोहन बाबू और जित्तन बाबू!"

"अच्छा, एक बात तो कहो! क्या ज्यादा पढ़ने-लिखने से आदमी पागल हो जाता है, सचमुच?"

"ज्यादा गुड़ तीता होता है न!"

किन्तु, गाँव में ऐसे लोग भी हैं जिन्हें भिम्मल मामा की बात से प्रेरणा मिली।... तीन दिन भी काफी हैं! सिर्फ दिन ही नहीं, दिन-रात!

"आज ही रात से क्यों नहीं? अच्छा, साँझ होने दो!"

साँझ हुई।

एक करकट बुद्धि किसान ने अपने हलवाहों को बुलाया। हठात्,

अपने मालिक को कृपालु होते देखकर हलवाहे सतर्क हुए। उन्होंने आपस में कानाफूसी की। आँखों-ही-आँखों में बातें भी हुईं। क्या बात है? रात में खस्सी बकरा काटकर भोज क्यों खिला रहा है? मामला संगीन समझ, बहाना बनाकर वे भाग खड़े हुए।

गाँव के दमनक बुद्धि किसान अपने प्रतिद्वन्द्वी के हलवाहों, चरवाहों तथा नौकर-मजदूर से बहुत प्रेम का बरताव करते हैं। घर की बात, खेती-गृहस्ती की भीतरी बातें तो ये ही बतला सकते हैं।

"क्यों घोतना, आज की बुलाहट शाम में क्यों हुई है? सुना, खिलाने-पिलाने का भी प्रबन्ध है!"

"हाँ, कह रहे हैं कि खा-पी लो और रात-भर परती पर हल चलाओ, सिर्फ रेफ देते जाओ!"

"ऐं? ठीक बात! ठीक ही कहते हैं तुम्हारे मालिक!"

"कोई हरज तो नहीं! कोई डंड-जुरमाना तो नहीं होगा?"

"नहीं। मैं भी अपने हलवाहों को बुलाता हूँ।"

हींग की छौंक की तरह बात फैली गाँव में!

एक पहर रात बीतते-बीतते परती पर हल चलने लगे। सभी अपनी परती जमीन बचा रहे हैं, तोड़कर।

"ए! चुपचाप! कर्मचारी को मालूम न होने पाए, नहीं तो कोई बखेड़ा खड़ा कर बैठेगा। लहरों को गिनकर भी आमदनी करनेवाला आदमी ही सरकारी कर्मचारी हो सकता है! वह पहले से ही साइकिल लेकर चक्कर काट रहा है परती पर! दो-तीन सिपाही हैं साथ में। कुछ कहता नहीं है, किसी से। किसानों का नाम और हलों को गिनकर नोट कर लेता है।"

रोशनबिस्वाँ के साथ गरुड़धुज झा साइकिल पर, हर गिरोह के पास जाता है।

"घबराने की बात नहीं। बात तय हो गई है। दो रुपैया फी हल!...कोई अड़ंगा लगा दे तो इससे ज्यादा खर्चा हो सकता है!"

"कोई बात नहीं, दो रुपैया फी हल लगे तो लगे। कोई गैरकानूनी कार्रवाई तो नहीं करेगा पीछे!"

रोशनबिस्वाँ जीभ से ओठ चाटकर मुस्कराते हुए गरुड़ झा की ओर देखता है। गरुड़ झा कहता है–"नया कानून की पूरी बात तुमको कोई बालिस्टर भी नहीं बता सकता, अभी। अन्दर में और कौन-कौन नोक्स हैं सो कौन जाने! लेकिन, खाया हुआ मुँह चुप तो रहेगा। बाद में जो हो सो हो!" गरुड़धुज झा इतना बेवकूफ नहीं कि सारी जिम्मेदारी अपने सिर पर ले। असल में गरुड़धुज झा चाहता है कि इस सिलसिले में दो-चार मुकदमे हो जाएँ तो अच्छा! लेकिन, कर्मचारी ने कहा–"नहीं, झाजी

जिसका खाएँगे, उसके साथ नमकहरामी नहीं करेंगे!''

कर्मचारी इतना कच्चा नहीं कि अपनी पोल खोल दे। जब तक परती छीनी नहीं गई है बजाप्ता, वह कोई कानूनी कैसे कर सकता है! लेकिन, इसी को कहते हैं लहरों को गिनकर भी चाँदी काटना!...एक हजार रुपैया तो सिर्फ छित्तन बाबू दे रहे हैं जो रमईवाले बाबुओं का ट्रेक्टर भाड़ा पर लाने गए हैं। नए कानून की लहरें आती हैं, जाती हैं–चाँदी के रुपए मछलियों की तरह छटपटाते हैं! कागज के नोट पंछियों की तरह फड़फड़ाकर उड़ते हैं!...ब्रह्मपिशाचवाली बात झूठ नहीं।

ग्राम पुस्तकालय के पठनागार में भिम्मलीय ठहाका लगाते हुए कहते हैं भिम्मल मामा–''परती पर जाकर देवगणों को देखो! हल जोत रहे हैं। हा-हा-हा! पोप द फोर्थ–चौबे भी हल मँगनी करके गया है 'रामलला' की परती बचाने! बाँ-आँ-आँ! सहुआइन को जब किसी ने हल मँगनी नहीं दिया तो उसने अपनी तीनों जवान बेवा बेटियों को ललकारकर कहा–चल री नीत्तिया-रीतिया-सीतिया! ले एक-एक कुदाल हाथ में। ई नीलगाय-जैसी देह किस दिन काम आएगी? सिर्फ देवगण ही नहीं, देवियाँ भी...। हा-हा-हा! बोलो–बाँ-आँ-आँ!''

सुरपति भी ढेउ को गिनकर ऊपरी मुनाफा कर रहा है–यहाँ तो कहानियाँ बन रही हैं! यहाँ की औरतें रोते समय भी पद जोड़कर, गा-गाकर रोती हैं! पद्यमय रुदन!...अभी उस दिन एक औरत रो रही थी, सुरपति ने नोट कर लिया है–बाबा हो बाबा, सेमरिक फूल फूलल देखि भरमउलऽ-ऽ–भरम गमउल ऽ-ऽ-बेटिया बिहउल-ऽ-ऽ-नदि में भँसउल-ऽ-ऽ! रोई-रोई बेटिया गँमावति...। सेमल के फूल की लाली देखकर भूले हुए बाप को कोस रही है उसकी बेटी! पतिदेव ने लाठी से पीठ की चमड़ी उधेड़ दी है। वह अपने बाप को गुहारकर कहती है–सेमल के फल अब फरफराकर फट गए हैं। मन की सारी लालसा–मनकेर ममोला मनहि में रहल-ऽ-ऽ-सेमरिक फलवा सूखि के फुटाईल-सेमरिक रूई उड़त–सेमल की रूई की तरह उड़ती हुई मन की आशाएँ!

भवेश ने कहा–''आप तो चाहेंगे कि उसका पति उसको रोज इसी तरह प-ति-प-ति-पी...।'' तुतलाहट को समेटकर वह मुस्कराया।

"और तुम चाहोगे कि सहुआइन की तीनों लड़कियाँ रोज रात में कुदाल लेकर परती कोड़ने को निकलें?"

"ताजमनीजी कह रही थीं, सुन्नरिनैका की गीत-कथा में दन्ताराकस ने इसी तरह धरती को खोदा था। किसी दिन रघ्घू रामायनी को बुलाइए न!"

"टेप रेकार्डर आ रहा है।"

भवेश और सुरपति की मुस्कराहट एक ही मिकदार में दोनों के ओठों पर खिली।

कॉमरेड मकबूल और लुत्तो में राह चलते झगड़ा हो गया।

मकबूल कम्युनिस्ट पार्टी का कनफर्म्ड मेम्बर है, परानपुर किसान कौंसिल का जनरल सेक्रेटरी है। किन्तु, इस सर्वे के समय उसकी पार्टी के सभी सिम्पथाइजर किसान लुत्तो के साथ हो गए। इसलिए कॉमरेड मकबूल के मन में लुत्तो से लड़ने के लिए हमेशा द्वन्द्व चलता रहता है। यदि वह पार्टी की जवाबदेह जगह पर नहीं होता तो आज फिर...! मनमोहन बाबू के यहाँ परामर्श लेने जाता है लुत्तो।

गाँव में, सबसे पहले मनमोहन बाबू ने ही कम्युनिस्ट पार्टी की लता लाकर लगाई, पटना शहर से। आज भी उन्हें बहुत लोग 'आदि-कम्युनिस्ट' कहते हैं। हाँ, भिम्मलीय नाम...! तीन साल में गाँव के तीन ही लड़कों को कम्युनिस्ट पार्टी के प्रोग्राम से प्रभावित कर सके, जिनमें सबसे पहला है पीताम्बर अर्थात् मकबूल! इसके बाद, संख्या में क्रमशः वृद्धि होती गई। बालिग और नाबालिग लड़कों का एक छोटा गिरोह कम्युनिस्ट पार्टी के नाम पर मर-मिटने को तैयार मिलेगा, आज।...मकबूल की जवाबदेही बढ़ गई है। वही अब इस गिरोह का एक मात्र पुराना कॉमरेड है।...खूब मन मोहना जानते थे मनमोहन बाबू। चुन-चुनकर हर टोले के एक-दो लड़कों के सिर पर हाथ फेरा। जिसके सिर पर हाथ फेरें मनमोहन बाबू, वह न तो घर में रहेगा और न घाट पर जाएगा, सीधे मनमोहन बाबू के बैठकखाने में! मनमोहन बाबू के बनाए हुए कॉमरेड हैं सभी। लेकिन, अब खुद मनमोहन बाबू गैर-कॉमरेड हो गए हैं।...मनमोहन बाबू अब कम्युनिस्ट पार्टी में नहीं।—बात? बात क्या होगी? स्तालिन की मृत्यु ने मनमोहन बाबू के मन को इतना मार दिया कि

उन्होंने पार्टी के प्रोग्रामों में दिलचस्पी लेनी बन्द कर दी। जिले तथा प्रान्त के कॉमरेडों ने बहुत समझाया-बुझाया। मनमोहन बाबू ने साफ-साफ जवाब दिया—नहीं, कॉमरेड नहीं! तवारिस स्तालिन की मृत्यु के बाद अब कम्युनिज़्म की बातें करना फिजूल है।... कम्युनिज़्म गॉन विद कॉमरेड स्तालिन।...पार्टी के लोग कितने दिनों तक बरदाश्त करते? ठीक काम करने का समय आया था कि लद्दू घोड़े की तरह बैठ गए। गाँव के किसी भी कम्युनिस्ट नौजवान से पूछिए, एक ही जवाब देगा—अरे भाई, मौत पर किसका बस है! स्तालिन मर गया। बड़ा बुरा हुआ। एकाध दिन शोकसभा करके सिनथिसिस करो मामले को। सो नहीं, महीनों स्तालिन की तस्वीर सामने रखकर रो रहे हैं तो रो रहे हैं। जब उनकी हरकत से पार्टी के उसूलों की सीमा टूटने लगी तो एक्शन कमेटी ने बजाप्ता मीटिंग करके पार्टी से निकाल दिया।

मनमोहन बाबू की जगह पर साथी मकबूल यूनिट का सेक्रेटरी हुआ है।

कनफर्म्ड है...पैतृक नाम पीताम्बर झा को अनकन्फर्म्ड करवाकर नया नाम रखा है—मकबूल!

नुकीले नाम और नुकीली फ्रेंचकट दाढ़ी ने उसके ब्राह्मणत्व को खींचकर मीलों दूर भगा दिया है, उसकी बनावट से!...भिम्मल मामा के शब्दों में, डुपलिक्युलेट है। दो बार फेल करने के बाद मैट्रिक पास करनेवालों को डुपलिक्युलेट कहते हैं! कॉलेज में नाम लिखाने की बात होते-होते भी नहीं हो सकी। गौना के बाद तुरन्त भागलपुर कॉलेज जानेवाले लड़कों को देख चुका था वह। कोई फायदा नहीं।...स्वाध्याय करके ही उसने बहुत कुछ किया है। मनमोहन बाबू का पढ़ाया हुआ डाइलेक्टिकल उसकी बही में नोट है, आज भी!...उर्दू पढ़ना सीख रहा है। सिर्फ उच्चारण के समय खाँसी-उकासी करने लगता है। प्रत्येक ज को ज़, हर क को क़, ख को ख़ कहता है!

लुत्तो को मनमोहन बाबू के बैठकखाने में जाते देखा, मकबूल ने।—जरूर जित्तन बाबू के खिलाफ कुछ कहने गया है लुतवा! नीम की छाँह में, सहुआइन के दरवाजे के पास टहलता रहा मकबूल! कॉमरेड मकबूल जानता है, और कुछ हों या नहीं हों, जित्तन बाबू हमसफर तो जरूर हैं। 'पीपल्स एज' के रेगुलर ग्राहक हैं। 'जनयुग' के चेतगंज-किसान-फंड में गुमनाम मनीआर्डर भेजा है जित्तन बाबू ने। पोस्टमास्टर के लड़के कॉमरेड पंचू की रिपोर्ट है। लुत्तो अपनी खानदानी दुश्मनी पर राजनीतिक रंग चढ़ा रहा है।

लुत्तो की प्रतीक्षा करते-करते कॉमरेड मकबूल मनमोहन बाबू पर क्रोधित हो उठा—मेनसेविक मनमोहन बाबू!

मनमोहन बाबू के बैठकखाने से बाहर निकलते ही लुत्तो की कॉमरेड मकबूल से भेंट हो गई। मकबूल ने पूछा—"जंग लगी तलवार लाने गए थे क्या लुत्तो?"

लुत्तो ने अपनी धारवाली बुद्धि से कॉमरेड मकबूल की नुकीली दाढ़ी छाँटने की सोची। कॉमरेड मकबूल उसकी हर बात पर हँसिया चलाकर हथौड़ा बैठाता गया। आखिर में बात यहाँ तक बढ़ी कि कॉमरेड मकबूल को मजबूर होकर कहना पड़ा—

"देख लुतवा! मैं कम्युनिस्ट हूँ, इसका मतलब यह नहीं कि मेरा जन्म रूस में हुआ है! इसी गाँव में जन्म हुआ है मेरा!...समझे! मेरे सामने फुटफुटी नहीं!"

जगदम्बी झा के मँझले लड़के पीताम्बर के हाथ दर्जनों बार पिट चुका है लुत्तो, बचपन से ही!...दस साल पहले, फुटबॉल मैच खेलते-खेलते जो लड़ाई हुई थी, लुत्तो ने उसमें बदला लेने की कोशिश की थी। लेकिन, उस बार भी...।

दाढ़ी और नाम रखने के बाद पहली बार मुकाबला हुआ है, मकबूल से। आधी बात निगलकर लुत्तो ने अपनी राह लगने की चेष्टा की। मकबूल की आँखें एक बार घुड़क उठी थीं, हाथ की तलहथी भी खुजलाई थी। लेकिन, कुछ सोचकर वह दाढ़ी पर हाथ फेरता हुआ चुप रहा।

लुत्तो खून का घूँट पीकर रह गया–बड़ा कौमलिस्ट बना है। तीनों भाई मिलकर उधर गरीबों का गला घोट रहे हैं। इधर मियाँ साहब बनकर किसान-मजदूर की लीडरी करना चाहता है मकबूल। नौकरों को बड़ा भाई मारता है तो कौमलिस्ट भाई चुप नहीं रहता। कहता है, 'और मारिए साले को! बड़ा काबिल हो गया है! बात का जवाब उलटाकर मुँह पर देता है! मारिए साले को!'...लुत्तो अच्छी तरह जानता है। सभी बाभन-छतरी, भूमिहार-बाभन एक तरफ हैं। इसका भी कारण है। लुत्तो, कुर्मीटोली से लेकर खवासटोली तक का अकेला लीडर है। उसने गाँव में बन्दिश की है, नौकरी करने में हर्ज नहीं। करो नौकरी, लेकिन शान से करो। रविवार को काम करने मत जाओ। गाली दे तो पहले चेता दो। दूसरी बार गाली दे तो कहो कि गाली का जवाब गाली से देंगे। जो गाली सहेगा, उसको जुरमाना देना होगा!...

दाढ़ी रखकर, नाम बदलकर मकबूल ने परानपुर के मुसलमानटोले में काम शुरू किया। परानपुर के चार सौ गाड़ीवानों में साढ़े तीन सौ उसकी पार्टी में आ गए, तुरन्त! मीर समसुद्दीन ने कांग्रेस में जाने के पहले मकबूल को वचन दिया था–"ओझाजी! खुदा कसम...हम आपका साथ देंगे!" मकबूल दिन-रात मुसलमानटोली में रहता। तीन सौ गाड़ीवान, सिर्फ मुसलमानटोली में ही रहते हैं। फारबिसगंज बाजार से जूट-ढुलाई का भाड़ा लेकर जिस दिन लौटते गाड़ीवान, यूनियन के नाम पर रुपैया, अठन्नी, चवन्नी और दुअन्नियों के ढेर लग जाते मकबूल के सामने!

दो-दो बार, इस गाँव में अपनी पार्टी के भारी-भरकम लीडरों को बुलाया है। मकबूल ने। एक बार दक्खिन के प्रसिद्ध कॉमरेड घोडपडेजी और दूसरी बार कलकत्ता के साथी बनर्जी को इस गाँव में मँगाया, मकबूल ने।...घोडपडे साहब के भाषण की

नकल मलारी आज भी करती है, कभी-कभी–'हमेरे कमरेड़ : पुरड़िंयः आँड़े वास्ते, पराँड़पुरम गाड़ीवाँड़ संघ...!'

मकबूल पर मुसलमान गाड़ीवानों का बड़ा एतबार था। मकबूल उन लोगों के घर मुरगी का अंडा खाकर दिखला देता, बधना से पानी ढालकर पीता। उनके घर की बनी हुई रोटी भी खाता। मकबूल के घरवाले क्या कहेंगे? राजनीतिक संगठन करनेवाले को कोई दोष नहीं लगता, यह बात गाँव का छोटा-सा बच्चा भी जानता है।...बड़ा क्रान्तिकारी काम किया मकबूल ने! लेकिन, महाक्रान्तिकारी साबित हुआ मीर समसुद्दीन!

एक जुम्मा को, नमाज पढ़ने के बाद समसुद्दीन मीर ने नमाजियों को कुरान की कसम खिलाई और बताया–"मैं सभी मुसलमानों की ओर से कांग्रेस कमेटी में जा रहा हूँ। तुम लोगों की क्या राय है?"

एक बूढ़े गाड़ीवान ने कहा–"मकबूल बाबू से पूछकर कहेंगे, हम लोग!"

"मकबूल कौन होता है?" मीर समसुद्दीन ने कहा–"गाँव का मीर मैं हूँ या मकबूल? यदि मकबूल से पूछकर ही चलना है तो मकबूल से ही कहो, अगले जुम्मा से नमाज पढ़ाएगा!"

मकबूल के घरवालों को खबर मिली कि मुसलमानटोली के लोग मकबूल को मुसलमान बनाना चाहते हैं। मकबूल ने अपने भाइयों को समझाकर कहा–"रामलला का मन्दिर हो या बिसमिल्ला की मसजिद, कम्युनिस्ट पार्टीवाले उसमें पैर नहीं दे सकते! अफीम की दूकान समझता हूँ, मैं...।" इसके बाद से सभी गाड़ीवानों को मीर समसुद्दीन की बात पर पूरा-पूरा यकीन हो गया–काम निकालने के लिए दाढ़ी रखी थी मकबूल ने।...मुसलमानों को अफीमची कहता है!

गाड़ीवान यूनियन के सिर्फ चार हिन्दू गाड़ीवानों के नाम पर आज भी मकबूल गाड़ीवानों के हित की बात करता है। कौन सुनता है?

सर्वे के समय मकबूल के बड़े भाइयों ने, खासकर नीलाम्बर झा ने ऐसी-ऐसी बेईमानी की कि लोग सुनकर दाँतों-तले जीभ दबाते हैं। मकबूल क्या करे? बड़ा भाई बोलने दे, तब तो!

सोशलिस्ट पार्टी के जयदेव से ज्यादे घाटे में है, मकबूल! फिर भी उसका दाढ़ीवाला चेहरा सबसे ज्यादा चमकता है।

डी.डी.टी. ने जयदेव बाबू को सलाह दी–"जित्तन बाबू के विरुद्ध अभी कुछ कमिट मत कीजिए। आइ थिंक ही'ज़ मोर नियर टु अस!"

"सच?" जयदेव बाबू ने प्रफुल्लित होकर कहा—"लेकिन, मकबूल कह रहा था उस दिन...।"

"नहीं, नहीं। जित्तन बाबू फेलो ट्रेवलर नहीं। मैं आज ही उनसे मिलने जाऊँगा। रामनिहोरा के पहले ही हम लोग कंटैक्ट कर लें जित्तन बाबू से।"

डी.डी.टी.!

कॉमरेड दीनदयाल तिवारी को अपना डी.डी.टी. नाम बहुत पसन्द है। नाम के अनुसार काम बहुत कम लोग कर पाते हैं। कॉमरेड रामनिहोरादास के पत्ते को तीन महीने तक प्रान्तीय पार्टी के दफ्तर में बैठकर उसने जिस तरह काटा है, वह डी.डी.टी. नाम के गुण से ही सम्भव हुआ है।...रामनिहोरा के एक-एक साथी को उसने पार्टी से एक्सपेल करवाया है। डी.डी.टी. पर जयदेव बाबू को बहुत भरोसा है।

"हमारे सर्किल इंचार्ज कॉमरेड जयदेवसिंह ने आपको एक गुप्त संवाद भेजा है।" डी.डी.टी. ने कहा।

"प्रकट कीजिए!" जित्तन बाबू ने मुस्कराकर जवाब दिया।

"आपके साथ किए गए व्यवहार के लिए, परानपुर गाँव-निवासी की हैसियत से कॉमरेड जयदेवजी लज्जित एवं दुखित हैं। लुत्तो की गुंडई का प्रतिकार करना आवश्यक है। दिन-दिन उसकी बदमाशी बढ़ती जाती है। उन्होंने आपके नाम, मेरे मुँह से विशेष संवाद भेजा है—जित्तन बाबू यदि चाहें तो इसके प्रतिकार की व्यवस्था की जा सकती है।"

'जित्तन बाबू यदि चाहें' का अर्थ समझते हैं जित्तन बाबू! उन्होंने दीनदयाल तिवारी उर्फ दीनू, एलियास डी.डी.टी. की उचित खातिर की और जवाब दिया—"जयदेव बाबू-जैसे भद्रजनों की भद्रमानुसी के भरोसे ही एक दशक बाद मैं अपने गाँव में लौट आया हूँ। किन्तु, गुंडई का प्रतिकार बड़ा कठिन व्यापार है। जयदेव बाबू की नेक नजर में मैं भला आदमी हूँ।...लुत्तो बाबू मुझे गुंडा समझते हैं और मेरी गुंडई का प्रतिकार कर रहे हैं।"

डी.डी.टी. को जित्तन बाबू की भाषा की गुदगुदी लगी, भिम्मल मामा के गढ़े हुए शब्दों का प्रयोग करते हैं। भद्रमानुसी? अचरज में डालनेवाली दूसरी बात...लुत्तो बाबू। व्यंग्य से नहीं, बहुत सीरियसली कहते हैं...लुत्तो बाबू!

"लेकिन, गाँव में कुर्मीटोली और खवासटोली के लोगों को छोड़कर, सभी उसे लुतवा ही कहते हैं!"

"आप मेरे नाम के साथ बाबू क्यों लगाते हैं? मुझे तो सोलकन्ह टोली के लोग जित्तना ही कहते हैं।"

इसीलिए कोई जित्तन बाबू के पास नहीं आता! कौन-सी बात नॉनसीरियसली बोलते हैं, पकड़ना मुश्किल है। लोग, बात का गलत अर्थ लगाकर, बेबात-की-बात फैलाते हैं। कामरेड डी.डी.टी. ने पॉलिटिकल थर्मामीटर लगाया—"कुछ लोग आपको

कम्युनिस्ट पार्टी का सिम्पथाइजर समझते हैं!"

"कुछ लोगों की इस अज्ञानता से कम्युनिस्ट पार्टी बदनाम हो रही है। मुझे दुख है। मेरा क्या दोष?"

"मेरा खयाल है, एक बार जिसको पॉलिटिक्स का चस्का लग चुका है, वह तटस्थ होकर नहीं रह सकता। कम-से-कम मौजूदा हालात में!..."

जित्तन बाबू की भेद-भरी मुस्कराहट देखकर डी.डी.टी. अप्रतिभ हुआ। उसने अन्तिम अस्त्र का प्रयोग किया—"जयदेवजी कह रहे थे, जित्तन बाबू से चन्दा की बात भी पूछते आइएगा।"

"कल ही तो एक सज्जन सोशलिस्ट पार्टी के लिए इक्यावन रुपए ले गए हैं।"

"सोशलिस्ट पार्टी के लिए? क्या नाम है उसका? कैसा है देखने में?"

"रामनिहोरादास।"

"वह सोशलिस्ट नहीं। उसको पार्टी से निकाल दिया गया है।"

"लेकिन, जिसको पॉलिटिक्स का चस्का लग गया है, उसको पार्टी से निष्कासित करने पर भी...। और, पार्टी से निकलकर भी सोशलिस्ट रह सकता है आदमी!"

बाबूटोला के नए नौजवानों को लुत्तो रोज राजनीतिक लंगी लगाकर फुसला आता है। मकबूल से झगड़ने के बाद लुत्तो छत्रीटोले के प्रेमकुमार दीवाना के पास गया। मकबूल और प्रेमकुमार दीवाना में साँप और नेवले का वैर है!...प्रेमकुमार दीवाना कल ही लौटा है, गाँव।

दीवानाजी का असल नाम मंगनीसिंह है; गाँव का एकमात्र नाटककार है। आजकल उसने अपने को प्रेमकुमार दीवाना के नाम से मशहूर किया है। कई शहरों का चक्कर काटकर लौटा है। प्रसिद्ध साहित्यिकों से सम्पर्क स्थापित करने के बाद उसका आत्मविश्वास बढ़ा है—हर जगह गुट्टबाजी है। बिना गुट्ट बनाए कुछ नहीं हो सकता!

लुत्तो खुश है। प्रेमकुमार दीवाना ने कहा, "यदि सोलकन्हटोलीवाले अलग नाटक-मंडली खोलें तो मैं आप लोगों के गुट्ट में आ जाऊँ।"

बीरभद्दर बाबू ने पूछा—"कौन प्रेमकुमार?"

"सन्तोखी सिंघ का बेटा मंगनीसिंह। नाटक-डिरामा, दोहा-चौपाई खूब बनाता है!"

"मंगला? लेकिन, वह बड़ा लुच्चा है।"

"लुच्चा है तो हमारा और आपका क्या लेगा? कह रहा था, जित्तन के खिलाफ एक डिरामा लिखेंगे।...जित्तन के बाप का गाना छापी होकर बिका था। इसके नाम

से डिरामा-नौटंकी लिखवाकर बाँट करेंगे। देख लीजिएगा!...मकबूलवा को जोकर बनवाऊँगा! दाढ़ीवाला!"

हाकिमों का मेला लग गया है मानो!

जिला मैजिस्ट्रेट के साथ आए हैं—लैंड एक्जिवीशन ऑफिसर, रेवेन्यू ऑफिसर, जिला लैंड सर्वे सेटलमेंट ऑफिसर, फॉरेस्ट ऑफिसर, लैंड रिक्लेमेशन ऑफिसर, पब्लिसिटी ऑफिसर, सुपरिंटेंडेंट ऑफ पुलिस, उनके अलग-अलग छोटे ऑफिसर! सेक्रेटरी, पी.ए., रीडर, स्टेनो, अर्दली, चपरासी! थानेदार साहब अपने दल-बल के साथ पहले से ही आकर प्रतीक्षा कर रहे थे।

"पाँच गाड़ी हाकिमों का चालान उतरा है।"

दि ब्राहमिन एच.ई. स्कूल के हेडमास्टर साहब का मुँह सूखकर गमबॉटल की रबर की जीभी-जैसा हो गया है!...कलक्टर साहब बहुत नाराज हैं इस स्कूल से। पिछले दो साल से लगातार रिजल्ट हुआ है...नील! जीरो!

हेडमास्टर ने तीन-चार लड़कों को तैनात कर दिया है...हाकिम हवेली से निकलकर किधर जाते हैं, दौड़कर खबर दे जाना!

"सर्र!"

"ऐंय! आ रहे हैं। ऐंय? सिस्—कौन लड़का झाँक रहा है? ईडियट!"

"नहीं सर! वहाँ चाय-पानी का प्रबन्ध हो रहा है। अभी देर है।"

हेडमास्टर साहब की धुकधुकी तेज होकर धीरे-धीरे शान्त हो रही थी कि उनकी नजर बरामदे पर मुस्कराते हुए एसिस्टेंट हेडमास्टर पर पड़ी। दिल की धड़कन फिर तेज हो गई—साँपवाले घर में बास कर रहे हैं हेडमास्टर साहब, और क्या?

एसिस्टेंट हेडमास्टर प्रसन्न हैं।

इस बार उन्होंने लिखकर रट लिया है, जो कहना है उन्हें। अंग्रेजी में—योर ऑनर, व्हाट एन एसिस्टेंट हेडमास्टर कैन डू एलोन व्हेन दि फेट ऑफ स्कूल-डूम्ड बाइ...नहीं, नहीं...दि हेडमास्टर हिमसेल्फ इज ए बिग साइफर...!

लिखा हुआ जवाब फिर एक बार पॉकेट से निकालकर पढ़ लेते हैं।

लैंड रिक्लेमेशन ऑफिसर साहब ने पूछा—"अच्छी बात! अब बताइए कि आपको कितनी परती जमीन पर उज्रदारी करनी है?"

जित्तन बाबू ने रिक्लेमेशन ऑफिसर की मुद्रा परखी। बोले—"मुझे कोई उज्रदारी नहीं करनी है।"

"तो, आपने लिखा था क्यों...?"

फॉरेस्ट ऑफिसर साहब चुप नहीं रह सके—"सुना है, सेमलबाग के लिए आप पागल हो गए हैं!"

हाकिमों के ओठों पर मुस्कराहट खेल गई। जित्तन बाबू गम्भीर हो गए। फॉरेस्ट ऑफिसर ने स्टेनो के फाइल से एक कागज निकालकर कहा—"यही है उज्रदारीवाला कागज!"

"उज्रदारी नहीं, उसे स्मरण-पत्र कहिए।" जित्तन बाबू ने पाइप सुलगाते हुए कहा।

मिस्टर वर्मा फॉरेस्ट ऑफिसर साहब हिन्दी में टाइप किए हुए स्मरण-पत्र को पढ़ रहे हैं। अन्दर-ही-अन्दर राष्ट्रभाषा होनेवाली भाषा की कड़वाहट का अनुभव कर रहे हैं—'मैं नहीं जानता, पंचवर्षीय परिकल्पना के परिकल्पकों को पूर्णिया की पुरानी परती ने आकर्षित किया है अथवा नहीं। मिट्टी की परीक्षा-निरीक्षा करके मुझे सन्तोष हुआ है। मेरे विश्वास को बल मिला है। इस परती पर—यत्र-तत्र-सर्वत्र—एक विशेष प्रकार की मिट्टी है जिसमें जंगल लगाना सम्भव है...।'

लैंड रिक्लेमेशन ऑफिसर ने पूछा—"आपको मालूम है मिस्टर, एट लीस्ट हंड्रेड टाइम्स इस परती के सॉयल्स का केमिकल एनालिसिस किया जा चुका है।"

जित्तन बाबू मुस्कराए—"देखिए हाकिम साहब! एग्रिकल्चरल पोटेंशियैलिटीज (assess) या एग्रि-इर्रिगेशनल पोटेंशियैलिटीज की स्टडी मेरे बूते की बात नहीं। मेरे पास कोई केमिकल लेबोरेटरी नहीं जो मैं, एनालिसिस ऑफ सिमेंट, एग्रिगेट्स, लाइम स्टोंस, पोजोलोना कंकर, हाइड्रोलिक्स लाइम, सॉयल्स एंड रिवर वाटर की बातें करूँ। सिल्ट इनवेस्टिगेशन अथवा...।"

रिक्लेमेशन ऑफिसर कुछ आतंकित हुए। जित्तन बाबू की कंकड़दार खिचड़ी भाषा का प्रभाव हाकिमों पर शीघ्र ही पड़ा। फॉरेस्ट ऑफिसर ने कहा—"देखिए, तीन-तीन केमिकल सेक्शन की रिपोर्ट है।"

अब जिला मैजिस्ट्रेट ने बातचीत का सूत्र अपने हाथ में लिया—"आपने स्मरण-पत्र क्यों दिया था?"

"मेरा काम हो चुका है। स्मरण-पत्र को आप रद्दी के टोकरे में फेंक सकते हैं।"

"मैं नहीं समझा।"

"करीब डेढ़ सौ एकड़ परती को तोड़कर मैंने जंगल लगाने की बात सोची है। कल से शुरू करूँगा।"

"जंगल? इस परती पर?" फॉरेस्ट ऑफिसर ने कहा—"आपके पास फाजिल पैसा है। आप जो चाहें, कर सकते हैं। लेकिन, अच्छा होता कि आप नेशनल सेविंग्स

सर्टिफिकेट खरीदकर थोड़ा देश का भी उपकार करते!''

''वन-महोत्सव का महाआयोजन करके हमारे मन्त्रियों ने जितने वृक्ष रोपे, उनमें से नब्बे प्रतिशत सूख गए हैं। आप अपने कटु अनुभव से ही ऐसा कह रहे हैं, मुझे मालूम है।'' जित्तन बाबू ने अपनी फाइल खोलकर नक्शा निकाला।

डिस्ट्रिक्ट मैजिस्ट्रेट साहब ने अपना चश्मा उतारकर साफ किया।

''देखिए, यह है दुलारीदाय की धारा। इसके पूर्वी महार पर जो यह वृत्त है, यही है वह सेमलबाग! इसके बाद, उत्तर-पूरब की ओर परती पर ऐसे-ऐसे पाँच चक्र बने हैं।''

''इन चक्रों का क्या मतलब?''

''मतलब, मैंने अपने मन से निकाला है। और, यह आवश्यक नहीं कि मेरे मतलब से सभी सहमत हों।''

''आप बतलाइए।''

''मुझे ऐसा लगा है, कभी हमारे पूर्वजों ने इस परती की मिट्टी की परीक्षा की होगी। जिन चक्रों को मैंने जोता है, उनकी मिट्टी सेमलबाग की मिट्टी से मिलती है। सेमलबाग में जो घास है, वही इन चक्रों में भी उगती है। बनलहसन नाम का एक फूल सेमलबाग की जमीन के बाद, इन्हीं चक्रों में जन्मता और फूलता है।...मुझे विश्वास है, मेरा एक भी पौधा नहीं सूखेगा।''

हाकिमों ने एक-दूसरे का मुँह देखा। जिला मैजिस्ट्रेट साहब दिलचस्पी ले रहे हैं, नहीं तो फॉरेस्ट ऑफिसर तुरन्त एक ऑफिशियल दिल्लगी कर सकते थे।

जित्तन बाबू ने अपना वक्तव्य समाप्त करके दराज से भोजपत्र निकाला।

भिम्मल मामा ने खड़ाम खटखटाते हुए प्रवेश किया–''हाकिमों को करबद्ध वन्दना तथा भैरव नमस्कार!''

भोजपत्र पर अंकित चक्रों को देखकर आश्चर्यित हुए मामा।...बहुमूल्य प्राप्ति!

कहाँ से प्राप्त किया जित्तन ने? इसी के लिए भिम्मल युगों से पागल बना हुआ है। उसके घर में भी एक भोजपत्र है। पाँच चक्रों के आसपास बीजगणित की दो पंक्तियाँ लिखी हुई हैं–तिरहुताक्षर में! असली इन्द्रजाल पढ़कर भी जिसका कोई अर्थ नहीं प्राप्त किया जा सकता है।...गुप्त धन, मिट्टी के नीचे गड़े जवाहरातों के घड़े भी हो सकते हैं। पंचग्रह का संकेत भी हो सकता है।

थाना के दारोगा साहब अंग्रेजी में बोले–''प्लीज! टर्न हिम आउट जित्तन बाबू!...''

''दारोगा साहब, मैं टर्नेबल नहीं।''

जिला मैजिस्ट्रेट ने भोजपत्र पर से निगाह हटाकर भिम्मल मामा को देखा, ''क्या चाहिए?''

''ये मेरे एक श्रद्धेय ग्रामवासी हैं।...क्यों, इन्होंने आपका क्या बिगाड़ा? क्यों भिम्मल मामा, आपने दारोगा साहब के साथ कुछ बुरा व्यवहार तो नहीं किया?''

दारोगा साहब ने अपनी मद्धिम आवाज में कहा–"सर, ही इज मैड के...।"

"दारोगा साहब!" जित्तन बाबू की आवाज ज़रा तीव्र हुई–"यह जुल्म है! एक भले-चंगे आदमी को आप पागल कह रहे हैं।...गाँव के लोगों की बात आप मत कीजिए। गाँववाले मुझे भी पगलू जित्तन कहते हैं। और यदि आप समझते हैं कि हम पागल हैं तो कृपया हम लोगों का केस रेफर कर दिया जाए। अभी इतने होश में हूँ कि पागलखाने में रहने का खर्च जुटा सकता हूँ।"

भिम्मल मामा ने जित्तन बाबू को समझाया–"जित्तन, तुम अपना काम करो। एम.पी. साहब हैं, अपने मातहत की बात सुन रहे हैं।...इन चक्रों के बारे में कुछ जानते हो तो श्रीमान् जिलाधीश से कहो!"

"आप जानते हैं?"

"तरह-तरह के मत हैं। यह भी आनुमानिक कथा हो सकती है।...कभी इस भूमि पर बिरजा-होम किया गया था। बिरजा-होम की परिभाषा मैं पीछे दूँगा, पहले सुन लिया जाए। पंचभूत-शुद्धि के लिए इस कश्चपपृष्ठ-सदृश भूमि पर पंचकोष का निर्माण हुआ। पंचकोष! अन्नमय, प्राणमय, मनोमय, विज्ञानमय, आनन्दमय!" जिला मैजिस्ट्रेट ने घड़ी देखकर कहा–"अच्छी बात! एक चक्र में आप बाग लगा रहे हैं। चार चक्रों की ममता छोड़िए!...आपका बाग लग गया तो हम भी सरकार से सिफारिश करेंगे!"

सभी हाकिमों ने अपनी-अपनी घड़ियों को देखा।

फॉरेस्ट ऑफिसर ने जित्तन बाबू पर एक घुड़कीली किन्तु डरी हुई निगाह डाली।

दि ब्राह्मीन हाई इंगलिश स्कूल के हेडमास्टर साहब प्रसन्न हैं–कलक्टर साहब को जित्तन बाबू ने इस तरह फँसाया कि डेढ़ घंटे के बाद कोठी से निकली हाकिमों की गाड़ी, सीधे परती की ओर! परती पर पाँच मिनट रुके हाकिम!

"भाई, छीनना का माने लाठी-डंडा से छीनना नहीं है। कलम का जमाना है। कर्मचारी के कागज पर दस्तखत कर दिया, हो गया। रुकने की क्या जरूरत?"

हेडमास्टर के साथ सभी मास्टर खुश हैं, एक एसिस्टेंट हेडमास्टर को छोड़कर। इस बार उन्होंने लिखकर रट लिया था–योर ऑनर...!

"जो भी कहिए, आदमी काबिल हैं जित्तन बाबू।" हेडमास्टर साहब का सूखा हुआ मुँह, पान-जरदा से ज़रा हरिया गया!

बीरभद्दर बाबू और लुत्तो जहाँ उपस्थित रहें, वहाँ जित्तन बाबू की तारीफ नहीं

चल सकती। लुत्तो ने बी.ए., बी.टी. हेडमास्टर को भी राजनीतिक लंगी लगाई–"ऐसा मत सोचिए हेडमास्साबजी! जित्तन ने आपके स्कूल के बारे में कलक्टर साहब से कहा, इस स्कूल के मास्टर साहब लड़कों के दिमाग को चाटकर साफ कर देते हैं! और, आपके बारे में तो कह रहे थे कि...।"

"अरे पागल मतिच्छन्न आदमी की बात सुनकर क्या कीजिएगा मास्टर साहब!" बीरभद्दर बाबू कहते हैं।

"हाँ-हाँ, पागल तो हैं ही!"

लुत्तो और बीरभद्दर बाबू ने मिलकर सोलकन्हटोली के लोगों में प्रचार किया–कलक्टर साहब ने जित्तन और भिम्मल मामा को खूब डाँटा है।

"पागलपन्थी करना हो तो पागलखाना में भेज देंगे!..दारोगा साहब बोल रहे थे। गरुड़धुज झा से पूछ लो! प्रेमकुमार दीवानाजी भी थे।"

ताँतीटोली के जयमंगल ने कहा–"पागल आदमी वोट नहीं दे सकता! दो आदमी गाँव से पागलखाना में चले जाएँ, तो भी कोई घाटा नहीं।"

"ग्रामपंचायत के मुखिया के लिए कनटेस करेगा जित्तन!"

"नामनिसान दाखिल करने के दिन मालूम होगा जब हाकिम को कि पागल है, तुरत नामनिसानी का कागज फाड़कर फेंक देगा।"

"हाँ-हाँ, पागल आदमी मुखिया होगा जिस गाँव का उसका मालिक राम!"

"बोलो सिरि सित्ताराम!"

"हा-हा-हा-हा!"

नट्टिनटोली में कुहराम मचा हुआ है।

बहुत दिनों के बाद नट्टिनटोली में ऐसा लहरदार झगड़ा शुरू हुआ है। गंगा नट्टिन की आवाज फटे कनस्तर की तरह झनझना रही है–"जो जात की बात काटेगी, जात भी उसको सहस्सर टुकड़ा काटेगी! हाँ-हाँ, काटेगी!"

नट्टिनटोली में जब कभी झगड़ा सुलगता है, सभी टोले के लोग दम साधकर, कान लगाकर सुनते हैं। अगल-बगल बाग-बगीचा के अन्धकार में खड़ा होकर नट्टिनटोली का झगड़ा सुनने का रोग भी बहुत लोगों को है। मुख्य झगड़ा के अलावा

खुदरे झगड़े चनाचूर की तरह चुरमुरे लगते हैं।

चुनमुनबाई महीन बोली बोलती है, सारंगी की तरह। बात पर लय चढ़ाकर कहती है–"हम मेला में कमाकर नहीं खाएँगी तो कहाँ खाएँगी? डिब्बा की मिठाई और सुडाबाटर हमें भी मिले तब तो?"

यह लल्लनबाई की बोली है–"जरूर करेंगी, मेले में कमाई-ई-ई!"

"इह, बड़ी आई है, कमाय बन्द करने। हमको भी क्या दुलारीदाय का कुंडा मिला है? छलमल मछलियावाला कुंडा!"

"बड़ी आई है जात की सरदारिन बनने! चुराकर नथिया उतरवाई, नट्टिनटोली का परेवा-पंखी तक को नहीं मालूम!"

"अब्ब मालूम होगा, अब्ब! फल फलबे करेगा, लोग देखबे करेगा।"

"हाथ का छुआ पानी तक नहीं पीती! छिनाल! ऐं-हें, हँटो, हँटो!"

"हमारी पूजा भेरस्ट हो जाएगी। वह गीत चुनमुनिया गाती है जो भला-सा–ना छुओ, ना छुओ मोरी गंगा-जमुनवाँ की धोई चुनरी!...बाभनी बनी है!"

"बड़ा हवेली का डर दिखाती है! जित्तन बाबू अपने घर में बाबू हैं। अपनी नट्टिन को हवेली में रखें। नट्टिनटोली की पर-पंचायत में पड़ने की क्या जरूरत!"

"और ऊपर से मुझे कहती है कि तू डाइन है! हाँ, हाँ, हूँ डाइन।...सुन लें सब नटिनियाँ कान खोलके! गंगा डाइन है। हवेली परानपुर की पटरानी का हुकुम हुआ है, कोई मेला में कमाई करने मत जाओ!...पटरानी रे पटरानी! गंगा डाइन है? पहले जन्माके देख कि किस तरह कद्दू, की तरह कचकचाकर चबा जाती हूँ तेरे बच्चे को!" गंगाबाई का दम फूलने लगा। आज अफीम की एक गोली कम गई है।...लुत्तो कांग्रेसी आदमी है! जहाँ झगड़ा-फसाद होता रहे, वहाँ पहुँचना उसका धर्म है। कम्परमैज करना जानता है लुत्तो!

"अरी गंगाबाई, क्या है? तुम लोगों के मारे गाँव में एक भी भला आदमी नहीं रहेगा।"

"हाँ, आप ठीक कहते हैं लुत्तो बाबू! नट्टिनटोली का यही रवैया रहा तो गाँव का एक आदमी भी भला नहीं बचा रहेगा।"

"तँ, विचार कीजिए! मिटिन कीजिए!" गंगाबाई अपनी फूलती साँसों पर छोटे-छोटे वाक्यों का व्यवहार करती है। हाथ भी नचाती है–"विचार कीजिए।" गंगा जोर से कहती है, "हड़ताल कर दीजिए, झंडा फहराकर। कह दीजिए, गंगा से सब बैकाट! एक गाछ अरहर। गाँव से बाहर। बाहर रहेगी गंगा!"...लुत्तो ने शान्ति स्थापित की।

चुनमुनबाई बोली–"हम लोगों का भी ओनियन बना दीजिए, लुत्तो बाबू। बिना ओनियन के कुछ नहीं होगा। जो ओनियन से बाहर हुआ कि धरो पचास टाका जरिमाना। कटिहार में, कटिहार में ललबेगिया डोम का भी ओनियन है।"

झगड़ा-फसाद में बीच-बचाव करते-करते, लुत्तो झगड़े की असल बात की छोर पकड़ना जान गया है–"किसने कहा कि मेला में तम्बुक लेकर मत जाओ?"

"और कौन? परगना हवेली की पटरानी ताजमन्नी!"

"वह जो कहेगी उसको मानना ही होगा। उसकी माँ तो नट्टिनटोली की सरदारिन थी। सरदारिन की बेटी ही सरदारिन होगी।"

"आप तो खूब निसाफ करते हैं लुत्तो बाबू! मेला में तम्बुक लेकर नहीं जाएँगे तो खाएँगे क्या? गाँव क्या वही गाँव है कि जबुआनटोली के एक-एक घर में चार-चार नट्टिनें गुजर करती थीं?...अब तो बबुआनटोली का लड़का कब जवान होता है, नट्टिनटोली की परेवा-पंखी भी नहीं जानती।"

"घर की बहू की फरमैश पुराते-पुराते बाबू लोगों की हालत, पुराने फलालेन कपड़े की तरह हो जाती है। शौख-मौज कौन करता है अब? वह जमाना चला गया!"

"तो लुत्तो बाबू! हम लोगों का भी कोई कानून कँगरेसी-कचेहरी क्यों नहीं बनवा देते हैं कि सभी नट्टिन भोरे उठकर नहाएँगी, फूल तोड़कर पूजा करेंगी...।"

"और, बन्द कोठलिया में डिब्बे का रसगुल्ला खाएँगी!"

"हँ-हँ-हँ-हँ!..बिजलीबाई रसदार बात बोलती है, हमेशा!"

गेंदाबाई एक बोतल दारू पीकर झगड़ा में आई है। गीत का एक टुकड़ा तोड़कर गाने लगी :

अरे, जो मोरे सैयाँ को भूख लगेगी,
पूड़ी-कचौड़ी रसगुल्ला बनी जाऊँगी।
सैयाँ तोरे गोद में फुलगेंदा बनी जाऊँगी...।

"वाह री गेंदा!...क्या तोड़के मारा है फुलगेंदवा की मार, कलेजवा पे!"

"देखो, लड़ाई-झगड़े से कोई बात बनती नहीं, बिगड़ती ही है!" लुत्तो ने भाषण की भाषा में कहा, जोर-जोर से–"ताजमनी पढ़ी-लिखी है। जो भी कहो, इतनी बात तो माननी ही पड़ेगी कि बुद्धि-ग्यान में बड़ी है नट्टिनटोली में। वह तो खुद विचार कर देखेगी। सारी नट्टिनटोली एक तरफ और वह एक तरफ कैसे रह सकती है? अपना भला-बुरा सभी समझते हैं।...अभी उस दिन, कल ही तो कलक्टर साहब ने पूछा कि जित्तन बाबू, आप नट्टिन रखेली क्यों रखे हैं? तो जित्तन ने क्या कहा, जानती है? उसने कहा, हुजूर! रंडी किसकी होकर रही है जो मेरी होकर रहेगी? उसको मैंने रखेलिन नहीं रखा है। अब सोचो, यह सोचकर देखने की बात है या नहीं, क्यों गेंदाबाई?"

लुत्तो ने चुप होकर ताजमनी की झोंपड़ी की ओर देखा।

गंगाबाई अपने दम पर कब्जा कर चुकी थी। बोली–"कौन कहता है कि बुद्धि-विचार में कोई उससे बेसी है? नट्टिनटोली की लड़कियों की क्या, गाँव के बड़े-बूढ़े भी उसकी अक्किल का मुकाबला नहीं कर सकते। लेकिन, इतना समझ-

विचारवाली होकर भी अबूझ बनती है तो गुस्सा चढ़ता है।...आखिर, जात का नेम-धरम भी तो कोई चीज है?"

एक नई जवान हुई नट्टिन मिनमिनाकर कुछ बोली। गेंदाबाई चिहुँककर बोली–"अच्छा! तो, तूने बताया क्यों नहीं? सुन लो! हीरिया छौंड़ी क्या कह रही है; सुन लो, कान खोलकर!"

"क्या है री हीरा, बोल न! लजाती है क्यों, मेला में तम्बुक लेकर जाएगी और अब भी लाज करती है?"

हीरा लाज से कुछ बोल न सकी। बोली गेंदाबाई। दारू पीने के बाद बोलने को जीभ फड़फड़ाती रहती है, उसकी। बिना किसी गीत का टुकड़ा जोड़े, कोई बात नहीं बोल सकती–"क्या बोलेगी हीरिया बेचारी! मर्दों की आदत तो जानती ही हो। लड़कियों को देखते ही बनबिलाड़ की तरह आँखें खोलकर इस तरह देखेगा, मानो नोचकर भागेगा। हीरिया मधुलता-हाट से गाड़ी पर आ रही थी, उस दिन। बरदियाघाट के उस पार, क्या भला-सा नाम है, मस्तानाजी या बेदानाजी...!"

"दीवानाजी।"

"प्रेमकुमार दीवानाजी।"

"वही, वही दीवानाजी! हीरिया को देखकर सिलेमा का गाना गाने लगा। कौन गाना री? वही, सुनो! मोरा दिलवा पुकारे आ जा, आ जा! अब कहो, आजकल के लड़कों को क्या कहा जाए! पहले के जवान-जहान लोग ऐसा तो नहीं करते थे?...तो तू क्यों चुप रही? तू भी गाती :

मेरा हीराबाई नाम,
मेरा लाख रुपैया दाम!
लाख रुपैया खोलो, मन की बात बोलो,
धोखे में रहियो न स्याम!"

"हँ-हँ-हँ-हँ!" सभी नट्टिनें कचपचिया पंछी की तरह कचपचाकर हँस पड़ीं। लुत्तो ने लालटेन की रोशनी में हीरा का लजाया हुआ मुँह देखा। गम्भीर होकर बोला–"दीवाना खराब लड़का नहीं। बड़ा चानसवाला लड़का है! नाटक-डिरामा लिखता है, इसलिए सिनेमा का गाना हमेशा रियाज करता है।"

'सु-सु-सु-सु, सू-ऊ-ऊ-सू...! कांछी मैंयाँ संझना मा तिम्रो हाँसाछिन यो जनेली राती।' मलाई मामा गर्ने कांछी। दिलबहादुर सीटी पर पहाड़ी गीत गाता हुआ आया–ओ कांछी माया, तुम्हारी याद दिलाकर यह चाँदनी रात हँस रही है। मुझे प्यार करनेवाली कांछी!

दिलबहादुर को देखते ही नट्टिनों के झुंड में डर समा गया। गंगाबाई बोली–"देखो, फिर यह ढकनमुँहा पहड़िया आया!"

"खुखरी भी है?" फिसफिसाकर बोली कनेलीबाई।

"बिना खुखरी के कभी नहीं निकलता!" चुनमुनबाई उठकर चली...परबतिया का क्या परतीत? कब, क्या कर बैठे!

गेंदाबाई को बड़ा भला लगा है यह दिलबहादुर! गेंदा ने इसको एक बार टोका भी है।...कौन कहता है दिलबहादुर पर हमेशा पहड़िया किरातदेव सवार रहता है? गेंदा ने दिल्लगी करके देखा है। दिलबहादुर कैसी मुस्कुराहट मुस्कुराता है, यह सिर्फ वही जानती है। गेंदा टोकती है–"ऐ दाजू! मोर बात सुन्छः पहिले, तब ताजू दीदी को घर जान्छः।"

गेंदाबाई अपनी बोली में छह जोड़कर नेपाली बोली की नकल करती है। दिलबहादुर खड़ा हो गया। गेंदा ने मुँह-अँधेरिया रोशनी में भी देखा, वही मुस्कुराहट! सुनहले दाँत पर लालटेन की रोशनी चमक गई–"क्या बोलता है? बोलो! हमको फिन अब्बी टीशन में जाना पड़ता है। भब्बी बाबू रात में आवेगा!" लुत्तो को दिलबहादुर का डर, कम नहीं–ज्यादा ही है। और, यह गेंदाबाई मुफ्त में इसको खोंचा दे रही है। लुत्तो ने गाँव की बोली में धीरे-से कहा–"मार, जाबे दे भुच्च के!"

दिलबहादुर की आँखें टॉर्च के बल्बों की तरह अचानक जल उठीं–"हेर-ऽ-ऽ, लुत्ते मुजी! न राम्रो कुरा न गर-ऽ-ऽ! नत्र...।"

"बॉख-बॉख!" ताजमनी के आँगन में मीत ने भूँकना शुरू किया। दिलबहादुर की गुस्साई बोली को पहचानता है वह!

"बहादुर भैया-आ-आ!" आँगन से ही चीख पड़ी ताजमनी–"बहादुर भैया!" दिलबहादुर का बढ़ा हुआ कदम रुक गया। खुकरी की बेंट पर हाथ जाकर लौट आया।

लुत्तो थर-थर काँपने लगा। उसने चिल्लाकर कहा–"देखो...देखिए ताजमनी...यह मुझ पर बेकार बिगड़ गया। मैंने कुछ कहा? आँगन से बाहर आकर सबसे दरियाफ्त कर लीजिए।"

"तुम कुछ नहीं बोला? नहीं बोला कुछ? हम नहीं समझा? लुत्ते मुजी! तुम अब्बी भुच्च नहीं बोला?...तुम कुछ नहीं बोला तो हमपनि कुछ नहीं बोला, लुत्ते मुजी!"

दिलबहादुर अपनी भाषा में बड़बड़ाता हुआ ताजमनी के आँगन की ओर जाने लगा।

ताजमनी ने आँगन की दहलीज से पुकारकर कहा–"बहादुर भैया, मीत को ले जाओ। भूख लगी है इसे।"

"हम तो चुपचाप मीत को लेने आया उधर में।" दिलबहादुर ने रुककर कहा–"फिन हामको काहे वास्ते बुलाया इधर में?"

गेंदा ने फुर्ती से उठकर बड़ी मीठी बोली में कहा– "दाजू भाय! मोर कसूर हुन्छः ले, मेरो गर्दन खुकरी से काटिन्छः तो काटिन्छः! है!"

गेंदा अपनी गर्दन झुकाकर दिलबहादुर के करीब चली आई। गेंदा के बाल नीचे की ओर लरज गए।...कस्तो लुत्ती? दिलबहादुर ने सोचा, कैसी लुच्ची है? छक्क पर्ने! अचरज की बात! इस बार, दिलबहादुर की मुद्रा बदली। भ्रूहीन आश्चर्य!

दिलबहादुर ताजमनी के साथ आँगन में चला गया तो गेंदाबाई मद्धिम आवाज़ में बोली—"आप भुच्च क्यों बोले लुत्तो बाबू? पहड़िया बोली में भी भुच्च को भुच्च ही कहते हैं।"

सभी नट्टिनों ने एक-दूसरे को देखकर आँखों-ही-आँखों में बातें कीं—"अपनी-अपनी झोंपड़ी के अन्दर चलो।...दरवाज़ा मजबूती से बन्द करना। लुत्तो की बात लुत्तो जाने!"

लुत्तो कम चालाक नहीं। नट्टिनों के उठने के पहले ही बिल्ली की तरह बिना कोई आहट किए उठ खड़ा हुआ। रबर का जूता हाथ में लेकर अँधेरे में गायब हो गया।

रघ्घू रामायनी सुन्नरि नैका की गीत-कथा नहीं गाएगा?

दोपहर को जित्तन बाबू ने रामपखारनसिंह के मुँह खबर भेजी—रघ्घू रामायनी सुन्नरि नैका की गीत-कथा गाने को तैयार नहीं हो रहा है। क्या उपाय है?...जिद्दी हो जाता है आदमी बुढ़ापे में!

रामपखारनसिंघ को रघ्घू रामायनी का नखरा ज़रा भी पसन्द नहीं—"जे-बा-से, भर रात रिब-रिब सरंगी बजाई और गवले गीत को बेर-बेर गावेगा। इसी के खातिर इतना खुशामद! सुबहे से पाँच-हाली हमको घाट-हाकिम ने दौड़ाया है! वही जो कहावत है नूँ—कहला से बरेठा गधा पर नहीं चढ़ता है!"

ताजमनी ने रामपखारनसिंघ की बुद्धि पर पड़े झोल को झाड़ते हुए कहा—"रघ्घू रामायनी न तो तुम्हारे इस्टेट का रैयत है और न वह इस्टेट का नमक खाता है। उसके यहाँ लाठी लेकर बुलाहट भेजनेवालों की बुद्धि की बलिहार! मुंशीजी ने परवाना लिखके नहीं भेजा?...बजरिए इस परवाना के तुमको हुकुम दिया जाता है!...मेरे पास क्यों आए हो? गाँव के गुनीमानी के साथ कैसा व्योहार करना चाहिए, यह मैं बता दूँगी?"

रामपखारनसिंघ की कड़वाई हुई सूरत को देखकर ही समझ गए जित्तन बाबू, खूब झालदार बातें सुनकर वापस आया है।...माँ जब कभी रामपखारनसिंघ पर बिगड़ती तो ऐसा ही चेहरा हो जाता था, इसका!

रामपखारनसिंघ को अपनी मूँछों में बात लटकाते देखकर जित्तन बाबू ने

कहा...''पाँच टीन घी का प्रबन्ध कर सकते हो? मुंशीजी से जाकर कहो, कम-से-कम आधा मन घी जट्टटोली से ले आएँ!''

''पाँव लागी रघ्घू काका!''

''कौन? जित्तन बाबू!...हो रामजी, यह क्या किया आपने?''

रघ्घू रामायनी की माँड़ी पड़ी हुई आँखें छलछला गईं। थरथराती हुई आवाज में बोला–''मैंने कौन कसूर किया है कि मरने के पहले आपने इतनी बड़ी गठरी लाद दी! ब्राह्मन-सन्तान होकर आपने मुझको पाँवलागी की?''

''नहीं, रघ्घू काका! आप ब्राह्मण हैं, ब्राह्मणों में भी श्रेष्ठ!''

रघ्घू रामायनी ने कहा–''घी का प्रबन्ध कीजिए, मैं तैयार हूँ।''

रघ्घू रामायनी ने बात मान ली।

भाँटटोली से वापस होते समय, जित्तन बाबू की नजर ताजमनी पर पड़ी।...सुधना के साथ, फिरंगी राय के दरवाजे के बगलवाली पगडंडी पकड़कर भाँटटोली की ओर आ रही है ताजमनी!

लोरिक, कुम्मर, विज्जेभान, सुरंगा सदाबृज, होरिलसिंह, घुघली घटवार, ढोलामारू अथवा चिन्ननियाँ की गीत-कथा नहीं। सुन्नरि नैका की गीत-कथा! गीत-कथा की कथाभूमि या कथांचल परानपुर गाँव में सौभाग्य से एक गीत-कथाकार का दर्शन?...सुरपतिराय का टेपरिकॉर्डर आ गया है। दुलारीदाय ने पाँचों कुंडों की बहुत-सी कहानियाँ हैं। किन्तु, कुंड-खुदाई की असली कथा है–सुन्नरि नैका!...गाँव से दक्खिन-पूरब कोने में सुन्नरि नैका की डीह है। नैकाडीह! सुन्नरि नैका की गीतों-भरी कहानी तो रघ्घू को सपने में मिली है। कोई नहीं जानता। जानेगा कैसे? पूरी गीत-कथा किसी ने सुनी ही नहीं!

पच्चीस-तीस साल पहले रोशनबिस्वाँ के दरवाजे पर सुन्नरि नैका की अधूरी गीत-कथा सुनाई थी रघ्घू ने। रोशनबिस्वाँ के हाड़कंजूस बाप ने बेईमानी की थी। शर्त थी–पाँचों रात पाँच चिराग जलेंगे नैकाडीह पर और पाँच दुलारीदाय के किनारे, पाँचों कुंडों के सामने! घी देने में कंजूसी की। पहली रात को आधी कहानी भी नहीं हुई थी कि दीप बुझ गए।...रघ्घू ने गीत बन्द कर दिया। उसकी बोली ही बन्द हो गई। इसके बाद, दूसरे महीने में ही उसको अर्धांग मार गया। आधी कहानी कहकर उठा

हुआ गीत-कथाकार!

रोशनबिस्वाँ के बाप को कथा-कहानी या गीत से क्या मतलब! डकैती के भय से अपने दरवाजे पर, पाँच रातों तक गाँव-भर के लोगों को बटोर रखने का हिला लगाया था। कथा-कहानी से क्या मतलब कुकाठ को! बेचारा रघ्घू रामायनी!

ताजमनी साँझ होने के पहले ही हवेली पहुँची, एक-एक कमरे में पाँच-पाँच प्रदीप जलाना होगा! व्यासगादी के लिए चन्दन की चौकी निकालकर बाहर भेजनी होगी।

"पखारन काका! रघ्घू रामायनी के साथ कौन जा रहा है? वह अभी कुंड में नहाने जाएगा!" ताजमनी दीप जलाती बोली। तुलसी-चौरे पर युगों बाद दीप जले! छोटा-सा तुलसी का बिरवा! इतने दीपों की रोशनी में उसके पत्र-पत्र पुलकित हुए! मीत ने अचरज-भरी मुद्रा से शंखध्वनि सुनी–तू-उ-उ-उ-उ-य! तु-ऊ-ऊ-ऊ-ऊ!

मीत आज परम आनन्दित है। सुधना जितनी बार दीप लेकर रखने जाएगा, साथ जाता है। दौड़कर सुधना से पहले ताजमनी के पास आ जाता है। जित्तन बाबू ने एक झलक देखी, खिड़की से–ठीक, माँ की तरह साड़ी पहरती है ताजू!

"दिदिया! कथा होने के समय मीत को बाँध दिया जाएगा?" सुधना ने धीरे-से पूछा।

"कौन कहता है? क्यों, मीत को क्यों बाँधेगा?"

आँगन की सीढ़ी से उतरते हुए जित्तन बाबू ने कहा–"रामपखारनसिंघ कहता है...।"

ताजमनी ने माथे पर कपड़ा डालने की चेष्टा की। मीत ने आँचल खींच लिया दाँत से। प्रसन्नावस्था में ही कभी-कभी रामपखारनसिंघ की रखी हुई पगड़ी को दाँत से पकड़कर, खींचता-दौड़ता है, और रामपखारनसिंघ दोनों हाथ जोड़कर आरजू करता है–"ए, महाराज! ई कूल अंग्रेजी दिल्लगी बूढ़ा आदमी से काहे करते हैं! मीत महाराज!"

मीत की हरकतों को देखकर ताजमनी के ओठों पर एक मीठी-सी मुस्कराहट कढ़ आई!...जित्तन बाबू को याद आई, वह भी बचपन में माँ का आँचल खींच-खींच लेता था!

सामबत्ती पीसी को हवेली के अन्दर जाने का पूरा हक है। लेकिन, मीत किसी को नहीं आने देगा। बॉख, बॉख, बॉख!

सामबत्ती पीसी ड्योढ़ी के बाहर जाती हुई बोली, "परसाद-उरसाद चढ़े तो हमारा हिस्सा रखा रहे।" हाँ...जितना-सा देखा है, वही काफी है सामबत्ती पीसी के लिए। चार दिन का खुराक!

ताजमनी, सीढ़ी पर खड़े जित्तन बाबू के सामने बैठकर पाँच दीप सजा रही थी। जित्तन बाबू अचरज से देख रहे थे...। लेकिन, सामबत्ती पीसी के मुँह से उपर्युक्त दृश्य का वर्णन सुनकर जयवन्ती ने चहारदीवारी के एक छेद से झाँककर देखा–"सुन्नरि नैका का पाट तो अन्दर में हो रहा है!"

मलारी ने कहा–"छेद से ज़रा हटो तो मैं भी देखूँ? ठीक कहती है तू। पैर-पुजाई कर रही है, सुन्नरि नैका!"

गेस्ट हाउस के सामने, बरामदे पर अँगनाई में दर्जनों लोग खड़े हैं!...

औरतें दल बाँधकर आ रही हैं–"गाँव में किसको नौ मन तेल होगा, जो राधा का नाच देखेगा, दिखाएगा?"

"नौ मन तेल हो भी तो क्या, मन में हुलास नहीं किसी के!"

"आखिर, रोशनबिस्वाँ के बाप का, रेंड़ी के तेल से जमाया हुआ पैसा डकैत ही ले गया!"

"रघ्घू बूढ़ा नेम-टेम करके व्यासगादी पर बैठेगा। कुंड में नहाने गया है।"

व्यासगादी सजी हुई–आसपास बलते दीपों की माला! सामने धूपदानी में धूपकाठ की घुंडी सुलग रही है।

जित्तन बाबू के मन के पर्दे पर एक ऋषि की मूर्ति उभरती है और मुखर हो उठती है...'ग्राम्य गीति-कॅथा के काव्य हिसाबे ग्रॅहण करिते गेले, ताहार संगे-संगे, मॅने-मॅने; समग्र, ग्राम; समॅस्त लोकालय के जॅड़ाइया लॅइया पाठ्य कॅरा परमावश्यक! तारपरे, देखबे–तोमार ॲन्तरे-ॲन्तरे जन्तर बाजिया उठिबे! बर्बर-संगीते सहज सुरेर सन्धान...!'

नहा-धोकर, हल्दी से रँगा हुआ नया कपड़ा पहन आया है रघ्घू रामायनी! जित्तन बाबू ने हाथ का सहारा देकर व्यासगादी पर बैठा दिया। गले में माला डाल दी।... ललाट पर गोपी चन्दन! पटसन की तरह सुफेद दाढ़ी! आधी देह अर्धांग की मारी हुई! सन्तों की-सी सूरत! अर्धांगवाली बाँह से सटी लटक रही है, छोटी-सी सारंगी! आधे अंग की पूर्ति करती हुई, काठ और चाम की बनी सारंगी!

नैकाडीह पर पाँच बड़े-बड़े चिराग जल रहे हैं। गाँव से पच्छिम, दुलारीदाय के किनारे...

"आँख मूँदकर गुरु को सुमर रहा है, शायद!"

हुँ-ऊँ-ऊँ!–रघ्घू ने गुरु-मन्तर गुनगुनाया। सूखी सारंगी ने गुरु-मन्तर के सुर पर एक मोटी कारीगरी की–कुँ-हुँ-ऊँ कुँ-कुँ-ऊँ!

अन्तर के जन्तर झंकृत हो उठे!

"जै, मैया सरोसती!" रघ्घू के मुँह से पहली वाणी निकली।

साठ साल से साधुओं के सत्संग में रहकर उसने जो भाषा सीखी है, उसी में कथा का गद्यभाग सुना रहा है!

ट्रिप-टि-रि-रि-रि-रि! सुरपति ने टेप-रिकॅार्डर का बटन ऑन किया। ट्रि-रि-रि-रि...!

"कि-ई, सज्जन-दुरजन सब समतूल–मैया सरोसती के दरबार में क्या तुलसी और क्या रघुआ जैसा गाँव का गड़री का फूल! कि-उ, साँच-झूठ मैं कछुओ ना जानू, जो गुरु सपने में सिखा गए, सोहि अच्छर-अच्छर बखानू!...बहुत पुरानी बात रे भाई,

जाने गंगा माई। और, जाने परानपुर गाँव की प्यारी नदी दुलारीदाई! ऐसा दुरदिन कभी न आवे! ऐसे दुरदिन की चर्चा भी है पा-ा-ा-प-प! मगर गुरु के हुकुम से सबकुछ माफ! ऐसा दुरदिन...!''

सुरपति ने बगलवाले बरामदे पर पड़े चिक की आड़ में बैठी ताजमनी पर एक नजर डाली। नाक के कील का पत्थर झलका। मीत ताजमनी की गोद में बैठा है—चुपचाप!

''...ऐसा दुरदिन आया भाई, कि अचानक इस धरती को लकवा मार गया! नदी-तालाब-कूप, सभी गए सूख! पानी चला गया पाताल! गाछ-बिरिच्छ सब झुना के गिर पड़े। देश में महाकाल पड़ गया। हाहाकार मच गया एतराफ में। हजारों-हजार लोग रोज मरने लगे। अरे, धरती खोदे धरती का बेटा, धरती में मिल जाए। फिर भी पानी का पता नहीं। पानी कहाँ मिले रे दैवा?''

रघ्घू रामायनी ने दम बाँधने के लिए विराम दिया। सुरपति ने टेप-रिकॉर्डर का बटन ऑफ किया! पिट्-क्रिक!

भीड़ बढ़ती जा रही है। लालटेन हाथ में लटकाए, खड़ाऊँ खटखटाते आ रहे हैं भिम्मल मामा। दक्खिनवाले महार पर कोई टार्च भुकभुकाता आ रहा है। आम के बाग में कोई पुकारकर कह रहा है—''रेडियो नहीं, रेडियो नहीं। रघ्घू दास सारंगी पर महराय गा रहा है, महराय!''

ट्रि-टि-रि-रि-रि-रि—

''कि, तीसरे दिन इस हवेली इलाके के नायक सुन्दर नायक ने, जल बिनु तड़पते लोगों को पुकारके कहा—हो जैवार! सुनो, कान पसार! मोरी छोटी बहिनियाँ सुन्दरि नैका रोज गुनबले पाताल से पानी मँगाकर जैवार-भर के लोगों को पिलावेगी। लेकिन, पहले उसको आशीख दो सब मिलकर कि देवकुल में उसका ब्याह हो-ओ-ओ-ओ!...''

सुननेवाले के चेहरे पर प्रसन्न आतंक की रेखाएँ अंकित हैं!...पातालपुरी के एक चिल्लू पानी से क्या हो? सुनो न, कैसी लीला रचाएगी!

''...सुन्दर नायक! बड़ा भारी गुनियाँ। नेपाल में किरात मन्तर सीखकर आया हुआ गुनी! और, भाई से बढ़कर गुनवन्ती, उसकी बहिनियाँ—सुन्दर नायका! कामरूप कामख्या से गुन सीखकर आई हुई! उसको देवकुल का दुलहा चाहिए! सुन्दर नायक ने जिला-जैवार के लोगों से कहा—हो, पंचो! मोरी बहिनियाँ सुन्दरी नैका ने किया है एक उपाय! दन्ता राकस को फुसलाकर प्रेम की डोरी में बाँधा है। इस इलाके के एक सहस्र सुन्दरियों में सुन्दरि नैका मोरी बहिनियाँ—एक! भगवान उसकी रखें टेक! भला, उसको राकस-कुल में जाने दूँगा?...पाँच रात में पाँच कुंड बनवाएगी, पाँच महापोखरों से पुरइन मँगवाएगी, पाँच महानदियों की मछलियाँ। सहस्रों पुरइन फूल में से एक पर आकर बैठेगा कोई देवपुत्र। फिर उसी देव के साथ मेरी बहिनियाँ ब्याही

जाएगी हो-ओ-पंचो!...''

पिट-क्रिक!

परानपुर हवेली के अहाते में, गेस्ट-हाउस के सामने पहली बार इतनी बड़ी भीड़ जमते देख रहा है सुरपति।...यहाँ तो कोई दिन में भी नहीं आता!

रामपखारनसिंघ बड़ी दरी बिछाकर, खड़े लोगों को इशारे से बैठने को कह रहा है–''चुपचाप सुनो। बोलो-भूँको मत! फिलिंग-रिकाट हो रहल बा।''

ट्रिप-टि-रि-रि-रि...!

...सो, हो पंचो! राकस-कुल में नहीं जाने देंगे बहिनियाँ को। धोखा से काम लेंगे। पहले, दन्ता राकस को प्रेम के बज्जर-बाँध में फँसने तो दो! इसलिए, कुछ देखो भी अपनी आँख से तो मोरी बहिनियाँ का कुचाल मत मानना हो लोगो।...फँस गया दन्ता सुन्दरि नैका के फाँस में! गाँव से पूरब! परपट परती पर! चाँदनी रात में! बालूचर के किनारे दन्ता के दाँत चमके–ही-ही-ही-ही-ई-ह! हम हारल रे-ए-ए-ए–हारला आ! आँखमिचौली, लुकाचोरी खेल में दन्ता गया हार। हार कबूल कर हँसता है दन्ता–ही-ही-ही-ही-ई-ह! हम तैयार रे-ए-ए मानुस छोरी मोहनियाँ–सुन्नरि नैका! सत्त करके बोला–ठीक्के बात, ठीक्के बात! कुंडा खोधैया करबे-करबे, पानी से भरबे। तोर परपट परती धरती पर पानी कलबुल बोले-हे-हे-हे-ए-ऐसा पानी भरबे!...कुँ-ऊँ-हुँ...।

''नम्नाँ नैका सुन्नरि सुन ले मोर बचरियाँ रे नाम्,
नम्माँ पाताल फोड़ी आनब हम पनियाँ रे नाम्,
नम्मा पाँच किसिम के लायब पुरइनियाँ रे नाम्,
...नामाँ पूरन करब अपनी कहनियाँ रे नाम्,
सुन्नरि नैका रे-ए-ए, जोड़लो पीरित जनि तोड़े रे-ए,
हम्हुँ मरि-जा-य-बा-रे-कि-इ-इ!
कुहुँ कुँ का-आँ-आँ!

''...अब, चला है दन्ता सरदार उत्तर राज गढ़दन्ता की ओर! गढ़ में पहुँचकर अपनी राकसनी हिरन्नि रानी का मुँह भी न देखा और न बेटे की तुतलाती हुई बोली सुनी। दिया है सिंघा उठा के फूँक–ईं-हिं-ईं-ईं! हुँय-हुँय-हुँय-हुँय-हुर्र-हुर-र्-र्!...धू-धू-धू-धू-धू-धु-र्-र्-र्-र्-र्-र्!...कुँय-कुँय-कुँय-हुँ-हुँ-हुँ-हुँ...!''

सारंगी के झनक तारों पर सिंघा की बोली, मानो चालीस जोजन दूर से आकर हनहना गई–कुँ-हुँ-हुँ-हुँ!

जित्तन बाबू और सुरपति की आँखें आपस में मिलीं–अपूर्व।

रघ्घू रामायनी सुननेवालों को चेतावनी दे देता है–''छोटे-छोटे बच्चे-बुतरु को सँभालिए!...जंगल-पहाड़, खोह-खन्दकों में शिकार करते हुए दो सहस्र राकसों के कान खड़े हुए–गुहार सुर्र-र्-र? रे-ए-ए! गुहार-सुर सिंघ्घा बज्जा रे बज्जा!...साहुर्र-र साहुर्र-र्-र करते सभी राकस गढ़दन्ता में आ पहुँचे।

"रे-सर्रदार-रे सर्रदार
की दरकार, की दरकार?
कुँहुँ-कुँक्कुँ...कुँहुँ-कुँक्कुँ...!

"बोला दन्ता सरदार—रे भैर्रा-आ-आ-ह! दन्ता सरदार के घर में ना भया खटपट, ना घटी खर्ची। दन्ता सरदार पर नहीं तानी किसी ने बर्छी! दन्ता का तो छूट रहा है परान, मानुस-छोरी मोहनियाँ के लागला मोहनबान! रे भैर्रा-आ-ह?...सभी राकसों ने एक-दूसरे को देखकर सूँघा—हुँ-ऊँ-ऊँ-ऊँ? मानुस-गन्ध! मानुस-गन्ध!

"कुँ हुँ-कुँक्कुँ...
भैर्रा परानपुर के नैका सुन्नर गुनियाँ रे नाम्,
भैर्रा तेकरो से तेजी तँ बहिनियाँ रे नाम्,
भैर्रा पाताल खोदि रोज पीए पनियाँ रे नाम्,
...भैर्रा दाँत छटके बदरा के बिजुरिया रे नाम्,
भैर्रा सुन्नरि छहके सोना के मछरिया रे नाम्,
भैर्रा मोरा पर मारली मोहनियाँ रे नाम्,
सुन्नरि नैका रे-ए-ए, जोड़लो पीरित जनि तोड़े रे-ए,
हम्हुँ मरि जा-इ-बा-आ-रे-कि!

"...मत रोए सरदार, मत रोए। गढ़दन्ता के राकस के रहते सरदार रोए? पाँच कुंड केर क्या बात? परानपुर परती खोदि के समुद्दर बनैबे रे-ए-ए! चल रे भैर्रा-आ-आ! धुर्र-धुर्र-धुर्र-धुतु-धुतु-धुतु-तू-उ-उ-उ-उ।...कुँ-हुँ-ऊँ!

"रोती रह गई हिरन्नि रनियाँ, हुलसता रहा बेटा दन्ता का—हाथ का बच्चा जैसा! बाप ने उलटकर देखा भी नहीं। रो-रोकर बोली हरन्नि रानी अपने बेटे से—मत रोए! मानुस-छोरी मइयाँ लाने गया है पिता तोरा! सोने के कटोरे में खीर भरकर—चकमक चान को बुलावेगी आकाश से तेरे लिए, तोर मानुस-छोरी मइयाँ...।

"इधर, एक ओठ आकाश और दूसरा पाताल—मुँह बाकर दौड़े एक सहस्त्र राकस। धरती डोल गई भाइयो...धर-धर-पट-पट, धडिंग-धडिंगा गिंड़पत गाग् :

"कुहाँ-कुक्काँ...
जी, धड़-धड़ धड़के धरती माय,
धड़क-धड़ा-धड़ हाय रे बाप,
थरक-थरा-थर थारिया जैसन,
थर-थर काँपे चान;
कि, पातालपुरी में लुकनियाँ पनियाँ रे-ए-ए,
कि रे रघुआ रे-ए-ए, जगहो खोजि न पावे!
कुँक्काँ-कुहाँ..."

सुरपति ने मशीन का बटन ऑफ किया। रघ्घू रामायनी के लिए जित्तन बाबू

अपने हाथ से चाय तैयार कर रहे हैं। भिम्मल मामा प्रसन्न हैं–"गुड-बेटर-बेस्ट, अच्छा-बेहतर, सर्वश्रेष्ठ!...पूछो मुझसे, आस्क मी! मैं गाँव में चक्कर लगा आया हूँ। सारे गाँव का बच्चा-बच्चा जग गया है। गाँव में पेनिक पनपना गया है मिस्टर कथा-कलक्टर! हर दरवाजे के पास कुछ मर्दों का झुंडु हर पिछवाड़े में खड़ी औरतों का गोल! सारंगी की बोली तो...ओ? तुमने ढकनकल भी लगा दिया है? धुनफीताबन्दी हो रही है?"

सुरपति ने मुस्कराकर कहा–"जिद्दा! मामा हर पोर्टेबल मशीन के लिए ढकनकल शब्द दे रहे हैं और टेप-रिकॉर्डर के लिए–धुनफीताबन्द!"

बाहर, भीड़ से किसी ने कहा–"बाबू! अभी खतम मत करवाइए; हर टोले का लोग दौड़ा आ रहा है।"

दूसरे ने हिम्मत करके कहा–"बन्द मत करवाइए!"

औरतों की टोली से सामबत्ती पीसी ने कहा–"एको कुंड तो खोदाइए!"

रामपखारनसिंह को सरदारी करने का मौका मिला–"चुप! फिलिंग रिकाट में बोली चल जाई...।"

ट्रिप-टि-रि-रि-रि...।

"कि पहुँचे सभी राकस! दुलारीदाय के बरदियाघाट के पास–सुन्दरि नैका ने पाँच जगह दीप जलाकर पहले ही रख दिया था। इधर धरती डोलती रही, आकाश में चाँद चाँदी के थाल-जैसा नाचता रहा। उसी ताल पर, सुन्दरि नैका हवेली के पिछले दरवाजे से नाचती हुई आई और अपनी एक झलक दिखा दी, सभी राकसों को! किलकिला उठे खुशी से एक सहस्र राकस–मानुसछोरी मोहनियाँ रे-ए-ए! आँख मारे-ए-ए!...खुशी से जयडम्फ बजाकर नाचने लगे एक सहस्र राकस। ताल पर एक साथ एक सहस्र राकस धरती पर दाँत मारते–खच्चाक्! पातालपुरी में कच्छप भगवान की पीठ पर दाँत बजते–खट्टक्! पानी को ऊपर आना ही होगा :

"ढाक् ढक्कर-ढाक् ढक्कर...
कोड़ भैर्रा-र्रा-आ-ह! फोड़ भैर्रा-आ-ह!
भरी राति में खोदाय, पनियाँ छह-दह छहाय
नदिया देबो बहाय-य-य!
भोर में फेर देखबो सुन्नरि कन्ना–
हेय-आँख मारे!
होय दाँत मार-रे-ए-ए...खच्चाक्!
खट्टक्! ढाक्-ढक्कर, ढाक्-ढक्कर...
कुँह कुँ क्काँ, कुँह कुँ क्काँ!"

"कृपया पूर्णविराम! बटन ऑफ कीजिए कथा-कलक्टर-साहब! उधर देखिए क्या हुआ।"

"कोई बेहोश हुई, शायद!"

एक औरत चिल्लाकर बोलने लगी–"बाबू! बन्द करिए। दु-तीन कम कलेजा-वाली लड़की के कलेजे में डर समा गया है। बोलती है, हवेली के चारों ओर दैत्त दौड़ रहा है किलकिलाकर! इन लोगों को बरंडा पर जगह कर दीजिए!"

भूमिहारटोली की एक औरत ने कहा–"केयटटोली की दो-तीन छँहकबाज छौंड़ी और रैदासटोली की मलारी! जहाँ जाएँगी सब, एक-न-एक ढंग पसारेंगी ही।"

"कितना बढ़िया गा रहा था! हर जगह ढंग देखकर देह जलने लगती है।"

"बरंडा पर काहे, आरामकुर्सी पर जाकर बैठो न!"

औरतों की मंडली में लड़ाई शुरू हुई। केयटटोली की घेघी फुआ और गंगोलाटोली की पनबतिया ने एक ही साथ जवाब दिया–"छँहकबाज छौंड़ी हर टोले में है। टोला-टोली मत करो, नहीं तो आज उघारकर रख देंगे!"

ब्राह्मणटोली की आनन्दीदाय बोली–"काँय-काँय क्यों करती है?"

भिम्मल मामा साष्टांग दंडवत् कर धरती पर लेट गए, औरतों की टोलियों के सामनेवाले बरामदे पर। हाथ जोड़े उठ खड़े हुए–"हे देवियो! दुर्गाओ! कालियो! करालियो! कराँतियो! शान्तियो, कृपया शान्त हों!"

"हि-हि-हि! हा-हा-हा-हा! दुर्, भिम्मल मामा तो हर जगह भगल पसारते हैं। अटर-अटर बोलते हैं। चुप-चुप, नहीं तो ऐसा नाम चुनकर रख देंगे कि गाँव में मशहूर हो जाओगी। किसी को नहीं छोड़ेंगे, किसी भी टोले का क्यों न हो। चुप मलारी! सेमियाँ!"

"सुनो, शुरू हो गया। चुप! फिलिंग...!"

"रात-भर खोदते रहे दन्ता सरदार के राकस! कोड़ भैर्रा-र्रा-आ-ह! भोर में नाचती आई सुन्दरि नैका। देखा, एक कुंड पानी से लाबेलाब है। कुंड के पानी में पूरनिमाँ का चाँद, सोने-चाँदी को एक साथ घोलने के लिए रुक गया थोड़ी देर–उस ताड़ की फुनगी के पास! नाची सुन्दरि नैका–छम्म-छम्माँ-आँ! रात-भर के थके राकसों को मानो महुए के रस में मधु घोलकर पिला दिया गया! झूम उठे–छम्म-छम्माँ!

"करिके सोलहो सिंगार
गले मोतियन के हार
केशिया धरती लोटाय
चुनरी मोती बरसाय
चुन्नी-पन्नाँ बिखराय-य, छम्म-छम्माँ नाचे सुन्दरि नैका!
आँख मारे!...रे भैर्रा-आ-ह-दाँत मा रो-ओ!

"कुलबुलाकर पानी के सोते परती पर दौड़े–कलकल-कलकल! कुल-कुल-कुल-कुल!"...सारंगी पर एक महीन कारीगरी की रघ्घू रामायनी ने, पानी की कुलबुलाहट

को स्वर मिला। झनक तार पर लहरें आईं!

"कि देस-बिदेस के किसिम-किसिम के, रंग-बिरंग के पुरइन सूरज की किरनों के परस से खिल उठे। कुंड में सोने की मछलियाँ, छहकने लगीं। जल बिनु तड़पते लोगों ने कुंड में नहा-नहाकर जलपान किया। तृप्त होकर आशीर्वाद दिया जैवार-भर के पंचों ने–तोहर सब दोख माफ। देवकुमर दुलहा मिले सुन्दरि नैका को!"

"रघ्घू रामायनी की सारंगी स्पष्ट आखर बोलती है! राकसों का गीत गाते समय उसके चेहरे की ओर गौर से देखा था? लगता था, उसके पोपले मुँह में दो बड़े-बड़े दाँत उग आए हैं! अर्धांग से अधमरी उँगलियों की कारीगरी! 'दाँत मार रे' कहने के बाद खच्चाक्, फिर खट् की आवाज! सारंगी के काठ पर उँगली मारकर ध्वनि पैदा करता था।...पातालपुरी में कच्छप महराज की पीठ पर दाँत बजते–खट्! सारंगी के तारों पर नौ सौ घुँघरू झनकते थे–सुन्दरि नैका के नाच के साथ!"

"दाँत मारे? उसकी याद मत दिलावे कोई। देह सिहर उठती है।"

"भोर में फेर देखिबो सुन्नरि कन्ना! राकसों को भी सुन्दर चीज सुन्दर ही लगती है। अहा-हा! कितनी लालसा! मानुस-छोरी सुन्नरि कन्ना उनकी सर्दारिन होकर जाएगी!"

"एम्माँ-आँ-आँ! तूत-गाछ-तले कौन खड़ा है?"

"तू हमेशा ढंग पसारती है मलारी! अपने भी डरती है, दूसरों को भी डराती है। कहाँ है कोई?"

"मलारी को भी कोई दन्ता राकस लुका-चोरी खेलने के लिए बुला रहा है, शायद!"

"अब, कल से तुम भी पाँच कुंडा खोदाओ मलारी!"

सेविया दीदी जब बोलती है तो साफ बात–"यह मलारी छौंड़ी जहाँ जाएगी वहाँ आगे-पीछे ऐसे ही भूत-पिशाच, देव-दानव चक्कर मारेंगे। तूत-तले तो सचमुच कोई है!"

"मुझे क्यों दोख देती है, सेविया दी? मैं खुद डर से मरी जा रही हूँ। देखो न...!"

तूत-तले खड़े व्यक्ति ने टार्च जलाया।

"ए! कौन भलामानुस है? छौंड़ी सबकी आँख पर लैट मारकर चकचौंधी लगाता है?"

एक लड़की ने दबी आवाज से कहा–"जरूर बाबू-टोली का कोई कलेजवा बाबू होगा।"

"मामा ने ठीक नाम रखा है, कलेजवा बाबू!"

तूत-तले खड़ा आदमी बोला—"इस झुंड में मलारी भी है?"

"वही देखो!"

"कौन है?" मलारी बोली।...आवाज सुवंश की तो नहीं!

"मैं प्रेमकुमार दीवाना! बात यह है कि...।"

"जो बात है सो दिन में नहीं हो सकती?"

"तुम भी...याने पढ़ी-लिखी होकर भी तुम थर्डक्लास गीत, महराय सुनने जाती हो?"

"अकेले मैं ही पढ़ी-लिखी हूँ गाँव में? आप लोगों के मारे अब...।"

सेविया दीदी ने कहा—"क्या कहता है सो सुन ले पहले। रात में रास्ता रोकके जब कहने आया है तो जरूर कोई जरूरी बात होगी।"

मलारी हनहनाती हुई, पगडंडी पर बढ़ गई—"कल ही मैं इन्साफ करवाती हूँ, पाँच पंच में। क्या समझ लिया है लोगों ने!"

दो कदम आगे बढ़कर, बगीचे से बाहर जाकर मलारी ने आवाज दी—"बप्पा-आ-आ हो! बप्पा!"

सभी औरतें खिलखिलाकर हँस पड़ीं—प्रेमकुमार दीवाना तो तुरत अँधेरे में बिला गया—"ही-ही-ही! हा-हा-हा! नाम भी खूब रखा है अपना..."

"परेम-कुमार दीमाना!"

"ए, मलारी-ई, घोड़पाड़ा भागा। चुप रह!"

"मंगनी सिंघ दीमाना रात-भर देखेगा—आँख मारे!"

सुरपति की डायरी में कई पृष्ठों पर लाल रोशनाई से लिखी हुई पंक्तियाँ :

—आज परानपुर की पुरानी परती पर डेढ़ सौ पौधे रोपे गए पहली बार!... अमलतास, जोजनगन्धा, गुलमुहर, छोटानागपुर ग्लोरी, सेमल, आसन। तरह-तरह के पौधे!

एक पृष्ठ पर कटी हुई पंक्तियाँ : आज पहली बार ताजमनी दी से बातें करने का सौभाग्य प्राप्त हुआ।

लिखा गया है : पवित्र सुन्दरता की प्रतिमा का मधुर मायामय स्वर सुना! अन्तिम पृष्ठ पर रघ्घू रामायनी और सुन्दरि नैका गीत-कथा से सम्बन्धित बातें।...ताजमनी दी को कितना धन्यवाद दूँ बहुमूल्य प्राप्ति के लिए!

लुत्तो हैरान है!...

...साला, क्या कहते हैं कि छोटे लोगों की बुद्धि भी छोटी! उस दिन महावीरजी का धुजा छूकर कसम खाई सबने। और, रघ्घू बूढ़े ने सारंगी पर रिब-रिब-रें-रें किया कि सब जाकर हाजिर हो गए, बालबच्चा-सहित! लुत्तो ने लक्ष्य किया है जित्तन को एक बार नजदीक से देख लेने के बाद लोगों को न जाने क्या हो जाता है! आज सुबह से ही वह गाँव में घूम-घूमकर सुन आया है–चुपचाप।... अहा-हा, टूअर हो गए हैं जित्तन बाबू! हाय-हाय, कैसा सुन्नर सरीर था, अब कैसा हो गए हैं!

लुत्तो मन-ही-मन कहता है–होगा क्या! रोज, साला मुर्गी का अंडा खाता है। मछली की मूड़ी चाभता है। ब्रांडील भी ढालता होगा। तब न ऐश करता है तजमनियाँ को हवेली में बुलाकर! साला...

गाँव की टोलियों में, खासकर सोलकन्हटोली में फिर से राजनीतिक लंगी लगाने की बात सोच रहा है लुत्तो–साला! लाज-लिहाज धोकर पी गया। दिन-दहाड़े तजमनियाँ को हवेली में रखने लगा, अब तो!

...सारे परानपुर के लोग हहाकर उसकी हवेली पर टूटते नहीं क्यों? हवेली के चारों ओर लुत्तो की 'जन्ता' हाथ में लोहा-लक्कड़, ईंट-पत्थर, आसा-सोटा लेकर चिल्ला रही है। लुत्तो हुकुम देता है–पकड़ लाओ साले जित्तन को! हम लाल दगनी से दागेगा।...दागेगा!

"रे बँगटा! अभी हवेलीवाला सिपाही पकड़कर पीठ दागेगा। भैंस कहाँ है तेरी? परती पर बगिया लगाया है कि आफत है! जल्दी दौड़के जा, नहीं तो पीठ दागेगा।" लुत्तो को स्त्री अपने बँगटा को पुकारकर कह रही है, अबेर में।

लुत्तो आज पहली बार दिन में सो गया, अलसाकर। कितना बढ़िया सपना था!

लुत्तो ने पुकारकर कहा–"ए, बिठैलीवाली! तुम्हारी यह आदत बहुत बुरी है। पीठ दागेगा लबेज कहाँ से सीखी है! कौन साला दाग सकता है?...रे बँगटा! आज से तू भैंस खुल्ला रख। देखें तो कौन क्या कर लेता है!"

बिठैलीवाली आजकल अपने पति लुत्तो से दूर-दूर रहती है। छोटी-छोटी बात पर तमककर माँ-बाप लगाकर गाली देती है।...कौन ठिकाना! रोशनबिस्वाँ और गरुड़ झा के साथ नट्टिनटोली जाने लगा है। कल, दिन में पेट-दर्द का बहाना बनाकर रूठी सोई पड़ी रही बिठैलीवाली। लुत्तो पूछने भी न गया। रात में, आँखें तरेरकर कहा लुत्तो ने–"तुम क्या जानो कि मैं किसलिए नट्टिनटोली जाता हूँ? राजनेति की बात तुम क्या जानो! खबरदार! मैं कहाँ जाता हूँ, नहीं जाता हूँ, क्या करता हूँ, यह सब पूछना

है तो सीधे नैहर का रास्ता नापो!...तुम्हारे मगज में भगवान ने उतनी बुद्धि नहीं दी है। हाँ-हाँ, चली जाओ! बड़ा नैहर का गुमान दिखाती है, तो चली जा! लेकिन, याद रखो, यदि किसी दिन हम मिनिस्टर हुए, और भाई-बाप को लेकर कभी आओगी तो हमारा चपरासी तुमको अन्दर आने ही नहीं देगा!"

बिठैलीवाली डर से चुप हो गई।

लुत्तो को अब किसी पर विश्वास नहीं।...बीरभद्दर भी सुथनी आदमी है! किसी से कुछ नहीं होगा। लुत्तो अकेला ही सबकुछ करेगा। ग्राम-पंचायत का चुनाव सामने है। यदि यही हालत रही तो जित्तन मुखिया हो जाएगा, दिन-दहाड़े। नहीं, इस तरह काम नहीं चलेगा।...

"जै हिन्द!"

"कौन? बालगोबिन! आओ। मैं अभी तुम्हारे घर की ओर जा रहा था।...क्या लीडरी करते हो जी! अपनी जाति की औरतों पर भी तुम्हारा कोई परभाव नहीं। कोई परवाह ही नहीं करती है? कोई भैलू नहीं तुम्हारा?" एक साथ परभाव, परवाह और भैलूवाली बात ने बालगोबिन के मुँह का थूक सुखा दिया। मुँह चटपटाकर वह बोला–"सब टोले का यही हाल है।"

"लेकिन, तुम्हारे टोले की मलारी तो जित्तन पर फिदा है। जित्तन पर ही क्यों, बाभन, राजपूत और भूमिहारटोली के लड़कों से जाकर पूछो। सबको लेटर पर लेटर लिखती है। उसको सँभालो पहले। प्रेमकुमार दीवानाजी से पूछो जरा...।"

बालगोबिन को लुत्तो की बात बुरी लगती है। कोई भी बात हो, औरतों पर बात फेंक देता है। पहले अपने टोले की लड़कियों को छान-पगहा लगाए। बालगोबिन बोला–"उसके बाप को कहिए!"

"तब कर चुके तुम लीडरी! बाप की बात बड़ी या लीडर की? बोलो! बोलो! जवाब दो, किसकी बात का ज्यादे पोजीशन है? इसीलिए जब कुछ कहते हैं तो कहते हो कि लुत्तो बाबू कूट करते हैं हमेशा!"

बालगोबिन को कबूल करना पड़ा–लीडर की बात बड़ी!

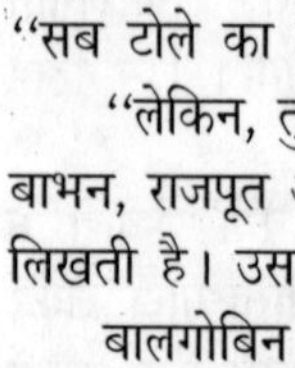

हर टोले के लीडर को बुलाया है लुत्तो ने।...अरजंटी मीटिंग है।

केयटटोली का इंजार्च गोधनलाल ने कुर्ता खोलकर उतारते हुए कहा–"ले लीजिए इंचारजी! नहीं करेंगे इंचारजी!...किसको समझावें! बड़े-बूढ़े तो और भी बेवकूफी करते हैं। रात में रोकता रह गया कि मत जाओ कोई! लेकिन...।"

"आज, अभी से सब रसोई-पानी बनाकर तैयार हैं। घर-घर। फिर जाएँगे

सभी।" गंगोलाटोली का कार्यकर्ता बोला।

"सभी कहते हैं, नाच-तमाशा, गीत-भजन सुनने जाने में क्या हरज है!"

लुत्तो ने बीरभद्‌दर की ओर देखा—देखिए, कितना कठिन काम है सोलकन्ह लोगों का संगठन करना! गैर-सोलकन्हटोली के तीन-चार व्यक्ति-विशेष निमन्त्रण पर उपस्थित हैं—अरजंटी मिटिंग में। बीरभद्‌दर बाबू, रोशनबिस्वाँ, गरुड़धुज झा और प्रेमकुमार दीवाना! दीवाना बोला—"जब तक सोलकन्ह-नाटक-मंडली नहीं बनाते, लोगों को समझाना मुश्किल है।"

लुत्तो ने दीवाना की उलझाई बात को मानो सुलझाते हुए कहा—"सब कोई ज़रा गौर से सुनिए। बात यह है कि ग्राम-पंचायत का चुनाव होनेवाला है। बबुआनटोली-वाले तो हम लोगों से ज्यादा नहीं हैं, मैजरौटी में। ग्राम-पंचायत की मुखियागिरी, सोलकन्ह लोगों की रखी हुई है। यहाँ बबुआनटोली के भी कई बाबू बैठे हैं, किसी से छिपाकर नहीं कहता कोई बात। इनके मुँह पर कहता हूँ कि हम लोग अब इन लोगों को रास पकड़कर चलावेंगे।..."

गरुड़धुज झा ने खैनी थूकते हुए, पत्थर का दाँत चमकाया—"बात तो ठीक कहते हो, लुत्तो बाबू! लेकिन, मुखियागिरी करेंगे बबुआनटोलेवाली ही।"

"हरगिज नहीं।"

"तुम देख लेना! रात में ही तो देखा, रघ्घू बूढ़े की सारंगी की बोली पर लोग इस तरह टूटे मानो परसाद बँट रहा है। दुश्मनी साधने के लिए आदमी सबकुछ कर सकता है। यदि वह थाना में पकड़कर चालान कर देता कि चोरी या डकैती किया है, तब मालूम होता गीत सुनने का मजा!"

"रघ्घू बूढ़े को बैकाट किया जाए पहले!" एक सोलकन्ह लीडर ने उत्तेजित होकर कहा—"सोलकन्ह होकर वह हमारी बन्दिश से बाहर कैसे जा सकता है?" लुत्तो अपनी मीटिंग में किसी दूसरे को बोलने का मौका नहीं देना चाहता, कभी। लेकिन, गरुड़धुज झा को उसने कहा—"और जो कुछ बोलना है, बोल लीजिए आप पहले।"

"बोलना क्या है! आज फिर देख लेना। दो घंटे के बाद ही। ज्यों ही सारंगी कुँकवाई कि...।"

"हरगिज नहीं, हरगिज नहीं!" लुत्तो ताव में आ गया—"झाजी! देख लीजिएगा आप भी आज रात, बीच चौबटिया पर खड़ा होकर। एक चेंगड़ा भी नहीं जाएगा।" लुत्तो ने अपनी सोलकन्ह समिति के सदस्यों की ओर मुड़कर कहा—"क्यों जी! बोलते क्यों नहीं तुम लोग?...जाएगा एक चेंगड़ा भी?"

समिति में सन्नाटा झा गया। तब, लुत्तो ने फिर समझाना शुरू किया—"सर्वे के समय इस संगठन का मीठा फल हम चख चुके हैं और चखनेवाले हैं। इस संगठन में जिन लोगों ने थोड़ा भी लामकाफ किया, कांग्रेस छोड़कर सोसलिस्ट में गए, मिली जमीन उन्हें? देखा?"

बालगोबिन ने कहा–"ज़रा हमको फुर्सत दीजिए सभी पंच। हमारे टोले में न जाने क्यों बड़ा जोरावर झगड़ा शुरू हुआ है। सुनिए...!"

सभी ने कान लगाकर सुना–"हाँ। रैदासटोली में ही है यह झगड़ा!"

"मलारी की आवाज है!"

दीवाना ने कहा–"लड़की बरबाद हो गई। थी खूब चांसवाली, लेकिन!"

बालगोबिन की स्त्री, मलारी के पड़ोस की सुखनी मौसी के यहाँ कड़ाही माँगने गई–"सुन्नरि नैका सुनने के लिए जाती हो क्या? अब तो अपने टोले में ही सुन्नरि नैका की लीला होगी। देखना!"

बालगोबिन की स्त्री से चमारटोली की सभी औरतें डरती हैं। बिना गन्दी बात निकाले वह कुछ बोल ही नहीं सकती। सुखनी मौसी बोली–"लीला कहाँ होगी, तुम्हारे मचान के पास?"

"मेरे मचान के पास क्यों! तुम्हारे पड़ोस में ही होगी लीला। तुमको नहीं मालूम? अरे! बगल में ही चुह-चुहकर हिन्नूचा गरमागरम पीते हैं लोग। तुमको एक भी कुलफी नहीं मिली क्या?"

सुखनी मौसी ने कुछ नहीं समझा। बालगोबिन की स्त्री अभी-अभी कामेसर की दुकान गई थी, नून लाने के लिए। दुकान में गरमागरम चाह की बात चल रही थी,...गरमागरम!

मलारी ने बालगोबिन की स्त्री की धारवाली बोली को परख लिया। वह मन-ही-मन कछमछाकर रह गई। मलारी मी माँ अब कैसे चुप रहे! सुखनी मौसी के बगल में, पड़ोस में तो उसी की झोंपड़ी है! "बगल में कौन चाह की दुकान है, यहाँ? क्या बकती है?"

कड़ाही लेकर सुखनी मौसी के आँगन से निकलती हुई बोली बालगोबिन की बहू–"खाली चाह नहीं, हिन्नूचा गरमागरम!"

मलारी की माँ को बालगोबिन की बहू की बात में मांस की गन्ध लगी, मानो। इस टोली में वही सबसे गई-गुजरी है, क्या? उसकी बेटी को कल ही पचास रुपए मिले हैं, मुसहरा के। बालगोबिन को जब कोई काँगरेसी बात समझ में नहीं आती है तो वह भी दौड़कर मलारी के पास आता है–कागज पढ़वाने। और उसकी बहू कमर में साड़ी लपेटकर झगड़ा का बहाना ढूँढ़ती है? आँगन से निकलकर बोली मलारी की माँ–"ए! बालगोबिन नहीं है घर में क्या?"

"नहीं है घर में। मिटिन में गया है।" बालगोबिन की स्त्री अपनी झोंपड़ी की ओर जाती हुई बोली–"मैं बकती हूँ तो अपनी मास्टरनी बेटी से कहो न, हाथ में बेंत लेकर आएगी मारने!...अब तो शहर की हवा खा आई है।"

मलारी की माँ की समझ में नहीं आई बात। बात का छोर पकड़ने के लिए उसने मलारी से कहा–"क्या है री मलरिया? क्या कहती है बालगोबिन की बहू ज़रा बूझ

तो!'' मलारी इंगलिश-टीचर खोलकर 'वह मेमना मेरा है' रट रही थी। बोली–''मैया! उस दिन मैं एक टैन से शहर अररिया-कोठ गई थी। जीवन बीमा करवाई हूँ न! सुवंश बाबू बीमा कम्पनी के एजेंट हैं। अररिया-कोठ अस्पताल की डॉक्टरनी से जाँच करवाकर तब जीवन बीमा होगा। इसलिए...।''

मलारी की माँ ने पूछा–''किसके साथ गई थी?''

मलारी का बाप महीचन दारू पीकर लौटा–''साला! कलाली में हिन्नूचा गरमागरम सुनते-सुनते मिजाज गरम हो गया। कहाँ, मलारी की माँ! कहाँ है मलारी!''

मलारी का मुँह पीला पड़ गया! अब, तीन दिन वह क्या पढ़ाने जा सकेगी! हल्दी और चूना गरम करके तैयार रखे। मलारी थर-थर काँपने लगी।...बप्पा का हाथ तो ढोल बजाया हुआ हाथ है।

मलारी की माँ, तब तक एक चाँटा जड़ चुकी थी मलारी के गाल पर–''मैं बूढ़ी हो गई, लेकिन आज तक टीशन के बाजार पर भी बिना किसी को संग लिये नहीं गई। और तू मास्टरनी होते ही उड़ने लगी?...बाप को जवाब दो जाकर!''

''कहाँ रमदेवा? कहाँ है तुम्हारी माँ? बुलाओ सभी को। इधर चोट पर लाओ, अभी।''

मलारी की माँ को हठात् अपनी बेटी पर दया उमड़ आई; गला दाबकर बोली–''बोल, अब क्या जवाब दोगी बाप को?''

''क्या कहते हो मलारी की माँ को? क्या हुआ?''

''झोंपड़ी के अन्दर से पूछती है कि क्या हुआ? बाहर निकल ज़रा, दोनों को अभी हिन्नूचा पिलाता हूँ, गरमागरम।''

मलारी की माँ झोंपड़ी से बाहर निकलकर बोली–''तुम बड़े अबूझ हो! बे-बात की बात...।''

''बे-बात की बात? लगाऊँगा अभी ऐसा लात कि...!''

''धीरे-धीरे बोल नहीं सकते?''

''क्यों गई थी अररिया कोठ? पूछ, अपनी बेटी से। किसके हुकुम से गई थी? किसके साथ गई थी, पूछ!''

''सरकारी काम से गई थी। सरकारी नौकरी करती है, सरकारी हुकुम नहीं मानेगी? गाँव के लोगों का कलेजा जलता है। बे-बात की बात नहीं बोलेंगे, तो कलेजा ठंडा कैसे होगा?''

बालगोबिन अरजंटी मिटिंग छोड़कर दौड़ा आया है–''क्या है महीचन? मलारी की माँ! तुम लोगों के चलते मेरी मेम्बरी मारी जाएगी, देखता हूँ।''

महीचन ने, नशे में, मलारी की माँ की आँख के इशारे का कोई मतलब नहीं समझा। मलारी की माँ चुप रहने को कह रही थी। लेकिन, महीचन ने चिल्लाना शुरू किया–''ए बालगोबिन, बड़ा जात का लीडर बने हो! दूसरी जात के लोग इज्जत

खराब कर रहे हैं...।"

"दूसरी जात के लोगों को दोख मत दो! बालगोबिन आज साफ-साफ कह देगा—कहाँ है मलारी? सामने आकर सवाल का जवाब दो!"

टोले के लोग महीचन के आँगन में आकर जमा होने लगे। बजाप्ता पंचायत बैठ गई तुरत।...हाँ, हाँ, मारपीट, हल्ला-गुल्ला नहीं। जब मलारी अपने माँ-बाप के कस-कब्जा में नहीं, तो जात की पंचायत को अब सोचना चाहिए उसके बारे में! महीचन बेचारे का क्या दोख? उसने तो साफ कह दिया कि उसकी बेटी अब उसकी बात में नहीं! पंचायत का सरदार झल्लू मोची है। लेकिन वह क्या बोले बालगोबिन के सामने! उसने बालगोबिन पर बात फेंक दी—"कँगरेसी झमेला है, यह तुम्हीं बूझो।"

बालगोबिन ने एक ही साथ कई सवाल किए—"पहला सवाल यह है कि मलारी क्यों गई अररिया कोठ, अकेली? दूसरी बात, गई तो गई—सुवंशलाल के साथ क्यों गई? हिन्नूचा गरमागरम क्यों पी? दो जवाब!"

मलारी की माँ ने अपनी बेटी की ओर देखा। मलारी बहुत देर से चुपचाप खड़ी, लोगों की बात सुन रही थी। ओसारे से नीचे, आँगन में गई। पंचायत के सामने खड़ी हो गई। क्यों डरे वह?—"मैंने जीवन बीमा कराया है। सुवंश बाबू बीमा कम्पनी के एजेंट हैं। अररिया कोठ की डॉक्टरनी के यहाँ तन्दुरुस्ती की जाँच कराने गई थी। सुवंश बाबू ने मेरा जीवन बीमा किया है...।"

"क्या-क्या बोल रही है, तुम्हीं बूझो बालगोबिन! जौबन बीमा की तन्दुरसती क्या है?"

"हाँ-हाँ, पहले बोलने दो क्या-क्या जवाब देती है।"

"सुनोगे और क्या? हम लोग पढ़े-लिखे नहीं हैं तो क्या एकदम जानवर हैं? इतनी-सी बात नहीं बूझेंगे? साफ-साफ कह रही है कि सुबंसलाल ने उसका बीमा उठा लिया है जैसे तजमनियाँ का बीमा जित्तन...।"

"चुप रहो! सभी कोई लीडरी मत करो। सवाल उससे किया है, जवाब देते हो तुम लोग।...अच्छी बात। तुमने सुवंशलाल को जिनगी का बीमा क्यों दिया? इस बात का जवाब दो।"

"पहले, अपने सभापति से जाकर जीवन बीमा का मतलब समझ आओ। सुवंशलाल ने गाँव में बहुत लोगों का बीमा किया है। स्कूल की सभी मास्टरनी ने जीवन बीमा करवाया है।" मलारी ने झिड़की दी।

बालगोबिन के कान लाल हो गए—"सुनते हो जी महीचन! पंच लोग! सुन रहे हो न सब? औरत-मर्द, बाल-बच्चे सभी हैं। कैसी बोली बोल रही है मलारी!"

"क्या बोल रही हूँ! जीवन बीमा...।"

"रखो, जीवन बीमा! हमको भी मालूम है कि जौबन बीमा क्या होता है। जब हर जात के अलग-अलग लीडर होते हैं तो अपनी जाति का एजेंट भी कहीं-न-कहीं

होगा, जरूर?...परजात से जीवन बीमा करवाई है और बढ़-बढ़कर बोलती है?"

"और, एक सवाल का जवाब तो दिया ही नहीं। हिन्नूचा गरमागरम वाला सवाल!" एक नौजवान चमार ने कहा।

मलारी–"चाय तो दारू नहीं?"

बालगोबिन ने कहा–"चाह पीने में कोई हरज नहीं है। मगर, सुवंशलाल ने इसके हाथ का छुआ चाय क्यों पिया, सवाल यह है!"

"सुवंश बाबू जात-धरम नहीं मानते। गाँव में बहुत से लोग हैं जो छुआछूत नहीं मानते।"

"साफ-साफ क्यों नहीं कहती कि चिकनी-चुरमुनी चमारिन छौंड़ी के हाथ का छुआ खाने को सभी ललचते हैं!" बालगोबिन की स्त्री की बात कभी भोथरी नहीं निकलती! औरतों ने अपनी मंडली में टीका-टिपकारी शुरू की तो मलारी की माँ से चुप नहीं रहा गया। बोली–"जात-धरम की बात पीछे करना। पहले यह फैसला करो कि मलारी सरकारी नौकरी करे या नहीं? जात से फाजिल पढ़कर हमारी बेटी ने मास्टरी पास किया है, परजातवालों की छाती जलती है। तरह-तरह की बात उड़ावेंगे वे!"

"और दीवानाजी ने रात में रास्ता रोककर दिल्लगी किया है। सो भी सरकारी दिल्लगी है क्या?" बालगोबिन ने दाँत कटकटाकर बात गड़ाई।

"लुत्तो बाबू कह रहे थे कि लेटरबक्कस में सबके नाम चिट्ठी डालती है। ऐसे में सरकारी नौकरी नहीं रहेगी, सो जान लो! हाँ!"

जातिवालों ने एक स्वर से कहा–"मलारी की माँ जोर बात बोलती है।"

मलारी की माँ अब सचमुच जोर-जोर से बोलने लगी–"मेरी बेटी पर अकलंग लगाने से पहले अपना-अपना मुँह देख लो! क्योंकि, बात जब उकट रहे हो तो मैं भी जानती हूँ उकटना!...पहले बालगोबिन यह जवाब दे कि जब बालगोबिन घर में नहीं रहता है तो लुत्तो आकर उसके आँगन में, कभी झोंपड़ी के अन्दर, घंटा-पर-घंटा क्यों बैठा रहता है? उस समय जब कोई उसके आँगन में जाता है तो उसकी बहू क्यों झगड़ा करने पर उतारू हो जाती है? और...।"

"ए, ए! मलारी की माँ! चुप रहो। चुप रहती है या लगाऊँ लात?" महीचन ने नशे में झूमते हुए कहा–"कहाँ रमदेवा?"

...कुँहुँ-ऊँ!–हवेली की ओर से सारंगी की आवाज आई! मलारी का ध्यान भंग हुआ। वह झोंपड़ी के अन्दर जाने लगी। बालगोबिन ने मलारी को रोका–"सुन लो मलारी! सभी औरत-मर्द, बूढ़े-बच्चे–सुन लें। आज हवेली में नैका की कथा सुनने कोई नहीं जाएगा। सुन लो! मिटिंग में पास हुआ है, अभी!"

मलारी झोंपड़ी के अन्दर चली गई। मिटिंग में पास हुई बात सुनकर सभी सोच में पड़ गए।...यह क्यों पास हुआ रे दैव? बालगोबिन ने समझाने के लिए भूमिका

तैयार की। मलारी झोंपड़ी से बाहर निकली–हाथ में डंडा लेकर। उसने साड़ी के खूँट को कमर में बाँध लिया था। बाहर आकर बोली–"गाँव में अठारह पार्टी है और रोज अठारह किसिम का प्रस्ताव पास होता है। हमारे स्कूल में भी प्रस्ताव पास हुआ है। आज हेडमिस्ट्रेस ने नोटिस दिया है, गर्लगाइड की लड़कियाँ, रात में हवेली में तैनात रहेंगी। मैं कैसे न जाऊँ? वही सुनो, सीटी बजा रही हैं। मेरी ड्यूटी है!"

–टु-टु-टू-ऊ-ऊ!

मलारी ने कमर में खोंसी सीटी निकालकर जवाब दिया–टु-टु-टू-ऊ-ऊ! रैदासटोली के नर-नारियों ने हाथ में लाठी लेकर सीटी फूँकते देखा मलारी को तो उन्हें दुलारीदाय की याद आ गई।...चेहरे की तमतमाहट देखते हो? मुँह कैसा बदल गया!

मलारी ने आँगन से निकलने के पहले कहा–"रात में गाँव के कुछ बाबुओं ने हर टोले में कुछ हरकत की है। आज गर्लगाइड की ड्यूटी रहेगी। न झगड़ा, न हल्ला-गुल्ला और न रास्ते में भूत का डर!" बालगोबिन अवाक् होकर देखता रहा! उसकी स्त्री ने उठते हुए कहा–"सीट्टीबाजी सुन लिया न, सबने अपने-अपने कान से?...मैं कहती थी न, कोई सीटी बजाता है रोज।...जौबन बीमावाली जो-जो न सुनावे!"

मलारी की माँ अपनी बेटी को अकेले कैसे जाने देगी! वह भी चल देती है।

'...ओ-ओ मानुस-छोरी मोहनियाँ-आँ-आँ पीरीतियो जनि तोड़े-ए-ए!' रघ्घू रामायनी के गीत की कड़ी मँडराने लगी। टूटी, अधूरी, पूरी कड़ी–...मोहनियाँ! पीरीतियो...!

बालगोबिन ने देखा, उसकी बहू भी जाने को तैयार है। कह रही है, "जो कानून पास होगा, सभी के लिए। नहीं तो, किसी के लिए भी नहीं। दो जनि जा रही हैं तो हम लोग क्यों नहीं जाएँ!"

बालगोबिन ने कहा–"इस तरह सीट्टीबाजी करने से नौकरी नहीं रहेगी। सुन लो महीचन! गाँव की बन्दिश, जाति की बन्दिश पहले तुम्हारे घर से ही टूट रही है।"...महीचन का कुत्ता अचानक भूँकने लगता है।

रात में सोलकन्ह टोले की हर टोली में, सीटी की आवाज सुनकर ड्यूटी पर दौड़नेवाली लड़कियों ने जाति की बन्दिश को तोड़ा। केयटटोली, गंगोलाटोली और खवासटोली की लड़कियों का नाम दर्ज कर लिया है, लुत्तो ने! लुत्तो गर्ल-स्कूल की मास्टरनियों को भी राजनीतिक लंगी लगाएगा क्या?

छित्तन बाबू के गुहाल में कभी इतना मवेशी भी नहीं जमा हुआ होगा। आज सर्वे-कचहरी में ज्यादा भीड़ है। दुलारीदाय जमावाली नत्थी में जित्तन बाबू बयान देने आ रहे हैं। तीन कुंड का दावेदार समसुद्दीन मियाँ खरैहिया के जमील बाबू मुख्तार से मिसिल बनवाकर ले आया है। दो कुंड पर केयटटोली के सुचितलाल ने दावा किया है। नकबजना सुचितलाल!...सारे परानपुर में पाँच सुचितलाल हैं। केयटटोली का नकबजना सुचितलाल अपने को सौ कानूनची का एक कानूनची समझता है। लल्लू बाबू या अनिल बाबू वकीलों से क्या पूछने जाएगा, वह! उसने जिरह करने के लिए ऐसा-ऐसा चुनिन्दा सवाल–"सँमझें! ऐंसाँ चुनिन्दाँ जिरँह।" आज कचहरी में भीड़ में रह-रहकर सुचितलाल की पतली आवाज कूक उठती है। पान की दुकान पर, चायवाले के मचान पर–हर जगह, हर किस्म के लोगों से सुचितलाल अपनी कानूनी बुद्धि की बात सुनाता है–"अँभी देख लींजिएँगाँ!"

"आ गया! जैंटुलमैन साहब आ गया!" गरुड़धुज झा ने चाय की दुकान पर बैठे लोगों की ओर देखकर कहा–"आज तो जमीनवालों से तमाशबीनों की ही जमात बड़ी है!"

रोशनबिस्वाँ ने जीभ से ओठ चाटते हुए कहा–"देखो-देखो लुत्तो, गिरगिट को! कचहरी में एकदम सुदेशी डिजैन में आया है, धोती, कुर्त्ता, चादर पहन-ओढ़कर।"

लुत्तो ने कहा–"टहलने के समय जो ट्रेटमार्क पोशाक पहनकर निकलता है, उसमें आता तो आज कचहरी में मजा आ जाता!"

पेड़ों के नीचे बैठे लोग उठकर कचहरी-घर की ओर जाने लगे–जित्तन बाबू आ गए! मीर समसुद्दीन और सुचितलाल ने माचिस की एक ही काठी में बीड़ी सुलगाकर बारी-बारी से धुआँ फेंका–"सुचितलाल मड़र! पेशकार को पान-सुपाड़ी खाने के लिए कुछ देकर, पहले तुम अपनी नत्थी ही ऊपर करवाओ।"

सुचितलाल पुराना कचहरिया नहीं, लेकिन पुराने मुकदमाबाजों और मामलातगीरों के साथ वह रह चुका है। उसकी बोली महीन है तो क्या हुआ? गरुड़धुज झा भी तो लम्बा है। रोशनबिस्वाँ काला है। सुचितलाल आज कचहरी में तमाशा लगा देगा। देखने-सुननेवाले भी याद रखेंगे कि गाँव में कभी सर्वे की कचहरी लगी थी। उसने इशारे से मीर समसुद्दीन को कहा–वह काम हो चुका है। पतली आवाज को मद्धिम

करने पर भी उसकी बोली गनगनाई–"तँमाँशाँ लँगाँ देंगे। जराँ फुँकाँर तों होंने दींजिएँ।" गरुड़धुज झा ने हँसते हुए दूर से बात फेंकी–"अरे सुचितलाल मड़र, भोज में कुंड की मछली एक मन ऊपर करवाओगे तो?"

"अँकबाँल आँप लोंगों काँ। साँलाँ एँक मँन क्याँ, एँकदँम फिंरिं ईं-ईं। जिंतनीं मंछलीं चाहें...।"

"कहाँ-आ-आ-रूदल साह बनियाँ-आँ-आँ! रूदल साह बनियाँ, हा-जि-र–हैय!"

"हाजिर है, हाजिर है। ज़रा सबुर करिए, लघुसंका करने गया है।"

"कहाँ सुचितलाल मड़र दाबेदार, जितेन्दरनाथ...।"

वटवृक्ष के नीचे, पीपल के पेड़ों के पास जमी हुई चौकड़ियाँ टूटीं। लोग बिखरे। कचहरी-घर की ओर चले।

आज हाकिम का रुख एकदम बदला हुआ है!

"चपरासी! बेकार लोगों को अन्दर से निकालो। मछलीहट्टा बना देता है।" हाकिम साहब का दम घुट रहा है, मानो। रह-रहकर जित्तन बाबू की ओर नजर फेंककर देख लेते हैं, हाकिम साहब।

पेशकार साहब कागज पर लिखते हुए पूछ रहे हैं–"नाम? बाप का नाम? उम्र?"

कचहरी-घर शान्त है।

लुत्तो फिसफिसाकर समसुद्दीन के कान में कुछ कह रहा है। भिम्मल मामा चुपचाप खड़े हैं। मुंशी जलधारीलाल दास, बस्ता के कागजों को निकालकर छाँट रहा है। जित्तन बाबू के ओठों पर फैली मुस्कराहट न घटती है, न बढ़ती है। हाकिम साहब बार-बार नजर फेंककर देख लेते हैं, जितेन्द्रनाथ मिश्र को।...इस आदमी को देखा है? कहाँ?...कहीं देखा जरूर है। ओ! प्रोफेसर हालदार के बँगले पर! पटना में।...ठीक!

हाकिम ने मामले की सुनवाई शुरू की–"दुलारीदाय के पाँच जलकरों में से तीन पर मीर समसुद्दीन का दावा है। और बाकी दो पर?"

"हँजूँर-मेंराँ-आँ-आँ!" सुचितलाल की बोली कचहरी-घर में गनगना उठी।

"क्या नाम है तुम्हारा?"

"हँजूँर, बाँबूँ सुँचिंत्तँर लाँल मँड़ँर! पेंसँर बाँबूँ बिंचिंत्तँर...।"

लगता है, सुचितलाल की बोली कंठ के बदले नाक से निकल रही है। बबुआन-टोली के लड़के जापानी-पोंपी कहते हैं उसको। अमीन साहब ने पर्चे पर लिखा है–सुचितलाल मड़र। ब्रेकेट में–पोंपी।...पाँच-सात सुचितलाल हैं गाँव में।

"तुम्हारा एक नाम पोंपी भी है?" हाकिम ने पूछा।

“जीं नँहीं!...हँजूँर उँसमें पोंपी लिंखाँ हुआँ हैं? ऐं?”

भीड़ में से किसी ने कहा–“अब क्या! अब तो नाम सर्वे के पाँच-पाँच रेकट में दर्ज हो गया। अब तो पोंपी ही...।”

हाकिम ने जित्तन बाबू से पूछा–“पाँचों जलकरों के मामले को एक साथ टेक-अप करें?”

जित्तन बाबू ने गर्दन हिलाकर सम्मति दी।

सुचितलाल मड़र को भारी धक्का लगा है।...पोंपी नाम सर्वे के रिकाट में चढ़ गया? जरूर यह काम मुंशी जलधारी ने करवाया है। सुचितलाल बार-बार जलधारीलाल दास को देखता है। जलधारीलाल दास की मुस्कराहट! निर्विकार मुस्कराहट! जिसका अर्थ सुचितलाल ने ठीक लगाया–कलम की मार है, पोंपी!...लुत्तो के कान में मीर समसुद्दीन कहता है–“लुत्तो बाबू! मामला बड़ा गड़बड़ लौक रहा है। हाकिम इतना मोलायमियत से क्यों बतिया रहे हैं जित्तन से?”

“आपका बयान!...लिखकर दीजिएगा?”

“नहीं महोदय! मुझे विशेष कुछ नहीं अर्ज करना है।”

जितेन्द्रनाथ ने बयान शुरू किया–“दुलारीदाय के पाँच कुंडों के अलग-अलग कागज हैं।...पहले, बाबू सुचितलाल मड़र ने जिन कुंडों पर तनाजा दिया है, मैं उन्हीं के बारे में बताऊँ। राज पारवंगा के मालिक ने किसी यज्ञ के उपलक्ष में मेरे पितामह को दान में दिया था। इन दोनों कुंडों में, मेरे पितामह ने लगातार दो महीने तक सहस्रों कमल की पंखुड़ियों पर रक्त-चन्दन से नवग्रह शान्ति-यन्त्र लिखकर प्रवाहित किया था। महाराजा पारवंगा ने दक्षिणा में दोनों कुंड दे दिए। कागज पेश कर दिया गया है। और मेरे पिता ने इन दोनों कुंडों का पट्टा कबूलियत मोसम्मात राजमनी के नाम बना दिया। इन दोनों कुंडों की मालकिन मोसम्मात राजमनी की बेटी ताजमनी है।”

“हँजूँर! हँमाँरी अँरजीं सुँनिएँ। सँब खिंलाँफ बाँत...!”

जित्तन बाबू रुक गए। हाकिम ने सुचितलाल मड़र को समझाया–“देखो जी, सुचितलाल मड़र! आज की तारीख सिर्फ जितेन्द्रनाथ के बयान के लिए रखी गई है। तुम लोगों को जो कहना था, लिखकर दे चुके हो। बयान भी हो चुके हैं। फिर...”

“हँजूँर! एँक जिंरह कँरने दीजिएँ।...हँजूँर जिंरह कँरने दिंयाँ जाँए।”

जित्तन बाबू ने कहा–“सुचितलाल मड़र को जिरह करने का मौका दिया जाए!”

“मैं पहले आपका बयान ले लूँगा, इसके बाद जिरह।”

“हँजूँर! बँस ऐंक सँवाल शुँरू में...।”

“पूछो, क्या पूछना है?”

सुचितलाल मड़र ने कठघरे में खड़े जितेन्द्रनाथ की ओर मुखातिब होकर पूछा–“ताँजमँनीं आँपकीं कौंन लँगतीं हैं–एँ?”

"ताजमनी की माँ के नाम रैयती हक लिखा है, इसलिए उसकी बेटी हमारी रैयत... ।"

"रैंयत वाँलाँ-आँ रिंश्ताँ नँहीं-ईं-ईं!"

बड़ा कसकर पकड़ा है नकबजना सुचितलाल ने! मुँह पर हवाई उड़ने लगी जितेन्द्रनाथ की। वाह रे, सुचितलाल मड़र! एक ही सवाल में पोंपी बन्द कर दिया जित्तन का!—लुत्तो और रोशनबिस्वाँ की मुस्कराती हुई आँखें मिलीं। बिस्वाँ ने जीभ से बार-बार ओंठ चाटे।

"बीरभद्दर बाबू कचहरी नहीं आए हैं। नहीं तो, देखते आज!"

हाकिम साहब कागजों में उलझे हैं—"मुसम्मात राजमनी गन्ध-र-गन्धर्व?"

"जी हाँ!"

लुत्तो ने मुस्कराते हुए कहा, हाकिम से—"हुजूर! गन्धरव-उन्धरव कुछ नहीं, राजमनी नट्टिन को हम लोग जानते हैं।"

जितेन्द्रनाथ की मुस्कराहट कायम रही, ओठों पर—"ताजमनी मेरी रक्षिता है।"

"और राजमनी?"

"मेरे पिताजी के गुरुभाई की रक्षिता थी।"

"ऐं? क्या? क्या कहा जित्तन ने? रच्छिता का क्या मतलब? रच्छिता माने रखेली?"

"आँपनें ताँजमँनी काँ नँथियाँ उँताराँ थाँ-आँ-आँ?"

"हाँ-आँ! तीसरा सवाल हाकिम को लिखा दीजिए।"

सुचितलाल मड़र अचरज से मुँह फाड़कर देखता है, देखता ही जाता है।...उसने बस इसी नोक्स के भरोसे दोनों कुंडों पर दावा किया था। जित्तन को ताजमनी के बारे में, बस एक ही सवाल पूछकर चुप कर देगा। बोली ही बन्द हो जाएगी जित्तन की। जवाब क्या देगा? सो, दाल-भात की तरह कबूल कर लिया जित्तन ने! अब वह क्या पूछेगा?

जित्तन बाबू ने कहा—"बाकी तीन कुंड हमारे कब्जे में हैं। गीतवास कोठी की मालकिन ने मेरे अन्नप्राशन में मुँह दिखाई दी थी—तीन जलकर, एक फलकर, एक बाँसबन, एक गोचर।"

"कोठी की मालकिन आपकी कौन...?" इस बार लुत्तो ने पूछा। अब समसुद्दीन के मामले की ओर बात आ रही है, लुत्तो को पूछने का हक है। वह पैरवीकार है...!

"वह मेरी माँ थी!"

हाकिम ने चौंककर देखा—"माँ? कैसी माँ?"

"महोदय! श्रोत्रिय मैथिल ब्राह्मणों में बहु-विवाह की प्रथा थी। मेरे पितामह की पन्द्रह उप-पत्नियाँ थीं। पिताजी ने सिर्फ दो... ।"

"मिसेज रोज़उड आपकी सौतेली माँ थीं।"

"हाँ! श्रीमती गीता मिश्रा।"

''नहीं हुजूर! वह मेम रखेलिन थी।''

जितेन्द्रनाथ के मुखड़े पर मानो किसी ने अबीर मल दिया। आँखों के लाल डोरे स्पष्ट हो गए। किन्तु मुस्कराहट बनी रही ओठों पर। हाकिम की ओर देखकर बोले–''पेश किए गए कागजों में विवाह-पत्र भी है। दोनों के हस्ताक्षर से स्वीकृत दलील!...''

हाकिम ने कल ही रख दी फैसले की तारीख।...सभी मुदकमों की आखिरी तारीख!

आज की सुबह का सूरज ज़रा देर करके उगा, शायद!...गाँव के लोग, तीन बजे रात से ही उठकर प्रतीक्षा करते रहे। आज सर्वे-कचहरी में फैसला सुनाया जाएगा!

सुचितलाल के लड़के ने बहुत रोका। लेकिन, नाक की नोक पर आई छींक भला रुके–आँछी-ईं!

''बँड़ाँ हँड़ाखंख हैं साँलाँ!'' सुचितलाल ने अपने हड़ाशंख और अभागे लड़के की ठीक नाक पर थप्पड़ मारा। लड़का चीख-चीखकर रोने लगा और सुचितलाल की घरवाली आँगन में दौड़ती आई–''हाय रे दैव! बेटा को तो मारकर बेदमकर दिया। हैत्तेरे हाथ में...मारने की और कोई जगह नहीं मिली देह में? नाक में मारकर मेरे बेटे को भी नकबजना बनाना चाहता है?''

''खँबँरदाँर!''

''तूँहूँ खबरदार!''

दही, मछली देखकर, शुभ-लाभ के नेम-टेम करके, जै-गनेश करके घर से निकले हैं लोग। और, सुचितलाल का घर ठीक रास्ता के किनारे है! सुचितलाल अपनी डेरावाली को धमकी दे रहा है, कचहरी से लौटकर बाप का बिहा आँख से दिखाएगा दोनों को। लड़का धरती पर लोट-लोटकर चिल्ला रहा है।

''अपने साथ गाँव-भर के लोगों की यात्रा खराब कर रहा है, सुचितलाल। ऐसा जानता तो इस रास्ते से क्यों आता?''

''क्या कहावत है, कर-कर, कट-कट बाँस'क बानि, धरती लोटाय जौं बुतरू कानि। कहे घाघ सब कारज फूसि...।''

''क्यों सुचितलाल, झगड़ा-लड़ाई करने के लिए आज का ही दिन था?''

''बड़ा मड़र मुखिया बनते हो और औरत पर कंटरौल करना नहीं जानते!''

''अँरें-चँलों-चँलों। तुँम्हाँरीं घँरवाँलीं कों भीं जाँनताँ हूँ...।''

''चलो भाई, जापानी हरमुनियाँ-पोपी को बजने दो।''

"तीनों...चारों परानी बोल रहे हैं।...साली, बकरी भी उसकी अभी ही मेंमिया रही है।"

"हरमुनियाँ के भाथी में हवा दे रही है उसकी जोरू, और बेटा पटरियों पर अँगुली टीप रहा है, हरमुनियाँ चुप कैसे हो?"

"हा-हा-हा-हा! चलो, पेट-भर हँस लिया, सब दोख कट गया।"

"चलो, चलो! राय सुनने चलो, आज ही तो देखना है कि ऊँट किस करवट...!"

...टिड़िंग-टिड़िंग!—गरुड़धुज झा साइकिल की घंटी बजाता हुआ आगे बढ़ गया। साथ में रोशनबिस्वाँ भी हैं—टिड़िंग-टिड़िंग!

"यात्रा पर महाजन का मुँह देख लो, सब काम पक्का!" गरुड़धुज झा ने बात फेंकी।

बस, अब तीन-चार दिन का मेला है। सब चलाचली की बेला है। फारबिसगंज शहर से आए हुए चाय और पानवाले अपने नौकरों को हिदायत दे रहे हैं—"बकाया हिसाब की बही सामने रख देना!...चाय माँगे तो पहले मेरी ओर देखना। कुछ लोगों की नीयत अच्छी नहीं। रोशनबिस्वाँ को कल हिसाब देखने दिया तो गुम हो गया। फिर, बाद में बोला—गरुड़ झा से पूछेंगे।...पैंतीस रुपैया पानी में गया समझो!"

चपरासीजी आज जयहिन्द लेते-लेते परेशान हो गए हैं; पान खाते-खाते ओंठ काले पड़ गए हैं। हाकिम के मन की बात थोड़ी चपरासी भी जानता होगा! उसके मुँह पर ही लोग तारीफ कर रहे हैं—"बड़ा भला आदमी है चपरासीजी। वैसे तो बहुत से चपरासी आए। लेकिन, सुभाव? इतना अच्छा किसी चपरासी का नहीं।...भला-बुरा तो हर जगह होता है।"

पेशकार साहब निकले।

पेशकार साहब परानपुर के सभी टोलों के लोगों को पहचानते हैं, अलग-अलग, नाम-बनाम। आदमी को चराकर खाने का पेशा किया है। आदमी को नहीं पहचानेंगे पेशकार साहब! बरामदे पर खड़े लोगों को झिड़की देते हैं—"भीड़ क्यों लगा रहे हो, अभी से?"

"तो, इसका मतलब हुआ कि हाकिम आज देर से कचहरी में आएँगे। मुंशी जलधारीलाल दास आज रेशमी कुरता पहनकर आया है। रामपखारनसिंघ ने पुरानी पगड़ी पर नया रंग चढ़ाया है।"

"अच्छा! और लोगों को जमीन मिलेगी; खुशी से नाचेंगे। नहीं मिलेगी तो रोएँगे।

लेकिन मुंशीजी और सिंघ को क्या मिलेगा? तिस पर भी देखो, पित्तपानी एक कर लगे रहे सर्वे में दोनों। ज़रा भी हिले नहीं।"

"सर्वे ने गरुड़धुज झा का दिन फेर दिया।"

"वाह, वाह रे सर्वे का जमाना! अररिया कोठ के बदले गाँव में ही छित्तन बाबू के गुहाल में तीन साल तक लोगों ने कचहरी का मजा लूट लिया। बिना हाकिमी पास किए ही गरुड़ झा को हाकिमों से ज्यादा कमाते देख लिया।"

"छित्तन बाबू भी मौज में रहे। पुराने गुहाल का भाड़ा एक सौ रुपैया के दर से, छत्तीस महीने का भाड़ा जोड़ लो।"

"उसमें भी आधा गरुड़धुज झा का। सौदा उसी ने पटा दिया था न!"

"मुझे तो मालूम हुआ है कि सरकार से हाकिम लोग तीन सौ रुपैया फी-महीना भाड़ा बसूलते हैं!" एक आदमी ने मद्धिम आवाज में कहा।

"उसमें भी गरुड़धुज झा आधा!"

तीन साल के छत्तीस महीने से, पुरइन के पातों पर पानी की बूँदों-जैसे ढुलकते आदमी के विश्वास!

अमीनों का पहला जत्था जिस दिन आया, लोगों के दिलों की धड़कन उसी दिन अस्वाभाविक हुई।...और, आज तो दो घंटे पहाड़ हो रहे हैं। कलेजा जूट मिल की तरह धड़कता है।

"सिंगेसर को देखो! मैंने मार्क करके देखा है, बीस बार उसने...वाटरमेट किया है, उस पेड़ के पास बैठकर।" अर्जुनलाल ने कहा। तेतरटोली का एकलौता मैट्रिक पास अर्जुनलाल के जैसा अंग्रेजी गाँव में कोई नहीं बोलता। लुत्तो को रोज एक घंटा अंग्रेजी पढ़ाता है। तीन हिस्सा अंग्रेजी और एक हिस्सा गाँव की बोली मिलाकर बोलता है, वह। भिम्मलीय नाम–ओरिजनल। ओरिजनल कहता है–"इतना टाइम कैसे किल किया जाए? प्लेइंग कार्ड नहीं लाया है कोई? दो गेम...!"

खवासटोली के टेटन बूढ़े को क्या हो गया है? लोगों की भीड़ के पास जाकर, बारी-बारी से सबको हाथ जोड़कर पाँवलागी कर रहा है। दो शब्द बोलते-बोलते आँखों में आँसू झरने लगते हैं। अजीब आदमी है, यह टेटन!

"ए टेटन! कहाँ से सुन आए तुम अपनी राय? कचहरी तो अभी बैठी भी नहीं है, रो क्यों रहे हो?"

टेटन बूढ़ा आँसू पोंछकर कहता है–"यों ही। विचार हुआ कि सबसे हिल-मिलकर पाँवलागी कर लिया जाए। कहा-सुना माफ...!"

"तुम कोई तीरथ करने जा रहे हो?"

"नहीं, यों ही मन में हुआ कि ज़रा...।"

लुत्तो कड़ककर कहता है–"ऐ टेटन! सट्टप! काहे रोते हो?"

इन्हीं लोगों के चलते लुत्तो को खवासटोली में रहने का मन नहीं करता–जाकर, सभी जात के लोगों को पाँवलागी कर रहा था! पागल!

टेटन का बेटा भेटन बोला, समझाकर–"मत कहिए कुछ! जब से हवेली से गीत सुनकर आया है, इसकी मति-गति एकदम बदल गई है।"

"लो, मजा!"

"जयदेव बाबू भी आए हैं? मकबूल भी?"

इस सर्वे में सोशलिस्ट पार्टीवाले मात खा गए।...प्रस्ताव पास कर दिया कि पाँच सौ एकड़ तक जमीनवाले किसानों की जमीन पर किसी किस्म का दावा नहीं किया जाए। गाँव में पाँच सौ एकड़वाले किसान बबुआनटोली में भी इने-गिने ही हैं। सो, हलवाहा-चरवाहा भी बहुत मुश्किल से रख सके हैं, जयदेव बाबू। कुल पन्द्रह मेम्बरों में पाँच रामनिहोरा के साथ निकले या निकाले गए। बाकी दस मेम्बरों के घरवालों ने एक दूसरे मेम्बर की जमीन पर तनाजे दिए हैं, दावे किए हैं।...पार्टी में घरेलू झगड़ा होने लगे तो हुआ! जयदेव बाबू हमेशा खुश रहते हैं, लेकिन।

"एमेले-टिकट के लिए लैनकिलियर हो गया जयदेव बाबू का। बेखटक टिकट मिल जाएगा पार्टी का! रामनिहोरा को निकालकर निष्कंटक हो गए।"

"कहाँ-आँ-आँ बरकत मियाँ! जितेन्दरनाथ मिसरा जमींदार हा-आ-आ-जिर है-य!"

"लो, पहले मुसलमानटोली से ही शुरू किया?"

"बिसमिल्लाह!"

"कितनी जमीन पर दावा किया था?"

"पाँच एकड़, तीन डिसमिल।"

"जाओ! जमीन तुमको हुई।"

"या अल्ला! या अल्ला..."

चपरासी ने बरकत मियाँ को बाहर करते हुए कहा–"अल्ला-खुदा मसजिद में जाकर करो। भीड़ मत लगाओ!"

"चपरासी! पुकारो, मुसम्मात राजो।"

"राजो का बेटा आया है, हजूर!"

एक दस-ग्यारह साल का लड़का कठघरे में जाकर खड़ा हो जाता है।

हाकिम ने पूछा—"कितनी जमीन पर तनाजा दिया था तुम्हारी माँ ने?"

लड़के ने रटे हुए तोते की तरह कहा—"एक पर्चा तीन एकड़, दूसरा दो एकड़।"

"जाओ! जमीन मिली।"

"ईमान से?" लड़के ने पूछा। सभी हँस पड़े।

हाकिम साहब नाराज हुए—"चपरासी, भीड़ हटाओ! जल्दी-जल्दी पुकारो!"

सर्वे-कचहरी में ऐसी लहर कभी नहीं आई। तीन साल तक रंग-बिरंगे आशाओं के गुब्बारे, रेशमी डोरियों में बँधे, हवा में फूले-फूले उड़ते रहे। आज रह-रहकर गुब्बारे फटते हैं, फट्टाक्!—आछीं-इ-क्!

"कहाँ सुचितलाल मड़र!"

"हाँजिर हैं, हाँजिर हैं!"

हाकिम ने कहा—"सुनो जी सुचितलाल, मैंने जोड़कर देखा है, तुमने पूरे तीन सौ एकड़ जमीन पर तनाजा दिया है। तुम्हें अपनी जमीन भी दो सौ एकड़ है।...गाँव के सभी जमींदारों की आधीदारी करते हो?"

सुचितलाल को छींक लग गई। हाकिम ने फैसला सुनाया—"दुलारीदाय जमा के दोनों कुंडों पर तुम्हारा दावा गलत साबित हुआ।...डिसमिस!"

बैलून की हवा निकली, मानो—सिस-सिस! सुचितलाल सुसुआने लगा—"इस्स!... अँपील कँरेंगाँ!"

"चपरासी! जिसका फैसला हो जाए, तुरत उसको निकालो उस दरवाजे से! पुकारो, मीर समसुद्दीन।"

"हाजिर हैं, हुजूर! किस जमा का...?"

"नड़हा बाँध जमावाली नत्थी जमीन हुई आपको!"

"मार दिया!...नहीं, नहीं। नड़हा बाँध जमावाली जमीन समसुद्दीन की अपनी ही है। घर की मुर्गी दाल बराबर। दुलारीदाय जमावाली जमा का क्या होता है?"

"दुलारीदाय जमा की नत्थी?" पेशकार साहब ने समसुद्दीन की ओर इस तरह देखा मानो किसी पुरानी बात की याद दिलाकर कह रहे हैं—देखा?

"हाँ, हुजूर!"

"दावा गलत साबित हुआ।"

"या खुदा!"

एक गुब्बारा फिर फटा—फट्टाक्!

"कहाँ खुदाबक्कस मियाँ!"

"जमीन मिली।"

"कहाँ धथुरी हजरा!"

"जमीन मिली।"

"कहाँ अघोरी मंडल!"
"जमीन मिली।"
"कहाँ फगुनी महतो!"
"दावा गलत साबित हुआ।"
—फट्टाक्!
फगुनी महतो ने छाती पर मुक्का मारकर कहा—"हाय रे बाप!"
"कहाँ...!"
रात में दो बजे तक कचहरी में पुकार होती रही।

तीन साल से अविराम बजता हुआ नगाड़ा अचानक रुक गया। नगाड़े के ताल पर बजती हुई अजानी रागिनी बन्द हो गई।... नाचता हुआ लट्टू निष्प्राण होकर लुढ़क गया। लुढ़ककर थिर हुए लट्टू-जैसा गाँव! आखिरी फैसला सुनाने के बाद ही हाकिमों ने कैम्प तोड़ दिया।

"अब जिसको लड़ना हो, अपील करनी हो—जाए पुरनियाँ कचहरी! लड़े दीवानी!"

नहीं, इस लट्टू पर फिर से डोरी लपेटनेवाले लोग हैं!

"अभी क्या हुआ है! ग्राम-पंचायत का चुनाव बढ़िया हो जाए। देखो, फिर न जाना पड़ेगा पुरनियाँ, न दीवानी करने की जरूरत होगी। पंचायत का मुखिया यदि अपनी पार्टी के आदमी को चुनोंगे तो, समझो कि गई हुई जमीन फिर मिलकर रहेगी। ग्राम-पंचायत चुनाव की तैयारी करो!"

समसुद्दीन मीर कहता है—"सभी मुसलमानों के दस्तखत और अँगूठे का टीप लेकर कलक्टर साहब के पास जाएँगे। साफ कहेंगे, यदि हिन्दुस्तान में नहीं रहने देना है तो साफ-साफ जवाब दे दीजिए। हम लोग पाकिस्तान चले जाएँगे।...एस.ओ. ने मुँहदेखी करके मुकदमा डिसमिस कर दिया।"

"लेकिन, उन कुंडों पर तो कभी आपका कब्जा नहीं था। आपने तो जबरन ही दावा किया था।"

"इससे क्या! कितने लोग हैं, जिन्होंने सोलहो आने सही दावा किया था? नहीं था कब्जा तो क्या हुआ? आप लोग हजार घर हैं, हम लोग तो बस एक ही टोले में हैं। बात यह है कि...।"

लुत्तो कहता है—"ठीक है! यह तो पौलटीस है। जरूर दीजिए दरखास्त! साफ-साफ कहिए कलक्टर साहेब से। आपने ठीक ही सोचा है। कहिए कि हम लोग

पाकिस्तान भागने के लिए मजबूर हैं। जरूर फत्तेह होगा, आपका!''

''जाने खुदा!''

''खुदा जो करता है, अच्छा ही करता है।'' बीरभद्दर बाबू ने लुत्तो को समझाकर कहा–''समझे लुत्तो बाबू! समसुदिया को एक भी कुंड नहीं मिला। चलो, यह भी अच्छा हुआ।''

लुत्तो ने कहा–''भला, मैंने अपना काम पहले ही बना लिया था। तीन बीघा जमीन अपने नाम से रजिस्ट्री करवाने के बाद मैंने पैरवी शुरू की थी।...डर है कि कहीं ग्राम-पंचायत के चुनाव में समसुद्दीन कुछ गड़बड़ न करे। चलिए, गड़बड़ करेगा तो सभापतिजी से कहकर कांग्रेस से इसपेल्ट करवा देंगे।''

''देखो लुत्तो! बहुत सोच-विचारकर, बहुत माइंड खर्च करने के बाद एक जोजना तैयार किया है मैंने। एजेंट भी मिल गया है। यदि सिड्डूल से काम किया जाए तो समझो कि एक ही बार में चार शिकार!''

लुत्तो दाँत निपोरकर देखता रहा।...बीरभद्दर बाबू हर बार इसी तरह पहले चुटकी बजाकर कहते हैं–'मिल गया! छक्का हाथ मार दिया!' लेकिन कोई भी तीर निशाने पर नहीं लगता।–''कौन एजंट, ज़रा नाम भी सुनें?''

''मनका की माय, सामबत्ती!''

–हाँ, ठीक! लुत्तो ने मन-ही-मन मान लिया, बड़ी जातिवालों का मैंड सचमुच में थोड़ा तेज होता है। आज तक उसके दिमाग में यह बात नहीं आई। लुत्तो अब उछलने लगा। दौड़कर सामबत्ती पीसी के यहाँ पहुँचने के लिए उसका पैर चुलचुलाने लगा।

श्री कुबेरसिंह ने पटना से पत्र दिया है, अपने दोस्त-भाई बीरभद्दर को।

''...'हुआ सवेरा' का पूरा एक पेज रिजर्व है, तुम लोगों के लिए। और भी तेज खबर भेजो। तुम लोग सिर्फ फैक्ट लिखकर भेजो। स्टोरी यहाँ बना ली जाएगी। और एक काम जरूरी है? तुम्हारे गाँव में नट्टिनटोली है। उनमें से किसी एक की नंगी फोटो नहीं खिंचवा सकते? तुम्हारे गाँव में एक हरिजन लड़की पढ़ी-लिखी है। उससे यह नहीं लिखवा सकते कि उसके साथ...?''

दोनों काम कठिन हैं। लेकिन, करना ही होगा। फोटोवाला काम पीछे, पहले मलारी का सिड्डूल बना लिया जाए!

बीरभद्दर बाबू कांग्रेस कमिटी के लैटर-पैड पर सिड्डूल बनाने लगे। आजकल शिवा, न जाने क्यों, कांग्रेसियों और कांग्रेस के खिलाफ बोलने लगा है। बीरभद्दर बाबू अपने छोटे भाई शिवभद्दर की मूर्खता पर दुखित रहते हैं। महामूर्ख है! इसलिए, अपने कमरे में भी फुसफुसाकर बोलना-बतियाना पड़ता है।

''लुत्तो, क्या बतलावें! हमारा शिवा इतना डोल्ट है कि क्या बतावें! विभीषण है। कल से क्या बोल रहा है, जानते हो? कहता है, जित्तन भैया बहुत भला आदमी है। नेनू की तरह मन है, उनका। दूध की तरह दिल सादा है। आप लोग उससे पार

नहीं पा सकते।...सुनो भला!''

लुत्तो ने आँखें नचाकर चेतावनी दी—''उस पर आँख रखिए! बड़ा डंजरस बात है यह!''

बीरभद्दर ने पैड पर सिड्यूल बनाना शुरू किया! = चिह्न लगाकर जयहिन्द, फिर = चिह्न। नीचे—दूसरे काम का सिड्यूल। नम्बर एक को गोल घेरे में डालकर बोला—''क्या लिखा जाए?''

''सबसे पहले, जाना सामबत्ती के पास। सुनाना उसको देश-दुनिया, जात-धरम वगैरह का हाल-चाल। फुसलाना सामबत्ती को एक सौ रुपया देकर। भेजना उसको मलारी के पास, रोज एक बार या दो बार। जब जैसी जरूरत पड़े। फुसलाना। सामबत्ती का मलारी को, दिखलाना लोभ स्कूल की हेड-मिस्ट्रेसी का। दिखलाना लोभ, कांगरेस की लीडरानी बनने का...।''

बिना सिड्यूल किए काम का क्या भरोसा? इस बार देखना है!

काम जल्दी हो, इसका भी उपाय है। डबल फीस! जब कचहरी में डबल फीस दाखिल करने से एक दिन में दस्तावेज निकास होता है तो सामबत्ती की क्या बात?

लुत्तो के उठने की देरी है, काम हुआ जता है, अभी!

कवैयावाली जगी हुई है। सपना देखकर जग पड़ी है।

''आप लोग हवेली के देवर के पीछे क्यों लगे हैं? सर्वे तो खतम हुआ।'' अपने आँगन के कमरे में प्रवेश करते ही बीरभद्दर बाबू की मिडल पास स्त्री ने पूछा—''क्या जरूरत?''

बीरभद्दर बाबू अवाक् होकर कुछ देर तक अपनी स्त्री की ओर देखते रहे। फिर बोले—''देवर के लिए दिल में बड़ा दर्द है!...देखो, सभी काम में तुम लोग इंटरफियर मत करो।''

''आज नहीं लाए वह किताब?'' नुनुदाय यानी बीरभद्दर बाबू की आसन्नप्रसवा स्त्री कवैयावाली ने पूछा।

आजकल, बीरभद्दर बाबू एक अंग्रेजी सचित्र मासिक पत्रिका ले आते हैं, रात में। डिक्शनरी की मदद लेकर, चित्रों की सहायता से अपनी स्त्री को समझाते हैं—प्रायमी केस माने पहिलौंठी अवस्था में क्या-क्या नियम-कानून पालना चाहिए।...दही खाने में हर्ज नहीं। बिलायती बैंगन खूब खाए...।

बीरभद्दर बाबू चौकी पर बैठकर बोले—''क्यों, कुछ खाने को मन डोला है?''

नुनुदाय को अपने पति की आंग्रेसी किस्म की रसिकता पसन्द नहीं। वह चिढ़ जाती है। वह, अपनी माँ की ही नहीं, चाचियों की सभी बेटियों से भी छोटी है अपने मैके में। मैके का नाम लेते ही बीरभद्दर बाबू चिढ़कर अंग्रेजी में गाली देने लगते हैं, उसके भाई-बाप के नाम! जेठानी को अपने आठ-नौ बच्चे-बच्चियों से छुट्टी नहीं मिलती। उसके पति बीरभद्दर बाबू को तो खुद सोचना चाहिए कि...। नुनुदाय

आजकल डर के मारे सो नहीं सकती। आए हैं, बड़ा प्रेम से पूछने, कुछ खाने को मन डोला है?

"मन डोले भी तो क्या! फारबिसगंज के गाजीराम की दुकान से उधार लिया हुआ बासी गाजा खाने के लिए मन का हाल नहीं सुनाती किसी को!"

बीरभद्दर बाबू अपनी बात को वजनी बनाने के लिए अंग्रेजी शब्द ढूँढ़ने लगे। बोले—"तुम मेरी एक छोटी-सी दिल्लगी से भी टेम्पर लूज़ कर देती हो। आजादी देवी...!"

"मुझे आजादी मत कहे कोई! मेरा अपना नाम है।"

"नुनुदाय भी कोई नाम है! और कवैयावाली कहकर देहातियों की तरह पुकारना तुमको अच्छा लगता है? कैसी बातें करती हो! आजादी देवी नाम में क्या बुराई है?"

"मुझे पसन्द नहीं। आजादी देवी, जैहिन्दी देवी! अपनी झोली में रखिए ऐसे नाम!"

"क्यों?"

शादी के पहले ही, सौ नामों में से एक नाम चुनकर डायरी में नोट करके रखनेवाले बीरभद्दर बाबू को ठेस लगती है—"तुम देख रही हो, गाँव में तीन आजाद हैं। परानपुर कोई छोटा गाँव नहीं, तुम्हारी नैहर कवैया की तरह। एक आजाद तो घर के बगल में ही है, सोशलिस्ट, सीताराम आजाद। दूसरा केयटटोली का, राष्ट्रीय गीत-गवैया, अजबलाल आजाद। तीसरा, बंगट प्रसाद आजाद। लेकिन, बता तो दो। एक भी लड़की का नाम आजादी देवी है? ढूँढ़कर देखो!"

"मैं पूछती हूँ कि रोज रात में खराब सपना देखने से क्या करना चाहिए, यह उस किताब में नहीं लिखा हुआ है?"

"क्यों?"

"मैं रोज-रोज एक ही सपना देखती हूँ। बड़ा डर लगता है।"

"क्या?" बीरभद्दर बाबू आतंकित हुए।

"एक बूढ़ी औरत रोज आँखें तरेरकर डराती है!"

"सपने में?"

"हाँ, इसीलिए कहती हूँ कि तुम लोग हवेली के देवर के पीछे हाथ धोकर क्यों पड़े हुए हो?"

बीरभद्दर बाबू चिढ़कर बोले—"क्यों? इसमें पीछे लगने की क्या बात है?... रघुकुल रीत सदा चलि आई, प्रान जाँहि बरु बचनो न जाँहि। वर्ड का भैलू होना चाहिए, इनसान का। तुम नहीं जानती? उसकी माँ ने, बाबूजी को किस तरह बेइज्जत करके, नंगाझारी करके, चोरी का चार्ज लगाकर बदनाम किया? तीन-तीन झूठे मुकदमे किए?"

"जिसका जमा बुड़ावेगा कोई, उस पर मोकदमा नहीं होगा?" नुनुदाय ने बात

गड़ाई, अपने पति की देह में। वह जानती है, सबकुछ!

बीरभद्दर बाबू के मन में आया कि एक फुलपावर का थप्पड़ मुँह पर लगाकर मुँह लाल कर दे। लेकिन कुछ सोचकर गम खा गए–"देखो, एक तो अपनी फैमिली में कहाँ से एक डोल्ट डम्फास विभीषण पैदा हुआ है। अब तुम भी ऐसी बात करती हो? अपने फादर इन लौ के नाम पर झूठा तोहमत लगाती हो? कौन कहता है? किसका जमा बुड़ाया?"

"बच्चा-बच्चा जानता है, बोलता है।"

"बोलने दो!"

अब बीरभद्दर बाबू ने मौन-सत्याग्रह की तैयारी की। कुछ नहीं बोल सकते, ऐसी जाहिल औरत से!

सुचितलाल मड़र अपनी जाति का मड़र है। गाँववाले मानें या नहीं मानें, वह मड़री करने में नहीं चुकता कभी। कोई भी बात हो, उसे पंच की दृष्टि से देखता है सुचितलाल। वह भी सोलकन्ह है, लेकिन सोलकन्हों ने ही उसके साथ दगाबाजी की।

"हाँ-हाँ। जँदिं लुँत्तों नें थोंड़ीं भीं मँदद दीं हों, साँबिंत कँर दें कोंई!"

"तो, तुम कांग्रेस का मेम्बर काहे नहीं बने? जिस दिन चौअन्नियाँ रसीद-बही लेकर आए लुत्तो बाबू, तुमने लम्बे बाँस से ठेल दिया। हम सभी पार्टी का मेम्बर हैं!"

"सोशलिस्ट लोगों के साथ में रहने का फल भोगो! तुमने तो अपना दावा अपनी मड़री की शान में खो दिया। यह मैं हजार बार कहूँगा।"

"सोंसलिंस? सोंसलिंस क्याँ, अँब हँम कौंमलिंस कें साँथ रँहेंगे और कुँण्डा दँखल कँरकें दिंखलाँ देंगे!"

"अच्छी बात!"

"अँच्छी बाँत नँहीं तो बुँरीं बाँत? अँब हँम भी झँन्डाँ लेंकें खिंलाँफँत कँरेंगे।"

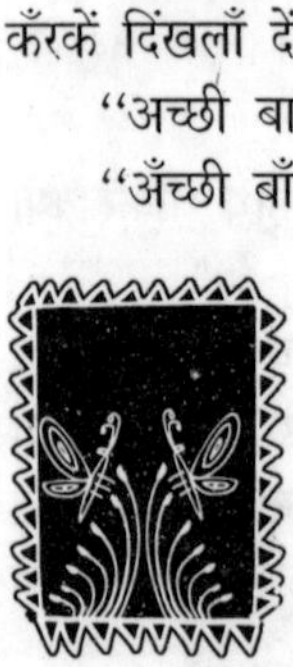

"देखो सुचितलाल!"–मकबूल समझा रहा है, सुचितलाल को–"यदि तुम कुंड दखल करने के लिए पार्टी का मेम्बर होना चाहते हो, तो घर बैठो। समझे! पार्टी की मेम्बरी मामूली चीज नहीं है।"

सुचितलाल मड़र ने बार-बार ईमान-धरम खाकर कहा–"धँर्मांस्तीं, मेंरें मँन में कुँण्ड कॉं कोंईं लोंभ नहीं।"

मकबूल ने बात टालते हुए कहा–"हठात् तुमको पार्टी की मेम्बरी का धुन क्यों सवार हुआ? इस सवाल पर हम कल की बैठक में एकजूट होकर गौर करेंगे।" मकबूल के साथ चालाकी!...द्वन्द्वात्मक भौतिकवाद जिसने नहीं पढ़ा है, सुचितलाल उसको चकमा देकर ठग ले? मकबूल और मकबूल के साथी सभी समस्या और सवालों को काट-पीटकर परखते हैं, ऊपर से टटोलकर अटकल नहीं लगाते। प्रश्न है : सुचितलाल मड़र हठात् कम्युनिस्ट पार्टी का सदस्य क्यों होना चाहता है?

बैठक से एक दिन पूर्व ही, बजरिए गश्ती-चिट्ठी के, मकबूल ने इस प्रश्न को चारों-पाँचों कौमरेडों के सामने पेश किया। बैठक के दिन सभी इस महत्त्वपूर्ण सवाल पर सोचकर गौर करेंगे।

"मुझे तो इस बात में हृदय-परिवर्तन के लक्षण नहीं दिखाई पड़ते हैं। और, यदि मेरा अध्ययन और अनुमान सच हो, तो सुचितलाल मड़र को पार्टी-प्लेज देना हमारे उसूलों के खिलाफ होगा।" रंगलाल गुरुजी ने बैठक में अपनी राय जाहिर की। रंगलाल गुरुजी ने पन्द्रह साल तक विभिन्न खानगी प्राइमरी स्कूलों में गुरुवाई की है। उसको गौरव है–फलाने बाबू, चिलाने सिंह और अमुक वकील ने उसके चटसार में ही खल्ली पकड़कर 'ओनामासिधं' लिखा!...उसके चेहरे को देखते ही लोगों की समझ में आ जाता है–यह आदमी गरीबी से बजाप्ता लड़ता रहा है, ढाल-तलवार लेकर। ढाल उसकी ईमानदारी, तलवार उसकी खरी-खोटी बोली। तीन साल पहले उसने पार्टी की मेम्बरी ग्रहण कर ली। किन्तु, अपने हथियार को नहीं छोड़ा है अब तक।...दो पैसा का वाउचर बनवाने के लिए, जगिया ग्वालिन का पैर तक पकड़ लिया था रंगलाल गुरुजी ने–"जगिया दाय! पार्टी के काम में दही खर्चा हुआ है, वौचर तो देना ही होगा।"

रंगलाल की बात सुनकर बाकी कौमरेडों ने एक-दूसरे की ओर देखा। मकबूल ने दूसरे सदस्य से पूछा। मिडल-फेल लड़के ने पिछले साल पार्टी में प्रवेश किया है। वह रंगलाल गुरुजी की तरह बात में छोआ-गुड़ लपेटना नहीं जानता–"सुचितलाल अपनी जाति का मड़र है। उसके कब्जे में कम-से-कम पचास-साठ घर हैं। इतने घर सिम्पथाइजर हो जाएँगे तुरत!..."

तीसरा सदस्य, शहर से आकर गाँव में बसे हुए, लोहार का लड़का है। मकबूल के बाद खाँटी साम्यवादी रहन-सहन, चालचलन बस उसी के व्यक्तित्व में पाया जाता है। विश्वकर्मा ने कहा–"गाड़ीवानटोली में कितने सिम्पथाइजर थे? कहाँ हैं वे? इसीलिए तो हम लोगों की पार्टी ने यह फैसला किया है। भेड़ियाधसान मेम्बरी नहीं। एक-एक सदस्य का पोस्माटम करके ठोक-बजाकर मेम्बर बनाना होगा।"

चौथे सदस्य ने वैधानिक दर-सवाल उपस्थित किया। कांग्रेस से आया हुआ उत्तिमचन्द है–"सिर्फ, कनफर्म मेम्बरों की बैठक नहीं। जनरल मीटिंग करके

पन्द्रहों-बीसों कौमरेडों को मिलाकर तय करना चाहिए। और, जल्दी ही।"

मकबूल ने बारी-बारी से सबकी बात सुन ली। बात सुनने के समय वह बीच में टोक-टाक नहीं करता है। चुपचाप अपनी दाढ़ी को चुटकी से कीला बनाता रहता है। बात, मीटिंग के बीच हो या किसी सदस्य से, पेश करना जानता है, मकबूल। किसी बात को धीरे-धीरे भूमिका बाँधकर समझाने को वह धूर्तता समझता है। बात को धमाके के साथ धड़धड़ाकर पेश करता है वह–"साथियो! मैंने इस बात के हर पहलू पर जुदा-जुदा, नुक्तेनिगाह से गौर किया है। अभी हमारे एक कॉमरेड ने रिमार्क किया कि गाड़ीवानटोली में कितने सिम्पथाइजर थे! मैं कबूल करता हूँ, यह हमारी और खासकर मेरी करारी हार का एक मजार है। किन्तु, हर बात के अन्दर समाजवादी सत्य का कुछ मिकदार होता है। उस चीज को हमने पकड़ना सीखा है, अपनी हारों से।...सुचितलाल मड़र के पार्टी-प्रेम को परखने में हम गलती कर सकते हैं, यह बात नहीं। मेरा मकसद है कि पार्टी के प्रति उसकी सदिच्छा के समाजवादी सत्य को हमें ग्रहण करना चाहिए।"

सुचितलाल ने बीच मीटिंग में दही-चूड़ा और माल-भोग केला का भार भेज दिया। उसके नौकर ने कहा–"मड़र बोले, बीच मीटिंग में जलपान पहुँचा दो जाकर।" जलपान करने के पहले ही यह तय रहा कि सुचितलाल के समाजवादी सत्य को ग्रहण कर लिया जाए।

विश्वकर्मा खूब समझता है! मकबूल उसकी बात को काटकर हथौड़े की चोट दे रहा है। इसका कारण है। 'जनयुग' में फारबिसगंज की गन्दी सड़कों के बारे में और हरिजन-क्वार्टर में जलकष्ट पर सम्पादक के नाम पत्र विश्वकर्मा ने अपने नाम से प्रकाशित करवाया है। तभी से मकबूल मन-ही-मन विश्वकर्मा से असन्तुष्ट रहता। बात-बात में, बात को काटता है मकबूल, विश्वकर्मा की बात को, बस एक ही धार से–'तुम शहर के नुक्तेनिगाह से देखते हो।...शहरी मजदूरों की समस्या नहीं, खेतिहर मजदूर की समस्या है। तुम्हारा अध्ययन ऊपरी है' इत्यादि।

शाम को सुचितलाल मड़र पुस्तकालय के पठनागार में गनगना आया–"सुंचिंतलाँल मँडर नँहीं, आँज से कौंमरैंड सुँचितलाँल! जिंन साँलो नें अँमीन कीं बँहीं म्रें पोंपी लिंखायाँ हैं, सुँन लें। आँज सें सँफ्फासँफ्फी कौंमरैंड!"

भिम्मल मामा ने कहा–"लो! अरुणोदय हो गया साँझ ही, मुर्गे ने बाँग दी!"

मकबूल जानता है, और बातें बाद में हों, कोई हर्ज नहीं। किन्तु, पार्टी के संगठन के लिए, गाँव में जनबल आवश्यक है। सुचितलाल के

हाथ में जनबल है। और, यही है सुचितलाल का समाजवादी सत्य! मान लिया जाए, सुचितलाल कुंड दखल करने के लिए ही हमारी पार्टी में आ रहा है। तो, क्या हर्ज है? सामाजिक स्वार्थ की पूर्ति के लिए वह हमारे साथ आ मिला है।...

नहीं, वह कुंड के लोभ में पड़कर नहीं आया है। फिर भी, मकबूल का फर्ज है, उसके लिए पैरवी करके कुंड हासिल करवा देना।

–बॉख बॉख! मीत ने मकबूल की नुकीली दाढ़ीवाली सूरत देखकर भूँकना शुरू किया।

''अन्दर आइए!''

''ज़य ज़नता!''

मकबूल के मुट्ठी-अभिवादन का उत्तर जित्तन बाबू ने हाथ जोड़कर दिया ''नमस्कार!''

मकबूल की निगाह सामने खड़ी पत्थर की औरत पर गई। पत्थर की मूर्ति के अंग-अंग से जिन्दगी टपक रही है, मानो। किन्तु, इसका समाजवादी सत्य है...?

''क्या मँगाऊँ आपके लिए? चाय या कॉफी?''

''क़ाफी मुझक़ो सूट नहीं क़रती। नींद मर ज़ाती है।''

जित्तन बाबू के सिगरेट-केस से सिगरेट लेकर सुलगाते हुए, मकबूल ने पूछा– ''आपने अभी तक पार्टी-प्लेज क्यों नहीं लिया है?''

''पार्टी-प्लेज? क्या करूँगा पार्टी-प्लेज लेकर?''

''क़रना क़्या है? आप प्लेज लेकर घर में इसी तरह बैठे रहिए, कोई बात नहीं। आपक़ो फील्डवर्क़ क़रने नहीं क़हूँगा।''

जित्तन बाबू मुस्कराए।

''खैर! प्लेज, जब आपक़े ज़ी में आवे लीज़िएगा। मैं आज़ एक़ महत्त्वपूर्ण काम से आया हूँ।

''क़हिए!''

''सुचितलाल मड़र क़ो ज़ानते हैं न? बड़ा क़नसस किसान है।''

''जी!''

क़म-अज-क़म क़नसस क़िसान के लिए क़नसेसन क़रना क़र्तव्य है। कुंड क़ा तस्फ़िया कर दीज़िए।''

''समसुद्दीन से क्यों नाराज हैं, आप? वह भी काफी चैतन्य किसान है। उसके बारे में भी कहिए। कम-से-कम मुसलमान के नाते भी...।''

मकबूल ने जित्तन बाबू की बात काट दी–''मैं मुसलमान नहीं हूँ। आपने मुझे पहचाना नहीं? मैं पीताम्बर झा, तख़ल्लुस मक़बूल! मैं...नीलाम्बर झा क़ा छोटा भाई।''

जितेन्द्रनाथ मुँह फाड़कर देखते रहे, मकबूल को–''पीत्तू?...तुम्हारे स्वास्थ्य में

काफी परिवर्तन हुआ है। वर्जिश भी करते हो?...एंड हू शेव्स सच क्यूबिस्ट? गाँव के नाई फ्रेंचकट बनाना जानते हैं क्या?"

जित्तन बाबू के उत्साह को देखकर मकबूल ज़रा चिन्ता में पड़ गया... ।...शायद दाढ़ी अच्छी नहीं कटी। कौन बनाएगा गाँव में ऐसी दाढ़ी? मकबूल खुद कैंची और रेजर से तराशता है, लेनिन की फोटो सामने रखकर, उससे एकदम मिलाकर। फिर भी खोंट?

फिर, असल बात की ओर मुड़ने की चेष्टा की मकबूल ने–"आप ज़नयुग़ में लेख क्यों नहीं लिख़ते? प्रोविंसियल पार्टी क़े अछैवट क़ामरेड क़ह रहे थे क़ि जित्तन बाबू क़ा अध्ययन... ।"

"आप...माफ करना, तुम शायरी उर्दू में करते हो या हिन्दी में?"

"मैं हिन्दी में क़भी-क़भी तुक़ मिलाकर कुछ सुनाता ज़रूर हूँ। उर्दू पढ़ना जानता हूँ। ज़हाँ तक़ लिखने की बात है... ।"

"बाइ-द-वे, तुम अंग्रेजी क्यू से तो अपनी पार्टी का नाम नहीं लिखते?"

"नहीं।" मकबूल अचानक भड़का।...क्या समझ रहे हैं जित्तन बाबू? ग्रेजुएट नहीं हूँ तो क्या हुआ, मैट्रिक पास करके 'आइ-ए' में पढ़नेवाला भला क्यू से लिखेगा–"भला क़्यू से क़ौन लिख़ेग़ा?" मकबूल अप्रतिभ होकर मिनमिनाया।

जित्तन बाबू ने अति अचरज-भरी मुद्रा में पूछा–"क्या? क्यूक्लसक्लान?"

"क़्यू से क़ौन लिख़ेग़ा?" इस बार मकबूल ने अपनी बात को ज़रा रुखाई से पेश किया।

जित्तन बाबू ने अपने को धिक्कारा मन-ही-मन। इतनी-सी आत्मीयता बरदाश्त नहीं कर सके जो, उसको सबसे पहले चाय की प्याली देनी चाहिए। जित्तन बाबू भूल ही गए थे। हठात्, उठ खड़े हुए–"चाय के लिए कह दूँ!"

बात उखड़ी।

मकबूल भी इसी बात का ताना-बाना जोड़ रहा है। जित्तन बाबू हमेशा ऐसी ही उखड़ी-उखड़ी बातें करते हैं, सबसे शायद! सचमुच पागल हैं?

लेकिन, अछैवट कॉमरेड ने कहा था कि काम का आदमी है! काम की बात तो हुई ही नहीं अभी, कोई। नहीं, वह बात को उखड़ने नहीं देगा। जित्तन बाबू हवेली के अन्दर से लौट आए–"पाँच मिनट प्रतीक्षा का कष्ट सह्य हो।"

"क़ोई बात नहीं, क़ोई बात नहीं। आप बैठिए!"

"तो, सुचितलाल मड़र कनसस किसान को मैं आपके द्वारा संवाद दे रहा हूँ। वे दोनों कुंड ताजमनी के हैं। मैं लेने-देनेवाला कौन होता हूँ!"

"ज़मींदारी झाँईं मत दीज़िए। यह सब क़चहरी में बोलने-बतियाने क़े लिए रख़िए। सीधी बात, कुंड दीज़िएग़ा सुचितलाल क़ो या नहीं? हाँ-नहीं में ज़वाब दे दीज़िए–छुट्टी!" मकबूल ने मौका पाकर चोट बैठाई बातों पर तड़ातड़!

ज़रा भी नहीं तिलमिलाए जितेन्द्रनाथ।

मबकूल ने देखा, यह आदमी पोलिटिकिली काफी पोला है।

मुस्कराकर बोले जितेन्द्रनाथ–"नहीं!"

मकबूल आश्चर्यित हुआ। उसकी नुकीली दाढ़ी के केश खड़े हो गए, मानो। उसने पुनः एक संक्षिप्त प्रश्न किया–"आप क़म्युनिस्ट पार्टी क़े सिम्पथाइज़र हैं या नहीं?"

"नहीं।"

"आप ज़न युग़ पढ़ते हैं या नहीं?"

"हाँ। माफ कीजिएगा, मैं 'हुआ सवेरा' भी पढ़ता हूँ।"

" 'हुआ सवेरा' ने तब ठीक ही लिखा है, आपक़े बारे में?"

"हाँ।"

"ऐं? हाँ? मैं आपक़ो चुनौती देता हूँ, आप पीछे पछताइएगा। सुचितलाल तो क़ुंड दख़ल क़रक़े छोड़ेग़ा।"

"चुनौती मुझे दीजिए झाजी!" ताजमनी ने परदे के उस पार से कहा।

मकबूल चौंका। यह तो एकदम बजाप्ता घर बसाकर रह रहे हैं, दोनों!

गोबिन्दो ट्रे में जलपान और चाय ले आया। जित्तन बाबू ने प्यालियों में चाय डालते हुए उत्तेजित मकबूल से पूछा–"चाय में चीनी ज्यादा डालूँ या कम?"

"मैं चाय नहीं पीता। क़्या आप समझते हैं क़ि नाश्ता और चाय और सिग़रेट पर आइडोलौज़ी बेचनेवालों क़े दल क़ा है मकबूल?"

मकबूल उठ खड़ा हुआ। वह ऐसे विलासी वातावरण में रहकर अपनी द्वन्द्वात्मक भौतिकवादी बुद्धि को कुंठित नहीं करना चाहता।...संगमरमर की औरत की बेहयाई बरदाश्त के बाहर बढ़ गई।

"और चूँक़ि आपने समाज़विरोधी क़ाम क़िया है इसलिए भी आपक़े अन्नज़ल से हमें परहेज़ क़रना चाहिए।"

"समाजविरोधी?" जित्तन बाबू अपनी प्याली में चीनी मिलाते हुए मुस्कराए।

"नहीं तो और क़्या? 'हुआ सवेरा' क़े पृष्ठ बोलते हैं, सुर्ख़ियाँ बोलती हैं।... आपक़ी यह हवेली बोलती है। आपक़ी नवेली..."

हवेली के पुराने कमरे प्रतिध्वनित हुए–"क्या खूब! क्या खूब!"

–बॉख! बॉख!

"मीत!...इसको अन्दर बुला लो ताजू!"

मकबूल कमरे से बाहर चला गया...लुत्तो ठीक करता है, ठीक कर रहा है। लेकिन, मकबूल की दुश्मनी बुरी साबित होगी। याद करेंगे।

"घर बैठे आपकी लड़ाई कैसे हो जाती है, लोगों से?" ताजमनी ने परदे के उस पार से ही कहा–"क्या जरूरत? कुंड से क्या आता है अब?"

"आज मैं फलाहार करूँगा।"

ताजमनी के अंग-अंग में गुदगुदी लगी। मालकिन-माँ मुस्कराती कहती–"ताजू, आज एक आदमी फलाहार करेगा। सुबह से गुस्सा खा-पीकर बैठा है। कुपित पित्त में फलाहार...!"

ताजमनी परदे के उस पार से हट गई। मीत उसके पीछे-पीछे भागा।

सुरपतिराय टेप-रिकॉर्डर बजाकर गीत का आखर लिख रहा है!

पंचरात्रि!

पाँच रातों तक अहोरात्रि गीत-कथा गाकर असाध्य रोग अर्धांग से मुक्ति नहीं मिले, नहीं चाहिए अस्सी वर्ष के रघ्घू रामायनी को गई हुई देह!...गुरु के ऋण से उऋण हुआ है, वह! उसका जन्म अकारथ नहीं गया।

चार रातें, सुननेवाले ही कह सकते हैं, कैसी धड़कती हुई रातें थीं! किन्तु पाँचवीं रात तो कथा का सुर ही बदल गया। यह क्या हुआ?

सुन्दरि नैका का भी दिल डोल गया–दन्ता राकस पर? खुद फँस गई प्रेम के फन्द में!...महाबलशाली दन्ता, किसी देवता से क्या कम है? देवता तो रात-दिन सेवा करवाएँगे। और, यहाँ दन्ता कहता है कि रोज पैर पखारेगा सुन्दरि नैका का! जिसकी हिरन्नि रानी रने-वने रो रही है, जिसका प्यारा बच्चा आस लगाकर बैठा है। हाय, हाय! सुन्दरि नैका दिल की बात कहने चली दन्ता से। लेकिन, सुन्दर नायक भी भारी गुनी आदमी! सब चलित्तर देख रहा था अपनी बहन का! अस्सी मन लोहे की बेड़ी-बाँध में जकड़कर बाँध दिया सुन्दरि को!

सुन्दर नायक ने जाकर देखा, पाँचवाँ कुंड भी तैयार है। बोला–'छठा कुंड तैयार करो। शर्त में छह कुंड खोदने की बात है। सुन्दरि कह रही है।'...एक झलक भी नहीं। जब तक छठा कुंड तैयार नहीं करते, सुन्दरि की एक उँगली भी देखने को नहीं मिलेगी।

मोहनबान से घायल दन्ता भूल गया कि कितनी रात बाकी है। राकसों की टोली को हुक्म दिया–'कोड़ भैर्रा!' राकसों ने कुंड की गोलाई का चिह्न दिया ही था कि मुर्गे ने बाँग दे दी। भोर का तारा आखिरी बार झिलमिलाकर लुप्त हो गया।

तब, सुन्दर नायक ने अगिया बान मारकर सभी राकसों को जला दिया।...कुंड की गोलाई में खड़े एक सहस्र राकस हाथ उठाकर किलकिला उठे–'ऐ-रे भैर्रा-आ-आ! रे सरदार-हा-हाय!'

उधर लोहाबासा-घर से, बेड़ी-बाँध में जकड़ी सुन्दरि नैका रो-रोकर पुकारती रही :

एक पहर बीतल जे दुई पहरे, जे तेसरो पहर हो-ओ-
रात कटे सुन्दरि छाती कुटे दैवा आँगन में।

भागहु-भागहु मीता दन्ता रे, सुनू दन्ता-रे-ए,
तोहरो हिरन्नि रानी रोई मरी बिरनाबन में।
बेटवा तोहर रोज हुलसि रहे, बप्पा आवता रे,
मैया लावता रे-ए, मानुसछोरी मइया के आस लगावल सुगना रे-ए!

उधर, एक सहस्र राकस हाथ उठाए अगियाबान से झुलस गए।...सेमलबनी के सेमल के पेड़, राकसों की ही कठाई हुई कायाएँ हैं। हाथ उठाए, ऊपर की ओर। लाल-लाल फूल, आग की लपट!

दन्ता राकस अपनी देह की आग बुझाने के लिए दुलारीदाय के कुंड में कूद पड़ा। भोर-भोर तक वह पुकारकर मर गया–'अरी ओ-ओ-ओ मानुसछोरी मोहनियाँ-याँ-याँ! पीरितियो जनि तोड़े-ए-ए, हमहुँ मरि जायब!'

सुन्दरि नैका का ब्याह देवपुत्र से ही हुआ।

किन्तु ऐसा श्रापभ्रष्ट देवपुत्र, जो एक ही रात धरती पर सुख भोगने के लिए आया था...पुरइन-फूल से भरे कुंड में, दूसरे दिन देवपुत्र का निष्प्राण शरीर फूलकर तैरता रहा।

सुन्दरि नैका इस संसार में रहकर क्या करे?...'ओ रे मीता दन्ता! मैं आ रही हूँ।' दन्ता-कुंड में एक बड़ी मछली कूदी–छपाक्!

दन्ता के मरने के बाद कुंड के पास पहुँची हिरन्नि रानी। उसके कुछ ही क्षण पहले विधवा सुन्दरि नैका डूब मरी थी कुंड में। किनारे पर रख गई थी, सोने की एक कटोरी, खीर से भरी हुई–दन्ता के बेटे के लिए।

औरत के दिल की बात औरत नहीं परखेगी? कलेजा कूटकर गिर पड़ी हिरन्नि रानी :

दन्ता रे दन्ता, तोरा बिना धरती पे कछुओ ना सूझे
मोरा लेखे कठिन जीवनियाँ रे, सुनु दन्ता!
दन्ता रे दन्ता, कूल के निशनियाँ तोरा बेटवा नदनवाँ,
सेहो, छोड़ि केकरा पे जायब रे, सुनु दन्ता!

...'मानुस-छोरी मइया भी चली गई तेरी, ओ रे मेरे लाल!'

...रघ्घू इससे आगे नहीं गा सका! कथा के अन्त में, सभी बाल-बच्चेवाली माताओं से रघ्घू ने प्रार्थना की। उसकी सफेद दाढ़ी से झर-झरकर आँसू गिर रहे थे– "कल रात घर-घर से खीर से भरी कटोरी उत्तर की ओर से दूसरे कुंड में दन्ता के टूअर बेटे के नाम चढ़ाइए! बाल-बच्चों का कल्याण होगा!"

...छोटा-सा भोला-भाला राकस का बालक! हाथी के बच्चे जैसा हुलसता हुआ कटोरों से खीर लेकर खाता हुआ। न जाने कब का भूखा-प्यासा टूअर बच्चा! बच्चा आदमी का हो या राकस का!...ओ री मानुस-छोरी मइया-या-या!

''जैकिट कहो या जमाहिर कोट, एक ही बात है।'' लुत्तो ने सामबत्ती पीसी को बात समझाते हुए तुलनात्मक उदाहरण दिया–''चाहे दो सौ रुपया नकद लो या दो सौ रुपए का धान तौला लो। एक ही बात है। बीरभद्दर बाबू बादशाही आदमी है।'' लुत्तो अपने साथ जितवा पन्हेड़ी की दुकान से पिपरमेंटवाला पान ले आया है। सामबत्ती पीसी पान मुँह में लेकर बोली–''अच्छा! इसका जवाब, मन में बूझ-विचारकर कल दूँगी। लेकिन, मेरी एक बात का जवाब दो पहले! आखिर, जित्तन के पीछे तुम लोग क्यों लगे हुए हो? सर्वे अब खतम हुआ, झगड़ा-झंझट भी खतम करो! और जिसको तुम सिकन्नर-शा-बादशा समझते हो उसको मैं अच्छी तरह पहचानती हूँ।...आ रे गरुड़ा-आ-आ तू-तू!''

सामबत्ती पीसी जब अपने कुत्ते को पुकारे तो समझो कि आसपास कहीं गरुड़ झा की बोली उसने सुनी है।

गरुड़धुज झा चौबटिया पर खड़ा होकर किसी से पूछ रहा है–''इधर लुत्तो आया है? लुत्तो पर नजर पड़ी है किसी की?''

लुत्तो को गरुड़धुज झा पर ज़रा भी विश्वास नहीं, लेकिन उसका संग करना पड़ा है। मजबूरी है!

लुत्तो ने सामबत्ती की बातों का कोई जवाब नहीं दिया। बोला–''तुम सोलकन्हटोली की सबसे चान्सवाली हो, इसीलिए तुम्हारे पास आया। मैं अभी चलता हूँ, सोच-समझकर जवाब देना!...खूब पौलिसी देना मलारी को!''

–ई-पी-ही-ही-ही! ई-पी-ही-ही-ही!

इसको मैथिलाम ठहाका कहते हैं। मैथिलों की खास पहचान! कंठ से कठाई हुई हँसी के साथ निकलता है यह ठहाका!

गरुड़धुज झा ठहाका लगाकर सूचना देता है लुत्तो को–''बड़े अकबाली आदमी हो, तुम लुत्तो बाबू! मालूम है, मकबूल भी अब बिलकुल उलट गया है। अभी कह रहा था, लुत्तो ठीक कर रहा है। जित्तन नरक का कीड़ा है। उसको गाँव से भगाना होगा, नहीं तो सारा गाँव नरक के कीड़ों से भर जाएगा।''

''ठीक पहचाना है मकबूल ने! देर से ही सही, लेकिन पहचाना है।...नरक के कीड़े तो बढ़ रहे हैं गाँव में!''

''हाँ, कल देखा। कौलेजिया लड़कों का एक गिरोह हवेली की ओर से खूब खुशी-खुशी आ रहा था। पता लगाना चाहिए।''

''कौन-कौन था?''

''भूमिहारटोले का सुवंशलाल, कमलानन्द, प्रयागचन्द, नितिया। मैथिलटोले का अनरूध, शशभूखन, किरता। और...सोलकन्हटोली का रधवा, सत्रूघन, मोहना। कमेसरा भी था!''

''हूँ-ऊँ-ऊँ!'' लुत्तो ने दाँत से ओठों को चबाते हुए कहा–''देखिएगा, सभापति जी से कहकर सबको कौलेज से इसपेल्ट करवाते हैं या नहीं!''

गरुड़धुज ने मुँह में खैनी तम्बाकू लेते हुए थुकथुकाया–''थू, अरे इससे क्या होता है! जाने दो लोगों को। एक मकबूल अकेला ही काफी है। कौलेज के लड़कों की लड़कभुड़भुड़ी चार दिन भी नहीं चलेगी। मकबूल के दिमाग में काफी फौक्सिंग है। फुफुआ रहा था गेहुअन साँप की तरह! उससे मिलकर बात करोगे तो समझोगे!... अच्छा, मैं अभी चलता हूँ, रोशनबिस्वाँ का बेटा ज़रा पगला गया है। बाप से लड़ाई-झगड़ा करके अलग खाना-पीना कर रहा है।''

लुत्तो सिडूल से बाहर की बात सुनकर इतना प्रसन्न हुआ कि राह चलते नौटंकी की पंक्तियाँ गुनगुनाने लगा–''किस गफलत की नींद में रहे पलँग पर सोय, अजी अब तो मजा सब मालूम होय। अजी, हाँ-हाँ-जी! मालूम होय!''

सर्वे के मारे हुए, हारे हुए लोग! उन्हें कोई नहीं पूछता, अब। सर्वे की बात कोई नहीं करते। आजकल, सिर्फ ग्राम-पंचायत की बात होती है, गाँव में।

कहते हैं–गुड़ के गाछ ऊख को सभी मिठाइयों का बाप समझा जाता है। उसी तरह ग्राम-पंचायत भी सभी सुखों की माँ है। इस पर कब्जा करो तो फिर कौन पूछता है, जमीन! कितनी जमीन लोगे?

दीवाना ने बिखरे, टूटे और हारे हुए लोगों को सँभालने का बीड़ा उठाया है। क्योंकि लुत्तो के पास इतना समय नहीं कि वह लोगों का रोना सुनता फिरे। प्रेम की बात करे। लुत्तो और बीरभद्दर ने मिलकर दीवाना से कहा है, ''सोलकन्ह नाटक-मंडली तैयार करो। जल्दी!''

''प्यार का बाजार! हाँ, 'प्यार का बाजार' का खेला होगा। सिर्फ सोलकन्ह लोगों के लिए, सोलकन्ह नौजवानों के द्वारा यह नाटक खेला जाएगा।''

''अच्छा, दीमानाजी! आपका एक नाटक तो बम्बै में भी खेला होता है, सुना। कहाँ-कहाँ गए थे आप?''

''मैं? मैं बहुत जगह गया भाई! कलकत्ता से लेकर दिल्ली, दिल्ली से बम्बै। समझो कि अखिल भारत। सब जगह लोगों ने कहा–दीवानाजी, आप हम लोगों के देश में रह जाइए। यहीं 'प्यार का बाजार' कराइए। लेकिन, मैंने कहा, हर्गिज नहीं। मैं गाँव का रहनेवाला आदमी हूँ। अपने गाँव में ही रहूँगा और वहीं 'प्यार का बाजार' खेला

होगा। बम्बै में फिलिम-सिनेमावाले इतना रोकने लगे, जिद्द करने लगे! यहाँ तक कि झोली भी मेरी छिपाकर रख दी, एक हीरोइन ने। मगर भाई, दीवाना ऐसा नहीं...।"

"ठीक किया आपने! अपना गाँव फिर अपना ही गाँव, है कि नहीं?"

"अच्छा किया आप चले आए।...आखिर, झोली दिया या नहीं?"

"अब, गाँव में 'प्यार का बाजार' होने दे तब तो? बारह बखेड़िया लोगों के बीच कोई काम होना मुश्किल है।"

खाली बोतलों की तरह लोगों के दिमाग, इसमें जो कुछ भी भर दो समा जाएगा! प्रेमकुमार दीवाना ने कहा—"कितना काम करूँ अकेला? देखो, अभी भी डाक से चिट्ठी आई है—चार कविता, दस कहानी और करीब बारह नाटक की माँग पटना से आई है, लोहारपुर मुहल्ला से।...पटना की क्या बात! वहाँ जब मैं गया तो स्टेशन पर एक हजार पबलिक मुझे सिर्फ देखने के लिए जमा हो गई थी।"

"इस्स! एक हजार?"

"तो, हो न तैयार? तुम लोग सहायता दोगे न? शुरू करें लिखना, प्यार का बाजार?"

"हाँ, हाँ, तैयार-ही-तैयार हैं सब! अब तो सर्वे का भी झंझट नहीं। ज़रा, एक चोटिलवा पाट हमारे लिए भी लिखिएगा!"

"जोकड़ का पाठ हमको दीजिएगा।...अहा हा, सुचितलाल हम लोगों के दल से निकल गया। नहीं तो, 'प्यार का बाजार' में वह भी कमाल दिखला देता। बिदेसिया नाच में वह जब बटोहिया बनकर आता था और 'तोंहँरों बँलेंमुजी कें चिंन्हियों नाँ जाँनियों' गाने लगता था तो सारंगी भी उसके मोकाबले में मात खा जाए।"

प्रेमकुमार दीवाना ने दलित नाटक-मंडली की कच्ची बही पर नाम दर्ज करना शुरू किया। दीवाना कहता है—"कलकत्ता, बम्बै थेटर के असली भेद का पता लगाकर आया हूँ। सब एलिक्ट्रिक की चालाकी सीख आया हूँ। देखना 'प्यार का बाजार' कैसा जमता है!"

"दीवानाजी...!"

"गलत नाम मत बोलो, दीवानाजी नहीं बोल सकते?"

"दीनावाँ...नहीं-नहीं, दीबानाम...।"

मलारी सोच रही है, इस दीवानाजी को क्या कहा जाए?...

उस रात में दुम दबाकर भागे और आज फिर स्कूल से लौटते समय दीवाना को एक जरूरी बात पूछने की जरूरत हो गई। बड़ा आया है, मलारी

का भला-बुरा सोचनेवाला! मलारी अपना भला-बुरा खुद सोचती है। दीवाना की आँखों में हमेशा शैतान हँसता रहता है। मलारी का यह दुख नया नहीं। सात वर्ष की उम्र से ही वह दुनिया के लोगों की जहरीली निगाहों को पहचानने लगी है। मलारी सच-सच बयान कर कभी लिखे तो...तो, न जाने क्या हो जाए!...

मलारी अपने बाप को दोष नहीं देती। चिड़चिड़ा है, मद्‌दकी है। लेकिन गाँव के बहुत भले लोगों से अच्छा है उसका बाप। मलारी का बाप ही क्यों, गाँव की किसी भी लड़की का बाप ऐसा ही मद्‌दकी और चिड़चिड़ा हो जाएगा, हमेशा आदमी को हाँकते-हाँकते!...पिछली चार-पाँच रात से चौबेजी पर भूत सवार हुआ है। रोज रात में चौबेजी की बछेड़ी खो जाती है। दो पहर रात में मलारी के बाप को जगाकर पूछने आते हैं–'महीचन, मेरी बछेड़ी को देखा है?' कल रात मलारी के जी में आया कि पंडित सरबजीत चौबेजी से पूछे...। क्या समझ लिया है चौबेजी ने? उस दिन ठाकुरवाड़ी गई थी मलारी, रामलला के दर्शन करने। दूर से चौबेजी ने कहा–'तुम मन्दिर की सीढ़ी पर या बरामदे पर से दर्शन कर सकती हो, मलारी! कोई हर्ज नहीं। तुम्हारा संस्कार बदल गया है।' इसके बाद चौबेजी ने इधर-उधर देखकर हाथ के इशारे से बुलाया–'पगली ऐसा मौका कभी नहीं हाथ लगेगा। कहीं, कोई नहीं! आकर चुपके से रामलला का चरण छू ले! आ! आ जा! डरती है काहे?'...

रामलला और रामलला के पुजारी पंडित सरबजीत चौबे को दूर से ही नमस्कार करती है, मलारी! लेकिन, मँगनीसिंह...प्रेमकुमार दीवाना की क्या दवा की जाए? अभी-अभी डाक से एक गुमनाम चिट्‌ठी मिली है, मलारी को। दोहा, चौपाईवाली चिट्‌ठी!...

–मैं किसी के प्रेम में पागल हुआ हूँ, वर्ष-भर से रात में जागल हुआ हूँ। मेरी जान, मलारी! तुम पर कुर्बान यह प्राण! आओ, चलो! इस भेदभाव की दुनिया से दूर, बहुत दूर चल चलें हम! जहाँ मैं रहूँ, तुम रहो और कोई न रहे...! तुम सुवंशलाल से हँस-हँसकर बात करती हो और मुझको दुतकारती हो। खैर, मेरी किस्मत में यही है। मैं रस चूसकर उड़ जानेवाला भौंरा नहीं हूँ। कलात्मक प्रेम किसे कहते हैं, यह क्या जाने सुवंशलाल! कलात्मक प्रेम करनेवाला मधुकर रस चूसकर उड़ नहीं जाता। वह गुन-गुन-मुन-मुन कर फूल के अधर पल्लव पर...।

शैतान! बदमाश!

न जाने क्यों, जब से सुवंशलाल और मलारी की चायवाली कहानी उड़ी है गाँव में, मलारी को रोज पाँच-सात बार सुवंशलाल की याद आ जाती है।...सुवंश बाबू? ऐसा आदमी आजकल कहाँ मिलेगा! कुछ कहना चाहते हैं, लेकिन कह नहीं सकते। कई दिनों से देख रही है, मलारी। सभी नौजवानों को जानती-पहचानती है।...

अररिया कोट जाने की बदनामी! मलारी अपनी या सुवंश की सफाई देने के लिए दाल-भात की तरह कसम-पर-कसम नहीं खाएगी। जिसको परतीत न हो, उसकी

खुशामद तो नहीं करने जाएगी, मलारी? हाँ, इतनी-सी बात वह जरूर कहेगी कि पाँच-छह घंटा साथ रहने पर भी, सुवंश बाबू ने कोई बेकाम की बात नहीं कही। घोड़ागाड़ी पर, एक बार सुवंश बाबू की गोद में गिर पड़ी वह। अररिया कोठ की सड़क तो अपने गाँव की सड़क से भी गई-गुजरी है। घुटने-भर गड्ढों में घोड़ागाड़ी हिचकोले खाती।...सुवंश बाबू का मुँह लाल हो गया था। वे सरककर अगली गद्दी पर बैठ गए थे।

मलारी चाहती है, सुवंशलाल के नाम के साथ उसकी बदनामी फैले। खूब जोर से! वह, अब किसी से नहीं डरती। सुवंश बाबू क्या कहना चाहते हैं? कहते-कहते रुक क्यों जाते हैं? बोलो न सुवंश बाबू, मँगनीसिंह की क्या दवा की जाए? कायर ने अपना नाम नहीं लिखा है। नाम के बदले दोहा :

—ढाई आखर शब्द का मैं हूँ बेचलर ब्वाय,
चिन्हनवाले कहत हैं, है मजनू का भाय!...

"सुबो रे, सुबो!" सुवंशलाल की बूढ़ी माँ अपनी पतोहुओं के मुँह से सुनी हुई बात का विश्वास क्यों करे? सुवंश उसका कोरपच्छू लड़का है। कोरपच्छू, सबसे आखिरी सन्तान! माँ से कुछ नहीं छिपाएगा उसका सुबो।

"सुबो!"

"क्या है माँ?" सुवंशलाल को माँ के मन की बात की झलक मिल गई, मानो। वह अपनी माँ से आँखें नहीं मिला सका।

"तुम्हारी भाभियाँ क्या कह रही हैं...?"

"भाभियों का नाम क्यों लेती हैं मइयाँ?" मँझली भाभी ओसारे के नीचे से बोली—"आँगन छोड़कर कहीं जाती हूँ तो बस एक ही बात सुनाती हैं, सभी। कोई ताना मारकर कहती है—नई देवरानी के लिए कोठरी बनवाओ, मँझली! कोई कूट करती है—घर की भौजी रसवाली बात नहीं करे तो आदमी क्या करे! जिस टोली में, जिस आँगन में रस मिलेगा, जाएँगे।...आज भी मैं लड़ आई हूँ छत्रीटोले की सन्तोखीसिंह की बेटी से!"

बड़ी भाभी बोली—"जिस दिन से अखबार में फोटो छापी हुआ है, गाँव के लहेंगड़े लड़कों ने मलारी को बाभनी समझ लिया है।...मकबूल, मनमोहन और दीनदेलवा ने तो मुसलमान हाड़ी-काछी-मोची को पहले से ही माथे पर उठा लिया था। अब लोग घर में चाह नहीं पीकर मलारी के हाथ का परसाद पीने जाते हैं।"

"सान्ती के बाबू कह रहे थे कि इस बार फागुन चढ़ने के पहले ही, अगहन में

काझा-गनेसपुरवाले शादी करने को तैयार हैं।''

सुवंशलाल चुपचाप सामने पड़ी हुई बीमा-पुस्तिका को उलटता रहा। उसकी माँ ने अपने सुबो का मुँह देखकर न जाने क्या समझा कि फूट-फूटकर रोने लगी–''बेटा रे!''

''माँ! क्यों रो रही हो?...सब झूठी बात है। जीवन-बीमा के काम में चार पैसा कमा लेता हूँ घर बैठे। यह भी लोगों को बरदाश्त नहीं होता!''

''तँ, चाह की बात झूठ है?'' मँझली ने पूछा।

''हाँ, झूठ है। सरासर झूठ!''

''लेकिन, मलरिया ने तो अपने मुँह से कबूल किया है।'' बड़ी भाभी बोली। मँझली ने बात में जोड़ा-पट्टी लगाई–''इतना ही नहीं! कहती थी कि रकसागाड़ी में एक आदमी की जगह में दो आदमी बैठकर कैसे जाते? इसलिए, सुवंश बाबू कोरियाये हुए ले गए।''

सुवंश के मँझले भाई यदवंशलाल ने आँगन में प्रवेश किया–''सान्ती की माय, मैं कह देता हूँ–मेरी थाली, मेरा लोटा, गिलास वगैरह अलग रखो। सभी लोटे थालियों के साथ क्यों रखती है? पीठ की खाल खींच लूँगा।...आग में जलाओ कटोरी को!''

गुस्से से पैर पटकता हुआ बैठक की ओर चला गया यदुवंश। बड़ा भाई रघुवंश बहुत शान्त प्रकृति का आदमी है। मँझले भाई की बोली सुनकर पिछवाड़े की बगिया से आया–''मइयाँ, क्या बात है? आग में थाली-लोटा क्यों झोंकने कहता है यद्दू?''

बूढ़ी ने आँखों को पोंछते हुए कहा–''जमराज दुश्मन को मेरे ही साथ दुश्मनी है। उठा नहीं ले जाता!''

रघुवंश बाबू ने अपनी स्त्री से पूछा–''क्यों मोरंगवाली, क्या बात है?''

मोरंगवाली, बड़ी भौजी ने घूँघट के नीचे से जवाब दिया–''जद्दू बाबू वैस्नव हैं। मांस-मछली उनकी थाली में कोई क्यों परोसती है?''

''आज कहाँ से मछली आई?''

सुवंश की माँ बात पर राख नहीं डालना चाहती–''मछली नहीं, मलारी!''

''मलारी?''

''हाँ! सुबो ने जीवन-बीमा किया है उसका। इसलिए, जद्दू अपनी थाली में नहीं खाने देगा, सुबो को।''

रघुवंश बाबू ने सरलता से कहा–''उसका माथा खराब है।''

''मेरा माथा खराब है? जाकर पूछिए गरुड़ झा से, छत्रीटोला के मंगना से, तेतरटोली की सामबत्ती से। क्या कहते हैं, लोग? आप तो दिन-भर गाँव में रहते नहीं, खेत में क्या सुनिएगा?'' यदुवंश ने बैठक की खिड़की से आँगन की ओर जवाब दिया।

''क्या कहते हैं लोग? क्या है रे सुबो?''

सुवंशलाल ने कहा—"मुझे क्या मालूम? भैया को ही पूछिए।"

"काम करो तुम और पूछा जाए भैया से?" यदुवंश आँगन में आ गया, "बोलो, क्या चाहते हो तुम? काझा-गनेश्पुरवालों को चिट्ठी लिखें?"

"काझा-गनेशपुरवालों को चिट्ठी लिखने की क्या बात है?" सुवंश ने साहस से काम लिया।

शान्ति स्कूल से आई और हाथ की किताब सुवंश काका को देती बोली—"मलारी मास्टरनी ने दिया है। बोली कि आज पुस्तकालय बन्द है। किताब लेती जा, काका को दे देना!"

सुवंशलाल की अन्यमनस्कता से किताब गिर पड़ी और किताब के अन्दर का लिफाफा छिटककर बाहर आ गया।...सुवंश बाबू को मिले। जरूरी, बहुत जरूरी, लाल स्याही से रेखांकित!

रघुवंश बाबू ने कहा—"कम्पनी की चिट्ठी-पत्री, हर-हिसाब इधर-उधर न हो! तुम्हारे-जैसा भुलक्कड़ आदमी कहीं नहीं देखा।...गड़बड़ होने पर बूझना! पोस्टमास्टर का क्या हवाल हुआ था? चार आने पैसे के हिसाब की गड़बड़ी में, चार सौ रुपए दंड। कम्पनी का कारबार है!"

सुवंश ने लिफाफे को पाकेट में रख लिया। मँझली बहू ने बड़ी की ओर देखा।

दोनों भाई जब दरवाजे पर चले गए तो मँझली ने अपनी लड़की को डाँटते हुए कहा—"तू स्कूल में पढ़ने जाती है या डाकपेन का काम सीखने?"

शान्ति को मलारी मास्टरनी कितना प्यार करती है! 'बेटी' कहती है।—'शान्ति बेटी, भूख लगी है? जाओ घर, छुट्टी!'

सुवंशलाल ने अपने कमरे से निकलते हुए कहा—"जिस स्कूल की मास्टरनी रैदास की बेटी है, उसमें पढ़ने के लिए भेजती ही क्यों हो अपनी बेटी को?"

बड़ी ने मँझली की ओर देखा—बात सच है!

मँझली तुनककर बोली—"कोई कुछ करे, हमको क्या!...जीवन-बीम्मा का सब रुपैया मलारी के पेट में जाएगा, देखना, दीदी!"

"सुबो का क्या कसूर! वह छौंड़िया ही ऐसी है। जब तक छौंड़ी न दे आस, तो छौंड़ा क्यों जाए पास?"

सुवंश सीधे हवेली की ओर जा रहा है, अपने आँगन से निकलकर। यदुवंश ने पुकारकर कहा—"दरवाजे पर मच्छड़ काटता है तुमको, क्यों? कहाँ जा रहे हो? गुरुमन्तर लेने?"

रघुवंश बाबू ने बछिया को घास देते हुए कहा—"तुम तो बेकार उसके पीछे पड़े हुए हो!"

"बेकार? देखिएगा, एक दिन सभी चमार मिलकर सिर तोड़ेंगे, इसका। आपकी ढिलाई से ही...।"

"क्या किया है सुवंश ने? किसका घी का घड़ा उलटाया है?"

"मलारी से फँस गया है!" यदुवंश ने खोलकर कहा–"अब समझे?"

"फँस गया है?"

"और यह बात छिपी रहेगी? काझा-गनेशपुरवालों को यदि मालूम हो जाए कि चमार की बेटी से फँसा है लड़का, तुरत भड़क जाएँगे।"...रघुवंश बाबू चुपचाप सोचने लगे।

प्यार का बाजार!

एक गाँव-समाज का सामाजिक नाटक!

लेखक : श्री प्रेमकुमार 'दीवाना'।

भूमिका!

नाटक लिखने के पहले ही मंगनीसिंह नाटक की भूमिका लिख रहा है।

...प्रेम सरोवर स्नान करि, धर नटवर को ध्यान,
दीवाना रचता अहो, नाटक एक महान!

संसार में प्रेम के नाम पर, प्यार की दुहाई देकर आज तक घनेरों नाटककारों ने अपनी लेखनी को कलंकित किया है। कलात्मक प्रेम उठ गया है, समाज से।...

कला पर प्रेम की कलई कलम मेरी चढ़ावेगी,
कलात्मक प्रेम का झंडा जगत-भर में उड़ावेगी! इति शुभम्।

निवेदन–दीवाना

पात्र-परिचय :

1. पागल प्रेमी–प्रेम तत्त्व को ढूँढ़नेवाला एक युवक।
2. जागल प्रेमी–प्रेम में वर्षों से जगा हुआ प्रेमी। अधेड़।
3. अभागल प्रेमी–जिसकी प्रेमिका की शादी दूसरे से हो गई।
4. मूक प्रेमी }
5. हूक प्रेमी } –एक ही प्रेमिका को प्यार करनेवाले दो प्रेमी।

...पैंतीस पात्र हैं। पात्री?

दीवाना ने सबसे पहले, मलारी को पत्र लिखना आवश्यक समझा।...मनमोहन बाबू की बहन लीला पटना में नाटक करती है। गाँव में भी स्टेज पर उतरेगी। लेकिन, दलित-नाटक-मंडली को उससे क्या लेना-देना! यदि मलारी तैयार हो जाए तो नाटक में एक पात्री का भी समावेश कर सकता है दीवाना ..।

"प्यार का बाजार हो या नहीं हो। इस बार शामा-चकेवा तो जरूर होगा। इसी पूर्णमासी की रात को शामा-चकेवा है, तैयारी करो!" मलारी कहती है लड़कियों से। अपनी उम्र की लड़कियों और सखी-सहेलियों को उत्साहित कर रही है–"कौन कहता है कि यह गँवार पर्व है?...इसे माननेवाली लड़की फॉरवर्ड लड़की नहीं समझी जाएगी! रहने दो वह सब फॉरवार्डी, शहर में!"

"लेकिन लिलिया भी कह रही थी कि शामा-चकेवा की याद आई थी पिछले साल पटना में। सो, सुना कि गाँव में भी दो-तीन साल से शामा-चकेवा बन्द ही कर दिया है।" जयवन्ती बोली।

मलारी विहँसकर बोली–"कहती थी लिलिया?"

लीला पढ़ चुकी है मलारी और जयवन्ती के साथ। जयवन्ती ने तो बहुत पहले ही पढ़ना छोड़ दिया। मलारी और लीला ने एक साथ मिडल पास किया है। मलारी का तीन वर्ष मुफ्त में ही खराब हुआ। लीला कॉलेज में पढ़ रही है। मलारी के जी में आया कि दौड़कर लीला के पास जाए। लेकिन तीन-चार साल से तो भेंट-मुलाकात हुई नहीं। तिस पर, कॉलेज में पढ़ती है–"सुनती हूँ कि लिलिया लड़कों की तरह केश छँटाकर आई है?"

"नहीं, नहीं।" जयवन्ती बोली, "मैं अभी देखकर आ रहा हूँ।...असल में जिस साल गई पटना, उसी साल शादी की बात होने लगी। वह भी कॉलेज में पढ़नेवाला लड़का! उसने कहा, लीला यदि मर्दों की तरह बाल कटावे और साइकिल पर चढ़ना सीखे तो शादी कर सकता हूँ। बस, लीला के मामू लीला को एक अंग्रेजी बालबर की दुकान में ले गए। वहाँ सोडावाटर-लेमलेट से केश को धोया, बालबर ने। फिर..."

"इस्स! तू भ्री जुलुम लड़की है जयवन्तिया! हःहः! बिना पटना शहर गए ही ऐसा बियान करती हो जैसे आँख से तू देख रही थी!" सेमियाँ बोली।

"आँख की सपथ! खुद बोल रही थी, लिलिया। दोपहर को मैं वहाँ थी। लिलिया के यहाँ खाकर सारी दोपहरी कहानी सुन रही थी।"

"शादी का क्या हुआ?"

"सो, बाल तो कटा दिया। साइकिल पर, भोरे-भोरे गिर-पड़कर किसी तरह लीला ने साइकिल सीखी। लेकिन, तब तक दुल्हा को दूसरी लड़की पसन्द आ गई।"

"अच्छा? तब क्या हुआ?"

"फिर, दूसरा दुल्हा ठीक हुआ। तो, उसने कहा कि जब तक बाल नहीं बढ़ेगा, शादी ही नहीं करेंगे।"

"लो मजा! इस बार क्या हुआ? इसको भी दूसरी लड़की...।"

"नहीं-नहीं। कहती थी, ज्यों-ज्यों मेरा बाल बढ़े त्यों-त्यों उसका आना-जाना ज्यादे शुरू हो गया। लेकिन है, उस्ताद उसका दुल्हा! केश बढ़ता गया, फोटो छापता गया, केश बढ़ता गया, फोटो छापता गया।"

"इस्स! हद हो तुम भी छौंड़ी–ई-ई हःहः! ई तो वही फोटो खींचनेवाले भब्बी बाबू की तरह फटाफट फोटो खींचने लगी, जैसे!"

"हाँ, लिलिया कहती थी। मलारी का फोटो समाचारपत्र में देखा, बड़ी खुशी हुई। उसके कॉलेज की लड़कियों ने कहा कि तुम भी आग पर चलना जानती हो, तब? दिखलाओ, एक दिन!"

मलारी बोली–"आज शाम को जाओगी जयवन्ती, फिर?"

"चलेगी?"

"हाँ!"

"चल! लिलिया बदली नहीं है। एकदम, सब आदत वैसी ही। सेमियाँ भी चलेगी।"

केंक्-केंक्! क्रें-एँ–क्रेंक्! केंक्-केंक्!

शामा-चकेवा की बोली दुलारीदाय के किनारे सुनाई पड़ती है–

आ गई, आ गई शामा-चकेवा की जोड़ी! देखो, कहा था न? शामा-चकेवा से ठीक एक दिन पहले ही आ जाती है शामा-चकेवा की जोड़ी। कोई पर्व मनावे या न मनावे!

शामा-चकेवा ही नहीं, सैकड़ों किस्म की चिड़ियाँ उतरी हैं हिमालय से, दल बाँधकर। खजन-पंखी सबसे पहले ही सन्देश लेकर आ गई थी–टिंउ-टिंउ, ट्रिटाँ! खंजन को देखते ही कुमारी लड़कियाँ ओरियावन शुरू कर देती हैं।

नए नौजवानों की नजर में इस तरह के पर्व-त्योहार रूढ़िग्रस्त समाज की बेवकूफी के उदाहरण-मात्र हैं। शामा-चकेवा, करमा-धरमा, हाक-डाक इत्यादि पर्वों को बन्द करना होगा।

बूढ़े भी कहेंगे–'मुफ्त में चावल, केला, गुड़, मिठाई और दूध में पैसे लगते हैं फिजूलखर्ची! चिड़िया-पंछी का भी पर्व होता है, भला? सो भी इस जमाने में?'

फिर भी हर साल लड़कियाँ खेलती ही आ रही थीं। जिस साल सर्वे शुरू हुआ, उस साल से एकदम बन्द। गाँव की बड़ी-बूढ़ियों ने कहा–"कहाँ खेलेगी शामा-चकेवा! कोई भी अपनी जमीन में खेलने नहीं देगा...। फुटबॉल खेलने का मैदान स्कूलवाला दर्ज हो गया है। कबड्डी खेल हो या फुटबॉल, चाहे शामा-चकेवा। सर्वे

के परचे में दर्ज हो ही जाएगा।" इसीलिए, जमीनवालों ने कहा–"नहीं, मेरी जमीन में नहीं। एक पर्व मनाकर मुफ्त में जमीन नहीं छिनवानी है। दर्ज हो जाएगा कि यह शामा-चकेवा खेलने का मैदान है।"

इस साल, हर टोले की लड़कियाँ धूमधाम से शामा-चकेवा मनाने की तैयारी कर रही हैं। कहने को सिर्फ कुमारी लड़कियों का त्योहार है। साथ रहती हैं, सभी। ब्याही, बेटा-बेटीवाली, अधेड़, बूढ़ी सब मिलकर गाती हैं।

मिट्टी का शामा, मिट्टी का चकेवा! छोटे-छोटे दर्जनों किस्म के पंछियों के पुतले! अन्दी धान के चावल का पिठार घोलती है। पोतती है प्रत्येक पुतले को। इसके बाद लिपे-पुते सफेद पुतलों पर, पुतलों के पाँखों पर, आँखों पर तरह-तरह के रंग-टीप, फूल-लत्ती। लाल, हरे, नीले, पीले, बैंगनी, सुगापंखी, नीलकंठी। ब्याही बहनें पुतले बना देतीं। बूढ़ियाँ रंग-टीपकारी आदि कर देती हैं।

"कौन कहता है गँवई पर्व है?" लीला बोली–"मैंने दैनिक आर्य-भूमि और इंडियन-नेशनल-टाइम्स में लेख पढ़ा है, इस पर्व पर। समझी मलारी?" मलारी ने कहा–"और मैंने भी पढ़ा है। परिजात की पुरानी कापी उलटा रही थी। देखा शामा-चकेवा पर भी लेख है। लिखा है नेपाल की तराई से सटे, उत्तर बिहार के जिलों में होता है, यह पर्व।"

"ए मलारी, तू अपना हाथ काट के मुझे देगी? कितना सुन्दर बनाती है तू! शहर की लड़कियों को भी मात कर देगी तुम्हारी चित्रकारी!"

"दुत्त!"

"आँख की कसम कहती हूँ...।"

"अरी लिलिया, तू अभी तक आँख की कसम खाती है। शहर में भी?"

लीला बोली–"सच कहती हूँ, आजकल ऐसी ही चित्रकारी को पसन्द करते हैं लोग। हाथ में सीकी की बनी डोलची लेकर घूमती हैं, लड़कियाँ! सो भी कितनी भद्दी! यदि महीन कारीगरी तुम्हारी देखें वे! तू चल मलारी, पटना...।"

"दुत्त!"

"तू नहीं जाएगी तो हाथ काटके दे अपना। मैं तो सब भूल गई!"

"मैं हाथ काटकर दूँगी! लेकिन, तुम एक चीज दोगी?"

"क्या?"

जयवन्ती, सेमियाँ, रतनी और मलारी एक ही साथ हँस पड़ीं। सबसे पहले जयवन्ती बोली–"उँहुक! वह देनेवाली चीज नहीं!...खबरदार, लिलिया!"

"क्या माँगती है?" भोली लीला ने पूछा।

"माँगती है तुम्हारा दुल्हा-आ!"

"हा-हा-हा-हा!..."

मनमोहन बाबू ने अपनी माँ से कहा–"माँ! ज़रा इधर सुनो!"

"क्या है?"

"देखो, यह मलारी बड़ी कर्रप्टेड है।"

"क्या है?"

"माने, बदनाम है न! लीला को उसके साथ ज्यादे मिलने-जुलने देना अच्छी बात नहीं।"

मनमोहन की विधवा माँ घर की मालकिन है। मनमोहन बाबू से नाराज रहती है। बहू की बात पर उठने-बैठनेवाले बेटे को फूटी निगाह से नहीं देख सकती, वह। बोली–"चार साल के बाद चार दिन के लिए गाँव आई है, बेचारी। उस पर मैं हुकुम नहीं चला सकती। तुम्हीं कहो!"

"बिनराबन बनाई है या नहीं? ज़रा देखने दो, मलारी दैया!"

मलारी हँसकर कहती है–"बिनराबन मत बोल! बृ-न्दा-ब-न! –रटो पाँच बार!" मलारी के आँगन में खड़ी लड़कियों ने दुहराने की चेष्टा की–"बिन-बिर-बिन्द-बिन्दराबन! अब दिखा दो!"

"बेकार बृन्दाबन क्यों बनाऊँ?" मलारी बोली–"जित्तन बाबू ने तो दो हजार गाछ रोपकर असली बृन्दाबन लगा ही दिया है। मैंने इस बार ऐसा चुगला बनाया है कि देखोगी तो देखती ही रह जाओगी।"

पूर्णिमा से दो रात पहले से शामा-चराई की रात शुरू होती है। घर-घर से डालियाँ लेकर आती हैं लड़कियाँ। डालियों में चावल, फल, फूल, पान-सुपारी के साथ पंछियों के पुतले। लम्बी पूँछवाली खंजन, पूँछ पर सिन्दूरी रंग का टीकावाला पंछी, ललमुनियाँ। बिनरा...बृन्दाबन! जहाँ, शामा-चकेवा की जोड़ी चरेगी। छोटे-छोटे कीड़े-पतंगे, बरसात के जन्मे। असली कीड़े-पतंगे नहीं, मिट्टी के ही। बृन्दाबन में चुगला आग लगा देगा। जली-अधजली चिड़िया बृन्दाबन की आग को अपने छोटे-छोटे डैने से बुझाएगी। धान, दही, दूध और मिट्टी के ढेले खिलाकर, लड़कियाँ बिदा करेंगी शामा-चकेवा को–"जहाँ का पंछी तहाँ उड़ि जा, अगले साल फिर से आ!" चुगला की चोटी में और मुँह में आग लगाकर लड़कियाँ ताली बजाकर गाएँगी–"तोरे करनवाँ रे चगला, तोरे करनवाँ ना! रोए परानपुर की बेटिया रे, तोरे करनवाँ ना!"

"मैं नहीं देख सकूँगी मलारी दी का चुगला।" महती पेट पकड़कर बोली, "देख, जिसकी शामाँ केंक-केंक करके अब उड़ी। ऐसा लगता है, जिसकी खंजन छूते ही टिंउ-टिंउ-ट्रिटें करके सरसराकर दौड़ पड़ेगी।...उसका चुगला कैसा होगा, हे राम?"

''एक बार सब मिलकर ताली बजाओ।

—फट-फट-फट-थप-थप-ढन-ढन-ढन...।

''ए, रमदेवा! फटी ढोलकी मत बजा!''

मलारी धीरे-धीरे चँगेरी की झाँपी उघारकर चुगला निकालती है—''हाँ, मेरा चुगला ऐसा-वैसा नहीं, दु-मुँहा चुगला है। एक मुँह पक्का काला, दूसरा सादा...''

—''ह-ह-ह-ह-ह! हा-हा-हा-हा! ही-ही-ही...बन्द करो, बन्द करो! मर गई! पेट में दर्द होने लगा। बन्द करो, मलारी दैया!''

डेढ़ हाथ का मिट्टी का पुतला! एक शरीर, दो मुँह! एक मुँह काला, आँखें उजली और ओंठ पर थोड़ी जीभ निकली हुई। दूसरा मुँह सफेद, दोनों आँखें काली। दन्तपंक्ति में एक दाँत सादा, बाकी सरीफा के बीज की तरह काले।

''हाय रे! रूप देखकर जी जुड़ा गया। लगता है, मुँह चिढ़ाकर कुछ बोलेगा और बोलकर आँख मटकाएगा। चुटिया देखो छुछुन्दरराम की! इसका नाम चुगलैट साहेब रखो मलारी!''

बाहर से किसी ने आवाज दी—''महीचनदास! मलारी की माँ!''

''कौन है? ए! चुप-चुप! के है?''

मलारी की माँ घूँघट ज़रा-सा सिर पर सरकाकर आँगन से बाहर आई।

''क्या है? कौन है?''

''मैं सुवंशलाल। एक किताब...मासिक पत्रिका...मलारी से पूछो।''

मलारी की माँ सबकुछ समझती है। लेकिन, जोर-जोर से कुछ कैसे बोले, वह? बूढ़ा जग जाएगा तो आफत लेकर उठेगा। वह धीमी आवाज में हाथ नचा-नचाकर कहती है—''बाबू साहेब, उ सब बात पूछना था कि उस दिन डागडरनी के मार्फत ही काहे न पुछवाए? सरकारी बात है तो क्या किसी का लाज-धरम भी ले लेंगे? बोलिए तो, भतखौकी टैन आने की बेला में आए हैं पूछने...। ज़रा-सा भी मुँह में लगाम नहीं?''

सुवंशलाल अवाक् होकर मलारी की माँ की बातों को समझने की चेष्टा करने लगा—क्या हुआ?

आँगन से निकल आई मलारी—''एक मासिक पत्रिका पुरानी और एक हाल की। सो, अभी रात में किसको जरूरत पड़ी?''

मलारी मन्द-मन्द मुस्काती है। मलारी की माँ घूँघट के नीचे से दाँत कट-कटाकर कहती है—''हरजाई, लाज-सरम तो घोलकर पी गई! क्या खराब-खराब बात बोलती है!''

''सुरपति बाबू शामा-चकेवा पर लेख पढ़ना चाहते हैं। एक मासिक पत्र में तालाबी पंछी पर पद्द है।''

मलारी की माँ अपनी बेटी को डाँटती है—''मलारी! बाप जगेगा तो...।''

''जगेगा तो क्या होगा?''

सुवंश के रोम-रोम बज रहे हैं। एक झलक के भूखे सुवंश को और कुछ नहीं चाहिए।

मलारी ने कहा–''अच्छा, तो प्रणाम!''

सुवंशलाल के जाने के बाद दहलीज में गुमसुम खड़ी मलारी को ठुनका मारते हुए बोली, उसकी माँ–''फिर मार खाने को मन हुआ है तेरा? मर्दों से खराब-खराब बातें बोलते तुम्हारी जीभ नहीं लड़खड़ाती?''

''तू बेकार खराब बात, खराब बात रट के मरी जा रही है! मासिक पत्रिका किताब को कहते हैं।...देखती हूँ, अब जल्दी ही ट्रेनिंग के लिए भेजा जाएगा हमको।''

इधर मलारी ने एक नया तरीका निकाला है। समय-समय पर कहती है–''ट्रेनिंग करने के लिए जाऊँगी, मुजफ्फरपुर!'' सुनते ही उसकी माँ चुप हो जाती है।

शामा चरावे गेली हम-आँ जित्तन बाबू'क बगिया हे-ए,

सोहि रे बगिया,

शामा मोरा हेराइल हे-ए,

सोहि रे बगिया...।

गाँव से सटी, गोबर के खाद से पटाई हुई जमीन। तम्बाकू रोपने के लिए तैयार की गई जमीन में लड़कियाँ जमा हुई हैं, बबुआनटोली की।

''ऐं? बबुआनटोली की लड़कियाँ मुकाबला करेंगी? मजा आएगा!''

''लीला आई है। उसी ने उकसाया है सबको।''

''अंग्रेजी में गाएगी शामा का गीत?''

''अंग्रेजी में नहीं, फारसी में!'' मलारी कहती है, ''मुकाबला की बात तो करती हो, जीत सकोगी लीला से? गीत वह भूली नहीं है।''

लीला कहती है–''देख, सोलकन्हटोलीवाली सब गाली-वाली भी दें तो तुम लोग गाली मत निकालना। समझी?''

''सबसे पहले किसकी बगिया से?''

''हमेशा, पहले हवेली की बगिया से शुरू होता है।''

गोड़ तोरा लागों भइया, पखारनसिंघ सिपैहिया-या

कि पैयाँ पड़ो ना!

काहे शामा मोर छिपवला

कि छोड़ि देहु ना, मोरा शामा रे चकेवा राम,
खोलि देहु ना!

"तब? इसके बाद?...नाचेगी नहीं तो गीत कैसे जमेगा? एक ही पद गाकर हाँफने लगी? उधर सुन, बुर्ज के उस पार से मलारी के गले की आवाज! कैसी सुरीली सुनाई पड़ रही है!"

"तू भी लिलिया, रिकाट से कम नहीं गाती है।" सामबत्ती पीसी कहती है। सामबत्ती पीसी के लिए दोनों दल बराबर हैं। बबुआनटोली की मंडली में आई है। गीत नहीं जमेगा, पान-पत्ता का इन्तजाम ठीक नहीं होगा तो सोलकन्हटोली की मंडली में चली जाएगी। पान-जर्दा खाने से गला खराब हो जाता है, किसने कहा? गाने दो सामबत्ती पीसी को। पीसी नाचना भी जानती है।

"ले। कमर कसके पकड़। बाल खोल ले। पद गाकर झूमना पड़ेगा।"

"हाँ, पखारनसिंघ बिना गाली सुने, शामा नहीं छोड़ेगा।"

सामबत्ती पीसी शुरू करती है :

आ-रे, लाज तोरा नाँहि भड़वे, पखारनसिंघ सिपैहिया-या
कि सरमो नाँहि रे।
तोरा देहि में धरमवाँ, एको रत्ति ना...!

सोलकन्हटोली की करीब पाँच सौ औरतों की मूलगैन है, मलारी। सुर देने का काम करती है घेघी फुआ।

"ऐ! घेघी को कौन चिढ़ा रही है? बेनबाजा कहती हो तो कहो। बेगपैप क्यों कहती हो मलारी? घेघी फुआ सुर छोड़ देगी तो तुम तुरत हाँफ जाओगी।"

"बेनबाजा की तरह, भाथी में हवा भरकर छोड़ भी दो, फिर भी, रें-ऐं-ऐं-ऐं!"

"कमर कसके पकड़, मुट्ठी बाँध। जयवन्ती, कुलमन्ती, धनवन्ती, सनमन्ती चारों बहिनियाँ! मलारी को बीच में रखो। दो-दो जनि दोनों बगल में। हाँ!"

"लिलिया आई है पटना शहर से मुकाबला करने! देखना है।"

"नहीं, नहीं। मोकबला-मोकबली की बात लिलिया नहीं करती। बेचारी कह रही थी कि एक साथ शामा-चकेवा क्यों नहीं खेलतीं!"

"जब पहले ही नहीं हुआ कभी तो अब क्या होगा! बाभन-छतरी की बेटी-पुतोहू को तो हम लोगों की देह की मँहक लगती है।"

"मलारी ऐसी शामा-चकेवा खेलनेवाली लड़की नहीं कि शामा चराने के लिए आते ही खो बैठेगी शामा!...अरे, अभी बाग देख, बगैचा देख, पुरइन के गलैचा देख।

बृन्दाबन में घूमेगी नहीं, मस्ती में झूमेगी नहीं तो शामा को कैसे भूलेगी?—चल! ज़रा फैल के निर्दाव बाँध। ताल मत तोड़ना। नवसिखू छौंड़ियों से कह दो, बेकार गला न भाँजें! नहीं तो, मेरा मन खराब हो जाएगा।"

सभी मलारी की बात मानते हैं। मूलगैन है, मलारी। गला क्या पाया है छिनाल ने!...हम-उम्र लड़कियाँ अपनी सखी-सहेलियों को प्यार से भी छिनाल कहती हैं, गाँव में। मीठी हो जाती है यह गाली, तब!

बाँहों में बाँह डालकर कड़ी जोड़ती हैं मूलगैन के साथ की लड़कियाँ। हाँ, मूलगैन की कड़ी में जुड़कर गीत गाना खेल नहीं! बेताली की हिम्मत नहीं होती कि उस कड़ी में जुड़ जाएँ।...मूलगैन की पाँति चली!

मलारी बनहाँसिन की तरह चलती है। पहाड़ से तुरत आकर धरती पर बैठी हुई बनहँासिन! तकमकाकर इधर-उधर देखती है, अचरज से :

देख ऽ में जे आवे सखिया, बाग रे बगिचवा कि पोखरी-मंडिलवा,
रम्माँ ऊँची रे हवेलिया, देखु-देखु ना!
कहाँ बाग रखवारवा से पूछि लेहु ना,
हमरा शामा के पीरितिया से नेति देहु ना!

बाग के रखवाले को पान-सुपारी से नेति दो, निमन्त्रित करके कहो—शामा तेरे बाग में चरेगी। बस, पान-सुपारी से फाजिल कुछ माँगे या कुछ इधर-उधर बतियावे तो सुना दो :

परानपुर के सोलकन्हटोला, नामि रे लठैलवा
कि जानि लेहु ना,
हमरो बप्पा के पगड़िया कि भैया के रुपइया,
हम जायब कचहरिया...।

शामा-चराई की पहली रात बीत गई।

सुबह को मर्दों ने आपस में बातें करते हुए कहा—"रात में बहुत हल्ला मचा रही थीं लड़कियाँ सब।...लड़कियाँ ही नहीं, बूढ़ियाँ भी गला खोलकर चिल्ला रही थीं।" तीन साल के थके हुए, सर्वे की दौड़धूप से चूर लोगों को इधर कई रात से गहरी नींद आ जाती है। जमीन जीतनेवाले, मुकदमा हारनेवाले, सभी सोते हैं। अघोर निद्रा में बेसुध! उनके स्वप्नों में कभी-कभी सर्वे के अमीनों की जरीब की कड़ियाँ खनखनाती हैं—खन-खन, खन-खन! हाकिम गुस्सा से गरजते हैं—ए! औप! चपरासी पुकारता है—कहाँ-आँ-आँ...!

दूसरी रात के बाद तीसरी रात। विसर्जन की रात।

आज की रात, किसकी जीत और किसकी हार होती है, देखना

है! पहली रात के बाद ही मुकाबले की चुनौतियाँ दी गई हैं, दोनों ओर से। आज दिन-भर दोनों दलों की प्रमुख लड़कियों ने देह मालिश करवाई है। दूध, मिसरी के साथ गोलमिर्च की बुकनी खाकर गला साफ किया है।

लीला तो पगली हो गई है, मानो। उसका दल कैसे जीते? मूलगैन ही नहीं।

''एक मूलगैन ऐसी है कि यदि वह आ जाए तो सोलकन्हटोली की बोली बन्द कर दे। लेकिन, उसमें एक लेकिन लगा हुआ है।''

''कौन? क्या लेकिन? कौन लगाता है लेकिन? मैं नहीं लगाने दूँगी किसी को कोई लेकिन। बोलो, कौन मूलगैन?''

सुवंश की बड़ी भाभी बोली–''ताजमनी! अब बोलो? है न लेकिन लगा हुआ?''

''क्या लेकिन लगा है?...दस साल पहले वह तुम लोगों के साथ शामा-चकेवा और झूमर खेल चुकी है। अब क्यों न खेलेगी? जित्तन मामा ने मना किया है क्या?''

''मना किसी ने नहीं किया है। अपनी माँ से पूछकर देखो। तुमको तजमनियाँ के साथ खेलने देगी?''

''क्यों, क्या हुआ?''

''तुम जैसे कुछ नहीं जानती!''

''मैं सबकुछ जानती हूँ। ताजमनी तुम लोगों के दल की मूलगैनी कर चुकी है, वर्षों।...हवेली की नानी के राज में खेलती थी, अब क्यों नहीं? बिना मूलगैन के आज की रात भी फजीहत होगी। मलारी से मुकाबला करना आसान नहीं। मैं जा रही हूँ ताजमनी को बुलाने।''

सुवंश की बड़ी भाभी खुश है। वह चाहती है कि मलारी की छँहकबाजी छुड़ा दे कोई। कल रात पद जोड़-जोड़कर ताना दे रही थी मलरिया–'बाभिन भौजी हे, भूमिहारिन भौजी हे–गावलो गीत जनि गाउ...!'

''अरे! लीला साइकिल पर चढ़कर आ रही है। देखो-देखो, मर्दों का कान काटती है साइकिल चलाने में। घंटी भी बजाती है? टिड़िंग-टिड़िंग।''

''किसी को एतराज हो तो, अभी बोलो।'' टिड़िंग-टिड़िंग।

''ठीक है, बुला लाओ। वह तो हम लोगों की पुरानी मूलगैन है।''

''तजमनियाँ अब नट्टिन थोड़े रही? नट्टिन वे हैं जो कल जा रही हैं तम्बू लेकर, मेले में।''

''कालीबाड़ी में कीर्तन गाती थी तजमनियाँ। देवी के आगे!...शामा-चकेवा साथ खेलने में क्या है!''

...टिड़िंग-टिड़िंग!

''काकी! तुम क्या कहती हो?''

''ठीक है।''

"बबुआनटोली के हर टोले की औरतों ने, अपने मर्दों से बिना कुछ पूछे या सलाह लिए ही स्वीकृति दे दी—मर्दों से क्या पूछना है इसमें!"

"अरी, नट्टिनटोली नहीं जा रही है लिलिया। ताजमनी आजकल हवेली में रहती है। नहीं जानती?"

शरद की चाँदनी में, पहाड़ से उतरनेवाले पंछियों की पहली पाँति का स्वागत!

शामा-चकेवा, अधिंगा, चाहा, बनहाँस, मुर्गाबी, पनकौआ, पनचिर्री, झिल्ला, जलमुर्गी, लालसर, सिल्ली की अलग-अलग पंक्तियाँ आकाश में भाँवरें लेती हैं।

...उतरो, उतरो! धरती पर पैर रखो। हाँ, यही है परानपुर गाँव। दुलारीदाय के कुंडों में मखाने, सिंघाड़े, कमलगट्टे, पानी फल खूब फले हैं। वही तलैये, वही पोखरे, पुरानी चौर और धान के खेत। डरो मत, आज की रात बन्दूक का निशाना साधे धरती पर कोई नहीं बैठा है। आओ! गाँव की कुमारियाँ अपने सफेद आँचलों को हिलाकर बुला रही हैं—"शामा-चकेवा अइहऽहे..."

—केंक-केंक! क्रेंगा-आ! क्रेंगा-आ! केंक-केंक!

हहास! हहास! एक के बाद दूसरी पाँति धरती पर उतरती है—हहास!

फेकनी की माय कहती है—"आकि देखो! कल से ही मैं समझा रही थी लड़कियों को कि गला फाड़-फाड़कर मत गा। उधर बाभन-छतरी की बेटी पुतोहुओं को देखो आकि, सलीमा-ठेठर की तरह डानस कर रही हैं। आकि देखो...!"

"मलारी के साथ आज गा रही है सेमियाँ!"

"उधर, सामबत्ती पीसी है तो इधर फेकनी की माय। उधर भूमिहारटोली की फूहा दी है तो इधर सेविया दी। उधर बौकी बेवा और इधर घेघी फुआ।"

"सुनती है! तजमनियाँ को बुलाया है उन लोगों ने! अब?"

"अब क्या? मलारी किस बात में कम है, उससे? कलेजा मत छोटा करो कोई!"

"क्या गावेगी तजमनियाँ, अब? ढलती बैस में जवानी का गला कहाँ से पावेगी?"

मलारी कहती है–"ऐसा मत कहो। सधा हुआ गला है उसका!"

ताजमनी ने जब गीत शुरू किया तो मुँह में घुसती हुई पेप्स की गोली चबाकर निगल गई, लीला।...क्या गला दिया है भगवान् ने ताजमनी को!

लीला के साथ दूसरी लड़कियों ने भी ताजमनी के गीत का आखर पकड़ा। मुँह ऊपर! चाँद की ओर देखकर यह गीत गाना चाहिए।

"ले! कोई जानती थी यह गीत?"

"मिसराइन की सिखाई-पढ़ाई कोयलिया है, तजिया!"

"गलबल मत करो! सुनो!"

आँ-रे, मानसा-सरो-ओ-बरा के झलमल पनियाँ-याँ-याँ,
खचखच मोतिया भ-ण्डा-आ-र–
काहे छाड़ि आयला हंसा रे-ए-ए मिरतू मवनियाँ-याँ-याँ,
बिनराबन करि पा-आ-आ-र!
आँ-रे, गंगा रे जमुनवाँ के निरमल पनियाँ-या-याँ,
काहे छाड़ि आयला हंसा रे-ए-ए...हमरो अभागल गाँव।
बाबा मोरा आ-रे हंसा-आ-आ, पोखरी खोदाई गइले
पोखरी में फूले पुरइन फूल-आ-रे हंसा हमरो पोखरिया-या
पोखरी भरायब दूध!...

...दूध से पोखरा भरवा देंगी कुमारियाँ–उतरो! आओ-ओ हंसा-चकेवा!

ताजमनी जब गा रही थी, पेड़ का एक पत्ता भी न मिला। सब, चुप होकर सुन रहे थे!

मलारी चुप होकर सुनती है। सभी चुप हैं–ताजमनी गा रही है।...सुन!

"मन का बहुत पुराना बिरोग गीत में घोलकर धीरे-धीरे ढाल रही है काँच के

बर्तनों में। मेरी देह देखो, रोएँ खड़े हो गए हैं!"

"ले, बलैया! घेघी फुआ रो रही है। लो, बेनबाजा कौन बजाएगा? क्यों रो रही है? ताजमनी का गीत सुनकर?"

"तैयार हो जा! ताजमनी के रुकते ही तुम शुरू कर देना मलारी! कहाँ सेविया! तैयार रह जयवन्ती!"

उधर ताजमनी रुकी। इधर, मलारी ने शुरू किया। फेकनी की माय गुड़ और काली मिर्च की बुकनी खिला रही है पच्छक लड़कियों को—गला साफ होगा।

गैहरी-ई-ई नदिया-या-या अगम बहे धारा-आ कि रामरे,
हंसा मोरा डूबियो नि जाए
रोई-रोई मरली-ई-ई चकेवा-वा, कि रामरे,
आ रे हंसा लौटि के आव...।

पुराने गीत पर मलारी ने नया तर्ज दिया है!

ताजमनी मुस्कराकर कहती है—"मलारी के कलेजा में बहुत दम है। इतना ऊपर खींचती है। वाह!"

लीला बोली—"अब, एक गीत पनकौआवाला शुरू करो।"

हाँ, रे पन-कउवा...
सावन-भादव केर उमड़ल नदिया
भाँसि गेल भैया केर बेड़वा रे, पन-कउवा!
हाँ रे, पन-कउवा, मचिया बैसली मैया मने-मने गुनैछे,
भैया गइले बहिनी बुलावेले रे, पन-कउवा...!

पूर्णिमा का चाँद हवेली के बागों के ऊपर उठ आया और धरती को ठिठककर देखता ही रह गया।

बुर्ज की मीनार पर जलता हुआ पेट्रोमेक्स भुकभुकाकर बुझ गया, अचानक! नींद में विभोर सोए हैं गाँव के मर्द, थके-मारे, हारे-जीते, भरे-रीते!

गीतों के पंख पर उड़ता हुआ गाँव! गीत-गंगा में नहाती औरतें!

गाँव में सब मिलाकर मात्र आठ-दस प्राणी जगे हुए हैं।

मीत भी जगा हुआ है। रह-रहकर उत्कर्ण होकर सुनता है और बाहर भागना चाहता है। जित्तन बाबू डाँटते हैं।

सुवंशलाल की आँखों में नींद अँगड़ाई लेती है। मलारी की सुरीली आवाज उसे एक घूँट-सा पिला जाती है, वह ऊँघते-ऊँघते जग पड़ता है।...अजीब हाल है! न सो सकता है और न जगने में ही कल! बेकल है सुवंशलाल। यह कैसी बेकली है! मलारी के बिना वह कुछ नहीं। मलारी का जन्म सुवंश के लिए ही हुआ है। और, अब तो मलारी उसकी आँख की भाषा को पढ़कर आँख से जवाब भी देती है! मासिक पत्रिका वापस करते समय उसने जान-बूझकर ही सुवंश की उँगलियों को छेड़ दिया था।... क्या लेगी? किताब? कितनी किताबें हैं, देख! रवीन्द्र, शरद्, प्रेमचन्द, यह ले, यह ले! ऐं! पुस्तकों में पंख लग गए हैं! पुस्तकें उड़ती हैं पाँखें पसारकर! फड़फड़ाकर रवीन्द्र-ग्रन्थावली उड़ी, अपार पारद के पर फड़काकर! मलारी पकड़ती क्यों नहीं? मलारी, दुलारी, हारी...!

गाँव के लोगों के सिरहानें सपने मँडराते हैं—दुलारीदाय की धारा में बाढ़ आई है।...चाँदी के रुपयों-जैसी पोठी मछलियाँ, परती पर झिरझिर पानी में छटपटा रही हैं—चित्-पट, चित्-पट, छट-पट, छट-पट!...धान के खेतों में दौड़ने से धान के फूल झरते हैं, दूधिया गन्ध फैल रही है!...खेत का धान काटकर ले जा रहे हैं जमींदार के लठैत! घेरो, घेरो!...मुखिया का चुनाव हो रहा है। गाँववाले मुखिया बना रहे हैं उसी को। दफा तीन में हारी हुई जमीन फिर हासिल हो गई है।...गेंद्राबाई गाली देती है।...मलारी हवेली-घर में रो रही है? क्यों रो रही है? लिखाकर दस्तखत करा लो उससे। पोंपीं? कौन साँलां हँमकों पोंपीं कँहता?...मकबूल की दाढ़ी!

चाँद को भी नहीं मालूम, लड़कियों की दोनों जमात कब नाचते-नाचते एक गिरोह में घुल-मिल गईं!

पच्चीस बीघे जमीन लाँघकर, दो लहराती हुई धाराएँ मिलकर एक हो गईं। हवेली से पच्छिम, बुर्ज से उत्तर! संगम!

किलक पड़ीं एक साथ सैकड़ों चिड़ियाँ—हा-हा-हा! केंक-केंक! अरी, तजिया, ताजू दी, ताजमनी! केंक-केंक! मलारी, दुलारी! लिलिया, लीला, हाय रे मेरी लीली बिस्कुट रे! क्रेंगा-क्रेंगा? घेघी फुआ? बैगपैप, बेनबाजा? टिंऊँ-टिंऊँ-टिहुँक! मौसी, मामी, काकी? ए, बूढ़ी नानी। मेंक-मेंक-मेंकाँ! जयवन्ती? सेमियाँ? हा-हा-हा-हा! ओ-हो सामबत्ती पीसी...।

भवेश तैयार हो गया!

...ऐसा अवसर नहीं मिले बार-बार, किलकती रुपहले पाँखें पसार चिड़ियाँ हजार—फ्लैश! क्लिक! छटक-छटक!

"देखो! बिजली छटकी!...देखो बदमाशी। फोटो छाप रहा है!"

—फ्लैश! छटक-छटक!

पाँच-सात लड़कियों के साथ लीला ने छापा मारकर छापी लेनेवाले को गिरफ्तार किया—"कहिए महाशयजी! क्या हो रहा है? चलिए औरतों की कचहरी में। कुछ नहीं सुनी जाएगी। लो, जयवन्ती, पकड़ो!"

औरतों के बीच भवेश की सूरत! लीला देखकर मन-ही-मन मुस्कराती है—"चेहरे पर बारह बज गए?...एक बल्ब दीजिए तो!"

भवेश की तुतलाहट बढ़ गई—"इसमें बल्ब बदलने की ज-ज-ज-रू...।"

—फ्लैश! चलो उतर गई तस्वीर, छापी लेनेवाले की भी। दूर से बड़ा तीर मार रहे थे! इनकी तस्वीर कौन लेगा?

लीला ने दिखलाया—हजारों पुतले पंछियों के! रंग-बिरंगे! चुगले, चुगलैंट। बृन्दावन। इनकी तस्वीर...!

मलारी बोली—"मेरे चुगले की तस्वीर सचित्र साप्ताहिक के सबसे ऊपरवाले पन्ने पर नहीं छपेगी?...यदि आपके साथ इसका फोटो लिया जाए, तो भी नहीं?"

"हा-हा-हा-हा। छोड़ दो, छोड़ दो! बेचारे का फोटो बिगड़ रहा है।"

"अब लगाओ चुगलैंट साहब की चुटिया में आग! फिर, मुँह में।" मलारी ने अपने चुगले की चुटिया में आग लगाई। सभी लड़कियों ने अपने चुगलों को अन्तिम बार देखा :

तोरे करनवाँ ना रे चुगला, तोरे करनवाँ ना—
जरल हमरो बिनराबनवाँ रे तोरे करनवाँ ना।
तोरे करनवाँ ना रे चुगला...!

लड़कियाँ हँस-हँसकर गा रही हैं, तालियाँ बजाकर!

फ्लैश!...दोमुँहा चुगला का क्लोज-अप!

धूसर, वीरान, अन्तहीन प्रान्तर!

सफेद बालुचर! यही है चिरपरिचित दुलारीदाय! पाँचों कुंड में, पाँच चाँद!...पंछी की पहली पाँति का वृद्ध पखेरू आकाश में भाँवरें मारकर अपने दल को बिठाना चाहता है—पहले धरती पर, तब पानी में।

—क्रेंगा-आ! क्रेंगा-आ! नए पंखवालों से कहो ज्यादा चुलबुल न करें। इस बार लक्षण अच्छे नहीं दीखते। इस परती पर पौधे कैसे लगे हैं? ऐं! खतरे की कोई बात तो नहीं? खबरदार! केंक-केंक!

द्वितीय परिवर्त

स्थिर-निबद्ध, तीव्र दृष्टि!

विनिद्र सुरपतिराय ने शरद-पूर्णिमा के चाँद को देखा, हवेली के पोखर में। सहस्र कमल-दल पर शशिकला!

सुरपतिराय की आँखों में स्नेहसिंचित लावनी की झलक!...दूध की सुगन्ध चारों ओर! प्रकृति के अंग वात्सल्य-गन्ध से सराबोर! सरोवर में दूध-ही-दूध!

सुरपतिराय कई दिनों से दूसरी ही दुनिया में है। बहुमूल्य प्राप्ति के नशे में झूमती कटी हैं रातें, उसकी!

गीतवास हाट के पास रजौड़ गाँव में, एक गरीब ताँती-परिवार में कुछ पुरानी पांडुलिपियों-जैसी चीजें प्राप्त हुई थीं। नेपाली, बँसहा कागज के पचास-साठ पृष्ठ बहुत बुरी दशा में मिले, अस्पष्ट लिखावट और दीमक-भुक्त दशा को देखकर सुरपति ने जिन्हें एक ओर रख दिया था, निराश होकर।...यत्र-तत्र स्पष्ट पंक्तियों को पढ़कर, एक दिन विस्मित हुआ। भवेश ने कहा–"इन्फ्रा-रेड फोटोग्राफी ही बस एकमात्र उपाय है।"

उस दिन, भवेश लौटा है सत्तर प्लेट्स प्रिंट करवाकर। मोती-जैसी जगमगाती, 'श्रीमती लिखावट'! टूटी लड़ियों के लटके-जैसे दीपक-भुक्त स्थान!

दो रात जगकर पढ़ गया है। तीसरी रात, वह हिन्दी-अनुवाद करने बैठा। शामा-चकेवा-विसर्जन की रात। शरद-पूर्णमासी की गीत-भरी रात की गोद में बैठकर उसने देखा, स्थिर-निबद्ध, तीव्र दृष्टि से!

दूध-भरे पोखरे में चाँद! अदृश्य अचंचल आँचल से दूध झरते देखा। माँ-माँ की मृदु गन्ध से उसका आँगन महक उठा।

मांगलिक अनुष्ठान-भरा वातावरण! पंछियों की पाँतियाँ उड़ रहीं दूधिया आकाश में। पोखरे में पुरइन के पात, महार पर स्थलपद्म की शीत में नहाई पंखुड़ियाँ! पंछियों

के बीच हठात् राजहंसिनी पर दृष्टि पड़ी उसकी।

स्निग्ध-धवल पंख पसारकर पोखरे में उतरी।...उसका जोड़ा कहाँ है? राजहंस! किसी ने पुकारा! नारीकंठ! लॉली! लॉली! बेटा लॉली!

सुरपति ने पहचाना–द्रोणी-पुष्प-रंग के वस्त्र में आवृता : मिसेज रोजउड। गीता मिश्रा। श्रीमती गीता!

...लॉली, डेडी आएगा!

...आय, आय!

...लॉली, डेडी आएगा!

...आय, आय!

[प्रथम तीन अर्धभुक्त पृष्ठों से प्राप्त वाक्यांश!

इसके बाद!]

...माइ लास्ट एंड लॉस्ट लव!

मेरा अन्तिम प्यार, जो खो गया!

माँ मरियम के पवित्र चरणों पर जवा-फूल चढ़ाना अपराध है! क्या अपराध है और क्या नहीं, माँ मरियम मुझे बता जाती है। इसलिए, धर्म के संकुचित...!

...!!

और मेरा अपराध!

मैं कन्वर्ट होकर हिन्दू हो गई हूँ। इसीलिए तो! किन्तु, प्यार की परिभाषा मैंने अपने पवित्र धर्म-ग्रन्थों से ही सीखी है!

जिसे, जो जी में आवे कहे! किन्तु, दुहाई! मेरे प्यार को कभी भला-बुरा न कहे कोई!

एक हिन्दू को मैंने अपने गुरु, स्वामी अथवा पति के रूप में प्राप्त किया। प्यार की मारी मैं, इसी पुरुष की खोज में जन्म-जन्मान्तर भटकी फिरी, और इस जन्म में, यहाँ आकर मैंने इसे प्राप्त किया। सन् 1910...में। अपना सर्वस्व समर्पित कर मैंने उसे प्राप्त किया। मेरा सौभाग्य!...नहीं मालूम मुझे!

पूरब-पगली बचपन से ही मैं थी। पड़ोस की सहेली के पिता पूरब से लौटे थे। भारत से लौटे थे; महाभारत का अंग्रेजी अनुवाद कर रहे थे।...मैंने बाद में पढ़ा। सूर्य-पुत्र-गण!...कृष्ण! कृष्ण नहीं, मैं पहले कहती–क्रिश्चना!

बाद में ऐसी लगने लगी कि मैं एबनार्मल हो गई। लिटन-लॉर्ड क्रिश्ना को

पढ़ते-पढ़ते मैं एकान्त में आतुर हो पुकारती–गोपाला! ओ, नन्दलाला!

...एक रात तो मक्खन की पूरी टिकिया लेकर बैठी रही–आओ! बटरथीफ!

[इसके बाद, पाँच पृष्ठों से प्राप्त शब्दों को झरे हरसिंगार के फूलों की तरह बटोरा है सुरपति ने!]

...हिम-मंडित! तुषार-मुकुट! इन्द्रधनुषी देश! गंगाजल! देवपुत्र! आर्यपुत्र! स्वामी!

स्वामी के रूप में मैंने उसे स्वीकार किया।

डिस्पेप्सिया से अधमरे वृद्ध अंग्रेज व्यापारी को मैंने बात दे दी। उसे एक ऐसी सहधर्मिणी की आवश्यकता थी जो कुँआरी हो, सुन्दर और स्वस्थ हो; रबर-स्टेट के कारोबार को समझकर व्यापार में उसका हाथ बँटा सके। मलय प्रदेश, पूरब जाने की शर्त अनिवार्य थी!

ब्याह और मलय के लिए प्रस्थान। उसके दोनों कदम कब्र की ओर!

वह पूरब जा रहा था–भारत के निकट। भारत में भी रह आया है वह। बनारस में पाँच दिन रह चुका था। पुण्यवान था वह!

उस पुण्यवान को मैंने सबल, स्वस्थ और सुन्दर नौजवान पति की तरह स्वीकार किया। वह पूरब जो जा रहा था!

मेरी मम्मी जीवन में पहली बार नाराज हुई–'क्या पागलपन है! ज़रा, फिर से सोचकर देखो तो!'

फिर से सोचने का समय कहाँ था। वह अगले सप्ताह ही सेल कर रहा था।

शादी के बाद, मेरी एक शोख सहेली ने चुटकीली ठिठोली की थी, धीरे-धीरे, कान के पास–'उसकी पसलियों का ख्याल करना।...टेक केयर ऑफ हिज रिब्स!'

जहाज समुद्र में है।...कोई अदृश्य शक्ति मुझे खींच रही है अपनी ओर! एडवर्ड, मेरा स्वामी बीमार है। वह समुद्र में कभी स्वस्थ नहीं रहता : वह कहता है...।

[बीच के कुछ पृष्ठ खो गए हैं!]

मलय की सिर्फ सात चाँदनी रातों से हमारा परिचय करवाकर, मेरे पतिदेव ने

सदा के लिए आँखें मूँद लीं।...एडवर्ड कहा करता, 'मुझे मलय का अपना बँगला बुला रहा है!'

मलय के जंगल में, अपने बँगले में ही एडवर्ड को चिर-शान्ति मिली।

मेरे पति के साझेदार मित्र ने हमारी बड़ी मदद की। रोज रात में मम्मी भय खाकर उठ बैठती–'एडवर्ड नाराज है।'

मेरे पति के साझेदार मित्र ने सभी हिस्से बिकवा दिए। पूरे दो महीने के बाद हमने भारत की ओर प्रस्थान किया।...टु केलकटा!

सारी घटनाएँ कुछ इस तरह घटीं, जिन्हें मैं अदृश्य शक्ति की कृपा से सिवा और कुछ नहीं मानती।

कलकत्ते में, दूसरे ही दिन ब्रंटी से भेंट हो गई–रेसकोर्स में। ब्रंटी भी पूरब-पगली थी। पिछले साल, एक राजा की रानी होकर भारत आई है।

ब्रंटी और उसके राजा साहब ने हमें सूचना दी, उसके जिले में एक अंग्रेज कोठीवाली प्लांटर अपना स्टेट बेचना चाहता है, मिस्टर ब्लैकस्टोन। कल कलकत्ते आया है। वह आधी कीमत पर बेचने को तैयार है।...गोइंग डराडून!

एक दिन मम्मी बोली–'ब्रंटी ने अच्छा किया है। उसका राजा सुन्दर है। भला आदमी है। सुपुरुष है।'

मिस्टर ब्लैकस्टोन ने बताया–'डेरीफार्म के लिए बहुत उपयुक्त स्थान है। कोठी के पास ही छोटी-सी अकेली नदी है। पास में विस्तृत चरागाह!'

मिस्टर ब्लैकस्टोन अपने बैग में जमींदारी के अन्य दस्तावेजों के साथ मैकमिलन एंड कम्पनी का एक बालकोपयोगी भूगोल भी हमेशा रखता। किताब खोलकर रेखांकित पंक्तियों की ओर दिखाकर बोला–पूर्णिया जिला थाना–रानीगंज!

जिले के नक्शे पर, उत्तर कोने में नेपाल की सीमा के पास एक लाल बिन्दी डाल दी थी उसने–'यही है वह जगह! यही है वह नदी–डोलरेडेय!'

ब्रंटी और उसके पति राजा महीपालसिंह की सहायता से हमने जमींदारी की कीमत तय करवाई।

राजा महीपालसिंह मुझे बहुत भद्र जँचे। लापरवाह, हँसमुख, हास्यप्रिय और चतुर। किन्तु, उनको भारतीय मानने को मन तैयार नहीं होता। रूप-रंग, पहरावा-पोशाक, बोलचाल और खानपान, सब इंगलिस्तानी।...मेरे, कल्पनालोक के पूर्वी पुरुष से कोई मेल नहीं। मुखाकृति भी नहीं मिलती।

हमने जमींदारी खरीद ली।

तीन महीने कलकत्ते में रहकर, हम मिस्टर ब्लैकस्टोन के साथ पूर्णिया आए। माँ के विशेष आग्रह पर मिस्टर ब्लैकस्टोन ने हमारे साथ एक सप्ताह रहना मंजूर कर लिया।...इलाके से परिचय कराते समय उसने बार-बार चेतावनी दी हमें...।

–परानपुर स्टेट के पत्तनीदार मिसरा से होशियार! माइंड यू...!

सन् 1856 में इस कोठी की नींव डाली गई है।

हीरा दरबान का कहना है–'सात साहबों ने इस कोठी में वास किया है। चार ने इलाके पर राज किया है। ब्लैकस्टोन साहब चार साल भी नहीं चला सके, जमींदारी!'...बँगले की सजावट में कहीं कोई कमी नहीं हुई। कोठी की फुलवारी में विदेशी पेड़-पल्लवों के बीच स्थानीय फूलों के कुंज! बूढ़ा माली उत्तिमलाल आदमी से ज्यादा फूलों की भक्ति करता है।

पुटुस फूल यहाँ का जंगली फूल है। बाँसबन के घने अन्धकार में खिली-फूली झाड़ियाँ? छोटे-छोटे स्टार-जैसे फूल, घोर लाल, गुलाबी, सफेद, बैंगनी।

इस उपेक्षित फूल को फुलवारी में लगाने के प्रस्ताव को सुनकर उत्तिमलाल बहुत उत्साहित हुआ। हीरा दरबान के मार्फत उसने हमें समझाया, पिछले आठ-दस वर्षों से वह, इस फूल की झाड़ी को फुलवारी में रोपना चाहता है। किन्तु...। बाद में मालूम हुआ, पुटुस को फुलवारी में लाने का विरोध, कोठी के मालिक ने नहीं, कोठी के दरबान हीरा मंडल ने विशेष रूप से किया था। इस बार भी देखा, जंगली फूल के इस सम्मान को देखकर हीरा खुश नहीं। बूढ़ा हीरा दरबान गत बीस वर्षों से इस कोठी में दरबानी करता है। वह समय-असमय मुझसे अपनी टूटी अंग्रेजी में बातें करता। आसपास के गाँव और गाँव के लोगों के बारे में–'थिक विलेज, ग्रेट विलेज, खास रैयाट, भेरी बैड मैनी एंड भेरी गूड मैन नन!'

डेरीफार्म खोलने के विरोध में हीरा ने कहा–'नॉट गूड! एवरीबडी से–यू विलायती वालन!'

सुनते ही मैं समझ गई, सभी मुझे ग्वालिन समझेंगे। समझेंगे ग्वालिन? अहोभाग्य! मैं ग्वालिन! मैं गोरस का कारबार करूँगी! अवश्य!

जापानी डॉल! ताजमनी का पहरावा देखकर जितेन्द्रनाथ को जापानी गुड़िया की याद आई। माथे पर सीकी की डाली–रंग-बिरंगे फूलोंवाली डाली! ओठों पर सरल मुस्कराहट! जितेन्द्रनाथ प्रसन्न हुआ।...वक्र मुस्कराहट नहीं!

गोबिन्दो ने जितेन्द्रनाथ की गुनगुनाहट को सुनकर समझ लिया, मन का फूल खिला है!...मॅन का फूल ही नेंहि फूटता है दादाबाबू का! फिर कैसे कॅरके क्या होगा?

"क्यों गोबिन्दो! रसोईघर में अड़हुल फूल से किस देवता की पूजा हो रही है?" गोबिन्दो ऐसी बातों का मतलब बहुत शीघ्र समझता है। नुकीले ओठों पर हँसी को स्थिर करके बोला–"ही-ही-ही! श्येंमा पूजा माने माँ काली की पूजा नजीक आ गिया कि नेंहि, इसी वास्ते! ताजनदि बोला...। दादाबाबू, आप नेंहि मॅत कॅरिए। पूजा को हुकुम जॅरूर दीजिए! माँ श्येंमा...!"

"गोबिन्दो! अपने चूल्हे की आँच देखो जाकर! श्यामा-पूजा के लिए हुकुम लेने की जरूरत नहीं। हुकुम लेकर पूजा होगी?"

जापानी गुड़िया को एकान्त में खिलनेवाले दो फूलों की महक लग गई।... गोबिन्दो अपने दादाबाबू के हृदय के कोने-कोने में घूम चुका है, बचपन से ही!

ताजमनी को देखते ही गोबिन्दो ने जितेन्द्रनाथ को आँख के इशारे से सूचित किया। पुरानी आदत! जितेन्द्रनाथ को हँसी आई! गोबिन्दो हाथ में खाली प्याली लेकर रसोईघर की ओर भागा। मीत ने धमकी दी–इसमें दौड़ने की क्या बात है! बॉख!

जितेन्द्र और ताजमनी की उम्र एक साथ ही बीस वर्ष घट गई, मानो। दोनों खिलखिलाकर हँस पड़े। मीत ने उत्कर्ण होकर दोनों की ओर देखा।...इन्हें भी एक धमकी दे दे? बॉख!

"जानते हैं! जोर-जोर से हँसने पर मीत नाराज होता है।" मीत ने अपना नाम उच्चारण करनेवाले प्राणी के घुटने पर अपने दोनों पैरों को रखकर प्यार प्राप्त किया। दूसरे ने उसके लम्बे कान को पकड़कर ज़रा खींच दिया।...आऊँ! बॉख!

ताजमनी ने दीवार पर लटकती हुई तस्वीरों की ओर देखा।...तस्वीरों के आसपास मकड़ी के जाले हैं या ये भी तस्वीरें हैं?

"मन्दिर और हवेली-घर के कमरों की सफाई के लिए मुंशीजी को मजदूर नहीं मिलते हैं। और दुनिया-जहान के फरेबी कामों के लिए उन्हें आदमी ढूँढ़ते फिरते हैं!... आज यदि मालकिन-माँ होतीं!" ताजमनी धूपबत्ती जलाने लगी।

"मुंशी जलधारीलाल ने चालीस साल पहले ही फरेब कर्म की ट्रेनिंग ली है। नया फरेबी नहीं वह!" जितेन्द्रनाथ को अचरज हुआ, ताजमनी की मुस्कराहट ज़रा भी टेढ़ी नहीं हुई है? नागफनी के डंठल-जैसे होल्डर में धूप की बत्तियाँ सजाती हुई बोली– "लेकिन, ऐसा कुकर्म न मालकिन-माँ के समय में हुआ और न उनसे पहले!"

जितेन्द्रनाथ हठात् गम्भीर हो गया। ताजमनी मन-ही-मन मुस्कराई...मुझे चिढ़ाने चले थे! धूपबत्ती के नागफनीनुमा होल्डर को सामने के ताख पर रखकर ताजमनी बोली–"नकली नागफनी में असली काँटे लगाने की क्या जरूरत!" उँगली के अगले पोर को टीपकर रक्त की नन्ही-सी बिन्दी निकाली और सिर में लगा ली। जितेन्द्रनाथ ने पूछना चाहा–यह क्या हुआ? खून का टीका...! किन्तु कँटीली बात उसे चुभ गई थी। बोला–"क्या किया है मुंशी जलधारीलाल ने? किसी की पीठ पर लाल दगनी से फिर कुछ लिखा है क्या?"

"पीठ पर नहीं। कलेजे पर दगनी दाग रहे हैं मुंशीजी।"

"मुंशीजी का क्या कसूर?"

"कसूर जिसका भी हो! लेकिन, जो कुछ भी हुआ है या हो रहा है, वह आपके जोग नहीं। जिद्‌दा, आप नहीं जानते?"

"क्या?"

ताजमनी हँसी। वह अच्छी तरह जानती थी, जिद्‌दा को कुछ नहीं मालूम। बोली–"इस्टेट से मामले-मुकदमे करनेवाले रैयतों, या इस्टेट के बरखिलाफ होनेवाले किसानों की लहलहाती हुई फसल रातोरात चौपट कभी नहीं करवाई गई। गाय-भैंस और बैलों की चोरी नहीं करवाई गई। किसी के घर में आग लगाने के लिए...।"

"ताजू!"

"सन्तोखीसिंह की बीस बीघे की खेती, एक ही रात में शेष हो गई। केयटटोली से सात बैल और तीन भैंस चोरी चली गईं। फटकन के दोनों बैल छटपटाकर मर गए। जिद्‌दा, और भी बहुत कुछ करने की धुन में लगे हैं मुंशीजी।"

"रामपखारनसिंघ!"

"हजौर! जी बौवाजी!"...आजकल, हजूर कहने से नाराज होते हैं बौवाजी!

"मुंशीजी कहाँ हैं?"

ताजमनी मुस्कराती हुई अन्दर चली गई। धूपबत्ती की गन्ध कमरे और अँगनाई में हरसिंगार की हल्की सुरभि!...लगता है माँ का मौसम लौट आया है। माँ-माँ की मृदु गन्ध!

मुंशीजी दाद खुजलाना भूल गए!

"बायोलॉजिकल वारफेयर का मतलब समझते हैं मुंशीजी?"

"जी नहीं! फिर कोई नया कानून बना है क्या?"

"कीटाणु-युद्ध! रोगों के कीड़े बरसाकर दुश्मनों को बरबाद किया जाता है, आजकल! सबकुछ माफ है, इस युग में!"

"जी!"

"इस्टेट के दुश्मनों को साधने के लिए आप क्या-क्या कर सकते हैं?"

मुंशीजी जलधारी के दाद के चकत्तों की खुजलाहट तीव्र हुई। अब वह अपनी उँगलियों को रोक नहीं सका। दाद खुलजाता हुआ मुस्कराया–"जी?"

"हाँ!" जितेन्द्रनाथ ने मुंशी के चेहरे पर निगाह गड़ा दी।

"आप चुपचाप बैठे रहिए! इस्टेट के दुश्मन सध जाएँगे, खुद-ब-खुद!"

"नहीं। मैं चुपचाप क्यों बैठा रहूँ? आप कुछ नहीं कर सकते तो साफ-साफ कहिए। दुश्मनों को साधना होगा।"

मुंशी जलधारीलाल दास के चेहरे पर ऐसी खुशी कभी नहीं देखी गई। उत्साह

और आनन्द में दाद की खुजलाहट खत्म हो गई–"हुजूर! आप तो बेकार परेशान हो रहे हैं! हुजूर का नमक ताबेदार की हड्डी में है। एक-से-एक टेढ़े दुश्मन को बारी-बारी से सीधा करना मेरा काम है। सन्तोखीसिंह को जानते हैं न! तीन दिन से खाना-पीना छोड़कर हाय-हाय कर रहा है!"

"मुंशीजी! एक सन्तोखीसिंह के हाय-हाय करने से कुछ नहीं होगा। मैं चाहता हूँ, सारा गाँव हाय-हाय कर रोए। मेरा कलेजा ठंडा होगा, उसी दिन!"

"सारा गाँव रोएगा! रोएगा! ताबेदार कान में तेल देकर बैठा नहीं है। मेरे कब्जे में ऐसे-ऐसे लोग हैं कि चाहूँ तो एक ही रात में गाँव को मशानघाट बना दूँ।"

"वाह! वाह! साँप-बिच्छुओं से भरी हाँडी कहाँ मिली आपको?"

अब, मुंशी जलधारीलाल की मुस्कराहट देखे कोई!...बमभोलेनाथ धीरे-धीरे राह पर आ रहे हैं? पर्दे की ओर कनखी से देखकर वह बोला–"हुजूर! ऐसा-ऐसा आदमी है। एक-से-एक!..."

एक-से-एक!

मुंशी जलधारीलाल की सेना ने एक-एक व्यक्ति को देखकर जितेन्द्रनाथ ने स्वीकार किया...एक-से-एक!

...बकला अहीर! जिला-जैवार में मशहूर भैंसवार। दस कोस, बारह कोस दूर गाँवों की फसल चराकर जब वह अपने बथान पर आता है, तब आकाश में भोर का तारा उगता है। भैंसे हैं या हिरनों का झुंड!

उस रात में मुंशी जलधारीलाल ने अपने 'गणों' को बुलाया था, हुजूर से भेंट कराने के लिए–"चलो! तुम लोगों की किस्मत खुल गई!"

बहुत देर तक जितेन्द्रनाथ बकला की बनावट को देखता रहा। लम्बे तरबूज की तरह सिर। कपाल सामने की ओर निकला हुआ। देह से दूध की गन्ध! जो कितनी भी पवित्र क्यों न हो, किसी-किसी के लिए दुर्गन्ध अवश्य है। घुड़कती हुई आँखें!... बकला की मुस्कराहट! उसकी बोली भी अजीब!

"हें-हें-हें! हुजू-उ-उ-र! आपके अकबाल से अभी तक मैं बीच खेत में कभी नहीं पकड़ा गया। बीस रस्सी दूर के आदमी के पैर की आहट को परेख लेती है मेरी भैंस! फिर मेरा खूनियाँ भैंसा! उसके तीन नवतुरिया जवान पाँड़ा की जोड़ी! बारी-बारी से चौकन्ना होकर देखने लगते हैं।...मैं? हुजू-उ-उ-र, मैं तो अपनी मोरंगनी भैंस की पीठ पर नींद में फोंफ्-फोंफ्! उधर खेत साफ!"

बकला का 'फोंफ्-फोंफ्' सुनकर, पहले से ही आतंकित, और जंजीर में बँधे मीत

ने तीन बार बॉख किया!...एक-एक व्यक्ति को प्रवेश करते समय मीत ने डाँट बताई—बॉख-बॉख-बॉख! बकला ने मीत की ओर सशंक दृष्टि से देखते हुए कहा—"हुजू-उ-उ-र! मटरकाट भी हमारी भागती हुई हाँज[1] का मुकाबला नहीं कर सकती। एक बार रानीगंज थाना के दारोगा ने इलाके के नामी पहाड़ी घोड़े पर चढ़कर पीछा किया। कहाँ मेरी मोरंगनी भैंस के छूए-पूए और कहाँ मँगनी का माल, पहड़िया घोड़ा! मेले के रेस में बाजी मारनेवाला पहाड़ी घोड़ा का पेशाब अटक गया और चार चितंग—हें-हें-हें!"

बकला अपने हुनर में माहिर है। उसकी भैंसों को देखने की इच्छा हुई जितेन्द्रनाथ की, क्योंकि बकला ने बताया—"मेरी हाँज की भैंस सिर्फ चरती ही नहीं। कल ही तो चौरीटोलेवाले का दस बीघा सकरकन्द और पटनियाँ आलू उखाड़कर कचर गई!... हाँ, चारों खुरों से खोदती है मेरी भैंस...हें-हें-हें। चेले-चपाटी भी साथ रहते हैं। हें-हें-हें!"

ननकू नट! मुंशी जलधारी का दूसरा दस्तादार।

—बॉख! बॉख! बॉख! बॉख!

जितेन्द्रनाथ को मांस की गन्ध लगी। मांस की नहीं, शहर के बूचड़खाने की बगलवाली गली में ऐसी ही गन्ध लगती है। ननकू नट की बावड़ी! खाल से सटाकर कटी हुई पट्टी! मिस्सी मलकर काले किए दाँत!...जितेन्द्रनाथ ने सुना—यह ननकू नट मवेशी चुरानेवालों का मेठ है, इलाके का! राह के हर गाँव में इसका एक शागिर्द सतर्क होकर रात में सोता है। डाक के दौड़ाहे की जैसी ड्यूटी! डाक में आए हुए मवेशी को तुरत दूसरे अड्डे तक पहुँचाने का काम आसान नहीं। सुबह को अपने घर से आँखें मलते हुए उठकर गाँव में चक्कर मारना होगा। इसके अलावा ननकू नट का जेबी बूचड़खाना भी चलता है। हाथ की झोली में जितना सामान है, उसी से वह आध दर्जन मवेशी के मांस का कारबार कर लेता है, गुपचुप। जितेन्द्रनाथ ने ननकू नट को मात्र पाँच मिनट अटकाया। मीत रह-रहकर गुर्रा उठता था।

खन्तर गुलाबछड़ीवाला!...गुलाबछड़ी कड़कड़ बोले, लड़िकन सबके मनुआँ डोले। घंटी बजाते हुए खन्तर गुलाबछड़ीवाले को देखते ही गाँव के लड़के धान, चावल या पैसे लेकर दौड़ते। उन लड़कों के पीछे-पीछे उनकी माँ, दादी या चाची! खन्तर गुलाबछड़ीवाला वैद्य भी है, ओझा भी! इसलिए, दूसरे गुलाबछड़ीवालों से चौगुना सौदा देने पर भी खन्तर घाटे में नहीं रहता। गुलाबछड़ी की कड़कड़ी मिठाइयों में, लड़कों की बलि लेनेवाले तरह-तरह के जहर लपेटकर खन्तर घंटी बजाता है। मौत की ओर दौड़ते हुए लड़के!...बनहल्दी की एक कच्ची गोली की कीमत दो रुपया! और झाड़-फूँक में जैसा घर, जैसी बीमारी देखी वैसा हिसाब। हर दो महीने के बाद विभिन्न

---

1. भैंसों का झुंड।

पोस्ट ऑफिसों से सैकड़ों रुपए भेजता है, दवा, जन्तर और जड़ी-बूटी के नाम पर! खन्तर गुलाबछड़ीवाला किसी रात को अपने घर में नहीं सोता। किसी-न-किसी गृहस्थ के घर में चक्कर पूजकर, कबूतर का भुना हुआ मांस और तीस नम्बर दारू का तीन बोतल पीकर, बैठा मन्तर पढ़ता रहता है। चक्कर के पास पीड़ित बच्चा अपनी माँ या दादी की गोद में ऐंठता हुआ रह-रहकर चिल्लाता—बप्पा रे! मैया रे!

...बॉख-बॉख-बॉख-बॉख!

खन्तर गुलाबछड़ीवाला बड़ी मीठी बोलनेवाला! बात बोलने के पहले प्रत्येक बार नाक से एक विचित्र आवाज निकालता है—"खँक्! बाबू साहेब! बात यह है कि जान-बूझकर जान लेना अच्छी बात नहीं। इसलिए, खँक्, ज्यादा तेज खुराक नहीं मिलाता हूँ। नारियल के पानी और कोहड़े के सेंक से पेट का दर्द आराम कर पचीस-पचास मिल जाते हैं। कभी-कभी अन्दाज से फाजिल खुराक पड़ जाने पर जान चली जाती है, एकाध की।...फरमाइशी काम में हजार-पाँच सौ से कम नहीं लेता। अब तक सिर्फ तीन फरमाइशी गुलाबछड़ी बनाकर खिलाया है। बहुत बड़े खानदानवाले हैं, नाम क्यों लें? खँक्! तीनों फैनल केस!" खँक् शब्द के अलावा प्रत्येक पंक्ति के बाद हाथ जोड़कर गर्दन झुकाने की आदत है, खन्तर की! फैनल केस माने जान लेने का काम! खन्तर को पूरा विश्वास है, पाँच-सात हजार का काम जरूर मिलेगा। मुंशीजी ने कहा है, तीन केस तो जरूर समझो!

जितेन्द्रनाथ का सिर चकराने लगा। किन्तु, उसने अपने को सँभाला! टेबल की आड़ में, परदे के पीछे टेप-रिकॉर्डर की करकराती हुई आवाज! बीच-बीच में परदे के उस पार से या इस पार से बिजली छटकती! जितेन्द्रनाथ हँसकर कहता—तेजी पावरवाला टॉर्च है। घबराने की बात नहीं।

तीन बजे रात तक इंटरव्यू का कार्यक्रम चला!...

आतंक से जितेन्द्रनाथ का मुँह विकृत हो गया है। साँप-बिच्छुओं से भी ज्यादा जहरीले प्राणियों से मिलकर वह भयभीत हुआ। किन्तु ताजमनी नित्य प्रसन्नवदना होती जा रही है। मुस्कराहट की वक्रता मिट गई है। अन्दर हवेली की उजड़ी क्यारियों में हरियाली जाग रही है, धीरे-धीरे। तुलसी-चौरे पर तुलसी का बिरवा सदा फूला-फूला रहता है—जिद्दा! माँ आ रही है! आनन्दमयी, प्राणमयी माँ!

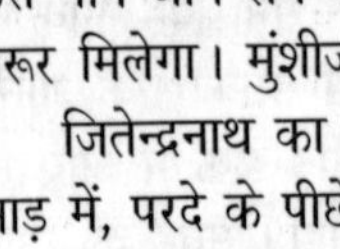

"पूजा की सामग्री? ताजू, मुझे माफ करो। मैं सबकुछ भूल गया हूँ। किस देव-देवी की पूजा में कौन फूल वर्जित है, मुझे याद नहीं।"

"मैं फर्दी लिखकर ले आई हूँ। आप सु-मन से खरीदकर ला दीजिए। फूल नहीं लाना है आपको!" फिर वक्र मुस्कराहट लौट आई ओठों पर?...नहीं, नहीं। ऐसा न करो ताजू!

जितेन्द्रनाथ ने पूजा-सामग्री की फेहरिस्त लेकर देखा, ताजमनी की लिखावट में आश्चर्यजनक परिवर्तन हुआ है। और, इस पत्रे को खो देना अन्याय होगा।...माँ की वेदी का एक स्केच, हल्के गेरुए रंग में अंकित! मिथिलाक्षर, देवनागरी और बँगला लिपि से प्रभावित, पवित्र किस्म के अक्षर! उपशीर्षक की पंक्तियाँ, जवाफूल की कलियों की छोटी-छोटी मालाएँ! जादू सीखने की बात झूठ नहीं! पत्रे को यत्नपूर्वक जेब में रखते हुए जितेन्द्रनाथ ने ताजमनी की उँगलियों की ओर देखा—स्वर्ण-चम्पा की कलियाँ! इन उँगलियों को सूँघने की इच्छा हुई। चूमने का मन...!

सु-मन से ही नहीं, भक्ति-भरे मन से पूजा की सामग्री ला दी है जितेन्द्रनाथ ने।

...सिन्दूर, अगरु, तिल, हर्रे, पंचगव्य, पंचशस्य, पंचरत्न, पंचपल्लव, घटाच्छादन का वस्त्र, माँ के लिए साड़ी, महाकाल के लिए धोती, भोगद्रव्यादि कर्पूर, ताम्बूल, धूप-दीप, दूर्वादल, पुष्प, तुलसी, नैवेद्य, चाँदमाला, पुष्पमाला, आरती!

श्यामा-पूजा के दिन माँ की देह से मनोहारी गन्ध निकलती। रह-रहकर तीव्र हो उठती।...मतवारा करे, आत्महारा मोरे—तोहरऽवदनऽसुरभि माँगो! जितेन्द्रनाथ हठात् अपनी माँ का आँचल पकड़कर हठ करता—"थोड़ी देर आँचल सूँघने दो अपना, माँ!"

"चल! बड़ा तंग करता है कभी-कभी तू! सारा काज पड़ा है। आँचल में क्या है?"

जिद्दा की जिद्द!—"क्यों, पीसी की तरह तुम भी क्यों नहीं सिंगार करतीं? बलभद्दू भैया कह रहे थे, तुम्हारी माँ सिन्दूर का टीका नहीं लगा सकती। क्यों नहीं लगा सकती? बस, आज ही, एक दिन के लिए सिन्दूर लगा लो माँ! देखूँ!"

पूजा-उपकरण खरीदते समय जितेन्द्र को याद आई। माँ ने समझाकर कहा था—"सिन्दूर श्यामा माँ को दे चुकी हूँ। मैं सिन्दूर नहीं देती तो अड़हुल के फूल लाल कैसे होते?...माँ की माँग के सिन्दूर से ही जवाफूल में लाली भरती है।

जितेन्द्रनाथ को प्रत्येक पूजा की याद आती है, बारी-बारी से। लगता है, माँ हवेली के किसी कमरे में छिपी बैठी है!...एक बार लुत्तो ने मुँह चिढ़ाकर अपने साथियों से कहा था—"इतना बड़ा हो गया है और उस रात को अपनी माँ का दूध पी रहा था गट-गट कर। आँचल की ओट में। छिः, छिः!" लुत्तो को देखकर बचपन से ही, डकरते हुए पाँड़ा की याद आती है जित्तन को। भैंस का पाँड़ा। मौका पाते ही सींग चलाना नहीं भूलता। जित्तन ने एक बार पूजा के अवसर पर धमकी दी थी—"काली के नाम चढ़ाऊँगा। भोग दूँगा!" "ही-ही-ही!" ताली पीटकर लुत्तो भागा था—"लड़कियों की गाली बकता है रे! छौंड़ीमुँहा लड़के को देखो रे!..."

जितेन्द्रनाथ मन-ही-मन हँसा, पाँड़ा-बलि को उसने कभी बर्बरता नहीं समझा!

किन्तु लुत्तो की बलि? नहीं-नहीं। लुत्तो को देखकर उसको अपना बचपन याद आता है। ठीक ही कहा था लुत्तो ने। लड़कियों की गाली ही थी।

लुत्तो के एक वर्ष के बेटे को गुलाबछड़ी खिलाकर बलि देना चाहता था मुंशी जलधारीलाल। उसकी भैंस को सींग-फोड़ जहर खिलाकर मारना चाहता था। किन्तु, लुत्तो के मन के घाव की पीड़ा को समझता है सिर्फ जितेन्द्रनाथ, अकेला!...नैवेद्य, पुष्पमाला, आरती! कल्याणी माँ के सामने भेदभाव, डाह-द्वेष? सत मुझे दे, असत तू ले। विष तेरा, अमृत मेरा। नहीं-नहीं, अमृत भी तेरा!

"इस बार श्यामा-संकीर्तन करूँगी!" ताजमनी ने अपने मन की लालसा खोल दी।

"सच!" जितेन्द्रनाथ उत्साहित हुआ। ताजमनी की उँगलियों को पकड़कर उसने चूम लिया।

"जिद्दा!" ताजमनी की उँगलियाँ मानो आग में झुलस गईं।

"ताजू!"

ताजमनी बेसुध पड़ी रही जितेन्द्रनाथ की भुजाओं में!

...अमीन, तहसीलदार, पटवारी, सिपाही, गोड़ाइत और बराहिलों को लेकर मम्मी कचहरी-बँगला में जमींदारी का जंजाल सँभालने लगी। मैं अपने गुहाल-बँगला (मेरी दाईं पुतली गोशाले को गुहाल-बँगला कहती!) में गाय, भैंस, बाछे, बछियाँ, भैंसवार, चरवाहे और पुतली के साथ गोधन की सेवा करती। पुतली मेरी सहेली-जैसी हो गई। साँवली, सलोनी, स्वस्थ पुतली सदा मुस्कराती रहती, मीठी मुस्कराहट!

वह मुझे स्थानीय बोली में आदमी और जानवरों को पुकारना सिखलाती : भैंसवार को, 'रे मेथिया-या-या!' चरवाहे को, 'रे घोल्टा-आ-आ!' दरबान को, 'हिरवा-वा-वा!' काली गाय को पुकारती–'हि बो-ओ-ओ-हि,' और गाय दौड़ी आती। अरनी भैंस को बुलाने के लिए–'उ-ड़-हा-हा-हा-हा!'

मैं रोज रात को अपना रीडर लेकर बैठती। किन्तु, बिना शिक्षक के कोई भाषा सीखी भी जा सकती है?...मुझे तुलसीकृत रामायण पढ़ने की आतुरता थी। पुतली से मालूम हुआ, रामसेवक मड़र नाम का एक बूढ़ा रामायण गाने में बेजोड़ है। अर्थ न समझूँ, कोई बात नहीं। ध्वनि का कोई महत्त्व नहीं? मैंने हीरा दरबान से कहा तो उसकी आँखें गोल हो गईं। मुझे समझाने के लिए वह शब्द ही नहीं पा रहा था। आँखों को नचाकर उसने कहा, 'नो ब्लैक मैन से–ए मेस, औल से–ए बंगाली! मेम नौट साड़ी, नौट रामायन, नौट लाफ टौक टु ब्लैक मैन!'

आश्चर्य! हीरू की इस खिचड़ी भाषा का अर्थ मुझसे पहले मम्मी समझने लगी—'आपको कोई अंग्रेज स्त्री नहीं समझेंगे। बंगालिन कहेंगे। अंग्रेज स्त्री को साड़ी नहीं पहननी चाहिए। रामायण नहीं सुनती अंग्रेज स्त्री। काले लोगों से हेल-मेल ठीक नहीं!'

मम्मी ने हीरा दरबान की 'हाँ-में-हाँ' मिला दिया। हीरा दरबान ऐसे मौकों पर भेद-भरी निगाह से मेरी ओर देखता।

...प्रथम बार! ग्रामगीत सुना मैंने उस रात, पहली बार!

नींद नहीं आ रही थी। हठात् कोठी के पूरबवाले गाँव से, करुण रागिनी में लिपटी गीत की एक कड़ी लहरों पर तैरती आई।...मैं लालटेन तेज कर बिछावन झाड़ने लगी। वातावरण में साँप-ही-साँप का भय होने लगा।

सुबह को पुतली से पूछा—'कैसा गीत था वह? रेशमी केंचुल जैसा चमकता, वक्र, तिर्यक्, चमचम!'

मेरे हाथ के इशारे से नहीं! पुतली जब समझती बात को तो, हीरा दरबान से ज्यादा समझती। सदा अपने घर की बोली में बोलती। मैं समझूँ या न समझूँ। जब कभी वह चार अंग्रेजी शब्द जोड़कर बोलती, हीरा से अच्छा ही बोलती। पुतली से मालूम हुआ, उस रात सचमुच साँपों के ही गीत गाए जा रहे थे। नागों की बड़ी देवी, विषहरी मैया के गीत! मनसा-मंगल के गीत कहते हैं, इनको। पुतली कन्वर्ट क्रिश्चियन थी। किन्तु, विषहरी मैया का नाम लेते समय श्रद्धा से या भय से, दोनों हाथों को जोड़कर शून्य में एक प्रणाम करती।

दूसरी रात को छोटी ढोलकी के ताल पर गीत गाए जा रहे थे। ढोलकी के ताल और गीत के लय को सुनकर कोई भी कह सकता था, वे नाच रहे हैं, मिल-जुलकर।... झुम्म-झुम्मर! सुबह को मैं अपने कमरे में धुन गुनगुनाती टहल रही थी, अन्यमनस्क। पुतली न जाने कब से अचरज से मुँह फाड़कर खड़ी देख रही थी। मुझसे नजर मिली तो तलहथी से अपनी हँसी को ढक फिर खिलखिलाकर हँसती हुई बोली—'झूमर! झूमर! हाउ यू सिंग झूमर छोटी मेम?...वेरी गूड!'

'हा-हा, हा-ह, हा-ह-हा! ला-रा, ला-रा, ला-र-ला...लामि-लामि बेनियाँ, सिर-गंगाजी के पनियाँ, दरभंगावाली कनियाँ।' पुतली ने ताल पर शब्दों को दुहराया, 'यस, छोटी मेम! आपने झूमर का लय ठीक ही पकड़ा है।'

बीच-बीच में मुझे मम्मी की झिड़कियाँ सुननी पड़तीं—'भगवान् जाने, तुम क्या होती जा रही हो!' और आश्चर्य, उसी समय, बरामदे पर हीरा दरबान भी कुछ-न-कुछ

अवश्य बोल बैठता!

डेढ़-दो महीने की मेरी वह जिन्दगी! मैं भूल सकूँगी कभी? मेरे इस कमरे को ही मालूम है! अजाने, अदेखे, कल्पनाप्रसूत पूर्वी पुरुष की प्रतीक्षा में मैंने कितनी रातें छटपटाकर काटी हैं! मेरी दुर्दशा देखकर मम्मी घबरा गई थी। इसी बीच, हमें पूर्णिया प्लांटर्स-क्लब के एक उत्सव में सम्मिलित होने का निमन्त्रण मिला। पूर्णिया-डे!

अप्रैल की वह सुबह। चिरस्मरणीय दिवस। 10 अप्रैल, 1910!

[पांडुलिपि में यहाँ कई मांगलिक अनुष्ठान के चिह्न अंकित हैं, उपर्युक्त पंक्ति के आसपास! ऊपर क्यूपिड का सुन्दर स्केच। पंखवाला छह-सात साल का धनुषधारी बालक। तलहथी पर ठुड्डी रखकर तालाब में कमल को देख रहा है!]

16 अप्रैल से प्लांटर्स-क्लब में पूर्णिया-डे का समारोह शुरू हो रहा था। चार दिनों तक भूरिभोज, अहोरात्रि नृत्यपान, काकटेल, जलविहार, पिकनिक और पोलो!

15 अप्रैल को सुबह साढ़े सात बजे ही अपनी सम्पनी-गाड़ी से बारह माइल पूरब अररिया स्टेशन के लिए प्रस्थान कर देने का प्रोग्राम हमने बनाया।...भला, उन घड़ियों की एक झाँकी देखे बिना मैं कैसे जी सकूँगी! आँखों के आगे स्पष्ट तस्वीर उतर आती है।...मम्मी अन्दर के कमरों में जाने की तैयारी में व्यस्त हैं, पुतली के साथ। मैं अपने सबसे उत्तरवाले कमरे की उत्तरवाली खिड़की से (जिस खिड़की का नाम बाद में उत्तरा पड़ा!) हिमालय की तुषारमंडित चोटियों पर छाया सिन्दूरी समाँ देख रही हूँ। दुलारीदाय के कछार पर पुल के उस पार घने जंगलों में परिन्दे प्रार्थना-गीत गा रहे हैं...देवी पार्वती के पिता, जगदम्बा के जनक, नमामि देव! इस झरोखे से मैं नित्य पर्वतश्रेष्ठ को प्रणाम करती!

झरोखे के पास ही है कदम्ब का पेड़। कल से एक मतवाला कोकिल कदम्ब की डार पर बैठकर कूक-कूक जाता है।

सुबह को आकर चिढ़ा गया—'कु-क्कु-कू-कू! उठकर देखो!' पहाड़ी कोकिल को पुतली ने गोशाले से जवाब दिया—'जल्दी भागो! कु-क्कु-कू-कू!'

पूरब, यानी कोठी के सदर फाटक पर हीरू के गले की आवाज सुनाई पड़ती है।...हीरू की आवाज एक अजनबी स्वर में खो जाती है। घोड़े की एक तेज हिनहिनाहट से सारा प्रान्तर मुखरित हो उठता है—'ईं-हिं-हिं-हिं-हिं-हिं!' हीरू भागा हुआ आ रहा है, घबड़ाया हुआ। मम्मी भी इस गुलगपाड़े को सुनकर बाहर आ गई हैं।...मिस-मिस-मिसरा! मिसरा कहने के बाद मुँह बा दिया उसने। मम्मी शीघ्र ही

समझ लेती है–दैट सिवेंड्रा मिस्सा? मिस्टर ब्लैकस्टोन की चेतावनी प्रतिध्वनित हुई–मोस्ट बॅडमास ब्राहमीननोटोरियस, दि ब्राहमीन क्रिमिनल ही'ज...।

हीरू के मुँह में बोली वापस आई–'भेरी भेरी बैड मैन। ओल्ड ईस्टेट दुश्मन। कम। कम हेयर अन्दर कोठी, ही वान्ट।'

मम्मी बोली–'ही वान्ट्स टु सी अस। सी द फन! क्रिमिनल!'

फाटक पर घोड़ा पुनः-पुनः हिनहिना उठता है।...पूरब आसमान की लाली ज़रा हल्की हो गई। झाऊ की नील-नुकीली लम्बी झाड़ी और घने पुटुस के झुरमुटों के उस पार घोड़े की गर्दन दिखाई पड़ती है। अच्छे नस्ल का घोड़ा! सिल्क ब्लैक! मेरी पुतली का मुँह पीला पड़ गया है। सभी जानते हैं, उसे। घोड़े ने हिनहिनाकर कोठी के निवासियों को बुलाया। मैं मम्मी से कहती हूँ–'वह हमसे मिलने आया है। स्टेट का पुराना दुश्मन है तो क्या? वह मिस्टर ब्लैकस्टोन का दुश्मन हो सकता है। हमें मिस्टर ब्लैकस्टोन की बुद्धि से दोस्त-दुश्मन नहीं बनना है मम्मी!'

मम्मी पर मेरे कथन का प्रभाव पड़ता है। आश्चर्य! इतना शीघ्र इतनी बड़ी बात का समर्थन मम्मी ने कैसे किया, यह मेरे लिए आज तक एक रहस्य की बात है। मम्मी कहती है हीरू से–'बुला ला!' अनिच्छापूर्वक, मुँह लटकाकर ड्राइंग रूम का दरवाजा खोलते समय बड़बड़ाता है, हीरू, अन्तिम चेष्टा करता है–'नो ब्लैकमैन कम इन कोठी-कम्पौंड। व्हाट रूम?' पुतली की सिखाई हुई झिड़की मैंने दी–'ही-र-वा-वा-वा!' ई-हिं-हिं-हिं-हिं! बाहर, घोड़े की हिनहिनाहट और तीव्र हो उठी।

मैं अपने कमरे में आकर पूरबवाले झरोखे की झिलमिली से देख रही हूँ, झाऊ की झाड़ियों के पार्श्व से प्रकट होते हुए व्यक्ति को। इसे मैंने कहीं देखा है? किन्तु कहाँ? झरोखे की झिलमिली से एक लहर आकर मेरी रोमावली पर छा जाती है। परिचित पुरुष? मेरे सपने का पूर्वी-पुरुष? सूर्यपुत्र? देवपुरुष?...कलेजे की धड़कन इतनी तेज क्यों हो गई?

हीरू की पुकार पर ज़रा सँभल जाती हूँ–'मेम साहेब!'

मैं अपने कमरे में, रीडर खोलकर भारतीय अभिवादन 'नमस्कार' का उच्चारण ठीक करने लगी। आरसी में अपने प्रतिबिम्ब को मुस्कराकर नमस्कार करती हूँ : नमस्यका...!

ड्राइंग रूम का परदा हटाकर, मैंने कैसे नमस्कार किया–मुझे याद नहीं! जन्म-जन्मान्तर के बाद ऐसी मिलन की घड़ी में होश रहता भी है?

होश में लाती है, उसकी गुरु-गम्भीर वाणी। भद्रतापूर्वक खड़ा हो, प्रतिनमस्कार किया उसने–'आइ एम पंडित शिवेन्द्र मिश्र...पत्तनीदार ऑफ परानपुर स्टेट। वेरी क्लोज टु योर जमींदारी लैंड!'

मम्मी आकर आरामकुर्सी पर बैठ जाती है, उसके नमस्कार को नजरअन्दाज कर। मुझे खुशी हुई–पूरब का यह पुरुष अंग्रेजी तो थोड़ी बोल लेता है!

मम्मी अपने काम की बात छेड़ देती है–'मिस्टर मिस्सा,...हमारी जमींदारी से आपको क्या शिकायत है? वी'व हर्ड...।'

'येस मेम! दैट इज ए वेरी लांग लिटिगेशन।...एक तौजी के पोजीशन को लेकर झगड़ा है।...अभी तक, वह तौजी मेरे अधिकार में है। किन्तु, यह भी सच है कि उस तौजी पर कानूनी हक आपका है। मैं वही तो कहने आया हूँ। मैं आप लोगों से, यानी मातृजाति से, नहीं लड़ना चाहता!"

बात समझ में आई! अमीन, पटवारी और सिपाहियों ने अपने-अपने ढंग से इस तौजी के बारे में सुनाया था। मि. ब्लैकस्टोन ने नक्शे में, दुलारीदाय धारा में तीन लाल घेरा डालकर, दिखलाया था। पाँच में से दक्खिनवाले तीनों कुंड–फुल ऑफ फिशिज एंड...। कारकुनों ने यह भी कबूल किया–आज तक कभी कब्जा नहीं हुआ।...मिस्टर ब्लैकस्टोन की बात क्या, किसी साहब को एक मछली नसीब नहीं हुई और न एक धूर जमीन। जमीन धनहर है कुंड के आसपास।

मम्मी को विश्वास नहीं हुआ।...पूछती है–"सचमुच आप उस तौजी के झगड़े को निबटाना चाहते हैं?"

'आप मुझसे लिखवा लें मेम!'

और इससे लोग डरते हैं? बाघ की तरह भय खाते हैं? किन्तु, हमारे ड्राइंग रूम में बैठा हुआ शिवेन्द्र तो माखन-जैसा मनवाला है! रक्त-चम्पा की तरह शरीर का रंग, लाल ओठ! छोटी-छोटी किन्तु सँवारी हुई मूँछें। गाढ़े लाल रंग की धोती, केसरिया रेशमी मिर्जई, ढाकाई झीनी चदरी, जिसकी कोर-छोर पर सुनहले तारों की कारीगरी। उँगलियों में रत्नजटित अँगूठियाँ!...सामने बैठे इस नररत्न की ज्योति!...मैं इस क्षण को सपना समझती हूँ। भ्रम समझती हूँ।...शायद उसी रात की तरह कोई गीत कहीं गाया जा रहा है। अथवा कोकिल!...कुर्सी छूकर देखती हूँ। अपने शरीर को स्पर्श करती हूँ और चिकोटी काटती हूँ नाखूनों से...सपना नहीं! यह आदमी अपना है, वही...!

मम्मी चुपचाप कुछ सोच रही है! क्या सोच रही है, क्यों सोच रही है! मैं समझती हूँ, मम्मी ने जान-बूझकर धन्यवाद ज्ञापन नहीं किया।...मुझे यह झूठा तनाव पसन्द नहीं। अपनी अभद्रता के लिए मम्मी से माफी माँगकर, मैं कहती हूँ–'थैंक यू वेरी मच! इट्स सो काइंड' 'फ यू। रियली आइ 'म ग्लैड-टु सी यू...। यू 'र सो...।'

मम्मी मेरी ओर कटमटाकर क्यों देखती है!...मैंने कुछ बुरा तो नहीं किया!

उस दिव्य पुरुष की बुद्धि की बलिहारी!

पलक मारते ही सबकुछ समझ लेता है। उसकी आँखें अपने

आसपास शक्ति की लहरें फैलाती हैं!..उसके कामदार लाल मखमली नागरे की नोक पर अपनी दृष्टि रखकर मन के उमड़ते-घुमड़ते भावों को सहेजती हूँ। कोई क्या समझे!...जिसके लिए मैं देश-देशान्तर, लोक-लोकान्तर...!

मम्मी विरक्त होकर कहती है–'समय हो रहा है। धूप तेज हो जाएगी।'

मैं क्षमा-याचना के लिए शब्द ढूँढ़ रही हूँ।...आत्मसमर्पणात्मक भावावेश की घड़ियाँ! झूमर गीत पर झूम रही हूँ मैं...दरभंगावाली कनियाँ!...मम्मी मुझे एक शब्द भी उच्चारण नहीं करने देगी!

...मेरी लाचारी देख रहे हो, मेरे पुरुष?...मेरी आँखों की भाषा वह पढ़ लेता है।

मुस्कराकर उठा। हाथ जोड़कर बोला–'नमस्कार! होप टु सी यू अगेन!' मचमच, मचमच!...मेरे दोनों हाथ जुड़े रह गए, मेरी गोद में।

बाहर घोड़ा हिनहिनाया–ईं-हिं-हिं-हिं!

कदम्ब के डाल पर बैठा कोकिल आग लगाकर भाग गया।

कोठी के मुड़ेरे पर बैठी एक पंडुकी अनवरत पुकार रही है–तुतु-तू-तू-तू! घोड़े के टापों की छन्दमयी खटपटाहट धीरे-धीरे दूर होती गई।

ड्राइंग रूम हठात् श्रीहीन हो गया। मेरे मन के कोने में बैठी विरहिन के दिल में पहली हूक उठी, एक मीठा दर्द! अपूर्व! मैंने आँखें मूँद लीं। मन के भावातुर प्लेट पर एक छवि उतर आई है, काले घोड़े पर सवार, लाल वस्त्र में आवृत दिव्य पुरुष!

दिव्य पुरुष, मेरा अपना पुरुष! जिससे जन्म-जन्मान्तर के बाद मेरी आँखें चार हुई हैं, दो घड़ी के लिए। प्रथम बार...दिस नाउ!

नमस्कार! ओ मेरे...!

पूर्णिया शहर के एक एकान्त कोने में है प्लांटर्स-क्लब का बँगला–'दि प्लांटर्स!'

तीन ओर आम-कटहल के पेड़, बाँसबन, एक ओर सपाट परती। युकिलिप्टस के बड़े-बड़े पेड़ों के पीछे लाल टाइल का कॉटेज। मुख्य द्वार के पास देवदार और धूप के पेड़। पगडंडियों और एक मात्र सड़क पर तख्तियाँ टँगी हैं–'प्राइवेट रास्ता। इस रास्ते से चलनेवाले का चालान किया जाएगा।'

जिले-भर के अंग्रेज-परिवार–जमींदार, कोठीवाले, प्लांटर्स, हाकिम-हुक्काम ऐसे विशेष अवसरों पर एकत्र होते हैं। सदर में रहनेवाले अंग्रेजों का दैनिक अड्डा। एंग्लो-इंडियन किसी का मेहमान होकर भी नहीं आ सकता। बार में भी नहीं। ब्रंटी के पति राजा महीपालसिंह भी उस तख्ती के पास ही गाड़ी रोक देते हैं।

पूर्णिया-डे के अवसर पर सारे सूबे में फैले अंग्रेज जमा हुए हैं, सपरिवार। मेला लग गया है। प्रत्येक दो मास के अन्तर पर यह 'डे', उत्सव। सूबे के विभिन्न जिलों में पूर्णिया-डे, सोनपुर-डे, बेतिया-डे, हजारीबाग-डे। भोज-पान-नृत्य और आनन्दोत्सव का चक्र!

सिर्फ बारह घंटे में ही मेरा सिर चकराने लगा। शाम को लॉन के किनारे, पोलो-ग्राउंड के पास बेंच पर बैठी बच्चों का खेल देख रही थी। नया खेल! खेल का नाम है, 'खबरदार'। बच्चे कहते हैं–'लेट'स प्ले खबड्डा!'

अधिकांश बच्चे हाथ जोड़कर झुके हैं। वे यहाँ के नेटिव किसान बने हैं! लड़कियों ने कागज का घूँघट बनाया है। एक लड़का हाथ में चाबुक लेकर खड़ा हो गया–'रेडी!' फिर बूढ़े अंग्रेज की तरह अपनी आवाज को विकृत करके कहता है–'यू ब्लैक बोडमास खबड्डा!' चाबुक फटकारता है–सपाक्! नेटिव बने बच्चे हाथ जोड़े, सिर झुकाए, दो कदम पीछे झुककर कहते हैं–'माय बाप–हाय बाप!'...सपाक्!

–खबड्डा! माय बाप, हाय बाप! सपाक्!

–खबड्डा! माय बाप, हाय बाप! सपाक्!

'मुझे ली कहते हैं।' एक सुन्दर सॉबर नौजवान ने आकर कहा, 'मैं आपको थोड़ा विरक्त करूँगा। क्षमा करेंगी?'

इस नौजवान को मैंने देखा है, बहुत कम बोलने की आदत है। बोलता तो है, वह रेलरोड-इंस्पेक्टर मिस्टर बार्कर, मोटर-ट्राली की तरह! मैं बोली–'बैठ जाइए! आइए!'

'आपके इलाके को, रानीगंज सर्किल को, यहाँ के ग्रामगीतों की जन्मभूमि कहते हैं। गुनमन्ती, हाँसामारी की विधवा रानियों ने जिनकी रचना की थी, सैकड़ों साल पहले। जो अब गाँव-गाँव में लोक-कंठ में हैं।'

ली फोक म्युजिक एक्सपर्ट बनना चाहता है। इंटरनेशनल फाक-म्युजिक कौंसिल का सदस्य है। वह अपने पॉकेट में एक टाइप की हुई पांडुलिपि निकालकर पढ़ना शुरू कर देता है–'ओनली जेनुइन फोक सांग्स व्हिच हैव बीन हैंडिड डाउन फ्रॉम जेनरेशन टु जेनरेशन बाइ बोरल ट्रान्समिशन...! मैं आपको बोर तो नहीं कर रहा?'

पागल ली! बाप सलाह देता है, कटिहार में सूअर के गोश्त की फैक्टरी खोलने की और यह गीतों के पीछे पागल है। कहता है–'पूर्णिया-डे के अवसर पर जुटे हुए लोगों में सिर्फ तीन मिले उत्साहित करनेवाले। नहीं तो, बाकी सभी...।

बाकी सभी? ली की अनकही बात को भी सुन लेती हूँ। बेचारा ली!...और, वह रेल-रोड इंस्पेक्टर मिस्टर बार्कर! सदा चुम्बनोद्धत मुँह! आदमी बीमार मालूम होता है। कटिहार कीटी का अनुगत है!

कीटी! परिचय के बाद ही जिसने मेरे कान में फुसफुसाकर कहा था–'व्हाइ डोंट यू फिश एनी फैट नेटिव राजा?'

पूर्णिया जिले के सभी प्लांटर्स ने परिचय के बाद ही परानपुर के शिवेन्द्र मिश्र की चर्चा की। चेतावनी दी : 'माइंड यू! दैट नोटोरियस मिस्सा'फ पेरानपो!'

मैंने ली को वचन दिया...वह जब भी चाहे मेरे इलाके में आए; मैं उसकी यथासाध्य सहायता करूँगी। अन्य सूत्रों की भी व्यवस्था कर दूँगी। ली प्रसन्न होकर चला गया–'धन्यवाद!'

चार दिनों तक मैं ली के साथ रही। इंटेलेक्चुअल व्यक्ति का संग!...नाच के बाद, लेडीज कार्नर में लड़कियों ने दर्जनों बार कहा–'ली नपुंसक है। वर्थलेस है। क्रैक है। सनकी है। ब्लैकबेरिइस्ट है!'

भगवान ही इनकी बात समझें! ब्लैकबेरिइस्ट का मतलब? जो नेटिव लड़कियों के पीछे दीवाना हो। भारतीय सुन्दरता का प्रेमी! मैंने हँसकर कहा, ली से–'गीत तो पीछे होगा। पहले, रॉयल डिक्शनरी सोसायटीवालों को ब्लैकबेरिइस्ट शब्द भेज दो, अर्थ-सहित!'

ली हँसना जानता है।

अहोरात्रि डिनर, डांस और ड्रिंक से ऊबकर, समारोह के संयोजकों से छुट्टी ले, जब स्टेशन आ रही थी, मैंने स्पष्ट शब्दों में मम्मी से कहा–'मैं यहाँ फिर कभी नहीं आऊँगी।...आई हेट!'

मम्मी चिढ़कर बोली–'तुम्हारा सिर फिर गया है!'

स्टेशन पर मिला, मिस्टर बार्कर। मानो, हमारी ही प्रतीक्षा कर रहा था वह। मिलते ही, अस्वाभाविक ढंग से ठहाका मारकर हँसा–'गाड़ी डेढ़ घंटा देर से आ रही है। तब तक हम अररिया पहुँच जाएँगे। मुझे भी फॉरबिसगंज की ओर जाना है।'

अपनी कोठी में पहुँचने की इतनी उतावली हो रही थी कि मैंने उसके लिफ्ट को, बिना कुछ सोचे-समझे स्वीकार कर लिया।...मम्मी को उसने दाहिनी ओर बैठाया। ट्राली, पूर्णिया स्टेशन से उत्तर की ओर अग्रसर हुई और बार्कर का बायाँ हाथ मेरी कमर के इर्द-गिर्द रेंगने लगा। उसकी बड़बड़ाहट बढ़ती ही गई। असम्भव शक्ति दी है भगवान ने इसे बोलने की! भट-भट-भट-भट!

मोटर-ट्राली की रफ्तार को तेज-मद्धिम करता, राह के जंगलों, पोखरों और नदियों से परिचय कराता हुआ बार्कर बीच-बीच में मुझे अपनी ओर खींचने की चेष्टा करता। साँप की तरह रेंगनेवाला उसका बायाँ हाथ...'देयर! देयर'ज दि फेमस जिबच्च पोकरा। थाउजंड ऑफ थाउजंट्स वाइल्ड गीज डाइरेक्ट फ्रॉम हिमालया।'...'कीटी का बावर्ची वाइल्ड गूज का बेहतरीन मोगलाई बनाता है।' भट-भट-भट-भट! 'और, ऐसे जंगल की झाड़ियों में मिस मोबर्ली हाइड एंड सीक खेलना खूब पसन्द करती है।

लड़कियाँ? मत पूछो। जान देती हैं मोटर-ट्राली में एक लिफ्ट के लिए!' भट-भट-भट-भट!

प्लांटर्स की लड़कियों ने बार्कर की आदत बिगाड़ दी है, इतना तो मैं क्लब में ही देखकर समझ गई थी। किन्तु, इस आदमी के अन्दर का पशु इतना भूखा है, मुझे ट्राली में बैठने के बाद मालूम हुआ।...क्लब में, कीटी में आगे दुम हिलाता था।

अररिया स्टेशन पर ट्राली से उतरते समय मैंने छोटा-सा धन्यवाद दिया। उसके लुभावने निमन्त्रण को सफाई से टाल गई। किन्तु, उस जानवर ने प्लेटफार्म पर खड़े सैकड़ों व्यक्तियों के सामने मुझे छाती से बदहवासी से चिपका लिया और...।

पीले, गन्दे दाँत! दुर्गन्ध से भरी उसकी साँस...। ब्रूट! यहाँ के प्लांटर्स समाज का सारा विष इस एक ही आदमी के अन्दर आकर जमा हो गया है?

फेकनी की माय और सामबत्ती पीसी ने सारे गुअरटोली में खबर फैला दी—कम्फूवाले बिना किसी झंझट के रुपैया सेर दूध लेते हैं। लोगों को विश्वास दिलाने के लिए फेकनी की माय आँचल में बँधा दुटकिया नोट निकालकर दिखलाती—''देखो! दो सेर दूध का दाम दो रुपैया!'' सामबत्ती पीसी बोली—''तर-तरकारी, साग-सब्जी जिनकी बगिया में है उन लोगों की चाँदी है, समझो!'' लोगों के चेहरों पर मुस्कराहट की एक पतली रेखा दौड़ गई!...हः हः! रात-भर डर से थरथराती रही है देह!

पूरे, बारह घंटे से गाँव और टोले के लोग परेशान थे!

रात-भर मोटरगाड़ियों की गड़गड़ाहट, तरह-तरह की रोशनी और शोरोगुल को देख-सुनकर कलेजे की धड़कन घटती-बढ़ती रही। गंगोलाटोली की औरतों ने सूप पीट-पीटकर हल्ला मचाया—''मुड़बलिया पिशाच है। सूप बजाकर हरकाओ!''

सुबह को लोगों ने देखा, गाँव से पूरब परती पर—जित्तन बाबू के नए बाग के पास सैकड़ों खीमे गड़े हुए हैं। एक सफेद नगरी बस गई है। नाका के सिपाहीजी और गाँव के चौकीदार ने कहा—''डरने की कोई बात नहीं। कोशीवाले साहब लोग हैं। चतरा गद्दी में पुल बाँधने आए हैं।'' फिर भी, लोगों के मन में शंका बनी रही।

लुत्तो, बीरभद्दर, जयदेव बाबू और मकबूल ने भी बारी-बारी से कहा–"डरने की कोई बात नहीं!" तब लोगों को अन्न-पानी की रुचि हुई। किन्तु औरतों ने प्रश्न उठाया–"चतरा गद्दी में पुल बाँधने आए हैं तो वहाँ जाएँ? पचास कोस दूर बैठकर भला पुल कैसे बाँधेंगे? और पुल बाँधने के पहले तो आदमी की बलि की जरूरत होती है। सो?"

सो, कम उम्र के बच्चे घर-घर में कैद कर दिए गए थे।

फेकनी की माय ने और भी कहा–"आकि देखो, कम्फू में रोज एक मन दूध खपेगा। मुदा सब भैंसान से कह दो, भाव कम न करें। डरने की क्या बात है! बड़े भले लोग हैं। आकि देखो, पूछो सामबत्ती से, डर से मेरी बोली बन्द हो गई पहले, बड़े साहेब को देखकर। जब लम्बे-लम्बे केशवाली औरतों और नन्हे-नन्हे मुँहवाले बच्चों को देखा तो जान-में-जान आई। कम्फू! मेला है मेला! मेला-जैसा सबकुछ।... एक जवान लड़की है, ठीक देवी दुर्गा की तरह। आकि देखो, इया बड़ी-बड़ी आँखें!... हम लोगों को बैठाकर दुनिया-भर की बात पूछने लगी–'कोशी मैया किसकी बेटी है? शादी किससे हुई? ससुराल कहाँ है?' अरी, तुम लोग हँसती हो! पूछो सामबत्ती से! भला, मैं उतना क्या जानूँ!"

सामबत्ती बोली–"उतना तो किसी को नहीं मालूम। तब, एक बात सभी जानते हैं कि कोशी मैया अपनी सास और ननद से लड़-झगड़कर नैहर की ओर जा रही है–पच्छिम!...आकि देखो, एक किताब निकालकर खसर-खसर लिखने लगी, वह। मैं डरी कि कहीं अँगूठे का निशान न देने को कहे!"

सिर्फ दूध ही नहीं, पुदीना और धनिया की पत्ती भी महँगी हो गई।

कोशी प्रोजेक्ट–पार्टी नं. 10!

पार्टी क्या है, एक छोटा-मोटा शहर है। दर्जनों डिपार्टमेंट्स, उनके अलग-अलग अधिकारी, स्टेनो, पियन, बैरा। अलग-अलग ऑफिस, बँगले, बावर्चीखाने और गैरेज। एक ओर साहबों का क्लब है, दूसरी ओर अन्य कर्मचारियों की कैंटीन! उजाड़ धरती पर सफेद नगरी–छोटे-बड़े तम्बू–पाँखें फैलाए हंसों की तरह। दो सड़कें हैं–रेड रोड, व्हाइट रोड! व्हाइट रोड पर दफ्तरों की पंक्तियाँ और रेड रोड पर बँगले। व्हाइट रोड सदा शान्त रहती है। दफ्तरों में टाइपराइटरों की खटपटाहट, कॉलिंग बेल की तुनुक आवाज–ट्रिं! बड़े दफ्तर के बड़े साहब की मोटी आवाज! हवा में गूँजते हुए कुछ अंग्रेजी शब्द : कैचमेंट एरिया, रोड ब्रिज, माइनर रोड ब्रिज, हाइडैम, मेन कैनाल, बरॉज, लार्ज रेगुलेशन, स्मॉल फॉल्स एंड रेगुलेशन, एक्विडक्ट, साइफून, क्रॉस ड्रेनेज, रिजर्वायर, सैंडी सॉयल!

रेड रोड पर मुर्गे लड़ते। महीनों पिंजड़े में बन्द रहने के बाद किसी कैम्प में उन्हें जब आजादी मिलती है तो वे अपनी प्रेमिकाओं के लिए लड़ते हैं। बेचारी मुर्गियाँ दिन-भर परेशान रहती हैं। उनकी हरकतों से चिढ़करी चेन में बँधे हुए कुत्ते रह-रहकर गुर्राते हैं। धूप में खेलते हुए बच्चों को माताएँ डाँटती हैं। बावर्चीखाने से भूने हुए प्याज की गन्ध आती है। हरेक कैम्प के आसपास चटाइयों पर, छोटे-बड़े कद के बर्तनों में अचार, मुरब्बे, सूखे बेर, सूखी तरकारियाँ और पापड़ सूख रहे हैं। बूढ़ी औरतें फटे कपड़ों की सिलाई करतीं और जवान लड़कियाँ कैरम-बोर्ड पर गोटियाँ खटखटाती हैं।

बँगले और दफ्तरों के अलावा—खलासी, दरबान, ड्राइवर, पियन, बैरा का अलग-अलग कुनबा...जहाँ दिन-भर सन्नाटा छाया रहता है!

काम-काम-काम! एक मिनट की फुरसत नहीं। मिट्टी खोदो, बालू तोलो, जमीन मापो, साँकल खींचो!...मिनट-मिनट पर जीप-गाड़ी गुर्राती हुई विशाल परती पर किसी ओर निकल पड़ती।

सारे कैम्प में सिर्फ इरावती है जो एकान्त पसन्द करती है। दिन-भर वह लिखने-पढ़ने में अपने को बझाए रहती है अथवा कभी-कभी उस विशाल निर्जन मैदान को, दूर तक फैली हुई वन्ध्या धरती के आँचल को, देखती रहती है।

मैदान के सफेद बालूचर पर गोधूलि की मटमैली लाली दौड़ जाती। जीप-गाड़ियाँ गरजती हुई कैम्प में लौटतीं। कुलियों के जत्थे, ओवरसियरों का कोलाहल! पैट्रोमेक्स की रोशनी से सारा कैम्प जगमगा उठता।

इरावती मलहोत्रा! देश के बँटवारे के बाद जिसके हिस्से में पड़ी है खानाबदोश जिन्दगी। लाहौर से दिल्ली। दिल्ली के शरणार्थी कैम्प से बिहार! बिहार में, एक राजनीतिक पार्टी में काम करने लगी।...दस महीने में ही उसने तीन राजनीतिक पार्टियों से अपना रिश्ता जोड़ा और तोड़ा। कहीं भी चैन नहीं! किसी पर विश्वास नहीं! लोगों ने कहा, माथा खराब हो गया है! उसके चरित्र के सम्बन्ध में भी तरह-तरह की बातें उड़ीं।

—हरेक पार्टी के लीडर को डिमोरॅलाइज करने के लिए सरकार ने इस कुटनी को बिहार भेजा है!...तपस्या भंग करती फिरती है, तपस्वियों की!...सी.आई.डी. है! मीठी छुरी है!

कटी हुई पतंग की तरह उड़ रही है, इरावती! उसके मन का भ्रम बढ़ता ही जा

रहा है। उसका विश्वासहीन मन, धीरे-धीरे उसके व्यक्ति को लील रहा है। कुंडली मारकर बैठा हुआ साँप!...

इरावती को याद है, छोटानागपुर के पहाड़ी अंचल के दौरे पर जा रहे थे, उसकी पार्टी के प्रमुख नेता। इरावती को उन्होंने अपने साथ चलने को कहा–'तुम्हारे सभी सवालों का जवाब देने को मेरे पास समय नहीं। मेरे साथ चलो! मैं तुम्हारे मन पर छाए हुए भ्रम को दूर करने की कोशिश करूँगा। एक-एक सभा में हजारों-हजार भूखे-नंगे आदिवासियों की आँखों में तुम अपने सवालों का जवाब पाओगी।' नेता ने मुस्कराकर कहा था–'फिर, आवश्यकता हुई तो कांके के पागलखाने में रहने की व्यवस्था भी कर दूँगा।...'

...छोटानागपुर के पहाड़ी अंचल की पथरीली धरती पर गड़गड़ाती हुई भागी जा रही है–कालका मेल! रात के सन्नाटे में गाड़ी की सीटी जंगलों और पहाड़ों में प्रतिध्वनित होती है। प्रथम श्रेणी की एक बर्थ पर लेटी हुई है, इरावती। दूसरी बर्थ पर करवट ले रहे हैं, उसके नेता भैया। धुँधली रोशनी! मन पर छाया हुआ भ्रम।... नेता भैया उसके पास आकर बैठ गए। तर्क में हारे हुए नेता को शायद कोई बात याद आ गई है! इरावती जगी। नेता ने खींचकर उसे अपनी गोद में बैठा लिया। उसके बालों पर हाथ फेरना शुरू किया। इरावती अँधेरे में मुस्कराई–यह क्या हो रहा है! नेता ने अपना मुखड़ा इरावती के उरोज के पास रख दिया–'इरा, मुझे प्यार करो!' उसका एक हाथ इरावती के मांसल शरीर पर भटकने लगा। इरावती हँसी–'कांके में रहने की व्यवस्था हो रही है?' 'हाँ, मैं पागल हूँ, इरा! मेरी तीस साल की तपस्या...!' 'हाँ, आपकी देह काफी तपी हुई है। छोड़िए, पंखा तेज कर दूँ।' नेता ने छोड़ा नहीं, उसने अपनी देह की सारी ताकत लगाकर इरावती को दबोचा। आह! इरा चीख पड़ी।...फर्श पर लुढ़के नेता भैया को उसने उठाया, बत्ती जलाई और नेता के कपड़े में लगी धूल को झाड़ने लगी–'देखिए तो, कितनी धूल लग गई! नेता भैया, मेरे मन का भ्रम बढ़ता ही जा रहा है। मुझे दुख है, मैं तुम्हारे काम नहीं आ सकी। असल में, प्यार करने की ताकत मुझमें नहीं। मेरे प्यार को लकवा मार गया है। दिन-रात मैं इसी चेष्टा में रहती हूँ, मेरा प्यार फिर पनपे! किन्तु, कहाँ जन्म लेता है मेरे उजाड़ मन में कुछ! नेता भैया, लजाते क्यों हो? तुमने कोई अधर्म नहीं किया है। हजारों औरतों पर बलात्कार होते देखा है, मैंने। दिन-दहाड़े सड़कों पर। दर्जनों बार बलात्कार की पीड़ा से छटपटाई हूँ। चीखती रही हूँ, गला फाड़कर। मैंने उस समय की चीखें सुनी हैं, जबकि लोहे के लाल-गर्म सलाखों से...। सड़े हुए सन्तरों की तरह सड़कों पर कटी हुई छातियों को लुढ़कते देखा है। मुझे लगता है, मेरी छाती पर भी दो कटे हुए स्तन रखे हुए हैं–बेजान मांस के टुकड़े। इतना कुछ देखने और सहने के बाद किसी औरत का दिल-दिमाग प्यार करने के काबिल कैसे रह सकता है? मैं कल्पना भी नहीं कर सकती कि इन्सान कत्ल और बलात्कार करने के सिवा और कुछ कर

सकता है!...चुप क्यों हो नेता भैया! अभी दो घंटे पहले ही तुमने कहा था कि इरा! तुम तो ड्रामे का डायलॉग बोलती हो। कहो न, कैसा डायलॉग बोलती हूँ!...न, न। माफी मत माँगो! अधर्म होगा!...'

...रात के सन्नाटे में एक स्टेशन पर गाड़ी रुकी। पहियों की घड़घड़ाहट थमी। इरावती ने अपनी झोली सँभाली–'मुझे जाने दो नेता भैया! रोको मत!'...हजारीबाग रोड! कभी नहीं भूल सकती इरावती इस स्टेशन को। यहीं से उसकी यात्रा शुभ होकर शुरू हुई थी!...

ढाई बजे रात का सन्नाटा! हाथ में झोली लटकाए, अकेली इरावती उस अजनबी स्टेशन पर उतरी। प्लेटफार्म तुरन्त सूना हो गया। कुलियों ने बताया, पटना की ओर लौटनेवाली गाड़ी, सुबह आठ बजे मिलेगी।...वेटिंगरूम के सामने टहलते हुए एक भलेमानस ने घूर-घूरकर उसे देखना शुरू किया। इरावती ऐसी छोटी-मोटी बातों पर ध्यान देना भूल चुकी थी।...'नमस्कार!' उस घूरनेवाले व्यक्ति ने हाथ जोड़कर कहा–'आप इरावतीजी हैं न?' हाँ, इरावती उसे पहचानती है। पटना में बहुत बार देखा है, पार्टी-दफ्तर में, आर्यभूमि और इंडियन नैशनलिस्ट के दफ्तर में, रवीन्द्र-जयन्ती के अवसर पर, लेडी स्टीफेन्सन हॉल के मंच पर, प्रोफेसर शशांक के साथ चित्र-प्रदर्शनी में। इरावती मुस्कराना नहीं जानती। कभी जानती थी?

...भगवान जाने, कहाँ है जीत! बहुत दिनों से पटना भी नहीं गई है, इरावती। जितेन्द्रनाथ मिश्र के लिए कभी-कभी वह बेचैन हो उठती है। हाँ, उसी ने इरावती के उजाड़ मन में प्यार को पनपाया है, पहली बार। हजारीबाग रोड स्टेशन...।

'आप कहाँ जा रही हैं, पूछकर आपकी यात्रा अशुभ नहीं करना चाहता। क्या मैं पूछ सकता हूँ कि आपकी पार्टी ने आपको आदिवासियों में काम करने के लिए तो नहीं भेजा है?'

'जी नहीं, मैं पटना वापस जा रही हूँ।'

इरावती ने कोई प्रश्न नहीं किया, किन्तु उस व्यक्ति ने थरमस से गरम कॉफी निकालकर ऑफर करते हुए कहा–'आप वेटिंगरूम में इत्मीनान से जाकर सोइए। आपकी गाड़ी में बहुत देर है।...कॉफी?'

इरावती ने कॉफी की पहली चुस्की लेने के बाद अनुभव किया था–एक प्याली कॉफी की कितनी सख्त जरूरत थी!–'आप भी पटना की ओर...?' जितेन्द्र ने हँसकर कहा था–'जी नहीं, मैं हजारीबाग शहर जा रहा हूँ। चालीस मील दूर। सुबह को पहली बस खुलेगी।...जी नहीं। कोई काम नहीं। यों ही घूमने। सोचा, ज़रा डी.वी.सी. का काम प्रारम्भ होने के समय एक बार देख आऊँ। बहुत शोर सुन रखा है।' नहीं, नहीं, डी.वी.सी. कोई कॉलेज नहीं! दामोदर वैली कॉरपोरेशन। बोखारी में थरमल पॉवर प्लांट। दामोदर नदी को हारनेस कर रहे हैं। तिलैया और कोनार में डैम!...

इरावती लज्जित होकर बोली थी–'जी, डी.वी.सी. के बारे में प्रायः रोज ही पढ़ती

हूँ, पत्रों में। न जाने क्यों, मुझे कॉलेज की बात कैसे याद आई!'

...जितेन्द्रनाथ मिश्र ने बताया था, वह घूम-घूमकर यही सबकुछ देख रहा है; क्योंकि वह बेकाम का आदमी है। किसी के काम का होता तो...? और पाँच मिनट तक उसकी बातें सुनने के बाद इरावती की इच्छा डी.वी.सी. देख आने की हुई। जितेन्द्र को अचरज हुआ था। बाद में उसने कबूल भी किया। यात्रा अशुभ होने की आशंका उसे अवश्य हुई थी। नहीं तो बारह किस्म के बहाने क्यों बनाता! बात यह है कि–बात यह है कि, जोड़कर क्यों बोलता!...

इरावती लिख डालना चाहती है उस यात्रा की याददाश्त!...

बीहड़ घना जंगल। ऊँची-नीची पहाड़ियाँ विभिन्न रंग की वनस्पतियों से आच्छादित! पेचदार, तीखे मोड़वाली घाटियाँ! भागते हुए हरिणों की टोलियाँ!...एक पेड़ पर लाखों तोते एक साथ बोल रहे थे!...धड़-धड़-धड़ाम! ब्लास्टिंग होती है। पहाड़ तोड़े जा रहे हैं! बड़े-बड़े बुलडोजरों की गड़गड़ाहट और रह-रहकर कुलियों की किलकारी–'मार जवानो-हइयो! परबत-फोड़-हइयो! कसके जोर-हइयो! पत्थर तोड़-हइयो!'

...अजीब वातावरण! सड़क के लिए काटी गई पहाड़ी के कगार पर बैठकर, बोखारो थरमल पावर प्लांट के बारे में समझाते वक्त जीत का चेहरा तमतमा उठा था। वाइनोक्युलर में देखता, फिर दिखाता जीत–'और वहाँ जो उस पहाड़ी के ऊपर का हिस्सा सेब के टुकड़े-जैसा काटकर निकाल लिया गया है, रोपवे का रास्ता बन रहा है, वह पाँच मील दूर, बेरमो में एक खदान क्या...मनहूस खदान है। बेकाम के कोयले की खदान। जिस कोयले से कोई आग सुलगाने की सम्भावना नहीं। बाँझ कोयला कह सकती है। थरमल पावर प्लांट उसी कोयले से चलेंगे। रोपवे से रोज हजारों-हजार टन कोयला आएगा–तारों में लटकती डोंगियों में। खुद खाली करेंगी डोंगियाँ; स्टोर में कोयला ले जाकर, फिर वापस आएँगी। एक खास ताल पर सब काम होगा–क्रिरि-खटक, क्रिरि-खटक-खटक-खटक-खट्‌ट! एलिवेटर के सहारे खुद-ब-खुद अपनी राह तय करता हुआ एक चेम्बर में जाकर चूर-चूर–फेस पाउडर-जैसा महीन होकर फिर अग्निकुंड में धधक उठेगा। तीन मंजिल नीचे, अंडरग्राउंड में, कोनार नदी की धारा कुलबुलाएगी। पानी ऊपर जाएगा, गर्म होगा–वाष्प होगा। वाष्प उड़ नहीं जाएगी। उसे फिर ठंडा किया जाएगा। डिस्टिल्ड वाटर, बर्फ-जैसा ठंडा!'

–'प्रायः सभी यन्त्र ऑटोमेटिक काम करनेवाले होंगे। और तब दूर-दूर तक इन पहाड़ियों और जंगलों में–विशाल राक्षस के सफेद कंकालों की तरह, छह हाथ फैलाए ट्रांसफॉर्मर के ऊँचे-ऊँचे टावर गड़ जाएँगे। बिजली की लहरें जाएँगी पटना, कलकत्ता...! बिहार! बंगाल!'

जीत के मन का भी कोई पौधा मुरझा गया था। वह इन्हीं घाटियों के पानी से सींचकर उसे जिलाने की उम्मेद कर रहा था। पंचेट, माइथन, दुर्गापुर! प्यार के

तीर्थ-क्षेत्र। पलास का रंग उसकी आँखों में हमेशा छाया रहता। कोनार नदी के किनारे, डैम-साइट पर, एक विशाल क्रेन की छाया में बैठते हुए कहा था जीत ने–'न जाने कोसी का काम कब शुरू हो! वह मेरा इलाका है। कोसी-कवलित अंचल। जहाँ हर साल लाखों प्राणियों की बलि लेती है कोसी महारानी!'... धड़-धड़-धड़ाम!

...कोसी! हिमालय की गोद से निकलनेवाली तीन धाराएँ–अरुण, तिमुर और सुनकोसी, बराहक्षेत्र के पास आकर आपस में मिल जाती हैं। त्रिवेणी! त्रिवेणी के बाद सप्तकोसी! फिर कोसी! डायन कोसी! उन पहाड़ियों में भी ब्लास्टिंग होगी। किन्तु, उसकी प्रतिध्वनि इससे भिन्न होगी। कहते हैं, कोसी को बाँधना आसान काम नहीं।

...तिलैया डैम के पास उदास हो गया था, जीत! थरमस में कॉफी पड़ी रही। न खुद पी और न इरावती को पीने दी। रात को हजारीबाग के निवास-स्थान पर पहुँचते ही वह चंगा हो गया।

...हजारीबाग का निवास-स्थान! जितेन्द्र ने कहा–'मैं अकेला होता तो किसी होटल में डेरा डालता। किन्तु, यात्रा की बात? इस बार सुख भोगना लिखा हुआ है। पास ही, श्यामगढ़ स्टेट का नौ-रत्तन है। मेरे ममेरे भाई के दोस्त दयासिन्धु सिंह के दूर के मौसा लगते हैं राजासाहब। हमारे भी मौसा हुए राजासाहब। लेकिन, आप तो वामपन्थिनी हैं। आपकी जाति मारी जाएगी। वहाँ नहीं ले चलूँगा, आपको! जस्टिस मल्लिक के खाली बँगले में रहने का परमिट मेरे पास है।...'

...जस्टिस मल्लिक का बँगला! हजारीबाग शहर से दो मील दूर एकान्त में–केनाड़ी नामक पहाड़ी की गोद में। छोटी केनाड़ी की चोटी को तुड़वाकर बना है बँगला! आज भी मल्लिक-कोठी बिहार की सर्वश्रेष्ठ इमारतों में से एक समझी जाती है। जस्टिस मल्लिक के वंशधर कलकत्ता में रहते हैं, किन्तु एक-एक पेड़ और पौधे का कुशल-क्षेम चिट्ठी से पूछते हैं। हर महीने, कलकत्ता से बाबुओं के दल आते हैं, कोठी में ठहरने का परवाना लेकर। बाग के बूढ़े माली की आँखों में हमेशा रहस्य की घुमड़ती छाया दिखाई पड़ती...बरामदे पर बैठकर बहुत रात तक दोनों ने बातें की थीं। जितेन्द्र ने इरावती से कहा था–'आपका दुख मैं समझता हूँ। अनुभव करता हूँ। आपके यहाँ की नदियों में खून की बाढ़ आई थी। एक अन्धवेग, एक पागलपन, एक जुनून! खून की धाराएँ बहीं। ज्वार-भाटे आए।...सिर्फ बाढ़ ही नहीं, दावानल भी! भयंकर लपटें उठानेवाला? सबकुछ जल गया। धन-सम्पत्ति, कला-कौशल! मैं उसकी भीषणता की कल्पना कर सकता हूँ! और, आप भी कल्पना कीजिए, उस भूभाग की डायन कोसी के सफेद-बलुवाही आँचल पर बिखरे लाखों नए नरकंकालों की कल्पना से आप डर तो नहीं जाएँगी?'

...दूर, पहाड़ी के उस पार, शाल के जंगल में बाघ गरजा–हाँऊँ-हाँऊँ-हाँऊँ!

ठाँय-ठाँय? बँधी भैंस पर टूटनेवाले बाघ की जान निश्चय ही गई।...जितेन्द्र ने कहा–'बाघ मरा है!'

...इरावती और जितेन्द्र दोनों ने उस दिन उपवास किया था। दोनों गुमसुम रहे थे। दोनों ने दामोदर नदी में डुबकी लगाकर स्नान किया था और राह में एक थके वृद्ध किसान को जीप में चढ़ाकर घर पहुँचाने का पुण्य किया था–आशीर्वाद बटोरा था...। बूढ़ा तैश में आकर देखने निकल पड़ा था–'पथरीली धरती को समतल बना लेंगे ये लोग! खेल बात है! सब झूठ!' इस इलाके का खाता-पीता किसान था बूढ़ा। भँभरा गाँव में उतरकर बूढ़े ने कमरबन्द से दो रुपए का नोट निकालकर जितेन्द्र को देते हुए कहा–'बाल-बच्चा राजी-खुशी से रहेंगे, आपके! वही भोगेंगे भी, यह सब! कपाल में यह भी देखना बदा था–देख लिया दामोदर की छाती पर घन चलते!' जितेन्द्र ने नोट वापस करते हुए कहा था–'आप भी भोगेंगे बाबा! कौन मारे सौ साल की देर हो रही है! दस साल में तो सिंचाई शुरू हो जाएगी।' बूढ़े ने मुस्कराकर कहा था–'कत्ते तनखा मिलै हकौ! तोहर तनखवा बढ़तउ! तोहर...!'

मल्लिक-कोठी की खिड़की से हजारीबाग जेल के टॉवर की रोशनी एक मनहूस सितारे की तरह झिलमिलाती। जितेन्द्र को मल्लिक-कोठी की एक-एक रात की याद आने लगी थी। 1941, 42, 43 और फिर '50...! वह उठकर अपने कमरे में चला गया। इरावती आरामकुर्सी पर झपकियाँ लेती सो गई थी। छोटा-सा सपना आया था–उसका प्यार फिर पनप रहा है! इनसान सिर्फ कत्ल और बलात्कार ही नहीं करता। इनसान गढ़ भी सकता है। गढ़ रहा है, बना रहा है, रचना कर रहा है–समाज के लिए, अवाम के लिए। वीरान को बसाने के लिए, वन्ध्या धरती को शस्य-श्यामला बनाने के लिए, जी-तोड़ परिश्रम कर रहा है आदमी! उसके प्यार पनपने के लक्षण! वह सपने में बार-बार रोमांचित हुई थी।...वाइनॉक्युलर इरावती की आँखों के सामने से हटाते हुए जितेन्द्र ने कहा–'उठो!'

मल्लिक-कोठी के चौकीदार के गले की आवाज–फटी-फटी! नींद खुली इरावती की। चौकीदार ने कहा–'मेम साहब, अन्दर जाइए! बिछावन किया हुआ है। इस पहाड़ी में ए-गो अजगर बड़ा उतपात मचा रहा है, कई महीना से।' हँसता हुआ आया जीत, चौकीदार चला गया।...जितेन्द्र ने बहुत समझाया। कहा–'दस साल पहले भी एक भद्र महिला को इस चौकीदार ने अजगर का डर दिखाया था।'

जितेन्द्रनाथ को यह दिखाने के लिए कि वह दस साल पहले आनेवाली महिला की तरह अजगर से नहीं डरती, इरावती अपने कमरे की खिड़कियों को खोलकर सोई। किन्तु, सच्ची बात! वह अजगर का नाम सुनकर ही डर गई थी। खिड़कियों के रंग-बिरंगे काँच...मणि-मुक्ता-भंडार, नाना रत्नों की खान पर सोई है, इरावती। एक बड़ा-सा छत्रधारी साँप फुफकारता है–भाग जा! मेरी जगह छोड़ दे!

बाहर बरामदे पर चौकीदार के खुर्राटे! इरावती डर से उठ बैठी थी।...

धूसर, वीरान प्रान्तर! जितेन्द्र ने इस अंचल की चर्चा बार-बार की थी। वह हँसकर अपने को परतीपुत्तर कहता और इरावती को पांचाली! इधर ही कहीं जितेन्द्र का गाँव होगा। कहाँ हो, ओ परतीपुत्तर?

"खबरदार, होय खबरदार!'—अन्तहीन शून्य मैदान में कैम्प के पहरेवाले की आवाज बड़ी खौफनाक मालूम होती है। इरावती को नींद नहीं आ रही।...कहाँ हो जीत, तुम? मैं तब से दर्जनों बार छोटानागपुर के उन कर्म-क्षेत्रों में भटकी फिरी हूँ। बोखारो के तीनों प्लांट को चलते देख आई हूँ। कोनार और तिलैया के रिजर्वायर के नील जल से मुँह धो आई हूँ। और, तुम्हारी कोसी मैया के कछार पर कब से घूम रही हूँ। तुम कहीं नहीं मिले! वर्षों से तुम्हारे सपनों के देश में हूँ! तुम मिलो तो एक कविता सुना दूँ—गाकर! निश्चय ही तुम स्वस्थ हो, प्रसन्न हो! तुम्हारा वाइनॉक्युलर?...

इरावती के मामा मिस्टर खानचन्द गार्चा कैम्प के बड़े साहब हैं। तीन बजे रात को ही उठकर जीप स्टार्ट कर रहे हैं।...भर्र-र-र-र-र!

इरावती करवट लेती है!

गाँव में दलित वर्ग को हर तरह से मर्दित करके रखा गया था, अब तक! नाटक-मंडली के लिए प्रत्येक वर्ष खलिहान पर ही चन्दे का धान काट लेते थे, बाबू लोग। लेकिन, कभी भी द्वारपाल, सैनिक अथवा दूत का पार्ट छोड़कर अच्छा पार्ट, माने हीरो का पार्ट, नहीं दिया सवर्ण टोली के लोगों ने।

दीवानाजी ने नाटक की रचना खासकर नाटक-मंडलियों के लिए की है। दीवानाजी की बात विचार करके देखने की है। नाटक-मंडली के लिए सभी चन्दा देते हैं। और नाटक में राजा, राजा का बेटा, पुरोहित, मन्त्री आदि जितने भी अच्छे पार्ट होते हैं, ऊँची जातिवालों को दिए जाते हैं। बाकी बचे हुए लोगों को 'जो आज्ञा' वाला पार्ट देकर टरका दिया जाता है। कहते हैं, नाटक में जितना पार्ट लिखा है, उससे ज्यादा लोगों को कैसे दिया जाए!...भला शहर के नाटक लिखनेवालों को क्या मालूम कि गाँव में कितने लोग, यों ही बिना पार्ट के रह जाते हैं! 'प्यार का बाजार' में तीस हीरो हैं। औरत का पार्ट कोई लेना नहीं चाहता, इसलिए एक घूँघटवाली हीरोइन की व्यवस्था की गई है, किताब में। दीवानाजी ने गाँव की पुरानी नाटक-मंडलीवालों की धाँधली का पर्दाफाश करते हुए कहा—"गाँव में गाँव के नाटककार का नाटक स्टेज

नहीं करते, और देश के कल्यान की बात करते हैं!''

किन्तु, 'प्यार का बाजार' ने एक विराट व्यापार का रूप धारण किया।

दलित नाटक-मंडलीवाले जब सवर्णटोली से पर्दा-पोशाक लेकर चले गए तो मालूम हुआ कि अब वे पर्दा-पोशाक लौटाकर नहीं देंगे।...पच्चीस साल से चन्दा लिया जा रहा है, मगर कभी हीरो का पार्ट नहीं मिला। छित्तन बाबू ने पुस्तकालय को हथिया लिया। बिकू बाबू सरकारी रेडियो बजाते हैं, अपनी कोठरी में। पर्दा-पोशाक पर दलित नाटक-मंडली का कब्जा होना जायज है, देखना है, कौन माँगने आता है पर्दा-पोशाक! एक मूँछ भी नहीं मिलेगी!

किन्तु, सवर्णटोली पर जाहिरा इसकी कोई प्रतिक्रिया नहीं हुई।

नाटक शुरू होने के दो घंटा पहले सवर्णटोली के दर्शक भी पहुँचे। सबने मिलकर स्टेज की तारीफ की। सजावट को सराहा।

बातों-ही-बातों में सवर्णटोली के नौजवानों ने अपनी गलती मान ली। नाटक-मंडली के स्थायी मन्त्रीजी बोले—''नाटक ही करना था तो मिल-जुलकर करते!''

''दूर-दूर से लोग देखने आए हैं। क्या कहेंगे लोग?''

''अरे भाई, जमीन की लड़ाई जमीन पर! गाँव की लड़ाई गाँव में होती रहेगी! लेकिन, नाटक-मंडली में फूट होने से तो दुनिया हँसेगी!''

एक तेज नौजवान ने काँपती हुई आवाज में कहा—''परानपुर की प्रतिष्ठा का प्रश्न है, प्यारे भाइयो!''

दीवानाजी को समझाया गया, नाटक-मंडली ने अब तक उनकी किताब को अस्वीकृत करके भारी भूल की है। गाँव के नाटककार की कद्र गाँव में न हो, यह अच्छी बात नहीं!...किन्तु, यह बात भी ठीक है कि दूसरे सीन में संशोधन की आवश्यकता है। संशोधन करते ही नाटक चमक उठेगा।

दीवानाजी ने उत्साह से हाथ फेंकते हुए कहा—''यह तो मेरे लिए बाएँ हाथ का खेल है। एक रात में नाटक लिखा है, पाँच मिनट में संशोधन कर सकता हूँ।''

सर्वसम्मति से यह संशोधन भी स्वीकृत हो गया कि सवर्ण और दलित, दोनों दल के लोग मिल-जुलकर नाटक खेलेंगे। सवर्णटोलीवाले सिर्फ संशोधित सीन में उतरेंगे। दलित-दल के एक भी हीरो को ड्राप नहीं किया जाएगा!

हारमोनियम-मास्टर ने जब 'मार कटारी मरि जाना' गीत की गत बजाना शुरू किया तो किसी को भी होश नहीं। दर्शकों ने तालियाँ बजाकर पर्दा उठाने की उत्कंठा प्रकट की।

पर्दा उठा। प्रथम दृश्य में नाटककार—मँगनीसिंह उर्फ प्रेमकुमार दीवानाजी ने पन्द्रह मिनट भाषण देकर प्रमाणित कर दिया कि सिर्फ नाटकों से ही ग्राम-सुधार सम्भव है। शर्त यह है कि गाँव में गाँव के योग्य नाटक ही खेले जाएँ। बीच-बीच में दोहा, कवित्त, शेर जोड़कर दीवानाजी ने इंगलैंड, अमरीका, चीन, रूस आदि देशों

के नाटकों पर काफी प्रकाश डाला। प्रथम दृश्य में दलित-मंडली के एक दर्जन कलाकारों ने मिलकर प्रेम-प्रार्थना की–'प्रेम की महिमा अपार जग में, प्रेम की महिमा अपार-हाँ-हाँ!'

दूसरा दृश्य! इसी दृश्य में सवर्णटोली के बीसों कलाकारों को एक ही साथ उतरना था। सबसे पहले एक व्यक्ति हाथ में तलवार लेकर स्टेज पर आया। दीवानाजी पर्दे की आड़ से प्राम्पटिंग कर रहे थे। किन्तु उस हीरो ने अपने डायलॉग में पुकारा–"साथियो! तैयार हो!"

अन्दर से सम्मिलित आवाज आई–"हम तैयार हैं!"

हुक्म दिया प्रथम व्यक्ति ने–"एक-एक कर प्रवेश करो!"

बीसों कलाकार, किस्म-किस्म की पोशाकों और हथियारों से लैस होकर स्टेज पर आए। आठ-दस नायकों के सिर पर बक्से भी लदे थे। दीवानाजी दौड़कर स्टेज पर आए। उन्होंने कुछ कहने की चेष्टा की। किन्तु प्रथम हीरो ने हुक्म दिया–"इस आदमी को कैद कर लो।" दीवानाजी चक्रव्यूह में फँस गए। उन्होंने बहुत हाथ-पैर मारने की चेष्टा की। इस घेर-भाग और धर-पकड़ से समवेत दर्शक-मंडली बेहद खुश हुई और तालियों से इस दृश्य का स्वागत किया। हारमोनियम मास्टर साहब ने लड़ाईवाली धुन बजाते हुए तबलची से कहा–"अंग्रेजी बाजा की तरह बजाओ!" ड्रम-ड्रम-ड्रम! डम-डम-डम! दीवानाजी पकड़े गए। हीरो आखिरी डायलॉग बोला–"निकल पड़ो!"

बीसों हीरो सारे साजो-सामान तथा पोशाक के साथ दर्शकों के बीच उतर पड़े। दो नायकों ने नाटककारजी को कन्धे पर बेबस करके लटका लिया था। दलित-टोले के पंचायती पैट्रोमेक्स को गुल कर दिया गया।...भीषण कलरव और कोलाहल में किसी की समझ में नहीं आया कि क्या हुआ! टँगे हुए परदे की डोरी भी काटकर ले गए, सवर्णटोली के नायक। बारह-तेरह व्यक्ति नकली तलवार की मार से घायल भी हुए।

गाँव में सरगर्मी है। थाने में खबर दी गई है। लुत्तो, गरुड़धुज झा, बीरभद्दर बाबू वगैरह पैरवी कर रहे हैं। गवाही देंगे–नाटक की बात नहीं! डकैती का अभियोग लगाकर नालिश की गई है!

सवर्णटोली के नौजवानों ने 'प्यार का बाजार' को सेबोटाज कर दिया। किन्तु, उसी रात को हवेली की बगिया में एक दलित-दुहिता ने एक सवर्ण युवक के प्यार के संसार को असंख्य चाँद-सितारों से जगमगा दिया।

युवक धन्य हुआ!

"तुम्हारी जाति मारी गई!" मलारी मुस्कराई—"हाय, हाय! तुम्हारी जाति चली गई!"

"कहाँ चली गई जाति?" सुवंश ने मलारी के कान के पास मुँह रखकर पूछा—"किसकी जाति मारी गई?" मलारी ने बार-बार सुवंश की जाति को लौटाने की चेष्टा की। मरी हुई जाति जी जाती, फिर मर जाती! मरती और जीती हुई जाति अन्त में अमर हो गई। सुवंश ने मलारी के घुँघराले बालों की लहरों पर हौले-हौले हाथ फेरते हुए कहा—"मलारी, मुझे बताओ, मैं क्या करूँ! अब जी की जलन को सहना मेरे बूते की बात नहीं।"

मलारी एक क्षण के लिए गम्भीर हुई। फिर बोली—"और मैं किससे पूछूँ? मेरा दुख तुमसे दूना है सुवंश बाबू!"

"फिर तुमने बाबू कहा! लाओ जुर्माना!"

मलारी ने हँसकर दंड स्वीकार किया। सूखे पत्ते की खड़खड़ाहट पर चौंककर मलारी ने अपने को सुवंश के बन्धन से छुड़ाना चाहा—"शायद कोई आ रहा है, इधर ही!"

"कोई आवे, मेरी बला से! मैं नहीं डरता। मलारी, तुम विश्वास क्यों नहीं करतीं?"

"तुम नहीं जानते, विश्वास करने में कितना सुख मिलता है, मुझे! किन्तु मन में जमता ही नहीं है। जो कुछ आज तक नहीं हुआ वह तुमसे कैसे हो सकेगा? मैं कुछ नहीं समझ पाती हूँ।" सुवंश की चौड़ी छाती पर अपना सिर रखकर बोली मलारी—"गाँव में भूकम्प हो जाएगा। कैसे सँभाल सकोगे तुम अपने को?...इसीलिए कहती हूँ—जो हुआ, बहुत हुआ। अब...।"

सुवंश ने अपनी हथेली से मलारी का मुँह बन्द कर दिया। पेड़ पर बैठे किसी पंछी ने डैने फड़फड़ाए। ओस की बूँदें झरझराकर धरती पर गिरीं!

सचमुच, भूकम्प हो गया गाँव में!

मलारी और सुवंशलाल गाँव छोड़कर भाग गए। घाट-बाट, खेत-खलिहान, डगर-सड़क और अली-गली में बस एक ही चर्चा—"हद हो गई! जुल्म हो गया। जित्तन का भी कान काट लिया। हरिजन-उद्धार हो गया। भूमिहर सभावाले क्या कहते हैं? हरिजन वेलफेयर ऑफिसर आ रहे हैं! हरिजन-मिनिस्टर साहब को तार दिया गया है!"

कल, खबर मिली है—मलारी मुजफ्फरपुर में ट्रेनिंग ले रही है और सुवंशलाल भी

मुजफ्फरपुर कॉलेज में नाम लिखा चुका है। डिस्ट्रिक्ट बोर्ड के चेयरमैन से पहले ही छुट्टी ले चुकी थी मलारी। सुवंशलाल ने भी, चिट्ठी-पत्री लिखकर सब काम दुरुस्त कर लिया था, पहले से ही।

सुवंशलाल की माँ रो-रोकर अन्धी हुई जा रही है। बगीचा में बैठकर रैदासटोली की ओर मुँह करके, जोर-जोर से रोती है, वह। मलारी की माँ हमेशा बुदुर-बुदुर बकती रहती है–"कोख में साँपिन पल रही है, जानती हो पेट पर गरम पानी की कटोरी रखकर तुमको पेट में ही पका-मारती, छिनाल! भाग गई टरनिंग लेने, भूमिहरवा के साथ! उस भूमिहरवा छौंड़े की माँ को, भाई को, भौजाइयों को लाज नहीं...!"

सुवंश को मँझली भाभी अपनी रोती हुई सास को समझाती हुई, जोर-जोर से कहती है–"रो-रोकर आँख चौपट करने से क्या होगा मइया! मर्द की जात, सोने की जात! सुवंश बाबू की जात जरा भी मलिन नहीं होगी। लेकिन, उस हरजाई चमारिन छौंड़िया का हवाल देख लीजिएगा। नट्टिनटोली में नहीं आकर बसे तो, मेरे नाम पर काली कुतिया पोसे कोई! जो एक मर्द के साथ भाग सकती है, वह दस मर्द के साथ आँख लड़ावेगी!"

रोज, दिन डूबने से पहले, पनघट पर खड़ी औरतें इस हवाई झगड़े को सुनती हैं, टीका-टिपकारी करती हैं। फिर, दोनों का पक्ष लेकर आपस में झगड़ती हैं। हाथ चमकाकर फेकनी की माय चुनौती देती है–"आकि देखो, बाभन-छतरी की बेटी-पुतोहू को भी सोलकन्हटोली का कोई छौंड़ा लेकर भागेगा। जब, भागा-भागी का कारबार शुरू हुआ है तो देख लेना। आकि देखो!"

आज, मलारी की माँ और सुवंश की माँ और दोनों भाभियाँ हवेली की ओर मुँह करके गाली-श्राप दे रही हैं। सुवंश की माँ रोती हुई कहती है–"रे उक–लगौना जितना। तेरे बाप ने मेमिन का जूठा खाकर धरम गँवाया। तेरी मैया की जात का कोई ठीक-ठिकाना नहीं! तेरी हवेली में रंडी की बेटी पली! तू दूसरे की जात क्यों नहीं मारेगा! क्रिस्थनवाँ, मुसलमनवाँ, नट्टट-बजीगरवाँ! रंडी का भड़वा! मेरे सुवंश का माथा खराब करके गढ़े में गिरा दिया और अपने मौज से बैठकर हवेली में फेनूगिलास का गीत सुनता है! तजमनियाँ तुमको जहर खिलाकर मारेगी रे-ऐ-ए-ए!"

मलारी की माँ रोती नहीं, चिल्लाती है–"बैठा बनियाँ क्या करे तो, इस कोठी का धान उस कोठी में!...तजमनियाँ से मन नहीं भरा तो मलरिया पर आँख पड़ी! पोसा कुत्ता सुवंशलाल को हुलका दिया! पूँछकट्टा गीदड़ कहीं का!"

गाँव में नई खबर फैली है, जित्तन बाबू ने ही दोनों को, सलाह-मशविरा, चिट्ठी-चपाटी और शायद रुपया-पैसा देकर भगा दिया है। सुवंश के बड़े भाई रघुवंश बाबू से जितेन्द्रनाथ ने स्पष्ट शब्दों में कहा–"सुवंश और मलारी, दोनों की चिट्ठियाँ मेरे पास हैं। मैंने दोनों को समझाने की कोशिश की। लेकिन, अपने फैसले पर दोनों अटल थे।...मुझसे सिर्फ परिचय-पत्र लिया है सुवंश ने। हाँ, मैंने प्रान्त के एक प्रसिद्ध

मिनिस्टर की घोषणा की याद अवश्य दिलाई थी, सुवंश को। एक-डेढ़ महीना पहले ही मिनिस्टर साहब का वक्तव्य निकला था–हरिजन कन्या से विवाह करनेवाले सवर्ण युवक को स्कॉलरशिप देंगे। सुवंश की चिट्ठी आई है, कल। उसने मिनिस्टर साहब को अचरज में डाल दिया है।''

रघुवंश बाबू ने चिट्ठी पढ़ी। कुछ बोल नहीं सके। उठते समय बोले–''माँ मर जाएगी रोते-रोते!'' जितेन्द्रनाथ ने लाचारी की साँस ली।

दीवाना, अब सचमुच दीवाना हो गया है। अपने प्यार की कहानी वह गा-गाकर सुनाता फिरता है। सरपट चालवाली कविता बनाता है, आजकल–खटर-खटर, पटर-पटर रेलगाड़ी जा रही, उड़ाए जा रही है प्रेमिका को मेरी...बहुत दूर, बहुत दूर? धुकुर-धुकुर धुआँ मेरे दिल से निकलता है...! कभी-कभी तैश में वह भाषण देना शुरू कर देता है–''मुझे मालूम है, मेरे भाइयो! आपको भी मालूम होना चाहिए, दुनिया को मालूम होना चाहिए कि प्यार का क्या फल मिलता है! कलात्मक प्रेम के पुजारी की हैसियत से मैं कहना चाहूँगा...'' इत्यादि!

बालगोबिन मोची का माथा अब ज्यादा झुका रहता है। लुत्तो रोज धमकी देता है–''तुम्हारी ही बेवकूफी से सबकुछ हुआ। यदि मलारी से उस कागज पर दस्तख्त करवा लेते तो आज ऐसा नहीं होता। तुम्हारी बदनामी हरिजन वेलफेयर ऑफिसर के यहाँ भी हो गई है। नहीं चलेगी तुमसे अब लीडरी!''

बीरभद्दर का विभीषण-भाई शिवभद्दर खुलेआम प्रचार कर रहा है–''मलारी को खजवा टोपीवालों ने भगाया है। जित्तन भैया को क्या पड़ी है! यह काम तेरंगा झंडावालों का है। जिसको परतीत नहीं हो, मेरे पास कागज है, आकर पढ़ लो। मैं पढ़ना नहीं जानता तो क्या हुआ! कांग्रेसी-छाप कागज भी नहीं पहचानूँगा?''

शिवभद्दर ने आजकल भैंस चराना छोड़ दिया है। लोग कहते हैं, जित्तन बाबू ने उसकी पीठ पर हाथ रखा है। देह की ताकत में दोनों बड़े भाई उससे पार नहीं पा सकते। इसलिए, अब मारपीट की धमकी भी वे नहीं देते। बीरभद्दर कहता है–''लुत्तो, क्या बतावें! यह डम्फास भाई मेरा जो है न, सब गुड़ गोबर करनेवाला निकला। आजकल उसका मन कौमनिस्ट होने के लिए कसमसा रहा है। देखो, वह सिडुलवाला कागज कैसे हाथ लग गया?...फुसलाना मलारी को! दिखलाना लोभ! सामबत्ती पीसी की खुशामद, दिन में दो बार कर आता है, लुत्तो। देखना! एक तो तुमने काम नहीं बनाया। अब, मुफ्त में बदनाम मत करना। पान-पत्ता के लिए बीरभद्दर बाबू तैयार हैं। जो कहो!'' जयवन्ती और सेमियाँ फिसफिसाकर आपस में बतियाती हैं–''लिलिया पहले से ही जानती थी मलारी के मन की बात इसीलिए, पटना चलने के लिए कह रही थी।''

आजकल, रामलला की पूजा से छुट्टी नहीं मिलती है, सरबजीत चौबे को। किन्तु, मलारी की माँ रोज पहुँचती है–''चौबेजी! पैर पड़ती हूँ, आज जरा फिर से

पोथी में हिसाब करके देखिए, मेरी बेटी घर लौटेगी या नहीं?"...चौबेजी को भी मलारी के भाग जाने का बहुत दुख है। जब से गई है मलारी, गाँव अलोना-अलोना लगता है!

उस दिन भूदान के तीन कार्यकर्त्ताओं को मारते-मारते बेदम कर दिया, सरबन बाबू के लठैतों ने। सरबन बाबू और लालचन बाबू में भैय्यारी झगड़ा है। लेकिन, बाहर के दुश्मनों से मुकाबला करने के समय दोनों भाइयों में मेल हो जाता है।

सर्वे की आँधी के पहले ही जिला के सर्वोदय कार्यकर्त्ताओं ने—विनोबा की पदयात्रा को सफल बनाने के लिए—दानपत्र बटोरने का काम पूरा कर लिया था।...कांग्रेसियों और समाजवादियों ने मिलकर गाँव-गाँव में अलख जगाई—'भूदान करो! भूदान करो!' विनोबा के प्रत्येक पड़ाव पर दानपत्रों और दान में मिली जमीन के आँकड़े सुनाए जाते। दाताओं के नामों की घोषणा की जाती। प्रत्येक नाम पर जनता जय-जयकार करती।...दुखहरन साह की तरह, परानपुर के अधिकांश जमीनवाले बड़े किसानों ने सोचा—सामने सर्वे की कड़ी सरसराती हुई आ रही है। जमीन माँगनेवाले कोई नए लोग थोड़े ही हैं! पुराने ही बाबू लोग हैं। कांग्रेस और सोशलिस्ट पार्टी के लीडर लोग। विनोबा बाबा को कुछ बीघे जमीन का दानपत्र देकर काम बनाया जा सकता है—सर्वे में। भूदान देनेवालों पर कांग्रेसियों और सोशलिस्टों की मिली-जुली नेक निगाह जरूर रहेगी।...

लेकिन, सर्वे के समय न तो सर्वोदय के कार्यकर्ता काम आए, न कांग्रेसी और न सोशलिस्ट-कम्युनिस्ट। काम आए आखिर गरुड़धुज झा। किसी ने इस दान का ख्याल नहीं किया। दान का प्रतिदान तुरत चाहनेवाले लोगों में हैं सरबन बाबू। अपने भाई लालचन के हक को उड़ाने के लिए सरबन बाबू ने भरी कचहरी में हलफ लेकर कह दिया—'लालचन मेरा भाई नहीं।'...सरबन बाबू ने फैसला कर लिया था मन-ही-मन—'एक धूर जमीन भी नहीं देंगे।'...दानपत्र दिया है तो क्या हुआ?

लुत्तो, सर्वोदय के लोगों पर बहुत नाराज है। तीन सौ एकड़ जर्मन का दानपत्र बटोर दिया लुत्तो ने। लुत्तो ने समझा था और आज भी समझता है—जमीन माँगनेवालों को परसेंटेज के हिसाब से कुछ कमीशन जरूर मिलता है। लुत्तो को कुछ भी नहीं मिला! वह अपनी आँख के सामने देख रहा है, मौज में हैं सर्वोदय के कार्यकर्त्ता। खंजड़ी बजानेवाले को भी मुसहरा मिलता है।

लुत्तो की उपर्युक्त धारणा को गलत प्रमाणित करने के लिए सर्वोदय-आश्रम के

खजाँची तारा बाबू ने दाँत किटकिटाकर कहा था–"क्या समझ लिया है। कपड़ा-चीनी-तेल के परमिट का डिपू समझ लिया है, इसको भी?" तारा बाबू जरा तीखे मिजाज के आदमी हैं। सोशलिस्ट-साइड के सर्वोदयी हैं। आश्रम की भाषा में इस साइड का अर्थ–कांग्रेसी, उस साइड का माने सोशलिस्ट होता है।

तारा बाबू ने चिल्लाते हुए कहा था–"इस साइड और उस साइड की क्या बात! कांग्रेस में ही बचपन काटकर जवान हुआ हूँ। कार्यकर्त्ताओं को नहीं पहचानूँगा!"

सामूहिक भोजन के समय भोजनालय-भाई ने बेपानी कर दिया था लुत्तो को–"यहाँ शरीरश्रमी भाई का पेट एक पैली चावल में ही भर जाता है। आप पाँचवीं बार भात माँग रहे हैं–!" लुत्तो तैश में आकर खड़ा हो गया था, पर्दाफाश करने के लिए। धर्मपुर इलाके के दुग्गी-तिग्गी कार्यकर्त्ता भी, दूसरे इलाके के कार्यकर्त्ताओं पर हुकुम चलाकर बात करते हैं। लुत्तो ऐसे लोगों को 'हजूर-कार्यकर्त्ता' कहता है। हर जगह हजूर हैं, सब जगह मजूर हैं।

झगड़े को जिला कांग्रेस कमेटी के प्रधान महोदय ने निबटा दिया था–"एक पैली भात दे दीजिए, भोजनालय-भाईजी!"

इसके बाद, लुत्तो ने सर्वोदय का नाम लेना कम कर दिया...तारा बाबू कभी परानपुर इलाके में नहीं आएँगे? तब पूछेगा, लुत्तो!

एक सर्वोदयी अमीन के साथ दो भूदानी आए–रामलखनजी और टमाटर परोपकारीजी। लुत्तो ने साफ-साफ कह दिया, "मेरे पास समय नहीं। कांग्रेस का भी काम करें, भूदान की भी बेगारी करें और पेट का भी धन्धा खोजें! जमीन माँग दी है, अब आप लोग घर-घर डोलिए। दाताओं के यहाँ डेरा डालिए। जो साग-सत्तू मिले, प्रेम से पाइए।...यहाँ कांग्रेस कमेटी का दफ्तर मेरे पॉकिट में है। पॉकिट में रहिएगा?"

ऐसे-ऐसे भूदानी, जीवनदानी भी हो जाएँ, लुत्तो की लंगी को नहीं समझ सकते! रामलखनजी को वह बहुत दिनों से जानता है। सूधे आदमी हैं। लेकिन, टमाटर परोपकारी जरा टर्रेबाज है। असल नाम छिपा रखा है, उसने। जहाँ जाता है, टमाटर के गुण पर भाषण देता है। अनुपान-भेद से गुणभेद, अनुपम अनेक गुणों का बखान करने के बाद नारा देता है–'अधिक टमाटर उपजाइए!' लुत्तो को पक्का विश्वास है, यह आदमी जरूर किसी बीज बेचनेवाली कम्पनी का एजेंट है!...अच्छी बात, फलाहार करावेगा लुत्तो, इस बार!

लुत्तो ने गाँव के दाताओं से बातें कर लीं–"ब्योरा मत दीजिए जमीन का। सर्वोदयवालों ने हमारे गाँव में कौन-सी भलाई की है! दिया है एक भी कुआँ या रहट?"

दिन-भर डोलते रहे गाँव में दोनों भूदानी। किसी ने इनकी ओर देखा भी नहीं आँखें उठाकर। रात में कोई आश्रय देने को तैयार नहीं। सभी टाल देते, दूसरे टोले का रास्ता दिखला देते।...रामलखनजी पहली बार नहीं आए हैं, परानपुर। किन्तु, गाँव

ऐसा हो जाएगा, उन्होंने कल्पना भी नहीं की थी।

लुत्तो ने इन्हें अच्छी तरह भटकने दिया। शाम को जब दोनों भूदानी हवेली की ओर जाने लगे, तब लुत्तो ने पुकारकर कहा–"सुनिए जी, बिलैती बैंगन...टमाटरजी और रामलखनजी। कहीं कोई नहीं रहने देंगे, रात में। इस इलाके में अफवाह फैली है कि भूदानी और जीवनदानी जहाँ टिकते हैं, जो चीज सामने देखी वही दान में माँगने लगते हैं।...चलिए, मेरी हाँड़ी का बना हुआ भात खाइएगा या फलाहार?"

दिन-भर के भूखे भूदानियों को भर-पेट दूध-भात खिलाकर लुत्तो ने समझाया–"असल बात क्या है, जानते हैं? एक भी आदमी ब्योरा नहीं देगा, आप लोगों को। मैं बात कर चुका हूँ लोगों से। दानपत्तर का कोई भैलू ही नहीं लगाते हैं लोग! किसी बड़े कार्यकर्त्ता को ले आइए बुलाकर! नहीं तो, कुछ नहीं होगा। जब आए हैं तो एक सप्ताह रहकर रंग-रुतवा देख लीजिए!"

एक सप्ताह रहकर रंग-रुतवा देख लिया, दोनों भूदानियों ने। झोली-झंडा लेकर सर्वोदय आश्रम, रानीपट्टी की ओर मुँह किया!...लुत्तो ने इसी बीच सरबन बाबू को चोट पर चढ़ाया। बतलाया–"आपने तीस एकड़ जमीन दी है न! सुना है, आपकी गुलरीवाली जमीन को बितरन कर देंगे भूदानी लोग!" सरबन बाबू सुनकर अगियाबैताल हो गए–"कौन साला गुलरीवाली जमीन...?"

दस-पन्द्रह दिनों के बाद रामलखनजी और टमाटर परोपकारीजी के साथ आए खुद तारा बाबू...खजांची बाबू आए हैं? लुत्तो खुशी-खुशी जाकर मिला–"ठीक है, जब आप आए हैं। देखिएगा, कितनी जल्दी ब्योरा देते हैं गाँव के लोग!"

लुत्तो ने सरबन बाबू के बारे में बतलाया–"सब कोई जमीन का ब्योरा दे दें, मगर सरबनसिंह नहीं दे सकता। भारी दुश्मन है भूदान का। कहता था, विनोबाजी का क्या विश्वास! यदि सभी जमीन लेकर खुद जमींदारी करने लगें, तब? कहिए, भला!" तारा बाबू ने अपनी डायरी में नोट करते हुए पूछा–"क्या नाम बताया? सोबरन या सरबनसिंह और लालचनसिंह!"

"जी हाँ!" लुत्तो ने विनम्रता से कहा–"जयदेव बाबू के मामा हैं। एक दिन कह रहा था सरबनसिंह–सभी डकैत लोग सर्वोदय में पैठ गए हैं। मैंने पूछा–कौन डकैत? तो, बोला–सोशलिस्ट लोग।"

तारा बाबू तेज मिजाज के आदमी हैं, किन्तु लुत्तो से इस बार उन्होंने हँस-हँसकर बातें कीं। लुत्तो ने तारा बाबू को अपने घर पर रखा। आदर-सत्कार किया–"ऐ बिठैलीवाली! जानती नहीं, कैसा मेहमान आया है? दही खानेवाला! खूब अच्छी तरह दही जमाओ।" घर में दही जमाने की ताकीद करके, लुत्तो निकला। गरुड़धुज झा, बीरभद्दर और रोशनबिस्वाँ से मिला। भूदान का नया एलान सुनाया–"तारा बाबू कहते हैं कि जो दाता ब्योरा नहीं देंगे, उनकी जमीन बगैर ब्योरा के ही बाँट कर देंगे। सरकिल कर्मचारी से ब्योरा ले लेंगे। ऊपर से सरकिल कर्मचारी को भी हुक्म आया

है!" लुत्तो ने यह भी बताया कि तारा बाबू बहुत तीखे आदमी हैं। इसफगोल की भूसी दही के साथ खाते हैं, फिर भी दिमाग तेजी से जलजल करता रहता है। और वह जो बिलैती बैंगनजी...नहीं-नहीं टमाटर परोपकारीजी हैं न! कह रहे थे–इस गाँव में पेशाब से मोती बनाएँगे और सोना...!

गरुड़ झा ने खैनी थूकते हुए कहा–"जितने काने-कोढ़ी और पागल हैं, सब सर्वोदय में ही आकर जमा हुए हैं क्या? पेशाब से मोती बनाएँगे!"

रोशनबिस्वाँ ने कहा–"जरूर कोई भारी ठग है। मेरे बाप को ठग गए थे दो साधू सो नहीं जानते? बोले, कि एक नोट का पाँच बना देंगे।"

लुत्तो ने बताया–"तारा बाबू धरमपुर के हैं न! इसलिए कह रहे थे कि परानपुर गाँव लँगटा-लुच्चों का गाँव है।"

इस बात पर सबसे ज्यादा रोशनबिस्वाँ का पित्त खौला–"क्या कहता है? लँगटा-लुच्चों का गाँव है? कैसा आदमी है!"

गरुड़धुज ने कहा–"अच्छी बात! इसी बार भेंट हो जाएगा, तब!"

गरुड़धुज झा और लुत्तो ने एकान्त में सरबन बाबू की बात की। फिर, आकर रोशनबिस्वाँ और बीरभद्दर बाबू से बोले–"क्यों पंचो! इस धरमपुरिया को फलाहार करा दिया जाए?"

"हाँ, हाँ। हो जाए!"

गरुड़धुज झा सरबन बाबू और लालचन बाबू को लेकर कचहरी उड़ा–भोर की गाड़ी से। लुत्तो ने सरबन बाबू को गुप्त खबर दी है–गुलरीवाली धनहर जमीन पर सोशलिस्टों की आँख है। जिस गुलरीवाली उपजाऊ जमीन के लिए सरबन बाबू ने हलफ उठाकर कह दिया...! उसी जमीन को तितर-बटेर करके बँटवाना चाहते हैं लोग!...वकील साहब ने फीस लेकर सलाह दी–कोई डकैती करने आवे तो क्या कीजिएगा? बस, और क्या!

तारा बाबू ने एक सप्ताह तक गाँव में छोटी-छोटी सभाएँ कीं। रामलखनजी ने खंजड़ी बजाकर भूदान-संकीर्तन सुनाया और टमाटर परोपकारीजी ने टमाटर की तरह-तरह की तरकारियों और चटनियों की बात सुनाकर सुननेवालों की रसना को सरसाया। किन्तु, गाँव के किसी दाता ने जमीन का ब्योरा देना स्वीकार नहीं किया। कुछ लोग बहाना बनाकर टाल गए–'मालिक घर में नहीं हैं। कागज कचहरी में लगा हुआ है!' कुछ लोगों ने कहा–'भूदान में जो जमीन देने की बात थी सो सरकार ने छीन ली। परती जमीन!'

तारा बाबू ने भूदान-कार्यालय में तार दिया–'जमीन वितरण करके ही लौटूँगा!' और, उस दिन निकल पड़े तारा बाबू अपने कार्यकर्त्ताओं के साथ। लुत्तो भी साथ था। उसने धीरे से कहा–"तारा बाबू! पहले सरबनसिंह से ही शुरू कीजिए।"

गुलरीवाली जमीन की मेंड़ पर जाकर जमा हुए सभी। तीसों एकड़ में धान के

पौधे, दूध-भरी बालियों के गुच्छे झुकाए हुए! हवा का हल्का झोंका भी खेत में तरंग पैदा कर देता है। तारा बाबू भी किसान-परिवार के पुत्र हैं। धान देखकर उनका जी जरा जुड़ा गया। बोले–"पहले यहीं से!"

लुत्तो ने कहा–"दूर क्यों करते हैं? शुरू कर दीजिए!"

तारा बाबू कागज-पत्तर ठीक करने लगे। रामलखनजी ने खंजड़ी बजाकर गीत शुरू किया। और, अमीन साहब कड़ी का झब्बा खोलकर गुनिया ठीक करने लगे! आसपास कुछ लोग आकर जमा हुए।...घेर, घेर, घेर! गाँव के पास कुछ लोग दौड़ रहे हैं। लुत्तो ने कहा–"खरहे का शिकार कर रहे हैं, शायद!" किन्तु, पलक मारते ही सरबनसिंह का छोटा भाई लालचनसिंह दस-पन्द्रह लठैतों के साथ आ धमका–"क्या हो रहा है? क्या समझ लिया है? मुसम्मात की जमीन है?...मारो सालों को!"

लठैतों ने लाठी भाँजनी शुरू की। अमीन साहब जरीब की कड़ी छोड़कर भागे। तारा बाबू के सिर पर लाठी लगी तो वह सिर पर झोली रखकर बैठ गए। दूसरी लाठी में ही चित हो गए।...भू दानियों पर लट्ठ पड़ने लगे–"साला! पहले जमींदारी खत्म किया। तब सर्वे और तब सरबोधन। साला सरबसाधन। और लो ब्योरा! बाँटो जमीन अपने बाप की!" तड़ातड़! तड़ातड़! रामलखनजी धरती पर लोट गए। लुत्तो को एक भी लाठी नहीं लगी। तारा बाबू के गिरते ही वह भागा...फलाहार करिए! किन्तु, टमाटर परोपकारीजी अडिग खड़े रहे। लाठियाँ पड़ती रहीं, सिर से खून की धारा बह चली, किन्तु उन्होंने बचाव के लिए हाथ भी नहीं हिलाया। उन्होंने प्रार्थना शुरू कर दी : 'ऊँ पूर्ण है वह, पूर्ण है यह, पूर्ण से निष्पन्न होता पूर्ण है...सब ओर आत्मा घेरकर आत्मज्ञ सो–है बैठ जाता प्राप्त कर लेता उसे–जो तेज से परिपूर्ण है!'...घायलों को छोड़कर भागे सभी।

कॉमरेड मकबूल अपने साथियों के साथ दूसरे गाँव की ओर जा रहा था। सुनते ही साइकिल छोड़कर दौड़े सभी। तारा बाबू ने आँख खोलकर देखा–मकबूल और उसके साथी रामलखनजी को चुल्लू से पानी पिला रहे हैं।

जिला के प्रमुख तन्त्रमुक्त भूदानी नेता ने घोषणा की है–परानपुर में आमरण अनशन करेंगे!

भिम्मल मामा का पागलपन बढ़ गया है। जबरदस्त दौरा! जित्तन बाबू को भी इस बार आशंका हो रही है, मामा पागलखाने में भेज दिए जाएँगे। कांके!

दौरे के समय भिम्मल मामा 'होल्डिंग डांग' के बदले दूसरी पंक्ति रटते हैं, हमेशा। राह चलते समय हाथ नचा-नचाकर बकते हैं—"हेक्सागन प्लस पेंटागन!"

आक्रमण नहीं करते किसी पर। किन्तु, राह काटकर चलते हैं लोग फिर भी। कौन डेढ़ घंटा तक उनकी परिभाषा सुने और उनकी भाषा को समझे!..."हू मेड कोकोनट! जहाँ पवन को गमन नहिं, रवि-शशि उगे न भानु—जो फल ब्रह्मा रचे नहिं सो अबला माँगत दान। व्हाट्स दैट फ्रूट? जाफल, काफल, श्रीफल, कटहल, कटहल-बड़हल, कटहल-बड़हल! हेक्सागन प्लस पेंटागन!"

जितेन्द्रनाथ को भिम्मल मामा की बड़ी चिन्ता है। किन्तु, आजकल जितेन्द्रनाथ का नाम सुनते ही भिम्मल मामा उत्तेजित हो जाते हैं।...

जितेन्द्रनाथ ने हिसाब लगाकर देखा, ठीक है। उसी शाम को, हवेली से जाने के बाद से ही मामा की हालत बिगड़ी है!

उस शाम को!...

खड़ाऊँ खटखटाते आए मामा। कभी जितेन्द्रनाथ के ड्राइंग रूप में पैर नहीं रखते। उस शाम को आए तो बाहर प्रतीक्षा करने के बदले अन्दर चले गए। मीत ने उनको सूँघकर छोड़ दिया।

"जित्तन! तुम्हारे निजस्व व्यक्ति से कुछ कथा है!"

"कहिए!"

"पंचचक्र तुमने कैसे प्राप्त किया?"

"ताजमनी ने दिया। माँ ने एक पिटारी दी थी, उसी में था। क्यों?"

"और, ताजमनी अब फिर हवेली के अन्तर में प्रवेश पा गई? सोचकर जवाब दो!"

ताजमनी ने हवेली के अन्दर सुधना को डाँट बताई किसी बात पर—"रोज-रोज तुम्हारा दिमाग बिगड़ता ही जा रहा है?"...भिम्मल मामा ने ताजमनी की बोली की प्रतिध्वनि सुनी—"और वह नटकुमार भी है?"

"हाँ।"

"क्या हाँ-हाँ?"

जितेन्द्रनाथ ने ताड़ लिया। बोला—"आप बैठते क्यों नहीं! बैठिए, पहले!"

"इसे क्यों नहीं बैठने को कहते!" भिम्मल मामा ने खड़ी पत्थर की मूर्ति की ओर दिखाकर कहा—"और अब इसकी आवश्यकता ही क्या है?" भिम्मल मामा की एक कमजोरी को सिर्फ जितेन्द्रनाथ ही जानता है। बचपन से ही भिम्मल मामा उसको प्यार करते हैं। नाटक में भी कभी ऐसा पार्ट नहीं लेते, जिसमें जित्तन के विरुद्ध कुछ कहना पड़े। द्रोणाचार्य का पार्ट करना छोड़कर, नकुल का पार्ट लिया भिम्मल मामा ने।...जित्तन अभिमन्यु बनेगा और वह कौरव-दल में रहेगा?

घंटों, एकटक जित्तन को देखते—कभी-कभी एकान्त में। जित्तन पूछता—"क्या है

मामा?"..."कुछ नहीं, तुम्हारी कमीज पर एक कीड़ा चल रहा था।" कहकर, उँगली से कुछ हटाते हुए जित्तन की देह का स्पर्श कर लेते। आज भी, रोज किसी-न-किसी बहाने, जित्तन की देह को वह एक बार अवश्य छू लेते हैं। बचपन में ललाट पर लटकते केश को भी हटा देते। किन्तु आजकल कभी-कभी अपनी कलाई जितेन्द्रनाथ की ओर बढ़ाकर कहते हैं–"देखो तो जित्तन, देह गरम तो नहीं? अरे, तुम्हारी हथेली इतनी गरम क्यों है?"

उस शाम को, ड्राइंग रूप में भिम्मल मामा गुस्से से टहलने लगे। और एक बार तो उन्होंने जितेन्द्रनाथ की किसी बात से चिढ़कर नोच लेने के लिए हाथ भी बढ़ाया। किन्तु, मीत ने भूँकना शुरू कर दिया।

भिम्मल मामा ने मीत की ओर गौर से देखा, क्षण-भर जितेन्द्रनाथ की ओर छलछलायी आँखों से देखकर कहा–"यू हेक्सागन! हि पेंटागन!" और इसके बाद 'हेक्सागन प्लस पेंटागन' रटते, खड़ाऊँ खटखटाते हुए चले गए भिम्मल मामा!... जित्तन ने खिड़की से देखा था, कामिनी के पेड़ के पास, आँख पोंछते हुए जा रहे हैं भिम्मल मामा!

जब से ताजमनी हवेली में आकर रहने लगी है, सुधना उदास रहा करता है। अब उसे मीत से दोस्ती करने का लोभ नहीं। वह मीत से मन-ही-मन चिढ़ा रहता है। रह-रहकर लहेरियासराय जाने के लिए रोता है।–जहाँ भूखों मर रहा था! आजकल वह गाँव के लड़कों के साथ खेलने में अपना अधिकांश समय बिताता है। शाम को पढ़ने के समय ताजमनी की झिड़की सुनता है। जितेन्द्रनाथ के सामने तो गूँगा ही हो जाता है, वह।

जब कभी ताजमनी, जित्तन बाबू के कमरे में जाती है; सुधना दम साधकर अपने गुस्से को रोके रहता है।...कभी-कभी दिन-भर भूखा रहता है।

ताजमनी ने जाकर देखा–कालीबाड़ी का रूप ही बदल गया है। जंगल-झाड़ियों की सफाई करते समय घुँघरू के दाने पाए गए हैं।... ताजमनी ने पहचाना, उसी के पाँव के घुँघरू! श्यामा-कीर्तन गाकर नाचते समय टूटे हुए घुँघरू! ताजमनी बीते हुए बचपन के दिनों की स्मृतियों के जाल में उलझ गई।

शाम को वह जितेन्द्रनाथ के कमरे में गई–"जिद्दा! बलिदान रोकने का हुक्म किसने दिया है?" ताजमनी की आँखों की ओर देखता ही रह गया, जित्तन!

"बोलो न!"

"माँ श्यामा ने!"

"ठिठोली नहीं करते जिद्दा!"

जितेन्द्रनाथ ने कहा–"तो, पूछने ही क्यों आई? माँ श्यामा की पूजा में किसी का हुक्म कैसे चल सकता है, तुम्हारे रहते?...और, मैंने हजार बार प्रार्थना की है–जो कुछ कहना या पूछना हो, बैठकर पूछो!" ताजमनी लजाती हुई हँसी! बैठी नहीं।

"तुम्हें पूजा से कोई मतलब नहीं!...भिम्मल मामा के लिए चिन्ता क्यों करते हो? पूजा के दिन अपने-आप आराम हो जाएँगे। पहली बार, ठीक पूजा से पाँच दिन पहले सनके थे।"

"क्यों, पूजा से मतलब क्यों नहीं! श्यामा-संकीर्तन के लोभ से ही मैं पूजा में दिलचस्पी ले रहा हूँ!"

"श्यामा-संकीर्तन का लोभ? मैंने माँ से हुक्म ले लिया है। मन-ही-मन संकीर्तन गाऊँगी।"

"क्यों?"

"खोल कौन बजावेगा?"

"क्यों, मैं!"

"बजाओगे? जिद्दा, सच कहते हो? तुम खोल बजाओगे? मुझे परतीत नहीं। तुम ठिठोली करते हो!...याद है? तुमने खोल नहीं बजाया था। घुँघरू खोलकर फेंक दिया था मैंने! उस बार भी तो तुमने कहा था। प्रतिज्ञा की थी तुमने!"

ताजमनी को जितेन्द्रनाथ ने कुर्सी पर बैठा दिया–"ताजू! तू इतनी छोटी कैसे हो गई, फिर से शायद, माँ के डर से इस तरह धीरे-धीरे बोलती हो!"

ताजमनी उठ खड़ी हुई। जितेन्द्रनाथ ने हाथ पकड़ लिया–"एक श्यामा-कीर्तन का पद गुनगुना जाओ। मैं भूल गया हूँ। वह..."

ताजमनी मुस्कराने लगी। कहने पर भी कोई कीर्तन न गाए, यह कैसे सम्भव है!

"कौन-सा! पगला-पगलीवाला?"

"हाँ-हाँ!"

ताजमनी गुनगुनाने लगी–मधुर-मन्द स्वर में :

पगली माँ केर कोन भरोसा!
खनहि मैया राजी-ई-ई खुशी-ई,
राशि-राशि हाँसि हँसे-ए;
खनहि मैया तिरिख नयनी-ई-ई के सँभारे माय केर गोसा...?

जितेन्द्रनाथ की माँ मालदह जिले की कन्या थी। बँगला श्यामा-संगीत को मैथिली में रूपान्तर करके, स्वयं सुर देकर गाती थी। बचपन से ही वह अपने पिता के साथ श्यामा-संगीत गाती।...जितेन्द्रनाथ के पिता शक्ति के उपासक और प्रसिद्ध तान्त्रिक माने जाते थे। काली-पूजा के समय, उनसे सभी डरते। हमेशा आँखों में अड़हुल फूल खिले रहते। कारन[1] और प्रसाद[2] की अतिरिक्त मात्रा को जितेन्द्र की माँ कम नहीं कर सकती थी। बहुत सोच-विचारकर उसने श्यामा-कीर्तन की तैयारी की। संकीर्तन सुनकर साधक का तपा हुआ मन शान्त होता है।...घोर अन्धकार में, काली-बाड़ी की अँगनाई में एक दीपक जल रहा है। प्रतिमा के सामने बैठे हैं शिवेन्द्र मिश्र और बरामदे पर ही बैठी वह कीर्तन गाती—अकेली!

जितेन्द्र की माँ ने अपने मैके से एक जोड़ी खोल और नरहरि खोलवाहा को मँगाया था!...

अपने तॅ पगली मैया, बरहु पागल जुटऽल
पगला-पगली केर पागल सन्तान
मन भुलावल रे-ए-ए-हे...

जितेन्द्र सब कुछ भूल जाए, खोल का ताल कैसे भूल सकता है! बूढ़े नरहरि पाइन ने कहा था, 'बेजोड़ खोलवाहा होगा तू बाबा! तेरी उँगलियों पर माँ स्वयं बैठ जाती!'...ताजमनी की गुनगुनाहट के साथ-साथ खोल और मन्दिरा की ध्वनि जितेन्द्र के मन में गूँजने लगी—पगली माँ केर कोन भरोसा! एक-दो, तीन-चार! धिन्-ते, इत्-था—धिन्-ते, इत् था।...पगला पगली केर पागल सन्तान भुवावल रे-ए-ए-हे... धिन-खेरे-खेरे, ताँग-खेरे-खेरे-धिन-खेरे-खेरे-ताँग-खेरे-खेरे-ताँग-धित् धिन्नक!...किन्नक-किन-काँ, टिन्नक-टिनाँ—खोल और मन्दिरा, ताजमनी और जित्तन, माँ श्यामा और श्यामा-संगीत! जित्तन कहीं खो गया—रेहल पर मोटी बही लेकर बैठी हुई माँ ताजमनी को संकीर्तन सिखा रही है। पास में बैठा नरहरि पाइन जित्तन को ताल पकड़ाता है, एक-दुई-तीन-चार-धिन्-ते इत् था!

ताजमनी न जाने कब चली गई अन्दर, उसे अकेला छोड़कर!...नहीं, वह आज ताजू को अपने पास बैठाकर रखेगा। ताजू जब होती है सामने, बड़ा निडर हो जाता है वह। इधर कई दिनों से वह अशान्त रहा है—खन्तर गुलाबछड़ीवाला ननकू नट, बकला! साँप-बिच्छुओं से भरी हाँड़ी! गाँव का एक प्राणी भी नहीं जी सकता। कैसे जीएगा, इस दुनिया में कोई?

जितेन्द्र ने पुलिस के बड़े अधिकारियों को सूचना दी है। मुंशी जलधारीलाल दास को उसने सदर भेज दिया है कुछ दिनों के लिए।...वह उसका मुँह नहीं देखना चाहता। नरपिशाच!

---

1. माँ काली को उत्सर्ग की हुई शराब।
2. माँ काली को चढ़ाया हुआ मांस।

"मैं पूछती हूँ कि बेचारे मुंशीजी को क्यों बनवास दिया गया है? इतने दिनों के बाद पूजा हो रही है और बेचारा पूर्णिया में बेकार बैठा है।"

ताजमनी लौट आई।

"किसने कहा बेकार बैठा है? काम कर रहा है।...तुम बैठोगी नहीं, थोड़ी देर?"

'बैठने से काम नहीं चलेगा। आप भी दया करके टहलने जाइए।"

"ताजू! मुझे माँ की याद सदा आती है, आजकल।"

"आएगी, आएगी, माँ! अभी से इतनी उतावली क्यों...?"

गाँववालों ने देखा–युगों के बाद काली-पूजा तो हो रही है। लेकिन, रात का कोई प्रोग्राम नहीं। ऐसा तो कभी नहीं हुआ। मुसम्मात के जमाने में तो सतरंगे झाड़-फानूस टँगते थे। दल-के-दल नाचवाले आकर पाँच दिन पहले से ही मुजरा करते थे। जात्रा, नाटक या संकीर्तन कुछ भी नहीं? तब, क्या पूजा! लोग माँ काली की प्रतिमा को देखकर लौटते, मायूस होकर–बड़ा फीका-फीका लगता है!

रात में, घड़ी देखकर ठीक आठ बजे ताजमनी ने माँ को पुकारा, गुनगुनाकर–"माँ गो-ओ-ओ! सुनु माँ-आ-आँ!"

जितेन्द्रनाथ की गोद में पास पड़ा खोल किसी ने उठाकर रख दिया, मानो! ताजमनी ने झुककर माँ के चरणों से एक फूल उठा लिया। सिर, आँख और गले से छुलाया। खोल और खोल बजानेवाले को नमस्कार किया। फिर :

हेरि हरऽमनऽमोहिनी, शिखिर शेखरऽनन्दिनी-ई-ई...
काली कालभवऽवारिनी-ई-ई-ई...
ता-रे नारे-तिट्टा-तिन्ना घिन खेरि-खेरि...!

श्यामा-संकीर्तन की पहली कड़ी को जब ताजमनी ने तन्मयता से दोहराया तो गाँव का एक-एक प्राणी रोमांचित हो उठा।...रघ्घू रामायनी की गीत-कथा और सारंगी सुनकर भी जिन लोगों की चमड़ी पर कुछ असर नहीं हुआ था–वे भी आज दौड़ रहे हैं। मकबूल, जयदेवसिंह, रामनिहोरा और डी.डी.टी. आपस में बातें करते जा रहे हैं–"ताजमनी ही गा रही है, है न?"

"याद है मकबूल? उस बार तुमने भाषण दिया था!"

"और तुमने स्टेशन के लड़कों से लड़ाई की थी!"

"दीनदयाल! तुम तो श्यामा-संकीर्तन दल के सदस्य थे?"

घर-घर से स्त्री-पुरुष, बच्चे-बूढ़े आ रहे हैं।...सामबत्ती पीसी गला भाँज रही है–

"तुम लोग क्या जानोगी? दूसरे गाँव की बेटी हो! उत्तरवाले बरंडा पर हमेशा सोलकन्हटोली की औरतें बैठती थीं। दक्खिनवाले बरंडा पर जाओ। हल्ला-गुल्ला मत करो!"

सामबत्ती पीसी को जवानी के दिनों की याद आई है! फेकनी की माय, आज शान्त है। समझाकर कहती है—"आकि देखो! हाथ जोड़कर निहोरा करती हूँ। जरा सुनने दो। बहुत दिन के बाद महाबारनी लगी है।"

केयटटोली का गोबरधन, श्यामा-संकीर्तन दल में मन्दिरा बजाता था। आज वह चुपचाप खड़ा देखेगा, भला! दौड़कर घर से मन्दिरा की जोड़ी ले आता है। खोल के ताल पर मन्दिरा बजाता और नाचता मन्दिर के अन्दर चला जाता है। देखते-देखते डी.डी.टी. को छोड़कर सभी पुराने कीर्तनियाँ, सब भेदभाव भूलकर, कीर्तन में सम्मिलित हो गए।...ताजमनी आज दम नहीं लेगी क्या? आगमनी के बाद रूपवर्णन गा रही है :

जनि उलंग रहबि भवानी-ई-ई-ई
बसन पहिरू बसन पहिरू
मेघबरन धारऽन करू–ओ-गो-भुंडमाली-ई-ई!

कोसी-कैम्प में लेटी इरावती अब बेचैन हो गई। कीर्तन के सुर में उसका मन बँध गया। मामी को जगाकर बोली—"गाँव में कोई उत्सव हो रहा है। चलो मामी, देख आएँ!"

विशाल जनसमूह में लहरें आती हैं रह-रहकर!...लो, पगला-पगली वाला पद शुरू किया! लोगों के सिर ताल पर स्वयं हिलने लगे। पगला-पगली! भोला-काली!

इरावती रोमांचित हुई—जितेन्द्र ने, पहाड़ी नदी कोनार की कलकलाती हुई धारा को सम्बोधित कर गाया था—खनहि मैया राजी-खुशी, राशि-राशि हाँसि हँसे—खनहि मैया तिरिख नयनी...! राशि-राशि हँसी रह-रहकर बिखर जाती है, भीड़ में!

...पगला-पगली को पागल सन्तान, मन भुलावल-रे-हे!

और विहाग के पारस से पावन विदा-गीत गाते समय, ताजमनी की आँखों से आँसू की धारा झरने लगी :

सुनऽसुनऽनगवासी-ई-ई उमाशशि मोर उदासी-ई-ई
भिखारिनी वेष साजी-जाय-रे-जाय रे-कहाँ जाय रे,
देख-देख, राज-राजे-ए-एश्वरी-आज कहाँ जाय रे...?

राज-राजेश्वरी की भिखारिन मूरत उपस्थित कर दी ताजमनी ने!

पगला-पगली ने मिलकर मन को भुला दिया?...लोग आँखें पोंछते हुए घर लौटे।

इरावती अपने कलेजे पर भारी पत्थर का टुकड़ा लादकर लौटी। जितेन्द्र की याद को इसी तरह दबाकर रखती है वह!

हजार पौधों में अँखुए लगे हैं। लग गए पौधे!

जितेन्द्रनाथ प्रसन्न है–"ताजू! गोबिन्दो!...मुंशीजी! सुरपति बाबू! मैं गिनकर आ रहा हूँ–हजार पेड़ जम गए! छोटी बात समझते हैं, लोग! अरे, इस परती पर पौधे लग गए, यह छोटी बात है?"

भिम्मल मामा आए–"हेक्सागन प्लस पेंटागन!...तुम्हारा नन्दन-कानन कोंपलित हुआ है? घबराओ नहीं। आ रही है–वन-टू-तीन-चार–देख लेना? काल वैशाखी की कृपा होगी। तुम्हारे सभी पौधे बगैर पानी के तड़फ-तड़फकर दम तोड़ेंगे?"

ताजमनी आकर बोली–"श्राप क्यों दे रहे हैं, मामा?

न जाने क्यों भिम्मल मामा का मुँह सूख गया...उसने श्राप कहाँ दिया है! क्या उसने श्राप दिया है? नहीं-नहीं।

जितेन्द्रनाथ ने कहा–"ठीक कहते हैं, भिम्मल मामा! मुझे अभी इतना उत्साहित नहीं होना चाहिए। सिंचाई की क्या व्यवस्था होगी?"

जितेन्द्रनाथ ने मुंशी जलधारीलाल को बुलाया–"कम-से-कम एक सौ ट्यूबवेल खरीदने होंगे। रुपए का प्रबन्ध कीजिए?"

मुंशीजी ने गर्दन झुकाकर कहा–"हुजूर! तहबील में तो अब कुछ नहीं है। कर्ज भी आजकल लोग नहीं देंगे।"

"क्यों? तहबील में नहीं है तो जूट पर अग्रिम रुपया लीजिए महाजनों से।"

"मुझे कौन देगा?"

"तो, मुझे कौन पहचानता है?...मुंशीजी, मैं कुछ नहीं जानता। मुझे रुपयों की सख्त जरूरत है। प्रबन्ध कीजिए, चाहे जहाँ से हो।"

ताजमनी बोली–"चाहे जहाँ से हो! क्या डकैती करके ले आएँगे मुंशीजी? यहाँ, जमींदारी खत्म हो गई, लेकिन जमींदारी शान बढ़ती जा रही है! दो सौ बीघे धान और डेढ़ सौ बीघे पाट की खेती करनेवाला हवाई जहाज से सफर करेगा, महीने में पाँच सौ रुपए की किताब, तस्वीर और अखबार मँगाएगा! दान करेगा! बाग लगाएगा!"

मुंशी जलधारीलाल मुँह लटकाए, वापस हुआ। ताजमनी हवेली के अन्दर गई और जितेन्द्रनाथ की आँखें छलछला आईं–ताजमनी ने ठीक कहा है! भिम्मल मामा ने ठीक कहा।...लगे हुए पेड़, पानी के बिना सूख जाएँगे! तहबील में कुछ नहीं! यह क्या हुआ?

रात को गोबिन्दो रसोईघर में थाली लौटाकर ले गया–"ताजनदि! फिन दादा बाबू को क्या हो गया? बोलते हैं, दूध-डीम-घी कुछ नहीं। आलू का भर्ता और भात खाकर कैसे रहेंगे दादाबाबू?"

"परोसी हुई थाली इस तरह लौटाकर नहीं लाई जाती!" ताजमनी नाराज हुई–"तुमसे कितनी बार कहा!" ताजमनी चली।

"क्यों, फलाहार करने की क्या बात हुई?"

"नहीं, ताजू! मुझे मालूम नहीं था। मैंने कभी इस ओर ध्यान ही नहीं दिया था। अब, रहन-सहन...।"

"रहन-सहन? दूध-घी छोड़ने से कुछ नहीं होगा। हर महीने शाह कम्पनी का तीन सौ रुपए का हिसाब भुगतान देना पड़ता है, उसको कम कीजिए! न मालूम किसने आदत लगा दी! कब से लगी...!"

जितेन्द्रनाथ ने अपनी अलमारी की ओर देखा, ताजमनी ने सबकुछ देख लिया है। किसने बताया कि तीन सौ रुपए प्रतिमास शराब के लिए देना पड़ता है, शाह कम्पनीवालों को? जितेन्द्र लज्जित हुआ।

"जिद्दा! मैंने क्या भला-बुरा कह दिया जो खाना-पीना छोड़ रहे हैं? लेकिन, मैं चुप नहीं रहूँगी।"

"ताजू, मैं अब नहीं पीयूँगा...।"

"इतनी आसान नहीं है जिद्दा!" ताजमनी मुस्कराई–"इतनी बड़ी प्रतिज्ञा करने की क्या जरूरत?"

जितेन्द्रनाथ को ताजमनी ने बैठकर खिलाया–"रुपए का प्रबन्ध हो जाएगा। कोई चीज छोड़ने की जरूरत नहीं। जमींदार का बेटा शराब नहीं पीएगा भला!"

"रुपए का प्रबन्ध हो जाएगा? कैसे? कहाँ से?"

"घबराइए मत!" ताजमनी ने एकटक जितेन्द्रनाथ की ओर देखकर कहा–"मालकिन-माँ सब प्रबन्ध कर गई हैं। वह चाहती थीं, उनका बेटा शराब पीए, जुआ खेले, बेकाम के काम में रुपया उड़ाए। उनका सपना पूरा हुआ है!"

ताजमनी को याद आई, मालकिन-माँ की बात–'ताजू! मेरा बेटा फकीर की तरह झोली लेकर भीख माँगता फिरता है, मोटा खाता है, मोटा पहनता है! इस खादान की इज्जत उसने मिट्टी में मिला दी। जमींदार का बेटा भला ऐसा होगा!"

"ताजू, तुम विश्वास करो। मैंने पिछले कुछ वर्षों से ही पीना शुरू किया है।..."

"इतना छोटा क्यों करते हैं अपने को?"

आधी रात को, ताजमनी ने जितेन्द्रनाथ को आकर जगाया–"जिद्दा!"

जितेन्द्रनाथ ने ताजमनी को अपने पलँग पर बैठाना चाहा। किन्तु ताजमनी ने अपना हाथ भी नहीं स्पर्श करने दिया। बोली–"अन्दर चलिए!"

जितेन्द्रनाथ हवेली के अन्दर गए। ताजमनी ने भंडारघर के पास जाकर लालटेन की रोशनी तेज की।...ताजमनी कौन होती है रोकनेवाली! मालकिन-माँ जो चाहती थीं, वही होगा!

ताजमनी ने हाथ के इशारे से दिखलाकर कहा–"उस मूर्ति के नीचे है!"

"क्या?"

"आपकी माँ ने कहा था, जिस दिन मेरा बेटा राह पर आए, उसी दिन...!"

...गोरस के व्यापार में मेरी आत्मीयता बढ़ती गई!

अब तो कलकत्ता, पटना, दार्जिलिंग के व्यापारियों के हाथ मक्खन, पनीर, क्रीम और घी बेचने के बदले–दही की मटकी लेकर गाँव-गाँव घूमना चाहता हूँ मैं–राधा की तरह! गोकुल की ग्वालिनियों की तरह!–दधि ले ले! दधि ले ले!

गोशाले में एक बीमार बछड़े को दवा पिला रही थी कि नए अर्दली ने आकर सलाम किया। हाथ में एक पुर्जा देकर मुँह देखने लगा। मम्मी का पुर्जा : 'मिसरा'ज कम विद प्रेजेंट्स। आइ थिंक वी मस्ट रिफ्यूज...!' मैंने बिना कुछ भूत-भविष्य सोचे, अर्दली से कहा–'मिसराबाबू को कोठी पर माँगता छोटा मेम। अब्बी!'

मछली, महीन सुगन्धित चावल, पके केले, नारियल, मिसरीकन्द, शहद, ऊख, मिठाई और कीमती रेशमी साड़ी! मिसरा ने कहा–'पहला बेटा हुआ है। आज उसकी छुट्टी है। मेरी स्त्री आपसे बहिनापा जोड़ना चाहती है।...दैट इज गॉड सिस्टर, मीन्स...फ्रेंड!'

इस पुरुष को देखते ही मुझे कुछ हो जाता है। मेरी आँखों को वह सही-सही पढ़ लेता है। भगवान को धन्यवाद!

कचहरी-बँगले से मम्मी आई और घोर प्रतिवाद करने लगी।

हमारे आश्चर्य का ठिकाना नहीं...! उस पुरुषसिंह ने फुर्ती से झुककर मम्मी की चरणधूलि ले ली। बड़ी विनम्रता से उसने समझाया–'माइ वाइफ हैज मेड योर डाटर हर बहिनपा–दैट इज गॉड-सिस्टर, मीन्स फ्रेंड! फ्राम टु डे यू आर माइ मदर-इन-लॉ!'

मम्मी हतबुद्धि होकर मुझे देखने लगी और मैं उस लीलाधर की लीला देखकर मन-ही-मन मुस्करा रही थी।

स्वीकार अथवा अस्वीकार का मौका वह न ीं ता। चँगेरी से एक डिबिया

निकालकर खोलते हुए बोला–'एंड, दिस इज फॉर मदर-इन-लॉ। इसको कृपा कर स्वीकार करें! अपनी गॉड-डॉटर और गॉड-ग्रैंडसन को ब्लेसिंग दें।...यू मे कर्स मी!'

रत्नजटित मुँदरी!...इस आदमी को क्या कहिए!

'एंड गिव मी चान्स टु सर्व यू!'

मेरी अच्छी मम्मी मुस्कराई! भगवान, मम्मी मुस्कराई! मुस्कराहट को खोलते हुए मम्मी बोली–'सी द फन! आइ डन्नो व्हाट ही वांट्स!'

मिसरा ने कहा–'आपकी जमींदारी-कचहरी के सभी कारकून निकम्मे ही नहीं, चोर और बेईमान हैं। चार महीने बीत रहे हैं, अभी तक स्टेटमेंट, कागज-बुझारत नहीं दे सके हैं! मैं सिर्फ दस दिन में इनसे कागज-बुझारत लेकर, दो महीने के अन्दर बकाया-सहित हाल का खजाना वसूल सकता हूँ।...आइ से!'

लगातार डेढ़ घंटे तक अपनी अंग्रेजी में बातें करके उसने मम्मी को इस तरह मोह लिया कि...हीरू दरबान के शब्दों में 'अन्धेर' हो गया! ब्लैकमैन को कुर्सी पर आमने-सामने बैठाकर बड़ा और छोटा मेम ने चाय पिलाया! पुतली को दूसरे किस्म का अचरज हुआ–ब्राह्मण होकर अंग्रेज के क्रिस्तान बावर्ची के हाथ का छुआ हुआ खाया?

मम्मी मुझे एकान्त में ले गई–'वह जमींदारी की मैनेजरी अथवा कन्ट्रैक्ट चाहता है। आदमी तो काम का मालूम होता है। अपनी कचहरी के सभी अमले इसको देखते ही बदहवास हो गए।...रियली! तुम क्या कहती हो?' मैं मन-ही-मन भगवान को धन्यवाद दे रही थी–'मुझे क्या आपत्ति हो सकती है! मैंने पहले ही कहा था, आदमी अद्वितीय है।'

''आइ डन्नो व्हाइ दे से सो मच!...जो भी हो, हमें हर हालत में अपनी प्रतिष्ठा कायम रखनी है।' मम्मी कुछ सोचने लगी।

एस. मिसरा...नहीं, पंडित शिवेन्द्र मिश्र उसी दिन से हमारी जमींदारी का जनरल मैनेजर हो गया। वह अपनी जमींदारी सँभालने के साथ-ही-साथ हमारे इस्टेट का भी काम देखेगा। इकरारनामे पर दस्तखत करने के बाद उसने मुस्कराकर मेरी ओर निगाह उठाई–'आइ हैव हर्ड-दैट यू वांट टु लर्न हिन्दी!...और रामायण पढ़ना चाहती हैं आप? मैं बिग संस्कृत पंडित हूँ, दैट इज शास्त्री!'

बातों-ही-बातों में उसने मुझे शिष्या बना लिया।...छलिया!

जब कालिदास के ग्रन्थों पर बातें होने लगीं तो मम्मी किसी काम से कमरे से बाहर चली गई।

उसने कहा–'इट इज सो स्वीट दैट वन्स यू रीड कालिदास यू विल फॉरगेट एवरीथिंग यू हैव रेड!'

'मैं पहले ही सबकुछ भूल चुकी हूँ...माइ मास्टर?' मैं अपने मन को काबू में नहीं रख सकी। अब उसकी आँखों में मदिरा-ही-मदिरा थी–'आइ हैव सोल्ड माइसेल्फ...!'

मैं कहना चाहती थी–'नहीं-नहीं, ऐसा मत कहो। मैं तुम्हारे हाथ बेमोल बिक चुकी हूँ।'

मम्मी आ गई। अपने बाग के पके मैंगोस्टीन की एक टोकरी ले आई, पुतली।

मम्मी मुस्कराकर बोली–'फॉर माइ गॉड-डॉटर!...दूध में इसका रस मिलाकर पीने दीजिएगा।...सोमवार से आप अपने काम पर आ रहे हैं?'

'नमस्कार!'

'नमस्कार! माइ मास्टर! रेस्टलेसली आइ'ल वेट फॉर यू!'

जादू! ब्लैक मैजिक!

जादू नहीं तो और क्या कहा जाए! मिश्रा ने मम्मी को इतना प्रभावित किया है कि उठते-बैठते मम्मी प्रशंसा करती है–'नाइस फेलो! एक ही सप्ताह में जमींदारी-कचहरी का दफ्तर सुचारु रूप से चलने लगा है। इलाके के जेठ रैयतों के नाम परवाने जारी किए गए हैं।'

अब हीरू दरबान अपना विरोध नहीं प्रकट करता। कभी-कभी वह छुट्टी लेने की बात अवश्य करता है। पुतली बहुत चालाक है। मुझे गोशाले के एकान्त में समझाकर सलाह दी, उसने–'यदि गोशाले की व्यवस्था भी मैनेजर साहब अपने हाथ में ले लें...!'

पुतली मेरे मन की बात बोली।

उसी शाम को हिन्दी पढ़ते समय, बात को पेश करने की भूमिका मैंने बाँधी–'मिश्रजी! मुझे अपनी स्मरण-शक्ति पर अब जरा भी भरोसा नहीं। देखिए न, शब्द भी एक याद नहीं। परतीच्छा और परीच्छा के अर्थ में...। सुना है, दूध-घी का कारबार करने से बुद्धि मन्द पड़ जाती है।'

'किसने बताया कि दूध-घी के कारबार से बुद्धि मन्द पड़ जाती है?'

'पुतली ने!'

कमरे के बाहर, पंखा की डोरी खींचती हुई पुतली मुँह में कपड़ा ठूँसकर हँसी को रोक रही थी।

'तो, पुतली भी पंडिताइन का काम करती है?'

'हाँ, वह मुझे मैथिली बोलना सिखलाती है। सुनिए तो!...अहाँ बड़ सुन्दरऽछिः दैट इज यू आर...।'

ठठाकर हँस पड़ा वह। मम्मी बोली–'लेकिन, मैं गजराजसिंह सिपाय की बोली सीख रही हूँ–का हो? का बात हऽ; हैलो, व्हाट्स दि मैटर?'

मिश्रा कितनी अच्छी हँसी हँसता! सारी कोठी मुखरित हो उठी। उपयुक्त समय

देखकर मैंने बात उपस्थित की, अपनी। पुतली दो-दो बार झाँककर मुझे संकेत दे चुकी थी। मैं बोली—'मम्मी, मैं चाहती हूँ, एक बार मेरी डेयरी को भी कोई सिलसिलेवार चला दे। मैं थोड़ी-सी मदद चाहती हूँ, मिश्रजी की।'

'मेरी?' मिश्रा ने पूछा। मम्मी गर्दन हिलाकर बोली—'नहीं-नहीं, इलाके के जेठ रैयतों से निबटना है। इन्हें मरने की भी छुट्टी नहीं।' मम्मी ने मिश्रा की ओर देखा। वह बोली—'थोड़ी-सी मदद देने के लिए मेरे पास काफी समय है। किन्तु, गुरुजी की बुद्धि जो मन्द पड़ जाएगी!'

'शायद वह अपने गुरु की बुद्धि को थोड़ा मन्द करने की आवश्यकता समझती है!' मेरी मम्मी भी खूब हँसती है।...बेचारी मम्मी! बहुत दिनों के बाद मम्मी को इस तरह हँसते देखा मैंने!

मिश्रा ने गोशाले को भी अपने हाथ में ले लिया।

थोड़े ही दिनों में कचहरी और गोशाले के अधिकांश कर्मचारी और चाकर बरखास्त कर दिए गए। हीरू खुद भाग गया। एक महीना बीतते-बीतते पुतली और बूढ़े माली उत्तिमलाल को छोड़कर सभी कर्मचारी और नौकर-चाकर चले गए। मिश्रा कहता—'ऑल ऑफ देम—लाट ऑफ देम—ए बंडल ऑफ थीव्स! दूसरे जमींदारों के यहाँ से चोरी और बेईमानी करके भागे हुए लोग!'

मिश्रा द्वारा नियुक्त किए हुए लोगों के बारे में मम्मी ने कहा—'ये काम के सिवा और कुछ जानते ही नहीं, मानो!'

मैं सुनती और हँसती।...ऐसे मादक दिनों की स्मृति ही मेरा सम्बल है। मन में एक मखमली डिबिया खोलकर देखती हूँ—जीवन-ज्योति मिलती है। जीने लगती हूँ!

[इसके बाद के पाँच पृष्ठों को सुरपति ने सम्पादन करके अलग रख दिया है।]

अपने कलम-बाग में, मिश्रा से आमों की किस्म, जाति और विशेषता की जानकारी हासिल कर रही थी—लँगड़ा, आमों का राजा! कृश्नभोग, बादशाहपसन्द, बेगम...।

बाग के माली ने आकर सूचना दी—'फाटक पर अंग्रेज बहादुर खड़ा है।'

मिश्रा ने मेरी ओर देखा। मैं बोली—'साहब को कोठी दिखाएगा!'

'नहीं मेमरानी, वह आपको देखने माँगता है।'

मिश्रा ने कहा—'जाओ, देखो कौन है!'

जाकर देखा, जिसका भय था—वही ट्राली...!

'गुड इवनिंग मिसिज रोजउड!' दुष्ट हँसी हँसता हुआ बार्कर मिला—'आर यू नॉट

वेटिंग फॉर योर हेड-ब्वाय?'

'हेड-व्वाय!'

'हाँ, मैंने सुना है कि आपने एक ब्राह्मीन हेड-ब्वाय रखा है! दैट्स गुड!' बार्कर की आँखों में शैतान नाच रहा था।...बदमाश!

प्लांटर्स-क्लब के उत्सव में, ब्लैकबेरिइस्ट के वजन के दूसरे शब्द से परिचित हो चुकी थी।...ली ने लजाते हुए कहा था—'यहाँ के एंग्लो-इंडियन समाज में एक शब्द बहुत प्रचलित है। हेड-ब्वाय! आपस में गाली-गलौज करते समय एक-दूसरे को कहते हैं—सन ऑफ हेड-ब्वाय। बहुत विषैली गाली है! डेडडंक अवस्था में भी यदि किसी को यह गाली दी जाए तो वह सीरियस हो जाएगा।'...एक उपयुक्त हेड-ब्वाय के बगैर कोई अंग्रेज-परिवार यहाँ कब तक टिक सकता है! दूर-दूर, जंगलों और नदियों के पार उसके बँगले। सभी नौकर-नौकरानियों का कर्ता-धर्ता होता है, हेड-ब्वाय। साहब-मेम बाहर रहें तो बँगले का स्थानापन्न साहब। मेम बाहर हों तो साहब जिस पर भरोसा कर सकें। और, जब साहब बाहर हों तो मेम साहिबा जिसकी फौलादी बाँहों के भरोसे सारी रात सुख की नींद सो सकें। साहब और मेम दोनों ही, जिससे मन का हाल बताने में संकोच नहीं करते। ऐसा हेड-ब्वाय!

हेड-ब्वाय! सुनते ही मुझे लगा मेरे गालों के पास दो सिंदुरिया आम लटक गए। मैंने अपने को संयत किया। सहज मुद्रा में ही मैंने कहा—'मिस्टर बॉर्कर, वी कीप नो हेड-ब्वाय।...यदि आपका मतलब हमारे जनरल मैनेजर पंडित शिवेन्द्र मिश्र से है तो मुझे क्षमा करें...आपने हमारा अपमान किया है। एक प्रतिष्ठित व्यक्ति का अपमान किया है!'

आँखें फाड़ते हुए बार्कर ने अचरज प्रकट किया—'वंडर...! किस क्रिमिनल की बात कर रही हैं आप?'

हाथ में आमों से भरी झोली लटकाए मिश्रा बाग के फाटक पर प्रकट हुआ। मेरा कलेजा न जाने क्यों, काँप उठा! बार्कर ने पास ही रामपुर हाल्टिंग-बँगले पर सस्ती रम पी होगी। उसकी आँखें लाल थीं। हाथ की बन्दूक को उसने कन्धे पर रखकर, मिश्रा को देखा। फिर बोला—'लास्ट सैटर्डे दि प्लांटर्स वर फुल ऑफ योर स्कैंडल स्टोरीज। फ्रॉम कंट्री टु मलाया!...मैं देखता हूँ, कहानियाँ झूठी नहीं! शेम!'

मिश्रा आकर ठीक मेरी देह से सटकर खड़ा हो गया। बार्कर की बोली मुँह में अटकी रही। उसके चेहरे पर एक तिलमिलाहट दौड़ गई। मिश्रा ने कुछ क्षण बार्कर की ओर देखा। फिर, बिना किसी झिझक के उसके हाथ से बन्दूक ले ली—'नाउ, कंटिन्यू योर स्टोरी! आई नो, यू आर मिस्टर बार्कर। सो, बेटर बार्क!'

गुस्से से बार्कर के केनाइन टुथ ओठ के दोनों कोरों पर निकल आए। कुछ सैकेंड्स वह कठाया खड़ा रहा। फिर, एक भद्दी गाली का भद्दा उच्चारण कर मिश्रा पर टूटा—'स्वा...।'

–तड़ाक्! गाली पूरी होने के पहले ही मिश्रा ने तमाचा जड़ते हुए कहा–'गुड़ का दारू बड़ा तेज होता है।...लेकिन, इससे गरमी थोड़ी शान्त होगी! आइ थिंक!'

'मि-श्रा-जी-ई!' आतंकिता मैं चीख पड़ी। बार्कर अपने पतलून की जेब में हाथ डाल रहा था।

'हा-हा-हा-हा!' मिश्रा के ठहाके के पास का बाँसबन प्रतिध्वनित हुआ–'मैं जानता हूँ। खाली पाकेट में हाथ डालकर मत डराओ मिस्टर बार्कर! पिछले सप्ताह ही तुमने अपनी पिस्तौल भाड़े पर भेज दी है–डकैती करने, जो आज तक वापस नहीं आई।...आई नो मिस्टर बार्कर, व्हेर इज योर रिवाल्वर!'

बार्कर के चेहरे पर अचानक राख पुत गई।

न जाने किस समय मिश्रा ने मेरा हाथ थाम लिया था। मेरी तलहथी को जरा-सा झटकते हुए बोला–'गीता! साहब को कोठी में ले जाओ। ही नीड्स रेस्ट...आराम चाहिए।'

'आराम करने आए हैं साहब बहादुर!'

बार्कर खाली हाथ टूटा।

मिश्रा ने फुर्ती से बार्कर के उठे हाथ को बाँह के पास थाम लिया और भगवान जाने क्या कर दिया कि बार्कर का हाथ ऊपर ही उठा रह गया।

'दिस इज कॉल्ड ऊर्ध्वबाहु गिरह!'

उठा हुआ दाहिना हाथ, बँधी हुई मुट्ठी। उसकी चेष्टाओं को देखकर लगा, वह किसी अदृश्य शक्ति से लड़ रहा है। ऊपर की ओर उठा हुआ हाथ टस-से-मस नहीं होता।...उसके पाँव लड़खड़ा रहे हैं। किन्तु, बँधी हुई मुट्ठी हवा में भाँजने की कोशिश कर रहा है।

दो मिनट के अन्दर ही, चारों ओर से–पाट के खेतों से, बाँसबन से, कलमबाग और बीजबाग से–बीसों आदमी हाथ में लट्ठ, बल्लम-भाले लेकर दौड़े आए। मिश्रा ने धीरे से कहा–'घबराओ नहीं! सभी अपने ही लोग हैं–तुम्हारे चरवाहे, सिपाही, दरबान, कारकून!'

'मिस्टर बार्कर! रेल-रोड छोड़कर, देहात की कच्ची सड़कों पर निकलने से ऐसा ही होता है।' मिश्रा ने बार्कर के कन्धे पर हाथ रखते हुए कहा। बार्कर का हाथ हठात् गिर गया–'सिगनल डाउन!...नाउ दिस इज योर बकिंग मुद्रा गिरह! इजंट?'

मिश्रा के इस लड़कपन से मैं नाराज हुई।...क्या आवश्यकता है?

बार्कर का हाथ तो गिर पड़ा, किन्तु मुँह खुल गया। खुले हुए जबड़े, मैले गन्दे दाँत, पीले!

मैं थर-थर काँपने लगी–'मि-श्रा-जी!'

मिश्रा ने बार्कर के हाथ में बन्दूक वापस दे दी। और, बार्कर की गर्दन के पीछे चमड़ी पर चुटकियों से कुछ किया। लीवरवाले केस की तरह बार्कर का मुँह खप्प से

बन्द हो गया!–'दिस इज कॉल्ड जुजुत्सु! जापानी कला!'

बार्कर ने हाथ में बन्दूक! भगवान! यह क्या हो गया!

बार्कर ने बन्दूक की सेफ्टी की परीक्षा की।...उसका इरादा खौफनाक मालूम होता है। उसने भूखे भूड़िए की तरह गुर्राकर मेरी ओर देखा। उसने मेरी सूरत पर थूकने की मुद्रा बनाई। वह कोई भद्दी-सी गाली थूकना चाहता था।

विदा-भाषण का कोई शब्द उसके मुँह से नहीं निकला। उसने उलटकर पगडंडी पकड़ी। बीस-पच्चीस कदम, मानो गिनता हुआ वह चला। और अचानक मुड़कर खड़ा हो गया।

मिश्रा ने हँसकर कहा–'सी दैट कॉवर्ड फेलो!...अब वह हम पर चार्ज करेगा!'

'विल ही-ई-ई?' मैं चीख पड़ी। लाठी-भालेवाले दौड़े तो मिश्रा ने हाथ उठाकर रोक दिया–'घबराओ मत, चुपचाप देखो!'

बार्कर ने कारतूस-चेम्बर की परीक्षा की...भरी हुई बन्दूक! निशाना लेने के पहले फिर भद्दी मुद्रा बनाई। पागलों की तरह चिल्लाकर बोला–'यू बिच! दैट्स व्हाट यू आर। फर्स्ट ऑफ ऑल...यू।'

मिश्रा ने पलक मारते ही मुझे ढँक लिया। मैं उसकी पीठ पर लद गई। उसने मुझे केहुनी से झटका देकर कहा–'सी द फन, डरो मत!' बार्कर ने निशाना लिया!... लेट जाओ माइ मास्टर!

बार्कर को बन्दूक की परीक्षा की आवश्यकता हुई। उसने जब दूसरी बार निशाना लिया तो मैं मिश्रा से लिपट गई–ओ-म-म! धाँय-धाँय!...बन्दूक की आवाज! नहीं, मिश्रा ठहाके लगाकर हँस रहा है–'जरा एक बार फिर बन्दूक की परीक्षा कर लो मिस्टर बार्कर! हा-हा-हा!...ट्रिगर का नॉजल ही टूटा हुआ है।...चलाओ नहीं तो, नाउ इट इज माइ टर्न। सँभालो!'

झोली से लोहे के गोले-जैसा एक काला कच्चा आम निकालकर मिश्रा ने दिखलाया।

मैं बोली–'मिश्राजी-जी-ई! डोंट!'

हल्की झिड़की मिली मुझे–'अपनी बन्दूक लाकर मिस्टर बार्कर के हाथ में क्यों नहीं देती? उसकी तो खराब हो गई...ट्रिगर टूटा हुआ है। गोली दगती ही नहीं। और सुनो! जब मैं एक्शन में रहूँ तो मुझे टोक-टाक मत किया करो।...व्हेन आइ एम इन एक्शन, आइ एम नो मैन!'

बार्कर ने बन्दूक की परीक्षा करते हुए एक बार इधर-उधर देखा। फिर, अचानक सिर पर पैर लेकर भागा–पाट के खेतों की ओर।

–'हा-हा-हा! ट्रॉली साहब...!' बार्कर के पीछे लाठीवाले दौड़े। मिश्रा ने हँसकर रोका–'हुलहुला दो। लोग समझेंगे, गादड़ भागा है।'

सभी पुकारने लगे–'उय-उय-तू-तू! हो-हो-हो! भागा-भागा!'

मिश्रा को मुद्रा बदलने में देर नहीं लगती। मुँह गम्भीर करके बोला–'गीता, तुम अपनी कोठी में जाओ!'

'आप नहीं चल रहे?'

'नहीं, मुझे अभी परानपुर जाना है।...अपने देशवासी का अपमान करनेवाले को मुलाजिम नहीं रखना चाहिए, तुम्हें!'

मिश्रा को मैंने अपनी आँखों की राह दिल का कोना-कोना दिखलाया!...'कितनी बार कहूँ, तुम मेरे मुलाजिम नहीं! मैं तुम्हारी चेरी हूँ!'

'अपना हेड-ब्वाय तो नहीं समझतीं?' मिश्रा ने बच्चों-जैसी बात की।

'मुझ पर विश्वास नहीं करते, माइ मास्टर?' मैं दुखी हुई।

मिश्रा ने नाक पर उँगली डाली। सोचकर बोला–'चलो!'

कोठी के पास ही मम्मी सिपाहियों के साथ आती मिली। पुतली सबसे आगे थी...घबराई हुई मम्मी ने पूछा–'व्हाट्स द मैट...!'

'मिस्टर बार्कर'ड कम टु किल अस!'

'किल अस! बट व्हाई?'

'मम्मी! उसने मुझे भद्दी गालियाँ दीं।' मम्मी से लिपटकर मैं रो पड़ी, 'आज मिश्रा...मिश्राजी नहीं होते तो वह मुझे मार डालता! नशे में धुत्त था वह!...'

'डेड ड्रंक हि वाज!'

मम्मी गम्भीर होकर बोली–'मिश्रा कहाँ था?'

'सुनो मम्मी! दो-दो बार निशाना ले चुका था, वह तो! किन्तु, मिश्राजी थे।...कोठी के अन्दर चलो मम्मी! वह फिर लौटकर आ सकता है!'

'इज इट?' मम्मी गुर्रायी।

मिश्राजी ने कहा–'नो-नो। हि वोंट।...आराम करो जाकर!'

मम्मी ने मिश्राजी से कहा–'थोड़ी देर के बाद आपको बुला भेजूँगी। आप अपनी कोठी में जाकर कपड़े बदल डालिए!'

मैंने मिश्राजी की ओर देखा–'आइएगा तो?'

मैं अब मिश्राजी कहना सीख गई हूँ।

लुत्तो का दुख कौन समझे! बचपन से ही उसे रात-भर आँख खोलकर सपना देखने का रोग है। तीन बजे भोर तक उसे नींद नहीं आती। सुबह, आठ बजे तक सोता है। क्या करे लुत्तो! वही जो, पाँच या सात वर्ष की उम्र में एक रात को नींद उचटी, सो उचटी ही हुई है। माँ-बेटा रोते रहे थे दिन-भर! बाप को खटोली पर सुलाकर ले चले, गाँववाले! उससे कहा गया—''आग दो अपने बाप को!'' लुत्तो को याद है, वह चिल्ला उठा था—''बप्पा जल जाएँगे!''...

लगता है, कल की ही घटना है। रात में उसकी माँ ने कहा था—''तू नहीं खाएगा तो तेरा बाप भी भूखा रहेगा।'' सोने के समय बाप की याद और भी जोर से आई थी। वह रोज अपने बाप के साथ सोता था। पीठ पर थपकी देते हुए उसके बाप शेखचिलिया की कहानी सुनाता। खाते समय घंटों बैठा रहता था लुत्तो के लिए—''बाबू! आओ, दूध जुड़ा गया।...''

जब तक लुत्तो का बाप जिन्दा रहा, खाने-पीने की चीजों से घर महकता रहता! किस्म-किस्म की मिठाइयाँ, तरह-तरह के फल—जिनका नाम भी नहीं जानते गाँववाले। हवेली में, जितेन्द्रनाथ की माँ के लिए जो साड़ी आती, उससे बस एक आना कम कीमत की साड़ी लुत्तो की माँ पहनती। कभी-कभी लुत्तो का बाप जान-बूझकर पैंट और कमीज छोटा खरीद लाता, जितेन्द्रनाथ के लिए। जितेन्द्र की माँ कहती—''बड़ा होता तो किसी तरह काट-छाँटकर ठीक भी कर लिया जाता। यह तो एकदम छोटा है। क्या होगा? ले जाओ, अपने बेटे के लिए!'' जितेन्द्र के लिए जितने किस्म के पुष्टई मेवे या फल आते उसमें से चतुर्थांश तो खुद शिवेन्द्र मिश्र निकालकर देते। लुत्तो का बाप कहता—''मालिक कहते हैं बुद्धि और बल में मजबूत नहीं होगा बेटा तेरा, तो जित्तन को कौन सँभालेगा?'' हुँ मालिक! लुत्तो, एक भद्दी गाली देकर, बीड़ी सुलगाता—''सँभालूँगा! देखते रहो बुड्ढे! लुत्तो तुम्हारे बेटे को कैसे सँभालता है!''...

सो, उस रात को लुत्तो ने सपने में देखा—उसका बाप थाली पर बैठा पुकार रहा है—'बावू!' लुत्तो अपने बाप के साथ खाने बैठ गया। थालियों और कटोरों का ढेर! जब वह खाने लगा तो उसका बाप जानवर की तरह गों-गों करने लगा। लुत्तो ने हँसकर कहा—'बप्पा! मुझे डराते हो?' उसका बाप फिर गों-गों करने लगा तो लुत्तो ने अपनी माँ को पुकारकर कहा—'देख मैया! बप्पा बैल की तरह सींग हिलाकर गोंगाता है!' वह खिलखिलाकर हँस पड़ा। उसकी माँ बोली—'बौवा! हँसते हो?' लुत्तो उठकर बैठा। इधर-उधर देखा, फिर रोने लगा—'अभी तो बप्पा आए थे...।'

रोज रात में बस, एक ही सपना देखकर वह जग पड़ता—बाप आया है, उसका।

कभी बाहर से पुकारता है, कभी घर में आकर।...लुत्तो की माँ ने लगातार एक महीना झाड़-फूँक करवाया। तब जाकर कहीं वह सपना आना बन्द हुआ। सपने में फिर उसका बाप नहीं आया कभी। उसको रात में नींद ही नहीं आती। सपना कहाँ से आएगा? जगकर जो कुछ देखता है, वह भी यदि सपना है तो लाखों सपने देखे हैं, लुत्तो ने। उसको हजार किस्म की बुद्धि दे जाता है, उसका बाप।...दगनी पकड़ते समय जल्दीबाजी मत करना। नहीं तो, खुद दग जाओगे! पीठ पर ढेरा की तरह दाग देना..., हाँ, इसी तरह! ढेरा की तरह दाग। पाट की सुतली बाँटनेवाले ढेरे नाचते, लुत्तो की आँखों के आगे... ..., अनेक! जितेन्द्र चीख रहा है–'गों-गों-गों!' जलती हुई चमड़ी की गन्ध लुत्तो को लगती है।...

"धत्तेरी नाक में! ए बिठैलीवाली! बिठैलीवाली!...वाह, तुम्हारी नाक तो आजकल जोगबनी जूट मिल के हुसील की तरह बोलती है!"

लुत्तो की स्त्री कुनमुनाकर करवट लेती है–"हाँ-अ, बेबात की बात मत कहे कोई! हाँ-अ, मेरी नाक नहीं बोलती।"

"नहीं बोलती? मैं झूठ बोलता हूँ? अच्छी बात! इस बार जब बोलेगी तो देखना! मारे बौक्सिंग के तोड़ता हूँ या नहीं।"

"मारने के लिए हाथ खुजलाता है तो मार ले कोई! ई दुपहर-रात को किसी की नींद तोड़कर झगड़ा क्यों करता है कोई!"

लुत्तो अपनी स्त्री बिठैलीवाली से बहुत नाराज रहता है, आजकल!...साली, कीर्तन सुनने चली गई बीमार बच्चे को गोद में लेकर। रात-भर पड़ी रही उस जंगल-झारवाले मन्दिर की अँगनाई में! ऊपर से बात बनाती है कि खुली अँगनाई में नहीं, बरामदे पर बैठी थी–आराम से! मन्दिर में अब जंगल कहाँ–चमचम चमकती है मन्दिर की अँगनाई। साली, आराम लूटने गई थी।...

लुत्तो को भगवान ने आँख-कान नहीं दिया है क्या? वह क्या कालीमाई को नहीं मानता? वह स्टेशन के बनियाँ लोगों की कालीमाई का दर्शन कर आया है। मान-मनौती भी की है, उसने!...उसकी गँवार औरत ने उसके व्रत को तोड़ दिया। प्रण तो तोड़ दिया! भोजभात तो कभी वह नहीं खाने गया हवेली में। लेकिन, मन्दिर में दर्शन करने और कीर्तन सुनने जाता था–हर साल। लेकिन, उस बार...!

...भागलपुर डिवीजन-भर में प्रसिद्ध चम्पानगर के शारदा बाबू की जात्रा-पार्टी आई थी, उस बार। बँगला-जात्रा को हिन्दी में रूपान्तर करके बँगला सुर में ही गाते थे, शारदा बाबू। उनकी पार्टी के बारे में यह बात मशहूर

हो गई थी—साज-बाज शुरू होते ही लोगों के सौ दुख दूर हो जाते हैं। मन्त्र-मुग्ध होकर दौड़ते हैं लोग!...

बात झूठ नहीं थी। हारमोनियम-तबला के अलावा ढोलक, खोल, करताल, मन्दिरा, बाँसुरी, बेहाला, क्लारनेट बजानेवाले, पाँति में आलथी-पालथी मारकर बैठते—अर्धवृत्ताकार! बीच में दो कुर्सियों के पीछे जात्रा के मास्टर बही और सीटी लेकर बैठे! मास्टर ने इधर-उधर देखकर सीटी दी—हारमोनियम-मास्टर ने झुककर हारमोनियम को नमस्कार किया। सभी साजिन्दों ने अपने-अपने सुर मिलाए हुए साज को नमस्कार करके उठा लिया। गत बजाना शुरू किया।...लुत्तो बयान नहीं कर सकता! जिसने अपनी आँख से देखा और कान से सुना—वही समझ सकता है। पूरे आध घंटे तक बाजा बजाते रहे। एक-एक साज के बजानेवाले कालबजनियाँ थे। बाजा शुरू हुआ और गाँव के लोगों के मन में फिरकी नाचने लगी। ढोलक पर गिरगिरी देने लगा ढोलकिया—तिर्र-तिर्र-र-र-र-र-र-तड़क-तड़क-तड़-तटक-तटक-तड़-तिर्र-र्र-र-र-धड़क-तटक-तर्र! है, है, है, है! पाँच जोड़ी मन्दिरावालों ने ताल पर 'है-है' करना शुरू किया!...सुननेवाले भी झूम-झूमकर ताल पर 'है-है' करने लगे। देह की बोटी-बोटी नाचने लगी, कुकाठ लोगों की भी। रह-रहकर ढोलकिया ताल काटते समय चिल्लाता—'भालोरे भालो!' क्लारनेट कटे हुए ताल को दो बार एकदम महीन आवाज में पैं-पैं-पट-पैं, करके आगे बढ़ाता—पैं-पैं-पट-पैं, पैं-पैं, पूँ-ऊँ-ऊँ! सब लोगों की नजर इन्हीं नए साजबाज के बजनियाँ लोगों की ओर टँगी,...देखने में अजीब, लेकिन आवाज कैसी, ललमुनियाँ चिड़िया की तरह! पैट्रोमेक्स जलाते ही, जंगल-झार के सभी फडिंग-पतंगे जिस तरह पर फड़फड़ाते हुए टूटते हैं उसी तरह गाँव के लोगों को दौड़ाते देखा था लुत्तो ने।...लुत्तो दौड़कर घर की ओर भागा, अपनी माँ से कहने—ऐसा नाच जिन्दगी में फिर कभी नहीं देख पाओगी। लुत्तो की स्त्री बिना गौना के ही आई थी मेला देखने। घर आकर लुत्तो ने देखा था—घर का दरवाजा खुला है! चूल्हे पर दूध की कड़ाही छोड़कर ही सास और पुतोहू नाच देखने चली गई हैं। लुत्तो ने कड़ाही उतारकर झाँपी से ढक दिया। और, अपनी धोती बदलकर पायजामा पहना था उसने, पहली बार। एक बार फिर से सिर में चमेली का तेल डालकर कंघी से बालों को उलटाया था। गाँव के ही नहीं, दूर-दराज के भी हजारों लोग आए थे। पायजामा आखिर किस दिन के लिए सिलाया था उसने, फत्तू खलीफा के सिर पर सवार होकर!...

लुत्तो जब सज-धजकर दुबारा आया तो उसने देखा, तिल रखने की जगह नहीं।...बहुआनटोली के बाबुओं पर मन-ही-मन गुस्सा हुआ था लुत्तो—पुरानी आदत! कोई भी तमाशा देखने जाएँगे तो, सोलकन्हटोली की औरतों के झुंड से सटकर खड़ा होकर देखेंगे। औरतों के झुंड में अपनी माँ को खोजता हुआ वह बबुआनटोली के बाबुओं के पास जाकर खड़ा हो गया। भूमिहारटोली के लड़कों

को न जाने क्या फुचफुची लगी कि लुत्तो को देखकर फुचफुच हँसने लगे। और, मैथिलटोले का मूरत झा अपने को बड़ा पहलवान समझता था उस समय! भद्दी-से-भद्दी बात को रसदार बनाकर बोलने में, कूट की बोली बोलने में उस्ताद! मूरत झा ने लुत्तो को अचरज से देखा, थोड़ी देर तक। फिर अचकचाकर बोला–"अरे! लुतवा है, यह तो! मैंने समझा कि जात्रापार्टी है, कोई फारस करनेवाला एक्टर आकर खड़ा है!"

लुत्तो ने देखा है, बाबड़ी और जुल्फी केश यदि बाबू लोगों के बेटे रखें तो कोई बात नहीं। जहाँ किसी भी सोलकन्ह के लड़के ने पट्टी छँटाई कि बाबूटोले के बूढ़े-पुराने से लेकर नए नवतुरिए तक के जी जलने लगते हैं।...अरे रे! तुमने भी दस आना छै आनावाली पट्टी छँटाई है? मूँछ अभी काला भी नहीं हुआ... फुचकट कटाने लगे?...उस रात बबुआनटोली के लड़के उसका पायजामा देखकर ही नहीं, गले में बँधे रेशमी रंगीन रूमाल की बहार देखकर भी जले थे। उधर, जित्तन ने जो ढीला-ढाला पंजाबी कुर्ता और धरती-बुहार धोती पहन रखी थी, उस पर नजर ही नहीं गई। मैथिलटोली के मूरत झा को वह कोई कड़ा-सा जवाब देना चाहता था, किसी दिन। बराबर कूट बोली सुनाकर कलेजा बेधता–"हाँ-हाँ, लुत्तो की माँ के घर में असली चमेली का तेल का स्टॉक इतना है कि लुत्तो सारी जवानी लगाएगा तो भी नहीं घटेगा तेल!" हाड़ से मांस को अलग कर देनेवाली बोली कब तक सुने लुत्तो। उसने कड़ककर जवाब दिया था–"मोटा पावर का चश्मा खरीदकर लगाइए!"

मूरत झा ने बोतू की तरह मुँह बनाकर कहा था–"तो इसमें चिढ़ने की क्या बात हुई जो डेढ़-डेढ़ हाथ उछलने लगे?"

'क्या बोलता है?' 'कौन बोलता है?' 'क्यों उछलता है?' भूमिहारटोले के लड़कों ने चिल्ल-पों शुरू की। एक लड़के ने कहा–"हम लोग तुम्हारा पायजामा देखकर नहीं हँस रहे। बकरी करे जुगाली और डायन बूढ़ी समझती कि उसी की चर्चा हो रही है!" मूरत झा ने कहा–"धोखा होगा नहीं? यह नाटक-नौटंकी तो नहीं कि स्टेज पर परदे की आड़ से निकलेंगे एक्टर लोग! अभी देखना, जात्रा का एक्टर कभी-कभी भीड़ में छिपकर भी सवाल-जवाब करता है!"

'कौन है?' 'जात्रा का एक्टर?' 'लुत्तो?' 'हा-हा-हा!'...'हल्ला-गुल्ला रोकिए!' भीड़ की गलबल बोली सुनकर लुत्तो ने समझ लिया, लोग उसी को दोषी समझ रहे हैं। मैथिल और भूमिहारटोली के पढ़वा लड़कों ने मिलकर हल्ला मचाना शुरू किया–'डिस्टर्ब करने आया है। जान-बूझकर कोई बखेड़ा करेगा तो थुरावेगा!' मैथिल, भूमिहार और राजपूतों की यारी खूब देखी है लुत्तो ने। हजारों की भीड़ में से स्कूल के स्काउट-मास्टर साहब ने, लुत्तो को निकालकर एक किनारे किया। कहा–"यहीं बैठकर तमाशा देखो!" लुत्तो ने स्काउट-मास्टर की मुट्ठी से अपनी कलाई छुड़ाकर

कहा था—"छोड़िए, नहीं देखूँगा नाच। घर जाने दीजिए!"...

घर लौटते समय लुत्तो ने कालीबाड़ी की कालीमाई के बारे में सोचकर देखा, जित्तन की कालीबाड़ी की कालीमाई, लुत्तो के मन की क्यों होने देगी कोई बात? उसने प्रतिज्ञा की थी—प्राण रहते, कालीबाड़ी की पूजा या नाच-तमाशे में फिर कभी नहीं आएगा वह!...और उसकी स्त्री रात-भर कीर्तन सुन आई?

लुत्तो गुस्साकर करवट लेता है—'साली, कहती है कि भोज में क्या होगा, भोज में! भोज जो होनेवाला है हवेली की ओर से, इसमें क्या करेगा कोई! सब घर खाएगा और अकेला एक घर मुँह बाँधकर रहेगा तो क्या समझेंगे लोग? दँडवा-बँधवा तो नहीं है कोई?'

खूब समझता है लुत्तो! औरत—तिस पर देहाती, साली की बुद्धि ही कितनी!... लेकिन बात कहती है ठीक ही बिठैलीवाली—इस भोज में क्या होगा!...और साला, यह बैठे-बिठाए भोज का बखेड़ा उठानेवाले भी खूब हैं! लुत्तो का सारा क्रोध, ब्राह्मणटोली के बूढ़े बलराम खाँ पर जाकर पड़ा—खाँ! अजीब बात! ब्राह्मण की पदवी 'खाँ' मैथिल ब्राह्मणों में ही है—शायद! खाँ का माने खाऊँ?...ब्राह्मणटोली का सबसे बड़ा लोभी है यह बलराम खाँ। हमेशा खाने की ही फिक्र में रहता है। कीर्तन के बाद, बलराम खाँ ने जित्तन से कहा—"जै हो! जै हो! बहुत दिनों के बाद कालीबाड़ी में पूजा हुई। सबकुछ देखकर धन्य हुए, हम लोग। लेकिन, हवेली की ओर से हर साल होनेवाले भोज के लिए तो, रामजी की कृपा से समझ लीजिए कि रसना जनम-जनम की प्यासी!"...जरूर लार टपक पड़ी होगी, बोलते समय। मुँह के दाँत एक भी नहीं बलराम के तो क्या हुआ! ढाई सेर पका हुआ मांस खाकर अब भी पचा लेता है। कोई खिलानेवाला ही नहीं मिला तीन सेर मांस!...

सचमुच जटिल समस्या आकर खड़ी हुई, लुत्तो के सामने। इस भोज में सोलकन्ह लोगों को कैसे सँभाला जाए! क्योंकि, जब पुरानी प्रथा के मुताबिक भोज दे रहा है तो किसी टोले-टोली का एक घर भी बाद नहीं जाएगा। सबको बुलावा दिया जाएगा!...

हवेली में होनेवाले किसी भी भोज में आज तक नहीं शरीक हुआ लुत्तो। हवेली का भोज!...

शिवेन्द्र मिश्र के श्राद्ध में बारह-बखेड़ा खड़ा हुआ। मैथिलों के मुँह में तो बन्धन पड़ गए थे। शिवेन्द्र मिश्र को मैथिलों ने मिलकर अजात-निर्वेद घोषित किया था। भोज कैसे खाएँ!...बलराम खाँ ने ही मैथिलों को इस भोज का उपभोग करने का भेद बताया था। सीधा के रूप में अरवा चावल, घी, मसाले, बकरे, मछलियाँ, दही-दूध लेने में क्या हर्ज है! ब्राह्मण का हक!

हवेली की मुसम्मात ने ब्राह्मणटोली वालों से कहा—"आप लोग सारे टोले के भोज का एक मोट रकम ले जाइए! टोली में भोज का प्रबन्ध करके खाइए!"

ब्राह्मण, भूमिहार और राजपूतों ने अपने-अपने टोले के भोज के लिए नकद रुपया लिया। सोलकन्ह लोगों ने हवेली में होनेवाले भोज में शरीक होने का फैसला किया।...साल में दो-तीन छोटे भोजों के अलावा काली-पूजा में लगातार तीन दिनों तक पके हुए प्रसाद का भोज होता और शिवेन्द्र मिश्र के वार्षिक श्राद्ध में हर साल पाँच दिन–पन्द्रह जून भोजन पाते गाँव के लोग।...हवेली के भोज के इर्द-गिर्द, गाँव की प्रत्येक जाति और टोले-टोली में बहुत-सी ऊँची-नीची बातें घटीं। दलबन्दी, जाति-बन्दिश आदि के विवाद भोज के समय जोर पकड़ते। शिवेन्द्र मिश्र के श्राद्ध में मैथिलों ने चालाकी से चौगुना भोज वसूल किया था। टोले के भोज के लिए सवा सौ रुपया लिया, सो अलग। जब साधु-फकीर, भाँट-भिखारी और लूले-लँगड़ों को सीधा दिया जाने लगा तो मैथिल लोग उस पंक्ति में भी खड़े हो गए। ब्राह्मण का हक! अपांक्तेय घोषित मिश्र-परिवार की पंक्ति में भोजन करने के लिए दस ब्राह्मण भी तैयार हो गए।...गरुड़धुज झा के बाप काने महापात्र की एक आँख अपनी दक्षिणा के अलावा ब्राह्मण-दान के नाम पर आई हुई चीजों पर थी। सो, कुछ ब्राह्मणों ने मिलकर बाँट लिया। दान लेने में कोई पाप नहीं!...

भूमिहारों ने दूसरे साल वार्षिक श्राद्ध में चालाकी की। भोज का रुपया भी ले गए और जब हवेली के भोज का बुलावा आया तो उसको भी कबूल कर लिया।... अजाति घोषित किया है मैथिलों ने। भूमिहारों को क्या!

हवेली के भोज को केन्द्र करके, जाति-पंचायत के बहुत से दाँव-पेंच खेले गए हैं, गाँव में। लुत्तो ने सदा कुकुरभोज कहकर हवेली के भोज की खिल्ली उड़ाई है। लेकिन, इस बार! इस बार...कहीं उसकी स्त्री भोज के दिन भागकर तो नहीं चली जाएगी भोज खाने!

"ए, बिठैलीवाली! सुनती है? नींद में क्या बकर-बकर बोल रही है? साली, सपने में भोज खा रही है!"

"हाँ-अ, खा-म-खा जानवर समझ लिया है किसी को, क्या कोई? बेर-बेर नींद तोड़कर गाली क्यों सुनाता है, कोई? नटिनियाँ छौंड़ी हिरिया के कारन मैं गले में घड़ा फाँसकर दुलारीदाय के कुंडा में डूब मरूँगी। हाँ-अ!"

बिठैलीवाली उठकर बैठ गई और खाँसने लगी। असमय में नींद खुलने पर उसकी खाँसी उभर आती है। तीन चिलम तम्बाकू हुक्के पर गुड़गुड़ाकर पीती है, तब भी शान्त नहीं होती खाँसी।...साली! हीराबाई की बात कहाँ से सुनकर आई? आज लुत्तो को खबर मिली है, नट्टिनटोली की नटिनियाँ मेले से तम्बू तोड़कर गाँव वापस आ रही हैं। पंचायत करके ताजमनी से भोज वसूलेगी, गंगाबाई।

बिठैलीवाली ने हुक्का गुड़गुड़ाया और उधर लुत्तो की नाक बोलने लगी। बिठैलीवाली खाँसती हुई बड़बड़ाई—"नाक किसकी बोलती है सो सुन ले कोई!"

पुस्तकालय के सामने ऐसी भीड़ कभी नहीं लगी। मैट्रिक्युलेशन परीक्षाफल निकलने के दिन भी नहीं।...फिर मलारी की तस्वीर छापी हुई है सुवंशलाल के साथ! चलो, चलो!

भूमिहारटोले के प्रयागचन्द आजकल पुस्तकालय का सेक्रेटरी हुआ है। वह दैनिक आर्यभूमि में प्रकाशित संवाद को, रेडियो से समाचार सुनानेवालों के लहजे में जोर-जोर से सुना रहा है।...ठीक, शिवसागर मिसर का नकल किया है प्रयाग में!...क्रान्तिकारी विवाह! लोगों ने सुना कि सुवंशलाल और मलारी ने रजिस्ट्री करके विवाह का पक्का कागज बनवा लिया है! कि बड़े-बड़े लीडर और मिनिस्टर लोग शादी के बाराती थे! कि मिनिस्टर साहब ने अपनी ओर से दान-दहेज दिया है, सुवंश को! और तिलक में नकद रुपया के अलावा पढ़ाई-खर्च!...अब कौन क्या बोल सकता है!

प्रयागचन्द भूमिहार-युवक-संघ का भी मन्त्री है। उसने संघ के सदस्यों को आवश्यक बैठक की सूचना दी है। आज ही बधाई का प्रस्ताव पास करके भेजना है!...प्रयाग भी वाममार्गी हो गया, क्या!

भूमिहार युवक सभा के सोशलिस्ट और कम्युनिस्ट सदस्यों ने सुवंशलाल की बहादुरी की प्रशंसा करते हुए प्रस्ताव में एक स्थान पर 'पूँजीवादी समाज की रूढ़िवादी रीढ़ का प्रहार कर' पंक्ति जोड़ने के लिए जोर दिया।

रघुवंश और यदुवंश के सामने छाया हुआ अन्धकार दूर हुआ। इसी भोज में भूमिहारों ने रघुवंश और यदुवंश के परिवार को पंगत से उठाने का विचार किया था। भूमिहार युवक संघ के सदस्यों ने अपने-अपने घर में नारा लगाकर सुना दिया—"कौन उठाएगा पंगत से? कल ही खबर पटना चली जाएगी और तब देखना!"

पनघट पर खड़ी औरतों ने कानाफूसी की—"जोर से मत बोलो! सुना है, सुवंश और मलारी के खिलाफ बोलनेवाले को दारोगा साहब पकड़कर चालान करेंगे!... रास्त्री बिहा हुआ है किसी का, इस गाँव में? तब कैसे जानोगी सरकारी शादी का बिध!"

फेकनी की माय अपने जानते खूब गला दबाकर बोलती है। लेकिन, फुसफुसाकर बोलने की आदत रहे तब तो! बोली—"हिन्नू चा गरमा-गरम? आकि देखो...!"

"फेकनी की माय! तुमको थाना-पुलिस का डर नहीं है, हम लोगों को क्यों फँसाती है? पानी भरकर जाने दो तब अपना गला भाँजना!" सेबिया की बोली सुनकर फेकनी की माय जल गई—"आकि देखो, गाँव में और भी रास्त्री बिहा करने के लिए छौंड़िया सब छटपटा रही हैं!...कौन जमाना आया है, रे दैब!"

दिलबहादुर पूरे ढाई महीने के बाद लौटा है, अपने देश से। पहाड़ से!

जितेन्द्रनाथ और ताजमनी ने समझा-बुझाकर भेजा था—"बहादुर! तुम्हारी कांछीमाया जरूर बैठी होगी, तुम्हारे लिए। जाकर शादी कर लो।...वहाँ नहीं मन लगे, फिर वापस आ जाना!" ताजमनी से, दिलबहादुर की होनेवाली स्त्री के लिए सोने का झुमका और चाँदी की चूड़ी बनवाकर दी थी।

दिलबहादुर मुस्कराता हुआ वापस आया—"ऊँह! एत्रो!...कांछीमाया का बिहा नमक के सौदागर से हुआ। फिन सौदागर मरा तो फिन सूबेदार-बाजे के साथ!...चार बिहा किया कांछीमाया ने!"

ताजमनी को एकान्त में बताया दिलबहादुर ने, किस तरह कांछीमाया उसको पकड़कर घंटों रोती रही। अपने कपाल में पत्थर मारकर फोड़ने लगी—'दिले! मेरा कोई कसूर नहीं।' तीन बच्चे हैं, कांछीमाया के। उनको छोड़कर कैसे आती दिलबहादुर के साथ!...दिलबहादुर झुमका और चूड़ी कांछीमाया को ही पहना आया है। कितनी राम्री...सुन्दर लग रही थी, कांछीमाया! इसीलिए, दिलबहादुर ने मानकुमारी के बाप से बात पक्की नहीं की। मानकुमारी का बाप रोज कहता—'दिले! मानकुमारी का हाथ पकड़ो।' लेकिन, दिलबहादुर चुपचाप गाँव का मोह तोड़कर तलऽतिर, उतर आया।...कांछीमाया रो रही थी।

पुलिस के सबसे बड़े साहब आए हैं, मोटरगाड़ी पर!...क्या बात है? नाका के हवलदार साहब के मुँह पर हवाई उड़ रही है। न जाने क्यों, एस.पी. साहब बहुत नाराज हैं। थाना के दारोगा साहब ने आँख के इशारे से कहा—मामला बड़ा बीहड़ है!

गाँव में खबर फैली—'परबतिया दाजू को पकड़ने के लिए आए हैं इसपी साःहेब! परबतिया अपने देश से कोई खून करके भाग आया है।...भुजाली भाँजने का मजा अब मिलेगा, बिलारमुँहा को!'

एस.पी. साहब को पटना से आई.जी. ने ताकीद करके टेलीफोन किया है : 'जितेन्द्रनाथ के पत्र पर जल्दी कार्रवाई करो।' एस.पी. साहब ने अपनी पन्द्रह साल की नौकरी के दरम्यान ऐसा पेंचीला मामला नहीं देखा—रेकॉर्ड और फोटो की बात

पढ़कर उनको हँसी आई थी। सचमुच पागल है यह जितेन्द्रनाथ! किन्तु, आई.जी. साहब ने बी.एल. केस चलाने की सलाह दी है—कोई जरूरत नहीं एक हजार आदमी के दस्तखत की! जितेन्द्रनाथ ने पुलिस सुपरिंटेंडेंट की उचित खातिर की। सुरपति ने अपने टेप-रेकॉर्डर मशीन का डिमांस्ट्रेशन किया, गवाही दी। भवेश ने तस्वीरों के साथ फिल्म के नेगेटिव्स दिए और एस.पी. साहब से रसीद ले ली!...जितेन्द्रनाथ ने हँसकर कहा—"हमें कुछ नहीं कहना है, रेकॉर्ड बजाकर सुन लीजिए। सारी बात समझ में आ जाएगी।"

ननकू नट को न जाने कैसे बात की गन्ध लग गई! वह अपने घर में गड्ढा खोदकर ताजे चमड़ों की गद्दी गाड़ रहा था कि पुलिस ने घर घेर लिया!...खन्तर गुलाबछड़ीवाला, बकला अहीर और उसके साथ सोए हुए पाँच-सात अजनबी नौजवान—सब मिलाकर पन्द्रह आदमी गिरफ्तार हुए।

नाका पहुँचकर, एस.पी. साहब ने पहले मारपीट नहीं की। एक-एक आदमी को बारी-बारी से बुलाकर बैठाते और रेकॉर्ड बजाते...'हें-हें-हें! हुजू-उ-उ-र। आपके अकबाल से अभी तक मैं बीच खेत में कभी नहीं पकड़ा गया।...फोंफ-फोंफू! उधर खेत साफ!'...बकला की आँखें गोल हो गईं! अचरज से थरथराती हुई देह काठ की तरह कड़ी हो गई। उसकी बोली निकल रही है? कहाँ से?...कुत्ता भी भूँकता है, बीच-बीच में! ननकू नट का रिकार्ड खत्म हुआ तो एस.पी. साहब ने एक भद्दी गाली दी—"साले!...बहुत मवेशियों को जेबह किया है। इस बार, देखना!"

खन्तर गुलाबछड़ीवाले ने नाक से आवाज निकाली—'खँक!...फरमायशी गुलाबछड़ी! खँक!'...

एस.पी. साहब ने बीच में ही मारना शुरू कर दिया। रेकॉर्ड से खन्तर की बोली निकलती रही—'जान-बूझकर जान नहीं...खँक। तीन फरमायशी गुलाबछड़ी बनाकर खिलाया। बड़े खान्दानवाले हैं, नाम क्यों लें! खँक...!'

"साले। नाम नहीं लेगा? बताओ, नाम बताओ! नहीं तो, मारते-मारते गुलाबछड़ी बना देंगे साले! तुमको तो आग में झुलसाकर मारना चाहिए!"

मुंशी दरबारीलाल को भी एस.पी. साहब ने गिरफ्तार किया। किन्तु, जितेन्द्रनाथ ने जमानत पर छुड़ा लिया है।...मुंशी दरबारीलाल गवाही देगा!

गाँव के लोगों की समझ में कोई बात नहीं आई!

केयटटोली में खबर उड़ी—'सुन्नरि नैका के दिन जो बाज कुरकुरा रहा था, उसी में कोई भेद है!'

बूढ़ा रघ्घू रामायनी थर-थर काँप रहा है—गुरु हो! देखना!

दिलबहादुर और रामपखारनसिंघ निमन्त्रण-पत्र बाँट रहे हैं—घर-घर घूमकर!

गाँववालों ने दिलबहादुर की मुस्कराहट पहली बार देखी।...'परानपुर पार्क' की सफलता के उपलक्ष में एक प्रीतिभोज! दिलबहादुर मुस्कराकर पूछता है—"आएगा? फिन हमको लम्बर लिखना पड़ेगा!"

...वाह रे भोज! पहले ही पूछकर नाम क्यों नोट करता है! इस बार किसी टोले को नकद रकम नहीं दिया गया है। जिसकी श्रद्धा हो, हवेली में जाकर भोज खाए। यह तो सोच-विचारकर करनेवाली बात है। ब्राह्मणटोलीवालों को छोड़कर बाबूटोला के सभी परिवारों ने अपने घर-भर के लोगों की गिनती करके लिखा दिया, दिलबहादुर को।...पहड़िया भूत भी लिखना-पढ़ना जानता है। कहता है—"छोटा केटाकेटी? हाँ, लड़का-बच्चा का भी भोज होगा!"

सोलकन्हटोले में एक घर, लुत्तो ने साफ जवाब देकर निमन्त्रण-पत्र लौटा दिया—"नहीं जाएँगे, भोज खाने।" दिलबहादुर ने पूछा—"किन? क्यों नहीं जाएगा?"

लुत्तो की नजर दिलबहादुर की घुड़कती हुई आँखों पर थी—"कोई जबरदस्ती है? जिसका मन नहीं होगा, नहीं जाएगा।" दिलबहादुर ने कहा—"ताज़ुदि बोला है, लुत्तो को ज़रूर बोलना, आने को!"

"नहीं, नहीं। हम भोज नहीं खाता है। जाओ!"

"नहीं खाता है तो नहीं खाता। इस माफिक बोलता काहे है?"

रामपखारनसिंघ ने राह चलते दिलबहादुर को समझाया—"जरा प्रेम की बोली ही बोलल करो दाजू! लोग तुमको देखकर घबड़ा जाता हैनु!"...दिलबहादुर के कारण रामपखारनसिंघ कहीं एक पल बैठकर कोई गप भी नहीं कर सकता है—"नट्टिनटोली में तुम अकेले जाओ दाजू!"

रामपखारनसिंघ ने लौटकर बाबूटोले में अड्डी जमाई—"अब राम जानें, ई भोज कैसा होता है! हमने बहुत समझाया बौवाजी को। लेकिन जानते ही हैं—लम्बरी जिद्दी आदमी हैं! कहते हैं, नहीं। पटना से पेण्टो या मेण्टो कौन होटल है, उसी का बाबुर्ची आवेगा। चार किसिम की मिठाई और दु-तीन किसिम के...!"

नट्टिनटोले में दिलबहादुर भी बैठा। गेंदाबाई ने कहा—"ज़रा बैठके सुस्ता लिन्छः एक-दुगो गप हुन्छः तब जान्छः...।" गेंदा ने पान लाकर दिया।

दिलबहादुर पान-सुपारी नहीं खाता। लेकिन गेंदाबाई ने पान खिलाकर छोड़ा—"मोर सिर के कसम लागछः पान खानै पड़छः।" दिलबहादुर की मुस्कराहट देखकर गेंदा प्रसन्न हुई।...ऐसी अच्छी मुस्कराहट उसने किसी को मुस्कराते नहीं देखा है।

गेंदाबाई ने दिल्लगी की—"ए दाजू, तोरे-मोरे खूब प्रीत हुन्छः। तोर मुँह पान से खूब लाल हुन्छः।"

गंगाबाई ने अपने आँगन से पुकारकर कहा—"गेंदा! होशियारी से गप करो। याद नहीं है?"...हीराबाई, मेले से बीमार होकर लौटी है। दारू में दवा मिलाकर पीती है। झूमती आई—"नाच नहीं होगा, नाच? सिर्फ, भोज ही होगा? मैं नाचूँगी। ताजमनी दीदी को कहना, मैं नाचूँगी!"

दिलबहादुर को अचरज हुआ—इस लड़की को क्या हो गया? सूखकर काँटा हो गई है।

गरुड़धुज और रोशनबिस्वाँ साइकिल की घंटी बजाता हुआ आया। एक घड़ी साँझ हो गई। दिलबहादुर हवेली की ओर लौटा। हीराबाई बोली—"ए दाजू! मोर घर में पान नहीं खाएगा?" दिलबहादुर ने कहा—"नहीं खाएगा!"

मकबूल ने अपनी पार्टी के सक्रिय कार्यकर्ताओं को बुलाकर सवाल पेश किया—"क़िसानों और मज़दूरों क़े मुँह से क़ौर छीनक़र ज़ो यह भोज़ दिया ज़ा रहा है, इसमें हमारी शिरक़त क़हाँ तक़ ज़ायज़ है?"

रंगलाल गुरुजी ने सवाल का जवाब देने के लिए हृदय-परिवर्तन का सूत्र पकड़ा—"जहाँ तक जित्तन के हृदय का प्रश्न है, वह परिवर्तन...!"

बिश्वकर्मा ने बीच में ही बात काट दी—"सबसे पहले हम कामरेड गुरुजी के हृदय-परिवर्तनवाद पर विचार कर लें तो अच्छा हो! कामरेड गुरुजी मार्क्सवादी होकर भी हृदय-परिवर्तनवाद पर विश्वास करते हैं, यह कहाँ तक जायज है?"

"इसी को प्रतिक्रियावादी विश्वास कहते हैं।" एक सदस्य ने अपनी राय जाहिर की।

"हृदय-परिवर्तनवाद को प्रतिक्रियावादी विश्वास कहते हो?" रंगलाल गुरुजी का चेहरा लाल हो गया।

"मेरा ख्याल है, गांधी ने इससे बढ़कर और कोई खतरनाक शब्द नहीं दिया भारतीय राजनीति को।" विश्वकर्मा आजकल महात्मा गांधी के बदले सिर्फ गांधी बोलता है।

रंगलाल गुरुजी का विश्वास इतना कच्चा नहीं—"फिर आपके पार्टी-साहित्य, प्रचार-पुस्तिका, पत्र-पत्रिका और भाषण-वक्तव्य की क्या आवश्यकता? बन्द कर

दीजिए इन्हें!"

"क्यों, हृदय-परिवर्तनवाद का इनसे क्या सम्बन्ध?"

"मैं कहता हूँ कि इन सारे आयोजनों के पीछे हृदय को परिवर्तित करने का ही मुख्य उद्‌देश्य काम करता है!"

"हृदय-परिवर्तन करने के लिए नहीं, गुमराह मास के दिमाग को इन-लाइटेन माने उजागर करने के लिए...!"

"एक ही बात है।" रंगलाल गुरुजी ने पूछा-"अन्धकार दूर होकर प्रकाश छा जाना, परिवर्तन नहीं?"

विश्वकर्मा कोई माकूल जवाब ढूँढ़ रहा था कि मकबूल ने मुस्कराकर कहा- "साथियो! हृदय-परिवर्तनवाद पर हम फिर से क़भी विचार क़रेंगे। आज हम फैसला क़रें कि इस भोज में हमें क़ौन-सा रुख अख्तियार क़रना है! रंग़लाल गुरुजी शायद भोज़ ख़ाने क़े पक्ष में हैं।"

"हाँ!" रंगलाल गुरुजी ने बेहिचक कहा।

सुचितलाल मड़र भी दर्शक की हैसियत से उपस्थित था। बोला-"जँराँ हँमकों भीं बोंलने का हुँकुँम दिंयाँ जाँएँ!"

सुचितलाल मड़र भी भोज खाने के पक्ष में है। वह अपनी जाति और टोले का मड़र है। उसके टोलेवाले नहीं मानेंगे।

बहुत देर तक कार्यकर्त्ताओं ने आपस में सलाह की। तरह-तरह की बातें सामने आईं। जित्तन के वामपन्थी और प्रगतिशील होने पर भी विश्वास तथा सन्देह किए गए। अन्त में मकबूल ने समाजवादी सत्य का हवाला देकर कहा-"साथियो! मेरे ख्याल में सबसे सही रास्ता यह है कि क़म्युनिस्ट क़ी हैसियत से हम इस भोज़ क़ा विरोध क़रें और ग्रामवासी के नाते इसमें ज़रूर शामिल हों।...क़ामरेड विश्वक़र्मा! आप पहले मेरी पूरी बात सुन लीजिए तब...हाँ, यह आदत अच्छी नहीं! मैं क़्या क़ह रहा हूँ यह ज़ाने बग़ैर आप ज़वाब क़्या दे रहे हैं?"

उपस्थित कार्यकर्त्ताओं को भी यह बात बुरी लगी। विश्वकर्मा ने कोई जवाब नहीं दिया। मकबूल ने साथियों को समझाया-"पार्टी यूनिट क़े सेक्रेटरी क़ो इस भोज़ में नहीं ज़ाना चाहिए। बाक़ी सभी सदस्य ग्रामवासी क़ी हैसियत से भोज़ खाने ज़ाएँ। और, वहाँ यह भी देखें क़ि अपनी पार्टी से प्रभावित क़िसानों और मज़दूरों के पत्तल में सारी चीज़ें समान रूप से परोसी गई हैं या नहीं।"

सुचितलाल मड़र खुश हुआ।...उसने देखा है, मकबूल की पार्टी में आकर भी उसका नाम सुधर नहीं रहा है। गाँव में उसके पोंपी नाम का पूरा प्रचार हो गया है। पार्टी के लोग भी पोंपी कह बैठते हैं। दूसरी बात, दुलारीदाय के कुंडों के भरोसे उसने मछुवारी गाँव के मड़र से अग्रिम रुपया लिया था, एक हजार! लेकिन, कुंड तो हुआ नहीं। मछली कहाँ से देगा, सुचितलाल? और, रुपए सारे तो सर्वे में ही साफ हो गए।

सुचितलाल चाहता है कि किसी तरह जित्तन से एक कुंड बन्दोबस्त मिल जाए।

घर लौटते समय उसने रामपखारनसिंघ को सुना दिया–"बँड़ाँ झँझट काँ काँम होंता हैं पाँटीं मिंटिं में पँटरीं बैंठानाँ..."

सुचितलाल ने रामपखारनसिंघ को पान खिलाने के बहाने रोका और सुनाया कि किस तरह उसकी पार्टी के लोग भोज को भंडुल करना चाहते थे और किस तरह वह लोगों को समझाकर रास्ते पर लाया है!

रामपखारनसिंघ मन-ही-मन बोला–'ससुरे हम तुमको चीन्हते नहीं है का?'

फूल फूटिलो रे राँगा...ओ गो...फूल फूटिलो रे जवा...फूटिलो रे!– रसोईघर के पिछवाड़े में मगन होकर गोबिन्दो गुनगुना रहा था। सामबत्ती पीसी बगल से जा रही थी। बोली–"बड़ा गीत गा रहे हो गोबिन्दो! कौन फूल फूटा है?"

सामबत्ती पीसी इस राह से आते-जाते गोबिन्दो से मिलना नहीं भूलती है। अन्दर हवेली में कुत्ते के डर से जाने का साहस नहीं होता। गोबिन्दो पान-जर्दा का पुराना शौकीन है। सामबत्ती को बड़ा भला लगता है, गोबिन्दो। बचपन से है इस गाँव में। लेकिन, कभी किसी लड़की से मुँह खोलकर नहीं बोला। सामबत्ती से बोलते समय भी वह आँख नहीं मिलाता है, कभी। निगाह नीची ही रहती है। लेकिन, आज तो लगता है कि दूसरा ही गोबिन्दो ने मुस्कराकर जवाब दिया–"हाँ, फूल फूटा है! मॅन का फूल फूटा है, दादाबाबू का! श्येंमा-पूजा में देखा नहीं? कैसा फूल फूट गिया था सब लोग का ऊपर। सबका आँखि में जवा फूल जैसन फूट गिया था। और, तुम्हारा भी डिजैन उस दिन एकदम बाँगला काट का गिन्नी का माफिक हो गिया था। हम देखा...!"

सामबत्ती पीसी हैरान हो गई। कहता क्या है गोबिन्दो? सामबत्ती को अशर्फी-गिन्नी कहता है? क्या मतलब है इसका?–"पान-जर्दा है तो खिलाओ! तुम्हारी मालकिन से तो डर लगता है, अब! कहीं आ न जाए!...अच्छा गोबिन्दो! वह रसोईघर में भी आती है?"

"ई कौन नाया बात है?"

सामबत्ती पीसी पीढ़ी पर बैठ ही रही थी कि रामपखारनसिंघ आकर पुकारने लगा–"गोबिन्दो! ए गोबिन्दो! तू इधर नाया बात के पुराना बात बनाओ–उधर देखो, का हो रहा है?"

"क्या?"

"इधर आओ।"

गोबिन्दो और रामपखारनसिंघ रसोईघर के ओसारे से हटकर बातें करने लगे तो सामबत्ती पीसी उठकर चली आई। चलते-चलते उसके कान में बात आई—"मुंशीजी रो रहे हैं!"...जलधारीलाल मुंशी रो रहा है? आखिर क्यों? सामबत्ती पीसी शाम को भी एक फेरा लगा जाएगी, इधर से!

"क्यों, रो क्यों रहे हैं?" जितेन्द्रनाथ ने अवाक् होकर पूछा।

"हुजूर, अब हमको छुट्टी दीजिए! अब नहीं...।"

मुंशी जलधारीलाल हाल की घटनाओं से क्षुब्ध है। जितेन्द्रनाथ उसे जब-जब समझाना चाहता है, वह बधिर हो जाता है। कुछ सुनता ही नहीं, मानो! आज वह छुट्टी माँग रहा है।

"ठीक है। छुट्टी लीजिए। रो क्यों रहे हैं?'

"हुजूर, इस इस्टेट से पालन-पोषण हुआ। इसके एवज में खिदमत भी की ताउम्र। क्या किया, कुछ नहीं किया। अपना फर्ज अदा किया, हमेशा। लेकिन, कभी ऐसा..." मुंशी जलधारीलाल का गला फिर भर आया।

"आपको अपने किए पर पछतावा हो रहा है। यही प्रायश्चित्त है!"

नहीं, मुंशी जलधारी को अपने किए पर ज़रा भी पछतावा नहीं। उसे दुख है, उसके साथ धोखेबाजी क्यों की गई? क्या-क्या नहीं किया उसने इस स्टेट के लिए! लेकिन कभी हाथ में हथकड़ी नहीं लगी। इज्जत रह गई थी, सो भी गई! मुंशी के साथ अन्याय हुआ है। उसको जमानत पर छुड़ाकर गवाही देने को कह रहे हैं उसके मालिक! क्या करे वह? न निगलते बनता है, न उगलते, रेकार्ड में उसकी बोली चली गई है! हर आदमी का परिचय देती हुई आवाज—'हुजूर, यह है बकला अहीर! यह ननकू नट...!'

"गवाही तो आपको देनी ही होगी!...आवाज तो मेरी भी है उसमें। अपनी आवाज को कबूल करने में क्या हर्ज है?"

मुंशी जलधारीलाल को हठात् कोई बात याद आई। उसने तमतमाकर कोठरी में इधर-उधर एक नजर दौड़ाई।...कहीं फिर न बोली रिकार्ड हो रही हो। मुंशी जलधारीलाल, सुरपति और भवेश को जोड़ा साँप कहता है, आजकल! ऐसा जानता तो एक दिन भी नहीं टिकने देता, मुंशी जलधारीलाल। अच्छी बात, अब भी कुछ नहीं बिगड़ा है। ब्रह्मपिशाच से भेंट करा देगा मुंशी, इन दोनों बाबुओं की। बोली और फोटो खींचनेवाले—भूत की बोली रेकार्ड कर लें, फोटो छापें। अच्छी बात! देखेगा!...

रामपखारनसिंघ कमरे के बाहर से मुंशीजी को चेतावनी देना चाहता है, होशियारी से! फिर कहीं फिलिंग रिकाट...रामपखारनसिंघ भी नाराज है। वह गोबिन्दो से कहने गया था, 'अब यहाँ से छुट्टी लो—नहीं तो किसी दिन हम लोगों के हाथ में भी हथकड़ी पड़के रहेगी।' लेकिन, गोबिन्दो अपने को बड़ा माथावाला समझने लगा है। बोला—'देखो, सिंघजी! जो जैसे कॅर्म कॅरेगा वैसा पावेगा।...मुंशीजी बहुत जुल्मी काम कॅरेगा तो मॅरेगा नहीं! हाम ऊ सब बात नहीं बूझता है।'...

क्या समझ लिया है इस सालन-भात बनानेवाले गोबिन्दो ने? रामपखारनसिंघ के बाप ने इस इस्टेट के मालिक शिवेन्द्र मिश्र के एक खून को खुद कबूल कर रहा था, हाकिम से—'मालिक ने नहीं, खुद हम रामजीयावन सिंघ को गोली से मारा है!' हँसते-हँसते दामुल की सजा भोगने चला गया रामपखारनसिंघ का बाप। लेकिन, अब तो फिलिंग रिकाट...!

मुंशीजी को गवाही देनी ही होगी। जितेन्द्रनाथ ने कहा—"तब जो भोग भोगना बाकी है, भोगिएगा!"

मुंशी जलधारीलाल क्या करे! कलम की बात रहती तो ऐसी-ऐसी बात को वह कलम की मार से सही कर लेता। कलम की बात नहीं—रिकार्ड की बात है! आवाज की बात है!

मन की खीझ को कहाँ उतारे जलधारीलाल? वह चाहे तो जितेन्द्रनाथ को रास्ते का भिखारी बना दे। ऐसी-ऐसी चीजें उसके पास हैं! लेकिन जित्तन का मुँह देखकर मुंशी चुप हो जाता है।...जित्तन के मुँह के आसपास कई मुखड़े दिखाई पड़ते हैं, मिट जाते हैं—मालिक शिवेन्द्र मिश्र की मूरत! मालकिन की अन्तिम आज्ञा या प्रार्थना—'जीत का कागज कभी कमजोर न हो! जीत का कागज बिगाड़ना मत कभी!'

मुंशी जलधारीलाल दास आजकल बात-बात में डरता है। जेब से अशर्फी की थैली निकालकर देते हुए कहता है—"हुजूर! रुपया-पैसा की बात नहीं। यह कम्पनी के जमाने की अशर्फियाँ हैं। बैंक में खुद जाकर जमा कर आइए!"

"क्यों? बैंक में पुरानी अशर्फियाँ नहीं ली जाती हैं क्या?"

"सो बात नहीं है, हुजूर! इससे भी पुरानी अशर्फियाँ जमा होती हैं। बात है कि अब तो हुआ मैं दागी आदमी। हथकड़ी पहना हुआ! न जाने नीयत कब बिगड़ जाए! दूसरी बात, इन अशर्फियों का कौन भरोसा! न जाने किस गोरे साहब के खजाने की हों। या, नकली अशर्फियाँ?"

ताजमनी कमरे में आई—"मुंशीजी!"

मुंशी जलधारीलाल दास को मालकिन की याद आती है, अचानक—"मुंशी जलधारी, तुम हवेली की बहुत-सी ऊँची-नीची बात जानते हो। काशीविश्वनाथ की सौगन्ध खाकर बोलो—कभी जित्तन के सामने उसकी चर्चा नहीं करोगे!" मुंशी ने काशी नगरी में बैठकर प्रतिज्ञा की थी।...

डॉक्टर रायचौधुरी पार्टी नं. 10 के साथ हैं। कोशी के विभिन्न अंचलों में पेड़-पौधे, वनस्पति और उद्भिद की परीक्षा वह कर रहे हैं। पिछले तीन साल से हिमालय के प्रसिद्ध स्थान, बराह-क्षेत्र के पास किसी फूल की खेती का प्रयोग किया है, अब पार्टी नं. 10 में भेजे गए हैं। तीन बड़े-बड़े ट्रकों में सैकड़ों गमले भरकर ले आए हैं। इसलिए, परती पर लगे बाग पर एक सप्ताह के बाद नजर पड़ी।...विशेष प्रकार के झाऊओं की तरह झाड़ियों के गमले फूट गए। पाँच तो सूख ही गए हैं। नील-अमलतास का बहुत दुख है डॉक्टर को!...डॉक्टर रायचौधुरी ने बाग में जाकर देखा–पौधों को, दूबों को, बनलहसन के फूलों को! मधवा जंगल का रंग बहुत भाया डॉक्टर को। घंटों भूले रहे! अचानक उनके मन में प्रश्न उठा–किसका है यह बाग? योजनाबद्ध पाँतियों की कल्पना करनेवाला, कौन है वह? यह किसका प्रयोग सफल हुआ है? किसका सपना साकार हुआ है, यहाँ एकान्त में? यह किसने उसके काम को सहल बनाकर रख दिया है, उसके सामने? कौन है वह? डॉक्टर रायचौधुरी बेचैन हो गए। शाम को बंगला धोती-कुरता पहनकर, हाथ में मोटी छड़ी लेकर निकले डॉक्टर रायचौधुरी। अधेड़, बंगाली भद्रमानुष!

इरावती के मामा मिस्टर खानचन्द गार्चा ने हँसकर पूछा–"क्यों डॉक्टर साहब! कहीं मछली-वछली की दावत मिली है क्या?"

डॉक्टर रायचौधुरी ने हँसकर जवाब दिया–"हाँ, खूब बड़ा जात का माछ! बाद में बोलेगा।"

इरावती डॉक्टर साहब की इसी बात से चिढ़ी रहती है। कुछ पूछिए तो, बाद में बोलेगा। और बाद में कभी नहीं कहते कुछ। अंकल कहके देखा, मामा कहके पुकारा। पर कुछ नहीं कहते खोलकर।

"मामा! अपने नील-अमलतास के बारे में कुछ कहिए!"

"बाद में बोलेगा।" डॉक्टर रायचौधुरी विरक्त होकर कहते। अपने दुख को भूलने का जितना बहाना करो, बेकार! फिर, नील-अमलतास की बात छेड़ दी इस लड़की ने। बंगला में ऐसी लड़कियों को नाछोड़बन्दा कहते हैं। नाछोड़बन्दा मेये!

कार्ड पढ़कर जितेन्द्रनाथ का चेहरा चमक उठा–डॉक्टर सी.के. रायचौधुरी...! बहुत श्रद्धा है जितेन्द्र को इस नाम से। उसने सिर्फ

तीन लेख पढ़े हैं!...पूज्य व्यक्ति! जितेन्द्रनाथ तेजी से कमरे के बाहर गया। प्रसन्न होकर स्वागत करते हुए बोला–"बड़ी लालसा थी आपसे मिलने की! मेरा सौभाग्य! पधारिए!"

डॉक्टर रायचौधुरी ने कमरे में एक निगाह डाली।...क्राइस्ट, बुद्ध, रामकृष्ण, स्वामी विवेकानन्द, महात्मा गांधी की, केस्टनगर की मूरतें!

"पाइरिथ्रिम एक्सपेरिमेंट का क्या हुआ, सर?"

कीमती सिगार में छेद करके फूँकते हुए बोले डॉक्टर रायचौधुरी–"हॅम तो रिपोर्ट कर दिया। बॅराहखेत्रऽ आउर उसका चार-पाँच माइल नीचू को पॅहाड़ी में पाइरिथ्रिम का खेती हो सॅकता है। नेपाल सॅरकार इस खेती को प्रोत्साहॅन देने से मैलेरिया को विभीषिका बॅहुत कॅमती...। पाइरिथ्रिम! एहि, क्राइसेनथेमम-चॅन्द्रमॅल्लिका फूलेर एक जात। आश्चॅर्यऽएर खॅमॅता! आइ'म सॅरी! कीट-पतंग-नाशक उद्भिद! मॅशा, माछी, माकड़ासा आउर सॅब किसिम का कीड़ा-पोका इसको छूने से एक-दु मिनिट को अन्दर पंगु होकर मारा जाता है। पॅहाड़ी भूमि को छोड़ के आउर जगहा नेंही होने सकता।... इसका एक्टिव प्रिंसिपल माने कीट-नाशॅक गुन जिसको पाइरिथ्रिम बोलता है–हमारा चास किया हुआ फूल में हुआ–जेरो डेसिमल सेवन...!"

जितेन्द्रनाथ ने मुस्कराकर कहा–"चाय ठंडी हो गई, सर! छोड़ दीजिए। गरम चाय ला देता हूँ।"

"आरे, नेंही-नेंही। हॅम ठांडा चा पीता है।...आपका बागान देख कॅरके हॅम बूझ लिया! जॅरूर कोई माँ का बेटा होगा। आकॅर देखा–ठीक! उई, जॅवाफूल देखकॅर बूझ गिया हम!"

"हाँ, काका! इस बार फिर पूजा हुई है माँ की। आप नहीं आए।" ताजमनी परदे के उस पार से इस पार चली आई।...साँझ की बेला टली जा रही है। ठाकुरों को धूपदीप तो देना ही होगा। ताजमनी ने समझा, पूर्णिया के नवीन बाबू वकील आए हैं। ताजमनी 'काका' कहती है नवीन बाबू को। कमरे में आकर प्रणाम करते समय उसका भ्रम दूर हुआ–यह तो कोई दूसरे काका हैं! जितेन्द्रनाथ ने मुस्कराकर देखा, ठगी-सी ताजमनी को।

डॉक्टर रायचौधुरी धूपदीप की बेला में कुर्सी छोड़कर खड़े हुए। जितेन्द्र कभी खड़ा नहीं होता। ताजमनी ने बार-बार उसकी ओर देखा। अन्त में, वह भी उठकर खड़ा हुआ।

ताजमनी ने अन्दर जाते समय सुना, जितेन्द्रनाथ पंचचक्र की बात कह रहा है। पिटारी निकाल रहा है भोजपत्र की। ताजमनी रुक गई परदे के उस पार!

"एक चक्र में, मेरा अनुमान सच निकला। सम्भव है, बाकी में आपको कुछ और सहायता मिले, इसलिए अपने अनुमान की बात स्पष्ट कर दूँ। मेरा अनुमान है, इन चक्रों में जो मिट्टियाँ हैं–वे भिन्न-भिन्न प्रकार की हैं। सम्भव है, इस विशाल परती

पर ऐसी मिट्टियोंवाले चकले–जगह-जगह हजारों एकड़ में फैले हों।...किसी में गेहूँ की खेती। जड़ी-बूटियों की खेतीवाली धरती ही कहीं निकले!"

डॉक्टर रायचौधुरी प्रसन्नता से उलट रहे हैं भोजपत्र को, चश्मा पोंछकर देखते हैं!...वही माँ! उसी की माया है। अपने आँचल में न जाने कहाँ-कहाँ, कैसा-कैसा फूल टाँककर रखती है! कहता क्या है, यह नौजवान? इसके अनुमान के पीछे वैज्ञानिक दृष्टि है।

डॉक्टर रायचौधुरी की हालत को एबनॉर्मल कह सकते हैं।...इस युवक के बालों को मुट्ठी में लेकर स्नेह से झकझोरकर कहना चाहते हैं–ओ रे दुष्टू! डॉक्टर साहब ने लगातार कई प्रश्न पूछे–"दुलारीदाई नँदी में गेहूँ का खेती होता है?"

"होती है।"

"उ होता-होती माफ करेगा हॅमारा!"...जितेन्द्रनाथ की आँखों को रायचौधुरी ने गौर से देखा।

"आमार चोख बुझि कॅटा?" जितेन्द्रनाथ ने मुस्कराकर पूछा।

डॉक्टर ने कहा–"नेहीं। हॅम क्या देखता है, सो बाद में बोलेगा।"...आँखें कुरी नहीं। आँखों में कोई खास बात उन्होंने देखी है। यह युवक तो स्वयं एक वनस्पति है। नील-अमलतास-जैसा!..."तुमी पारबे! तुमी पारबे! तुमी जे निजेई एक बिरल वनस्पति!"

न जाने क्यों, डॉक्टर की आँखें छलछला आईं। जितेन्द्रनाथ को आशीर्वाद दिया डॉक्टर रायचौधुरी ने–"तुमी पारबे!"

बातों-ही-बातों में रात्रिभोजन का समय हो गया।...शाक्त के घर दोनों जून माँ के भोग के लिए ही रन्धन होता है। माँ के प्रसाद को अस्वीकार कैसे कर सकते हैं, डॉक्टर रायचौधुरी!

बहुत रात तक दोनों बेसुध होकर बातें करते रहे।

मिस्टर खानचन्द गार्चा ने अचरज से कहा–"अरे! आपको अहले सुबह यह मछली कहाँ मिल गई?"

"माछ का दर्शन शुभ होता है। आप ॲभी फिल्ड पर जा रहा है? लौट के आइए! आपसे एक बात है। बाद में बोलेगा।"

इरावती को देखते ही डॉक्टर ने कहा–"लक्खी माँ, नील-अमलतास को बारे में अब बोलेगा। मिल गया–नील-अमलतास!"

"कहाँ मिला मामा?"

"गाँव में एक भँद्रलोक है जितेन्द्रनाथ मिश्र, उसी को पुराना बागान में! ई नाया बागान भी उसी का है। हि-हि! माँ भी खूब है! कैसा-कैसा अपूर्व...!"

"क्या नाम? जितेन्द्रनाथ मिश्र?"

"हाँ। लेकिन, तुमको आबार क्या हुआ?...माछ ले जाओ! कि माछ नहीं छूता... छूती?"

"नहीं, मामा!" इरावती हँसी, "इस नाम का मेरा एक बन्धु खो गया है। इसलिए पूछ रही थी।...हमारे प्रान्त का नहीं, वह इसी इलाके में रहता है, कहीं। मैं उसको परतीपुत्तर कहती। सदा अपने इलाके की परती की बात छेड़नेवाला। वह मुझे पांचाली...!"

डॉक्टर रायचौधुरी मुस्कराए। इरावती के चेहरे पर आने-जानेवाले भावों को देखकर एक भटियाली गीत गाने का मन हुआ उनका—बधुआ तोमार मनेर मानुस, घाटे-घाटे डाके लो-ओ, नाम धरिया हाँके...।

"लेकिन, लक्खी माँ! मामा को छाड़ि के, बन्धु को पानेवाला कोई नेहीं।"...बहुत दिनन में बधुआ मिलल। मामा को नाहीं भूलल।...इरावती हँसती हुई कैम्प के अन्दर चली गई। एकबग्गा हैं डॉक्टर रायचौधुरी! आज खुश हैं तो गीत गा रहे हैं। नहीं तो, 'बाद में बोलेगा' छोड़कर और कोई जवाब ही नहीं देते।

इरावती ने झोली और छतरी उठाई अपनी!

कैम्प के आसपास के गाँवों में घूमना ही काम है। रात में लौटकर, मामा के बच्चों को और एसिस्टेंट कैम्प इंचार्ज की तीन लड़कियों को एक साथ बिठाकर पढ़ाती है।

इरावती ने गाँव में प्रवेश किया। हलचल मच गई गाँव में!

पनघट पर भीड़ लग गई—कम्फू को देवी-दुर्गा-जैसी लड़की आ रही है। फेकनी की माय आगे बढ़कर सलाम करती है—"सलाम बीबीजी! आकि देखिए, हम दूर से देख करके चीन्ह लिया आपको!"

"ओ! दूधवाली! यहाँ जितेन्द्रनाथ मिश्र रहते हैं, कोई?"

"जित्तन बाबू?" फेकनी की माय की आँखें नाचीं।

पनघट के पास सामबत्ती पीसी भी खड़ी थी। हँसती हुई आई—"परनाम छोटी बीबीजी! जित्तन बाबू के पिछवाड़े में ही है, वह बुर्ज। चलिए, मैं ले चलती हूँ। मैं भी उधर ही जा रही हूँ। गाँव के लड़के अच्छे नहीं।"...सामबत्ती पीसी ने कैम्प में बैठकर कितनी कहानियाँ, सुनाई हैं छोटी बीबी को। उसके एक सवाल का भी जवाब

नहीं देगी, छोटी बीबी?–जित्तन बाबू से आपकी पहले से ही जान-पहचान है?...कभी खोज-पुछार तो नहीं किया आपने? कहाँ? पटना में? तब ठीक है।

इरावती प्रसन्न हुई, जितेन्द्र मिल गया!

"बस, इसी रास्ते से जाकर गोबिन्दो का नाम लेकर पुकारिएगा।...इस गाँव की बेटी-बहुरिया हवेली में नहीं जाती। हाँ, कुत्ता बड़ा कटहा है। ज़रा, होशियारी से!"

...खुट-खुट करती चली गई कम्फू की बड़ी-बड़ी आँखोंवाली देवी, दुर्गा-जैसी लड़की, हवेली की ओर!

गाँव के कुछ नौजवानों ने सामबत्ती पीसी से कुछ पूछा तो पीसी चिढ़कर बोली– "तुम लोगों की यह क्या आदत! कोई जनिजाति आई गाँव में कि पेट में छुछुन्दर छुछुवाने लगता है। कोई रहे, तुम लोगों को मतलब? हवेली में गई है। जाओ न! पूछना कि कौन है और क्या है!"

जितेन्द्रनाथ अपने कमरे की खिड़की से सामने पोखरे में पड़ती नारियल और सुपारी के पेड़ों की परछाइयों को देख रहा है।

"जितेन्द्र!...सरप्राइज्ड?"

"अरे! इरावती! तुम! तुम कहाँ से?"

परदे को हटाकर इरावती खड़ी मुस्करा रही है। जितेन्द्रनाथ ने कहा–"अन्दर आओ!" मीत दौड़कर दरवाजे के पास गया और सूँघने लगा। इरा ने चुमकारकर कहा–"क्या नाम है तुम्हारा डियर?"

"वह मीत है।" मीत ने सूँघकर परखा, हाथ के स्पर्श से समझा, हथेली प्यार-भरी है।

"इरावती को भूल नहीं सके हो, देखती हूँ। अभी भी उसकी तस्वीर तुम्हारी मेज के एक किनारे मुस्करा रही है।"

जितेन्द्रनाथ अप्रतिभ हुआ–"विश्वास करोगी? अभी ही, कुछ ही क्षण पहले ढूँढ़कर निकाली है। अचानक हजारीबाग की केनाड़ी की याद आई।...और, इस तस्वीर में तुम्हारे पीछे केनाड़ी पहाड़ी भी मुस्करा रही है।"

"क्यों, केनाड़ी की याद ही क्यों आई?"

"पाइरिथ्रम की खेती...!"

इरावती हँसी–"ओ-हो! मालूम होता है डॉक्टर रायचौधुरी आकर प्रचुर पाइरिथ्रम का बीज बो गए हैं। तीन साल तक इस मक्खी मारनेवाले फूल के पीछे लगे रहे। मक्खी मारना कहावत है न?"

"हाँ। लेकिन, जानते हो? मैलेरिया, हैजा, प्लेग, टाइफाइड आदि मारात्मक रोगों के अलावा ये कीड़े-पतिंगे दुनिया की खेती को कितनी बड़ी क्षति पहुँचाते हैं? अमरीका में प्रतिवर्ष 200 करोड़ डालर और सोवियत रूस में 250 करोड़ रूबल!"

"आँकड़े पसारने की आदत तो नहीं थी, तुम्हारी?"

जितेन्द्र हँसा। यह 'आँकड़ा पसारना' शब्द उसी का कहा हुआ है। आश्चर्य! इरावती भूली नहीं है। काम करनेवाले सिर्फ काम करते हैं, आँकड़े नहीं पसारते फिरते!

मीत को ताजमनी के पाँव की आहट मिली। दौड़कर दरवाजे के पास गया। फिर, उछलता-कूदता अन्दर आया। उछल-कूदकर, बॉख-बॉख करता हुआ फिर बाहर की ओर गया। जितेन्द्र ने कहा—"बहुत प्रसन्न है मीत!"

"मैं भी बहुत प्रसन्न हूँ!" इरावती मुस्कराई मन्द-मन्द।

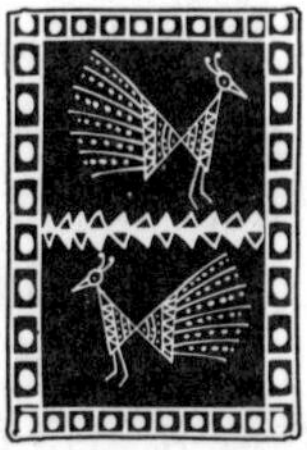

...उस बरसाती रात की याद! मेरी उँगली में उस रात की अँगूठी अभी भी पड़ी हुई है। उसी रात को गुरु ने मेरे कान में इष्टमन्त्र दिया—काली!

बाहर मानसून के बादल आकाश में लरज आए थे!

हिमालय की ऊँचाई से टक्कर लेकर वापस लौटे मेघ उमड़-घुमड़कर आते और झूम-झूमकर बरस जाते। झड़ी बन्द होती तो, कोठी की पक्की नालियों में पानी की कुलकुलाहट स्पष्ट हो जाती।

लगातार, तीन-चार घंटों तक कमरे में चहलकदमी करके राजकाज की बातें की थीं, उन्होंने। उनका विश्वास दृढ़ था—बार्कर इस घटना की चर्चा भी नहीं करेगा कहीं, किन्तु वह बदला लेने की पूरी चेष्टा करेगा। बिजली की हर कौंध पर उनकी उँगलियों में पड़ी अँगूठियाँ झिलमिलातीं। रह-रहकर उनके शरीर से शक्ति की एक तीखी गन्ध आती।

मम्मी बहुत देर तक चुपचाप बैठी कुछ सोचती रही। फिर, दस-पन्द्रह मिनटों तक उनकी ओर गौर से देखती रही।...प्रफुल्ल मुद्रा में मम्मी उठी और मुझे एकान्त में ले गई—'सो यू लव मिस्सा?...वह किसी राजा से क्या कम है?'

'मम्मी!' मैं मम्मी की छाती में मुँह सटाकर बोली थी—'आइ कान्ट हेल्प!'

'आइ'म ग्लैड...!'

मम्मी ने पुतली के हाथ, मेरे कमरे में धूप और अगर-पाउडर की डिबिया भेज दी। धूपदानी में अगर-पाउडर डालकर पुतली ने मेरी ओर देखा।...ओ, पुतली! आज धूप जलाने की क्या आवश्यकता! आज तो स्वयं गन्धराज उपस्थित हैं। बादल थम चुके थे!...

घोर लाल रंग की धोती उनकी। घोर लाल रंग की साड़ी मेरी, रेशमी जरीदार! लाली क्रमशः बढ़ती गई। आकाश में छा गई। मेरी आँखें बन्द थीं या खुली, मुझे नहीं मालूम! शक्ति की तीखी गन्ध निकलती है। उसी सुरभि के सहारे आगे बढ़ रही हूँ। तन्मय! आकाश-पातालव्याप्त लाली पर काले-काले अक्षरों में लिख गया कोई–का-ली-ई-ई!...

मैं गोरी नहीं, काली हूँ अब! ब्लैक बेरी! जमुन, जामुना, काली, काला, कृष्ण, कालिन्दी, काले-काले मेघ...कालिदास के देश की काली!...माँ मेरी और क्राइस्ट–यशोदा की गोद में बालगोपाला!

अरे! मेरी आँखों में परमपश्यन्ती-दृष्टि कौन दे गई?

...वेदी पर बैठी है, जगदम्बा!

मेरे तपते हुए ललाट पर उन्होंने रक्तचन्दन का तिलक किया। मुझे लगा, उसी तिलकचिह्न के साथ सारी लाली–आकाश-पाताल में फैली–मेरी देह में समा गई। लगा, आग पी रही हूँ!...

मिश्रजी...अब मिश्रजी नहीं। परमगुरु–पति। सामान्य पुरुष नहीं–सम्पूर्ण पुरुष। प्राणकर पति ने मुझे छूकर देखा। गात्रदाह, मर्मदाह मेरा शान्त हुआ, एक निमिष के लिए!

सुबह को पुतली ने बाहर से पुकारा। जगी तो लगा, मेरा दूसरा जन्म हुआ है। दौड़कर मैं आईने के पास गई–हे भगवान्! मैं कहाँ खो गई? मैं कहाँ चली गई? यह मैं ही हूँ?...ललाट पर रक्त-चन्दन के तिलक के चारों ओर पीले चन्दन की बिन्दियाँ! कपोल पर हरसिंगार-जैसे दो फूल रक्त-चन्दन से ही अंकित!

...कनपटी के पास! वक्षःस्थल पर...! चन्दन की नन्ही-नन्ही बिन्दियों में मैं खो गई।...तो, सारी रात मुझे चन्दन-चित्रित करने में काट दी?

मेरे रोम-रोम में एक स्वर्गिक सुगन्ध बस गई।

आरसी के पास मैं ठगी-सी खड़ी थी। पीछे से आकर मेरे कन्धे पर हाथ धरकर धीरे-से बोले–'कौन हो तुम? यह या वह?'

...मेरे पति की छाती जल रही थी। आनन्दातिरेक में बरसती आँखों के आँसू से शान्त होगी यह ज्वाला? काली!

हम दोनों ने एक साथ माँ का ध्यान किया : साकारशक्तिस्वरूपा, दिगन्त-वसना, खंगमुंडाभिरामा, पुरातनी, परमार्था...!

मैं हिन्दू हो गई!

मम्मी ने सुना तो स्तब्ध रह गई।...नहीं, मम्मी नहीं! मरियम और काली में कोई अन्तर नहीं। एक ही शक्ति के दो नाम!

बार्कर-कांड के दस-बारह दिन बाद सदर के फादर आए। मेरे ड्राइंग रूम को कालीमन्दिर समझकर बाहर ही रहे–बरामदे पर। उन्होंने मेरी ओर गौर से देखा। मेरी आँखों में कुछ देखने की चेष्टा की।...परमगुरु ने मेरे मन के पद्मासन पर माँ की मूर्ति प्रतिष्ठित कर दी है। क्या देखते हो फादर? मरियम और तारा!...फादर दो कदम पीछे हट गए।

...भागो मत फादर! दो कदम आगे बढ़ आओ। मुक्त, उदार हृदय से विचारो–तुम भी मातृपूजक और हम भी।

फादर तेजी से रोजरी के दाने घुमा रहे थे। उन्होंने मुझे कुछ भी नहीं कहा। एक बार माँ काली की छवि को गौर से देखने के बाद, कुछ बोलने को उनके ओठ फड़के। किन्तु, चुपचाप रहे। फिर धीरे-धीरे बरामदे से नीचे उतर गए।...बहुत दुखी, बहुत अप्रसन्न!

मम्मी ने स्पष्ट शब्दों में कहा–'क्या बुरा किया! इसी जिले में दो राजा और एक जमींदार की अंग्रेज पत्नियों ने हिन्दू धर्म को स्वीकार किया है।' फादर ने अपनी सम्पनी में बैठने के बाद माँ को घायल करने की चेष्टा की–'मदाम! तुम भी अपने लिए कोई हिन्दू पकड़ो!'

मम्मी घायल नहीं हुई। मम्मी को बहुत सहना पड़ा है, जीवन में। उसके किसी पुराने घाव को ठेस लगती है, ऐसी बातों से। मैं जानती हूँ, मम्मी कई दिनों तक मौन रहेगी।

एक ही रात में, अचानक दस-दस गाँव के अशिक्षित लोगों को धर्म-परिवर्तन करानेवाले अपने धर्म की एक सामान्य महिला से इतने अप्रसन्न क्यों!

मम्मी ने ठीक समझा है–'धर्म-परिवर्तन करके किसी नेटिव राजा की रखैल की तरह रहने से इन्हें दुख नहीं होता। तुम देवी-देवताओं की पूजा करने लगी हो। आचार-विचार भी बदल गए हैं, तुम्हारे। तुमने फादर को बैठने के लिए कुश की

आसनी क्यों दी? तुम वेदान्त क्यों सुनाने लगीं! तुमने मरियम और काली को समतूल कर दिया...!' मम्मी हँसी। मम्मी की उल्लासिनी मूर्ति? माँ हँसती है–माँ काली हँसती है! मुझे क्या भय? क्या भय?

ब्रंटी के पति राजा महीपालसिंह अच्छा करते हैं। प्लांटरों को साल में चार-पाँच भोज देते हैं; गार्डन-पार्टी, कॉकटेल और एटहोम देकर मुँह बन्द कर देते हैं। राजा महीपालसिंह की शिकारपार्टी का निमन्त्रण! पूर्णिया-डे के उत्सव में, राजा साहब की शिकारपार्टी की तारीफ सुनाते समय बूढ़े मोबर्ली के मुँह से, वास्तव में लार टपक पड़ी थी...'गैलॅन्स ऑफ गैलॅन्स व्हाइट हॉर्स एंड ऑल दैट यू वांट इन ए जंगल!' मिसिस मोबर्ली राजा साहब के साथ हाथी पर चढ़ने का अनुभव बताते समय कुर्सी हिलाने लगी थी।

ब्रंटी ने मुझे बताया–'राजा साहब के सामने सभी प्लांटर्स हाथ जोड़े खड़े रहते हैं।' मैंने एक मीठी चुटकी ली थी–'इसीलिए, प्लांटर्स क्लब की सीमा के इस पार अपनी गाड़ी लाने की इजाजत नहीं!'

'सिस!' ओठों पर उँगली डालकर ब्रंटी ने मद्धिम आवाज में बताया–'ही'ज टू क्लेवर। उसने खूब पहचाना है इन्हें। मिस्टर विलियन को देखा न! कैसी-कैसी शेरमार कहानियाँ सुना रहे थे! वास्तविकता यह है कि पिछले साल नेपाल के जंगल में एक गेंडे को देखकर हाथी पर बेहोश हो गए थे...'

ब्रंटी के पति से, पूर्णिया-डे के लिए दो हजार रुपए लेकर भी प्लांटर्स क्लबवालों ने उनको निमन्त्रित नहीं किया। इस बात की चोट ब्रंटी को लगी थी। बोली–'देखना! वह जरूर इसका बदला लेगा! यों लापरवाह और मस्तमौला है मेरा राजा। लेकिन जिद्दी भी है। चाहे तो खिताब भी ठुकरा दे, इस जिद्द में।...राजा ने एक अलग क्लब की स्थापना करवाई है, स्थानीय वकीलों के द्वारा। जिले भर के राजाओं, जमींदारों और वकीलों का क्लब होगा–स्टेशन-क्लब! मुझे सेक्रेटरी बना रहे हैं!'

मेरे पतिदेव कह रहे थे–'राजा महीपालसिंह अन्दर-ही-अन्दर चिढ़ा रहता है, एक-एक प्लांटर से। मौका पाकर एकाध को बेइज्जत भी करता है। और, कभी-कभी अपने पाले हुए डकैतों की पीठ ठोंक देता है।...रात में डकैती हो जाती है!' ब्रंटी का हरकारा सिपाही कल आया।

ब्रंटी ने बधाई भेजी है–'राजा कहता है, तुमको बहुत अच्छा आदमी मिला है, बहादुर और बुद्धिमान! ए बिग संस्कृत स्कॉलर...नाउ यू नो बेटर! क्लब के उद्घाटन में तुम्हारी अनुपस्थिति खटकी। स्टेशन-क्लब में तुम्हारे पति की ओर से पार्टी का

प्रबन्ध कब करूँ? हाँ, मैं सेक्रेटरी जो हूँ!'

मैंने भी लिखकर जवाब भेजा–'क्लब के उद्घाटन में नहीं आ सकी, दुख है। जब सुविधा हो, पार्टी की व्यवस्था करो। मुझे खुशी होगी!...और, यह मेरी जिन्दगी की अन्तिम अंग्रेजी-पार्टी होगी। इसके बाद तो प्रीतिभोज! टेबुल-कुर्सी नहीं, चन्दन की पीढ़ी पर बैठना होगा तुम्हारे गुलथुल राजा को!'...

मेरे अंग्रेज भाई-बन्धु क्यों नाराज हैं, यह मैं जानती हूँ!

मिस्टर बार्कर ने अपनी बदली करवा ली है–सोनपुर सेक्शन में। मेरे पति ने हँसकर कहा–'गीता! तुम्हारा मोटर-ट्राली खड़का! हा-हा-हा! तुम पर इलजाम लगाते हैं वे–एक डकैत, जालसाज, खूनी आदमी से तुमने रिश्ता किया है। बार्कर प्रचार कर गया है, मलय में तुमने अपने स्वामी की हत्या की है!'...

शैतान!

मेरे पति यदि डकैत हैं, क्रिमिनल हैं, तो कानून किसका मुँह जोहता है? पकड़कर फाँसी पर क्यों नहीं लटका देते? प्रमाण इकट्ठा करना तो आसान है। अंग्रेजी राज में एक इंगलिश-हेटर इस तरह विचरण करे, यह आश्चर्य की बात है!

प्लांटर्स के प्रबल प्रताप के दिन अब नहीं रहेंगे, क्या? सुना है, पाँच-सात साल पहले तक ये खून करके आते और जिला मैजिस्ट्रेट को लिख भेजते–'आज मैंने एक जंगली आदमी का शिकार किया है। बनमानुस!'

किन्तु, आश्चर्य! मेरे पतिदेव अंग्रेजों के सभी आरोपों को स्वीकार करते हैं–'हाँ, गीता। तुम्हारे भाई-बन्धु ठीक ही कहते हैं। मैं डकैत हूँ, जालसाल हूँ, ठग हूँ, खूनी हूँ!'

पहली बार, अपने स्वामी के पास इलाके में गई थी, मैं। अर्धवार्षिक कैम्प में। मधुचन्दा कैम्प। मधुचन्दा, गाँव का नाम है। दुलारीदाय के कगार पर, चार मील दक्खिन बसा हुआ, मधुचन्दा। मधुचन्दा–हनीमून!

खजाना-वसूली के लिए जनरल मैनेजर का कैम्प इलाके में दो बार जाता। अर्धवार्षिक–एक सप्ताह का। वार्षिक–सवा महीने तक।...

...राशि-राशि पुरइन के फूलों की वह सेज! गाँव की मालिन लड़कियों को एक-एक गिन्नी पुरस्कार दिया गया था।

पुरइन की सेज पर, महाभाव से मतवारी मैं! मेरी आँखें नशे में चूर! मैं बोली–'काला, डकैत! डकैत नहीं तो और क्या? तुमने ही मेरा सबकुछ लूट लिया। काली का बेटा काला!'

'मुझे दंड दिया जाए, महारानी विक्टोरिया!' मेरे स्वामी ने मुस्कराकर हाथ जोड़े। मैंने चरण-धूलि ली, झुककर। मैंने अपने स्वामी को डकैत कहा? मुझे क्षमा करो देव...!

'गीता! मैं आज जी खोलकर कहना चाहता हूँ!'

[कमल के कुछ फूल अंकित हैं—पांडुलिपि पर!]

'क्या, तुम समझती हो कि बिना डकैती किए ही आदमी राजा हो जाता है?'

लड्डू लड़े तो बुँदिया झरे!

गरुड़धुज झा ज़रा सोच में पड़ गया है। लड्डुओं को लड़ाकर तीन साल तक झड़ी हुई बुँदिया बटोरी है उसने। लेकिन, अब तो लड्डू लड़ते ही नहीं!...बुँदिया कैसे झरे?

उसको भरोसा था, भूदानियों और सरबन बाबू में जमकर मुकदमेबाजी होगी। किन्तु, भूदानी लोग भी अजीब जीव होते हैं! इतनी मार पड़ी, सिर फूटे और हाथ-पैर टूटे। पर बजाप्ता फौजदारी की बात तो दूर—पुलिस-केस भी नहीं किया भूदानियों ने! घायल भूदानियों को अस्पताल भेजकर, खंजड़ी पर गीत गाने लगे—भइया जमींदरवा से करता अरजिया से...। और, सरबन बाबू को क्या कहा जाए? भूदान के नेता ने दरवाजे पर आकर ज़रा-सा अनशन करके मरने की धमकी दी तो दोनों भाई सर्वोदय-आश्रम में जाकर माफी माँग आए। गरुड़धुज माफी माँगनेवालों और देनेवालों—दोनों को हिजड़ा समझता है।...

गरुड़धुज झा घर-घर का हाल जानता है।...ऊँचे चढ़के देखा। घर-घर एके लेखा। लेकिन, ऐसा कभी न देखा। गरुड़ झा ने क्या, किसी ने नहीं! और कोई माथा घुमावे या नहीं, गरुड़ झा भंग के नशे में कभी-कभी सबकुछ देखता है। एक-एक घर की तस्वीर...एक-एक परिवार के हरेक सदस्य को हवा में डोलते हुए देखा है, उसने। इसलिए, गरुड़ झा को पूरा भरोसा हुआ—उसका व्यापार कभी मन्दा नहीं होगा। गाँव थिर नहीं। पहले से भी ज्यादा वेग से दौड़ रहा है सारा समाज! गरुड़ झा बेकार घबराता है। सोच में पड़ने की आवश्यकता नहीं। लड्डू लड़ेंगे, बुँदिया झरेगी।...झर-झर झरते हुए लोग!...

बता दे कोई गरुड़धुज को एक भी परिवार की ओर—आँख के इशारे से ही सही! कोई घर साबुत नहीं। क्या गरीब, क्या अमीर! इतने दिनों तक सर्वे में जमींदार की जमीन हासिल करने और दर-रैयत से जमीन बचाने के दाँव-पेंच में रहे। अब, परिवार का एक प्राणी दूसरे प्राणी की ओर सन्देह-भरी निगाह से देख रहा है। एक-एक

आदमी अपने को एक किला बना रहा है। सभी कछुए हुए जा रहे हैं!...

गरुड़धुज झा के पास दिन-रात मुवक्किल लोग चक्कर मारते हैं।

"क्यों झाजी, मान लीजिए कि एक बाप के तीन बेटे थे। मर-खपकर दो भाई रहे। तीसरे भाई की बेवा को छोड़कर दोनों भाई की बहू समझ लीजिए कि काग-बन्ध्या और कठबाँझ हैं। तो, बचे हुए दोनों भाइयों का हक?"

"हक? जो हाथ सो साथ, जब तक जीवे पेट भात!"

"क्यों पंडितजी, बाप को हक है कि अपनी स्त्री के नाम से उइल कर जाए–बेटे के रहते?"

"बाप को कुष्पुत्तर करने का हक हमेशा दे दिया है; पंडितों ने! क्या करोगे?" गरुड़ झा पत्थर का दाँत चमकाकर, खैनी ओंठ में दबा लेता।

"आप ही विचारिए ओझाजी! बेटा अपने कोख का है। लेकिन इसका यह मतलब नहीं कि बेर-बेर हजार-हजार रुपैया माय-माय कहकर ले और देने के बेर ऊकट-नाटक गाली! यह कि उसके बाप या दादा का कमाया हुआ पैसा है?...जब से आई हूँ–राख की ढेरी ही देखी! ओझाजी! बेटा-किरिया कहती हूँ–सब मेरे नैहर का है! बोलिए, दूसरी जगह मेरा रुपैया बैठा तो नहीं रहता? सो, कल से कह रही हूँ, कागज बना दे भैया के नाम। तो, लाठी लेकर मारने आए दोनों प्राणी! ओझाजी...!"

"छिः छिः! आपकी जैसी स्त्री भी रोती है, भला? बिना कागज बनाए, अब एक पैसा भी नहीं दीजिए। आ रहा है, मौका सामने! आपके बेटे को फिर हजार-बारह सौ की जरूरत होगी।" गरुड़ झा फुसफुसाकर बोलता है!...

और-तो-और, गरुड़धुज झा का सबसे जिगरी दोस्त रोशनबिस्वाँ भी दरार पड़ी दीवारोंवाले घर में ही है। आज नहीं तो कल, उसका बेटा लड़ाई-झगड़ा करके भिन्न होगा-ही-होगा। गरुड़ झा सतर्क होकर देख रहा है–दीवार गिरी-गिरी! रोशनबिस्वाँ या उसका बेटा, दो में से एक अथवा दोनों ही उस दीवार के नीचे आ जाएँ तो?... गरुड़ झा ने अपना नियम बना लिया है। पुरोहित-जजमान का पुराना रिश्ता उसका घर-घर से है। हर घर में श्राद्ध करके बाजिब दक्षिणा लेने का हक उसको है।... मुवक्किलों को अपने दरवाजे पर से निराश करके लौटाने में पाप होता है मुकदमाबाजों को!...लेकिन आश्चर्य! बलभद्दर का शिवभद्दर घर से लड़कर जब इधर-उधर मारा-मारा फिरने लगा तो गरुड़ झा ने सोचा, एक चरखी को जरा चला दिया जाए! सो, एक-एक कर तीनों भाइयों को पम्प दिया गरुड़ झा ने। फूले भी थे तीनों, अलग-अलग खूब। लेकिन, लगता है कहीं से हवा धीरे-धीरे लीक करती है। इधर कुछ ढीले हैं, तीनों!

"क्यों लुत्तो बाबू, अपने दोस्त बीरभद्दर बाबू को नहीं समझाते? समय टल जाने पर टाइटिल-सूट तो नहीं चल सकता; कलेजा कूटने से भी कुछ नहीं हाथ

आएगा, बाद में!"

"झाजी! कौन किसका दोस्त! किसको क्या समझाया जाए! मालूम नहीं आपको? आज सुबह से ही तीनों भाई हवेली में घुटना टेककर दही-बुनिया उड़ा रहे हैं। पता नहीं क्या बात! धरकट्ट कहीं के!"...लुत्तो उदास है।

"हवेली में? सो कैसे?" गरुड़धुज ने थू-थू कर खैनी थूक दी।

"तिरिया-चलित्तर! बीरभद्दर की स्त्री कालीपूजा की रात कीर्तन सुनने गई। न जाने वहाँ कैसे जित्तन से आँख लड़ गई। देवर लगता है न!...दूसरे दिन सुबह उठकर, गोद में एक महीने के बेटे को लेकर चुपचाप हवेली में जाकर हाजिर हो गई। सुना है, जित्तन ने पाँच भरी सोने की मोहनमाला दे दी। अपने बचपन की मोहनमाला क्या दे दी, तीनों भाई गद्गद हो गए।...आज तीनों भाई मिलकर हाजिर हुए हैं। लेगा, एक-एक मोहनमाला तीनों भाई–देखूँगा! वहाँ अन्दर हवेली में कौन घुसी है? तजमनिया कानी कौड़ी नहीं देगी!" लुत्तो ने अपनी उदासी को ढँकते हुए कहा–"जाने दीजिए! पीछे मजा मालूम होगा! कांग्रेस में तो अब गुजर नहीं, उसकी। सभापतिजी से कहकर तुरत इसपेल्ट करवाते हैं।...ग्राम-पंचायत के चुनाव की तारीख भी अब करीब है।"

रोशनबिस्वाँ साइकिल की घंटी बजाता हुआ आया। आजकल, उसने अपनी साइकिल में मेढक की तरह बोलनेवाला हारन भी लगाया है...

–पें-ऐं-ऐं-ग-पें-ऐंग-ग!

लुत्तो चमक गया। रोशनबिस्वाँ ओठ चाटता हुआ साइकिल से उतर पड़ा। फिर, मुस्कराकर दो बार जीभ ओठ पर निकालने के बाद बोला–"सुना कि आज पोखरा में महाजाल डालने गए हैं, चौधरी तीनों भाई!"

गरुड़धुज झा ने कनखी देते हुए कहा–"सब मछली निकलेगी!"...न जाने क्यों, तीनों एक ही साथ ठठाकर हँस पड़े–हा-हा-हा-हा!

हँसकर कुछ हल्का हुआ दिल। तब गरुड़धुज झा ने गम्भीर होते हुए बात खोली–"हाँ, अब ग्राम-पंचायत के बारे में क्या सोचते हो, लुत्तो बाबू?...जित्तन तीनों भाइयों को ही नहीं, सारे गाँव के लोगों को तीन दिन छह शाम खिलाने का प्रबन्ध कर रहा है। सो, फोकट में नहीं। कुछ समझते हो?"

"खूब समझते हैं।" लुत्तो और रोशनबिस्वाँ ने एक ही साथ कहा।

रोशनबिस्वाँ आजकल लुत्तो को रुपए-पैसे से भी मदद करने लगा है, समय-असमय! बोला–"रास्ते में खड़ा होकर बतियाना अच्छा नहीं। कहीं चलिए...।"

"कहाँ चलें?" गरुड़धुज झा ने कूट किया–"आपके भी यहाँ बैठकर कोई बात बतियाना अब ठीक नहीं।" रोशनबिस्वाँ ने कबूल किया–"हाँ, आप ठीक कहते हैं झाजी! अब मेरे घर में भी छेद हो गया है।" बहुत सोच-विचारकर चले तीनों, सबसे सुरक्षित स्थान...नट्टिनटोली!

महीचन रैदास से मलारी की बात मत पूछे कोई! लड़ाई हो जाएगी उससे, मुफ्त ही। आजकल, वह दिन-रात कलाली में पड़ा रहता है। जाने के पहले मलारी ने अपनी माँ के हाथ में पचास रुपए दिए थे, रमदेवा के सामने ही मलारी के घर से गायब होने के बाद मलारी की माँ ने धरती खोदकर छोटकी टुमनी निकालके देखा था।...रमदेवा अपने बाप का बेटा है, वह मलारी नहीं। महीचन से छिपाकर रखेगी रुपए घर में? मार-पीटकर छीन लिया—"साली! जैसी माँ वैसी ही बेटी! तू इस रुपए से मदनपुर के मेले में सैल-सफ्फड़ करने जाएगी? जातिवालों को भात कहाँ से देंगे री साली? तेरी बेटी ने सरकारी शादी की है तो कहे न सरकार-बाप से—जातिवालों का भात कहाँ से आवेगा? बोल? खोलती है मुट्ठी कि लगाऊँ लात?"...

जाति के सरदार झल्लू मोची और दीवान घोतन मोची को वह रोज दारू पिलाता है। यह कांग्रेसी बात नहीं कि बालगोबिन्द से अब कहने जाए कुछ। बालगोबिन्द भी जाति के सरदार से बाहर कैसे हो सकता है? महीचन ने जाति के सरदार से मिलकर तय किया है, समय-समय पर मलारी की माँ से जातिवाले भोज जरूर माँगें। हुक्का-चिलम बन्द करने की भी धमकी दें।...

महीचन, अपनी बेटी पर जन्म के बाद से ही दाँत कटकटाता है।...साली इतनी गोरी कैसे हो गई? सौर-घर में ही घुसकर उसने अपनी स्त्री को लात से मारते हुए कहा था—"अब बोलो! यह गोरी-लारी छौंड़ी मलारी कहाँ से आई? इसका मुँह भोगेन्दर भूमिहरवा के जैसा क्यों है?"

कई बार महीचन ने इस लड़की को गला टीपकर मारने का भी विचार किया।...लेकिन, उसकी माँ हमेशा कलेजे से सटाए रहती बेटी को। नाम लेकर पुकारती—'मलारी!' महीचन चिढ़े-तो-चिढ़े। अपनी बेटी को, अपने पेट की बेटी को वह बचाएगी नहीं?

मलारी बढ़ती गई और महीचन का गुस्सा भी उसी अनुपात में बढ़ता गया। मलारी की माँ कम चालाक नहीं। दो वर्ष की उम्र में ही मलारी की शादी करा दी उसने, एक जवान रैदास से!...दो वर्ष की बेटी अपना धन नहीं। पराए की चीज है, कोई कुछ नहीं कहे! लेकिन, वर्ष लौटते-लौटते मलारी बेवा हो गई। दो बरस की बेटी की माँग भरवाकर उसने जमाई को घर-जमाई करके रखा।...महीचन एक साल नहीं, दो साल तक देखता रहा, तिरिया-चलित्तर का नया-से-नया खेल। आखिर, एक दिन घर-जमाई और ससुर ने एक-दूसरे पर अपना पुराना गुन फेंका। मवेशी को जहर-महुरा खिलाने में दोनों मशहूर!

मलारी की माँ को कुछ नहीं मालूम! जानते हैं, ऊपर जो जल रहे हैं देवता सूर्य महाराज! मलारी की माँ को मालूम रहती बात तो...। साँप भी मारती और लाठी भी नहीं टूटने देती। अपने जमाई को भिन्न करके उसका कारबार अलग कर देती, मलारी की माँ। यह काम तो दोनों ने गुपचुप करने का मंसूबा किया।

...जिसको गोली पहले लगी वह मर गया। मलारी बेवा हो गई!

मलारी की माँ ने देखा है, बचपन से ही मलारी की बुद्धि बबुआनों की बेटी-जैसी! पढ़ने-लिखने का ऐसा शौक कि भागकर कब चली गई एक दिन पढ़ने, किसी को मालूम नहीं। और, ट्रेनिंग भी लेने गई ठीक वैसे ही!...भोगेन्दर बाबू ने एक दिन रास्ते में देखा था मलारी को और देखते ही रहे थे, कुछ देर तक! आखिर, जहाँ की थी वहीं चली गई। मलारी की माँ ऊँघ रही थी। कोई आ रहा है, शायद!

"महीचनजी!"

"कौन है? क्या काम है?"

"मैं दीवाना। महीचनजी कहाँ हैं, माँजी?"

दीवाना के दावे को कोई गलत साबित कर दे!...वह सबसे पहला माई का लाल है गाँव का, जिसने खुले शब्दों में मलारी से प्रेम की भिक्षा माँगी थी, बचपन में ही। कोई, कसम खिलाकर पूछे मलारी से। आज तक दीवाना ने किसी लड़की की ओर नजर भी उठाकर नहीं देखा। मन-ही-मन कलात्मक प्रेम करने लगा वह। और, उधर सुवंशलाल जीवन-बीमा करते-करते लूट ले गया।...जीवन, यौवन-प्राण गँवाकर भी वह जी रहा है—माँ सरस्वती की कृपा!...

दीवाना ने बहुत सोच-विचारकर एक नई बात निकाली है। वह रैदासटोली के सरदार, दीवान से लेकर पंच-पंचान तक से साफ-साफ कहेगा—सुवंशलाल ने मलारी के साथ, सभी रैदास की जाति ले ली है। दीवाना ऐसा नहीं! वह जाति लेगा नहीं। वह देना चाहता है—वह रैदास हो जाएगा। हरिजन!...हरिजन होने में नफा हो या न हो। गांधीजी के प्रिय थे—हरिजन! वह हरिजन बनकर दिखला देगा, वह रैदास होकर रहेगा। अपनी जाति में लेकर देखें, हरिजन के लिए जान देता है या नहीं। वह ढोल बजाएगा, पिपही बजाएगा, चाम का कारबार करेगा, चमरौधा जूता सीएगा, यहाँ तक कि माल-मवेशी को जहर-महुरा भी खिला सकता है। उसके दो दर्जन बैल, एक कोड़ी गाय लोग चुराकर ले गए हैं। वह क्यों छोड़ देगा? और, यदि कहें जातिवाले कि जूता अंडी के तेल में भिगोकर फलाने के सिर पर मार आओ, तो वह भी करके दिखा देगा दीवाना।...जिसके सिर पर कहें!

"बाबू साहेब, ज़रा गला दबाकर बोलिए। अड़ोस-पड़ोस में हितमुदैया लोग हैं।"

"नहीं, नहीं। मैं डंके की चोट पर बोलूँगा। सुनिए माँजी! मैंने कल एक कहानी लिखी है। कहानी छपने पर तो दुनियावाले पढ़ेंगे। लेकिन, आप लोगों को पहले सुना देता हूँ। 'कलात्मक प्रेम की सच्चाई की परीक्षा' उसका नाम है। महीचनजी को भी

आने दीजिए! हाँ, हाँ। मैं इसी चटाई पर बैठूँगा! दोनों सुनिए मिलकर। देखिए कि आप लोगों के दुश्मन, ऊँची जातिवालों पर, बड़ी-बड़ी पगड़ीवालों पर, किस तरह भीगा हुआ चमरौधा लगाया है, मैंने।...हरिजन-उद्धार खेल बात नहीं! कोई सच्चा हरिजन-प्रेमी नहीं।'' दीवाना का दावा है...महीचन ने बाहर से ही पुकारकर कहा–''डेरी में कौन बोलता है रे रमदेवा?''

रमदेवा ने दौड़कर बाप की अगुवानी की। उसने उत्तेजित होकर कहा–''रजपूत टोली का है, बप्पा! एक लाठी माथा पर कसके लगाएँ? मैया को भी फुसलाने आया है।''

मँगनीसिंह दीवाना जानता है, किस देवता की पूजा में कौन-सी चीज चढ़ती है।...महीचन ने दारू की बोतल को ढिबरी की रोशनी में देखकर समझ लिया–तीस नम्बर!

नट्टिनटोली गुलजार है, फिर!

गंगाबाई नट्टिनटोली की सरदारिन ही नहीं, मालकिन भी हो गई है। बिना उससे पूछे अब कोई किसी पुरुष से प्रीत नहीं जोड़ सकती। मेले में गंगाबाई ने बड़े-बड़े हाकिमों की बोलती बन्द कर दी। गिरोह की नट्टिनों ने गंगाबाई की मर्दानगी देख ली है। वे, अब अपनी सरदारिन का पैर पूजती हैं। सरदारिन की डिबिया में आजकल अफीम की दूनी गोलियाँ रहती हैं।...हिरिया छौंड़ी पर नजर रखना होगा। मेले का खाया-पिया मुँह है। कहीं अपथ-कुपथ खाकर जान न दे दे। माँ तो उसकी चंडालिन है!

''क्यों री हिरिया! तुझे कबूतर का मांस खाना मना है न? तेरे लिए आग है आग। सो, समझ ले!''

''नहीं काकी! माँ से कह रही थी कि काली माय को एक जोड़ी कबूतर क्यों नहीं चढ़ा आती, मानत करके।''

चढ़ती अगहन की साँझ! दूर, दुलारीदाय के खेतों में अखता अगहनी धान काटनेवालों की टोली पुआल में आग लगाकर हुलास से ताप रही है। गंगाबाई अपने ओसारे पर अँगीठी के पास खाट पर पाँव मोड़कर बैठी है। गेंदाबाई एक बोतल दारू पीकर आ रही है। अँगीठी के पास आकर हँसती हुई बोली–''जाड़ बड़ी जाड़, बूढ़ी खेलाड़; बूढ़ा भेल ठंडा कि कथरी सँभार–हि-हि-हि-हि!''

''दुर हरजाई!'' गंगाबाई की मिस्सीमज्जित दन्तपंक्तियाँ अँधेरे में नहीं दिखाई पड़ती हैं। लगता है, मुँह के अन्दर अँधेरिया का एक टुकड़ा समा गया है। निःशब्द हँसी हँसती हुई बोली–''ठहर! आ रहा है तुम्हारा ताड़ का पेंड़ गरुड़ा और कड़ाही की पेंदी बिस्वाँ।'' गंगाबाई की बात पर गेंदाबाई हँसी–''हँ-हँ-हँ!'' फिर बीड़ी

सुलगाती हुई बोली–"जानती है नानी, ई करिया कलन्दर का मन तो डोल रहा है?"

"मन डोल रहा है! किस पर?" गंगाबाई ने इशारे से पूछा।

"और किस पर?" गेंदा ने हिरिया के घर की ओर कनखी मार के कहा–"मेरे दूसरे आसामी की मेहरबानी है, ई सब। वह देखने में ही लम्बा नहीं, उसकी जीभ भी लम्बी है। उसी ने बिस्वाँ को उचकाया है। मैं खूब जानती हूँ। आवे तो आज!"

गंगाबाई मन-ही-मन हिरिया की माँ पर नाराज है। वही कहावत है न–छौंड़ी सिखावे बुढ़िया को खेल, देखो भाई समय का खेल!...मेले की बहुत-सी बातें हैं। गंगाबाई किसी दिन खोलकर मन को साफ कर लेना चाहती है। अवसर देख रही है। बोली–"तो, इसमें डरने की क्या बात? मेले में हिरिया की माँ ने ही लड़ाई-झगड़ा करके कानून पास करवाया है कि किसी के मवक्किल को कोई नहीं फुटकावे। जो कानून मेले में, वही गाँव में!...हिरिया की बीमारी का पता नहीं है अभी किसी को!"

गंगाबाई से रार करके पार नहीं पा सकती हिरिया की माँ। मेले में जाकर गंगाबाई का कलेजा और भी दो हाथ बढ़ गया है। उसके बाल फिर से काले हो रहे हैं और आजकल वह दिन-रात रंगीन साड़ी पहनती है।...गंगाबाई नहीं रहती तो कोई नट्टिन इस साल मेले में तम्बू नहीं गाड़ पाती। कितने झमेले!...

सबसे पहले ही, मेले के मुस्ताजिर ठेकेदार से ठकठक! मेले से आध मील पच्छिम ही सरकारी सिपाही के साथ रास्ता रोक के हुकुम सुना दिया–"नया कानून पास हुआ है। मेले में कोई रंडी-पतुरिया, मोजरा गानेवाली हो या तम्बुकवाली, किसी को बसने का हुकुम नहीं है। गाड़ी खोलो! नाम लिखाओ, सिपाहीजी को पहले...।" मेले के चारों ओर छेकी हुई रंडियों के झुंड! ज़िले के बड़े-बड़े कस्बे की कस्बिनों के होश उड़ रहे थे, देहातिनों की क्या बात! अपनी-अपनी ऐंठ-गेंठ, गठरी-मोठरी, हाँस-मुर्गी, लटकन-फुदना, तम्बू-कनात के साथ कुछ धनखेतों के पास, कोई पक्की सड़क के पुल के नीचे तीन दिन से पड़ी हुई थीं।...क्या करेंगी? सिपाही का पहरा चारों ओर। मुजरा-खेमटा गानेवालियाँ फारबिसगंज स्टेशन के प्लेटफार्म पर, पड़ी-पड़ी आती-जाती गाड़ियों से उतरनेवाले यात्रियों को देखकर कहतीं...इस बार; पाट का भाव तेज है न! न जाने, खुदा को क्या मंजूर है! सभी किस्म की नट्टिनियों की जमात मुरझायी हुई पास के पैसे तुड़ाकर खाती रही।

तीसरे दिन, गंगाबाई पर परानपुर परती पर रहनेवाली कोई देवी आकर सवार हो गई, शायद।...देहात की नट्टिनों में भी परानपुर की नट्टिनें! जो पहली बार मेले में तम्बू लेकर आई हैं। बसेटी-हाँसा, होटिल-बँगला, टोल मीरगंज और खुट्टी-खरैया की खुर्राट नट्टिनों से कुछ मदद नहीं माँगी गंगाबाई ने। गाड़ी से उतरकर सीधे मेले की ओर चली।...तम्बू नहीं गाड़ने दें, मेला जाने से भी रोकेगा कोई? वह सीधे मेले के डाकबँगले पर गई और चौकीदार को सलाम कर बोली–"अन्दर में कौन हाकिम हैं भैया?"

चौकीदार ने धीरे से कहा–"इशडिवो साहेब हैं।"...इशडिवो कहते समय उसके मुँह से एक सिसकी सीटी-जैसी निकली–शी-ई!

लेकिन गंगाबाई डरी नहीं। डाकबँगले के बरामदे पर जाकर गुहार दी–"हुजूर माय-बाप!"

डाकबँगले की कोठरी से तुरत बाहर आ गए, हाकिम! गंगाबाई ने सलाम करके कहा–"हुजूर माय-बाप! मेले में यदि नहीं बसने देंगे तो हम खाएँगे क्या? कौन उपाय करके पेट पालें?" गंगाबाई पर सचमुच कोई देवी ही सवार हुई थी!

हाकिम ने झुँझलाकर सिगरेट की राख झाड़ते हुए कहा–"क्या बक-बक करती है? दुनिया में कोई काम ही नहीं...इ-इ-इसके सिवा?"

"हुजूर! बेअदबी माफ करल जाउ। मेले की आमदनी से ही हम लोगों का साल-भर का खर्च निकलता है।...और, जब सरकार की ओर से ममानियत है तो कानून सबके लिए एक बराबर है। एकतरफा, गरीबमार नहीं कीजिए हाकिम बाबू!"

"क्या एकतरफा?"

"हुजूर, सरकार जब काँगरेस का है तो सब पर एक ही नजर रखनी चाहिए।...हमारे गाँव में भी खूब झंडा-पत्तखा उड़ता है! बड़े-बड़े काँगरेसी और सोशलिटपाटी के झंखाड़ लेडर लोग हैं। जित्तन बाबू, मनमोहन बाबू, मकबूल बाबू, लुत्तो बाबू। नाम जरूर सुना होगा हुजूर ने।"...

हाकिम थोड़ा और गुस्सा हुए तो गंगाबाई ने हाथ चमका-चमकाकर समझाना शुरू किया–"हाँ! पान बेचनेवालियाँ–गिनते जाइए–एक। दोयम–हरमुनियाँ पर घूम-घूमकर मेले की हरेक पट्टी में गाने-नाचनेवालियाँ, न जाने कहाँ से आई हुई छोकरियाँ, किस देश की!...वही! सुनिए, गा रही है–'ऊँची-ऊँची दनिया का दीवार' वाला गीत। दारोगा-हवलदार, सिपाही-मुस्ताजिर सबके कन्धे पर हाथ डालकर गाती है न! पाकिटकाट छोकरियाँ... ।'

हाकिम साहब ने हाल में तरक्की पाई है। ऐसी औरत से पहली बार भेंट हुई है, उनकी।...बार-बार ओवरकोट पहनने और खोलने लगे, बेकार!

"और भी! तेसर नम्बर पर, एक बार चलके देख लीहल जाउ, अपनी चसम से। झूठ साबित हो तो हुजूर की जूती और मेरे ये ओठ।...ऊ ठेठर-नौटंगी कम्पनी से भरी हुई हैं–मुजरावालियाँ-पछवरनियाँ छौंड़ियाँ! बाहर में बड़की-बड़की सैनबोट में नाम लिख रखा है–मिच अलानी तो मिच फलानी!...सो सब क्या हैं? देखना है तो चलकर देख लीजिए अभी। चाह की बेला है न अभी। नौटंकी कम्पनी और ठेठर कम्पनी के परदे के पीछे बड़के-बड़के बाबू महफिल लगाके बैठल हैं। मारे तबला ठनक रहा है, चाह-बिस्कुट उड़ रहा है।...नए हाकिमों को भी रिहलसल दिखलाते हैं, कम्पनीवाले। निसाफ कौन करेगा? गरीबों को देखवैया को-ई-ई नहीं!"

इस इलाके के महफिल-मुजरा के माहिर बाबुओं का एक-न-एक दूत, किसी-

न-किसी काम से हाकिमों के कैम्पों के पास चक्कर मारता रहता है।...सारे मेले में बिजली की तरह बात फैल गई—एक देहातिन रंडी की बूढ़ी सरदारिन हाकिम को सब भेद बता रही है। इलाके के बाबुओं में एक-से-एक कानूनची भी हैं, हाईकोर्ट की हवा खाए। किसी ने बात सुझाई—मेले में नहीं बसने देते हैं, नहीं सही। मेले की चौहद्दी से सटी जमीनवालों से बातें करें। मेले के पास जिन बाबुओं की जमीन थी उनकी तकदीर खुल गई।...

दिन डूबने के पहले ही जमीन के मालिकों से तस्फिया हो गया—दो रुपैया फी हाथ। अलग-अलग पट्टी के अलग-अलग रेट!...मेले-भर में मशहूर हो गई, गंगाबाई। सभी उसको देखकर कहते—"देख, जा रही है...हाकिम से लड़कर हक हासिल करनेवाली!...जबरदस्त कलेजावाली!...बालिस्टर जैसा बहस करनेवाली!"

और, यदि गंगाबाई नहीं रहती तो हिरिया फारबिसगंज मेले से जिन्दा लौटकर नहीं आ सकती थी। इस बात को हिरिया की माँ भी कबूलती है।...मथुरामोहन कम्पनी के फरहाद के साथ भागने को तैयार थी, हिरिया। बहुत लम्बी कथा है। गंगाबाई किसी दिन सूद-सहित वसूलेगी!

"एक बात जानती है, नानी?" गेंदाबाई दूसरी बीड़ी सुलगाती हुई बोली—"आजकल दोनों आसामी एकहि साथ आता है और एकहि साथ जाता है।...अँधेरिया-इँजोरिया दोनों एकहि साथ। मन तो करता है कि एक दिन जाकर दिलबहादुर को नेंत आऊँ!"

गेंदाबाई की मौसी आकर आग तापने बैठ गई। फिर, इशारे से बताया, "तीनों।" अर्थात्, आज तीनों एकहि साथ आए हैं! गरुड़, रोशन, लुत्तो! गेंदाबाई ने गला खोलकर पूछा—"कुछ लाया भी है या फोकट में कोई पंचैती-बखेड़ा करने आया है? साथ में कुछ था भी? बोतल-ऊतल?" उसकी मौसी जानती है, कुछ लाया भी हो तो 'हाँ' नहीं कहना है। गंगाबाई को सुनाकर उठी गेंदा, बड़बड़ाती हुई—"फोकटिया मिटिंगबाजी करने के लिए नहीं है, हमारा घर। पतुरिया की जात, मेरे लिए जैसे जित्तन बाबू, वैसे छित्तन बाबू या कोई बाबू!"...गेंदाबाई गीत गाती हुई राह लगी। बहुत पुराना गीत, पूरबी की कड़ी—हम-से-गेहुँआ-आँ-पीसावेला-आँ-बेदर्दाआ सैंयाँ हो-ओ! धुन सुनकर रोशन और गरुड़ की आँखें मिलीं। दोनों ने गर्दन हिलाते हुए एक-दूसरे को देखा...बहुत पुरानी बात याद करा रही है, गेंदाबाई!

गेंदाबाई दिलचस्प किस्म की औरत है।...भिम्मलीय नाम अर्जन किया है उसने अपने गुन पर—मेरीगोल्ड! और, गरुड़धुज, रोशन, दोनों मेरीगोल्ड कपहोल्डर!...नया मुवक्किल लुत्तो?

नट्टिनटोली से लौटते समय, तीन बजे रात को अचानक भिम्मल मामा मिल गए चौबटिया पर टहलते। पेड़ की आड़ से बाहर निकलकर पूछा—"क्यों मेरीगोल्ड कप-होल्डरो! यह तीसरा कौन है नया मुवक्किल? ओ-ओ-ओ-हो-हो!...ओ-ओ-हेक्सागनो,

ओ पेंटागनो, देखो, देखो! लिटल-लिटल लुत्तो भी लोटस खोजता है नट्टिनटोली में। हारिबल, टेर्रिबल-ओ-ओ-ल, टेर्रि-बो-ओ-ल! ओ-ओ-हा-हा-हा!'' भिम्मल मामा की पैशाचिक हँसी सुनकर तीनों ने अपनी चाल तेज कर दी...पागल आदमी का क्या ठिकाना!...दूसरे दिन सुबह को लोगों ने देखा, सुना और मान लिया, दौरा उतर गया। अब फिर भिम्मल मामा नॉर्मल हो रहे हैं। उन्होंने जितेन्द्रनाथ से कहा–''लगता है, अब हम लोग नॉरमल हो रहे हैं। मुझे पुनः चक्र में युक्त करो!''

यह क्या कर दिया है ताजमनी ने?

आजकल, जितेन्द्र एक पेग से ज्यादा नहीं पी सकता है। ताजमनी, उस दिन अलमारी से बोतल निकालकर ले गई, माँ काली के आगे चढ़ाने। लौटकर बोली–''देखिए! हँसी-खेल नहीं। यह 'कारन' है। मुझे ऐसे लोगों की कहानी मालूम है जिन्होंने शराब की आदत को ढँकने के लिए 'कारन' सेवन शुरू किया और बाद में...।''

''बाद में क्या हुआ?'' जितेन्द्र ने पूछा।

ऐसे प्रश्नों का जवाब कभी नहीं देती, ताजमनी। वह जानती है, उसका जिद्‌दा जवाब सुनने के लिए नहीं करता है ऐसे प्रश्न। आज ताजमनी ने एक नई बात कही। मीत को कलेवा खिलाती हुई बोली–''एक बात पूछूँ जिद्‌दा!...कहीं, फलाहार करने की जरूरत न पड़ जाए। ना मैया, मैं नहीं पूछूँगी!'' उसकी आँखों में, मन की दबी हुई मुस्कराहट की छटा छा गई।

''यों, मैं फलाहार करने की बात सोच रहा था। लेकिन, आज नहीं। गोबिन्दो पूछ गया है अभी–उई मोरोग टा'र की हबे?''...

''हाँ, अच्छी याद आई! गोबिन्दो को क्या आपने ही धर्मादेश दिया है, माँ काली को मुर्गा-मुर्गी चढ़ाने का? आज यदि मालकिन-माँ रहती!'' ताजमनी सचमुच नाराज हो गई।

जितेन्द्र कहना चाहता था, मुर्गे ने क्या अपराध किया? किन्तु, उसने हँसकर कहा–''परानपुर हवेली में कभी किसी पुरुष ने कोई धर्मादेश नहीं दिया। मैं अनधिकार काम क्यों करूँ? तुमने गोबिन्दो को हुक्म दिया था शायद, बगैर प्रसाद के किसी किस्म का मांस नहीं आएगा, रसोई में।...तुम कुछ पूछ रही थी न?''

''हाँ। पूछती हूँ, आप इतना अकेला कैसे हो गए हैं?''

''अकेला?'' जितेन्द्र को अचरज हुआ, क्या कहती है ताजमनी!

''अकेला नहीं तो और क्या? पिछले पाँच दिन से आ रही है, बेचारी। और, किसी दिन आपसे यह नहीं कहते बना कि एक दिन यहीं खाइए। कल आई तो आप कमरे में बन्द थे। मैं पूछती हूँ कि उस बक्से में क्या है जो घंटों...।''

जितेन्द्रनाथ अपनी हँसी रोक नहीं सका, हँस पड़ा। बोला–''उसको मेक्कानो कहते हैं। लेकिन, तुम इरावती से यह मत कहना कि मेक्कानो लेकर कमरे में बन्द थे।''

''तब तो जरूर ही बुरी चीज है। आखिर है क्या इसमें? क्या है मेक्कानो?''

''बच्चों का खिलौना!''

''मुझे अब कोई ठग नहीं सकता। मैं इरावती दाब के पास अभी भेजती हूँ, पखारन काका को।'' ताजमनी, शरारत-भरी हँसी हँसती है।

जितेन्द्र ने कहा–''आओ, देखकर खुद समझ लो!''

जितेन्द्रनाथ अपना बनाया हुआ, ग्राम-नाट्य-मंडप ले आया।

''देखो...इसको कहते हैं मेक्कानो। बच्चे मकान बनाते हैं, पुल बनाते हैं, हबड़ा का पुल, भद्रा का डैम!''

ताजमनी एकटक देखती रही–''नहीं, नहीं। तोड़िए मत। रहने दीजिए न! लेकिन, इसमें छिपाने की क्या बात है?''

''बच्चों के खिलौने से खेलता हूँ, यह अच्छी बात तो नहीं।''

ताजमनी कुछ समझ नहीं पाई तो फिर अपने प्रश्न पर लौट गई–''इसीलिए तो कहती हूँ, आप इस तरह कैसे बदल गए? गाँव की गलियों में दिन-भर गायब रहनेवाला आदमी, इस तरह कैसे हो जाएगा?...क्या हो गया है, आपको?''

''कुछ भी नहीं!'' जितेन्द्रनाथ झेंप गया। मानो, किसी ने उसके कमजोर स्थल पर दृष्टि दे दी।

ताजमनी गम्भीर हो गई थी।...जिद्दा नहीं जानते कि गाँव के अधिकांश लोग क्यों दुखित हैं। इतना पराया बना देना, खलेगा नहीं? भोज खिलाने से क्या होगा! नेह-छोह की भूख पूरी-मिठाई से नहीं मिटती।

ताजमनी ने दवा मापनेवाले गिलास से 'कारन' माप कर दिया। कमरे से निकलती हुई कह गई–''बुर्ज पर जाकर बैठा कीजिए!''

दो रात बैठ चुका है, बुर्ज पर!

जितेन्द्र ने अनुभव किया है, एक पेग से एक बूँद भी ज्यादा पीकर अब वह नहीं सँभाल सकेगा।...पाँच घंटों तक सुध-बुध खोकर बैठा रहना!... ऐसा नशा उसको कभी नहीं हुआ।

तीसरी रात, ताजमनी चुपचाप पैर दाबकर बुर्ज पर देख आई...बुर्ज पर बैठकर खोने की आदत लग गई? जै माँ, अब मैं कहाँ जाऊँ? क्या करूँ?

वह डरी थी। किन्तु उसे याद आई, मालकिन-माँ होती तो बोल उठती–'बाप की आदत!...माँ तारा! परती साध रहा है तुम्हारा बेटा। देखना!'

इष्टनाम जपती हुई वह सीढ़ी से उतरी।...आश्चर्य! मीत भी सूँघ-साँघकर लौट

आया। बेचारा! बिना प्यार पाए लौटा हुआ, मीत!

नहीं, आज जितेन्द्रनाथ बेसुध नहीं होगा। आज उसने एक पेग से भी कम 'कारन' लिया है।...बुर्ज पर बैठना अच्छा लगता है, इसका यह अर्थ नहीं कि आदमी किसी दिन बुर्ज से गिरकर अपनी जान दे दे!

जितेन्द्रनाथ ने बुर्ज पर चढ़कर देखा, दो मील उत्तर परानपुर स्टेशन पर गाड़ियों की क्रॉसिंग हो रही है। दक्खिन से आनेवाली गाड़ी निश्चय ही मालगाड़ी है।...ओ! आज तो बारह तारीख है। बारह की शाम को...यही गाड़ी है, कोशी-प्रोजेक्ट-स्पेशल गुड्स-ट्रेन की प्रथम सवारी बारह की शाम को! भिम्मल मामा ने कल ही सूचना दी है।...तो, यही है वह गाड़ी। कोशी प्रोजेक्ट के लिए सामान ढोनेवाली गाड़ी!

—धू-ऊ-ऊ-ऊ!...

मालगाड़ी में निश्चय ही चितरंजन-इंजन जुड़ा हुआ है। इसकी सीटी अन्य इंजनों से भिन्न है, आवाज के किनारे-किनारे एक सुनहली खनक!

—धू-ऊ-ऊ-ऊ!...

जितेन्द्रनाथ रोमांचित हुआ। 'कारन' पीने के बाद ऐसा ही रोमांच होता है कभी-कभी।...तू-ऊ-ऊ-ऊ!...शंखध्वनि? हवेली में आज कोई व्रत-कथा है। किसी व्रत-कथा में कितनी बार शंखध्वनि की जाती है, नहीं मालूम जितेन्द्र को। सात दिनों तक हवेली में कोई-न-कोई व्रत-कथा करवाने का प्रोग्राम है, ताजमनी का।...घन-घन बाजे शाँख!

वह मुस्कराकर सिगरेट सुलगाने लगा। आज वह बेसुध नहीं हो सकता! उसने स्टेशन की ओर से निगाह हटाई। फिर, एकटक परती को निहारने लगा, पूरब की ओर। ताजमनी जंगल लगाने पर भी व्यंग्य कर चुकी है—'पचास ट्यूबवेल लेकर आ रहे हैं, मुंशी जलधारीलाल दास! और भी पचास चाहिए।'

अकेला? जितेन्द्र ने इलियट की 'कॉकटेल पार्टी' की कुछ पंक्तियाँ स्मरण करने की चेष्टा की...नो इट इजंट दैट आइ वांट टु बी एलोन, बट दैट एवरीवन'स एलोन, ऑर सो इट सीम्स टु मी।...किसी से बात करना नहीं सुहाता। नहीं-नहीं, इसका यह अर्थ नहीं कि मैं अकेला रहना चाहता हूँ। कम-से-कम, मुझे तो ऐसा ही लग रहा है, सभी हल्ला मचाते हैं, और भ्रम में हैं कि आपस में वार्तालाप कर रहे हैं। जानता हूँ मैं कि कुछ भी नहीं जानते वे, एक-दूसरे के बारे में। सोलह आने झूठा व्यवहार सारा!...

जितेन्द्र के मन में किसी ने चुटकी ली, अचेतन मन में इलियट के कोटेशनों से कंटकित बातें गूँथने का मोह तो नहीं है, कहीं दबा हुआ?...आज सुबह जितेन्द्रनाथ ने अपने बाग में देखा, एक नई जाति का नागफणी उग आया है। डॉक्टर रायचौधुरी ने भी कहा, "रेयर कैक्टस!" ताजमनी कहती है, "काली-नागफणी है; कभी-कभार जन्मता है। लोग देखते ही उखाड़कर ले जाते हैं। कोई दवा बनती है, इससे।"

जितेन्द्रनाथ सिगरेट सुलगाता हुआ सोचने लगा, अपने बाग के बारे में। वैशाख-जेठ की धूप को कितने पेड़ बर्दाश्त कर सकते हैं, देखना है। इरावती कह रही थी, "हजारीबाग के केनाड़ी पहाड़ी पर वन विभाग ने सुन्दर पेड़ लगाए हैं। केनाल...!"

इरावती भी उलाहना दे रही थी—"तुम क्या हो गए हो जितेन्द्र? इतने निर्मोही हो गए कि...।" जितेन्द्र को याद आई, उसने कहा था एक रात मल्लिकविला की बालकनी में खड़ा होकर—"मैं इस पहाड़ी को किसी भी प्रेमिका से ज्यादा प्यार करता हूँ। केनाड़ी पहाड़ी को!..."

इरावती भी अकेली है क्या? ताजमनी से पूछना होगा। मन-ही-मन बहुत से लोग मेक्कानो के घर बनाते हैं, तोड़ते हैं, गढ़ते हैं।...फिर रोमांच! इरावती, ताजमनी! दोनों मिलकर कहती हैं—"जित्तन! अकेलेपन के अन्धकार से निकल आओ।"...लेकिन, यह तो नाटक नहीं कि स्टेज पर बल्ब का तिरछा प्रकाश डाल दे कोई! और, कौन नहीं है अकेला? उन्हें कोई नहीं कहता कि निकल आओ अन्धकार से!...क्यों?

नाटक की बात याद आई जितेन्द्र को!...उसकी माँ के पास आए हैं तिवारीजी, गाँव के नौजवानों को लेकर। भिम्मल मामा ने अन्दर हवेली में जाकर सूचना दी थी—"नाटक समिति की संस्थापिकाजी हैं?" माँ झुंझलाकर बोली थी—"मैं समिति-पंचायत कुछ नहीं जानती। मैं एक पैसा भी बेहरी नहीं दूँगी। एक बार रुपया ठगके ले गए। कलकत्ते से पर्दा-पोशाक लेकर आए। और, नाटक ऐसा दिखाया कि निहाल हो गई देखकर!"

तिवारीजी ने चिक के पास खड़ा होकर जवाब दिया था—"अब इसमें हम लोगों का कौन कसूर? आप महाभारत की एक-एक कथा-उपकथा जानती हैं। आपको यह भी मालूम था कि जितेन्द्र को अभिमन्यु का पार्ट दिया गया है। आपको पहले ही तौलकर देख लेना चाहिए था, कलेजे को।"...'अभिमन्यु-वध' नाटक पूरा नहीं देख पाई थी, जितेन्द्र की माँ। स्टेज पर जितेन्द्र को देखकर माँ की नौंड़ी बोल उठी थी—"ठीक लगता है...दुलहा-मालिक ब्याह के दिन ऐसे ही...।"

"चुप!" माँ ने हल्की धमकी दी।

दुःशासन की छाती पर चढ़े हुए अभिमन्यु को देखकर वह एक बार पुकारना चाहती थी—छोड़ दे बेटा!...दुःशासन को अभिमन्यु ने छोड़ दिया!

जितेन्द्र की माँ भूल गई थी कि अभिमन्यु का वध करने के लिए ही नाटक किया जा रहा है। जब महारथियों ने घेरकर उसको निहत्था कर दिया, तब उसको याद आई—"अरी जिबछी, इसको तो जान से मारेगा? उठ! चल!"

अभिमन्यु मरते समय अपने पिता, चाचा आदि को बारी-बारी से सन्देशा दे रहा था—"लेना, बदला लेना!" केंहुनी के बल लेटा, हिचकियाँ लेता, खून से लथपथ! इस्स!—"लेना, बदला लेना ओ गदाधारी, ओ गांडीवधारी...!"

खून से लथपथ कई शरीर आकर दम तोड़ गए, मानो। जितेन्द्र ने घड़ी देखी। नहीं, आज वह न डरेगा, न बेसुध होगा। अपने मित्र कामरेड कुलदीप की लाश, खून से लथपथ उसने देखी थी। मीनार के झरोखे पर एक बार झलक गई मृत मित्र की मूरत!..एक ही नहीं, कुबेरसिंह का शिकार, वह नौजवान साथी, जिसे मोटर से कुचलकर मार दिया गया। दूर, छोटानागपुर पहाड़ी की एक घाटी में उसकी लाश के आसपास किलकिलाते गिद्ध-काक!...धेत्त, बादुड़ हैं वे। गिद्ध नहीं! जितेन्द्रनाथ ने घड़ी देखी...आश्चर्य! आज भी वही हाल! उसने विश्वास कर लिया...'कारन' है, हँसी-खेल नहीं!

ताजमनी प्रसाद लेकर बैठी होगी।

सुरपतिराय की कोई खबर नहीं ली है जितेन्द्र ने, इधर कई दिनों से। गेस्ट-हाउस के दोनों कमरों में रोशनी हो रही है। तो, दोनों मित्र जगे हुए हैं। सुरपति और भवेश...परदेसी पंछी। गेस्ट-हाउस का नाम दिया है दोनों ने मिलकर–घोंसला! उस दिन, गोबिन्दो भवेश की नकल करके सुना रहा था रसोईघर में–"भॅबीबाबू बोला कि घोसोलाँ तो, हँम बूझा पाखी का बासा हुआ है कोई। लो-ओ बाबा! घॅर-बाड़ी को नाम हुआ–घोसोलाँ? ऑर, भॅबीबाबू बोला–हाँ-हाँ-हाँ इ-इ-स घो-घोसोलाँ में-में सोनार डीम पाड़ेगा–पॅ-पॅरदेसी पाखी! हा-हा-हा!"

भवेश के सिर पर पंछी फड़फड़ा रहे हैं, शामा-चकेवा की रात से। किलकती चिड़िया हजार, पाँखें पसार। ऐसा अवसर नहीं मिले बार-बार। ले निहार–ओ-ओ-परदेसी पंछी...!

परती पर टिटिहिरी बोल रही–टिं-टिंहि-टिं, टिं-टिंहि-टिं।...अशुभ है यह बोली! माताएँ घर-घर में अपने नवजात शिशु को छाती से चिपकाकर बड़बड़ाती होंगी–'छिनाल! टिटिहिरी...कहाँ से कहाँ मरने आई है! तुझे तीर लगे, कीरबा बनजारे का। टीं-टीं करती है राकसनी!'

जितेन्द्रनाथ बुर्ज की सीढ़ी से उतरते हुए मुस्कराया–बेचारी टिटिहिरी! बे-वजह गाली सुनती है। लोग कहते हैं, टिटिहिरी दोनों पाँव को ऊपर उठाकर सोती है, घोंसले में। हिमालय जब गिरेगा तो पैर से थाम लेगी!...

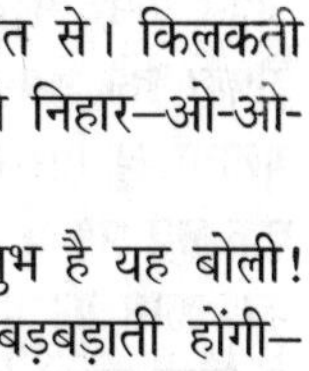

...मेरे पतिदेव कहा करते–'जमींदारों के वंश-परिचय में खोजकर देखो–अर्जन करनेवालों में किसी ने अवश्य डकैती की होगी। राजा खिताब मिलने के बाद तो दिनदहाड़े डकैती करने का लाइसेंस मिल जाता है।...हमारे इस्टेट के सिपाहियों को क्या समझती हो तुम? सुलतानपुर से हवेली परगना तक

शिवेन्द्र मिश्र के डर से लोग खाँसी तक नहीं करते। क्यों?'

'कारन' पीने के लिए एक मधुर विराम दिया मेरे स्वामी ने! हँसकर बोले–'तुम्हारे भाई-बन्धु मुझे इंगलिश-हेटर समझते हैं। मैं क्या हूँ, सो तुम देख रही हो।'

मैं लजाकर उनकी छाती में मुँह छिपाने लगी।

'सही है। गदर के बाद तो यहाँ के पशु-पक्षी भी इंगलिश-हेटर पैदा होने लगे हैं।'

'लेकिन, आप तो अंग्रेज प्लांटर के मुलाजिम थे।'

'हाँ, विश्वासपात्र कर्मचारी एन्थनी साहेब की कोठी का। और, उसकी कोठी में दस साल तक नौकरी करके घृणा पालता रहा, मैं।'

मैंने पनडब्बे से पान निकालकर खिलाया मिश्रजी को। घृणा से बार-बार सिकोड़ रहे थे मुँह। कस्तूरी-अम्बर-मिश्रित तम्बाकू खाकर सहज हुई मुद्रा! उन्होंने शुरू किया–'हिन्दुस्तानी को, चाहे वह इस्टेट का मैनेजर हो अथवा चौकीदार, ये जानवर ही समझते हैं।...माली की जवान बेटियों को धमकी देते हुए बाथरूम से नंगा निकलकर डाँटना। नंगी देह को तौलिए से पोंछते हुए अपने हेडब्बॉय से बातें करना! जानवर के सामने नंगा होने में क्या लाज? एक दिन की बात...!'

मैं अपने पति के पास लेटकर कहानी सुनने लगी...एक दिन की बात!

'हेडब्बॉय बैरागी छुट्टी लेकर घर गया था। एन्थनी साहब कटिहार गए थे। मैं अपने कमरे में बैठकर लिखा-पढ़ी कर रहा था। छोटे मुंशी की जगह पर था, मैं। दोपहर को मेम साहब ने मुझे बुलाया। गर्मी से परेशान थी वह। व्याकुल होकर बुलाया–यू मिस्सा! कम इन।...कोठी के भीतरी हिस्से में जनानाबाग था। आम के एक नए पेड़ के नीचे बड़ा छाता धरती में गाड़कर बैठी थी मेम साहब। मैं गया तो कुछ काम की बातें पूछकर उसने मेरे हाथ में पंखा थमा दिया–धीरे-धीरे चलाओ!... मैं पंखा झलने लगा...।'

'हो-हो-हो-हो!' मैं अपनी खिलखिलाहट को नहीं रोक पाई! 'भगवान कहाँ हो?... पंखा झलने लगे आप? हो-हो-हो!'

'हाँ, झलता रहा। मेम साहब गर्मी से बेचैन होकर कैम्पचेयर में इधर-से-उधर टास्स करती तो और जोर से झलता। अचानक मेम साहब ने मेरे हाथ से पंखा छीन लिया। पंखे की डंडी मेरी बाँह पर मारकर बोली–सैटान, सूअर, सूअर का बच्चा, जंगली सूअर।...गुर्राती हुई चली गई मेम साहब कोठी के अन्दर!'

'चः-चः।' मैं मिश्रजी की बाँहों पर हाथ फेरने लगी तो वह हँसे–'पगली!' मैंने पूछा–'क्यों मारा उसने?'

'और रात में जब साहब लौटा तो मेम ने सबसे पहले मेरी शिकायत की। वह गर्मी से मरी जा रही थी, बेसुध थी। उसकी देह को आँख फाड़-फाड़कर देखा गया। आश्चर्य! देखो भला! साहब ने रात में ही मुझे बुलाया। दाँत कटकटाकर टूटा। क्यों डेक्का? बोलो, क्यों डेक्का?...बोलो, फिर डेक्केगा? साहब के मुँह पर जवाब हम कभी

नहीं देते। कुछ जवाब देते ही वह पागल हो जाता। मुझे चुप देखकर, उसका गुस्सा कम हुआ। बोला—पहला कसूर, माफ किया। कल सुबह मेम साहब के सामने दस बार कान पकड़कर...उट्‌टेगा-बैट्‌टेगा। समजूटा?...मुझे जमींदार बनना था। मुझे जमींदारी खरीदनी थी अपने गाँव की। पंडितों के टोल में पढ़ी हुई विद्या मैंने पिटारी में बन्द कर दी थी। क्योंकि, उससे एक बीघा जमीन भी नहीं खरीदी जा सकती थी। मेरे जिले में एक अपढ़ आदमी ने किसी साहब की कोठी में सिपाही की नौकरी करके जमींदारी खरीदी थी। इसलिए, कैथी अक्षर और कचहरी की विद्या-बुद्धि से मैं भी जमींदारी खरीदना चाहता था।...मैंने स्वीकार कर लिया।'

'इज इट? आँ?'

'हाँ, दूसरे दिन सुबह मेम साहब के प्राइवेट चेम्बर में हाथ जोड़कर जा खड़ा हुआ। मेम साहब की तनी हुई भौंहें सीधी हुईं। इधर-उधर देखकर बोली धीरे से, मुस्कराकर—तुम निगाह नीचा क्यों करता, फिर उस दिन का माफिक? आँख क्यों नहीं देखने देता अपनी? इधर देखो!'...

मिश्रजी ने मुस्कराकर अपनी आँखें बन्द कर लीं। मैं हँसी—'फिर तो कभी आपने निगाह नीची नहीं की?'

'नहीं!' आँखें खोलकर बोले पतिदेव—'हाँ, मैंने कभी आँखें नहीं मूँदीं, मेरी निगाह कभी नहीं झुकी।...साहब का विश्वास मुझ पर बढ़ता ही गया। मेम साहब हर हफ्ते मुझे टिप देती। मेरी तरक्की हुई। मैं मीर-मुंशी बना दिया गया। छह महीने के जमा किए हुए टिप के रुपए से ही मैंने अपने गाँव में, बरदियाघाट के पास दस बीघे जमीन की बन्दोबस्ती ली। आँखें खोलकर देखता रहा, सीखता रहा। और, अन्त में एक दिन घृणा से मुझे आँखें मूँद लेनी पड़ीं...।'

'बस, आज रहने दीजिए। ओ मेरे परमगुरु! मैं अब कुछ नहीं सुनना चाहती।'

'और, अन्तिम घटना नहीं सुनोगी?...वह दृश्य! उस बार डानापोर कैंट से कोई फौजी मेहमान आए थे, साहेब के यहाँ छुट्टी मनाने के लिए। हेडब्वाय बैरागी ने साहब को बताया—टुराईदास गौना करके नई बहू ले आया है। तुरत, सिपाहियों को हुक्म दिया—सूर्जसिंग, बाकरमियाँ डोनो जाएगा। अब्बी ले जाएगा...।'

'मेरे स्वामी! मुझे माफ करो। मैं आज नहीं सुनूँगी।...आप थोड़ा 'कारन' और लेंगे?'

वर्ष पूरने में एक महीना कम! ग्यारह मास बीते।

मैं मिश्रजी से मैथिली में बात कर लेती हूँ। रानी-बहिना (परानपुर इस्टेट के पतनीदार की पत्नी) की कृपा से रामायण गाना सीख चुकी हूँ।

रानी-बहिना की तरह गा नहीं सकती। किन्तु वह तो मेरी दीदी है न! कहती है, तुम्हारे मुँह से रामायण-गान और भी मीठे लगते हैं।...मेरी अच्छी दीदी! मैं जान गई, मेरे पतिदेव की जिन्दगी की सारी सफलताओं के पीछे इसी महिमामयी नारी की साधना काम कर रही है। मधुर बैन, मोम का मन और दूध-जैसा निर्मल प्राण!

याद है...पहली बार परानपुर जा रही हूँ! रानी-बहिना मुझे ले जाने के लिए आई है, डोली में। गीतवास कोठी से परानपुर ड्योढ़ी, आठ मील उत्तर। कुपाड़ी गाँव के पास हमारी डोलियाँ रुकीं। रानी-बहिना ने अपनी डोली से निकलकर कहा—'उस पोखरे को देखती हो न? उसका नाम है, इन्द्रानी पोखर! गुनवन्ती ड्योढ़ी की विधवा रानी ने गाँववालों का जलकष्ट दूर करने के लिए खुदवाया था। किन्तु, पोखर-यज्ञ के दिन ही उसमें एक घोड़ा डूबकर मर गया। और, उसके बाद से उस पोखरे में पानी कभी किसी ने स्पर्श नहीं किया।'

परानपुर ड्योढ़ी के जनाने फाटक पर औरतों की एक बड़ी भीड़ पहले से ही तैयार थी।

[तीन पृष्ठ खो गए हैं!]

मेरा लॉली मेरे बिना एक क्षण नहीं रह सकता। मेरा जिद्दू-बद्दू, लॉली। सभी हँसते—'देखो-देखो, कितना बेईमान है! राह चलते समय इनको पुतली की गोद चाहिए और बैठेंगे मेम-माँ की गोद में!'...अहा-हा! बेचारे के दाँत देर से आ रहे हैं। पेट खराब है। वैद्यजी ने हिंग्वाष्टक दिया है। और आठ-नौ महीने के लॉली-लला हिंग्वाष्टक की शीशी देखकर काँपने लगते हैं।...मेरी गोद में दवा के डर से ही बैठा रहता। इतनी तेज घ्राणशक्ति! रानी-बहिना रोज रसोईघर में अपने हाथ से मेरे लिए तरह-तरह के मैथिल व्यंजन बनाती।...उस दिन मुझे भी हिंग्वाष्टक की जरूरत हुई। अबेर में, सोते से उठा मेरा लॉली—'मम्म, मम्म!' मैंने पुतली से कहा—'जल्दी ले आ पुतली।'

मैं बाहर बरामदे में बैठी थी। हुलसता हुआ आकर गोद में बैठा—'आय, मम्म मम्म!' बैठ तो गया, पर थोड़ी देर के बाद उसने ओठ बिदकाए। मेरे मुँह की ओर देखा, उसने। अचानक, न जाने क्या हुआ...भरी हुई झारी की तरह लुढ़क पड़ा, गोद से नीचे। पुतली की गोद में भी रोता रहा। मैं जब-जब हाथ बढ़ाती, डरकर मुँह छिपा लेता पुतली के कन्धे पर। रानी-बहिना आई। उनकी गोद में भी रोता रहा। मैंने फिर हाथ बढ़ाया तो मुँह छिपाने लगा। किसी के समझ में नहीं आती, क्या बात है! रानी-बहिना ने समझा और हँसकर बोली—'तुमने आज हिंग्वाष्टक लिया है न! जब तक मुँह में गन्ध रहेगी, गोद में नहीं जाएगा।' ओ माँ! छुट्टू पंडित इतना चालाक है?

रानी-बहिना के शब्दकोश में जितने बेढब नाम थे, सब मेरे लॉली के लिए व्यवहार करती।...लड़के को भोंडे नाम से पुकारने पर लड़का जीता है। कहते हैं, पंडित लोग भी इस बात पर विश्वास करते हैं। मैं नहीं मानती। मेरा लॉली भी नहीं

मानेगा। पंडित लोग पंक्ति से छाँट दें। मेरा लॉली छुट्टू पंडित होकर रहेगा। यह लॉली है, जीत है, जिद्दू है, बद्दू है! परानपुर से गीतवास कोठी लौट रही थी जिस दिन...

रानी-बहिना की सखी-सहेलियों के समदाउन गीत शुरू करने के पहले से ही मैं रो रही थी। मेरे जिद्दू की रुलाई, हवेली की दीवारों को चीरकर मेरे कानों के पास मँडराती। मैं बोली—'वह रोकर जान दे देगा। एक बार ले आ पुतली। मैं फिर समझाकर देखूँ।'...हुलसता आया और डोली में बैठ गया। अब?...लॉली! लिटल-लिटल लोटस...डार्लिंग! जिद्दू-बद्दू, तू चुप रहेगा। ले, अब रानी-मैया की गोद में जा। मैं फिर आऊँगी, जरूर!' जिद्दू ने मेरे मुँह की ओर देखा और धीरे से रानी-बहिना की गोद में चला गया।

'लॉली, मम्मी आएगा?'

'आय-आय!'

हाथ हिला-हिलाकर कहता है—'आय-आय!' दो नन्हे-नन्हे हाथ, हिलते हुए! छोटी-छोटी उँगलियाँ!

फागुन की मधु चैत की गरमी में और भी गाढ़ा हो गया।

चैत की एक अनमनी उदास सन्ध्या को मैं अपने सदाबहार की प्रतीक्षा कर रही थी। मेरा सदाबहार कभी झूठा वादा नहीं करता।

ठीक सूरज डूबने के पहले आकर मुझे अपनी चरणधूलि दी। किन्तु, मुझे लगा—सदाबहार ज़रा मुरझाकर लौटा है।...लॉली के बारे में बार-बार पूछती हूँ। कहते हैं—'ठीक है, सब!'

रात में फिर स्वीकारोक्ति के मूड में आ गए।—'मैं नहीं सुनना चाहती वैसी कहानियाँ। मुझे डर लगता है।'

'डरने से काम नहीं चलेगा, गीता! तुमको सुनना चाहिए।...दस्तावेज जाल करनेवालों को प्राणदंड तक की सजा होती है। मेरे दस्तावेजों को कई नीलहों ने कई बार जाली दस्तावेज कहकर चैलेंज किया। बादशाही जमाने के दानपत्र, ताम्रपत्र, सभी जाली हैं, उन्होंने कहा। कह देने से ही तो नहीं होता है! पचहत्तर नम्बर तौजी को लेकर मिर्जापुर कोठी के डिगबी साहब से झगड़ा था। साढ़े पाँच सौ एकड़ जमीन! एक ही चकबन्दी! उस एकचक जमीन में धान और पाट की ऐसी खेती लगती है कि फसल देखकर आदमी पुत्रशोक भूल जाए। उमड़ते-घुमड़ते बादलों की तरह मेघलाल पाट के घोर लाल पौधे।...डिगबी साहब दानपत्र देखकर पागल हो गया। मेरा दानपत्र मेरे पितामह के समय का था। गुनवन्ती ड्योढ़ी की रानी इन्द्रानी का दानपत्र!

रानी ने अपने पति के श्राद्ध में पंडितों को दान में जमीन भी दी थी। बाद में, दूसरे जमींदार ने फुसला-धमकाकर मेरे पितामह से जमीन ले ली। साहब के वकील ने हाकिम से कहा—हुजूर! रानी इन्द्रानी के बारे में मशहूर है कि उसने पंडितों को डेढ़-डेढ़ एकड़ जमीन दी थी...।

'मेरे वकील ने सबूत में दूसरे ब्राह्मणों के दानपत्र पेश करने की अरजी दी। हाँसामारी के चनकू पंडित का दानपत्र मँगवाया गया। भरी कचहरी में डिगबी साहब के हाथ में दोनों दानपत्र दिए गए—कौन जाली है और कौन असल?...पागल हो गया डिगबी—नो, नो, नो, नो, फोर्ज्ड! फोर्ज्ड! इतनी जमीन और इसका लगान सिर्फ तीन रुपए? नो, नो!...लगान भी नहीं, दस्तावेज में लिखा है—स्वस्ति के रूप में प्रतिवर्ष मात्र तीन कम्पनी!...

'लॉ-जरनल खोलकर पेश करते हुए मेरे वकील ने दिखलाया—रानी इन्द्रानी के दानपत्रों के बारे में इसमें एक न्यायाधीश ने स्वीकार किया है : रानी इन्द्रानी के दानपत्र अथवा अन्य दस्तावेजों का जाल पकड़ना आसान है। उसका जाली होना असम्भव नहीं। रानी के जीवित दीवान के कथनानुसार रानी इन्द्रानी की करधनी में लटकनेवाली सोने की दो सौ छोटी-छोटी मछलियों में से एक मछली से सील-मुहर का काम लिया जाता था जिसको रानी के सिवा और कोई नहीं पहचान सकता था। इतनी बारीक रेखाओं की कारीगरी का जाल करना कठिन काम है।...

'डिगबी ने उस दानपत्र को सरकारी एक्सपर्ट के पास भेजने की अरजी दी, डबल फीस के साथ।...तुम जम्हाई लेती हो गीता? नींद आ रही है?'

मिश्रजी की उँगलियाँ मेरे बालों के गुच्छे से खेलने लगीं। हठात्, उँगली रुक गई। मैंने कहा—'नहीं देवता! मैं सुन रही हूँ।'

मन्द-मन्द मुस्कराकर बोले—'और कलकत्ते के सरकारी एक्सपर्ट ने कहा, दानपत्र असली है!'

मिश्रजी ने मुझे बाँहों में जकड़कर कहा—'माफ करो गीत, जब कहने ही बैठा हूँ तो सच कहूँ। असल में वह दानपत्र जाली था।'

'जाली? फोर्ज्ड?...किसने किया था?' मैं अचरज से चीख पड़ी।

'यदि कहूँ, मैंने, तो?...कहो, ऐसी जमीन को खोकर आदमी पागल नहीं होगा? जमींदारी बेचकर कलकत्ता भाग गया। किसी और ने नहीं, डिगबी को उसके देशभाई ने ही धोखा दिया था। उसको बतलाया गया था कि जमीन कोठी के कब्जे में है। डिगबी से पहले मैकफरसन की जमींदारी थी। उसने धमकी दी थी—गोली से भून देंगे!...एक-एक कर तीनों हँसेरी[1] में मैंने उसको छट्ठी का दूध याद कराया। हाईकोर्ट ने मुझे ही डिक्री दी।'

...मैंने बिन-माँगे ही पात्र में 'कारन' ढालकर दिया।

---

1. बलवा।

कुछ क्षण इष्ट-नाम-जाप करने के बाद बोले–'जीवन में सबसे बड़ी ग्लानि मुझे, एक...एक स्त्री-हत्या जिस दिन हो गई। मेरे हाथ से नहीं, मेरे सिपाही के हाथ से!'...

मैंने अपने पति की छाती के अन्दर, कलेजे की अस्वाभाविक धड़कन, छन्दपतन का अनुभव किया। मैं उनकी छाती में मुँह छिपाकर बोली–'नहीं-नहीं! तुम क्यों करोगे किसी का खून?'

हवेली परगना के इतिहास में पाँच-सात इस्टेट की विधवा हिन्दू रानियों के राजकाज की बातें मिलती हैं। इनमें रानी इन्द्रानी और रानी चम्पावती के सुनाम के चिह्न आज भी पाए जाते हैं। बाकी रानियों के कुनाम की कहानियाँ भी घर-घर में होती हैं।...उनमें से एक ने पति के मरने के बाद अपने एकमात्र तीन मास के पुत्र की हत्या कर दी थी। मेरे पति ने उस पतिता को मारने का बीड़ा उठाया था। सिपाहियों ने उनका काम पूरा कर दिया। मेरे पति ने हत्या नहीं की, नहीं की! वह स्त्री-हत्या नहीं कर सकता कभी!...

मेरे देवता ने मुझे सँभालते हुए कहा–'गीत! अब 'कारन' नहीं मधु...!'

सुबह को, सूरज उगने से पहले ही मिश्रजी अपने 'मूँगा' पर सवार हुए। मिश्रजी के चतुर और प्यारे घोड़े का नाम है मूँगा। 'मोती' हाथी का नाम है। मूँगा मेरी प्रतीक्षा में खड़ा देखता रहा। कानों को ज़रा हिला-डुलाकर हिनहिनाया–ई-हीं-ही-ही! मैं जब तक उसे प्यार कर, उसकी गर्दन पर उँगली से काली नाम न लिख दूँ, वह कभी कदम आगे नहीं बढ़ा सकता। रानी-बहिना भी ऐसा ही करती है। मूँगा! डियर!... खड़प-खड़प, खड़प-खड़प-खड़-पड़, खड़-पड़!

खड़ाप-खड़ाप, खड़ाप-खड़ाप...!

चार दिन बाद! मिश्रजी की चादर की एक किनारे पर ॐ काढ़ रही थी कि पुल पर घोड़ों के टापों की आवाज सुनाई पड़ी। उत्तरा से झाँककर पुतली बोली–'हाँ! मैनेजर साहब!'

मेरे स्वामी आ रहे हैं!

फाटक पर घोड़े से उतरकर, दौड़ते हुए आए मिश्रजी। मैंने चरणधूलि ली। मेरा प्राप्य मुझे देकर बोले–'व्हेयरि'ज मम्मी?'

'मम्मी पास के गाँव में गई है। स्कूल खोल रही है न! क्यों, मेरा लॉली कैसा है? कुशल तो है न?'

'जय माँ!...सब ठीक है। एक काम कर सकोगी? तुमको याद है, पिछले महीने एन्थनी साहब ने मम्मी को एक पत्र भेजा था। एन्थनी के हाथ की लिखी हुई चिट्ठी? किसी जमीन के बारे में लिखा था उसने!...है? दोगी खोजकर?'

'क्या होगा उसका? आज सुबह को वास्केट से निकालकर ले तो नहीं गई पुतली?'

'ऐंय?' मिश्रजी ने अपना सिर थाम लिया।

मुझे याद आई। पत्र सुरक्षित है। बोली–'है! क्यों, क्या बात है?'

पत्र पाते ही मिश्रजी सदाबहार हो गए, फिर–'मम्मी से कहना मत! यह खत मैं ले जाता हूँ।' मिश्रजी की देह से मूँगा के पसीने की गन्ध आ रही थी।

'मुझे अभी जाना है। तुरत!...तरह-तरह की बातें सुनोगी। घबराना नहीं। मुझे खोजने के लिए पुलिसवाले आर्म्ड-फोर्स लेकर आ सकते हैं। मैंने सारी व्यवस्था कर दी है। तुम तिल-भर भी विचलित मत होना। लॉली को लेकर उसकी माँ आवेगी।'

मैंने कोई प्रश्न नहीं किया। देर करना अनुचित लगा। फाटक तक मैं साथ गई। मैं मिश्रजी के प्रत्येक पदचाप पर इष्ट-नाम-जाप करती आ रही थी।

उस दिन मूँगा मेरी थपकियों के लिए रुका नहीं। मिश्रजी सवार हुए और वह भागा–खड़ाप, खड़ाप! मेरे मूँगा ने मान किया है, रूठ गया है। आते ही प्यार नहीं मिला, इसीलिए इतना गुस्सा! भगवान जाने कब का भूखा-प्यासा था! उसके मुँह से गिरे हुए सफेद झाग धरती पर चमक रहे हैं।...ओ रे मेरे मानी, अभिमानी!

कॉलेजों में पढ़नेवाले लड़के गाँव लौटे हैं।

जिला के कॉलेजों में पढ़नेवाले लड़के पहले ही आ गए हैं। जिले के बाहर पढ़नेवाले लड़कों का दल आज ही आया है। पटनियाँ और भगलपुरिया बैच!

जाड़े की छुट्टियों में घर आए हुए लड़के आसानी से पहचाने जाते हैं। कोट-पैंट की काट और बालों की छाँट ही बता देती है कि किस कॉलेज में पढ़ता है लड़का। किस शहर के किस सैलून का नाई कैसा बाल बनाता है, यह गाँववाले नहीं जानते। लेकिन, गाँव में यह बात मशहूर हो गई है–पटना के जिस नाई से जित्तन बाबू बाल कटवाते थे, शैलेन्दर भी उसी से पट्टा छँटवाता है। और, वह नाई लाट साहेब के अमला-पैदा का केश काटता था, सुराज होने से पहले।

शैलेन्दर तीन साल के बाद आया है, गाँव!...पढ़ते-पढ़ते यह भी बनरा न जाए कहीं! गाँव के लोगों को डर है।

आजकल, पुस्तकालय का वाचनालय आठ-नौ बजे रात तक खुला रहता है। रह-रहकर हँसी का एक रोर उठता है। बीच-बीच में फिल्मी गीतों की धुनें सुनाई पड़ती हैं। ब्याह-गौना किए हुए लड़के जब चौकड़ी छोड़कर जाने लगते हैं, उन पर एक फुलझड़ी फेंकता है परमा, बारी-बारी से–'नाइट-कॉलेज का समय हो रहा है, जाने दो!'

इस बार पटना में पढ़नेवाले विद्यार्थियों का दल सुवंशलाल से मिल आया है।

आज की बैठकी में पटना के लड़कों के मुँह की ओर ही सबकी नजर है। आज चौकड़ी जमेगी। प्रयागचन्द का मँझला भाई त्रिवेणी गप का एकाध टुकड़ा पहले ही सुना चुका है। बजरंगराय आ जाए तो बात जमे!

बजरंग आया और एक ही साथ कई नौजवानों ने उसका स्वागत किया–''आओ, आओ! कब से तुम्हारी प्रतीक्षा हो रही है।''...त्रिवेणी ने इसी साल पटना में नाम लिखाया है। बजरंग चार साल से पटना में पढ़ रहा है। त्रिवेणी का मुँह छोटा हो गया।

भागलपुर कॉलेज में पढ़ता है शोभा, लेकिन मुँहचोर है। नहीं तो उसके पेट में एक ऐसी बात चुलबुला रही है कि सुनते ही सारी चौकड़ी ठठाकर हँस पड़ेगी। उसने परमानन्द के कान में डाल दी बात।

परमा को सभी बोतू कहते हैं। वह अपने से पाँच साल सीनियर लड़कों को भी मुँह के जोर से हरा देता है। जब कभी गाँव आता है, बड़े-बूढ़ों से हमेशा उलझता रहता है। कहाँ पढ़ता है और किस कॉलेज में पढ़ता है, यह उसके सिवा और कोई नहीं जानता। वह कभी इलाहाबाद, कभी बनारस और कभी लखनऊ के कॉलेजों के किस्से सुनाता है। गैर-पटनिया दल के विद्यार्थियों का स्वयंनिर्वाचित सरदार है, वह! शोभा की बात सुनकर उससे रहा नहीं गया। बोला–''तिरबेनियाँ क्या पढ़ता है पटना में? बाइलॉजिक? इसीलिए उसकी बाई तेज हो गई है।...हाँ, हँसने की बात नहीं। आज ही पटना से आया और अपनी भाभी को चौंधिया दिया। अपनी भाभी से कह रहा था कि दही तो कीड़ों का समूह है...!''

''ऐं-य-य? क्या कहा?...हा-हा-हा! दही-ई-ई? कीड़ों का समूह? हा-हा-हा!'' हँसी के रोर में ही त्रिवेणी की पतली आवाज सुनाई पड़ी–''वाह रे लंठलर्नेड। इसमें हँसने की क्या बात है?''

परमा आजकल झगड़ने के पहले जनमत अपने पक्ष में कर लेता है–''हाँ, हम लोग देहाती हैं, लंठ हैं। सिर्फ पटना में पढ़नेवाला लड़का पिएचडी होता है। दही को कीड़ों का समूह कहनेवाला। पटना में पढ़ने क्या गया, न्यूटन का अवतार हो गया!''

बजरंग कई कारणों से चिढ़ा हुआ है, त्रिवेणी से। श्रीकान्त ने बजाप्ता बायकाट कर लिया है, त्रिवेणी से। बोलचाल भी बन्द है। बजरंग ने त्रिवेणी को घुड़की दी–''तुम भी खूब हो तिरबेनियाँ! तुमने बायलौजिक लेकर कमाल किया है। ऐसी भी बात करता है कोई?''

त्रिवेणी तमतमाकर बोला–''बायलौजिक नहीं, बायोलॉजी!''

मधुसूदन अब तक चुप था। आजिज आकर बोला–''खूब खटखटिया हो तुम लोग। आते ही खटखट शुरू कर दिया न!''

''हाँ, हाँ। ठीक कहता है। इतने दिनों के बाद एकजुट हुए हो। पहले किस्सा-कहानी सुन लो!'' बजरंग छोटी-सी बात को भी रसाकर सुनाता है। रसदार

गप के लोभ में परमा ने बात मान ली। लेकिन, उसने चुनौती दे दी–"कल साबित करना होगा। दिखावे तिरबेनियाँ कीड़ों का समूह।" बजरंग ने गप की पहली चुटकी निकाली–"मैं तो देखकर दंग रह गया। दुनिया भी क्या है! आदमी तुरत क्या-से-क्या हो जाता है! सुवंश तो खैर...लेकिन मलारी?" बात खुल ही रही थी कि शैलेन्दर आ गया। नगेन्दर ने धीरे से सिगरेट दे दिया दानी के हाथ में–"भैया आ रहे हैं।" शैलेन्दर को देखते ही सारी चौकड़ी अप्रतिभ हो गई, ज़रा। शैलेन्द्र तीन साल से बैठा हुआ है पटना में, एम.ए. पास करने के बाद से ही। तीन साल के बाद गाँव लौटा है। बजरंग ने रंग-भंग नहीं होने दिया। बोला–"कहाँ, लाइब्रेरियन! देखो, कितनी किताबें ले आए हैं शैलेन्दर बाबू!"

प्रयागचन्द कहीं मेहमानी गया है। उसके बदले में ललितलाल है। किताबों की बँधी-बँधाई गठरी उठाकर दूसरे कमरे में चला गया वह! शैलेन्दर ने हँसकर कहा–"सुवंश-कथा हो रही है?"

"हाँ! आइए, आप भी सुनाइए कुछ!"

"बस, हमको एक ही बात जाननी है।" परमा ने कहा–"व्हेदर इट इज ए फैक्ट या पटनिया फफटबाजी? अभी तिरबेनियाँ कह रहा था कि मलारी हो गई है, क्या नाम भला, डांसिंग-गर्ल? क्या यह सच है शैलेन्दर बाबू?"

"डांसिंग-गर्ल?...हाँ, वह डांस स्कूल में भरतनाट्यम् सीख रही है।"

"मैंने झूठी बात की है?" त्रिवेणी ने पूछा।

"ठहरो, तिरबेनियाँ!" परमा ने कहा–"डांसिंग-गर्ल का मतलब भी कीड़ों का समूह है, जानते हो? चैम्बर्स-ऑक्सफोर्ड उलटो जाकर!"

शैलेन्दर ने उठते हुए कहा–"सुवंश और मलारी की तरह कितने लोग हो सकते हैं? उन लोगों ने ऐतिहासिक काम किया है।"

परमा ने कहा–"वाजिब बात! ऐतिहासिक ही नहीं, क्रान्तिकारी कदम! हम लोगों ने लिखा है उसको–ब्रेवो! वेल डन!"

"पूछो बजरंग से।" शैलेन्दर ने मुस्कराकर कहा–"बजरंग और त्रिवेणी वगैरह सुवंश से मिलने गए थे, मुजफ्फरपुर। पूछो, इन लोगों ने सुवंश के हाथ का पान तक नहीं लिया।"

परमा जोश में आकर खड़ा हो गया–"शेम-शेम!"

"काबुल में भी गदहे होते हैं!"

"गाँव से हम लोगों ने प्रस्ताव पास करके भेज दिया है, पहले ही। बधाई है, बधाई है! और, पटना में पढ़नेवाले ऐसे मूर्ख?"

मधुसूदन ने कहा–"इसमें विद्वान-मूर्ख की क्या बात! अपनी-अपनी श्रद्धा की बात है। बजरंग और तिरबेनियाँ का क्या कसूर? खुद, सुवंश की भाभी कह रही थी, उसका भाई कह रहा है, घर में पैर नहीं रखने देंगे।"

शैलेन्दर ने कहा–"सुवंश उस घर में पैर भी नहीं देने जाएगा, शायद।"

शैलेन्दर के जाने के बाद लोगों ने मँगनीसिंह दीवाना की चर्चा शुरू की। परमा ने इधर-उधर देखकर कहा–"कहीं पीछे में कोई बैकवर्ड-शिडूल कास्ट तो कान लगाकर नहीं सुन रहा?...प्यारे भाइयो! आप लोग गम्भीरता से मँगनीसिंह दीवाना के चाल-चलन पर विचार करें। आजकल वह बमका है। उससे पूछना होगा, व्हाट ही वांट्स?"

"सचमुच! दीवाना के चलते नन-बैकवर्ड...।"

परमा ने बोलनेवाले को धमकी दी–"नन-बैकवर्ड क्या! फॉरवर्ड बोलो। अग्रगामी जाति!"

"दीवाना भी पटना गया है।"

"वापस आने दो। प्रेमपहाड़ा पढ़ा देंगे।...प्यार का बाजार लगाता फिरता है। अग्रगामी जाति को कलंकित करता है। दीवाना की दीवानगी निकालता हूँ!"

"बात तय रही न?"

"हाँ, तय ही समझिए!"

लुत्तो को गरुड़धुज झा ने कानूनी दाँव-पेंच के उदाहरण देकर समझा दिया–ग्राम-पंचायत के लिए कांग्रेस की ओर से रोशनबिस्वाँ को खड़ा किया जाए। नाम रहेगा रोशनबिस्वाँ का, काम तो सभी लुत्तो के मन से होंगे। ग्राम-पंचायत के मार्फत गाँव में पूरी तरह जड़ जमाकर, लुत्तो विधानसभा के लिए नाम पेश करेगा। रोशनबिस्वाँ तन-मन-धन से मदद करेगा। कैसे नहीं चुनेंगे कांग्रेसवाले? रुपया की क्या कमी होगी? एक ही साल में तीन-तीन चुनाव लड़ने का पैसा, ग्राम-पंचायत के मार्फत, यदि गरुड़धुज झा जमा नहीं कर दे तो वह ब्राह्मण नहीं–चमार!

लुत्तो के दिमाग पर बीरभद्दर बाबू सवार हैं।...बीरभद्दर ने धोखा दिया। गाछ पर चढ़ाकर नीचे कुल्हाड़ी से काटनेवाला आदमी!

रोशनबिस्वाँ ने जीभ से ओंठ चाटकर कुछ कहना चाहा। गरुड़ झा ने टोक दिया–"फिर वही आदत!"

रोशनबिस्वाँ लजा गया। उसकी जीभ मुँह में बन्द लकपकाकर रह गई। गरुड़धुज झा ने बिस्वाँ की इस आदत को छुड़ाने का जिम्मा लिया है। उस दिन फारबिसगंज के सब-रजिस्ट्रार साहब ने चिढ़कर कहा था–"आप बार-बार साँप की तरह जीभ क्यों निकालते हैं?"

हाकिम ने सोचा, शायद–जीभ दिखाकर मुँह चिढ़ाता है! कचहरी से निकलते ही रोशनबिस्वाँ को कसम दिलाई थी गरुड़ झा ने–"इस प्रैक्टिस को छुड़ाइए किसी तरह!

दाँत से जीभ को कुचल दीजिए एक-दो बार। खुद ठीक हो जाएगी।''...बिस्वाँ की जीभ की नोक पर घाव हो गया है। वह कहना चाहता था, जित्तन की बात। आज उसने सुना है, जित्तन मुखियागिरी के लिए नहीं उठेगा।

लुत्तो ने कहा–''मालूम है, मालूम है। वह यदि उठता तो आपको मैं अपनी जगह इस तरह दान नहीं करता। और, आप उसका मुकाबला कर भी नहीं सकते थे!''

गरुड़धुज ने कहा–''खुद नहीं खड़ा होगा जित्तन, बीरभद्दर को खड़ा करेगा।''

''तो मैं भी रोशनबिस्वाँ को मुखिया बनाकर दिखा दूँगा।''

पत्थर का दाँत चमका गरुड़ झा का। रोशनबिस्वाँ गद्‌गद हुआ।

पनघट का आजकल लड़ाई-झगड़े नहीं होते।

हर पनभरनी अपने साथ कोई-न-कोई नई बात ले आती है, चुपचाप। बात की क्या कमी है! एक बात हो तो झगड़ा किया जाए जमकर!

''मलारी ने अपनी माँ के लिए तीन जोड़ी साड़ी भेजी है। रमदेवा का कुर्ता-पैजामा आकर देखे कोई! दैया-री-दैया, बाघ-छाप कपड़ा कभी नहीं देखा था।''

''और, सुवंश ने अपनी माँ को कुछ नहीं भेजा है?''

''मलरिया मोजरा का नाच नाचती है। सचमुच, नट्टिन हो गई!''

''सरकारी नट्टिन!...चुप!''

''अब यह परानपुर नहीं, नट्टिनपुर हो गया। किसको क्या कहा जाए! जयवन्ती अपने दुलहा को पीटकर भाग आई है, ससुराल से! रातोरात!''

''सेमियाँ कहती थी, ठीक किया है।''

''देखना है सेमियाँ को!''

''करिया बिलार और लमगोड़ा नकलोल की बात मालूम है?''

''तजमनियाँ को भी अब आसमान सूझने लगा है। बड़ी हवेली की पटरानी बनने आई थी! अब आ गई है, शहरवाली। देखती नहीं, रोज आती है कम्फूवाली बीबी?''

''सिर्फ आती है? तब तुम क्या जानती हो! आती है, खाती है, पीती है। हँसती-बोलती है। क्या नहीं करती है? शहर की पाठी है। तजमनियाँ मखाने के पत्ते से मुँह पोंछे अब अपना!''

''अरे हाँ, कल नूनू के बाप ने देखा, घड़ी पहर रात को बरदिया घाट पर दोनों गुदुर-गुदुर, फुसुर-फुसुर बतिया रहे थे। कम्फू की बीबी और जित्तन बाबू। नूनू के बाप को डर हो गया।''

''तजमनियाँ का भाग ही खराब है। इधर से भी गई और उधर से भी!''

सामबत्ती पीसी पनघट के बगल से गुजरी–''तजमनियाँ का भाग खराब नहीं। कम्फू की बीबी भी उसे दीदी कहती है। गोबिन्दो कहता था, ताजन दी के माथा की बराबरी नहीं कर सकती!''

''शहर की खेलाड़ लड़की है, फिर भी?''

इरावती हैरान है! क्या हो गया है जितेन्द्र को?

इरावती ने लक्ष्य किया है, बातें करते समय जितेन्द्र की आँखों में नींद घुमड़ने लगती है; रह-रहकर वह जम्हाई लेता है। इतना आत्मकेन्द्रिक तो नहीं था जीत!

इरावती ने लोकमंच की विस्तृत परिकल्पना की फाइल समेटते हुए कहा–"लगता था, जीवन में कभी कुछ सुव्यवस्थित ढंग से सोच नहीं पाऊँगी। तुम्हारी बताई हुई राह पर चलती गई। वर्षों जंगल-पहाड़ और पठारों में भटकने के बाद प्रीत की रीत जान पाई। किन्तु, जिससे प्रीत करना चाहती हूँ, उससे परिचय नहीं। इसलिए तुमसे प्रार्थना है...!"

"लोकचित्त और लोकचेतना का ज्ञान मुझे भी नहीं, इरा! मैं क्या सहायता कर सकता हूँ, तुम्हारी?"

"कैसी बात करते हो, जीत?"

"हतबुद्धि का विलाप-प्रलाप कहो।"

"हतबुद्धि!...भैरवीचक्र की भाषा रखो अपनी!"

"लोकभाषा में ही कहता हूँ, अपनी व्यर्थता पर मुझे दुख है।"

"तुमसे सहायता की उम्मीद नहीं करूँ, कोई?"

जितेन्द्र चुपचाप देखता रहा, बाहर की ओर। इरावती उठी, लम्बी साँस छोड़कर–"अब मैं अपने जमे हुए विश्वास को क्या करूँ?"

जितेन्द्र हँसा–"अतिरिक्त संचय के बाद दान ही एकमात्र मार्ग है कल्याण का!...विश्वासदान आन्दोलन!"

इरावती तिलमिलाई।...वह क्या सुन रही है जितेन्द्र के मुँह से? यह जितेन्द्र है? छोटानागपुर की पहाड़ियों में भटकनेवाला भावप्रवण प्राणी। बात-बात में जिसका आत्मविश्वास पहाड़ी झरने की तरह कलकल कर उठता था। शक्ति की सुन्दरता से आलोकित मुखमंडल, मानव-प्रीति से भरपूर स्वस्थ आत्मा! समाजमुखी, उदार मन! परानपुर हवेली की तंग कोठरी में कैद करके अपने को किस अपराध का दंड दे रहा है, यह?...सिर्फ, मुस्कराहट रह गई है जितेन्द्र के ओठों पर जो निराश नहीं होने देती।

उसने अपने को संयत किया। बोली–"हाँ, मुझे दान में ही प्राप्त हुआ था यह विश्वास, एक दिन।"

इरावती अन्दर हवेली की ओर जा रही थी। ताजमनी हाथ में एक कार्ड-बोर्ड का बक्स लेकर मुस्कराती हुई आई–"बच्चों का खेल!"

"यह क्या है?"

'आपके परतीपुत्तर ने बनाया है। देखिए न, क्या है!" ताजमनी हँसी–"कमरे में बन्द होकर इसी खेल में बझे रहते हैं।"

इरावती ने जितेन्द्र की ओर प्रशंसा-भरी नजरों से देखा, ओपन-एयर-स्टेज का मॉडल!...अजाने ही उसने मेरी सहायता कर दी है? ताजमनी को धन्यवाद दिया इरावती ने, "बहुत-बहुत धन्यवाद! परतीपुत्तर! तुम्हें भी?...इसे मैं ले जाती हूँ। डायग्राम... ।"

जितेन्द्र ने कहा–"लेकिन, स्टेज पर इन्द्रधनुषी रेशमी पर्दा और फूलदार झालर किसने लगा दी है?"

ताजमनी मुस्कराकर चिक के उस पार चली गई।

खुले स्टेज पर, महीन तार में, चार-पाँच रंग के साटिन कपड़े के छोटे-छोटे टुकड़ों को सजाकर बाँध दिया गया है। विशाल स्टेज की पृष्ठभूमि में रंग की धाराएँ आकाश से उतर रही हैं।...चारों ओर हजारों लोगों की झलक! कलरव!...तालियों की गड़गड़ाहट! जितेन्द्र और इरावती ने एक साथ पुकारा–"ताजमनी...दी!"

"यह बात नहीं कि पहले कभी कोई परिवर्तन नहीं हुआ समाज में। परिवर्तन होते रहे हैं।...बात है, परिवर्तन की गति की!"

शैलेन्दर की बात ध्यानपूर्वक सुन रहा है जितेन्द्रनाथ। भिम्मल मामा अपनी मोटी डायरी में उसकी बातों को नोट कर रहे हैं। जितेन्द्र ने पूछा–"क्या, इसके पहले भी, किसी काल या युग में, आज की तरह अभाव-अभियोग और व्यर्थता के विलाप से सामाजिक वायुमंडल परिव्याप्त हुआ था?"

"नहीं, ऐसा नहीं हुआ कभी, मैं मानता हूँ। इसका कारण है, परिवर्तन की गति में भी परिवर्तन हुआ है। ऐसी तीव्र गति कभी नहीं रही। इसकी तेज चाल के साथ तालमेल रखकर चलना आदमी के लिए असम्भव हो रहा है। इसीलिए, यह टूटन... ।" भिम्मल मामा ने पेंसिल रोककर कहा–"बन्दा बैलगाड़ी पर, जमाना ज्येष्ठ जहाज में?"

शैलेन्दर श्रद्धा-भरी हँसी हँसकर बोला–"आप ठीक कहते हैं मामा! बैलगाड़ी और जेट प्लेन की गति...!"

जितेन्द्र ने शैलेन्दर को बहुत प्यार से चाय की प्याली दी–"चीन देखकर लौटे हुए मित्र की भेजी हुई चाय है।"

भिम्मल मामा ने कहा–"गोरी-चमेली चाय?...देख लो, गोरी-चमेली के प्रेमीगण गन्ध से अन्ध होकर आ रहे हैं, मेरी काष्ठपादुका की खूँटी को तोड़ेंगे।" सुरपति और

भवेश ने क्षमा माँगी।...खटटम्!

"व्हाइट जैसमिन?"

"सुरपति बाबू! पहली प्याली शैलेन्द्र के हाथ में है।"

जितेन्द्र के साथ सुरपति और भवेश भी हँसे—"हाँ, शैलेन्दर बाबू! त-त-तैयार रहिए!" जितेन्द्र ने कहा—"बात तय हुई थी कि पहली प्याली पानेवाला एक चीनी गीत सुनाएगा।"

"चीनी गीत?"

"हा-हा-हा-हा!"

"लीजिए मामा! मैं दूसरी प्याली लूँगा।" शैलेन्दर ने हँसकर कहा। गोबिन्दो ट्रे लेकर खड़ा था। बोला—"नेंहि, नेंहि। पॅहिला कॉप माँ श्येंमा को निवेदॅन कॅरा है।"

"तब, माँ श्यामा ही सुनाएगी एक चीनी गीत!"

चिक की आड़ में मीत की छाया डोली। जितेन्द्रनाथ सतर्क हो गया, निश्चय ही ताजमनी अप्रसन्न हुई होगी।

सभी ने चाय की प्याली में पहली चुस्की लेने के बाद एक-दूसरे की ओर देखा। भवेश की दृष्टि एक चाइनीज़ पेंटिंग पर अटकी।—"नई तस्वीर कब आई है?"

भिम्मल मामा ने कहा—"माँ श्यामा की कृपा से मैं चीनी भाषा के दो-तीन शब्द जानता हूँ। गोरी-चमेली की पहली चुस्की लेने के बाद मन बेईमानी नहीं करना चाहता। उन शब्दों को जोड़कर यदि पूर्वी धुन में गुनगुना दूँ तो माँ सरस्वती नाराज तो नहीं होंगी?"

भिम्मल मामा ने सुरीले सुर में गाया—नि-हाउ-पू-हाउ—शेई शेई।

भिम्मल मामा के गुन-दोष को जानते हैं, सभी। इसलिए, सभी ने अपने पेट में कुलबुलाती हुई हँसी को रोक रखा। सुरपति की हँसी ज़रा फसककर निकलना चाहती थी। किन्तु, उसने रोक लिया। भिम्मल मामा बोले—"आप सशंक हैं, कथा-कलक्टर साहब?...अर्थहीन शब्द नहीं हैं। एक बन्धु दूसरे से पूछता है, कहो क्या हाल है? जवाब मिला—धन्यवाद! कोई किसी का हाल न पूछे, ऐसे जमाने में, कहो बन्धु, क्या समाचार है, कौन पूछता है? इसलिए, बन्धुहीन व्यक्ति प्रसन्नता से धन्यवाद के सिवा और कुछ उच्चारण नहीं कर सका!...हँसते हो?"

भवेश ने हँसी को अपनी तुतलाहट से लपेट लिया। लेकिन भिम्मल मामा सबकुछ समझते हैं। बिगड़कर बोले—"वर्तमान खगसाहित्य के गीतों में सभी अपना ही रोना रोते हैं। दूसरे की कौन पूछता है, भला! तुम नहीं समझोगे...हाँ, खगसाहित्य। ऐसा साहित्य जो चिड़िया की तरह पंखदार हो। खग ही जाने, खग ही समझे, खग की भाषा!"

"मैं-स-स-स-साहित्यिक त्थोड़ों हूँ, म्मामा। लेकिन चीनी भाषा म्में त्तो प्रायः सभी शब्द में चँ-चँ-चँ-च...।"

भिम्मल मामा ने भवेश को माफ कर दिया–"चवर्ग फोबिया है यह तुम्हारा! बिना चाँचूँवाले शब्द भी होते हैं।"

भिम्मल मामा ने शैलेन्दर की ओर मुखातिब होकर कहा–"अच्छी बात। इस चायचक्र और चवर्गचर्चा से चौंकित-चमत्कृत वातावरण में सामाजिक संकट की भूमिका अफिट होगी। इसलिए बात पस्तपन्न रहे। क्यों?...बन्दा बैलगाड़ी पर, जमाना ज्येष्ठ जहाज में!...सबसे तीव्रगामी हवाईजहाज को ज्येष्ठ मानना ही होगा।"

गाँव के किसी चौराहे से परमा की कठहँसी की हहास सुनाई पड़ी–हह! हहह! हहहह!...उसकी हँसी के कारण तो बोतू नहीं कहते लोग!

भिम्मल मामा ने कहा–"परम ज्येष्ठ आनन, परम आनन्दकन्द श्रीमन्त ग्जी से मैं पच्चीस गज दूर रहता हूँ। परम आनन्द अवस्था में ही जो गले की नरेठा [illegible] देने को उतारू हो जाता है, वह परम कुपितानन होने पर जो न कर दे!"

–हहहहह! हहहहह!

परमा की विकट हँसी तीव्र हुई। परम आनन्दित है, आज!

दीवाना इस हँसी से बहुत घबराता है। 'प्यार का बाजार' भंग करने के बाद ऐसा ही हँसा था परमानन्द!

दीवाना पटना से लौट रहा है, अभी-अभी। अब दीवाना नहीं, हरिजन दीवाना नाम है उसका। नाम छपाकर लौटा है पटना से, इस बार।...हँसे परमा, जी भरकर! सबको ठीक करेगा हरिजन दीवाना।...ले आया है, झोली में!

चमरौधे!

लेखक–हरिजन दीवाना।

विभिन्न अवगुन और गुमान-भरे, मुँड़े-कटे-छँटे आठ खोपड़ों पर क्रमशः आठ सर्गों में समाप्त। मूल्य–हरिजन-सेवा के नाम, एक अठन्नी!

पुस्तकालय के पासवाले चौराहे पर मस्त होकर गा रहा है हरिजन दीवाना, स्वरचित 'चमरौधे' के गीत–

रेंड़ी के तेल में, भीगे-भीगे, प्यारे-प्यारे
चर-मर चमरौधे पहले, तेरे ही सिर पर मारें,
आओ परानपुर के कलंक कुलंगार–
लम्बे-लम्बे बालों पर कर दें बौछार आज!
सचमुच में यार, तेरी ई किस्मत बड़ी तेज है...!

'चमरौधे' की प्रतियाँ धड़ाधड़ बिकने लगीं।...ले जाइए, खुद पढ़िए, अपनी

घरवालियों को सुनाइए और बच्चों को रटाइए। जो बूझेगा, वह रीझेगा। नकद नहीं तो उधार ले जाइए!

जिसकी जाति बेंच आई अँगरेजिन ग्वालिन बेटी!
जिसके घर में आई पहले, फूली-फूली पॉवरोटी–

...रंडी के पीछे छोड़ा सारा समाज को-ओ-ओ, दुनिया-जहान को!

एक अठन्नी, एक अठन्नी! आठ बिगड़े दिमाग सिर पर–नरम-नरम, गरम-गरम!

भूमिहार सुत कुवंश के सिर सूखे-सूखे डालें...

"जो भी कहो! है असल कवि? है न?"

"जो बूझेगा, वह रीझेगा। बहुत दूर की मार है! वाहजी हरिजन दीवाना!"

जयमंगल ताँती, शिड्यूल-कास्ट-स्टूडेंट्स-यूनियन का सेक्रेटरी है, अपने कॉलेज में। सवर्णटोली के लड़के उससे बात नहीं करते। अपने दल के लड़कों के साथ वह हरिजन दीवाना के अगल-बगल में तैयार है...जरूरते-नागहानी पर मदद करेगा।

परम मूर्ख बोतू बातूनी बकबक क्यों करता है?
आओ इधर नालवाला चमरौधा क्या कहता है?
हँसो और फिर हँसो, दाँत पर बार-बार मैं मारूँ... ।

"हहहहह! हहहहह! हरिजन-सेवा के नाम, एक अठन्नी! हरिजन-सेवक के नाम दूसरी अठन्नी। वाहजी, हरिजन दीवाना! क्या बनाया है चमरौधा!" परमा भी गाने लगता है हरिजन दीवाना के साथ–

ऊँची-ऊँची पगड़ीवालो पगड़ी अपनी खोलो
गंगाजल से अपना-अपना मूँड़ा माथा धोलो...!

"हहहहह! हहहहह! वाहजी हरिजन दीवाना! लाओ पीठ ठोक दूँ...।"

"ऐ! मारते हो क्यों? देखो जयमंगल, यह मार रहा है और कहता है कि पीठ ठोकता हूँ!...लुत्तो बाबू को खबर दो ज़रा।"

"क्यों मारा?"

"पीठ ठोकता हूँ या मारता हूँ! इस तरह पीठ ठोकने से चोट लगती है? ज़रा तुम्हीं देखो!...फट्-फट्!"

"ऐ? मारपीट करता है। ऐ! सीटी फूँको! परमा ने क्या समझ लिया है अपने को! जयमंगल! देखो, झोली छीनकर भागा जा रहा है।"

जितेन्द्रनाथ पगडंडी से जा रहा था। उत्तेजित नौजवानों को देखकर रुका। परमा से पूछा–"क्यों परमानन्द? क्या बात है?"

उत्तेजित नौजवानों को अचरज हुआ।...आज जित्तन बाबू भी आए हैं? परमा ने 'चमरौधे' की प्रति जितेन्द्र के हाथ में देते हुए कहा–"ऐसी अच्छी किताब पर तो नोबेल प्राइज मिलना चाहिए। मैंने ज़रा-सा पीठ ठोक दिया तो क्या बुरा किया? आप ही कहिए, भैया!"

"नहीं, वैसे भला पीठ ठोका जाता है? देखिए, पीठ लाल हो गया है!"

जितेन्द्र ने पृष्ठों को उलट-पलटकर देखते हुए कहा–"लड़ाई-झगड़ा करने के बदले इसको एंजॉय क्यों नहीं करते, परमा?"

जितेन्द्र को हँसते हुए देखकर हरिजन दीवाना को अचरज हुआ। उसके साथियों ने आपस में कानाफूसी की। जयमंगल ताँती ने धीरे से कहा–"घबराने की बात नहीं, लुत्तो बाबू आ रहे हैं।"

"एक प्रति मुझे भी दीजिए।" जितेन्द्र ने कहा। हरिजन दीवाना ने झोली से एक प्रति निकालकर बढ़ाया। जित्तन ने माथा झुका दिया। सभी ठठाकर हँस पड़े–हा-हा-हा-हा! हहहह! हहहह! हो-हो-हो! हरिजन दीवाना अप्रस्तुत हुआ।

परमा ने हाथ के साप्ताहिक पत्र को मोड़कर चोंगे की तरह बनाया और उसमें मुँह लगाकर बोला–"भोइयो-ओ! ओज रोत! पुस्तकोलोय में बिरोट कवि सम्मेलन! मोंगनीसिंघ दीवोनो उर्फ प्रेमकुमोर उर्फ हरिजन दीवोनो...!"

जितेन्द्रनाथ बरदियाघाट की ओर चले–हँसते-मुस्कराते। राह में सामबत्ती पीसी पर नजर पड़ी। पीसी हँसकर रह गई...आज रास्ता भूलकर गाँव की पुरानी गली से जा रहे हैं!

पनघट पर औरतों ने सिर पर घूँघट खींचे। फेकनी की माय कुछ कहते-कहते रुक गई–"आकि देखो...!"

...रात में पुतली दौड़ी आई–'मेमरानी! सरबनाश हो गया!'

'का-ली! क्या है, पुतली?'

'सुलतानपुर मेले को लूट लिया गया। दो खाँटी साहब और एक देशी साहब मारे गए। एन्थनी साहब घायल हुए हैं।...पाँच सिपाही मरे हैं।'

'कहाँ? कहाँ?' मम्मी घबरा गई।

मैंने पुतली को आँख का इशारा दिया। पुतली बोली–'अभी, कोई बोल रहा था कि सुलतानपुर मेले को लूट लिया गया है।'

'मम्मी! यहाँ तो हमेशा बलवा-हँसेरी, दंगे-फसाद लगे ही रहते हैं। घबराती क्यों हो?'

मम्मी तुरत शान्त हो गई। बोली–'तुम्हारा यह भला आदमी न जाने कहाँ है! सुलतानपुर मेला तो मिस्टर एन्थनी का है न?'

रात-भर मैं बेसुध रही माँ के पास। सुबह को फुलवारी से जवाफूल लाने गई तो फाटक के पास एक तख्ती लटकी देखो। रात में ही लटकाई गई है–

'श्रीमती गीता मिश्र से मिलनेवाले अंग्रेज बन्धुओं को सूचित किया जाता है कि श्रीमती एक हिन्दू जमींदार की पत्नी है; हिन्दू धर्म के आचार-विचार पालती है। इसलिए...!' अपनी कोठी के कारकुनों और सिपाहियों को देखा—लाठी-भाला लेकर तैयार हैं। आध घंटे के बाद ही, पुल पर दो-तीन दर्जन घोड़ों के टापों की गड़गड़ाहट हुई!...मैं तैयार हो गई। मम्मी ने बाथरूम से पुकारकर कहा—'दि रि-बे-ल!'

'नो मम्मी!' घोड़े के टापों की गड़गड़ाहट फाटक पर आकर रुक गई। एक फौजी हुक्म गूँज गया। प्रतिध्वनि हुई—अ-ऽ-ऽ-वा-ह्रा-आँ-क्! दरबान ने परवाना लाकर दिया—डिस्ट्रिक्ट मैजिस्ट्रेट का परवाना!

...एस. मिश्रा इज वांटेड! खूनी मुकदमे का आसामी अव्वल। डी.एम. कोठी की तलाशी लेंगे।

मम्मी घबराई। मैंने समझाया—'मिस्टर एन्थनी से मिश्रजी की पुरानी दुश्मनी है, सो तो तुम जानती ही हो।'

लेकिन, मम्मी ने बार-बार फुसफुसाकर कहा—'मरडर! मरडर!'

मैंने माँ तारा की चरणधूलि लेकर कहा—'माँ तारा मेरी, रोज बलि चाहती है तो कोई क्या करे!'

मम्मी मूक-बधिरा-सी खड़ी रही।

मैं स्वीकार करती हूँ, यदि मिस्टर एंडरसन की जगह पर कोई और अंग्रेज डी.एम. होता तो घटनाएँ दूसरा रूप ले सकती थीं। बहुत प्रतिष्ठित परिवार का विद्वान बेटा है वह! डिस्ट्रिक्ट मैजिस्ट्रेट मिस्टर एंडरसन अपने कुछ अधिकारियों के साथ अन्दर आया।

फौजी सार्जेंट से डी.एम. ने आकर कहा—'बहुत से लोग तीर-धनुष, बल्लम-गँड़ासा लेकर फाटक के चारों ओर जमा हो रहे हैं। आइ थिंक ए फ्यू राउंड्स...।'

डी.एम. ने कहा—'हमेशा गोली से बात मत कीजिए। उन्हें समझाकर पूछिए, वे क्या चाहते हैं; भीड़ क्यों लगा रहे हैं।'

मिश्रजी तो मिले नहीं। किन्तु, तलाशी के सिलसिले में डी.एम. ने मेरे घर का कोना-कोना देख लिया। गुहाल और गोशाले में भी झाँकी मार आया।

मैंने, अपने प्रत्येक कमरे की दीवारों पर अपनी और मिश्रजी की रुचि से म्यूरल्स अंकित किए थे, इस अंचल में प्रचलित भित्तिचिंत्र के आधार पर...। मिस्टर एंडरसन ने हमारी किताबों की अलमारी को दूर से ही देखा, संस्कृत-ग्रन्थों पर अंग्रेजी में लिखे सुनहले नामों को पढ़कर विस्मित हुए...रामायण, महाभारत, रघुवंश, मेघदूत, कुमारसम्भवम्!

जाते समय मिस्टर एंडरसन ने मुस्कराकर माफी माँगी—'क्षमा करेंगी!'

डी.एम. सदल-बल परानपुर की ओर चले। ...गर न जाने, रानी-बहिना के साथ कैसा व्यवहार करें! वहाँ कोई अप्रिय घटना न घटे! माँ तारा! दूसरे ही दिन मैं परानपुर

गई।...मिस्टर एंडरसन सचमुच भद्र व्यक्ति हैं। हम दोनों बहनों ने व्रत पालन किया। दुलारीदाय में नहा आई। माँ तारा के मन्दिर में पूजा हुई।

लॉली को मैं पूछती–'लॉली, डैडी आएगा?'

'आय, आय!' मुँह में उँगली डालकर जिद्दू-बद्दू जवाब देता–'आय-आय!'

'लॉली, डैडी आएगा?'

'आय-आय!'...दो छोटे-छोटे हाथ, नन्ही हथेलियाँ!

परानपुर हवेली के अन्दर महाभारत सुन रही थी। अचानक बाहर शोरगुल होने लगा। रानी-बहिना की नौड़ी चिल्लाई–'मालकिन, दूल्हाबाबू आवि गेल! लाउ हमर इलाम-बकसिस, हमर बात ठीक भेल!'

'क्या कहती है तू?'

'सच! तारा-मन्दिर में गए हैं।'

रानी-बहिना ने गले का चन्द्रहार उतारकर जिबछी के आगे फेंक दिया। शंखध्वनि से सारा वातावरण गूँज उठा।

मूँगा के लिए मैंने बेसन का हलुआ बनवाया। जीतकर आया है–मूँगा! इस मुकदमे की जीत की खुशी में हमारा परिवार दो दिनों तक मस्त रहा। गाँव में भोज और गीत-उत्सव हुए।

पहली बार माँ तारा के मन्दिर में श्यामा-संकीर्तन सुनने का सौभाग्य प्राप्त हुआ। माँ तारा की प्रतिमा हँस पड़ी...

मनहि में राखब भूवनमोहिनी माँ के
करि सब बन्द दुआरे,
सोहि मन्दिर एको दियरो न लेश'ब
तबहुँ जगत उजियारे–तारा-तारा!

कचनार के फूलों से लदी मैं मिश्रजी की गोद में न जाने कितनी देर तक सोई रही!...गुलाबजामुन के फूल पाउडर-पफ-जैसे होते हैं। फूल के केसर थरथराते हैं। मिश्रजी ने कहा–'अब जीवन में फिर कोई दस्तावेज जाल नहीं कर सकूँगा। इस बार मेरा दाहिना हाथ अबस होता जा रहा है।'

मिश्रजी ने हाथ को ऊपर उठाते हुए कहा–'कँपकँपी देखती हो न?' मैं मिश्रजी की हथेली को चूमकर बोली–'माँ तारा अब तुमसे कोई ऐसा काम नहीं करवाएँ जिससे तुम्हारा हाथ अबस होकर काँपे!'

मेरे स्वामी की हथेली सचमुच काँप रही थी–भगवन्! यह क्या?

'हाँ, माँ की यही इच्छा है। अब मैं कोई ऐसा काम न करूँ, इसीलिए यह दंड! तुमको नहीं मालूम गीत! पिछले महीने, लगातार पन्द्रह दिनों तक दिन-रात काम करने के बाद, जब मेरी हथेली थरथराने लगी तो मैं रो पड़ा। माँ से प्रार्थना की–बस, यही आखिरी...क्या कर रही हो माँ!...एन्थनी साहब के दस्तखत का आखिरी नुक्ता देते-देते मेरी उँगलियाँ कबूतर के पंख की तरह थरथर काँपने लगीं।'

मिश्रजी ने अपने बैग से रोल किया हुआ कागज निकालकर फेंक दिया। एक लम्बी-चौड़ी अरजी!

...जनाब मिस्टर एन्थनी साहब, मालिक सुलतानपुर इस्टेट! जनाब आली!... सुलतानो पोखरा का मेला, जिले-भर के हिन्दू-मुसलमानों का एक महत्त्वपूर्ण धार्मिक मेला है। दोनों कौम की स्त्रियाँ तीन दिन तक नहाती हैं। जनाब को यह भी मालूम है कि मैथिल ब्राह्मण तथा ऊँचे वर्ण की स्त्रियाँ साड़ी के सिवा और किसी किस्म का अँगरखा नहीं पहनतीं!...मुझे परानपुर पोखरे के जनानाघाट पर नहाती हुई स्त्रियों की याद आई!...पिछले साल, जनाब के कुछ दोस्तों ने मिलकर नहान के समय कुछ बेजा हरकत की थी जिसकी सूचना आपको वाजिब समय पर दी गई थी। इस बार नहान के पहले ही–मेले में जो आपने कलकत्ता से अंग्रेजी डांस और कार्निवल पार्टी बुलाई है–उसके कुछ लोगों ने छेड़खानी की है, औरतों से।...

मुझे बार्कर की याद आई।

...जनाब से प्रार्थना है, घटनाओं की जाँच करके हमें यकीन दिलावें ताकि हमारी स्त्रियाँ कल सुलतानो पोखरा में धार्मिक अनुष्ठान करके, नहा सकें। नहाने के समय अथवा मेले में कोई अशोभन घटना न घटे!...

दरखास्त पर बहुत से दस्तखत हैं। सबसे ऊपर मेरे स्वामी का हस्ताक्षर है–श्री शिवेन्द्रनाथ मिश्र, मालिक–परानपुर इस्टेट।...राजा महीपालसिंह, नैनगंज राज। राजा नीलमणि ओझा, राज चम्पापुर। जमींदार उमापति राय, कठौतिया इस्टेट। चौधरी मुहम्मद अताउर रहमान, चौधरी इस्टेट। राजा आतिश खाँ...।

मुसलमानों ने भी कैथी लिपि में दस्तखत किए हैं। जिले-भर के पन्द्रह राजा, जमींदार और पतनीदार के हस्ताक्षर।

'इसमें जाल की क्या बात है?'

'उलटकर पढ़ो!'

इसी पत्र के दूसरे रुख पर लाल रोशनाई से खूब बड़े-बड़े अंग्रेजी अक्षरों में कुछ पंक्तियाँ लिखी गई हैं–आड़ी-तिरछी! गुस्से में थर-थर काँपते हुए या शराब के नशे

में लिखी हुई पंक्तियाँ–

...योर नेकेड वीमन! तुम्हारी नंगी औरतें पोखरे में नहाने आती हैं। हम दूरबीन से उन्हें देखते हैं। दूरबीन की राह हमारे एकदम करीब आ जाती हैं।...हम उन्हें अपने पलँग पर देखना माँगते हैं। कसूर तुम्हारी औरतों का है। वे इतनी सुन्दर क्यों होती हैं? बिना किसी रंग के उनके ओठ क्यों इतने लाल रहते हैं? पागल बना देती हैं...? तुम्हारे कहने से हम अपनी कोठी की खिड़कियाँ बन्द नहीं कर सकते। केलकेटा, डाइनापो और डेराडुन के दोस्तों को मैंने जशन के लिए बुलाया है। एकादशी और रोजानमाज पढ़वाने के लिए नहीं।...तुम्हारी औरतें इतनी बेवकूफ क्यों हैं? भला, पोखर-तालाब भी बच्चा दे सकता है? बच्चा तो आदमी...।

'और, और, इस शैतान की जान कैसे बच गई?' पढ़ते-पढ़ते मेरे गाल लाल टेसू हो गए। 'उसकी मेम ने बचा लिया। पैरों पर गिर पड़ी–एक्सक्यूज़ मिश्रा...प्लीज़!'

'तुमने यह नहीं पूछा कि इसमें जाल क्या है?'

'कैसा जाल?'

कागज मोड़ते हुए मिश्रजी बोले–'बातें सारी सच हैं, किन्तु इस कागज पर चढ़ी हैं बातें, मेला लूट हो जाने के बाद।'

'आँय!...फिर भी। पहले हो या पीछे, एन्थनी का वह जहरीला जवाब!'

'देखता हूँ, दूध-घी का व्यापार करने से कुछ डल हो ही जाती है बुद्धि!'

मिश्रजी ने एन्थनी की लिखावट पर उँगली डालकर कहा–'इसको एन्थनी ने चैलेंज किया। आसमान से गिरा अपनी लिखावट को देखकर।...सपने में भी नहीं! मैंने कभी नहीं लिखा!...नहीं लिखे, कहा तो उसने अवश्य था!'

मैं काँप उठी, न जाने क्यों!

'हस्ताक्षर-विशेषज्ञ विभाग के अफसरों ने कहा, एकमत होकर–यह जाल नहीं। लिखावट मिस्टर एन्थनी की ही है।...और, तुम्हारा मिस्टर एंडरसन सचमुच भला आदमी है। उसने गवर्नर को लिखा : इस बार मिस्टर एन्थनी ने ऐसा कुकांड किया जिससे सारी जिले में गदर होने की सम्भावना थी। यहाँ के प्लांटर्स हमेशा ऐसी ही वारदातें करते हैं। जिले के पूर्वी इलाके से कल एक जवान लड़की की लाश आई है।...शासन-विशेषज्ञ की हैसियत से मैं कहना चाहूँगा, दंगे का मामला उठा लिया जाए, वरना दबी हुई आग भड़क सकती है। आप इस मामले के कागज को खुद पढ़कर विचार करें। इस मुकदमे को पेंडिंग रखना भी खतरे से खाली नहीं।...अन्यथा, जिले का शासन-भार जिले के किसी प्लांटर को ही दे दें। हा-हा-हा! लाट साहब ने इन प्लांटर्स को कनैठी दी है, बुलाकर–सी यू हेरी-डिक-टॉम। माइंड यू...!'

...मैं रूठी रही।

मिश्राजी ने कहा–'क्यों, तुम मेरे कुकृत्य को सुनकर नाराज हो?'

'कुकृत्य-सुकृत्य मैं क्या जानूँ!' अब मुझे बोलना ही पड़ा–'मैं दूध-दही

बेचनेवाली ग्वालिन हूँ। मुझसे पंडित-ज्ञानी लोग क्यों बोलें?...डल! एक काले छोकरे की बाँसुरी पर तन-मन-जीवन अर्पित करनेवाली मूर्खाओं को डल नहीं तो और क्या कहोगे?'

मिश्राजी ने कहा–'हजार बार यशोदा के पास जाकर लाख बातें लगा आतीं! सौगन्ध खातीं–अब जो कभी तुम्हारे आँगन में पाँव भी धरूँ! अब जो कभी बोलूँ तुम्हारे काले-कलूटे, चोर बेटे से! और, ज्यों ही बाँसुरी बजी...।'

हा-हा-हा-हा! हँ-हँ-हँ-हँ!

गरुड़धुज झा का अनुमान सच निकला। पाँच दीवानी मुकदमे दायर हो चुके हैं। एक-से-एक रंगीले मुकदमे! परिवार का एक प्राणी दूसरे को निगलने की तैयारी कर रहा है। लड़के ने अरजी दी है–'विधवा माँ परिवार को नेस्तनाबूद करने पर तुली हुई है। पारिवारिक सम्पत्ति को बर्बाद कर रही है। माननीय जज साहब तुरत इंजंक्शन की कार्रवाई को मंजूर करें।' बाप ने प्रार्थना की है, वह सम्मिलित परिवार का कर्ता होकर अभी भी जीवित है। सम्मिलित परिवार की आमदनी के पैसे से उसके लड़के ने जमीन खरीदी...सब अपने नाम से। अब, एक धूर जमीन भी नहीं देना चाहता उसका बेटा। गुजारिश है...।

एक ही पखवारे की आमदनी से आनेवाले महीनों की आमदनी का हिसाब जोड़कर देखा है, गरुड़ झा ने। मार-काटकर पाँच सौ रुपए महीने की आमदनी!... गरुड़धुज झा वकील से कम दावी नहीं रखता है। सलाह, नगद पैसा लेकर ही देता है, मुफ्त में कभी नहीं। फीस के अलावा भेंटी और दर्शनी के रूप में दही, केला, दूध, चिउड़ा आदि भी स्वीकार करता है।

इसके अलावा, रोशनबिस्वाँ से कर्ज लेनेवाले खातुक भी पहले गरुड़धुज झा के ही पास आते हैं। बिना गरुड़ झा की जमानत लिये किसी को कर्ज नहीं देता है बिस्वाँ।...गरुड़ झा एक कहावत को दिन में पाँच बार दुहराता है–'गाज पर चढ़ो गिरने के लिए, जमानत होओ भरने के लिए! मुफ्त में कौन जान फँसाने जाए अपनी!' खातुक लोग दाँत निपोरकर घिघियावें या देह नोंचें अपनी। गरुड़धुज झा को इससे क्या! दान-दक्षिणा की बात वह साफ-साफ शब्दों में करता है। लस्टम-पस्टम नहीं, पाँच रुपया सैकड़ा से एक अधेला कम नहीं। तीन रुपए पर बात तोड़कर वह अपनी दूसरी कौड़ी फेंकता है–'क्यों, किसको मुखिया चुनोगे? वैसे, तुम्हारी जो मर्जी हो करना। लेकिन, एक बात जान लो–खगता आदमी का कोई परतीत नहीं। जिसकी सन्दूक में कभी दस रुपया भी नहीं रहा, उसके पास अचानक हजार रुपया सरकारी

तहसील से आ जाए, तो वह क्या करेगा? एक ही बार में सब हड़पना चाहेगा या नहीं? रोशनबिस्वाँ को क्या कमी है? अघाया हुआ मन है। वह मुखियागिरी के लिए ज़रा भी तैयार नहीं था। मैंने जबर्दस्ती नौमलेशन दाखिल करवाया है।...और आज रोशनबिस्वाँ नहीं होता गाँव में तो बहुतों की इज्जत मिट्टी में मिल जाती। फारबिसगंज के मारवाड़ी महाजन परानपुर गाँव का नाम सुनते ही साफ इनकार कर जाते हैं, सो जानते ही हो! बेर-बखत पर जो काम दे, वही असल हितू। है या नहीं?'

गरुड़ झा ठीक ही कहते थे–रोशनबिस्वाँ की मुखियागिरी उसकी तिजोरी में धरी हुई है।

सोशलिस्ट पार्टी के जयदेव और रामनिहोरा में फिर मेल-जोल हो गया है। रामनिहोरा, ग्राम-पंचायत की मुखियागिरी के लिए खड़ा हुआ है। पार्टीवाले पीठ पर हैं, मदद करने के लिए।

सुचितलाल मड़र, मकबूल से राय लेकर नामजदगी का पर्चा दे आया है।...पर्चा दाखिल करते समय उसकी हालत साँप-छुछुन्दर-जैसी हो गई। आखिर, सरकारी कागज में लिखे हुए नाम को कबूल करना ही पड़ा–सुचितलाल मड़र, कोष्ठ में पोंपी!

बस, दो ही विरोधी हैं। बीरभद्दर के भाई शिवभद्दर को जितेन्द्र ने दस एकड़ धनहर जमीन दे दी है। तीनों भाई आजकल अपने मरे हुए मामा-मामी का गुणगान करते फिरते हैं।...बीरभद्दर यदि उतरता चुनाव के मैदान में! लुत्तो कहता है– "झाजी! असल मजादार कैंडेट नहीं तो कुछ नहीं। इसी बार बीरभद्दर को दगाबाजी का मजा चखा देता!"

लुत्तो और गरुड़ झा एक ही चुटकी बजाकर दोनों विरोधियों को चित कर देंगे। गरुड़ झा ने लुत्तो को सलाह दी–"खबरदार! जब तक चुनाव नहीं हो जाए, बिस्वाँ को पूरा भरोसा दिलाकर कुछ कहना ठीक नहीं...। सबसे मोटी बात यही है, एक ही वोट में हार-जीत की बात है। क्या जाने क्या हो! अपनी ओर से कोई ढिलाई नहीं होनी चाहिए।"

तब, लुत्तो ने अपने मन की बात खोली–"झाजी! दोनों कैंडेट, समझिए कि मेरी मुट्ठी में हैं। मैंने लंगी लगा दी है। एक को सरपंची का लोभ दिया है और दूसरा कुछ रुपया चाहता है।"

गरुड़ झा ने पत्थर का दाँत चमकाकर, चेतावनी दी–"हूँ-ऊँ!...लेकिन, बिस्वाँ से कहना होगा–दोनों उम्मीदवार रुपया लेकर ही नाम वापस लेंगे। और, असल रकम की बात कहीं खोलने की नहीं।"

बिस्वाँ को लुत्तो और गरुड़धुज झा ने मिलकर तुरत समझा दिया—पाँच सौ रुपए फी उम्मीदवार को देकर भी घाटे में नहीं रहेगा, बिस्वाँ। चुनाव में खुदरा खर्च ही इससे ज्यादा हो जाएगा। तिस पर भी, ऊँट किस करवट बैठे! एक ही वोट पर हार-जीत की बात है।...तिजोरी में रखी हुई है बिस्वाँ की मुखियागिरी!

मुखिया! सारे परानपुर गाँव का मालिक! जिसके इशारे पर गाँव के लोग उठेंगे, बैठेंगे! जेल और जुर्माना करने का पावर! बिस्वाँ ने लगातार तीन बार जीभ निकालकर ओठ चाट लिया। तिजोरी से नोट निकालकर गिनते हुए बोला—"कहीं ठग न लें, दोनों!" लुत्तो और गरुड़ झा एक ही साथ हँसे, ठठाकर—"ठग लेगा? ठठेरे-ठठेरे... हा-हा-हा!"

रामनिहोरा ने सोच-विचारकर देखा—सरपंची ही ठीक है। मुखिया तो सरपंच के हाथ का कठपुतला होता है। उसने गरुड़धुज और लुत्तो की बात मान ली। परचा उठाने को तैयार हो गया।

सुचितलाल मड़र अपने पोंपी नाम को लेकर चुनाव नहीं लड़ना चाहता। गाँव के छोटे-छोटे लौंडे भी उसको देखकर नारा लगाते हैं—"पोंपी को फूँक दो, सुचितलाल को भोट दो!"

मुबलग एक सौ पचीस रुपए गिनकर सुचितलाल ने कमर में खोंसते हुए कहा—"रजिस्टर से गँलत नाम कँटवाँ दीजिएँ झाँजीं किसीं तरँह!"

ग्राम-पंचायत के आफिसर साहब की कचहरी हाईस्कूल में लगी है।

रोशनबिस्वाँ के दोनों विरोधियों ने नामजदगी के परचे वापस ले लिये।

लुत्तो ने कहा—"देखा झाजी! आखिर, बबुआनटोली को चित किया या नहीं? सोलकन्ह मुखिया बनाया या नहीं?"

गरुड़ झा ने खैनी थूकते हुए कहा—"मैंने मदद नहीं की होती तो?"

"ठीक कहते हैं, झाजी। आपने खूब मदद की है। चलिए ज़रा टीशन की ओर! सुचितलाल मड़र को देने के बाद बचा है...।"

गरुड़धुज झा ने कहा—"अढ़ाई सौ रुपया हाकिम का भी घटा दो...हाकिम तैयार ही नहीं हो रहे थे।...पाँच बजे के बाद नामजदगी का परचा वापस करने आए हैं? टैम ओवर हो गया। मैंने दो पूरी एक आधी उँगली दिखलाई। तब कलम पकड़ी हाकिम ने।"

लुत्तो ने मान लिया—"जो वाजिब खर्च है, वह क्यों नहीं घटेगा!"

"और हिरिया ने मुझसे बनारसी साड़ी वसूल ली है। पाँच दिन के करार पर खेमचन्द मारवाड़ी की बही में अपना नाम चढ़वाकर, मैंने साड़ी ला दी है। तुमने कहा था न! एक सौ पाँच रुपए।"

"हाँ, वह भी जोड़ देता हूँ। और...एक सौ रुपया मैंने ईंट बनाने की मजदूरी दी है। बाकी जो बचा, उसका आधा...।"

"कैसा हिसाब करते हो? एक सौ रुपए का ईंट दोगे मुझे क्या?"

"हाँ-हाँ, ठीक! छह सौ पचीस का आधा?"

मुखिया साहब गाँव की गली-गली में साइकिल का नया हारन बजाकर घूम रहे हैं–पें-ऐं-ग! पें-ऐं-ऐं-ग!

"झाजी! एक खुशखबरी और सुन लीजिए! जित्तन का भोज भंडुल हो गया। ब्राह्मणों ने भोज खाने से इनकार कर दिया...अब कौन खाएगा उसकी हवेली में? हम लोग नट्ट नहीं हैं। जित्तन ने कहा–न नकद रुपया देंगे और न भोज देंगे।"

लुत्तो और गरुड़धुज झा ने जोर से ठहाका लगाया–"गेल भैंस पानी में! बहुतों की जीभ छटपटाकर रह जाएगी।"

जीभ छटपटाती है रोशनबिस्वाँ की! मुखिया होने के बाद ही उसने अपनी जीभ को लगातार पाँच बार दाँतों से कुचल दिया। इसलिए बिना जर्दावाला पान भी जीभ को धधकाता है।...पान की पीक कुरते पर गिर पड़ी!

गरुड़ झा ने कहा–"शुभ है, शुभ है! अब आप हमेशा पान कचरिएगा!"

ताजमनी क्या करे? जितेन्द्रनाथ अधिक संगसुख चाहने लगा है। उँगलियाँ चूमकर सन्तोष नहीं, अब! अब क्या हो?...माँ तारा!

...और जिद्दा का क्या कसूर? क्या हुकुम देती हो माँ! तुम्हारे सामने झूठ कैसे बोलूँ, मेरा मन भी अब थिर नहीं। मैं अपने जिद्दा को सम्पूर्ण सुखी देखना चाहती हूँ। उसकी लजाई आँखें मैं नहीं देख सकती। मैं उसको क्या जवाब दूँ! कल ही मेरे पीछे-पीछे दौड़ा आया... ।

"ताजू!"

"नहीं, जिद्दा! मुझे माफ करो! पैर पड़ती हूँ तुम्हारे। मुझे हुकुम लेने दो माँ से!...माँ जो कहेगी, करूँगी।"

पैर पर झुकती हुई ताजू को बाँहों में समेटकर, चुपचाप ताजू का मुँह देखता रहा जितेन्द्र। बन्धन ढीला हुआ–"ठीक है, तुम्हारा सत्त भंग नहीं करूँगा।"

"सत्त अकेले मैंने ही नहीं किया था।...जिद्दा! यह क्या?"

ताजमनी को लगा, गालों पर दो सोने के तपे सिक्के बैठा दिए गए! लाल-लाल!...ताजमनी के ललाट पर, दाहिनी ओर एक छोटा-सा चाँद का दाग है। बचपन में सोने का कंठा तपाकर दाग दिया था, उसकी माँ ने। नजर लग गई थी किसी की! घंटों चिल्लाती रही थी ताजमनी।...

"विश्वास करो ताज! सत्त भंग नहीं हुआ है।"

"सच?"

"हाँ!"

ताजमनी के गालों की जलन दूर हो गई। जितेन्द्र की आँखों में ढूँढ़कर देखा उसने, सचमुच, कहाँ है इनमें कोई कलुष? ऐसी आँखों को पूर्ण विश्वास है ताजमनी को। उसने बचपन से ही देखा है!...सत्त भंग नहीं हुआ? तो, जिद्दा!...जि-तू-दा!

जीवन में पहली बार जितेन्द्र के ललाट को चूमकर, जितेन्द्र की आँखों में देखा उसने।...अब देखूँ? और, अब?...

जितेन्द्र के मुख-मंडल पर कमल की पंखुड़ियाँ बरसीं!...दूसरे दिन, सुबह होते ही सुधना भागकर गंगाबाई के यहाँ चला गया। जला-भुना रहता था हमेशा...पिछले कुछ दिनों से। कभी-कभी ताजमनी को भद्दी गालियाँ भी देता, धीमी आवाज में। एक दिन गुस्से में मार भी बैठा। ताजमनी अवाक् है! जाने के पहले सुधना की आँखें और जहरीली बोली की याद कर वह सिहर उठती है। डाह?...उत्ती-जरा लड़का भला ऐसा जलेगा? ताजमनी डर गई है!

सुधना के खाने की बेला में मीत उसकी खाट को सूँघ आया। ताजमनी मुँह में कौर न डाल सकी।

गोबिन्दो रसोईघर में बड़बड़ा रहा है—"कहाँ का कौन तो भाई! उसकी खातिर खाना-पीना छाड़के ताजनदि बेकार जान देता है।...उल्लूक है छोकड़ा!"

जितेन्द्र गुनगुनाकर गा रहा है—बैराग जोग कठिन उधो-ओ-ओ, हम ना कऽरऽब हो! हुँ-हुँ-अँ, उँ-य-हुँ-हुँ-हुँ-हुँ-उँ-ऊँ...! पूरबी धुन में मस्त है, जीत।

गोबिन्दो चाय की खाली प्याली लेने आ रहा था। अँगनाई में खड़ी ताजमनी चौंक पड़ी।...खड़ी सुन रही थी। गोबिन्दो ने जो गुनगुनाहट सुनी तो थमककर खड़ा हो गया। उसके ओठ खिल पड़े, नुकीले।...फूल फूटा है, इस बार गन्धऽ निकॅलता है। वह वापस हो गया।

ताजमनी तुलसीचौरा के पास खड़ी अब अपनी हँसी रोक नहीं सकी।...अभी तुरत बैराग जोग कठिन हो रहा था और अब पटना शहर से जहर मँगा रहे हैं!

...सखि हे-ऐ—पटना शहर से जहर हम मँगइबए, सखि हे-हुँ-हुँ-हुँ-हुँ-हुँ-हुँ-हु खइबए! ताजमनी ने खिड़की से झाँककर देखा—एक मोटी किताब को रूमाल से झाड़ रहे हैं।...अलमारी की सफाई हो रही है? ऐसे समय में उन्हें कोई विरक्त नहीं करे।... महाभारत को उलटते-पलटते ताजमनी को भी मालकिन-माँ की कितनी बातें याद आती हैं!

ताजमनी हौले पाँवों अपनी कोठरी में लौटी और माँ काली की तस्वीर को प्रणाम कर मुस्कराई...माँ!

ताजमनी, सचमुच आँखों को पढ़ना जानती है?

अपनी लाइब्रेरी में लटकाने के लिए उसने हिन्दी, बंगला, अंग्रेजी तथा उर्दू के कई प्रसिद्ध साहित्यकारों की बड़ी-बड़ी तस्वीरें मँगवाई थीं। सुबह भवेश आकर, प्रत्येक की जगह तजवीज करके लटका गया था। शाम को टहलकर लौटा जितेन्द्रनाथ। कमरे में पैर रखते ही स्वामी विवेकानन्द की मूर्ति के पास लटकी निरालाजी की तस्वीर पर नजर गई!...''यह किसने किया है? मेरे कमरे में कोई आया था? भवेश, सुरपति...इरावती?''

''क्यों? क्या हुआ?''

''तस्वीर किसने लटकाई है, यहाँ?''

ताजमनी पर्दे के इस पार चली आई, कमरे में। जितेन्द्र की आश्चर्यचकित मुद्रा देखकर अप्रतिभ हुई—''मैंने!''

''तुमने? सच?'' जितेन्द्रनाथ मुस्कराकर बैठ गया। बोला—''लाइब्रेरी वाले कमरे से क्यों उतार लाई?'' ताजमनी चुप रही। जित्तन ने कहा—तुमने अच्छा काम किया है। लेकिन मुझे कारण नहीं बताओगी? यों ही, वों ही नहीं। साफ-साफ। और भी दो दाढ़ीवाले थे, उन्हें क्यों नहीं...?''

जितेन्द्र ने ताजमनी का आँचल पकड़ा।—''छिः, अभी तक वही आदत!''

आँचल छूटता ही नहीं। मालकिन-माँ का आँचल भी इसी तरह पकड़ लेते—''बतलाओ तब छोड़ूँगा। लड़कपन!''

''यों ही! मैंने देखा...आँखें! देखिए न, सामीजी की आँखों से मिलती हैं न? मैंने समझा...मुझे लगा—यह भी माँ तारा का बेटा है, कोई!...कौन हैं?''

''माँ तारा का बेटा? शाक्त?'' जितेन्द्रनाथ हँसा ठठाकर—''ताजू! तुमने सही किया है, ठीक समझा है।...ज़रा, बैठ जाओ ताजू! मैं सुनाता हूँ।'' ताजमनी बैठ गई पास पड़े मोढ़ पर। जितेन्द्रनाथ अपने बिछावन के पास रखे सेल्फ में कोई किताब ढूँढ़ने लगा। इरावती आई—''ताजदि! आज जरूर कोई खास बात है तुम्हारी पाकशाला में। सूपकार गोबिन्दो आज मगन होकर गा रहा है—रामोलखन सीता...।'' ताजमनी हँसी—''हाँ, आज आपको यहीं पत्तल जूठा करना होगा।''

जितेन्द्र ने कहा—''सुनो इरावती! निरालाजी के मुँह से मैंने पहली बार सुनी थी—राम की शक्ति-पूजा!''

इरावती अपनी कुर्सी खींचकर ताजमनी के पास ले गई। धीरे से बोली–"आज क्या बात है ताजदि?" ताजमनी ने उठकर धूपबत्ती जला दी। जितेन्द्र ने कथा-प्रसंग बताकर शुरू किया।...पद्य-पाठ शुरू हुआ। धूप की सुगन्ध कमरे में छा गई–पूजा पर बैठा है राम!...

रवि हुआ अस्त; ज्योति के पत्र पर लिखा अमर... ।
है अमा निशा; उगलता गगन घन अन्धका-आ-आ र;
खो रहा दिशा का ज्ञान; स्तब्ध है पवन-चा-आ-आ-र;
अप्रतिहत गरज रहा पीछे, अम्बुधि विशा-आ-आल;
भूधर ज्यों ध्यानमग्न; केवल जलती मशाल।
स्थिर राघवेन्द्र को हिला रहा-आ फिर फिर सं-श-य
रह-रह उठता जग जीवन में रावण-जय-भय...

पुण्य कथावाचन का पवित्र वातावरण प्रस्तुत हो गया कमरे में!

...होगी जय, होगी जय, हे पुरुषोत्तम नवीन...!

तू-उ-उ-उ-उ!–ताजमनी शंख फूँकने लगी, ताखे से उठाकर!

...कह महाशक्ति राम के वदन में हुई ली-ई-न!

स्नेह, प्रेम, माया-ममता आदि की मधुर धारणाएँ भी परिवर्तन की प्रचंड गति के आघात से विकृत हो गई हैं।

शैलेन्दर की बातें रह-रहकर झकझोर जाती हैं, जितेन्द्र को–"तेज चलनेवाली मोटरगाड़ियों की बनावट हर साल बदलती है। आदमी के हृदय की बनावट भी बदल रही है?"...लाल पान का एक्का! लम्बा-लम्बा...तना-तना! अत्याधुनिक मोटरगाड़ी-जैसा! भाले के फलक की तरह नुकीला दिल!...

कुबेरसिंह की याद आती है, जितेन्द्र को। पार्टी की एक नवागता को कुबेरसिंह ने लाल पान का एक्का दिखाकर कहा था–"इसका नाम अंग्रेजी में हार्ट है। लॅव का सिम्बल!...घबराओ नहीं, इसको प्लेटोनिक लॅव कहते हैं।"

वाणी दास ने हँसकर कहा था–"जीतभाई, अनिमा को भी लॅव का सिगनल मिल गया है! दूसरा जत्था जल्दी भेजिए, रामगढ़!"

अनिमा आठवीं लड़की थी जिसको कुबेरसिंह ने प्यार से पुचकारकर लॅव का सिगनल दिखलाया था। अनिमा अंग्रेजी नहीं जानती थी। उसने वाणी दास से पूछा था–"वाणी दी! लॅव का सिगनल और प्लेटफार्म...!"

जितेन्द्र ने दूसरे दिन स्वयंसेवकों और स्वयंसेविकाओं का दूसरा जत्था,

रामगढ़-कांग्रेस के कैम्प में भेज दिया। प्रेमी जीव है कुबेरसिंह, इसमें सन्देह नहीं। पिछले साल तक वह लोगों को सुनाता फिरा है–"आइ स्टिल लॅव जित्तन! अब भी प्यार करता हूँ...!"

जितेन्द्र को कुबेरसिंह की याद आने लगी। प्रगतिशील समाजवादी पार्टी का प्रधान संस्थापक श्री कुबेरसिंह! वह जितेन्द्र को अपनी पार्टी का दूसरा स्तम्भ मानता!...

ऐसा लगता है, राजनीति के लिए कुछ लोगों का विशेष अवतार होता है, पृथ्वी पर!

कुबेरसिंह भी अवतार है।...कुरूप और भद्दा व्यक्तित्व उसका। उसकी सारी सफलताओं ने उसके सारे 'कु' को ढँक लिया। सफल इनसानों की पंक्ति में है कुबेरसिंह!

याद आती है...! 1940 में, बिहार सोशलिस्ट पार्टी के एक प्रसिद्ध कलाकार नेता ने, पुराने पिंटू होटल के एक कोनेवाले टेबल पर चाय पीते हुए, ओजपूर्ण भाषा में कहा था–"जितेन्द्र! इस कुबेर के चक्रान्त में तुम किस तरह पड़ गए?...वह तुम्हारा शोषण कर रहा है।"

"आप अपने चक्र के चक्रवर्ती हैं, सदाबहारजी। दूसरे चक्र के चक्रवर्ती के बारे में आपको बोलने का पूरा हक है। हम लोग तो दरबारी हैं। जैसे इसके दरबार में, वैसे आपके दरबार में!"

सदाबहारजी ठठाकर हँस पड़े थे। मुग्ध होकर उन्होंने जितेन्द्र की ठुड्डी छू ली–"मैं अपने लड़के का नाम जितेन्द्र ही रखूँगा!...अच्छे लड़के! ज़रा इसका भी तो ख्याल करो, लोग क्या कहते हैं! भद्दी-भद्दी बातें!"

"मैं जानता हूँ। आपके साथ रहूँ तो आपकी बदनामी भी इसी तरह फैलेगी।"

"अच्छा, एक बात बताओ! जबकि तुम्हारे बॉस, माफ करना तुमने अपने को दरबारी कहा है, तुम्हारे बॉस और पार्टी के अन्य लोग मिलने पर भी आँखें फेर लेते हैं, बातें तक नहीं करते, तुम मुझे खोजकर क्यों मिलने आते हो? कोई रहस्य है?"

"बहुत बड़ा रहस्य! आप मुझे स्नेह की दृष्टि से देखते हैं। मुँह फेर नहीं लेते मिलने पर, इसीलिए। शायद आपके दल के फौजी अधिकारियों को इसमें कोई दुर्गन्ध लगी है। है न? निश्चय ही कहा होगा, जितेन्द्र से मेलजोल ठीक नहीं।"

सदाबहारजी ने उसकी पीठ थपथपाते हुए कहा था–"जीयो!"...जितेन्द्र ने वचन दिया था, बिना माँगे ही–"आपको कोर्ट-मार्शल से बचाने के लिए, हमारी यह मुलाकात अन्तिम हो!" सदाबहार की आँखें छलछला आई थीं–"राजनीति बहुत-बहुत बलिदान माँगती है, जित्तन! कुबेरसिंह सौभाग्यशाली है।"

सचमुच, किस्मत का कुबेर है कुबेरसिंह!

सन् छत्तीस से चालीस तक उसने तीन पार्टियों में डुबकी लगाई और हर बार घोंघे-सीपी के साथ एकाध मोती लेकर ऊपर हुआ।...जितेन्द्र को हठात् पाकर, खुशी से खूबसूरत हो गया था उसका चेहरा–"समझते हो भैया! मैंने खूब डुबकी लगाकर थाह ली है, हर पार्टी की गहराई की! सच कहता हूँ, मुझे अब पूरा विश्वास हो गया। तुम्हारे सहयोग से मैं अपनी, अपने मन की पार्टी बना सकूँगा। बोलो! मुझे छोड़ोगे तो नहीं?"...

काशी-विद्यापीठ के स्नातक की तत्कालीन राजनीतिक चेतना को उकसाने में सफल हुआ, कुबेरसिंह। नई पार्टी बनाने की बात भा गई जितेन्द्र को। कुबेरसिंह प्रसन्नता से गीत गाने लगा था; बेसुरे राग और गलत उच्चारण की याद है जितेन्द्र को आज भी–जोदी तोमारी डाकियो ना सुने कोई-ई-ई, तारपोड़े एकोला चोलो रे-ए-ए-ए! एकोला चोलो रे-ए-ए![1]...

कुबेरसिंह के चेहरे पर जो जामुन की तरह दो बड़े-बड़े व्रण हैं, क्या कभी नहीं सूखेंगे?...

तगड़ी, नाटी काया। श्याम वर्ण। फेसियल पैरैलिसिस से किंचित् विकृत ओठ! जब वह भाषण देने को उठता, दर्शकों के चेहरे पर आतंक की एक गहरी रेखा खिंच जाती। भारतीय राजनीतिक पार्टियों के ओरेटर नेताओं में कुबेरसिंह का नाम अवश्य लिया जाएगा। किन्तु, जितेन्द्र ने सफल वक्ता कुबेरसिंह के भाषण-काल में एक विशेष बात को लक्ष्य किया था। ऐसा भयोत्पादक भाषण उसने किसी का नहीं सुना!...

जितेन्द्र की माँ कुबेर को फूटी नजर से नहीं देखती, कभी–"कहाँ से आया है यह बिलारमुँहा!"

मातृसत्ताक-संसार से कुढ़े हुए जितेन्द्र ने कुबेर-पुरुष से दोस्ती कर ली। माँ नाराज होती गई।...अन्त में, एक दिन वह चल पड़ा कुबेरसिंह के साथ।...रात के पिछले पहर में हवेली छोड़ी थी, उसने। हवेली की अँगनाई, बाघिन की तरह गुर्राती हुई माँ के हुंकार से दलमला रही थी–"चला जाए! चला जाए!"...प्रगतिशील समाजवादी पार्टी, नया झंडा, मेनिफेस्टो, पार्टी-विधान आदि की रचना में जो सहायता दी जितेन्द्र ने, उसका उल्लेख कुबेरसिंह कभी नहीं करेगा। कुबेरसिंह को बेकार ही एक भ्रम है, जितेन्द्र ने कभी नहीं कहा किसी से आज तक कि कुबेरसिंह के सारे भाषणों, लेखों, वक्तव्यों आदि का लेखक वही था। पार्टी की पत्रिका के सम्पादन का सेहरा भी अपने सिर नहीं लिया कभी। किन्तु, कुबेरसिंह कह रहा था, किसी से–"कलम पकड़कर राजनीति शब्द लिखना मैंने सिखाया और जितेन्द्र कहता फिरता है कि...!"

---

1. शुद्ध रूप : यदि तोर डाक सुने केउ ना आसे, तबे एकला चलो रे!

जितेन्द्र कबूल करता है, 'राजनीति' लिखते समय वह हमेशा गलती करता। 'न' में ह्रस्व और 'त' में दीर्घ या कभी दोनों में...। सचमुच कुबेरसिंह ने एक बार कलम पकड़कर सिखलाया था—"भैया! 'राजनीति' ही गलत लिखोगे तो हुआ!"...जितेन्द्र ने फिर कभी गलती नहीं की थी। कुबेरसिंह ने दूसरा महत्त्वपूर्ण काम किया—"देखो भैया! तुम अपने 'मैं' को भूला और मैं अपने 'मैं' को भूलता हूँ। आज से—हम!...तुम यू.पी. रह आए हो...इसलिए ज़रा ज्यादा 'मैं-मैं' करते हो। प्रगतिशील समाजवादी पार्टी में 'मैं' क्या?"

कुबेरसिंह अपने 'मैं' को भूला नहीं, किन्तु! लिखित भाषणों को रटने के पहले कलम निकालकर प्रत्येक 'हम' को काट देता—'हमारी धारणा है' नहीं, 'मेरी धारणा है'! 'हम कहते हैं' नहीं, 'मैं कहता हूँ'।...

एक ही वर्ष में बिहार की इस नई पार्टी ने अखिल भारतीय ध्यान आकर्षित किया। और, जिस दिन अग्रगामी दल के संस्थापक श्री सुभाषचन्द्र बोस ने व्यक्तिगत सन्देशवाहक भेजकर कलकत्ते आमन्त्रित किया, कुबेरसिंह ने भाषण के लहजे में कहा—"मैं बोस से कहूँगा...।" जितेन्द्र ने गरदन हिलाकर रोका—"बोस नहीं, सुभाषबाबू! हम सुभाषबाबू से कहेंगे।" कुबेरसिंह हठात् चैतन्य हो गया था...जितेन्द्र के बिना वह कलकत्ता नहीं जा सकता।

उस विराट् सुपुरुष के प्रथम दर्शन के क्षणों की याद कर रोमांचित हो उठता है जितेन्द्र, आज भी। सम्मानपूर्ण सहयोग का शर्तनामा पढ़कर सुभाष बाबू ने पहली नजर जितेन्द्र पर डाली। कुबेरसिंह ने शर्तनामे पर हस्ताक्षर करने की जिद करके सुभाष बाबू को याद दिलाई—"प्रगतिशील-समाजवादी दल का संस्थापक कुबेरसिंह है। एकमात्र नेता...!" सुभाष बाबू ने हस्ताक्षर करना स्वीकार नहीं किया; चुपचाप शर्तनामा वापस करते हुए बोले—"पहले अपने दिल में विश्वास पैदा कीजिए, सिंहजी!"

कुबेरसिंह ने अपनी पार्टी को अग्रगामी दल की अगम धारा में डूबने से बचा लिया। कलकत्ता के प्रमुख दैनिक पत्रों में कुबेरसिंह का सचित्र वक्तव्य प्रकाशित हुआ—"जहाँ तक कांग्रेस के विरोध का प्रश्न है, हम अग्रगामी दल को सहयोग देंगे, किन्तु...।"

कलकत्ता में कुबेरसिंह एक लमहे के लिए भी जितेन्द्र को कहीं अकेला नहीं जाने देता। बार-बार कहता—"रसगुल्ला के लोभ में तुम पार्टी को ले डूबोगे, देखता हूँ!"

इसके बावजूद, जितेन्द्र मिल आया सुभाष बाबू से एक दिन। वामपन्थी एकता पर बहुत-सी शंकाएँ दूर हुईं, उसकी।...प्लेट-भर रसगुल्ले खाए। चलते समय बड़े प्यार से विदाई दी, उस युगपुरुष ने। उनकी अन्तिम सतर्क वाणी—"मुझे डर है, तुम्हारी हत्या न करवा दे कुबेर। सावधान! उसके लिए कुछ भी असम्भव नहीं!"

रामगढ़-कांग्रेस में कुबेरसिंह ने देखा, जितेन्द्र का 'मैं' सिर उठाकर फुफकार रहा

है। प्यार से कब तक काम लेना चाहिए, जनता है कुबेरसिंह। रामगढ़-कांग्रेस के कांग्रेस-विरोधी प्रदर्शनों और भाषणों में जितेन्द्र की मनमानी उसने सह ली। कांग्रेस-अधिवेशन के बाद डेढ़-दो महीनों तक कुबेरसिंह ने अपने मन्त्र-तन्त्र से जितेन्द्र पर पड़े सुभाष-प्रभाव को दूर करने की चेष्टा की–''बंगाली लड़कियों की बोली मुझे भी अच्छी लगती है। लेकिन, खुद जाल में फँसना बुद्धिमानी नहीं! बंगाली पुरुषों का विश्वास कभी नहीं, कभी नहीं! चाहे वह कोई हो!''

रामगढ़-कांग्रेस के बाद पार्टी की जड़ बिहार के कई जिलों में और भी मजबूत हुई। कुबेरसिंह, गुप्त और प्रकट दान के द्रव्य का हिसाब करता, नशे में झूमता गाता–जोदी तोमारी डाकिया...! जितेन्द्र, अपनी पार्टी के नए नौजवान सदस्यों की बढ़ोतरी पर फूला नहीं समाता।...भावुक किशोरियाँ और नवयुवतियाँ जाल में रोज फँसतीं–''जीत भैया! मुझे काम दीजिए।...माँ को समझा दीजिए।...बाबा आपको बहुत प्यार करते हैं।''

''जितूदाज्यु!'

ध्यान भंग हुआ जितेन्द्र का–''क्या है दाज्यु?''

अपनी जातीय मुस्कराहट को खोलकर हँसा दिलबहादुर–''क्याम्प को त्यो साहेब आए को...।''

क्या हो गया है गाँव को? शाम होते ही घर-घर में लड़ाई शुरू हो जाती है।...कोई लड़ैया-भूत की सवारी आती है, शायद! पहले एक घर में शुरू हुआ। मर्दों की बात में औरतों की बोली कभी-कभी सुनाई पड़ती, मोटी-महीन आवाज में बच्चे और साथ ही कुत्ते रो पड़ते...एक घर का झगड़ा दूसरे घर की ओर लपकता। फैलता जाता, गाँव में एक अजीब कोलाहल!

''इह! कोई खाय घी-मलीदा, कोई भूजा फाँके? मालिक-रे-मालिक, एक नजरा मालिक!''

''देख, देख! तुम्हारी बहू मुझे काना कहती है। कह दे, मुँह सँभालकर बात करे!''

''बेजा क्या कहती है? जो सच बात है, बोलती है। नहीं रहेंगे हम साथ। आज ही भिन्न कर दीजिए।''

''कचहरी देखो! कानून देखो! अभी ले लोगे अपने बाप से हिस्सा?''

''देखें कौन साला नहीं देता है हिस्सा? बड़ा कानून दिखाते हैं, सब कानून निकाल देंगे। लालचन ने लिया अपना हिस्सा या नहीं?...दुलारीदाय की जमीन चाँदी और सोना एक ही साथ उगलती है। एक ही मौसम में दो फसल! आभरन देवे पाट,

पेटभरन देवे धान; परानपुर के बेफिकरा सोवें चादर तान!"

जब से नई जाति के पाट चन्नीपाट का प्रचलन हुआ है, दुलारीदाय की जमीन को लोग हीरे की खान समझते हैं।...कभी-कभी नई किस्म की खेती ने भी जनजीवन को आलोड़ित किया है। नील की खेती का नाम सुनते ही बूढ़े-पुराने लोगों का मुँह अब भी नीला हो जाता है। और, सोनाबंग पाट की चर्चा होते ही सभी के चेहरे चमचमा उठते हैं—सोनाबंग पाट के रेशमी रेशे की तरह!...पहली जरमनिया लड़ाई के समय पहले-पहल आया था यह पाट, ढाका की ओर से। एक ही बार बहुत से गाँवों में पुख्ता और कोरोगेटिड टिन के मकान झलमलाने लगे।

और, पिछले दस-बारह साल से चन्नीपाट धूम मचा रहा है।

पाट की खेती में भी किसानों की मर्दानगी की परीक्षा होती है। सोनाबंग, लालमेघ और जापानी आदि पाट के हजार नखरे! जमीन की मिट्टी चिकनी होनी चाहिए, खेत की जुताई खूब हुई हो, समय पर आकाश से पानी गिरे, तीन बार निकौनी, बिधा! ज़रा-सा चूक हुई, खेती खत्म।...किन्तु, वाह रे चन्नीपाट! कहाँ से लाया इसको एग्रिकल्चर फार्मवालों ने? लाया नहीं गया है; बहुत खोज-ढूँढ़कर और मिला-जुलाकर इस नई जाति के पाट को जन्म दिया है—कृषि-विशारदों ने!

भीठ जमीन हो या जुताई कम हुई हो, आकाश चुए या बातास जले, पौधे उगेंगे ही। मवेशी इसके पौधों को दूर से सूँघकर समझ लेते हैं यह उनकी खाने की चीज नहीं। यदि किसी लम्बी जीभवाले ने बतौर आजमाइश के किसी दिन चार कौर खा लिया, पाँच दिनों तक गुहाल में बेहोश! दूसरी जाति के पाटों को जानवर के अलावा आदमी भी बहुत शौक से खाते हैं। कड़वा-साग!...पाट साग के झोल के लोभ में, लुक-छिपकर बहुत से खेतों को मूँड़ लेती हैं, औरतें! बकरी और औरतों के झुंड को हाँकने का काम? हर परिवार का बूढ़ा इस काम पर, एक हजार गालियों से लैस, तैनात!...दूसरी जाति के पाटों को समय पर नहीं काटा-बाँधा या गोरा गया तो उसके रेशे कमजोर हो जाएँगे। वजन कम देंगे। लेकिन, चन्नीपाट खेत में लगा रहे, कोई हर्ज नहीं। काटकर महीनों सुखाइए। पानी नहीं है, वर्षा होने पर गोरिए गड्ढों में। और दर? सोनापाट से सिर्फ पाँच रुपया कम!

गाँव के अतिवृद्ध लोगों का मत है—"जब से यह चन्नीपाट आया, आदमी की मति भरम गई।"

गरुड़ झा राह चलते मन-ही-मन 'नारद-नारद' जाप करता है। उसका विश्वास है, नारद-सहस्रनाम के जाप से मिटा हुआ झगड़ा भी सुलग उठता है, जोर से! धुधुआकर! और भी तेजी से—नारद-नारद...!

"निकल जा साला घर से! मेरा कोई बेटा-ऊटा नहीं।" पुतोहू अपने ससुर की इज्जत करती है। घूँघट ताने ही रहती है। घूँघट के नीचे से अगियाबान बोली, महीन आवाज में छोड़ती—"जन्माते लाज नहीं आई इस बूढ़े को? कहता है, बेटा नहीं!"

"साले की बेटी! मुँह तोड़ दूँगा। लँगटा की बेटी साली लँगटी!"

"इह! बड़ा आया है मुँह तोड़नेवाले का बेटा।" ताल ठोककर जवान बेटा उतर पड़ता है, मैदान में–"आइए तो? क्या समझ लिया है, उसकी पीठ पर कोई नहीं?" बाप को ललकारता है बेटा–"आ जाओ, अपने चारों बेटों को भी बुलाओ, दुलरुओं को। यदि कोई असल बाप का बेटा है, आवे! दे मेरी जोरू की पीठ पर हाथ, अब! बार-बार मारकर हाथ परच गया है!" नारद-नारद, नारद-नारद!

"सिर उतार लेंगे। मजा चखा देंगे!" नारद-नारद! "देख लेंगे थाना-पुलिस को भी। दामूल-हौज झेलेंगे, मगर साले एक की जान जरूर लेंगे।" नारद-नारद! "गाँव में ही कचहरी खुली है–गिराम पंचैत। सिर्फ दो रुपया खर्च।" नारद-नारद! "कल आना जमीन पर, वहीं दो टुकड़ा करके गाड़ देंगे।" नारद! शाम को कोई लड़ैया-भूतों का दल आकर गाँव में, घर-घर में समा जाता है। खाँऊँ-खाँऊँ! खाँऊँ-खाँऊँ!

गरुड़धुज की खेती लहलहा रही है–सोने-चाँदी की खेती। खन-खन, ठन-ठन! फिर, घूमने लगा है गाँव। एक-एक प्राणी ताव खाए हुए लट्टू की तरह घूम रहा है–बनबन-बनबन! एक-दूसरे से टकराते हैं, लुढ़कते हैं, फिर ताव पर चढ़ते...!

पाँचों चक्र नाचने लगे जितेन्द्रनाथ की आँखों के आगे–घनघन-घनघन! खुशी के मारे गूँगा हो गया, वह। उसने डॉक्टर, रायचौधुरी को श्रद्धापूर्वक प्रणाम किया।...डॉक्टर रायचौधुरी ने बार-बार कहा–"खूब बॅड़ऽ-कॅथा!"

बहुत बड़ी बात!

जितेन्द्र का अनुमान सच निकला। कोसी-प्रोजेक्ट की पार्टी नं. 10 ने रिपोर्ट दी है, जाँच करने के बाद–इस परती पर यत्र-तत्र-सर्वत्र कई प्रकार की मिट्टी पाई गई है। जंगल और वृक्ष ही नहीं, गेहूँ, धान, पाट तथा दलहन-तिलहन की खेती के योग्य धरती भी मिली है।

...उम्मीद है, अगले सप्ताह ऑपरेशन-पार्टी आ जाएगी।

"बहुत बड़ी बात है यह! हजारों एकड़ परती इस साल जोती-बोई जाएगी, ताजू!"

"और, पानी कहाँ से आएगा, पानी?"

"किसी सुन्नरि नैका का अवतार कराना होगा! दन्ता राकस...!"

"दन्ता राकस! बाप रे बाप!"

"आरे-दैबा! ई टैकटर नहीं है रे दैब! न जाने कौन मशीन है! ऐसी आवाज! धरती दलमल करती है!"

...गुड़गुड़-गुड़-गुड़-गई-र्-र्-गड़-गड़-गड़-गड़ड़ाड़-गड़ग्ड़!

"भूकम्पन!...ए धरती डोलती है, राम कसम! भागो!"

"क्या कहते हो? उधर देखो...!"

"ए-ले-ह! हथियासूड़ एक झुंड!"

कई बुलडोजर और बड़े-बड़े ट्रेक्टर आ रहे हैं।...ऑपरेशन-पार्टी! आसपास के गाँवों के ट्रेक्टरवाले किसानों को सरकारी सरकुलर आया है–मदद दें।

जितेन्द्र जाएगा ऑपरेशन-पार्टी में, ट्रेक्टर लेकर! ये लोग डी.वी.सी. में काम कर चुके हैं, पहाड़ी-पथरीली जमीन पर। अब परती पर भेजे गए हैं।...सुन्नरीहाट जंगल के शिकार का मजा यहाँ-कहाँ! यहाँ तो परती है! अन्य जमींदारों ने अपने ड्राइवरों को भेजा है, ट्रेक्टर लेकर!

गाँव के नौजवानों का दल परती की ओर दौड़ता है। बड़े-बूढ़े खिसियाते हैं–"गेहूँ ना केला! केला भी नहीं उपजेगा। ट्रेक्टर से जोते या...।"

...गुड़गुड़-गड़र! भट-भट-भट! गड़र्-र्-र्! फट्र्ट-फट्र्ट-फर्-टर-टर! अगला बुलडोजर चला रहा है, मि. नेगी, ऑपरेशन-पार्टी का चीफ! इरावती हाथ में बन्दूक लेकर हवाई फायर करने के लिए घड़ी देख रही है। जितेन्द्र ने अपने ट्रेक्टर पर सवार होने से पहले धीमी आवाज में कहा–"दया कर हम लोगों की ओर निशाना मत तानिएगा।"...इरावती समझती है! लेकिन वह क्या करे बन्दूक छोड़ने के सिवा? ताजमनी रहती तो निश्चय ही शंख फूँकती। वाह! ट्रेक्टर पर बजाप्ता सिन्दूर से माँ के चरण-चिह्न, दस उँगलियाँ अंकित हैं! ताजमनी!

ट्रट्ठाँय!...गर्डर-गड़-गड़-गड़-गुड़-गुड़-भट-भट-भट। फट्र्ट-फट्र्ट-फट्र्ट-फट्र्ट! फड़-फड़, गुड़गुड़!

प्रान्तीय ट्रेक्टर बोर्ड के सेक्रेटरी मिस्टर सिन्हा ने हँसकर कहा–"हैल्लो जित्तन बाबू! आइ एडमायर योर..."

"नॅट ओन्ली मी! मेरा मीत भी है! देखिए...।"

एक, दो, तीन...बुलडोजर। क्रॉलर्स, एंगलडोजर्स और दो न जाने कौन-सी मशीनें, जिनके पिछले दो पहिए धतूरे के बीज के बड़े-बड़े संस्करण। जमीन को छलनी बना देंगी, गतर-गतर उधेड़ देंगी!...गाँव के अधिकांश लोग तमाशा देखने आए हैं।...जित्तन बाबू ने पूरी बाँहवाला स्वेटर पहन रखा है, घोर लाल रंग का।

स्पेशल हैट, ताड़ की पत्तियों का!

डिस्ट्रिक्ट एग्रिकल्चर विभाग का ट्रेक्टर-चालक बोदू बाबू कहता है–"आँख झुलसानेवाले रंग का पुलओवर पहनकर नुमायश लगाने आया है?" बोदू बाबू से बातचीत कर चुकी है इरावती! इस परती पर बोदू बाबू को हरी-भरी जगह मिल गई, आते ही।...इरावती धानी रंग की साड़ी पहनकर आई है। कितना मैच करता है, आज! कोकटी रंग की, बिना किनारीवाली साड़ी में मैली लगती थी ज़रा! अभी तो स्वर्ण रंग!...हू इज दिस जेंटलमैन जितेन्दर बाबू!...जमींदारी चली गई है, नवाबी नहीं गई! दिमाग सही है, इसका? यही है वह आदमी? 'हुआ सवेरा' में पटनियाँ निडर जिसको खूब गलियाता है?...सही है। बहुत ऐय्याश आदमी! इरावती से इसका क्या सम्बन्ध? ट्रेक्टर मोड़ते हुए उसने जितेन्द्र पर निगाह डाली। एक-दूसरे को देख रहे हैं, पाइलट-गॉगल्स से! अन्धकार में धुँधली दो जोड़ी आँखें!

...ठुट्ठी पाखर के पास! चलो-चलो! टैकटर का रेस हो रहा है, घुड़दौड़ की तरह। कौन फस्ट आता है! चलो, चलो!

गाँव के लोगों ने देखा–करीब दो सौ बीघे जमीन जोती जा चुकी है।

ठुट्ठी पाखर के ठूँठे डाल पर भवेश अपनी मूवी के लिए उपयुक्त कोण तजवीज कर बैठा हुआ है–यहाँ आकर ट्रेक्टर मुड़े, सूरज की रोशनी शीशे पर झिलमिलाई...एक, दो, तीन, चार-पाँच! रह-रहकर सूरज की रोशनी झिलमिलाती! किर्र-र्र-र्र-रि...!

ताजमनी सिंगार कर रही है माँ तारा का!

...मिश्रजी अपने साथ एक बैग हमेशा रखते हैं! उसमें कुछ कागज ऐसे हैं जिन्हें कहीं दूसरी जगह छोड़कर निश्चिन्त नहीं रह सकते। उस दिन उन्होंने खोलकर दिखलाया था, एक भोजपत्र पर पाँच चक्र अंकित! चक्र के आसपास कुछ चिह्न, चीनी या जापानी लिपि के मेल के!...और, कई मुकदमों के कागज। मुझे कोई दिलचस्पी नहीं मुकदमे की दलील से। किन्तु, इन तीन सौ रेखाचित्रों को तो भूलना असम्भव है। मिश्रजी ने बसहा कागज पर लाल रेखाओं से अनेक चित्र अंकित किए हैं! रानी-बहिना की एक छवि!...तीन उनके भी बनाए हुए हैं।

इस चतुर चितेरे की तलहथी को अवाक् देखती रही। फिर, धीरे से मैंने उसे चूम लिया। कलाकार की काँपती हुई उँगलियों ने मेरे ओठ पर गुदगुदी पैदा कर दी।...अब

इनसे कोई सीधी रेखा नहीं खींची जाएगी।...इस बार माफ कर दो! एक बार फिर इनमें शक्ति दो। माँ श्यामा! जाल नहीं करने दूँगी। वचन देती हूँ।

उँगलियों की थरथराहट बढ़ती ही गई। मेरे बालों में उँगलियाँ फरकर अपनी थरथराहट को बहलाने लगे।

ओ माँ! ऐसा तो न करो कि मेरा स्वामी कलम ही न पकड़ सके!

[पाँच पृष्ठों पर पद्य है, डेढ़ सौ पंक्तियाँ!]

कलम पकड़ेगा मेरा लॉली!

मुँह में दाँत पूरे उगे भी नहीं, भात चाहिए। क्या लेगा रे छुट्टू पंडित, भात?

अन्नप्राशन के दिन जित्तन की जन्मकुंडली मिली है। लिखा है...अथ...दशम्यां... फलम्—धर्मेकुबुद्धिर्बहुवैभवादयः प्रलम्बकंठो बहुशास्त्रपाठी। उदारचित्तो नितरां विनीतो रम्यश्च कामी दशमीभवः स्यात्।...

...अथ शुक्रवासरे जन्म तत् फलम्—सुनीलसंकुचितकेशपाशः प्रसन्नवेशो मतिमान् विशेषात्। शुक्लाम्बरः प्रीतिधरो नरः स्यात् सन्मार्गगो भार्गववारजन्मा।

...कान्तः सुखी भोगयुतश्च मानी प्रियः प्रवक्ता...सुगुप्तबुद्धिः खलु दीर्घजीवी। मिष्टान्नपानानुरतो विनीतः...।

मैं खोज रही हूँ—यह आँकेगा या नाचेगा या क्या करेगा!

...देवद्विजार्चाभिरतोऽभिमानी धनी दयालुर्बलवान् कलाज्ञः!—हाँ, है? है रे छुट्टू पंडित! तू कलम भी पकड़ेगा, आँकेगा!

—देखो जी छुट्टू पंडित! तुम्हारे बहुत सारे बालों को आज अन्नप्राशन के दिन कटवा दिया है। लटकती इमली की तरह तेरी जटाई हुई लटें कट गई हैं।...बेचारा अपने मुड़े हुए सिर पर बार-बार हाथ फेरकर मुँह देखता है। अरे हाँ, हाँ, है, है! है तेरी चुटिया!...चुटिया कटाने से तो छुट्टू पंडित नहीं, छुट्टू संन्यासी! छोटा-सा संन्यासी!...नहीं, नहीं। हमारा जितेन्द्र संन्यासी नहीं होगा! सत्कर्म वेषः...तू गृहस्थ होकर सत्कर्म करेगा! तू आँकेगा! तू गढ़ेगा! सिरजेगा!...

दुलारीदाय के तीनों कुंड तेरे नाम लिख देती हूँ। तू इन कुंडों के पास बैठकर एक-एक पद्म को अंकित करेगा, पंछियों का गीत सुनेगा। भौंरों की गुंजन से अपना तानपूरा मिलाएगा, तू गाएगा।...कमलगट्टे बेचेगा, मछली पकड़ेगा, खाएगा, बेचेगा, सबकुछ करे—जाल नहीं करेगा! कभी नहीं, कभी नहीं! परोपकारार्थ इन कुंडों को बेच भी सकता है।—अच्छा, इधर आ! तू क्या-क्या होगा, बोल, सुखी, भोगी?

—हाँ-ते!...अच्छा? मौज करेगा! ठीक है। बड़ा चालाक है, छुट्टू! अच्छा, प्रियप्रवक्ता!

—हाँ-ते!

—तू बीच में मत टपक, पुतली! बासी भात खाएगा, भेड़ चराने जाएगा, पीछे पूछना।...तू लिखेगा, गाएगा, नाचेगा और भेड़ भी चराएगा? तब तू मार खाएगा! अच्छी बात, नाच-गान में, इन कुंडों को बेचकर फूँक भी दे तो कोई हर्ज नहीं। किन्तु, जालिया काम?...नेवर! कभी नहीं! बहुशास्त्रपाठी? अपनी विद्या-बुद्धि को जमीन और जमींदारी-अर्जन में मत लगाना!

उस रात हमने माँ तारा की वन्दना की। मेरे स्वामी ने कहा—'प्रार्थना करो, जीत को कभी राजकाज में नहीं फँसना पड़े। नहीं तो उसका ज्ञान भी जाल-फरेब में ही खर्च होगा।'

"नहीं, नहीं!"...मुंडमालिनी, पद्मालया, शक्तिस्वरूपिनी, शिवभावभाविनी भगवती, जगन्माता, हमारा लॉली तेरे हाथ!

मिश्रजी के हाथ का कम्पन कम हुआ है। किन्तु, मेरे ललाट पर बिंदिया सजाने की असफल चेष्टा करते समय, उनकी लाचार आँखें मुझे मार डालती हैं। उँगलियों की थरथराहट रोकने की कोशिश में कँपकँपी और भी बढ़ जाती है। मैंने चिकित्सा की बात चलाई तो हँसकर बोले—'असम्भव! नसों और रोगों की बात मुझसे ज्यादा कोई वैद्य नहीं जानते।...मुझे उपयुक्त दंड मिला है। सरस्वती के दरबार में, इस तरह के कुकृत्य करनेवालों को कभी क्षमा नहीं किया जाता। हाथ का कम्पन कोई बड़ी सजा नहीं, हल्की सजा है। वरना, गलितकुष्ठ...!'

'स्वामी!'

'हाँ, गीत! मैंने अपनी आँखों से देखा है, विद्या के गर्व में चूर, सरस्वती के भाल पर कलंक का टीका लगानेवाला अपनी गली हुई हथेली, चादर के नीचे छिपाकर मक्खियों से बचने के लिए भागा फिरता है...।'

...मेरे स्वामी का अपराध क्षमा करो, माँ शारदे!

प्लांटर्स बौखलाए हुए हैं।

जिले-भर के मैथिल पंडितों को उकसाया गया है—शिवेन्द्र मिश्र को जाति से बहिष्कृत करो पंडितो!...इधर कुछ दिनों से मिश्रजी की गुप्त बातें विरोधियों को कैसे मालूम हो जाती हैं? अब तक ऐसा नहीं हुआ। कभी नहीं!

—पंडितों की सभा ने मेरे स्वामी को निर्वेद घोषित कर दिया। अब्राह्मण!... हाँसामारी के निर्गुण झा को मिर्जापुर के साहब ने पचीस बीघे जमीन दी है। उसी ने प्रस्ताव किया था—'शिवेन्द्र मिश्र को जाति से बहिष्कृत किया जाए!'

'गीत! संकीर्ण संस्कार के गहन अन्धकार में एक जीवित धर्म को कब तक छिपाकर रख सकता है कोई? उदार, उन्मुक्त धर्म को घेरे में नहीं रखा जा सकता।'

मिश्रजी को मैंने पहली बार अपनी मैथिली तुकबन्दी सुनाई—'शिवक घरनी बड़ बुधियारि, भाँगक लोटा अछि तैयार!'

'बहुत सुन्दर! बहुत सुन्दर!...और, इन कठपंडितों के कहने से मैं तुमको छोड़ूँ? असम्भव!'

ब्राह्मणों ने मिलकर मेरे पतिदेव को, हमारे परिवार को निर्वेद घोषित कर दिया। ब्राह्मणेतर ही नहीं, चांडाल की कोटि का मनुष्य! मेरी कोठी का नाम दिया—गृद्धवास कोठी...! गीतवास!...प्रान्त के विभिन्न जिलों की पाँच पुत्रियों के पिताओं ने मिलकर दावा किया—हमारी पुत्रियों का पाणिग्रहण करके परित्याग कर दिया है। भरण-पोषण का व्यय वसूल करवा दिया जाए!

मिश्रजी गुस्से से जल रहे हैं—'जानती हो? जीत की माँ के सम्बन्ध में कैसी-कैसी फूहड़ बातें उड़ाई हैं पंडितों ने?...देखता हूँ, ब्रह्म-हत्या का पाप मेरे सिर पर मँडरा रहा है।'

'नहीं, स्वामी! ऐसा मत सोचिए!'

रानी-बहिना तिरहुत की मैथिलानी नहीं। मालदह जिले की लड़की है। गरीब पुरोहित की बेटी है तो क्या हुआ?...रूप और गुण पर मोहित होकर मिश्रजी ने अपने कीर्तन के आचार्य से उनकी पुत्री के पाणिग्रहण का प्रस्ताव किया था!...पंडितों ने प्रचार किया है—देवदासी को फुसलाकर ले आया है।

लरेना खवास अपने को क्या समझने लगा है! स्वामी के सामने हमें अपदस्थ करने की हिम्मत कैसे हुई, उसकी?

'गीत! इस लरेना से बहुत-कुछ काम निकलना है, अभी चुप होकर सह लो।'

'आप आवश्यकता से अधिक विश्वास करते हैं, उसका। यह अच्छा नहीं जँचता। रानी-बहिना को भी दुख है।'

लरेना बड़बड़ाता आया, बाहर से—'दो-दो इस्टेट को सँभालने का यही नतीजा होता है। एक तरफ भी पूरा मन देकर कुछ नहीं किया जाए...। हुजूर! आप अभी पाँच दिन परानपुर हवेली छोड़कर कहीं मत जाइए। हाँ, बात है। एकान्त में कहने-सुननेवाली बात, कब कहे आदमी? यहाँ तो हमेशा...।' परमपति की लाचार दृष्टि को देखकर हम दोनों अन्दर चली गईं।...'लरेना के मुँह पर मैं हमेशा शैतान की छाया देखती हूँ।' रानी-बहिना बोली। मैंने कहा—'मैं भी।'

रहिकपुर के किसी प्लांटर से रामपुर-लहना के पतनीदार की लड़ाई है। मिश्रजी से मदद माँग रहा है, पतनीदार जैनन्दन साही। बदले में हल्दिया गाँव की जमीन दे रहा है, जमींदारी हक के साथ!...लरेना इसी काम में अपने को व्यस्त बतलाता है। इसी काम की प्रतीक्षा कर रहे थे मिश्रजी!

मेरा लॉली अस्वस्थ था। लौटने का ज़रा भी मन नहीं था। बुखार से तपी हुई उसकी देह।...रात के तीसरे पहर में ताप कम होते ही मुस्कराने लगा था–'हाँ-ते! ना-ते!'

मैंने स्वामी से आज्ञा माँगी। आज्ञा मिल गई, किन्तु लॉली...? मेरी साड़ी का खूँट छोड़कर पुतली का गला पकड़कर लटक गया। सारी हवेली को कँपा देनेवाली उसकी चीख–'आआ-मेम्माँ! मेम्माँ रे-ए-ए-ए! आँ-हाँ!' मैंने स्वामी की ओर देखा। लेकिन उनकी आँखें झुक गईं। उन्होंने नहीं कहा–'मत जाओ!'

मेरी डोली उठ गई।...सेमलबाग के पास तक कान लगाकर सुनती रही। वही चीख–'मेम्माँ रे-एए!' निश्चय ही धरती पर माथा पटक रहा होगा। जिद में ऐसा ही करता है, वह।

डोली के साथ पैदल चलती हुई पुतली रह-रहकर अपनी आँख और नाक पोंछती रही, सारी राह।

मिश्रजी गिरफ्तार? ऐंय?

हवेली की कालीबाड़ी में नोट बनाने और रुपया ढालने के सामान पकड़े गए!...माँ तारा, यह क्या?

लरेना खवास आया है मूँगा पर सवार होकर!–हवेली के एक-एक पैसे को जप्त कर लिया गया है। मिश्रजी को जमानत पर छुड़ाना है। कलकत्ता दौड़ना होगा। रुपया चाहिए।...

'कितना चाहिए रुपया?' उस दिन लरेना पर से सारा गुस्सा उतर गया।... स्वामी-भक्त है। हम औरत की जाति! हमारी बुद्धि ही कितनी! इसीलिए, हमारे स्वामी इसको इतना दुलार करते हैं। कहता है–'जब तक मिश्रजी को जेल से न छुड़ाऊँगा, सिद्ध अन्न मुँह में नहीं डालूँगा।'

'रुपए की कमी नहीं। कितने की जरूरत है? पाँच हजार? ला देती हूँ।'

मेरा मूँगा!...ऐसा उदास कभी नहीं देखा!

मम्मी मुझे समझाती है–'उसको कुछ नहीं होगा! मैं जानती हूँ। तुम्हारे पति को मैं भी पहचानती हूँ। वह बिना ताज का बादशाह है!'...माँ तारा! तू ही बोल रही है मेरी मम्मी के दिल में पैठकर! पहले मेरी मम्मी कितना भय खाती थी!

श्यामगढ़ स्टेट के राजा कामरूपनारायण आए हैं।...परानपुर हवेली में कोई विशेष चांचल्य नहीं, क्योंकि राजा साहब ने आते ही सख्त हिदायत दी है–"बगैर पूछे न एक कप चाय, न एक गिलास पानी।"

"एक प्लेट उबले हुए आलू और दो अंडे! बस, यही मेरा दिन का भोजन रह गया है।"

"निश्चय ही आपने कोई व्रत लिया है!"

–"हाँ, हाँ। व्रत।...जब तक अपने विरोधी को वाजिब जवाब नहीं देता हूँ; आहार-निद्रा हराम!" राजा साहब आलू में काली मिर्च की बुकनी मिलाते हुए बोले–"मैं ठहरूँगा नहीं, जित्तन! एक घंटा मेरे पास बैठ नहीं सकते?"

"आज्ञा!"

"मैं तुमसे पूछने आया हूँ, तुम क्या कर रहे हो?"

"मैं? कुछ नहीं।"

"अपने पुराने दुश्मन को भूल गए? लेकिन, वह तुमको नहीं भूला है!"

"कौन? मैंने नहीं समझा।"

दाँत कटकटाकर कामरूपनारायण ने झिड़की दी–"समझोगे क्यों? अब तो गोली का डर नहीं! वह प्रान्तीय कांग्रेस का सहायक मन्त्री हो गया है, इससे क्या? गोली दागनेवाले अभी भी उसके पास हैं। तुम्हारी जगह पर मैं होता?...मैं तुम पर कोई विचार लादने नहीं आया हूँ। मैं सलाह देने आया हूँ। राजनीति के पुराने खिलाड़ी हो। उपयुक्त टीम चुनकर उतर पड़ो मैदान में। जहाँ तक मेरी पार्टी का सवाल है, तुम्हारा सदैव स्वागत...!"

जितेन्द्र सोच में पड़ गया।...लज्जित हुआ! राजा साहब ने उस बार कुबेरसिंह के सहचरों के हाथ से बचाया था! लेकिन...?

"तुम लोगों की देह में न कहीं आन है और न कैरेक्टर में कोई रीढ़!...तुम नहीं समझोगे! अपमान से मेरी जिन्दगी जल रही है!"

जमींदारी-उन्मूलन के बाद राजा साहब ने अपने जिले में अपनी पार्टी की नींव डाली। आज, बिहार के कई जिलों में जड़ मजबूत हो चुकी है।

राजा साहब कहते हैं–"अपने इस्टेट के तीन सर्किल मैनेजर, पचास पटवारी और डेढ़ सौ प्यादों को लेकर मैंने प्रजापार्टी का शिलान्यास किया। कहा–चलो! तुम्हारी नौकरियाँ अपनी जगह पर बरकरार! जमींदारी चली गई, राजा चला गया, फिर भी मैं वेतन दूँगा। ओहदा बदल गया है, काम बदल गया है।...और, आज देखो। कई वामपन्थी पार्टियों के सधे-सधाए लोग आ गए हैं, वकील, मुख्तार, प्रोफेसर, छात्र,

महिलाएँ। मैंने राज्य-भर में बिखरी ऐसी शक्तियों का संचय किया है, जो सही नेतृत्व के अभाव में बुझी जा रही थीं। पिछले दिनों, दो-दो वामपन्थी पार्टियों ने प्रजापार्टी के झंडे के साथ अपना-अपना झंडा बाँधकर, विधानसभा के सामने प्रदर्शन किया है।...रेंट-फ्री-लैंड, बगैर किसी खजाना के जमीन! दे सकी है आज तक कोई पार्टी ऐसा क्रान्तिकारी नारा?...बोलो, कुछ कहो!"

"मौसाजी! मेरे मन में कोई भी राजनीतिक महत्त्वाकांक्षा नहीं। मैं क्या जवाब दूँ, आपको?"

राजा साहब ने घड़ी देखी। अपने ड्राइवर और सहकर्मियों को आदेश दिया–"गाड़ी तैयार रखो!" जितेन्द्र की ओर देखकर बोले–"मुझे तुम्हारे बारे में गलत सूचना दी गई। मैंने समझा था तुम मिलिटेंट हो। मुझे क्या मालूम था कि एक हिजड़े से मिलने जा रहा हूँ।...परती की तरह निपट्ट निकले तुम! लाज नहीं आती? पत्तनीदार का बेटा है!...मैं बैठा नहीं रह सकता।"

जित्तन ने हिम्मत बटोरकर जवाब दिया–"मौसाजी! अपने रेडियो पर इस मैच का आँखों-देखा हाल सुनने के लिए नियमपूर्वक मैं ट्यून करूँगा!"

"अच्छी बात!...सुनोगे, जरूर सुनोगे। इस बार नहीं तो आनेवाले वर्षों में। मैं चुप बैठा नहीं रह सकता।"

जितेन्द्र जानता है, कांग्रेस के अन्दर की घुटती हुई शक्तियों और पराजित पुरुषत्व का गुप्त सहयोग प्राप्त है, राजा साहब को!

"सुनेंगे। सभी सुनेंगे–प्रजा पार्टी तीन गोल से विजयी!...हुर्रा-आ!"

पनघट पर जित्तन बाबू की चर्चा चली हुई है। सामबत्ती पीसी कहती है–"जो भी कहो, मन साफ है जित्तन बाबू का। कल मेरे घर के बगल से जा रहे थे। मैं केश का ढील हेरवा रही थी धूप में बैठके, रमधनियाँ की माँ से। जित्तन बाबू पर नजर पड़ी तो भाग के पुआल के बोझ की आड़ में चली गई, कि पुकारने लगे–'सामबत्ती, तुम्हारे यहाँ भफ्फा[1] नहीं बनता, अब?' मैं तो लाज से गड़ गई।...आज भफ्फा बनाके दे आई, गरम-गरम। हाथ से लेकर लुबलुब बच्चों की तरह खाने लगे। सच कहती हूँ। उनका कुत्ता अब कुछ नहीं बोलता!"

फेकनी की माय बोली–"आकि देखो! जिस मुँह से खाए, उस मुँह से शिकायत

1. अरवा चावल के आटे से भाप पर पकी हुई, मद्रासी इडली की तरह की चीज।

नहीं करे आदमी, किसी की! कल फेकनी के बाप को हवेली का प्रसाद खाने का मन हो गया। थाली लेकर गई फेकनी।...जित्तन बाबू की माँ के समय फेकनी का बाप हवेली में ही पड़ा रहता था। आकि देखो, जित्तन बाबू ने फेकनी से कहा, रोज प्रसाद ले जाओ, बूढ़े के लिए।"

सेमियाँ बोली–"आज मेरे दरवाजे के सामने कैसा मजा हुआ! टोले-भर के बच्चे मेरे बथान के पास खेल रहे थे। जित्तन बाबू को देखकर कुछ भागे तो रामलगन भैया के बेटे ने कहा–'जै हिन्न!' हँसने लगे जित्तन बाबू। मनोहर की सबसे छोटी बेटी जो जगमग कर चलती है, ठिठककर खड़ी रही। जित्तन बाबू आगे बढ़ गए तो उतनी-सी टुन्नी छौंड़ी पुकारकर कहती है–'हेय! मारे कन्ने?'... उसका बाप हमेशा डर दिखलाता है न!...चुप रहो, नहीं तो हवेली पर पकड़कर ले जाएँगें! मारेगा हवेलीवाला! इसीलिए, वह छौंड़ी पूछ रही थी कि क्यों मारते हो?"

"तू भी ऊन की बात दून करके बोलती है। नाभी लगी हुई छौंड़ी वैसी बात बोलेगी भला?"

घर-घर घर-घर्र-र–डबाक्!

पनभरनियों ने भंडुल हुए भोज के लिए, बारी-बारी से ब्राह्मण, क्षत्रिय और भूमिहारों को जिम्मेदार ठहराने की कोशिश की। फत्तू खलीफा की घरवाली ने लुत्तो का नाम लगाया।

सामबत्ती पीसी के कान में सेविया दी ने कोई बात कही। सामबत्ती पीसी हँसकर बोली–"दुत्त!...तजमनियाँ का जुठाया हुआ फल अब कौन खाए?"

फेकनी की माय ने राह में रुककर कहा, दोनों से–"आकि देखो, जो बात अपनी आँख से नहीं देखे कोई, बोले नहीं कहीं। आकि, बेवा हो गई है फिर भी जीभ नहीं समेटती है बाभिन फूहा। अभी कह रही थी सबसे कि तजमनियाँ अँगभरबी है!"

सामबत्ती पीसी ने कहा–"फूहा को पाँच आँख है। मैं कल ही आई हवेली से। तजमनियाँ जैसे थी, वैसी ही है।...फूहा जलती है क्यों, सो नहीं जानती! अभी जब मैं भफ्फा की बात बोल रही थी तो देखा नहीं, मुँह कैसा चुनिया रही थी, साड़ी की कोंची की तरह!"

"चुप रहो, आ रही है।"

फूहा बड़बड़ाती आ रही है। रास्ते में रुककर गीले कपड़े को निचोड़ती है और जोर-जोर से कहती हे–"उत्ती-जरी छौंड़ी की बोली तो सुनो! मैं तो अभी उसकी माय से जाकर पूछती हूँ कि कब मुझे जित्तन से क्या हुआ था?"

सामबत्ती पीसी ने आँख के इशारे से सेविया और फेकनी की माँ से कहा– 'चलो। बेबात का झगड़ा...!'

जितेन्द्र अकेलेपन के अन्धकार से बाहर निकलना चाहता है।

...सांस्कृतिक जीवन पर राजनीतिक प्रभाव अवश्य पड़े हैं। किन्तु उसकी काली प्रतिच्छाया सर्वग्रास नहीं कर सकी है, अभी भी!...जितेन्द्र हिजड़ा नहीं! वह अपनी शक्ति पर फिर से विश्वास करने लगा है। उसका सबसे बड़ा सपना सच हुआ है।

...गाँव-समाज में, मनुष्य के साथ मनुष्य का व्यक्तिगत सम्पर्क घनिष्ठ था, किन्तु वह अब नहीं रहा। एक आदमी के लिए उसके गाँव का दूसरा आदमी अज्ञात कुलशील छोड़ और कुछ नहीं।...कहाँ है आज का कोई उपयोगी उत्सव-अनुष्ठान, जहाँ आदमी एक-दूसरे से मुक्तप्राण होकर मिल सके? मनुष्य के साथ मनुष्य के प्राण का योगसूत्र नहीं।

...प्रीति-बन्धन के खोए हुए सूत्र को खोजकर निकालना होगा। नहीं तो, इस सार्वभौम रिक्तता से मुक्ति की कोई आशा नहीं।

...परमादेव की सवारी के दिन, गाँव में चांचल्य! रघ्घू रामायनी की गीतकथा के समय, शामाँ-चकेवा की रातों में, बन्द मन के झरोखे ज़रा खुले थे।...जात्रा, संकीर्तन, नाटक के अवसरों पर आनन्द से सारा गाँव फूला-फूला रहता। और, अब?

...जितेन्द्र अपने को फिर से युक्त करेगा, चक्र में। पाँच चक्र नाच रहे हैं! घनघन! घनघन!

...ट्रट्ठाँय! ऑपरेशन-पार्टी को चाय की छुट्टी मिली।

...इरावती और राजा कामरूपनारायण, दो अपमानित आत्माएँ! दोनों ने अपने अपमान का बदला चुकाने के लिए व्रत लिया है। राजा साहब कह रहे थे—"समझे जित्तन! इतिहास लिखनेवाले यह नहीं लिख पाएँगे कि एक दृढ़ इंस्टिट्यूशन यों ही ढह गया; इसने कोई रीढ़दार व्यक्ति पैदा ही नहीं किया!"...इरावती कहती है, रोज—"हमारी अशुभ मूरत देखकर लोग राह काटते हैं। राजनीति के कदर्य-कीच से इस नई जाति का जन्म हुआ है। मैं चाहती हूँ, कोई यह न कहे कभी—समाज की रगों में विषाक्त बीजाणु का प्रवेश इसी नई जाति ने कराया।"...भिम्मल मामा आजकल जितेन्द्र के सामने एक नई पंक्ति दुहराते हैं—"तान्त्रिक का बेटा गणतान्त्रिक!"

"गोबिन्दो! डेढ़ घंटा पहले ही सुरपति बाबू ने...!"

ताजमनी की बोली सुनकर जितेन्द्र ने अपनी अस्त-व्यस्त लुंगी सँभाली। ताजमनी के पहले ही प्रफुल्ल मीत चुलबुलाता हुआ आया।...निश्चय ही आज चाय के साथ पकौड़े आ रहे हैं। पकौड़े के लिए चोरी भी कर लेता है मीत, कभी-कभी।

"क्या डेढ़ घंटा पहले?"

ताजमनी झुंझलायी हुई आई—"सुरपति बाबू ने डेढ़ घंटा पहले कहला भेजा कि चाय ज़रा जल्दी दे जाए घोंसला में। कहीं जा रहे होंगे, दोनों। सो, अभी तक गोबिन्दो ने केतली भी नहीं चढ़ाई है। कहता है—आगाड़ी दादा बाबू को चा देके तॅब...।"

जितेन्द्र हँस पड़ा। ताजमनी भी हँसी। पिछले कई दिनों से गोबिन्दो घोंसलावासियों से चिढ़ा हुआ है।...सुरपति और भवेश और गोबिन्दो के लड़ाई-झगड़े बड़े रसीले होते हैं। जरूर कोई नई बात होगी।

घोंसला में कोई बात हो, ताजमनी को तुरन्त मालूम हो जाती है। ताजमनी हँसकर कहती है—"इस बार बंगाली-बिहारी झगड़ा हवेली में भी शुरू हुआ है!"

"सच? क्या हुआ? घोंसलेवाले को भी बुलाओ, यहीं पिएँ चाय!"

ऐसी बात से गोबिन्दो और चिढ़ता है। कहता है—"मॅन को माफिक थोड़ा-सा बनाकर कुछ ले जाओ तो दस जॅन भागीदार...हँ-हँ!"

"बात क्या हुई है?"

"सुरपति बाबू ने पखारन काका और गोबिन्दो में लगा दिया। पखारन काका ने कहा—भात सालन बनावेवाला बंगाली हमरा से पार पाई? भवेश किन्तु, गोबिन्दो के पक्ष में रहा। गोबिन्दो ने जवाब दिया—बंगाली को माथा को बराबरी दुनिया को कोई बेटा नहीं! और भवेश ने कहा—ठीक कहता है...!"

जितेन्द्र ने कहा—"ठीक कहता है नहीं, ठ्ठ्ठीक क-कहता है!"...प्रसन्न होकर जब कोई प्रिय घटना सुनाने लगती है ताजमनी, अपूर्व चित्र उपस्थित कर देती है। जितेन्द्र ने ताजमनी से ही सीखा है।

"ताजू!...बहुत दिनों की लालसा है, एक। अरे, घबराओ नहीं! मैं कह रहा हूँ...।"

"बहुत दिनों की लालसा है, मेरी भी एक। एक नहीं, अनेक। किन्तु, उन्हें माँ काली ही पूरा कर सकती है।"

"ठीक है, मेरी लालसा को तुम माँ काली के पास पेश करो।...मैं तुमको मंच पर देखना चाहता हूँ।"

"फाँसी-मंच पर?"

"लोक-मंच पर!"

"कोई पार्टी है किसी राजा की?"

"हाँ, नाच-पार्टी, इरा रानी की!"

चिक के उस पार गोबिन्दो ने खखासकर गला साफ किया—"हें-खें-क! आ-रे, रहो-रहो। मीत बाबू...।"

“तब तो मैं सचमुच रानी समझूँ अपने को?” इरावती खिल पड़ी।

“हाँ इरा! मेरे अपमानित जीवन के घाव फिर से हरे हुए हैं। मैं अपने मुँह-बोले मौसा को धन्यवाद देता हूँ, जिन्होंने गाल पर थप्पड़ मारकर ताजा कर दिया।”...पाँचों चक्र बाईं ओर घूमते हैं। जितेन्द्र के अपमानित जीवन की उपकथाओं की पोथी के पिछले पन्ने उलटते हैं, फड़फड़ाकर!

...नकटा! नकटा बना दूँगा जीवन-भर के लिए, याद रखो भैया!...चाहकर भी तुमको प्राणदंड नहीं दे रहा। जाओ, जिन्दगी-भर के लिए नपुंसक होकर जियो, जीना ही चाहते हो यदि तुम! लम्पट!

1942 का मार्च...!

जितेन्द्र ने पार्टी के अन्दर और बाहर अपनी शक्ति बढ़ा ली थी, धीरे-धीरे। कुबेरसिंह की सतर्कता के बावजूद वह स्वतन्त्र होता गया...कुबेरसिंह ने ढील दे दी थी—बँड़सी में बझी हुई मछली, जाएगी कहाँ? लग्गी कुबेर के हाथ में है।

1942 की फरवरी में ही प्रगतिशील समाजवादी पार्टी के सामने अगले कदम का प्रश्न उठा।...कुबेरसिंह के मन में कोई और बात पक रही थी, जितेन्द्र कुछ और सोच रहा था। वाणी दास की अपनी राय थी।

कुबेरसिंह ने जान-बूझकर मीटिंग की तारीख एक महीना आगे बढ़ा दी और पार्टी के आवश्यक काम से कलकत्ता चला गया।

वाणी दास सम्भवतः कुबेरसिंह के प्रस्थान की प्रतीक्षा कर रही थी...। जितेन्द्र से प्रार्थना की वाणी दास ने—“जितेन्द्रभाई! मुझे निकालो इस अन्धकूप से! कल ही चलना है, साथ तुम चलोगे? नहीं तो, मैं-मैं...।”

“वाणी दी, किस समय चलना है, मुझे कह दें।”

“सुबह खुलनेवाली बस से!”

...सुबह खुलनेवाली बस से कोडरामा! कोडरामा में टिकट खरीदते समय जितेन्द्र ने समझा, बनारस जा रही हैं वाणी दी!

“भैया!...तुम पर अविश्वास नहीं करती। माखन दा ने बुलाया है! माखन दा! चंडीपुर बम-केस में अंडमन की सजा पानेवाले, नौजवाने-गदरपार्टी के प्रधान! पिछली प्रान्तीय कांग्रेसी सरकार बनने पर अंडमन से लौटकर अपनी पार्टी को पुनर्जीवित किया है, माखन दा ने। पिछले कई महीनों से फरार हैं!”...वाणी दी वाग्दत्ता हैं, माखन दा की। माखन दा की पार्टी और जितेन्द्र की पार्टी में साँप और नेवले की दुश्मनी है। वाणी दी किसी संकट से बचने के लिए ही प्रगतिशील समाजवादी दल में आई थीं। दो वर्षों तक सहती रहीं कुबेरसिंह के उत्पातों को। जितेन्द्र, पार्टी-दफ्तर में आकर

रहने लगा। कुबेरसिंह से जान छूटी। वाणी दी की उपस्थिति से जितेन्द्र की पार्टी को बहुत लाभ हुए, इसको पार्टी का एक-एक सदस्य जानता है। वाणी दी को शहर का बच्चा-बच्चा जानता था–'मिस्टीमुखी मासी'!...केदारघाट की सीढ़ियों पर बैठकर वाणी दी से की हुई बातों को कभी भूल सकता है जितेन्द्र?

बंगालीटोला का खालिसपुरा मुहल्ला!...चार-मंजिले की छत पर बैठकर दूर, हिन्दू विश्वविद्यालय के कलश और गुम्बजों पर निगाहें डालकर बैठा रहता जितेन्द्र। वाणी दास राजघाट पुल से गुजरनेवाली हर गाड़ी के बारे में पूछती–"कौन गाड़ी है यह?"

...प्रतीक्षा में कई दिन कट गए। माखन दा नहीं आए! एक शाम को, नौका-विहार से लौटकर जितेन्द्र ने देखा, एक व्यक्ति बगलवाली दूकान पर बीड़ी खरीदता हुआ घूर-घूरकर देख रहा है।...वाणी दास थमक गईं।

रात-भर माखन दा और वाणी दी छत पर रहे। जितेन्द्र सीढ़ी के पास खाट पर लेटा पहरा देता सो गया था।...देह को छूकर जगाया वाणी दी ने–"जीत भाई!... आमरा चॅललाम। उनी...!"

जितेन्द्र, दरी हाथ में लेकर छत पर सोने चला गया।

कुबेरसिंह भूखे भालू की तरह प्रतीक्षा कर रहा था।...आवे इस बार! इस पार या उस पार!...

"आइए, शहबाला साहब! आ गए आप? चौंकिए मत।"

जितेन्द्र पर इस व्यंग्य-वचन की कोई प्रतिक्रिया नहीं हुई। तब, कुबेरसिंह ने अपने चेहरे पर पके व्रण से कील निकालने के लिए हाथ के आईने पर दृष्टि डाली।... अवकाश के क्षण यही करता है, कुबेरसिंह। झोली से आईना निकालकर अपने चेहरे पर जामुन की तरह उभरे व्रणों से रस या कील निकालता। इन्हीं अवसरों पर वह अपनी प्रहारात्मक प्रवृत्ति को तेज किया करता।...ओठों पर दाँत बिठाकर व्रण का कील निकालते हुए कहा कुबेरसिंह ने–"मैं-एँ-ने समझा था वाणी दास आपके पुरुषत्व की चेरी है। लेकिन गलत समझा मैंने।...म-म-मैं? मेरा दावा है कि मैं उसको सारा जीवन अपनी अँगुलियों के इशारे पर नचाकर रखता। लेकिन, बीच में टपके आप!... एक डिस्पेप्सिया का मरीज माखन लाहिड़ी पॉकेट से औरत छीनकर चला गया और आप शहबाला बनने की खुशी में हैं? वाह रे सुपुरुष!"

"आपने आज भंग ज्यादा छान ली है, लगता है।"

"बनारस से आए हैं आप और भंग का नशा हो मुझे? क्या बात की आपने!" कुबेरसिंह झोली में आईना रखते हुए बोले–"आपके अभिमान का कारण मुझे मालूम है।...बहुत शीघ्र जनरल मीटिंग बुला रहा हूँ।"

...जनरल मीटिंग!

दो-ढाई सौ युवक-युवतियों की जनरल रैली, कतरासगढ़ धर्मशाला के बड़े हॉल में शुरू हुई। एजेंडा की प्रथम विचारणीय बात थी–वाणी दास के पार्टी-परित्याग पर

विचार।...एक सदस्य ने एजेंडा पढ़ते समय चुटकी ली–"पार्टी-परित्याग या पार्टी-परिवर्तन!"

सबसे पहले, कतरास के युवक कार्यकर्त्ता पशुपतिनाथ ने उठकर, अपना आरोप-पत्र पढ़कर सुनाया। आरोप-पत्र में वाणी दास तथा जितेन्द्र को नौजवाने-गदरपार्टी का भेदिया कार्यकर्त्ता कहा गया था।...इसी तरह के अन्य आरोप!

एक आदिवासी युवती, केरकेटा ने उठकर कहा–"जित्तन बाबू के खिलाफ मुझे भी कुछ कहना है। लेकिन, बातें ऐसी हैं कि मैं मुँह से बयान नहीं कर सकती।"

"ऐं? ऐसी क्या बात? लिखकर दीजिए, अभी तुरत।...छिपा हुआ भेदिया! गुर्गा, गुर्गा!"

जितेन्द्र भौचक होकर देख-सुन रहा था।...पशुपति? जो 'भैया-भैया' की रट लगाए रहता था, एक पखवारा पहले तक? केरकेटा, जिसको उसने आज तक 'तुम' नहीं कहा?

"सुमित्रा, विद्या और रामरति का भी एक सम्मिलित अभियोग है।"

"पहले अभियोगों पर विचार हो ले!"

केरकेटा ने लिखकर दिया–"जितेन्द्र ने मेरी इज्जत ली है।" सुमित्रा, विद्या और रामरति ने सम्मिलित अभियोग-पत्र में लिखा–"जितेन्द्रनाथ ने पिछली पार्टी-रैली के अवसर पर हजारीबाग के किसी बँगले पर चलने का प्रस्ताव रखा–गोपी-कृष्ण लीला खेलें।"...

"शूट हिम!" रामरति का प्रेमी कार्यकर्त्ता अवधूत अपनी भारी-भरकम देह को तौलकर उठता हुआ बोला–"रामलीला करता है? शूट-हिम!"..."ए ए! ठहरो। पहले फैसला हो जाने दो साथियो!...बड़ा मौके से दूसरी पार्टी का भेदिया इतने दिनों बाद पकड़ाया है भाइयो!"

"और एक चार्ज!" एक तेरह-चौदह साल के किशोर ने साफ-साफ शब्दों में कहा–"पूछिए, मुझे यह लड़की समझते हैं या लड़का?"...कुबेरसिंह ने रामरति के प्रेमी अवधूत को रोका–"अवधूतजी! शूट-शूट मत चिल्लाइए बेकार! पहले बातों को एक-एक करके आने दीजिए सामने।"...कुबेरसिंह बार-बार मुस्कराकर जितेन्द्र की ओर देखता!

"सुनिए!"

सारे हॉल में सन्नाटा छा गया। कुबेरसिंह के चेहरे पर वैसी पैशाचिक मुस्कराहट कभी नहीं देखी थी किसी ने। कुबेरसिंह पाँच मिनट तक अवाक् खड़ा रहा; विकृत ओठों पर मुस्कराहट बनी रही। बोला–"भाइयो! समझ में नहीं आता, क्या कहूँ और क्या करूँ!...जहाँ तक जितेन्द्रनाथ के व्यक्तिगत चरित्र का प्रश्न है, मैं आप लोगों से अधिक ही जानता हूँ उसको। मैंने उसको पाप-पंक से निकालकर राजनीति में प्रवेश कराया। सोचा था, एक भले घर का बेटा सही राह पर आ गया।...लेकिन, वह

इस हद तक पतित हो सकता है, इसकी कल्पना भी नहीं की थी मैंने। आपको मालूम होना चाहिए कि इस रंडीबाज ने सोलह साल की उम्र में ही नथिया उतारा था!''...

''हा-हा-हा-हा!''

''इसलिए, प्रधान दोषी मैं हूँ।'' कुबेरसिंह ने नीलकंठ की तरह सारा जहर पी लिया–''हाँ, मैं दोषी हूँ। इस व्यक्ति को अपना प्राइवेट सेक्रेटरी बनाकर, इस पर इतना विश्वास करके मैंने पार्टी का अहित किया है!...कलकत्ता में इन्होंने रसगुल्ले खाकर पार्टी को बेच देना चाहा, बंगालियों के हाथ। मेरा माथा उसी समय ठनका था। लेकिन जो होने को होता है वह होके रहता है!...और, सुन लो कान खोलकर। नकटा की जिन्दगी! प्राणदंड से भी बड़ा दंड! जब तक जिओगे, नकटा की जिन्दगी!...छोड़ दो साथियो! उदारता से माफ कर दो। हमें यह नहीं भूलना चाहिए कि जब तक यह वफादार रहा, पार्टी की अच्छी सेवा की इसने।...जितेन्द्रनाथजी! आपने कलकत्ता के दीनानाथ चौरसिया से चुपचाप चार हजार रुपया लिया है, वह भी माफ कर देता हूँ।...कृपया हॉल छोड़ दें। आगे की कार्रवाई शुरू होगी।'' रामरति का प्रेमी अवधूत बाँहों को तौलकर घूँसा दिखाते हुए कहता है–''याद रखना!''

जितेन्द्र का माथा चकरा गया था!...श्यामगढ़ पहुँचते-पहुँचते रामरति के प्रेमी अवधूत और विद्या के भाई निगम ने उसको पकड़ लिया था। श्यामगढ़ ड्योढ़ी में पहुँचकर भी गोली दागने का इरादा था उनका। राजा कामरूपनारायण ने बड़ी बुद्धिमानी से उन्हें वापस किया।

कुबेरसिंह ने उसी दिन की रैली में प्रस्ताव मंजूर करवा लिया। बिहार के पत्रों में छपा–'प्रगतिशील समाजवादी पार्टी का फैसला! हम फासिस्ट-विरोधी हैं किन्तु कम्युनिस्ट नहीं!'...प्रगतिशील समाजवादी पार्टी के दूसरे समाचार में जितेन्द्रनाथ के निष्कासन पर एक छोटा-सा वक्तव्य था, पार्टी के प्रधान श्री कुबेरसिंह का–'ऐसे चरित्रहीन व्यक्ति को किसी भी राजनीतिक पार्टी में जगह नहीं मिलेगी!'

जितेन्द्रनाथ आधा मर चुका था। उसको अपने सहकर्मियों पर, साथियों पर इतना विश्वास था कि कुबेरसिंह का आसन डोल जाता, बार-बार!...चारों खाने चित्त गिरा है जितेन्द्र, राजनीतिक लंगी खाकर। फेसियल पेरेलिसिस से विकृत ओठ, चेहरे पर जामुन-जैसे दो बड़े-बड़े व्रण, छोटी-छोटी आँखें...'हे-हे-हे! जा साले, नपुंसक होकर जियो! हे-हे-हे! यही दंड!'...अगस्त-आन्दोलन में अंडरग्राउंड पार्टियों से नाता जोड़ने की चेष्टा में तीन बार पिस्तौल के मुँह से बचा। पूर्णिया के आजाद-दस्ता के कमांडर ने कहा–'तुम्हारे आने के पहले ही तुम्हारे बारे में खबर मिल चुकी थी। प्रगतिशील समाजवादी दल के लोग सी.आई.डी. का काम करते हैं, हमें मालूम है।'...बाजाप्ता बन्दी-अवस्था में उसे आजाद-दस्ता की फौजी अदालत में पेश किया गया। दस्ता के कमांडर नन्दकिशोर की राय थी–'बीच कोसी में ले जाकर–ठाँय!' किन्तु जी.ओ.सी. शशिनाथसिंह ने जित्तन से बातें करने के बाद फैसला दिया–'अभी इन पर नजर रखी

जाए। नजरबन्द रहें।' कमांडर नन्दकिशोर ने जितेन्द्र की छाती से पिस्तौल भिड़ा दी थी–'मैंने रिपोर्ट पढ़ी है इसके बारे में। इसको कुबेरसिंह ने हम लोगों के पीछे लगाया है।...कैपिटल पनिशमेंट!'

शशिनाथसिंह ने उठकर रोका था–'छोड़ दीजिए नन्दकिशोरजी!'

1943 में गिरफ्तार होकर जब जेल गया...

जेल में यह बात पहले ही पहुँच चुकी थी–'आ रहा है, कुबेर का जित्तन!'... तरह-तरह के प्रश्नों, व्यंग्य तथा कटु बातों को सहकर जेल-यातना भोगने लगा। एक रात वार्डवासियों ने कम्बल-ओढ़ैया रस्म कर दी। कम्बल से ढककर तसले की पेंदी से पीटते हैं! गोरी मिलिटरी की मार से अधमरे जितेन्द्र को, कम्बल-ओढ़ैया रस्म के बाद जेल-अस्पताल में शरण लेनी पड़ी।...जिला जेल से सेंट्रल जेल! 'ए' क्लास का नजरबन्द होकर सेंट्रल जेल में गया, जितेन्द्र। प्रान्त के आधे से अधिक नेता, विभिन्न पार्टियों के, इसी जेल के विभिन्न वार्डों में रहते थे। पाँच घंटे तक जेल-गेट पर ही बैठा रहना पड़ा। हर वार्ड के लोगों ने एतराज किया–'यहाँ मत भेजिए, यहाँ अब जगह नहीं।' जितेन्द्र ने प्रार्थना की थी, उसे किसी सेल में ही जगह दी जाए!...

तीन साल तक वह पुराने सेल में पड़ा खाँसता रहा। किसी ने उसकी खोज भी नहीं की। जितेन्द्र को वे राजनीतिक बन्दी नहीं मानते, सरकारी गुर्गा समझते। जेल से निकलने के बाद...!

कुबेरसिंह ने अपनी पार्टी को कांग्रेस में विलीन कर दिया। शहादत-आश्रम से उसने टेलीफोन किया–"क्यों, सदाबहारजी? जितेन्द्र को आपकी पार्टी में जगह मिल गई? आपको शायद याद न हो मेरे उस समय के वक्तव्य की भाषा।...हाँ, मैंने लिखा था किसी भी राजनीतिक पार्टी में उसकी जगह नहीं। हँ-हँ! अरे, पुराना पतित! हाँ, हाँ, भैया! इसीलिए कहता हूँ! खास करके आपकी पार्टी में तो उसकी जगह नहीं ही होनी चाहिए। महिला-कॉलेज की बहुत-सी लड़कियाँ? हाँ, हाँ। तब समझिए!" रिसीवर रखते हुए कुबेरसिंह हँसा–"नकटा!"...

..."प्रान्त की राजधानी में बैठकर पत्रकारिता करना चाहता है? ठहरो! चखा देता हूँ मजा!" कुबेरसिंह ने सभी अखबारों के दफ्तरों में जितेन्द्र की चरित्रहीनता का गुप्त संवाद भेज दिया!...साहित्य-सेवा? वहाँ भी कुबेर के मित्र हैं, बहुत। कहाँ जाएगा जितेन्द्र? गली-गली में, उसका नकाब उलटकर दिखलाएगा, कुबेरसिंह। किसी सोसायटी में मूव नहीं करने देगा।

इसके बावजूद पाँच वर्षों तक पटना में डटा रहा जितेन्द्र। छद्मनाम से लेख लिखता–राजनीतिक, साहित्यिक तथा सामाजिक। पटने के कई सम्भ्रान्त परिवारों में घुला-मिला। कई नए दोस्त बनाए, बहुत सारी किताबें पढ़ीं, अनेक चित्र-प्रदर्शनियाँ देखीं, और अपना प्रिय साज सितार बजाना सीखा।...किन्तु, वह टिक नहीं सका। लांछना, अपमान, असफलता और निराशा को झेलकर भी वह समाज से बँधा रहना

चाहता था। समवयसी, समधर्मा, समभावापन्न स्त्री-पुरुषों की छोटी गोष्ठी में जीने-भर खुली हवा पाकर ही प्रसन्न था।...बायो-सोशल क्षुधा की निवृत्ति के लिए एक मर्मी मित्र की निष्कपट मुस्कराहट ही पर्याप्त है! कुबेरसिंह ने उसे भी छीन लिया। तब, वह भागा-भागा अपने गाँव आया।...गाँव के लोग पहचानते ही नहीं, मानो।

"घृणा से मुँह विकृत मत करो जितेन्द्र! राजनीति ने हमें बहुत-कुछ दिया भी है...। फिर भी तुम विस्थापित नहीं! गाँव के लोग तुमको न पहचानें। गाँव की मिट्टी, अपनी जन्मभूमि का पानी, तो तुमको प्राप्त है। जहाँ तुम खेले-कूदे, बढ़े...। मुझे देखो!" इरावती ने समझाया—"मेरे दुख की कल्पना करो!"

"तुम्हारे इस सांस्कृतिक अनुष्ठान के पीछे कोई राजनीतिक हाथ तो नहीं? सरकारी या गैर-सरकारी किसी किस्म की राजनीति से प्रभावित तो नहीं लोक-मंच की कल्पना?"

"तुम बहुत शंकालु हो गए हो।"

"यहाँ के सांस्कृतिक जीवन में डुबकी लगाए बिना प्रीति के छिन्न-सूत्र को पकड़ना असम्भव है!"

जितेन्द्र ने परानपुर के सभी नौजवानों को, नाटक-प्रेमी व्यक्तियों को आमन्त्रित किया है, परानपुर नाट्यशाला का पुनरुद्धार करने के लिए। नाम-बनाम हर नौजवान की बुलाहट है।...मँगनीसिंह उर्फ प्रेमकुमार दीवाना उर्फ हरिजन दीवाना गाँव का एकमात्र नाटककार है। नाटक का अकेला नामलेवा है। पत्र में लिखा है—'आपके सहयोग की विशेष आवश्यकता है!'

"क्यों झाजी! ग्राम-पंचायत की मीटिंग-बैठक पर दफा चौआलीस लगाने का पावर नहीं है?"

रोशनबिस्वाँ की पुरानी आदत छूट गई है। लेकिन, जीभ को रोकते समय मुँह चुनियाने की नई आदत लग गई है।

लुत्तो कहता है—"नट-नट्टिनों की मीटिंग में मैं नहीं जाता।"

गरुड़धुज झा की राय है—"बहुत दूर की चाल है, यह। मिसर खानदान की

अँतड़ी की बात मैं समझता हूँ!"

हरिजन दीवाना पीठ पर झोली लादे जा रहा है। लुत्तो ने पुकारा–"ए! हरिजनजी! आप भी जा रहे हैं नट-नट्टिनों की बैठक में?"

"हाँ, मुझे विशेष निमन्त्रण है। देखिए न, लिखा है–आपकी उपस्थिति...।" गरुड़धुज झा ने कहा–"चमरौधे का जवाब बूट-जूते से देने लगे, तब?" गरुड़धुज झा के नकली दाँत की कमानी टूट गई है। हँसते समय अ-गरुड़ध्वज चेहरा हो जाता है।

हरिजन दीवाना ने कहा–"आप लोगों का राजनीतिक मतभेद है। मुझे क्या? मैं तो लेखक हूँ न! जित्तन बाबू कह रहे थे कि अकेला दीवाना है जो नाम भी लेता है नाटक का, इस जमाने में। मैं कैसे नहीं जाऊँ?"

हरिजन दीवाना अपने नाटकों की पांडुलिपि से भरी झोली सँभालता हुआ चला गया।

"जाने दो! पीछे मालूम होगा।...जे बेटा पैठल परानपुर हवेली, सोहि दागल गेल!" गरुड़धुज झा ने कहा–"इस बैठकी में दीवाना-परवाना सब क्यों टूट रहा है सो नहीं जानते? वहाँ डबल पुरोग्राम है। कम्फ की छौंड़िया भी रहेगी।"

"ओ!"

"सच कहता हूँ, आज यदि मेरे दाँत की कमानी नहीं टूटी रहती तो मैं भी जाता इस मीटिंग में। तुम्हारी शपथ!"

गरुड़धुज झा एक विशेष ग्राम्य मुद्रा बनाकर हँसा। हँसते समय दाँत की खुली खिड़की से लार टपक पड़ी। लुत्तो ने हँसकर कहा–"आप तो सचमुच...।"

"सचमुच क्या! पुराने मछलीखोरों की भाखा में उस छौंड़िया को नैनी मछली कहेंगे। देखते ही मन लट्टू हो जाता है।...कहाँ से आई है?"

लुत्तो ने कहा–"चालू माल है, रिफूजनी है। साला, मजे में यही लोग हैं। मरते हैं हम लोग, जो असल देशवासी हैं। उधर नेहरूजी इन लोगों के चलते भर-पेट भात नहीं खा सकते और इधर दिन में चार किस्म की रेशमी साड़ी पहनकर बरदियाघाट पर बैहर-चुक्का खेलती है!"

"जो भी कहो! जित्तन है जोगाड़ी आदमी। कहाँ से, घर-बैठे मँगा लिया इस नैनी मछली को।...साला बूढ़ा भी जवान हो जाए, देखते ही! तुमने उसकी बोली सुनी है? ठीक पहाड़ी मैना की तरह बोलती है। सामबत्ती से उस दिन बतिया रही थी।"

"झाजी, आप ऊपरी सजावट को देखकर मत भूलिए। वह अधेड़ है और आप कहते हैं छौंड़िया! आप नहीं जानते आजकल का भेद! नकली दाँत की तरह सभी चीजें नकली।...हिरिया की बोली कम मीठी है?"

लुत्तो को हीराबाई की बात याद आई। कल कह रही थी–"ताजमनी को जित्तन बाबू ने हवेली में बैठा लिया है, उसी तरह...।"

...हमारे गाँव की मिट्टी में सांस्कृतिक सोना फल सकता है!

विचारशील नौजवानों के मन में इरावती और जितेन्द्र की बातें घर कर गई हैं।...प्राण नहीं, अनुभूति नहीं! अब, मनुष्य को यन्त्र चला रहा है।... टेकनोलॉजी के युग में हम लोग जीवन-उपभोग का मूल तकनीक ही खो बैठे हैं। हजारों-हजार जनता के बीच भी हरेक आदमी विच्छिन्न है, अकेला है। हँसी-खुशी, उत्तेजना-अवसाद, आनन्द-उल्लास–सभी यान्त्रिक! कामरेड डी.डी.टी. ने प्रश्न किया था–"कामरूपनारायणसिंह की पार्टी का कल्चरल फ्रंट तो नहीं यह लोकमंच?"

मकबूल के दो सवाल–"इस सांस्कृतिक उत्थान के लिए आर्थिक सहायता कहाँ से मिलेगी? भूखे किसान और मजदूरों को इससे क्या फायदा?"

...समाज को मानवीय और मनुष्य को सामाजिक बनाना ही मुक्ति का एकमात्र पन्थ है!

गरुड़धुज झा कहता है–"अब ठीक है। जित्तन ने गाँव के नौजवानों को फुसलाने का नया तरीका निकाला है। नैन की मार!...नैनी मछली!"

हरिजन दीवाना चौबटिया पर रोज नियमपूर्वक भाषण देता है–"नाटक! गाँव-समाज का नाटक! आपके और हमारे घर का नाटक! इरावती बहन को भगवान ने खासकर हम लोगों के लिए ही भेजा है।"

इरावती घर-घर घूमती है। गीत सुनती है, शादी-ब्याह, पर्व-त्योहार और आनन्द-उत्सव के समय गाए जानेवाले गीत!

जितेन्द्र के टेबल पर चार-पाँच फोटोग्राफ हमेशा पड़े रहते हैं–परमादेव के गह्वर और शामाँ-चकेवा की रातवाली तस्वीरें!...लोगों के चेहरे पर स्वाभाविक हँसी फूटी हुई है...शामाँ-चकेवा खेलती हुई औरतों की खिलखिलाहट कमरे में गूँज जाती है, रह-रहकर।...आनन्दोल्लास!

परानपुर नाट्य समिति की पुरानी नाट्यशाला की दीवारों पर उगे हुए पीपल के पेड़ काटे जा रहे हैं। ईंट-चूने और सीमेंट का हिसाब करता हुआ बड़बड़ाता है जलधारीलाल दास–'रह-रहकर सनक सवार होता है। कभी जंगल लगाते हैं तो कभी...।'

गाँव के अधिकांश लोग उदासीन, तटस्थ और शंकालु होकर देख रहे हैं–गाँव के नए-नवतुरियों को क्या?...नाटक-तमाशा सूझता है सिर्फ!

गाँव की औरतें बड़े उत्साह में हैं–फिर से पुराना जमाना लौट रहा है!

बरदियाघाट के ताड़ पर बैठा त्रिकालदर्शी ब्रह्मपिशाच हँसता है—बस, तीन-चार दिनों की देर है। आ रही है, दिल्ली से नई खबर! खड़क्-खड़क्-खड़खड़!...दूर, दिल्ली में बैठा नदी-घाटी योजना का एक नौजवान विशेषज्ञ परानपुर की तकदीर को फिर से लिख रहा है। विशेषज्ञों की सभा में नक्शा फैलाकर वह समझा रहा है—"यह है कोसी की मुख्य धारा! तीस मील पूरब की ओर जो यह पतली-सी धारा है—दुलारीदाय, इसको ध्यान से देखिए।...आजकल सूखी पड़ी हुई है। यही एक धारा है जो नेपाल की तराई में कोसी से निकली थी। यदि, इस जगह...हम कोसी की मुख्य धारा को डाइवर्ट कर सकें! दुलारीदाय को फिर जीवित कर देने से हम तटबन्ध के खर्च से बचेंगे। साथ ही, रानीगंज-फारबिसगंज इलाके में परती पर जो नई जमीन पाई गई है, उसकी सिंचाई।...हाँ। पाँच कुंड हैं। इन्हें केनाल में परिवर्तित करना होगा।...तीन-चार मील तक इस धारा के बेड़ में खेती होती है। बाकी यों ही पड़ी रहती है।...पाँच-सात गाँव के किसानों के पुनर्वास के लिए पतरी पर यथेष्ट भूमि है। एक करोड़ की बचत, बाढ़ के समय कोसी की मुख्य धारा की बरबादी से करीब दो सौ गाँव यानी दो-तीन हजार एकड़ धरती को बचाया जा सकेगा।"

विशेषज्ञों ने एकमत होकर दुलारीदाय की धारा को पुनर्जीवित करने का प्रस्ताव मंजूर कर दिया। उसी दिन रेडियो और समाचार-पत्रों द्वारा कोसी-योजना का यह समाचार देश के कोने-कोने में फैल गया—एक करोड़ रुपए की बचत...!

हाहाकार मच गया सारे गाँव में!

...ऐंय दुलारीदाय में पानी आवेगा? खेती कहाँ करेंगे लोग? किसने यह किया? जरूर जित्तन का काम है! वह छौंड़िया इसी काम के लिए आई है।...घर-घर घूमकर अली-गली की खबर इसीलिए लेती है। और भी न जाने क्या हो? लुत्तो बाबू, क्या होगा? क्या हो गया? जयदेव बाबू! यह कौन जमाना दिखा रही है सरकार? आग लगे इस सरकार को। मकबूल बाबू! किस दिन के लिए बैठे हैं, शुरू क्यों नहीं करते क्रान्ति? बाल-बच्चा कैसे जिएँगे? कहाँ जाएँगे हम? रिफूजी की तरह हमें भी भेजा जाएगा कहीं?...मारो पकड़कर जित्तन को! उस कम्फूवाली छौंड़िया को पकड़ो। क्यों ऐसा किया? नाटक करने आई है या हम लोगों की जान लेने? जै दुलारीदाय! हे काली माय! ओ-ओ-ओ! हा आ-आ-आ! हे-ए-हो-ओ! बाप-रे-ए! क्या होगा? क्या-आ-आ?

"शान्ति! शान्ति! ए! आप लोग रोते हैं काहे? हम आज ही पंडित नेहरू को तार देते हैं, सभी आदमी के नाम से। निकालिए पैसा।...यह हो नहीं सकता!"

लुत्तो, गरुड़धुज और मुखिया रोशनबिस्वाँ को लोगों ने घेर लिया है!..."उपाय

कीजिए। जान बचाइए। लुत्तो बाबू!"

मकबूल और जयदेवसिंह ने अपनी-अपनी पार्टी के लीडरों को खबर भेजी है—"इस परिस्थिति में क्या किया जाए? जल्दी आदेश दें!"

सारे गाँव में कोलाहल है। किन्तु, हवेली में रिकॉर्ड बज रहा है। बंगला भठियाली गीत—

नँदीर धारेर काछे-पासे,
बाँस बनेरी माझे-साझे-ए-ए-ए,
देखा जाए जे ग्राम खानि, बँधुआ सेथाय थाके
मो-ओ-ओ-र बँधुआ सेथाय थाके-ए-ए!

गरुड़धुज की बात पक्की है—सात-आठ गाँवों का लीडर एक ही रात में हो जाएगा, लुत्तो।...आनेवाले चुनाव में फत्तेह! यही मौका है! लुत्तो को मौका मिला है। इस बार वह करके दिखलाएगा। यह परती जमीन नहीं कि जित्तन के कहने से छीन ली।...कांग्रेस से इस्तीफा की धमकी देगा वह!...इनकिला-आ-आ-ब!

...डिस्ट्रिक्ट मैजिस्ट्रेट दुबारा आए—मेरी कोठी की खानातलाशी लेने के लिए। ली आया, किन्तु उदास होकर लौट गया। मैं उसकी कोई मदद नहीं कर सकी।...माँ तारा के सिवा और किसी से क्या बात की जा सकती है, ऐसे दुर्दिन में!

लॉली के लिए कलेजा सहस्रखंड हो रहा है। क्या करूँ? स्वामी ने मना कर दिया है।

लरेना आकर फिर दो हजार रुपया ले गया।

मूँगा की हालत देखकर रोना आता था। पुट्ठे की हड्डियाँ निकल आई हैं। आँखों में कीचड़। मूँगा मेरा प्यार ले रहा था। मैं उसकी आँखों से कीचड़ पोंछ रही थी। लरेना ने गाली दी—'चल साले!'

लरेना के व्यवहार से मैं दुखी हुई, किन्तु, स्वामिभक्त...।

तीसरे दिन फिर आया लरेना। मूँगा पर सवार रहा, उतरा नहीं। मूँगा मुझे देखकर प्यार से हिनहिनाया—ईं-हिं-हिं!

लरेना कह गया—'पंडितजी जमानत पर रिहा हुए हैं। लेकिन, गिधबास कोठी में

नहीं आवेंगे। कभी नहीं आवेंगे!...और, न यहाँ से कोई परानपुर जाएगा।'

मूँगा को एँड़ लगाई उसने। मूँगा जम गया। पिछले दोनों पैरों को उठाकर, दाँत से लगाम को कटकटाने लगा। तड़ातड़ चाबुक बरसाया लरेना ने–'साला! मेमिन माँगता है?'

क्या अर्थ? क्या मतलब? माँ तारा! मैं कुछ नहीं समझ सकी क्या कह गया वह? मेरे स्वामी का सन्देश लेकर आया था वह?...मेरे स्वामी ने मेरा परित्याग कर दिया? आँ? ओ माँ तारा-आ-आ!

लॉली बेटा रे-ए-ए!

मेरे स्वामी ने सचमुच मुझे छोड़ दिया है।

उन्होंने कचहरी में अपनी सफाई दी है–प्लांटर्स से उनकी पुरानी दुश्मनी है। गीतवास कोठी की मिसिस रोजउड के द्वारा काली-मन्दिर और हवेली के अन्दर सामान रखवाए गए।

मम्मी एकदम मौन धारण किए रहती है। पास के गाँव का नाम उसने रखा है–'रोजउड-गंज'। दिन-भर उसी गाँव में रहती है। अपना जो धर्म समझती है, करती है। स्कूल, पाठशाला...।

और, मैं अकेली माँ तारा को लेकर बैठी रहती हूँ।...परित्यक्ता नारी के मर्मदाह को माँ तारा नहीं समझेगी तो कहाँ जाएगी, बेचारी? ठुकराई, खोई, औरत की जाति!

मैं नियमपूर्वक सिन्दूर लगाती हूँ। नारी-बहिना रोज सिन्दूर लगाती होंगी।...मेरे स्वामी को कुछ नहीं होगा। कोई दंड नहीं!

रात में मैं स्वप्न देखकर डरी। स्वप्न क्यों? माँ तारा के पद-तले सोई मैंने जो कुछ देखा, वह सपना क्यों हो? माँ तारा ने मुझे दिखलाया, परानपुर हवेली का पूरबी कमरा, मेरे स्वामी का कमरा। सभी खिड़कियाँ बन्द हैं।...कमरे के अन्दर एक सिंह-पुरुष चहलकदमी कर रहा है। वह कमरे से निकला। अन्दर हवेली की देवी-कोठरी में गया। बैठ गया, देवी की प्रतिमा के आगे। कागज का अम्बार। पंछी के पंख की कलम। मेरी हस्तलिपि से मिलाकर कुछ लिख रहा है...बड़े-बड़े अक्षर। हाथ से कलम छूट नहीं रही। कलम चल रहा है।...मेरा दस्तखत बनाने की कोशिश कर रहा है। कागज पर रेखाएँ, वृत्त, चक्र बन रहे हैं। कौन? मेरे स्वामी? क्या हो गया है मेरे स्वामी को? ऐसी विकृत मुखाकृति क्यों? काँपती हुई हथेली में कलम! कागज पर रेखाएँ, वृत्त, चक्र...!

परमपावनी क्षमास्वरूपा माँ तारा! क्षमा करो माँ!

यह कौन आई है मेरी गोद में, अभागिन!...दुलारीदाय? लॉली की दुलारीदाय आई मेरी कोख से निकलकर रोती हुई। सारा जीवन रोएगी, अभागिन!

मेरे पति की आँखें मिली हैं, दुलारी को।

माँ तारा! आनन्दमयी विरहिनी बनाकर मुझे नंगा नचाना चाहती हो? इतना सुख! इतना दुख! इतनी पीड़ा!

पुतली जा रही है, परानपुर। मैंने कोई संवाद नहीं दिया है। एक कागज भेज रही हूँ। कागज नहीं, दस्तावेज।...पत्र का एक टुकड़ा! मिसेज रोजउड ने लिखा है सुलतानपुर इस्टेट के मालिक मिस्टर एन्थनी को–'डियर मिस्टर एन्थनी!...पिंजड़ा तैयार है। इधर शिकार भी अफीम का शरबत पीकर मदहोश और कमजोर हो चला है। शिकार फँसने के पहले हमारे और आपके बीच हुई शर्त पूरी हो जानी चाहिए।...काली-मन्दिर और हवेली के अन्दर सामान पहुँच जाएगा। नोट और रुपए लेकर कल जाऊँगी। आप अपनी सारी तैयारी कर लें।...आपकी–मिसेज रोजउड, गीतावास कोठी।'

अरी, डोमिन! इतना रोती क्यों है? पुतली गई है तुम्हारे जिद्दू-बद्दू भैया के पास। ललली भैया पूछेगा, मेरी दुलारीदाय कैसी है? पुतली कहेगी, बहुत रोती है।...तू डोमिन है, चमारिन है। तू भैया के घर की मजदूरनी बनकर रहेगी? तू अपनी भाभी की ओढ़नी पखारेगी? भउजी, हे भउजी, ओढ़नी तोहर पखारब हे भउजी...!

मम्मी मुझसे बहुत कम बोलती है। आज हठात् उन्होंने मेरी दुलारी को प्यार करना शुरू किया। कहती है–'तू तो इस तरह नहीं रोती थी, जन्म लेने के बाद। यह इतना रोती क्यों है?' मुझे हँसी आती है। हँसते-हंसते मम्मी की छाती में मुँह छिपाकर रोने लगती हूँ।

स्वामी ने अविश्वास किया?

पुतली लौट आई।...मुस्कराती है पुतली। ओ माँ! मेरा भाग्योदय होगा, फिर?

...पुतली जान पर खेलकर हवेली के अन्दर गई। भोजन करके उठे थे मेरे स्वामी। देखते ही गरजे–'यह कैसे आई? फिर क्या लेकर आई है?' पुतली ने मेरा वह पत्र दिया–एन्थनी के नाम। मेरे पति ने बार-बार पढ़ा। मेरी रानी-बहिना आकर

खड़ी हो गई। और मेरा छुट्टू पंडित हवेली के बाहर जाने के लिए रोने लगा। उसने सोचा...मेम्माँ बाहर खड़ी है, काली-मन्दिर के पास।–'यहाँ क्यों लाई है?' पूछा मेरे पति ने, पुतली से।

पुतली ने निडर होकर कहा–'मुकदमे में लगाने के लिए।'

गुस्से से गरज पड़े–'दिल्लगी करने आई है?''

पुतली ने झट से कहा–'नहीं, मालिक!' रानी-बहिना ने पूछा–'क्या बात है?' मेरे पति चुपचाप फिर से पत्र को पढ़ने लगे। कुछ देर बाद बोले–'लरेना जब रुपया लाने गया था, जमानत की पैरवी के लिए, तो उसे गाली क्यों दी गई अंग्रेजी में?'

पुतली चौंक उठी–'गाली?...लरेना की तो वैसी खातिरदारी कभी नहीं हुई, पहले।'

रानी-बहिना और मिश्रजी ने एक-दूसरे को देखा। पुतली ने सुना दिया–'दुबारा भी रुपया ले आया है।'

'ऐं?...पहली बार कितना लाया था?'

'शायद, पाँच हजार। इस बार दो हजार।'

रानी-बहिना और मिश्रजी की आँखें फिर चार हुईं।

जानती हैं, माँ तारा! मैंने तो पुतली से सिर्फ कहा था–'इस पुरजे को किसी तरह परानपुर इस्टेट के किसी विश्वासी कारकुन को भी दे आओ तो समझो बहुत बड़ा उपकार हो जाए। और, यदि भाग्य अच्छा हो, रानी-बहिना से मिल सको तो कहना–लरेना के हाथ का बनाया हुआ पान स्वामी को खाने न दें।...ली कह रहा था, मिश्रा के नौकर को एन्थनी के बँगले में देखा है उसने। पूर्णिया में भी कई साहबों के यहाँ आता-जाता है। ली ने समझा था, मैंने ही कोई पैरवी करने के लिए भेजा है, मिश्रजी की तरफ से।

'तू क्यों इतनी बात कहने गई?'

'मैनेजर साहब बोले–तू चल, पुतली! मैं गीतवास आऊँगा। लेकिन अभी नहीं। मुकदमा फैसला होने के बाद।...मैं सबकुछ समझ गया। तू जल्दी भाग। लरेना न देख पाए, तुमको। नहीं तो, साला ऐसा चालाक है कि आज ही मोरंग के जंगल में भाग जाएगा।'

...सच है? पुतली रानी, सच कहती है, दुलारी इतनी बड़ी तकदीर लेकर आई है, वह अपनी रानी-माँ की चरण-धूलि ले सकेगी?...बाप की गोद में बैठेगी? लॉली भाई आएगा, इसका?

चुप हूँ। सब चुप हैं। दुलारी भी नहीं रोती अब।...मुकदमे की सुनवाई होने तक की अवधि! माँ, माँ तारा! काली-काली!

दिन गिनती हूँ–एक काली, दो काली, तीन काली!

आज नहीं तो कल। कल तो अवश्य ही...।

मेरे स्वामी ने मुझे छोड़ा नहीं है। मैं परित्यक्ता नहीं। मैं अपने स्वामी की हूँ। यही क्या कम है, मेरे लिए? देखने की लालसा पूरी न भी हो, अब।...तप में फिर कोई त्रुटि हुई। जन्म-जन्मान्तर, फिर दर्शन की प्यासी आँखें लेकर मैं भटकी फिरूँगी।

...ले आ पुतली, उस अभागिन को मेरे पास। अपनी बीमार माँ के पास पाँच मिनट रहने दे। हाँ, ला।

...लॉली बेटा! डार्लिंग! यह रही तुम्हारी दुलारीदाय। मेरा जहाज सम्भवतः कल खुल रहा है।

...मकरध्वज? किसलिए?...अरे-रे, यह छुटकी ब्राह्मणी भी हँसती है? वाह री पंडिताइन!...भैयादूज में घोड़े पर चढ़कर आएगा तेरा भाई। तू टीका लगाएगी? आ रे लॉली, आ-आ! दधि-दूब-धान से तेरा पैर पूजेगी छोटी पंडिताइन, तेरी बहन।

...मेरा लॉली बेटा, तू आएगा!

...आय-आय!

...लॉली डैडी आएगा?

...आय-आय!

...लॉली, डैडी...!

'चिया! चिया इधर में लाएगा कि उधर में जाएगा, साहब!'

'आय-आय!'

सुरपति की आँखें खुलीं, सामने बिखरे कागजों को समेटते समय उसने देखा, कागज गीले हो गए हैं। आँखें खोलकर बाहर देखता है वह। गेस्टहाउस की अँगनाई में असंख्य गेंदे फूले हैं। आकाश-विकास-सूर्य सर्ववर्णमयी प्रकृति से शैत्य ग्रहण कर चुका है।

सुरपति अपने साथ कागजों का बंडल लेकर हवेली की ओर चला–जय माँ तारा!

समाजकम्प!

भूकम्प से भी भीषण इस समाजकम्प में, गाँव के लोगों के

दिल दरार पड़ी हुई दीवारों की तरह अरराकर गिरे हैं। घर-घर में मातम छाया हुआ है। हरेक के चेहरे पर राख पुती है, सभी की आँखें बुझी हुई-सी। बच्चा-बच्चा उदास है–अब क्या होगा?

सरबन बाबू को कलेजे में धड़कन की बीमारी हो गई है। रह-रहकर पुकारते हैं–"लालचन बाबू! मैं डूबा, डूबा-डूबा। दौड़ो लालचन... ।"

लालचन की घरवाली मना करती है–"हरिवंश उठकर ईमान खाने का फल दे रहे हैं भगवानजी। तुम क्यों दौड़कर जाते हो? उनके बेटे किस दिन के लिए हैं! वह तुम पर अपना आधा पाप डालना चाहता है।"

रोशनबिस्वाँ की पुरानी आदत फिर लौट आई है। सूखे ओठों पर सूखी जीभ बार-बार निकलती है।...अब वह क्या मुखियागिरी करेगा, किस पर करेगा–"झाजी! ग्राम-पंचायत की बात पर ज़रा भी ख्याल नहीं करेगी सरकार? बिना मुखिया से पूछे ही... ।"

गरुड़धुज झा का दिमाग कोई काम नहीं कर रहा। किसको क्या जवाब दे? बोला–"रोशन बाबू! जब तक लुत्तो लौटकर कोई खबर नहीं ले आता है पूर्णिया से, तब तक असली बात का पता नहीं चल सकता।"

बालगोबिन मोची फारबिसगंज से आया है। कहता है–"सभापतिजी कह रहे थे, यह कानून टलनेवाला नहीं।"

"बालगोबिन क्या कहेगा?...आखिर, करने से क्या नहीं होता है?"

"झाजी! कोई कुछ कहे। है यह जित्तन की ही बदमासी। पहले अपनी परती तोड़कर तब सरकार को खबर दिया कि परती जप्त किया जाए। पहले नैका सुन्नरि सुनने के बहाने उस कुरकुरिया मशीन में गाँव के लोगों की बोली को बन्द किया, तब ननकू नट, बकला अहीर वगैरह की बोली भरकर भेज दिया। बेचारे जेल में सड़ रहे हैं। और इस बार देखिए! पहले सभी लोगों को बुलाकर नाटक-नौटंकी की बात सुनाकर फुसलाया। उधर अन्दर-ही-अन्दर पचास-कोप खेला।"

"सरबन बाबू की हालत अच्छी नहीं। फारबिसगंज का डाक्टर आकर देख गया है। डाक्टर बोला, कोई भीतरिया चोट लगी है।"

"अरे, सरबन बाबू-जैसे लोगों के पाप से ही यह सब होता है।...भूदानियों को मारने का फल सारा गाँव भोगे अब।"

सबको अपनी-अपनी जमीनों की याद आती है; धान और पाट के पौधों के रंग आँखों के आगे फैल जाते हैं। अन्त में सब पर पानी फिर जाता है। सर्वे में, लड़कर जमीन हासिल करनेवाले, बाप और भाइयों के पेट से अपने हक की जमीन निकालनेवाले, सभी जमीनवाले राह चलते लड़खड़ाते हैं।

...यह कौन जमाना आ गया है, हे भगवान्!

औरतें बेवजह आपस में झगड़ती हैं।

"आकि देखो! मैंने कहा था न! देख लिया न! परती तोड़ने का फल देख रही हो न! परमादेव भला झूठ भखेंगे? जैसा कहा, अच्छर-अच्छर फला।"

"इस कोंढ़िया सरकार की आँख में छानी पड़ी है, क्या? जोत-आबाद होनेवाली जमीन को बाँस-भर पानी में डुबा रहा है और उधर ऊसर परती को जोतवा रहा है!"

सामबत्ती पीसी तुक जोड़ती है—"आम कटाए, बबुल लगाए, फल जे फलय मँहकार; उचित कहता सो चित नहीं भावे, चुगलन के दरबार! सो, चुगलखोर का राज है, यह। कहता है सुराज है। राम-राम! मुँह मारो ऐसे सुराज का!"

"सरकार का क्या कसूर? यह घर के भेदिया ने लंकाडाह किया है। सर्वे में लोगों ने जमीन ले ली। इसी डाह से यह सब किया है।"

"हाँ-हाँ, जित्तन बाबू और कम्फू की बीवी ने मिलकर यह काम किया है। कहो तो भला! सामने कैसी मीठी बोली बोलती है? और, मन में छप्पन छुरी। छँट्टकबाजी छौंड़िया आए इधर, तब पूछती हूँ। हरजाई, नट्टिन, न जाने कहाँ से आई है!"

"तुम लोग बिना जाने-बूझे क्यों बोलती हो? सभी बात का दोख एक ही आदमी को नहीं देना चाहिए। जित्तन बाबू का क्या कसूर! गोबिन्दो कहता था—दादा बाबूखुद फिकिर में हैं, खाना-पीना छोड़कर।"

"जित्तन के बारे में कुछ बोलते ही तू क्यों टपकती है, सामबत्ती?"

सामबत्ती पीसी कई दिन से बेवा फूहा से जी खोलकर झगड़ा करना चाहती थी। फूहा के टोकते ही बरस पड़ी—"तुम्हारी जीभ बड़ी पतली हो गई है फूहा! टपटप टपकती है खुद और मुझे कहती है कि क्यों टपकती है? लाज नहीं आती है?...जित्तन बाबू के लिए हवेली के पोखरे में डूबने लगी थी, कभी।"

"चुप, छिनाल!"

"ठहर, तुम्हारा कल्ला तोड़ती हूँ। आ जा!"

बाल्टी, घैला छोड़कर सामबत्ती झपटी। दोनों एक-दूसरे पर बिल्लियों की तरह टूटीं। दोनों ने एक-दूसरे का केश पकड़ा। पनघट पर खड़ी औरतें ऐसे झगड़े में बीच-बचाव नहीं करतीं। फूहा की चाची दौड़ी आई।

"मार-मार, मुँह में मार, फूहा!"

फूहा की चाची मैदान में उतरी तो फेकनी की माय क्यों चुप रहे? सामबत्ती सोलकन्ह की बेटी है—"आकि देखो, एक जनि को अकेली पाकर मार रही हैं दो जनि...!"

गुत्थमगुत्थी लड़ाई के समय भी मुँह की लड़ाई नहीं बन्द होती।

बड़ा तेलवाली हो गई है।...हवेली के निमोंछा रसोइया ने मुँह चिकना कर दिया है तेरा। मुँह तोड़ दूँगी, आज!...आकि देखो, दाँत काटती है! दाँत तोड़, मार मुक्का।...भफ्फा खिलाने गई थी तू या...?

मार खाकर फूहा और उसकी चाची गला फाड़कर रोने-चिल्लाने लगीं—"दौड़ रे-ए-ए-ए-ए बिसना भैया-आ-आ! जान मारलक रे-ए-ए-ए-ए सामबत्ती नटिनियाँ-याँ-याँ-याँ!!"

सामबत्ती कहती है—"गाँव के लोगों को भात नहीं रुचता है और छिनाल छौंड़िया बेवा होकर भी दूध की छाली खोजती फिरती है। बुला, जिसको बुलाना है।"

चीख-पुकार, रोना-चिल्लाना धीरे-धीरे बढ़ता ही जाता है।

जित्तन बाबू अपने सामने गाँव के लोगों की तस्वीरें रखकर काम कर रहे हैं। लोकमंच के लिए उपयुक्त चीज तैयार कर रहे हैं—एकांकी, सामूहिक गीत, नृत्य। गीत-कथा के आधार पर गीतों की स्वरलिपि! हरिजन दीवाना ने अपना नाम बदल लिया है—प्रेमजीत! आजकल, इरावती और जित्तन का गुन-कीर्तन करता है। दिन-भर हवेली में पड़ा रहता है। इरावती को देखते ही नशे में झूमने लगता है। आज तक किसी स्त्री ने उसको इतना प्यार नहीं किया। प्रेमजीत से हर बात में सलाह लेती है, इरावती।...कलात्मक प्रेम इसी को कहते हैं।

"लॉली बाबू!"

जितेन्द्र चौंका। मेम-माँ का दिया हुआ नाम किसने बता दिया? मेम-माँ के बाद फिर किसी ने इस नाम से नहीं पुकारा। सुरपति ने जितेन्द्रनाथ को दुबारा चौंकाने के लिए कहा—"हिंग्वाष्टक...!"

"आज आपको कहीं कोई पुरानी कथा हाथ लगी है क्या?"

"मेरा सौभाग्य!...पढ़कर देखिए! नई है या पुरानी?"

जितेन्द्र के हाथ में छपे हुए प्लेट्स देकर सुरपति बोला—"इसको पढ़ने के बाद मेरे कुछ प्रश्नों का जवाब देना होगा।"

जितेन्द्र ने लिखावट पहचान ली, तुरत। खुशी से चीख पड़ा—"सुरपति बाबू, मेरी माँ की लिखावट है, मेम-माँ की! कहाँ मिली आपको?"

हाँफती हुई आई, इरावती—"यह क्या हो गया है गाँव में? औरतें आपस में झगड़ रही थीं। मैंने छुड़ाने की कोशिश की तो मुझे ऐसी-ऐसी गालियाँ सुनने को मिलीं...।"

प्रेमजीत ने उत्तेजित होकर कहा—"किसने दी गाली? आप पहचानती हैं? मैं अभी जाकर...।"

"आखिर क्यों?" जित्तन बाबू ने चिन्तित होकर पूछा।

इरावती बैठ गई–"कोसी कैम्पवालों के साथ तुम पर भी कम नाराज नहीं हैं, गाँववाले। वह लम्बा आदमी है न, क्या नाम...हाँ, गरुड़धुज झा...अभी कह रहा था–मेम साहेब! आप और जित्तन ज़रा होशियारी से चलिए-फिरिए। गाँव का एक-एक आदमी आप दोनों से खफा है। थाना में सनहा लिखा दीजिए।"

लोकमंच में मस्त जितेन्द्र को गाँव की कोई खबर नहीं। भिम्मल मामा आए–"जै जनता! सत्याग्रह की तैयारी हो रही है।...दिमाकृषि, समस्ती, कलेक्तिव!"

सभी एक-दूसरे का मुँह देखने लगे।

जितेन्द्र ने कहा–"नौकरशाही सरकार को आश्चर्य होगा कि गाँव के लोग घी के चिराग जलाकर खुशियाँ मनाने के बदले सत्याग्रह क्यों कर रहे हैं।"

"तुम्हारा क्या ख्याल है, खुशियाँ मनाने की बात नहीं?"

"हमारे और तुम्हारे समझने से क्या होता है?"

"हम उन्हें समझाएँगे।"

"हमारी बातों पर विश्वास ही नहीं करेंगे कोई।"

"तुम तो उन पर विश्वास करते हो?"

जितेन्द्र सोच में पड़ गया। हाथ के प्लेट्स को उलटते हुए बड़बड़ाया–"तमाशा है!...पिछले पाँच सौ वर्ष की बेकार पड़ी हुई परती पर खेत के लायक जमीन पाई गई। देश के लोगों की बात दूर, गाँववाले भी नहीं जानते कि सरकार परती क्यों तोड़ रही हैं। कोसी योजना की सबसे बड़ी पेचीदा समस्या हल हुई है। दुलारीदाय को कोसी की मुख्य धारा से संयुक्त करके सिर्फ करोड़ों रुपए की बचत ही नहीं, करोड़ों की आमदनी भी होगी।...बेचारी जनता का क्या दोष? ऊपर से थोपे हुए सुख को वह क्या समझे?...मन की परती ज्यों-की-त्यों पड़ी हुई है। ऊपर से थोपे हुए सुख को वह क्या समझे?...मन की परती ज्यों-की-त्यों पड़ी हुई है। वीरान होती जा रही है। लगता है, मन को छूनेवाला मन्त्र ही हम भूल गए हैं।"

आज की डाक से मलारी और सुवंश की चिट्ठी आई है, जितेन्द्र के नाम "भैया, गाँव आना चाहते हैं किन्तु...।"

भैया!!...जितेन्द्र का सारा शरीर झनझना उठा। प्यार-भरे शब्द ने मन को झंकृत कर दिया।

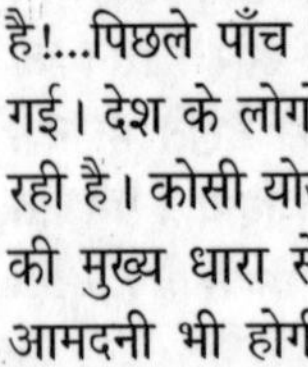

सात-आठ गाँव के लोगों को एक ही रात में जगाएगा, लुत्तो–"उठो! सोने से काम नहीं चलेगा। कमर कसकर आगे बढ़ना होगा।"

"बंगाल-बिहार झगड़ा के समय जैसा अंडोलन हुआ था वैसा ही फिर होगा?"

ऐसे आन्दोलनों में बड़ा मजा आता है, गाँववालों को! रेलवे लाइन पर खड़े होकर झंडा दिखाकर गाड़ी को रोकना, जिन्दाबाद करते हुए गाड़ी पर सवार होकर जागबनी से कटिहार तक नारा लगाना! क्या मजा! जहाँ मन हो, चेन खींचकर रोक दो। इस आन्दोलन में न पुलिस का डर, न गोली का भय।...कांग्रेसवाले पीठ पर हैं।

लुत्तो जिला कांग्रेस के सभापति को चुनौती देकर आया है–"परती छीनी गई, उस समय भी कांग्रेस की ओर से कोई मदद नहीं मिली। अब धनहर जमीन जा रही है, आप छोआ-गुड़ लपेट रहे हैं?...इस बार हमारे इलाके में एक भी वोट नहीं मिलेगा कांग्रेस को, सो याद रखिए!" कांग्रेस के सभापति को क्या! धरमपुर इलाके में रहते हैं। लेकिन लुत्तो कैसे चुप बैठा रह सकता है! कांग्रेस ने यदि टिकट नहीं दिया, वह स्वतन्त्र रूप से खड़ा होगा।...आठो गाँव इस बार मुट्ठी में आ जाएँगे।

समसुद्दीन मीर कांग्रेस का काम छोड़कर घर में बैठ गया है। लुत्तो ने उसको फिर से उत्साहित करके अपने साथ कर लिया है–"कांग्रेसी हैं तो क्या? सरकार पेट पर छुरी चलाएगी और हम चुपचाप झंडा ढोते रहेंगे? इस बार–'सत्याग्रह'! होगा क्या? एक-दो आदमी नहीं, सारे गाँव के लोगों को लेकर कल दस बजते-बजते परानपुर आइए। वहाँ से जुलूस बनाकर कोसी कैम्प पर धावा बोलना होगा। ट्रेक्टर की भटभटी बन्द करनी होगी। इसके बाद, रेलवे लाइन पर धरना! बाल-बच्चा, औरत-मर्द को लेकर लाइन पर पिकेटिंग करना होगा। जब तक दिल्ली खबर न पहुँचेगी, कुछ नहीं होगा।"

"ठीक है, ठीक है।...लुत्तो बाबू को छोड़कर पब्लिक का दुख समझनेवाला कोई नहीं।"

मधुलता, मानिकपुर, दसपत्तर, रँगदाहा और पिपरा आदि गाँवों का चक्कर रात-भर में ही लगा आया है लुत्तो।...जनता तैयार है। देखना है मकबूल और जयदेवसिंह की पार्टी को। इस बार धोखा देंगे तो हमेशा के लिए चुक्का पार हो जाएगा।

मकबूल की पार्टी के कामरेड रात-भर बैठक में बैठे बहस करते रहे।

विश्वकर्मा ने कहा–"जनमत के खिलाफ हम कोई कदम नहीं उठा सकते।"

"ऊपर से कोई खबर आई?"

"हाँ, जिलामन्त्री ने लिखा है, स्थानीय समस्याओं पर स्थानीय यूनिट ही विचार करे। लेकिन जनमत के खिलाफ कोई कदम न उठे, इसका खयाल रखना होगा।"

कामरेड मकबूल ने चुपचाप अपनी नुकीली दाढ़ी को चुटकियाते हुए पूछा–"क्यों रंगलाल गुरुजी, आपकी क्या राय है?"

"मैं? मैं बुद्धिहीन दलबद्धता को पाशविक वृत्ति समझता हूँ।"

विश्वकर्मा बौखला उठा—"ऐसे-ऐसे रिएक्शनरी जिस पार्टी में रहें, उसका कोई कदम सही नहीं पड़ सकता। जनता को पशु कहता है और आप लोग चुपचाप मुँह देख रहे हैं? जनता बुद्धिहीन है और आप बुद्धि के जहाज हैं?"

"निश्चय। हम जब जानते हैं कि सरकार की इस योजना से जनता की भलाई होनेवाली है तो बेकार बखेड़ा क्यों करें? हम क्यों न गुमराह जनता को समझाएँ?"

"समझाने का काम हमारा नहीं। हमारी पार्टी सरकारी प्रचार-विभाग नहीं। सीधी-सी बात आप नहीं समझते? बहुमत जिस बात के विपक्ष में हो उसका समर्थन करके हम अपने पाँव में कुल्हाड़ी क्यों मारें?"

"माफ कीजिएगा। हैजे की सुई और चेचक के टीके के पक्ष में बहुमत कभी नहीं हुआ।"

कामरेड मकबूल ने फैसला दिया—"जनमत क़े साथ चलने क़े लिए क़भी-क़भी समाजवादी सत्य क़ी सीमा क़ो संकुचित करना निहायत जरूरी हो जाता है।"

जयदेवसिंह की पार्टी तटस्थ रहेगी। न विरोध करेगी, न समर्थन।

अपनी मेम-माँ की कहानी पढ़ते समय जितेन्द्र की आँखें भर-भर आतीं।

...बाग-बन, पठार-मैदान, ताल-तलैये, नदी-पोखरे छायाछवि की तरह सामने आते, फिर ओझल हो जाते। कचनार और हरसिंगार के स्पर्श का अनुभव करता।... रह-रहकर किसी कमलदह से हल्की सुरभि आती। गीत की एक कड़ी सिर धुनती—सखी हे-ए-ए-ए, हमर दुखक नहीं ओर!...मूँगा की हिनहिनाहट! उसके पिता का व्यक्तित्व उभरकर सामने आता, ब्राँज का स्टैचू...छोटी पंडिताइन, दुलारीदाय! गुड़िया-जैसी! कहाँ है उसकी बहन?

"ताजू, ताजू! इधर आओ। यहाँ बैठो। सुनो।...माँ ने निश्चय ही तुमसे कहा होगा। बोलो, कहाँ गई मेरी छोटी बहन, दुलारीदाय?"

जितेन्द्र की छलछलाई हुई आँखों को देखकर समझ गई ताजमनी, जिद्दा के सपने में माँ आई हैं।

"इस पोथी में क्या है?"

"सुनाऊँगा। पहले बताओ, माँ ने कुछ कहा था?"

"बूढ़ी नानी उसको अपने साथ लेती गई। मालकिन माँ ने एक बार कहा था, जित्तन की मेम-माँ का दाह-संस्कार करके लौटे और बोले, बिटिया के बिना उसकी नानी एक पल जी नहीं सकेगी। मैं कैसे माँगता?"

जितेन्द्र ने एक लम्बी साँस ली। ताजमनी उठकर जाने लगी तो उसने अनुभव किया।

"तुम कहीं मत जाओ। मेरे पास बैठो आज।...ताजू रानी!"

ताजमनी का रोम-रोम बज उठा।

...लॉली, डैडी आएगा?

...आय-आय!

...मुझे टोको मत। व्हेन आइ एम इन एक्शन, आइ एम नो मैन!...ब्राँज स्टैचू!

जितेन्द्र की रगों में एक अपरिचित वेग! अपूर्व स्पन्दन! मांसपेशियों में अजीब तनाव!...ताजमनी ज़रा डर गई। यह कौन पुरुष आकर सवार हो गया है उसके जिद्दा पर।

"पखारनसिंघ!"

पखारनसिंघ को लगा, बड़े मालिक पुकार रहे हैं। इसी तरह हवेली गनगना उठती, उनकी पुकार पर–"ह-जौ-र!"

दस बजते-बजते सारा परानपुर गाँव दलमला उठा। नारों से आकाश गूँजने लगा।

"नहर का फैसला रद्द करो!"

उत्तेजना की पहली लहर दौड़ी। गाँव-गाँव के लोग जत्थे बनाकर आ रहे हैं! झंडे लहराते हैं, विभिन्न पार्टियों के!...लुत्तो प्रसन्नता से दौड़ता फिरता है।

"ए! यह कहाँ का जत्था है? मानिकपुर का? जत्थेदार का नाम लिखाइए।...पहले जमा होने दीजिए सभी गाँव के जत्थों को।...एक घंटा के बाद जुलूस रवाना होगा।"

"तब तक गीत-नाद गाइए, नारा लगाइए!"

"मधुलता गाँव के जत्थे में एक आल्हा गानेवाला आया है, गुलर अल्हैता!"

"शुरू करो जी गुलर अल्हैता, नया आल्हा, ढोलक पर थाप दो।"

डिडि-चट, डिडि-चट...चटपटाक!

सुमरि भवानी जगदम्बा को, औ काली को शीश नवाय,
हाल बखानूँ नेताजी का-आ-आ-आ-आ,
अरे, जिनकर धुजा रहल लहराय,
लहर-लहर लहराय जवानी-ई-ई-ई-ई!

डिडि-चट, डिडि-चट...चटपटाक!

आल्हा गीत सुनकर बूढ़े भी जवान हो जाते हैं। उत्तेजना की लहरें! तुमुल ध्वनि!...मारो जवानो! बढ़ो बहादुरो! घेरो-घेरो...!

परमा, शिवमंगल, अनिरुद्ध, प्रेमजीत वगैरह डॉक्टर रायचौधुरी को कन्धे पर लादकर हवेली में ले गए।...इरावती भागकर सामबत्ती पीसी के घर में घुस गई। सामबत्ती पीसी हाथ में मूसल लेकर दरवाजे पर पहरा दे रही है–"माथा थुर देंगे, इधर यदि कोई आया!"

डॉक्टर रायचौधुरी और इरावती हवेली की ओर आ रहे थे। उत्तेजित भीड़ ने नारा लगाया–"कोसी कम्फवाले दुश्मन हैं!"...आल्हा की ढोलकी के ताल पर कसमसाते हुए लोगों के सामने शिकार! डॉक्टर रायचौधुरी को घेरकर मारने लगे।

"जीत भैया! बाहर आइए!"

"सर्वनाश हो गया!"

"वे कोसी कैम्प को लूटेंगे। रेल लाइन तोड़ेंगे, तार काटेंगे।"

"कहता है, सभी ट्रेक्टरों में आग लगाएँगे।"

"हमारी बात कौन सुनेगा? वहाँ सभी पार्टी के लीडर लोग हैं।"

"इरावती बहन की साड़ी पकड़कर खींच रहा था, ठीक दुशासन की तरह!"

...बॉख, बॉख, बॉख!

"दाज्यु, कहाँ जा रहे हो? ठहरो!"

"जिद्दा, इरावती दाय को देखिए जाकर! काका के पास मैं हूँ। हे बाबू लोग, आप लोग भी जाइए! गाँव के लोगों पर शैतान सवार है।...माँ तारा!"

गाँव के सभी पढ़े-लिखे नौजवान एकमत हैं–गलत बात!

डिडि-चट, डिडि-चट...!

बढ़ो बहादुर, डर काहे का-आ-आ-आ!...इनकिलाब, जिन्दाबाद!

जितेन्द्रनाथ दौड़ता है। उसके पीछे गाँव के नौजवानों का दल–"उन्हें सही बात बतलाकर समझाना होगा।...दाज्यु, तुम मत जाओ। लौटो! बात सुनो!"

जुलूस गाँव से निकल पड़ा। जुलूस के आगे-आगे करीब तीस-चालीस लठैत लाठी भाँज रहे हैं।...मुहर्रम का ताजिया निकला है, मानो। समसुद्दीन के गाँववाले नारा लगाने के बदले 'अली-अली' कर रहे हैं। बालगोबिन मोची, चमारटोली के सभी ढोल बजानेवालों को हुक्म देता है–"बाजा बन्द नहीं हो।" ठाकुर बाड़ी के पंडित सरबजीत कहते हैं–"बीच-बीच में गोध्वनि भी कीजिए–बाँ-आँ-आँ!"...चर-र-र-र-र-र्र ढिन्नर, डिग-डिग-डिग-ढि-ढिन्नर! अली-अली!...रद्द करो। कोसी कैम्प–तोड़ दो। गाँव हमारा–छोड़ दो। दुलारीदाय...! बाँ-आँ-आँ! डिडि-चट, डिडि-चट...! अजीं हँवँलदाँर क्या करेगाँ अकेलाँ? आने दों, नाराँ सुनकँर भाँगेगाँ दुम दबाँकर! ए! कांग्रेस का झंडा आगे रखो!...मकबूल को क्या हुआ, अपनी पार्टी के लोगों को क्या कह रहा

है?...हसुवा-हथौड़ावाला झंडा समेटता है काहे?...बढ़े चलो! लुत्तो, गरुड़धुज और रोशनबिस्वाँ बैलगाड़ी पर खड़ा है।

च-र-र-र-र-र्र-ढिन्नर, डिग-डिग-डिग-ढि-ढिन्नर...!

"कौन हैं वे लोग?"

"गाँव के पढ़े-लिखे लुच्चे हैं।...कम्फ की छौंड़िया के पीछे पागल हैं सभी।"

"जित्तन बाबू!...जित्तन भी है? तब, ठीक है। लगाओ नारा–जित्तन हमारा, दुश्मन है!"

जितेन्द्रनाथ हाँफते हुए जुलूस के सामने जाकर खड़ा हो जाता है–"भाइयो!"

"साला लीडरी करने आया है। मारो ढेला कसके!"

"भाइयो! डरने की क्या बात? उसके साथ सिर्फ एक कोड़ी लुच्चे-लहेंगड़े हैं।"...मकबूल की पार्टी का एक कामरेड पूर्णिया से खबर ले आया है, वह जुलूस से अपनी पार्टी के लोगों को अलग कर रहा है–"गलत कदम! झंडा समेटो!"

"भाइयो! सुनिए!"

"बाँ-आँ-आँ! जित्तन हमारा, दुश्मन है। दुश्मन नम्बर, एक है।...मारो ढेला, रोड़ा तिकाकर!"

मँगनीसिंह...प्रेमजीत को पहला ढेला लगा!...सिर से खून बहने लगा। परमा, शैलेन्दर, त्रिवेणी और उपेन्द्र जितेन्द्रनाथ को चारों ओर से बचा रहे हैं। चमारटोली का ननकेसर चमार ताल ठोंककर नाचता हुआ आगे बढ़ आता है, जितेन्द्र के बालों को पकड़कर खींचता है–"स्साला!"

मकबूल चिल्लाता है–"साथियो! यह क्या कर रहे हो?"

"इस साले को भी मारो। दगाबाज है! दाढ़ी पकड़कर नोचो। सालो, यहाँ जमीन जा रही है हम लोगों की और तुम लोग लीडरी करते हो?...कभी आगे, कभी पीछे!"

"भाइयो!"

"साला, थेथ्थर है। चमार के हाथ की मार खाकर भी भाइयो-भाइयो करता है। मारो गाल में थप्पड़!"

"चटाक! पटाक-चटाक!"

"भाइयो! सुन लें...।"

"अच्छा, सुन लो। साला चमगादड़ का बच्चा क्या कहता है!...ए! बाजा बन्द करो।"

"भाइयो! किसी बात को सोचे-विचारे बिना...।"

"हम लोगों ने खूब सोच-विचार लिया है। हम लोगों को भी बुद्धि दिया है भगवान ने!"

"मैं मानता हूँ, गलती आपकी नहीं। पुरानी नौकरशाही अब भी काम कर रही है।"

"सुनो, सुनो, क्या कहता है।...उसकी जमीन भी तो डूबेगी।"

"दुलारीदाय में, जहाँ तक मेरा खयाल है, सबसे ज्यादा मेरी जमीन ही पड़ती है।...यदि आपको इस योजना के पहले सारी बातें बता दी जातीं तो मेरा विश्वास है, आप आज खुशियाँ मनाते।..."

"मारो साले को!...फोटो लेता है, लेने दो। छोड़ दो, छोड़ दो!"

"हाँ, खुशियाँ मनाने की बात है।"

"साला, पगलैटी करता है!...मारो!...छोड़ो! आगे बढ़ो!"

जित्तन के कपाल पर एक रोड़ा आकर लगा। उसका सफेद कुरता खून से तर-बतर हो गया। ओठों पर जमते हुए लहू को पोंछकर उसने हाथ उठाया–"आप मेरी बात सुन लीजिए पहले। इसके बाद ढेले, रोड़े और लाठियों से जवाब देना चाहें, दें।...आपने जिस अफसर को कुछ देर पहले मारा है, वह मरते समय भी आपकी भलाई की बात सोचकर मरेगा।..."

भिम्मल मामा के साथ इरावती भी आ गई–दौड़ती, हाँफती!...आज के पत्रों में विस्तृत समाचार प्रकाशित हुआ है। जितेन्द्र के चेहरे पर मुस्कराहट दौड़ जाती है। समाचार-पत्र खोलकर वह जोर-जोर से पढ़कर सुनाता है–"परानपुर की परती पर इसी साल जूट और धान की खेती...इसमें जूट, धान, दलहन, तिलहन, मकई, ज्वार आदि की उपज होगी, जबकि दुलारीदाय में सिर्फ जूट और धान की खेती होती थी।... दुलारीदाय में कुल उपजाऊ जमीन ढाई हजार एकड़, जबकि परती पर सात-आठ हजार एकड़ जमीन अगले वर्षों में तैयार हो जाएगी!...दुलारीदाय के पाँचों कुंडों में बारहों महीने पानी भरा रहेगा। गीतवास के पास एक छोटा बाँध तैयार होगा।...परती की सिंचाई...गंगा के किनारे तक दुलारीदाय के कछार पर फैली ऊसर धरती, खेती के लायक हो जाएगी।...दुलारीदाय के किसानों को परती पर जमीन दी जाएगी। इसके साथ बेजमीन लोगों को भी...। फसल की कीमत के साथ नकद क्षतिपूर्ति!... तीन साल तक सरकारी सहायता मिलेगी, नई खेती करनेवालों को। दुलारीदाय नहर और गीतवास-बाँध-निर्माण में गाँव के लोगों को काम...।"

"सब झूठ! ठगनेवाली बात। परती पर कुछ नहीं होगा।...फुसला रहा है। इस साले को जरूर सरकार की ओर से पैसा मिलता है।...नारा लगाओ!"...

"भाइयो! जिस अफसर को आपने घेरकर मारा है, उसने आपके लिए नई किस्म का एक पाट पैदा किया है। चन्नीपाट से भी बढ़िया!...एक बीज में एक ही पौधा उगेगा, लेकिन बारह इंच के बाद ही उसमें पाँच से लेकर सात डंठल निकल आएँगे। जहाँ एक मन पाट होता है, वहाँ चार मन तो अवश्य होगा। साल में दो बार पाट उपजेगा।"

"साँब झूँठ बाँत!"

"दोष हमारे विशेषज्ञों का नहीं। हमारी सरकार के पुराने कलपुरजे ही इसके लिए जिम्मेवार हैं। वरना, जैसा कि मैंने बतलाया, आप आज तोड़ने-फोड़ने के बदले गढ़ने

का सपना देखते!...इतना बड़ा काम हो रहा है, किन्तु आप इससे नावाकिफ हैं कि क्या हो रहा है, किसके लिए हो रहा है!...मुझे ऐसा भी लगता है कि जान-बूझकर ही आपको अन्धकार में रखा जाता है। क्योंकि आपकी दिलचस्पी से उन्हें खतरा है।...इन कामों से आपका लगाव होते ही नौकरशाहों की मनमानी नहीं चलेगी। एक कप चाय पीने के लिए तीन गैलन तेल जलाकर वे शहर नहीं जा सकेंगे। सीमेंट की चोर-बाजारी नहीं कर सकेंगे। एक दिन में होनेवाले काम में एक महीने की देर नहीं लगा सकेंगे।...नदियों पर बिना पुल बनाए ही कागज पर पुल बनाकर बाद में बाढ़ से पुल के बह जाने की रिपोर्ट वे नहीं दे सकेंगे!...और इस जुलूस के राजनीतिक संगठनकर्त्ताओं से एक अर्ज...।''

मकबूल ने कहा–''मैं क़बूल क़रता हूँ, हमने ग़लत क़दम उठाया था।''

रंगलाल गुरुजी का चिर-संकुचित चेहरा आज पहली बार खिला है।

जयदेव बाबू, डी.डी.टी. और रामनिहोरा ने एक ही साथ कहा–''सोशलिस्ट लोगों का इसमें कोई हाथ नहीं।''

जुलूस की उत्तेजना कम हो गई है।...गाँजे का नशा उतर गया।

''राजनीतिक पार्टी के कार्यकर्त्ताओं से मैं कहूँगा। जनता की सरलता का दुरुपयोग अपने स्वार्थ के लिए न करें।...क्षतिपूर्ति, पुनर्वास तथा जमीन वितरण आदि मसले ऐसे हैं जिनमें सरकारी लाल फीता और घूसखोरी से आप ही बचा सकते हैं, जनता को। जागरूक...''

लुत्तो ने दाँत कटकटाकर कहा–''ए बालगोबिन, ढोलवाले चुप क्यों हैं? बजाने को कहो!...नारा लगाओ!''

मानिकपुर के जत्थेदार ने कहा–''मानिकपुरवालो, वापस चलो!''

मधुलता के एक बूढ़े किसान ने कहा–''झूठमूठ ही हम लोगों को परेशान किया!''

सरबन बाबू के भाई लालचन ने कहा–''परानपुरवाला! आप लोग पैर पीछे मत कीजिए। आगे बढ़िए!...लुत्तो बाबू, नारा लगाइए!''

''नहर का फैसला!''

''...!''

भिम्मल मामा अब तक चुपचाप खड़े थे। बोले–''सुबुद्धि की जय!''

''चलो-चलो, वापस चलो! झूठमूठ परेशान किया! अन्याय बात! छीः-छीः! औरत को घेरकर मारा! हाय-हाय!...चलो-चलो, वापस चलो। अपने-अपने गाँव में उत्सव करो। सर्वे में भी जो बेजमीन रहे, उसको भी जमीन मिलेगी।''

ऑपरेशन-पार्टी के बुलडोजर की गड़गड़ाहट सारे प्रान्तर पर फैल रही है।

नाका के हवलदार साहब तार देकर लौटे स्टेशन से तो अवाक् हो गए–''कहाँ चले गए सब? लो मजा! दारोगा साहब को क्या जवाब देंगे? झूठमूठ...!''

"आओ जिद्दा, तुम्हारी ही राह देख रहा है मीत...।"

ताजमनी बिलख-बिलखकर रो रही है—"जिद्दा!"

"क्या हुआ?...रोओ मत। मुझे कुछ नहीं हुआ है। छोटे से कंकड़ की चोट है।...हवेली के आँगन में औरतों और छोटे-छोटे लड़के-लड़कियों की भीड़ लगी हुई है। तुलसीचौरा के पास, खाट पर मीत को लिटा दिया गया है। खून से लथपथ शरीर!

फेकनी की माय जंगली जड़ी-बूटी पीस रही है—"हाय-हाय! बेचारे की गरदन ही तोड़ दी है।" फूहा गरम पानी से घाव धो रही है। सामबत्ती पीसी और जयवन्ती दूध की कटोरी लेकर मीत को दूध पिलाने की कोशिश कर रही हैं।...दिलबहादुर उत्तेजित होकर कहता है—"त्यो सुधना लाय मैं काटछूँ!"

"किसने मारा?"

सामबत्ती पीसी बोली—"न जाने किस गाँव के कुत्ते थे! हः-हः, मेरे यहाँ कम्फू की बीबी, मैं कैसे छोड़कर जाती कहीं? उसके जाने के बाद जैसे ही मैं जयवन्ती के घर के पास आई...।"

जयवन्ती और सेमियाँ एक ही साथ बोलीं—"यदि सुधना ने कुत्तों को नहीं हुलाया होता तो कुछ नहीं होता।...सुधना की बदमाशी है।"

"सरबन बाबू का बेटा भी था।...परसदवा भी था। जंगलू का बेटा भी।...चार-चार कुत्तों ने दाँत से पकड़कर झकझोरा है।"

"जुलूस की ओर जा रहा था मीत!"

जितेन्द्र ने खाट के पास जाकर पुकारा—"मीत!...ताजू! रोती क्यों है?"

मीत रह-रहकर कराहता—उँ-उँ-ऊँ!...मीत!

मीत ने आँखें खोलीं—शराबी की आँखों-जैसी झपकती हुई आँखें।—"मीत!" मीत इस बार अपनी बची-खुची ताकत को बटोरकर उठ बैठा। कान झाड़े। खून के छींटे चारों ओर छरछराकर पड़े। आँ-ऊँ! और वह जित्तन की गोद में गिर पड़ा। देह काठ की तरह कड़ी हो गई। मुँह से, थोड़ी-सी जीभ अर्ध-चन्द्राकार बाहर की ओर निकली हुई...!

पछाड़ खाकर गिर पड़ी ताजमनी—"ओ माँ तारा! यह क्या किया? मीत रे-ए-ए!" गोबिन्दो की आँखें बरस पड़ीं। रामपखारनसिंघ अवाक् है।...आज सुबह से उसकी अक्ल गुम है। इतनी बड़ी बात पर तो वह क्या न कर देता! लेकिन, बौवाजी का हुकुम—हवेली छोड़कर कहीं मत जाना। गाँव के छोटे-छोटे बच्चे भी रो पड़े।...हवेली का आँगन सिहर उठा। मुंशी जलधारीलाल दास पूछता है जितेन्द्र से—

"कलमबाग की जमीन में ही तो...?" जितेन्द्र ने सिर हिलाकर स्वीकृति दी और अपने कमरे में चला गया।

चार-पाँच दिन तक गाँव में डर समाया रहा। कोसी कैम्प और ऑपरेशन-पार्टी की रक्षा के लिए हथियारबन्द पुलिस का एक जत्था आया। सबडिवीजनल पुलिस इंस्पेक्टर दल-बल के साथ गाँव में आए।

...कम्फू के साहब को धक्कम-मुक्की किया है! कम्फू की बीबी पर हाथ दिया है! जित्तन का सिर फूटा है। बड़ा भारी केस चलेगा। सेशन?...रेलवे लाइन के मुकदमे में कालेपानी और फाँसी तक की सजा होती है।

"क्या? केस नहीं करेगी, पुलिस? कैसे मालूम हुआ?"

"कोसी कम्फू की बीबी ने दारोगा-निसपिट्टर से कहा—कुछ नहीं हुआ है। हवलदार साहब कह रहे थे अभी, जित्तन बाबू ने सरकार को ही दोखी साबित कर दिया। कोसी के बंगाली साहब ने भी कहा—कोई बात नहीं हुआ।"

"जै काली माय!"

घर-घर में छिपे हुए लोग चार-पाँच दिन के बाद निकले। गरुड़धुज झा अचरज से मुँह फाड़कर सोचता है—मुकदमा नहीं करने का क्या तुक! ऐसे मार-केस को भी भला मटिया देते हैं लोग? भूदानियों ने तो अनसन की धमकी दी थी। इन लोगों ने वह भी नहीं...!

हर जगह जितेन्द्र के मीत की मृत्यु की चर्चा हुई—"चः-चः! कितना प्यारा कुत्ता था!...बोली कितना समझता था! हाय-हाय!"

रोशनबिस्वाँ की साइकिल का मेढक-हार्न बोला, कई दिन के बाद—पें-ऐं-ऐं-ग! "सुनिए, झाजी! मैंने आपके और लुत्तो के नाम के लिए बहुत कोशिश की, लेकिन बारह किस्म की बातें करके नामंजूर कर दिया लोगों ने!"

गाँव में एक निगरानी कमिटी बनी है। जयदेव, मकबूल, डी.डी.टी. और विश्वकर्मा वगैरह ने मिलकर निगरानी कमिटी का संगठन किया है। हर पार्टी से एक मेम्बर लिया गया है। लुत्तो की पार्टी का बालगोबिन मोची, मुसलमानटोली से समसुद्दीन नहीं, बूढ़ा पीरबक्कस मियाँ!

जयदेव और मकबूल अपनी झेंप मिटाने के लिए जोर-शोर से निगरानी कमिटी के पीछे लगे हुए हैं। पुनर्वास के लिए जमीन-वितरण पर निगरानी! घूसखोरी, पक्षपात आदि पर निगरानी! नहर के काम में गाँव के लोगों की बहाली पर नजर!...मुखिया रोशनबिस्वाँ इस कमिटी का चेयरमैन है। मकबूल का प्रस्ताव सर्वसम्मति से पास हुआ

है...शीघ्र ही पुनर्वास का काम शुरू किया जाए। बेकार लोगों के लिए काम की व्यवस्था अभी से हो। जमीन-वितरण के लिए शीघ्र ही अधिकारियों को भेजा जाए। और दुलारीदाय नहर-योजना से जन-सम्पर्क स्थापित करने के लिए इस निगरानी कमिटी के महत्त्व को कबूल किया जाए।

रोशनबिस्वाँ खुश है।...मुखिया से बढ़िया है यह चेयरमैन नाम! जित्तन बाबू से दारोगा साहब ने बार-बार पूछा था—"रोशनबिस्वाँ जुलूस में था या नहीं, इतना ही कह दीजिए।" लेकिन, जित्तन बाबू ने दारोगा को भी बेपानी कर दिया। हँसकर बोले—"मोटी मछली फँसाने के फेर में हैं, आप!" दारोगा अपना-सा मुँह लेकर चुपचाप वापस चला गया।...पढ़े-लिखे लोगों की बात ही निराली होती है! हथियारबन्द पुलिस वापस चली गई।

लुत्तो के बारे में, गाँव के लोगों के मन में यह बात उतर गई है—जान-बूझकर भक्सी में झोंकने ले जा रहा था लोगों को। बात-ही-बात में क्या-से-क्या हो जाता!

मानिकपुर का उदयानन्द हाट में गला भाँजकर सुना रहा था परानपुर के लड़कों को—"सौ लुच्चा का सरदार है परानपुर का लुत्तो! लुच्चा मारलक बेंग, पाँच पसेरीक एकहि टेंग[1]!...हम लोगों के गाँव से भी भेड़ भड़काकर ले गया था। इतने पढ़े-लिखे लोगों की आँखों में उसने कैसे धूल झोंक दी!"...लुत्तो को, जिला कांग्रेस के सभापति ने बुलाकर खूब फटकार दी है। थाना कांग्रेस के सभापति ने जल्दी से चौअन्नियाँ-रसीद का हिसाब दाखिल करने को कहा है।

गाँव के लोग परती पर बोयी जानेवाली फसलों की कल्पना करते हैं।...ठुट्ठी पाखर से लेकर सेमलबनी तक नई जाति का पाट! ठुट्ठी पाखर से उत्तर मकई और बाजरे की खेती! पुलक उठते हैं, बेजमीन लोग। सर्वे में भी जिन्हें एक धूर जमीन नहीं हासिल हुई, उन्हें भी जमीन मिलेगी, बिना किसी झंझट के!...ढाई रुपए रोज मजदूरी! जो ट्रेक्टर चलाना सीखना चाहें, अभी से नाम लिखाएँ, निगरानी कमिटी में।

खुशी से गीत गाने का मन करता है, हमेशा!...नान्ही-नान्ही धान केर उजर-उजर अच्छत रा-आ-म, तो-ह-रो चढ़ायब ना; पाकल-पाकल पान केर पातर-पातर पतवा रा-आ-म...!!

ठका-ठक! ठका-ठक! ठक-ठक-ठक-ठक...ठकाक्!

रात में, पेट्रोमेक्स जलाकर नाट्यशाला में बढ़ई और

1. पैर।

राज-मिस्तरियों से काम कराया जा रहा है। अगले सप्ताह से ही स्टेज पर रिहर्सल शुरू करने की बात सोची गई है।...मुंशी जलधारीलाल दास की कर्मठता को देखकर लोकमंच के नौजवान आश्चर्यचकित हो गए हैं। सुबह आठ बजे से लेकर रात के ग्यारह बजे तक वह काम पर तैनात रहता है। दिन में काम करनेवाले मजदूरों को, शाम में मजदूरी देने के बाद एक घंटा आराम करता है। इसके बाद रात में काम करनेवाले मजदूरों और मिस्तरी को लेकर–ठका-ठक, ठका-ठक...!

हवेली के हॉल-घर में हमेशा कोई-न-कोई साज-बाज बजता ही रहता है। जितेन्द्र कहता है–"ताजू! मेरा सत्त भंग मत करो। मीत के लिए मेरे भी कलेजे में रह-रहकर कचोट उठती है।...वह बेचारा तो, अबोला जानवर था!...आदमी को घेरकर दाँत से झकझोरकर मार डालना चाहता है, आदमी का गिरोह! तुम्हारा मुरझाया हुआ मुँह देखकर मैं हताश हो जाता हूँ। चलो, अमहरा के बाजा बजानेवाले चमारों का दल आया है। उन लोगों की पिपही-शहनाई बड़ी मीठी होती है। है न? मैंने बुलाया है। कौन गीत बजाने को कहे?...ताजू रानी! मैं मीत की पत्थर की मूर्ति बनवाकर मँगवा दूँगा। हवेश ने मूवी से उसके बहुत से एक्शन-फिल्म लिये हैं। बोलो, कौन गीत? सावित्री-नाच का?"

जितेन्द्र के मन में उसकी मेम-माँ की बातें प्रतिध्वनित होती हैं, बार-बार!...इन कुंडों के पास बैठकर एक-एक पद्‌म को अंकित करेगा, तू! पंछियों का गीत सुनेगा। भौंरों की गुंजन से अपना तानपूरा मिलाएगा। तू गाएगा, नाचेगा।...नाच-गान में इन कुंडों को बेचकर फूँक भी दे तो कोई हर्ज नहीं।

मीत के बिछोह से मुरझायी ताजमनी हँसकर उसके बालों को सहला देती है, वह तरोताजा हो जाता है। इरावती, इस जाड़े के मौसम में भी पसीना पोंछती हुई आती है, भागती है, प्रेरणा दे जाती है। प्रेमजीत अपने सपने में भी लोकमंच की बातें ही देखता है। परमा, शिवमंगल, प्रयागचन्द...और, समाजशास्त्री शैलेन्दर!

"क्यों, इरावती! भवेश की प्रयोगशाला से कोई आशाजनक सूचना मिली है? छायानाट्य...शैडो-प्ले के बिना...। उम्मीद दिलाता है? गुड!" इस जिले के कई इलाकों में, चम्पानगर के शारदा बाबू की जात्रा-पार्टी से प्रेरित होकर नौजवानों ने जात्रा-दल बनाए थे। जात्रा-दल असफल रहे। किन्तु क्लारनेट और बेहाला का उपयोग कीर्तन-पार्टियों में करके काफी नाम कमाया उन लोगों ने। केयटटोली में, कसबा और धरमपुर से कुछ नए बाशिन्दे आकर बसे हैं। उनमें से एक के पास क्लारनेट है। हालाँकि उसका क्लारनेट अध-गूँगा है, फिर भी कीर्तन का सुर अच्छा निकाल लेता है।...प्रेमजीत उसको बुलाने गया है, प्रेम से।

प्रेमजीत को एक लफ्ज बोलने की आदत लग गई है। हर बात के अन्त में वह जोड़ देता है–प्रेम से।

ठके-ठके-ठक्का! ठक्क-ठकट्ठा! ठके-ठके...

...लकड़ी का ढोलक। भिम्मलीय नाम, कठम! चमड़े के पूरे नहीं, लकड़ी के ही पूरे हैं। लकड़ी के हथौड़े से बजाया जाता है। बड़ा खटाखट ताल लगता है, भाई! हद हैं जित्तन बाबू भी। लकड़ी का ढोलक!

...परमानन्द, पेट से माटी की नई हाँड़ी सटाकर बजाने का रियाज कर रहा है—घटम-घटम-घुट, टिड़िकट-टिड़िकट! हँसी से दम फूलने लगता है, उसको हाँड़ी बजाते देखकर। ठुँग-ढुग, ठुँग-ढुँग, ढँगा-आ-आ! घड़ीघंट-घड़ियाल टँगे हुए हैं, दो सुर के।...छम्मक-खट्छक, छम्मक-खट्छक, चार जोड़े करताल।

एक माइल पूरब की ओर, परती पर ऑपरेशन-पार्टी का ट्रेक्टर भटभटा रहा है। भटभटाहट के ताल पर, नैका सुन्नरि का एक पद गुनगुनाकर मिलाता है, जितेन्द्रनाथ—नम्मा, नैका सुन्नरि सुन ले मोर बचनियाँ रे नाम्। भट-भट, भट-भट-भट-भट, भट-भट-भट-भट, भट-भट-भट-भट-भट्ट!...कुँहाँ-कुँक्का! कुँहाँ-क्कुँकाँ! वायलिन पर रघ्घू रामायनी की सारंगी का विशेष सुर बजता है।

मलारी आई है?

"अँय! आई है मलारी? सुवंश भी? आँख शपथ?"

"सामबत्ती पीसी और सेविया अभी आई हैं, देखकर...हवेली में।"

"चलो, जाएगी देखने? मलारी की माँ गई है या नहीं, बेटी को देखने? और सुवंश की माँ भी नहीं?"

सामबत्ती पीसी कहती है—"आई है ठठर में पाठ करने। लिलिया को भी चिट्ठी गई है, मनमोहन बाबू की। वह भी आ रही है। '...' छौंड़ा-छौंड़ी मिलकर नाटक करेंगे? सच? हँ-हँ-हँ!"

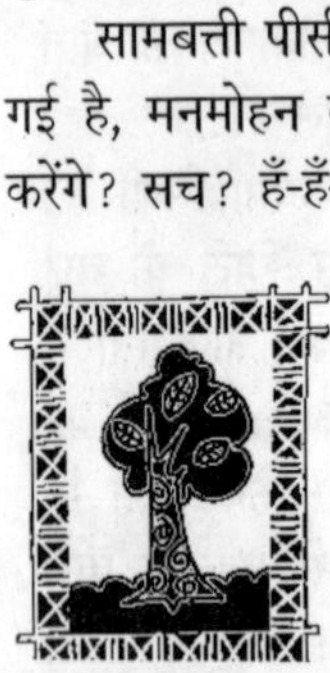

"अरी, मलारी की माँ, बेटी को देखने नहीं गई है?"

महीचन चिल्ला-चिल्लाकर पड़ोस की औरतों को गाली देता है—"कौन साली लेती है, मलारी का नाम? मन में खुजली होती है तो गाली सुनने... ।"

महीचन्न की बोली बन्द हो गई।...ये दोनों आ रही हैं? कम्फू की मेम साहब और...मलारी? ऐं!

"हाँ, मलारी ही है। हे, धोतना की माय! सुखनी मौसी! ढोल-बज्जावाली! दौड़के आ! देख-देख! कौन आ रही है!...कोई कहेगा कि चमार की बेटी है? रामपतिया!"

मलारी की माँ आँगन से निकल गई। मलारी के पहुँचने के पहले ही घूँघट से मुँह ढककर, सुर से रोने लगी–"आ-गे-बेटी-ई-ई! तोरा खातिर सब दिन बोली-ठोली सहली-ई-ई-ई, पर-जे-परोसनी के ठोना-जे-ठिठोली-ई-ई, हमरा छौड़ि कहाँ चलि गेली गे-ए-ए, बे-ए-ए-टी!"

इरावती पूछती है–"गीत गा रही है या रो रही है?"

मलारी भरे गले और भरी आँखों से बोली–"मेरी माँ!...रोती है!" रमदेवा ने रोना शुरू किया। अपने दुलारे भाई को प्यार से चुमकारकर चुप करती है और खुद रोती है–"भैया रे-ए!"...रोती हुई बाप के पास गई, पैर छूकर पाँवलागी की। महीचन भी आँख में अँगोछा लगाकर रोने लगा। घिघियाकर बोला–"बेटी! काहे आई? तुम्हारे लिए तो हम मर गए।"

इरावती चुपचाप इस मिलन-रुदन को देखती-सुनती रही। उसका दिल भी रह-रहकर भर आता। माँ-बेटी, बाप-भाई...!

मलारी की माँ का आँगन खचाखच भर गया। मलारी रेवड़ी बाँट रही है। किसी के मन में अभी मैल नहीं। सभी उसके मुँह की ओर देखते हैं। चेहरा-मोहरा, पहरावा-ओढ़ावा! कम्फू की बीबी भी उसके सामने मलिन लगती है। शहर जाकर चेहरे पर कैसी चमचमाहट आ गई है!...गले की सोने की सिकरी देह के अँगोठ से मिल गई है। देह की गठन भी बदल गई है।

बालगोबिन की बहू धीरे से पूछती है–"सुवशलाल अपने घर गया है या नहीं?"

मलारी ने कोई जवाब नहीं दिया।...बात समझ में आ गई, सबकी।

परमा ने पुस्तकालय के पठनागार में गरुड़धुज की अभद्र दिल्लगी का जिक्र करते हुए कहा–"बहुत भद्दी-भद्दी बातें करता है। भगताइन कह रही थी, इरावती बहन को मछली कहता है। सुनोगे भला! इरावती बहन की साड़ी का पल्ला खींचने का इशारा भी उसी ने दिया था। इस पाँच हाथ लम्बे लुच्चे को क्या किया जाए? अभी मुझसे दिल्लगी की उसने, तुम लोगों की फिलिम कम्पनी कब से स्टार्ट हो रही है! खूब फूलेगी-फलेगी, तुम लोगों की कम्पनी! देशी-विदेशी दोनों किस्म का माल...। मैंने चेतावनी दे दी है।...हँसने की बात नहीं, परानपुर की प्रतिष्ठा का प्रश्न है, प्यारे भाइयो!"

"अरे, हटाओ उन लोगों की बातों को!"

"हटाओ क्या! अब कभी उसने ऐसी दिल्लगी की तो दिखला दूँगा। उसके भंडाइज़्म को बरदाश्त नहीं कर सकता।" भिम्मल मामा पठनागार के कोने से बोले–"उसकी काष्ठहँसी की ध्वनि से लाभ उठाया जा सकता है।"

परमा ने जोर से ठहाका लगाकर गरुड़धुज की अविकल नकल की–"ई-पी-ही-ही-ही। ई-पी-ही-ही-ही!"

"कौन ड्रामा होगा? मालूम हुआ नाम? मँगनीसिंह दीवाना का 'प्यार का बाजार' तो नहीं?"

प्रेमजीत पठनागार में प्रवेश करता हुआ बोला–"मँगनीसिंह दीवाना नहीं! प्रेमजीत।...लोकमंच के सदस्यों की बैठक है, कल सुबह। इरावती बहन कह रही है, जितने लोग पार्ट चाहेंगे, दूँगी। देखा, मैंने कहा था न! गाँव में, गाँव के लिए, गाँव के द्वारा...। हाँ-हाँ! जो लोग बाजा-गाजा बजाना चाहते हैं, उनको भी मौका दिया जाएगा। अभी, फेनाइल...नहीं-नहीं डी.डी.टी. बाँसुरी बजाकर आ रहा है। बँगला भठियाली गीत के रेकर्ड को धुन बजाकर सुना दिया। जित्तन भैया खुश हो गए।"

परमा ने कहा–"महीने में पाँच नाम बदलते हो, ठीक है। मलारी और सुवंश के प्रति तुम्हारा विचार...!" प्रेमजीत हँसकर कहता है–"तुम इरावती बहन के सामने ऐसी-ऐसी दिल्लगी मत करना, परमा भाई! कल मैं लाज से गड़ गया।"

निगरानी कमिटी के प्रस्ताव पर बहुत जल्दी ध्यान दिया है, अधिकारियों ने। आश्चर्य...! लिखकर जवाब दिया है–"अगस्त तक कुंडों के तट की बँधाई समाप्त करने के लिए यह आवश्यक समझा गया है कि इसी महीने से काम शुरू कर दिया जाए।...निगरानी कमिटी के सहयोग के लिए धन्यवाद!"

...सेटमेंट-ऑफिसर होकर आ रहे हैं, खुद कलक्टर साहब! इस बार सर्वे-सेटलमेंट की तरह गड़बड़ी नहीं होगी।...गाँव के बैलगाड़ी वालों की लिस्ट तैयार हो गई? पाँच सौ बैलगाड़ियाँ रोज चाहिए?

...लुत्तो से पुलिस इंस्पेक्टर साहेब ने मुचलका लिया है।...कांग्रेस का पाँच सौ रुपैया चन्दा वसूल कर गपतगोल कर गया है। ईंट बनवा रहा है, देखते हो नहीं!

सुबह से शाम तक ऑपरेशन-पार्टी की अनवरत भटभटाहट वातावरण में गति का संचार करती है।...पहिए घूमते हैं।

सुचितलाल मड़र ने निगरानी कमिटी में अरजी दी है–इस बार उसके नाम में सुधार करवा दिया जाए।...पोंपी नहीं। कमिटी के मेम्बरों को वह दही-चूड़ा और केला

खिलाएगा।...हा-हा-हा!

दुलारीदाय योजना से सम्बन्धित छोटे-बड़े समाचार को गाँव के हर औरत-मर्द तक पहुँचाने के लिए पुस्तकालय के मन्त्री प्रयागचन्द ने एक योजना बनाई है।... पुस्तकालय के सदस्यों से छित्तन बाबू ने माफी माँगकर बची-खुची किताबें वापस दे दी हैं। बिकू बाबू ने रेडियो की कीमत देने का वचन दिया है। पुस्तकालय को जित्तन बाबू की हवेली का हॉल मिल गया है; अगले महीने स्थान-परिवर्तन किया जाएगा।

'पंच-चक्र'!...लोकमंच पर 'पंच-चक्र' गीति-नाट्य पाँच दृश्यों में, परानपुर के सवा सौ कलाकारों के सक्रिय सहयोग से प्रस्तुत किया जाएगा! प्रेमजीत, प्रचारवाणी प्रसारित करके लोगों के उत्साह को बढ़ाता है—कटिहार, पूर्णिया, फारबिसगंज से भी दर्शक आएँगे! 'पंच-चक्र'!

दुलारीदाय के तट को बाँधनेवाली पार्टी आ गई। बरदियाघाट के पास कैम्प के खूँटे गड़ रहे हैं। गाँव के मजदूरों के पहले जत्थे का काम मिल गया। गाड़ीवालों का इंचार्ज मकबूल ही है। गीतवास के पास से चिकनी मिट्टी लाने के लिए सौ गाड़ीवानों को पुरजा दिया गया है।...उधर, परती-ऑपरेशन-पार्टी में भी अब लोगों की आवश्यकता हुई है।

गाड़ीवानों का आखिरी जत्था चिकनी मिट्टी लेकर लौट रहा है। बैलगाड़ी की कतार, चर्रर-चूँ-चूँ करती हुई गाड़ी की धीमी गति की तरह गाया जानेवाला गाड़ीवानों का गीत, मोरंग-बनिजरवा अलाप रहा है कोई सरस गाड़ीवान—जो तोंह जइबे पियरवा-आ-आ-आ कि मोरंग बनि-इ-इ-इ-जखा रे-ए-ए-ए, रा-आ-म, हम धनि जडइ-इ-बे, नै-ए-हर-वा कि हमरा-आ-आ-जनि छा-आ-आ-ड़ी जा-आ-रे-ए-ए-ए निर-मो-ओ-ओ-हि-यो-ओ-ओ!...चल भैया, आखिरी खेप! मोरंग जाने की जरूरत नहीं। चर्रर-चूँ-ऊँ-उ!

अब लोगों के कलेजे नहीं धड़कते।

देहाती कच्ची सड़क के गड्ढे, खाई और आँक-बाँक को समतल बनाती हुई बड़ी-बड़ी मशीनें आई हैं। गाँववालों के चेहरों पर अब आतंक के चिह्न नहीं अंकित होते।

औरत-मर्दों के झुंड बरदियाघाट पर मेला लगाए खड़े हैं।...डी.डी.टी. कहता है—"ओवरसियर साहब! इन ट्रेक्टरों और मशीनों के बारे में समझानेवाला कोई आदमी दीजिए, कृपा कर। लोग जानना चाहते हैं...।"

"ठीक है। आइए, मैं आपको बतला दूँ। आप उन्हें अपनी बोली में समझा दें।

यह है, ट्रेक्टर शोवेल्स। रोड़े, सुरखी, मिट्टी वगैरह को ढोने के काम आता है। इसकी विशेषता है कि खुद ट्रेलर में लदाई-बोझाई करता है और खुद खाली करता है। यह, एक्सकेवेटर-क्रेन है, बड़े-बड़े पत्थरों के टुकड़ों को नीचे-ऊपर ले आएगा, ले जाएगा। और यह ट्रेक्टर लॉग्गर्स! लकड़ी की मोटी-मोटी सिल्लियों को हाथी की तरह उठाकर...!"

अचरज-भरी मुस्कराहट हर मुखड़े पर छाई हुई है। पत्थर के बड़े-बड़े चिप्स, हिप्पो-ट्रेक्टर में लदकर आ रहे हैं।...गाँव के काम करनेवालों के दूसरे जत्थे के लोगों को काम मिल गया। पार्टी के साथ आए हुए बाहरी मजदूर उन्हें सिखाते हैं, 'बिना बोल मिलाए काम नहीं होता। लजाने की क्या बात! आवाज देना—मार जवानो, हइयो! पत्थर तोड़, हइयो...!' गाँव के बच्चे भी गली-कूचे में खेलते समय ताल पर 'हइयो' कहना सीख गए हैं।

सुधना को बुलाकर प्यार से समझा रही है, ताजमनी—"सुधो भैया! जाओ, जिद्दा बुला रहे हैं। कुछ नहीं कहेंगे। जा। बाबू...।"

"दिदिया, मीत...!" सुधना आत्मग्लानि और पश्चाताप से घुल रहा है, अब। बुरे-बुरे सपने आते हैं। वह हिचकियाँ लेकर रोने लगा। जितेन्द्र ने कहा—"सुधीन बाबू! इरावती दिदिया बुला रही है। जाओ!" इरावती गाँव के एक-डेढ़ दर्जन बच्चों को बटोरकर बात कर रही है, घुल-मिलकर। सबकी बोली-वाणी और मुख-मुद्रा को ध्यान से देखती है।...सचमुच सुधीन के चेहरे में एक विशेषता है। भोला-भाला भाव!

"अब तुम्हारी बारी है ताजू! तुमने वचन दिया था...निश्चय ही, माँ तारा ने आज्ञा दे दी है।"

ताजमनी हँसी—"सभी नाटक ही करेंगे तो देखेंगे कौन?"

"उसकी फिक्र तुम मत करो।...आज से रिहर्सल शुरू हो रहा है। तुम मेरे साथ रहोगी। हाँ, मुझे हमेशा तुम्हारी जरूरत होती है। सचमुच, अमहरावालों की पिपही-शहनाई ने हमारे वाद्यवृन्द में नया रंग डाल दिया है।"

जितेन्द्र के उत्साह को देखकर ताजमनी का मन उत्फुल्ल हो जाता है। किन्तु, तुरत मीत की याद!

"ताजू! क्या कहती हो?..."

...अब बच्चों की तरह मनुहार कर रहे हैं, जिद्दा। ताजमनी बोली—"रिहर्सल में जाने के पहले तारा-मन्दिर जाइएगा तो?"

"जाऊँगा।"

...अब और क्या? ताजमनी ने पूछा–"कारन?"

"नहीं, अब 'कारन' नहीं!...मधु!"

जितेन्द्र को याद आई, यह बात उसकी अपनी नहीं।

परानपुर की पुरानी रीत है, नैन देने के पहले देवी की मिट्टी की प्रतिमा नहीं देखने जाते, बड़े-बूढ़े। और नाटक के रिहर्सल में कोई बेकार आदमी नहीं जाते, भीड़ लगाने के लिए। देवी की प्रतिमा की आँखों में मणि दी मूर्तिकार ने, पुजारी ने प्राण-प्रतिष्ठा की। तब, भक्ति-भरे मन से देवी का रूप देखते हैं जाकर। रिहर्सल देखने के बाद नाटक में क्या रस मिलेगा?

किन्तु, इस बार रिहर्सल में भीड़ है। डेढ़ सौ कलाकार आ गए हैं। प्रेमजीत कहता है–"एक बार आखिरी ऐलान कर आऊँ फिर, प्रेम से?"

"हाँ।" जितेन्द्रनाथ ने सिर हिलाकर कहा। डी.डी.टी. ने विरक्त मुद्रा में कहा–"अब कितने लोगों को बुला रहे हैं?...सो, कितना बड़ा नाटक है?"

मकबूल रिहर्सल में नहीं आया है। लेकिन, रास्ते में उसने डी.डी.टी. से धीरे से जो बात कह दी वह डी.डी.टी. के मन में कसक रही है–'कहीं क़ोई ग़हरा मजाक़ तो नहीं क़र रहा है?'

जितेन्द्रनाथ ने कहा–"इसमें सभी किस्म के कलाकार हैं। गायक, वादक, अभिनेता के अलावा कला-सलाहकार और मंचकार!"

मलारी और सुवंश आए।...सुवंशलाल अपनी माँ से मिलने गया था। मुँह लटकाकर लौटा है। मँझली भाभी ने कहा, भाई ने ठेस लगाई होगी।...यदुवंश के मुँह में लस नहीं है। जितेन्द्रनाथ ने कलाकारों से निवेदन किया–"आप लोग मुझे क्षमा करें। बिना पार्ट का बँटवारा किए ही मैं रिहर्सल शुरू कर रहा हूँ। असफल होऊँगा तो पार्ट बाँटकर काम करूँगा।"

सभी ने एक-दूसरे की ओर देखा। जितेन्द्र ने कहा–"मलारी और ताजमनी दोनों ही जानती हैं, बटोहिया गीत! पहले मलारी शुरू करे...। बटोहिया गीत के बारे में आप जानते ही होंगे!...आ जाओ! मीठे-मीठे शुरू करो तो दीदी!"

मलारी, ताजमनी और इरावती तीनों एक साथ मुस्कराईं। मलारी ज़रा भी नहीं लजाती है।

सुन्दर सुभूमि भइया, भारत के देशवा से-ए-ए,
मोर प्राण बसे हिम खोह-रे-ए बऽटोहिया-या!

सिर्फ सारंगी!–घटम!...घड़ियाल!

डेढ़ सौ कलाकारों के अन्तर के जन्तर बज उठे।...कूँ-हूँ-कूँ-कूँ-कूँ...टिड़िड़िक-टिड़िड़िक, टक्का!...बटोहिया! ढुँगा-आ, ढुँगा-आ ढुँग-ढुँगा-आ!

...गंगा रे जमुनवाँ के निरमल पनियाँ से-ए-ए!

—बेहाला और सारंगी!...खोल और मन्दिरा! ताजमनी! सिर्फ, ताजमनी और मलारी!...झाँझ और करताल!...

...जँहवा कुहुकी कोइली गावे रे बटोहिया-या-या!

—बाँसुरी!...घटम! शंख। घड़ियाल! झाँझ-करताल! खोल नहीं, उपेन्द्र!

आम-कदम्ब-नीम-बट-तरु पर कूकती अनेक कोकिलाएँ! झहरत। झरना...घहरता समुद्र...कलाकारों की उमड़ती आँखें! गुग्गुल-धूम्र से परिव्याप्त वातावेरण!

जितेन्द्र ने शिवभद्दर से कहा—"कोशिका महारानी का गीत जो उस दिन तुमने सुनाया था, गाओ!"

शिवभद्दर बचपन से ही भैंस चराता है। कोशिका महारानी का गीत वह अच्छा गाता है।

"मलारी! तुम ज़रा इस गीत को ध्यान से सुनना। इस पार एक नाच की कल्पना तुम कर सकती हो, मुझे विश्वास है।" अध-गूँगा क्लारनेट बजानेवाले को लोग मेहमान कहकर पुकारते हैं। जितेन्द्र ने कहा—"मेहमानजी! आप तैयार रहिए!"... "कोशिका मैया गौर में दीप जलाकर भागी जा रही है नैहरा, वहीं से शुरू करो शिवा!"..."खंजड़ी तैयार रखो, कामा! और उस बाजे का क्या नाम है बालाजी महाराज, गिड़िंग बाजा?"...लकड़ी की कटिया में एक ओर चमड़े से छाया हुआ, बीच में ताँत लगाया हुआ। काँख से कटिया को दबाकर बालाजी तैयार हैं। शिवभद्दर ने कान पर हाथ रखकर शुरू किया—

थर-थर काँपे धरती मैया, रोए जी अकासः
घड़ी-घड़ी में मूर्च्छा लागे, डेग-डग पियासः

—खंजड़ी!...गिड़िंग बाजा, बालाजी!...मेहमानजी, बस उतना ही!...

घाट न सूझे बाट न सूझे'न अप्पन हाथः

—कठम, काठ की ढोलकी!...करताल! चलाए चलो शिवा!

चटक-चटक-डिम, चटक-चटक-डिम!...उँक्क-उँक्का, उँक्क-उँक्का!...पिट-पैं पिट-पैं!...ठक्के-ठक्का! छम्मक-खट्छक!

मलारी सिर्फ घुँघरू की बोली मन-ही-मन भर रही है इस द्रुत स्वर-तरंग में। छुम्म-छुम्मक...! मूसलाधार वृद्धि में, विशाल परती पर भागती कोशिका-मैया! उनके पाँव की झनकती पैजनी!

माघ भास की लम्बी रात, न जाने किधर से कट गई!

रिहर्सल से लौटते समय, मन में पवित्र प्रातकी फूट रही थी सबके।

मन की परती टूट गई...!

माघ मास कब गया, फागुन किस दिन आया, परानपुर गाँव को नहीं मालूम! कोयल की मधु-लिपटी बोली सुनकर एक-एक प्राणी ने अपने मन के मधु-कोष में देखा–टटके मधु का एक बूँद संचित हो गया है।

दुलारीदाय के पूर्वी महार पर पत्थर के टुकड़ों के अम्बार लग गए हैं। एक्सकेवेटर-क्रेन पत्थरों के टुकड़ों को ऊपर उठाता है, फिर नीचे दुलारीदाय के बलबाही कगार पर उझिल देता है। काम में मगन लोगों को लगन लगी है–वर्षा के पहले तटबन्ध तैयार हो जाए!–और भी जोर से! मार जवानो, हइयो! परबत तोड़, हइयो!

जितेन्द्रनाथ के नए बाग के पेड़ और भी एक हाथ बढ़े!...ऑपरेशन-पार्टी द्वारा तोड़ी हुई परती पर श्रीपंचमी के दिन नई जाति के पाट की बोवाई होगी। वर्ष में दो बार पाट की खेती होगी, इस नई जाति के पाट की।...भिम्मल मामा ने इस नए पाट का नाम दिया है–क्रान्ति पाट, सोना पाट, चीनी पाट नहीं।

'पंचचक्र' के पाँच दृश्यों के ताल-तरंग लोकमंच के कलाकारों के प्राण में समा गए हैं। सहज सुर में बँधे हुए लोग एक विशेष ताल पर चलते हैं।

पनघट पर मुक्त हँसी की हिलोर उठती है। गाँव की गलियों में हीरे-मोती बिछ जाते हैं। आज श्रीपंचमी है। लोकमंच के कलाकार वीणा-पुस्तकधारिणी माँ शारदा के चरण में नत हैं–जय माँ शारदे!

कृषि-विशारदों ने तोड़ी हुई परती को तैयार मिट्टी में बीच वपन किया–ओ धरती माता...!

सूरज डूबने के पहले ही परानपुर नाट्यशाला की नई अँगनाई भर गई। हाईस्कूल के बालचर और कन्या पाठशाला की स्वयंसेविकाओं के अलावा गाँव के बड़े-बूढ़े लोग भी लोगों को बिठा रहे हैं। भीड़ बढ़ती ही जाती है।...कोसी कैम्प के लोग गाँववालों का नाम-बेनाम जानने लगे हैं–"ए! सुचितलाल मड़र! इधर एक दरी बिछा दीजिए!" कोलाहल! कलरव! औत्सुक्य! चांचल्य! रोशनी, मुखड़े अनेक! सब पर हँसी, एक! यान्त्रिक करतल-ध्वनि नहीं। सरल, सहज मुखर मानव!...

'पंचचक्र'! निवेदक लोकमंच, परानपुर...। परदा खुला। भनभनाहट भी बन्द हो गई। मंच पर अन्धकार! सन्नाटा! एक सिसकी नहीं। निःशब्द मंच के पिछले परदे पर एक पंछी की छाया उभरी...क्षीण आलोक। पंछी ने पंख फड़काए। छवि स्पष्ट हो गई, पंडुकी! ध्वनि–'तुर-तु-त्तू, तू-ऊ-तू-तू! उठ जित्तू चाउर पुरे-पुरे-पुरे!...चाउर-पुरे! चाउर-पुरे! रे-ए-म-रे-ए-म।' तानपूरे की झंकार के साथ मंच पर प्रकाश बढ़ता जाता

है, क्रमशः! तानपूरे की झंकार विलीन हुई। सारंगी के झनक-तारों पर 'सुन्दर-सुभूमि' की रागिनी उतरी, हौले-हौले। सुकंठ से सुरीले गीत की सुनहरी धारा फूटी। वाद्यवृन्द और पार्श्वगीत को भेदकर उद्‌घोषक का नम्र स्वर, ध्वनि-विस्तारक यन्त्र पर प्रतिध्वनित होता है—'पूर्णिया के जनजीवन में जिनकी स्मृति आज भी गुनगुना रही है—बटोहिया गीत के अमर गायक स्वर्गीय रघुवीरनारायण को निवेदित।'...गंगा रे जमुनवाँ के निरमल पनियाँ से ए!...ताँग-खेरे-खेरे-खेरे, ताँग खेरे! टिन्नक-किनकाँ-टिन्नक! खोल, मन्दिरा, बाँसुरी, घटम, शंख, घड़ियाल, झाँझ, करताल! प्राण का प्रथम रंग उभरा मंच पर!

दर्शकों की आँखों में तरल तरंग! आनन्दोल्लास! हे-ए-ए! कोशिका महरानी! कौन? ताजमनी!...रेशमी पटोर मैया फाड़ि के फेकाउली, सोना के गहनवाँ मैया गाँव में बँटाउली, आँ रे रूपा के जे।...छम्म, छम्माँ!...थर-थर काँपे धरती मैया!...खंजड़ी, गिड़िंग बाजा!...मंच पर लहराता प्रकाश, जलछवि-सा! मूसलाधार वृष्टि में विशाल परती पर भागती कोशिका मैया!...बड़े-बड़े ढोलों की हल्की गड़गड़ाहट, अन्धकार!... वायलिन की दर्द-भरी सिहरन। एक दीप टिमटिमा उठा। उजाला हुआ।...दुलारीदाय? हे-ए-ए-ए! मलारीदाय?...दोनों रे बहिनियाँ रामा गला जोड़ी बिलखय।...युग-युग के बाद, एक-एक प्राणी पाप से मुक्त होगा।...प्राणों के नए-नए रंग उभरेंगे। अल्पविरामकालीन कलरव।

दूसरा चक्र : नैका सुन्नरि गीतकथा।...नैका सुन्नरि, मलारी? नाचती है मलारी? है-है! सुन्नर नैका, भिम्मल मामा। कुँक्का-कुँहा!...दन्ता राकस का दाँत देखो। पहचानो कौन है! परमा के गले की आवाज है...ई-पी-ही-ही-ही! गरुड़ झा की तरह हँसता है?...सुन्नरि नैका रे, जोड़लो पीरित जनि तोड़े-रे-ए!...दन्ता का बेटा, सुधना!

तीसरा चक्र : शैडो-प्ले और 16 मिलीमीटर का चलचित्र! छायानाट्य...कंकालों की टोली—बेघरबार लोगों की छाया। वाद्यवृन्द के बीच करुण पुकार भरते हुए लोगों की टोली—आह रे-ए-ए-ए-हे! कोशी की बाढ़ से पीड़ित इलाकों की तस्वीर परदे पर उभरी...डूबे हुए गाँव, बहती हुई लाशें, गिद्धों की टोली मँड़राती आसमान में। आह रे-ए-ए-ए-हे!...चारों ओर निराशा का अन्धकार!...दर्शकों के मुखड़े पर भय की काली छाया!

चौथा चक्र : सामयिक प्रहसन। भिम्मल मामा, परमा। एक, दूध में पानी मिलाकर बेचनेवाला ग्वाला। दूसरा, दवा में मिलावट करनेवाला डाक्टर।...बनस्पतिया नौजवान! लिलिया? मेम साहेब बनी है—कैसा गिटिम-पिटिम बोलती है! हो-हो-हो! हा-हा-हा! बनस्पतिया नौजवान मँगनीसिंह, नहीं-नहीं, प्रेमजीत! हा-हा-हा! मुँह देखो ज़रा!

पाँचवाँ चक्र : उद्‌घोषक की आवाज—निराश, हताश, कोसी-कवलित मानवों की टोली में जनजागरण ने विद्रोह-मन्त्र फूँका—धु-तु-तु-तु-तु...! लड़ाई के नक्कारे बजते

हैं। कोसी बह रही है, लहरें नाच रही हैं। अर्धनग्न जनता का विशाल दल! पर्वत तोड़, हइयो! पत्थर जोड़, हइयो! इस कोसी को साधेंगे।...बच्चे मर गए, हाय रे! बीबी मर गई, हाय रे! उजड़ी दुनिया, हाय रे!...हम मजबूर, हो गए। घर से दूर, हो गए। वर्ष-महीना, एक कर! खून-पसीना, एक कर! बिखरी ताकत, जोड़कर। पर्वत-पर्वत, तोड़कर। इस डायन को, साधेंगे। उजड़े को, बसाना है...ठक्कम-ठक्कम, ठक्क-ठक्क! घटम-घटम, घट-टिड़िरक-टिड़िरक!...ट्रेक्टरों और बुलडोजरों की गड़गड़ाहट!...लहरें पछाड़ खाती हैं। अट्टहास! मंच रह-रहकर हिलता है।...दर्शकों के मुँह अचरज से खुले हुए हैं। कौन जीतता है—मार जवानो, हइयो! एक डैम की प्रतिच्छाया परदे पर! गड़गड़ गुड़-गुड़ गर्र-र्र-र्र-र्र-र्र!...

धीरे-धीरे ध्वनियाँ विलीन हुईं। मंच पर अन्धकार छाया रहता है।...डी.डी.टी. की बाँसुरी भठियाली धुन छेड़ती है, अकेली...नदीर धारेर काछे-पासे...! परदे पर धीरे-धीरे बादामी छाया जा जाती है। वीरान धरती का रंग बदल रहा है धीरे-धीरे...हरा, लाल, पीला, बैंगनी।...हरे-भरे खेत! परती पर रंग की लहरें! बँधुआ सेथाय थाके मोर, बँधुआ सेथाय थाके-ए-ए! डी.डी.टी. की बाँसुरी रंगों को सुर प्रदान कर रही है। अमृतहास्य परती पर अंकित हो रहा है।...पाँच चक्र नाच रहे हैं। घन-घन, घन-घन!... पंडुकी का जित्तू उठ गया। पंडुकी नाच-नाचकर पुकार रही है—तुत-तुत्त, तुरा-तुत्त!... पिपही-शहनाई बजने लगी।

खेल समाप्त हो गया। जनता बैठी है।...और भी होगा? परदा उठाइए! कलरव! कोलाहल!...दुलारीदाय? कोशिका महारानी! खोली-ओ-ओ!...परदा उठा। लोकमंच के कलाकार, मंच पर खड़े होकर जनता को नमस्कार करते हैं।...डॉक्टर रायचौधुरी की मुद्रा—तुमी पारबे!

हर्षोन्मत्त जन-मन...!

सेमलबनी के आकाश में अबीर-गुलाल उड़ रहा है।

आसन्नप्रसवा परती हँसकर करवट लेती है।